Zu diesem Buch

Im Jahre 1550 streiten die adeligen Clans um die Herrschaft über Schottland, das zudem von dem mächtigen Nachbarland England bedroht wird. Das Land kennt nur noch eine Hoffnung: das Bündnis mit Frankreich, das durch die Verlobung der siebenjährigen Königin Mary Stuart mit dem Dauphin besiegelt wurde. Aber selbst an Frankreichs elegantem Hof muß die Königinmutter Marie von Guise um das Leben ihrer Tochter fürchten, die das Schicksal einer Nation in ihren kleinen Händen hält. Heimlich und als Bediensteter eines trinkgewaltigen irischen Adeligen verkleidet, kommt der Tausendsassa Francis Crawford von Lymond zum Schutz Mary Stuarts nach Frankreich. Doch jemand muß um seinen Auftrag wissen, jemand, der keine Gelegenheit ausläßt, Anschläge auf das Leben des verwegenen Schotten zu unternehmen. Und am französischen Hof, wo es mehr Verrat gibt als an allen anderen europäischen Höfen, kreuzen und verwickeln sich die Fäden zahlloser Intrigen. Lymond sieht sich in einen Alptraum von Versteckspielen mit skrupellosen Gegnern hineingezogen, bei dem jeder Schritt ihn und das Kind, dem er dient, in Todesgefahr bringen kann.

Dorothy Dunnett (auch Dorothy Halliday), geboren 1932 in Dunfermline/Schottland, war ursprünglich Malerin. Dann veröffentlichte sie zahlreiche international erfolgreiche historische Romane, so die Bestseller über das Handelshaus Niccolo »Die Farben des Reichtums« (rororo Nr. 12855), »Der Frühling des Widders« (Wunderlich 1990) und »Das Spiel der Skorpione« (Wunderlich 1992), ein Buch über Macbeth »King Hereafter« und sechs Kriminalromane der »Dolly«-Serie. Ein erster Roman mit den tollkühnen Abenteuern von Lymond, »Das Königsspiel«, liegt bereits als rororo Nr. 13019 vor; der Rezensent der »Sunday Times« schrieb: »Ich bezweifle, ob es in der ganzen Romanliteratur einen besseren Helden gibt. Rhett Butler aus ›Vom Winde verweht‹ kann ihm das Wasser nicht reichen.« Dorothy Dunnett ist mit dem Schriftsteller Alastair N. Dunnett verheiratet, hat zwei Söhne und lebt in Edinburgh.

Dorothy Dunnett

Gefahr für die Königin

Roman

Deutsch von Ingrid Lebe

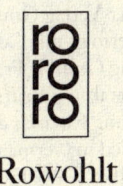

Rowohlt

Den Dunnetts gewidmet,
denen ohnehin nichts übrigblieb,
als dies zu lesen:
George Sinclair Dunnett
Alastair MacTavish Dunnett
Doris MacNicol Dunnett Paterson

Veröffentlicht im Rowohlt Taschenbuch Verlag GmbH,
Reinbek bei Hamburg, August 1992
Die Originalausgabe erschien unter dem Titel »Queen's Play«
im Verlag Cassell & Company Ltd., London
»Queen's Play« Copyright © 1964 by Dorothy Dunnett
Copyright für die deutsche Übersetzung von Ingrid Lebe
© 1978 by Wolfgang Krüger Verlag GmbH, Frankfurt am Main
Der Abdruck erfolgt mit Genehmigung
der S. Fischer Verlag GmbH, Frankfurt am Main
Umschlaggestaltung Britta Lembke
Gesamtherstelllung Clausen & Bosse, Leck
Printed in Germany
1690-ISBN 3 499 13079 3

Die Hauptpersonen der Handlung

Die schottische Seite:

Maria von Guise, Königinmutter von Schottland, Witwe König Jakobs V.
Königin Maria von Schottland, ihre siebenjährige Tochter
Francis Crawford von Lymond, Junker von Culter
Richard Crawford, Dritter Baron von Culter, sein Bruder
Thomas Erskine, Junker von Erskine, Erster Geheimer Rat und Sonderbotschafter
Margaret Erskine, geborene Fleming, seine Frau
Lady Jenny Fleming, Mutter Margaret Erskines und uneheliche Tochter König
    Jakobs IV.; Erzieherin der Königin Maria
Lord Fleming, Jennys Sohn, Bruder Margaret Erskines
Mary und Agnes Fleming, Margaret Erskines Schwestern; Ehrenmädchen der Köni-
    gin Maria
Arthur Erskine, einer der Brüder Thomas Erskines
Sir George Douglas, Bruder des Grafen von Angus und Onkel der Gräfin von Len-
    nox
Sir James Douglas von Drumlanrig, sein Schwager
Michel Hérisson, ein schottischer Bildhauer, ansässig in Rouen
Brice Harisson, sein Bruder, im Dienst des Protektors Somerset in London

Die irische Seite:

Phelim O'Liam Roe, Fürst von Barrow und Lord von Slieve Bloom
Thady Boy Ballagh, sein Sekretär und Ollave
Piedar Dooly, sein Diener
Theresa Boyle, eine irische Witwe, ansässig in Neuvy
Oonagh O'Dwyer, ihre Nichte
Hélie und Anne Moûtier, Verwandte Oonaghs, ansässig in Blois
Cormac O'Connor, Erbe von Brian Faly O'Connor, Rebellenführer
George Paris, ein Agent

Die französische Seite:

König Heinrich II. von Frankreich
Katharina von Medici, seine Gemahlin
Diana von Poitiers, Herzogin von Valentinois, seine Geliebte
Franz, Dauphin von Frankreich, sein Erbe, verlobt mit Königin Maria von Schott-
    land
Elisabeth und Claude, Heinrichs kleine Töchter

Margarete von Frankreich, seine Schwester

Anne de Montmorency, Marschall, Großmeister und Konnetabel von Frankreich

François de Guise, Zweiter Herzog von Guise, Bruder der Königinmutter von
  Schottland

Claude de Guise, Herzog von Aumale, sein Bruder

Charles de Guise, Zweiter Kardinal von Lothringen, sein Bruder

Herzog von Longueville, in Frankreich geborener Sohn aus Maria von Guises erster
  Ehe

John Stewart, Lord d'Aubigny, ehemaliger Hauptmann der Königlichen Leibwache
  der Schottischen Bogenschützen in Frankreich, Bruder des Grafen von Lennox

Robin Stewart ⎫ Mitglieder der Königlichen
Laurens de Genstan ⎭ Leibwache der Schottischen Bogenschützen

Jacques d'Albon, Marschall von St. André ⎫
Louis de Bourbon, Erster Prinz von Condé ⎪
Jean de Bourbon, Sieur d'Enghien, sein Bruder ⎬ Höflinge
François de Vendôme, Vitzdom von Chartres ⎭

Archembault Abernaci (Archie Abernethy) ⎫
Pierre Destaiz ⎬ Wärter der Königlichen
Florimund Pellaquin ⎭ Menagerien in Frankreich

Thomas Ouschart (Tosh), ein Seiltänzer

Maître Georges Gaultier, ein Geldverleiher in Blois

Die Dame de Doubtance, eine Sterndeuterin in Blois

Raoul de Chémault, Französischer Botschafter in London

Jehanne de Chémault, seine Frau

Die englische Seite:

John Dudley, Graf von Warwick, Großzeremonienmeister von England

Matthew Stewart, Graf von Lennox, Bruder des Lords von Aubigny

Margaret Lennox, geborene Douglas, seine Frau, Nichte des verstorbenen Königs
  Heinrich VIII. und von Sir George Douglas

William Parr von Kendall, Marquis von Northampton, Großkämmerer von England
  und Führer der englischen Gesandtschaft nach Frankreich

Thomas Butler, Graf von Ormond, ein in England ansässiger Ire, Mitglied der Gesandtschaft

Sir Gilbert Dethick, Erster Wappenherold Englands

Sir John Perrott, Bastard des verstorbenen Königs Heinrich VIII.

Sir James Mason, scheidender englischer Botschafter in Frankreich

Inhalt

Erster Teil:
Maskeraden   11

Zweiter Teil:
Gefährliches Gaukelspiel   147

Dritter Teil:
Jäger und Gejagte   295

Vierter Teil:
Abrechnungen   429

I. TEIL

Maskeraden

ERSTES KAPITEL

Sie meinte Crawford von Lymond. Der Erste Geheime Rat hatte seine Herrin endlich begriffen, und eine Ahnung kommenden Unheils durchzuckte ihn.

Königlich selbstbewußt, ohne Umschweife und mit der ihr eigenen französischen Sachlichkeit hatte die Königinwitwe von Schottland die Audienz abgehalten und brachte sie nun zu dem gewohnt abrupten Abschluß. Tom Erskine warf noch einen Blick auf die stattliche Frau, die trotz des freundlichen Wetters in ein wattiertes Gewand verpackt war, und der Gedanke an ihren bevorstehenden Besuch in Frankreich bereitete ihm Unbehagen.

Es war der glänzendste, kultivierteste und zugleich lasterhafteste Hof Europas, nach dem die Königinwitwe in Kürze absegeln sollte – begleitet von ihren Baronen, ihren Bischöfen und ihrer Leibwache. Daneben aber, so schien es, dachte sie noch an einen weiteren Mann.

Die Königinmutter war eine eigenwillige Frau – und keine Schottin. Von ihren Vorfahren hatte Maria von Guise eine ausgeprägte Ader für die Staatsgeschäfte geerbt, und viel seltener führten die Wege ihrer Politik durch offizielle Portale als durch geheime Hintertüren. So sprach sie von sicherem Geleit und verläßlichen Kurieren, von Prioritäten und Programmen, von Präsenten und von Leuten, die sie treffen, und von solchen, denen sie aus dem Wege gehen wollte – ehe sie hinzufügte: »Und ich brauche Informationen, verläßliche Informationen über die Vorgänge am französischen Hof. Ich glaube, es wäre gut, wenn wir einen – sagen wir... Beobachter hinschicken würden.«

Der Erste Geheime Rat hatte Maria noch niemals unbesonnen erlebt. Unter den Nachfahren des Herzogs von Guise gab es in dieser herausragenden Familie, die ihr Wappen mit denen von nicht weniger als acht Herrscherhäusern verflochten hatte, Kardinäle und Äbtissinnen oder hohe, einflußreiche Chargen am französischen Hof, die weltlich und mondän, Charmeure oder Hasardeure sein mochten – die aber niemals dumm waren.

Sie waren die Brüder und Schwestern der Königinwitwe – du lieber Gott, dachte Tom Erskine, sie waren doch die einzigen, an die sich Maria von Guise wenden durfte, um vertrauliche Informationen zu erhalten. Gewiß, es war nun schon zwölf Jahre her, daß sie, eine junge französische Witwe, als die Braut Jakobs V. nach Schottland gekommen war – und als der König vor acht Jahren starb, hatte er ihr einen Krieg, eine eben geborene Königin und einen Haufen rebellischer Adliger hinterlassen. Kein Zweifel, daß sie in Frankreich belauert werden würde – von den schottischen Baronen nicht weniger als von den Feinden ihrer Brüder. Aber so wohlgesonnen der französische König ihr auch sein mochte – die Entdeckung eines schottischen Spions an seinem Hof käme einer Katastrophe gleich. Erskine sagte laut: »Madam, man glaubt, Sie wollen Ihre Tochter besuchen, nichts weiter.«

»... eine Art Beobachter«, wiederholte sie gelassen. »Jemand wie Crawford von Lymond.«

In Erskines Vorstellung tauchte ein feingeformter blonder Kopf auf. Er erinnerte sich an eine Stimme, metallisch hart wie die Geräusche einer Waffenschmiede, und er sagte geradeheraus: »Sein Name und sein Gesicht sind in ganz Frankreich bekannt. Und ich bin verdammt sicher, daß er sich nicht dazu überreden lassen wird.« Es war allgemein geläufig, daß jede der Parteiungen des Königreichs irgendwann einmal Lymonds Dienste zu kaufen versucht hatte. Und die Angebote beschränkten sich nicht nur auf Schottland, wo Politiker wie Männer aus dem Volk um ihn warben: Ganz Europa konnte ihm, wenn er nur wollte – und hier und da wollte er –, als Arbeits- oder Tummelplatz dienen.

»Wer weiß – vielleicht ist er es leid, zu Hause herumzusitzen?« fragte die Königinmutter unbeeindruckt.

»Trotzdem hat er es kaum nötig, sich zu verdingen.«

»Aber immerhin, er könnte doch nach Frankreich kommen?«

Mein Gott! »Um sich zu amüsieren, ja«, sagte Tom Erskine abwehrend. »Aber aus keinem anderen Grund.«

Die Königinmutter lächelte, und es ging ihm auf, daß er sie wieder einmal falsch eingeschätzt hatte, daß sich ihr Denken auch diesmal über die gewöhnlichen Begriffe von Vorsicht und Wagnis hinwegsetzte.

»Wenn er nur für die Dauer meines Besuchs in Frankreich ist«, sagte sie, »bin ich schon zufrieden. Richten Sie ihm das aus.«

Tom Erskine stellte sich für einen Augenblick vor, wie angenehm es wäre, jetzt krank zu werden, nicht mehr reiten zu können oder ganz einfach taub zu werden. »Es wird mir ein Vergnügen sein, Madam«, sagte er.

ZWEITES KAPITEL

Am letzten Donnerstag im September und am vierzehnten Tag nach dem Aufbruch in Irland flaute der Wind so sehr ab, daß die Galeere »La Sauvée« den Hafen von Dieppe rudernd anlaufen mußte.

Die besten Schiffe, verläßliche Mannschaften und die erfahrensten Kapitäne hatten die schottische Königinwitwe nach Frankreich gebracht. »La Sauvée« aber, ein bereits im Jahre 1520 gebautes Schiff, beförderte nur ein paar irische Gäste an den französischen Hof – ein ganz alltäglicher Auftrag. Ihr Kapitän freilich – bewährt im Dienst am französischen Hof – war kein Seemann, ihre Matrosen waren – weil man in diesem Punkt zuviel Großzügigkeit walten ließ – alles andere als nüchtern, und ihr Bootsmann nahm seit Monaten Haschisch. Zwei Stunden vor dem Einlaufen in Dieppe, reichlich früh also, lagen auf Deck schon die Flaggen und Wimpel zur Begrüßung bereit. Die Ruderer bedeckten ihre kahlgeschorenen Köpfe, ruhten und ruderten abwechselnd, und den Lotsen nahm das Aufziehen der Flaggen so sehr in Anspruch, daß er sich nicht um die Windverhältnisse kümmerte.

Robin Stewart, dem nicht nach Geplauder zumute war, hatte sich deshalb im Heck einen Stuhl neben dem fetten Iren gesucht, der beständig schlief. Das Schiff beförderte drei irische Passagiere, und Stewart, der der Königlichen Garde der Schottischen Bogenschützen in Frankreich angehörte, hatte den Auftrag erhalten, sie sicher an den französischen Hof zu bringen. Seit eineinhalb Jahrhunderten hatten die schottischen Bogenschützen den König von Frankreich Tag und Nacht bewacht, sie hatten ihn gekrönt, an seiner Seite gekämpft und ihn zu Grabe getragen – und man hielt sie allgemein (und auch sie selbst sahen sich so) für die Elite unter den Truppen, die der französischen Krone dienten. Daher war Robin Stewart auf ungewöhnliche Aufträge stets gefaßt: Zu ihnen gehörte es auch, weniger bedeutende Gäste des Königs auf ihren Reisen zu begleiten.

Am Ende der Überfahrt erwartete sie auf dem Hafenkai ein Empfangskomitee, eine Begrüßungsrede, eine Mahlzeit im besten Gasthaus von Dieppe und schließlich eine angenehme Nachtruhe in einem richtigen Bett. Danach hatte Robin Stewart seine Gäste zu Pferd landeinwärts zu begleiten, um sie an ihrem Reiseziel abzuliefern. Dieser Auftrag war nicht eben schwierig, bot freilich auch kaum Gelegenheit, zu Geld zu kommen oder sich einen Namen zu machen. Und da Stewart außer einer alten Rüstung und einem Platz in der Königlichen Garde nichts geerbt hatte, ging es ihm von jeher um Geld und Ansehen, und lange Zeit hatte er daran geglaubt, daß man in einer kriegerischen Zeit mit Geschick und zähem Einsatz in höchste Stellungen aufsteigen könnte, so geringer Herkunft man auch sein mochte.

Erst unlängst war ihm aufgegangen, daß Erfolge in der Welt der Waffen bei weitem geringer wogen als die Erfolge, zu denen man in der Welt der Intrigen gelangen konnte, und daß es – obwohl sich niemand mehr abrackerte als Robin Stewart – zahlreiche Leute gab, die allem Anschein nach geschickter vorgingen als er.

Er konnte es immer noch nicht ganz begreifen und grübelte oft angestrengt darüber nach, wie andere höchst durchschnittliche Leute es fertigbrachten, den Anschein großer Leistungen zu erwecken. Zugleich verwandte er viel Zeit auf immer neue Versuche, die Schranken zwischen seiner Welt normal bezahlter soldatischer Routinearbeit und, auf der anderen Seite, den Salons von Fürsten, Bankiers oder auch einflußreichen Geistlichen zu durchbrechen. Indessen konnte er es sich natürlich nicht leisten, in seiner regulären Stellung Boden zu verlieren, so lästig die alltäglichen Beanspruchungen auch sein mochten.

Robin Stewart blickte um sich und musterte seine Passagiere. Ihm zur Seite schlief noch immer, von ekelhaftem Weindunst eingehüllt, der Sekretär des Fürsten. Sein schwarzhaariger Kopf, auf dem die Schattenmuster der Takelage spielten, sah wie ein gewickelter Schmorbraten aus. Ob aus Angst vor der Schiffsreise oder aus Gewohnheit, Thady Boy Ballagh hatte jedenfalls zwei Wochen lang geschlafen oder wie betäubt dagelegen.

Ein Stück entfernt hatte sich Piedar Dooly, der Diener des Fürsten, in einen Winkel gedrückt, wo er gerade eben noch auszumachen war wie ein unbestimmbares Etwas an der Unterseite eines schwankenden Blattes. Und abseits von ihnen sah er den Fürsten selbst, ihren Herrn und Robin Stewarts dritten und wichtigsten Schützling.

Phelim O'LiamRoe, Fürst von Barrow, aus dem Geschlecht des sagenhaften Königs Milesius, Nachfahre von Carberry Katzenkopf, Art dem Einsiedler, Tuathal dem Rechtmäßigen und Fergus mit den Schwarzen Zähnen, Vetter des berühmten Maccon mit den beiden Kälbern so weiß wie über Nacht gefallener Schnee... Der Fürst war schlank und mittelgroß und hatte ein sanftes, ovales Gesicht, das ein blonder Backenbart umrahmte und bedeckte. Er war soeben, wie Stewart beobachtete, in eine höchst einseitige Unterhaltung mit einem kohlschwarzen Bugmann aus Tunis vertieft, wobei er den Hauptdurchgang der Galeere zu den Matrosen, den Ruderern, den Schlagmännern, den Soldaten, den Wachen, den Fähnrichen, den Leutnants und dem Kapitän gleicherweise versperrte.

Der schwitzende Mohr, der sich gegen ein fünfzig Fuß langes, schweres Buchenholz stemmte, stieß wie ein Kolben auf der Fünf-Mann-Ruderbank regelmäßig und schweigend zurück und ruderte vierundzwanzig Schläge in der Minute, während O'LiamRoe, Häuptling seines Geschlechts, Fürst von Barrow, Lord von Slieve Bloom in Irland, freundlich und endlos auf ihn einredete.

»... und es sollte mich doch wundern, wenn wir nicht darin übereinstimmten, daß die Hebelwirkung eines der großen Wunder dieser

Welt ist – was übrigens schon mein Vater wußte und mein Großvater am eigenen Leibe erfahren hat: Der Alte wog zweieinhalb Zentner und war bettlägerig – und wenn sie ihn unten an der Pumpe wieder einmal ordentlich abgespült hatten, legten sie einen Sargdeckel
über einen Torfstapel in der Nähe seines Bettes und setzten meinen
Großvater auf das eine Ende. Man hatte eine Färse darauf trainiert,
auf das andere Ende zu springen... Und als man den Deckel am
Ende über ihm zugenagelt hatte, war meine alte Großmama bei der
Totenwache regelrecht vergnügt, denn die Arme hatte jedesmal,
wenn mein Großvater durch die Hebelwirkung ins Bett geschleudert wurde, Unmengen von blauen Flecken abbekommen...«
Es schauderte ihn. Seit zwei Wochen machte Stewart das nun schon
mit. Im irischen Dalkey hatte er den großen Herrn zum erstenmal
erblickt, als O'LiamRoe ebenso ungeschickt wie eifrig die Leiter
heraufgeklettert kam und sich auf dem Mastbock der »Sauvée« den
Augen aller präsentierte: ein unbekümmerter, leutseliger und munterer irischer Barbar, angetan mit einem safrangelben Wams und einem Trikot in derselben Farbe.
Sein gesamtes Gefolge, für das Mr. Stewart eine Kabine hergerich-
tet hatte, bestand aus zwei Personen: dem kleinen, koboldhaften,
unzivilisierten Piedar Dooly und dem permanent totenähnlich
schlafenden Mr. Ballagh.
Es war nicht so sehr O'LiamRoes Erscheinung und sein Aufzug,
auch nicht seine naive Vorliebe für nutzlose Gelehrsamkeit, die Robin Stewart befremdeten, vielmehr die Bereitwilligkeit des Fürsten,
sich rundherum ausfragen zu lassen. Als Beobachter der menschlichen Natur liebte Stewart das gezielte Analysieren seines jeweiligen
Gesprächspartners, und die Taktik, mit der er dabei vorging, war
bemerkenswert. Er konnte beiläufig über die Handhabung des
Langbogens plaudern und dennoch auf ganz undurchschaubare
Weise das Gespräch auf die für ihn wesentlichen Dinge lenken: So
pflegte er sich ein genaues Bild von der Höhe der Einkünfte seines
Gesprächspartners und von seinen Fertigkeiten sowie von seiner
Ausbildung – sofern er eine genossen hatte – zu machen. Was aber
O'LiamRoe betraf, wußte Stewart schon nach einem Tag, daß der
Fürst dreißig Jahre alt und unverheiratet war und auf einer mächti-

gen, rauhen irischen Burg lebte. Er erfuhr, daß es dort eine verwitwetete Mutter, ein paar Dienstboten, fünf *tuaths* voller Clanmitglieder und ansonsten nur das Allernotwendigste zum Leben gab. Von nennenswertem Vermögen konnte offenbar keine Rede sein. Stewart hatte sich auch erzählen lassen, daß O'LiamRoe in den Augen seiner Gefolgsleute als einer der bedeutendsten Anführer im englisch besetzten Irland galt, wenngleich sich ihm bislang noch keine Gelegenheit geboten hatte, seine Leute tatsächlich irgendwohin zu führen.

Während er beobachtete, wie der Lord von Slieve Bloom die Schultern straffte und munter davonschritt, wobei er achtlos auf einen alten Wimpel mit dem Bild eines königlichen Salamanders trat, stieg in Robin Stewart Ärger auf, ein Ärger, wie ihn etwa eine Mutter über ein ungezogenes Kind empfindet: »Und überhaupt, was um alles in der Welt ist ein *tuath*?«

Er hatte das laut gesagt. Und nahe an seinem Ohr antwortete eine Stimme: »Dreißig *ballys*, mein Lieber. Und wenn Sie fragen, was um alles in der Welt ein *bally* ist: Ein *bally* beherbergt vier Kuhherden, und sosehr es die Kühe auch zueinanderdrängt – da drin schubbert sich kaum eine an der anderen.« Der dicke Ire auf dem Stuhl an seiner Seite kratzte sich den schwarzen Schopf und faltete dann wieder die Hände über dem gemütlichen Bäuchlein. »Hat O'LiamRoe etwa vergessen, Ihnen das zu erklären? Er malt doch sonst jede Kleinigkeit breit genug aus.«

Der Schotte hatte Mr. Ballagh, der ja ständig schlief oder betrunken war, bislang kaum Beachtung geschenkt. Nun aber schien ihm, als gäbe es in diesem dunkelhäutigen, schlaffen, unrasierten Gesicht Züge von Intelligenz und Sarkasmus – vielleicht die Überreste edlerer Neigungen, die sich in Unterwürfigkeit und Zynismus aufgelöst und zersetzt hatten. Stewart fragte leichthin: »Sind Sie schon lange bei dem Fürsten?«

Mr. Ballagh antwortete lakonisch: »Seit drei Wochen.«

»Drei Wochen zu lange, wie? Sie hätten vorher Erkundigungen über ihn einholen sollen.«

»Das hätte ich freilich tun können, aber wer hätte mir denn Auskunft gegeben? Der Kerl lebt in einem Moor, und höchstens der

Teufel in eigener Person kriegt ihn in der Weite dieses Landes mal zu sehen. Von dem Freund eines Vetters eines Vetters von mir«, sagte Mr. Ballagh in einem Anflug weinseliger Mitteilsamkeit, »erfuhr ich, daß der Fürst ganz versessen auf einen perfekt ausgebildeten *Ollave* sei, der für ihn Französisch dolmetschen soll – und da bin ich also.«

O'LiamRoe sprach kein Französisch. Daß er Englisch sprach, war für Stewart immerhin eine angenehme Überraschung. Frankreich hatte sehr berechnend nicht wenige der mächtigen Anführer des von England unterdrückten Irland gastlich aufgenommen, und französische Politiker waren des öfteren über die gälisch und lateinisch abgefaßten Pläne dieser Iren für allerlei Verschwörungen in Verzweiflung geraten. »Was ist ein *Ollave*?« fragte Mr. Stewart.

»Ein bezahlter Ollave im Dienstverhältnis«, dozierte Magister Ballagh, »ist wie eine gut gestimmte Trommel und – so sagt man in Irland – ein Beweis dafür, daß der Herr des Hauses ein vornehmer, reicher und sehr belesener Mann ist. Ein Ollave, der den höchsten Grad der Gelehrsamkeit erreicht hat, ist Professor, Sänger und Dichter – alles in einem. Seine Lieder und Geschichten handeln von Schlachten und Seereisen, von Tragödien und Abenteuern, von Überfällen auf Viehherden, von Beutezügen, Plünderungen, Gastfreundschaft, Liebeswerben und Entführungen, von Prügeleien und Verwüstungen, von Belagerungen, Festlichkeiten und Blutbädern... Leider schenkt man heutzutage seine Aufmerksamkeit eher einem Mann, der ein Schwein schlachtet, als auch nur die Hälfte dieser Geschichten anzuhören. Ich«, fügte Mr. Ballagh bitter hinzu, »habe den höchsten Grad eines Ollave.«

»Sicher vergeuden Sie da bloß Ihre Zeit«, meinte Robin Stewart. »Dabei könnten Sie mit diesen Sachen doch gewiß eine Menge Geld verdienen... Aber warum um Himmels willen haben Sie sich denn überhaupt auf die Dichtkunst verlegt?«

»So? Eine Menge Geld – wo in Irland jedermann vom Gesetz dazu gezwungen wird, Englisch zu sprechen?« stieß Mr. Ballagh wütend hervor. Er beruhigte sich wieder. »O'Coffey, der die Bardenschule in der Nähe meines Elternhauses betrieb, hatte dort auch eine Hurling-Mannschaft zusammengestellt, die so großartig spielte, daß man als Junge beim Zusehen rote Ohren bekam und nicht mehr stillsitzen konnte. Ich war das fünfzehnte Kind und das flinkste – warum also hätte ich mich gegen das, was mein Vater und O'Coffey mit mir vorhatten, sträuben sollen? Das fünfzehnte. Und das flinkste...«

Magister Thady Boy Ballagh glättete das zweifelhafte Schwarz seines Wamses, zupfte an den schlaffen, grauen Rüschen seiner Manschette und schlug die fleckigen Falten seines Mantels über die Knie. »Geben Sie mir bitte mal die Flasche herüber?«

Aber es war bereits zu spät. Schon näherte sich die Bö gleich einem flatternden Unheil über dem Wasser und, von ihr erfaßt, die »Gouden Roos«, eine dreimastige Galeasse, die mit voll gesetzten Rahsegeln vom Windstoß erfaßt wurde. Einen Augenblick noch glitt die »Sauvée« ruhig dahin. Aus der Lederflasche floß Rotwein Mr. Ballaghs Kehle hinab. Mit verschränkten Armen beobachtete Stewart, wie sich O'LiamRoes Kopf hin und her bewegte, wie sich die fünfzig Ruderblätter hoben, das rote Sonnenlicht einfingen und dann wieder in den glasig grünen Schatten sanken.

Sie hoben sich erneut – doch diesmal blieb der Schatten. Die ganze Galeere verschwand aus der Sonne über den hellen blauen Wassern des englischen Kanals, als die Tausend-Tonnen-Galeasse auf sie zuschoß.

Sie war ein flämisches Schiff mit schlecht ausbalanciertem Schiffsboden. Ihre Schoten waren in Lee gefiert, so daß die westliche Bö sie gepackt hatte und sie nun leewärts wirbelte, vom Druck des Windes auf die Schiffswände und Aufbauten zusätzlich vorangetrieben. Dann packte der Wind auch die »Sauvée«. Magister Ballagh fiel die Flasche aus der Hand. Die Stühle im Heck glitten davon, und mit kreischenden Wanten legte sich die Galeere auf die Seite. Das mächtige Gerippe des Schiffsrumpfes, aus dem über seine ganze Länge von 150 Fuß die Ruder wie Stacheln herausragten, geriet unter Druck, knüppelte und knarrte. Der Schatten der Galeasse verdunkelte sich, und der Kapitän sprang brüllend auf die Laufplanke. Auf der Steuerbordseite waren die Galeerensklaven von den Ruderbänken hochgeschnellt. Gischt sprühte auf und fiel zischend auf die verlassenen Bänke, und für einen Augenblick hörte man O'Liam-Roe, der mit zwanzig anderen in das Durcheinander von Fahnen und Segeltuch rund um die offenen Laderäume rutschte, mit Stentorstimme bellen: »Den Schlüssel! Den Schlüssel für die Fußeisen, du elender Tölpel!«

Stewart, der das Heck verlassen hatte und sich an der Reling festklammerte, hörte das und sah, wie man auf der Galeasse, von deren Bugkastell weiße Gesichter starrten, endlich Anstalten machte, hart am Wind zu segeln: Die Schoten wurden energisch eingeholt und die Ruderpinne korrigiert, um die »Gouden Roos« in den Wind zu steuern. Doch sie war ein schwerfälliges Schiff und wurde schlecht manövriert. Die Galeasse drehte querab auf die Galeere zu und nahm mit zitternden Segeln Kurs in den Wind, aber sie bewegte sich bereits zu schnell leewärts. Zwischen den beiden Schiffen spritzte das Wasser hoch auf und sank wieder in sich zusammen. Ein kurzes Beben folgte, und dann traf – begleitet vom knirschenden Kreischen des Aufpralls – Holz auf Holz. Zwanzig mächtige Steuerbordruder wurden durch den Zusammenstoß auf Nadelgröße zusammengepreßt, und als der oberste Rand des tiefer liegenden Freibords der »Sauvée« nachgab, stürzten zwanzig Ruderschäfte wie in gierigem Hunger auf Blut und Fleisch nach innen und durchbohrten christliche Diebe wie heidnische Piraten mit blankem Holz und gedrehtem Blei. Die Welt schien einen Moment stillzustehen, als die beiden Schiffe aufeinanderprallten; dann gehorchte die »Gouden Roos« dem Ruder und machte sich schlingernd frei, während das Meerwasser in das Leck an der Flanke der »Sauvée« schoß.

Panik und Ratlosigkeit hielten Stewart an der Reling fest. Er sah, daß die schlecht ausgebildete Besatzung – führerlos, von Entsetzen gepackt und dezimiert – keine Ahnung hatte, was zu tun war. Der Bootsmann war verschwunden. Von Gischt durchnäßt, klammerte sich der Kapitän am Großmast fest und brüllte zu der treibenden Galeasse hinüber. Von den irischen Gästen war niemand mehr zu sehen. Erst als Stewart ein paar Schritte auf dem schwankenden, schlüpfrigen Deck wagte, erblickte er O'LiamRoe, der gerade die Deckleiter hinunter verschwand, und zwei schwarzhaarige Kelten, die den Hauptdurchgang entlangtaumelten, Luken schlossen und das Knäuel der durchweichten Flaggen ins Meer schleuderten.

Die »Sauvée« richtete sich langsam auf. Auf der Backbordseite war sie noch immer trocken und unversehrt, beim Rollen nach Steuerbord jedoch nahm sie mit einem schmatzenden, saugenden Geräusch grünes Meerwasser auf. Die Galeasse trieb mit entblößten und zersplitterten Spanten noch immer an ihrer Seite. Dem Steuermann war es zwar gelungen, die »Gouden Roos« in den Wind zu bringen, aber durch den Aufprall hatte sie alle Fahrt verloren. Sie lag schwerfällig über Stag – unfähig, aus dem verhängnisvollen Kurs der Galeere zu segeln –, und der immer wieder umspringende Septemberwind packte ihr breites Oberwerk und begann sie noch einmal unbarmherzig zurück und gegen die Flanke der angeschlagenen Galeere zu treiben.

O'LiamRoe erschien für einen kurzen Augenblick unterhalb von Stewart mit einem Stemmeisen in der Hand und verschwand nach Steuerbord in die Hölle der geschundenen Leiber. Es schien ein beinahe aussichtsloses Unterfangen der Barmherzigkeit zu sein. Von diesem Gedanken beschämt, sprang Stewart selbst in das Getümmel hinunter und eckte wie ein hilfloser Holzblock nach allen Seiten an. Die freien Männer kämpften sich stumm vor Entsetzen zum einzigen Rettungsboot vor, gefolgt von den ersten losgeketteten Sklaven. Als er, von ihnen eingekeilt, mitgerissen wurde, brach eine See zischend auf das Vorderkastell der Galeere. Die Männer duckten sich und stoben brüllend auseinander. Zum letztenmal warf die Galeasse ihren Schatten über das angeschlagene, ringende Schiff.

Und in diesem Augenblick ertönte das Pfeifensignal, dann noch einmal, und dann hörten sie den Befehl – klar, knapp und ruhig: »*On va faire voile! Casse trinquet! Timonier, orse!*«

Es waren gerade noch genug besonnene Männer übrig, die imstande waren, dem Befehl zu gehorchen, und einer von ihnen war Stewart. Mit wilder Entschlossenheit stürzten sie sich auf die Talje des hoch über ihnen zusammengerollten Stagsegels. Bereitwillig zupackende Fäuste ergriffen das Tau, und von allen heimtückischen, beutegierigen Göttern des Meeres schon halb verschlungen, vereinten die Männer in Schrecken und böser Vorahnung ihre Kräfte zu dem gewaltigen Ruck, der notwendig war, um das Segel von den Spierenbügeln zu befreien und den rettenden Wind einzufangen. Das Hanftau peitschte und krachte, als sie zogen – doch das Segel blieb fest aufgerollt auf der Rahnock.

Stewart starrte mit geschwollenen Augen zum Masttop hinauf und zog mit den anderen ein zweites und drittes Mal an der Segelleine. Die Galeasse schob sich näher heran. Leewärts hob und senkte sich mit den Wellen plötzlich eine Traube von Köpfen – dann noch mehr. Das leichte Rettungsboot, über eine Steuerbordrolle freigesetzt, landete unglücklich auf dem Wasser und kenterte. Das Schlagen und Toben der Wellen, lauter als die Stimme des Windes, das Stöhnen des Holzes und die von der Luft verschluckten Schreie der Verletzten, steigerte sich zu einem Donnern, als sich die Schiffe einander näherten. Stewart, dem sich die zerschundene Haut weiß und rot von den Handflächen löste, zog mit hämmerndem Puls erneut und vergeblich im Verein mit den anderen.

Eine rundliche, gedrungene, von glänzendem Salz bedeckte Gestalt turnte das lose herabhängende Fockmasttau hinauf. Ihr vom Wind aufgebauschter Mantel flatterte, und ihre Hände schienen in die vom Wind gejagten Wolken zu greifen. Magister Thady Boy Ballagh, Ollave, Poet und Professor, das fünfzehnte und flinkste Kind seiner Eltern, kletterte geradenwegs zur Rahnock hinauf, erreichte die Piek, und fünfzig Fuß hoch über dem krängenden Deck untersuchte er, ein Messer in der Hand, die Laschings. Er benutzte das Messer nur sparsam und vorsichtig; dann glitt er behende zum Masttop und gab das Signal. Die Männer unten zogen.

Mit einem gleitenden Knattern fielen vierhundert Ellen Segeltuch von der Nock, blähten sich auf, strafften sich. Die »Sauvée« erbebte und warf jeden der verbliebenen vierhundert Männer zu Boden. Sie erbebte, kam zur Ruhe, und sanft vor dem Wind liegend hob das Schiff seine zerstörte Flanke aus der See, sammelte Kraft, umfuhr leicht krängend das plumpe Heck der Galeasse und zog ruhig davon.

Robin Stewart fühlte sich schwach. Er schob die zerschundenen Hände in die Achselhöhlen und hielt nach seinen Schutzbefohlenen Ausschau. Er hatte gerade Piedar Dooly ausgemacht, der damit beschäftigt war, Fußeisen aufzubrechen, als sich über den Ruderbänken ein goldblonder Kopf hob und sich dem roten Abendhimmel zuwandte.

»*Liam abú!*« schrie Phelim O'LiamRoe, Fürst von Barrow, Lord von

Slieve Bloom triumphierend seinen Vorvätern zu. »Liam zum Sieg!«

»*Liam abú!*« antwortete sein Ollave kurz und bündig von der Rahnock her und glitt wie ein schmutziger Regentropfen hinab auf das Deck.

DRITTES KAPITEL

Dieppe, die Stadt der Linden, schlief. Auf den Mauern, der Brücke, an den beiden Stadttoren patrouillierten die Wachen. Die Fischerboote waren aufs Meer hinausgefahren. Im Fluß flackerten Laternen, wo, Walen gleich, die Galeeren mit dem Bug am Kai lagen, und der Leuchtturm warf sein Licht über die Sandbank. In der Stadt rochen die Gassen nach Fisch und der noch immer frischen Farbe, mit der man die Stadt für den Besuch der schottischen Königin verschönert hatte; hier und da flatterte dunkel eine vergessene Fahne mit dem Emblem der Guisen.

Die hohen Herrschaften waren nun landeinwärts gezogen. Morgen sollten ihnen die irischen Gäste des französischen Königs folgen; heute nacht jedoch erholten sie sich auf den bequemen Matratzen des »Porc-épic« von den Unbilden der Überfahrt, und die Fenster des Gasthauses waren dunkel.

»La Pensée«, das schöne Haus von Jean Ango, dem ehemaligen Festungskommandanten, war nicht erleuchtet – ein einziger Mann jedoch war noch wach. Reglos neben den stillen Fontänen der Terrasse, den Blick über die Laubengänge mit den schimmernden Marmorgliedern attischer Gottheiten hinweg auf den mondbeschienenen Fluß gerichtet, wartete Tom Erskine ohne Ungeduld auf einen Besucher.

Der unsichere Friede, der unlängst über Europa gekommen war, hatte für die schottischen Staatsmänner vor allem anstrengendes Reisen und noch anstrengendere Verhandlungen bedeutet. Zu wichtigen Verhandlungen, die in Flandern stattfinden sollten, war Erskine auch jetzt auf dem Weg. Er war nicht nur der Erste Geheime Rat seines Landes, sondern mit seinem gesunden Menschenverstand auch der ebenso behutsame wie energische Diplomat, auf den sich Maria von Guise verlassen konnte.

23

Freilich war es nicht sein gesunder Menschenverstand, der ihn auf die Terrasse getrieben hatte, sondern schlichte Neugier: es interessierte ihn, auf welchem Weg sein Besucher kommen würde. So stand er wartend in der milden Septembernacht – ein stämmiger, ausgeglichener, verläßlicher Mann. Als ein Meister geräuschloser Bewegung erschien sein Besucher ohne die geringste Vorankündigung. Von irgendwoher drang der Hauch eines Lachens, kühlere Luft wehte Erskine an, und eine angenehme, vertraute Stimme drang aus dem Dunkel. »Wie bezaubernd, Liebchen! Laß uns tändeln!«

»Sind Sie da?« Tom Erskine drehte sich rasch um und suchte die Dunkelheit mit den Augen ab. »Wo sind Sie?«

»Wie es sich so trifft, sitze ich auf Klothos Spinnrocken und halte Ausschau nach Atropos' Schere. Einer der wenigen Vorteile einer klassischen Bildung.« Und tatsächlich bewegte sich auf einer der Statuen ein dunkler Schatten, schwang herum und sprang leichtfüßig auf den Boden. Eine kühle Hand nahm seinen Arm.

»Der Auftritt des schlauen Fuchses… Lassen Sie uns hineingehen«, sagte Crawford von Lymond.

Lymond trug eine Maske. Schlank, in schwarzer Seide, das blonde Haar unter Kappe und Kapuze verborgen, paßte er zum Stil des Raums wie ein Stück von Jean Angos florentinischem Silber. Er nahm die Maske ab, und Erskine wurde von dem schweren, starren Blick aus blauen Augen umfangen. Wieder sah er den harten Mund, die fein strukturierte Haut, unter der sich die Knochen klar abzeichneten.

Als Erskine mit dem Ersuchen der Königinwitwe zu ihm gekommen war, hatte er nicht eine Sekunde lang daran geglaubt, daß Lymond einwilligen würde. Und nicht eine Sekunde lang hatte er angenommen, daß die Königinmutter akzeptieren würde, als er mit Lymonds Bedingungen zurückkehrte. Dennoch war diese absonderliche Beziehung – weder eine zwischen Herrin und Diener noch eine zwischen Verbündeten oder Partnern – zustande gekommen. Er war da: Francis Crawford von Lymond, der seine Anwesenheit als unabhängiger Agent bekundete, der im Winter für die Dauer des Besuchs der schottischen Königinwitwe in Frankreich bleiben und ihr von der Welt der Verschwörungen, Geheimnisse und Intrigen, in die einzudringen er sich vorgenommen hatte, nur soviel oder sowenig berichten würde, wie es ihm beliebte. Die Königinwitwe ihrerseits sollte ihm nichts schulden, am allerwenigsten Schutz, falls er entlarvt wurde. Es war eine Übereinkunft, die, so schien es, beiden zusagte.

Lymond und Tom Erskine hatten nicht viel gemeinsam, und sie wechselten nur wenige persönliche Worte, bis die Becher mit dem Wein des Königs von Frankreich gefüllt waren. Als sie sich gesetzt hatten, hob Tom seinen Becher zum Gruß. »Willkommen in Frankreich.«

»Danke. Ich nehme an, daß unsere erhabene Königinmutter heil angekommen ist.«

»In der vorigen Woche. Der französische König hält sich in der Nähe von Rouen auf und wartet darauf, einen seiner verdammten festlichen Einzüge zu veranstalten. Die Königinmutter hat Dieppe verlassen, um sich ihm anzuschließen, und man wird sie für die Dauer der Festlichkeiten in Rouen etablieren. Danach geht der gesamte Hof für den Winter nach Süden.«

»Während Sie nach Brüssel reisen müssen. Wahrhaftig – es gibt keine Gerechtigkeit.« Es folgte ein kurzes Schweigen. Erskine grübelte nicht zum erstenmal angestrengt darüber nach, wieviel Lymond wohl wissen mochte. Er selbst war als Sonderbotschafter auf dem Weg nach Brüssel und Augsburg, um mit Kaiser Karl einen Friedensvertrag abzuschließen, einen Vertrag, der in Schottland nicht sonderlich erwünscht war, denn gerade die tüchtigsten schottischen Seeleute pflegten auch in Friedenszeiten bevorzugt flämische Galeassen zu kapern. Unter französischem Druck jedoch hatte der schottische Statthalter schließlich zugestimmt; und für diese Konzession würde die Königinwitwe zweifellos in angemessener Zeit die angemessene Belohnung von Frankreich erhalten.

Es war ein Friedensschluß, der auch den Kaiser in Augsburg mit einigem Mißtrauen erfüllte und der ihn sicherlich noch mißtrauischer gemacht hätte, wenn ihm bekannt gewesen wäre, daß sich Tom Erskine auf dem Weg zu ihm in London aufgehalten und Friedensverhandlungen mit England, dem gegenwärtigen Feind des Kaisers, geführt hatte. Bislang freilich war zwischen Schottland und seinem Nachbarn noch kein Friedensvertrag unterzeichnet worden, sondern nur ein Waffenstillstand. In Brüssel konnte Erskine reinen Herzens erklären, daß es zwischen England und Schottland weder Handel noch Kontakte ohne Geleitschutz gebe, daß der Besuch der Königinmutter in Frankreich ausschließlich in dem natürlichen Wunsch begründet sei, ihre Tochter, die Königin, wiederzusehen, und daß seine eigenen Besuche in Frankreich jetzt wie nach Beendigung seiner diplomatischen Mission einzig der Besorgnis der Regierung um das Wohlergehen der schottischen Königin zuzuschreiben seien.

Erskine hoffte zu Gott, daß auch Lymond dies glaubte; der kaum verhüllte Spott in seinem Gesicht ließ ihn allerdings daran zweifeln. Lymond jedoch sagte nur: »Und Maria, Königin von Schottland, unsere erlauchte Prinzessin?«

»Sie ist bei ihrer Mutter.« Erskine zögerte, er mißtraute dem Ton des anderen. Während der steifen Empfangszeremonien in Dieppe war es einer der wenigen anrührenden Augenblicke gewesen: die Begegnung der Königinwitwe mit ihrer inzwischen siebenjährigen Tochter Maria, die sich in den zwei Jahren ihres Aufenthalts in Frankreich zu einem fröhlichen, eigenwilligen Mädchen entwickelt hatte. Königin und Königinmutter hatten einander mit Tränen in den Augen begrüßt: Der Besuch der Königinwitwe würde ja nur ein Zwischenspiel sein, und nach ihrer Abreise würde Maria in Frankreich zurückbleiben, um in sechs oder sieben Jahren den Erben des Königs zu heiraten. Sie war die Königin von Schottland – und hatte fast ihr ganzes Schottisch vergessen.

»Und nun«, sagte Lymond, »verraten Sie mir bitte, welcher Ihrer charmanten Kollegen die Königinmutter von Schottland begleiten.«

Erskines Gesicht klärte sich auf. »Bei Gott, Francis, das ist in der Tat ein Haufen Schleicher, den sie diesmal in ihrem Gefolge hat... fast den gesamten Kronrat. Sämtliche Schurken, denen sie schon zu Hause nicht trauen kann. Sie werden vorsichtig sein müssen.«

In der Ecke des Raums stand ein kleines, mit Einlegearbeiten verziertes Spinett. Lymond hatte seinen Weinbecher abgestellt. Er erhob sich, schlenderte zu dem Instrument hinüber und nahm davor Platz. »Sie werden mich nicht erkennen. Die Namen?«

Erskine zählte sie alle auf. Der Graf von Huntly war unter ihnen, ferner Lord Maxwell und Lord James Hamilton, der Erbe des Statthalters von Schottland. Erskine betrachtete Lymond aufmerksam, als er hinzufügte: »Und die beiden Douglas. James Douglas von Drumlanrig und Sir George.«

Francis Crawford und die Familie der Douglas waren Gegner seit langem, doch Lymond schien entzückt zu sein. »Das klingt verheißungsvoll. Wer noch?«

»Ein Haufen Erskines.« Tom grinste. Seine Familie gehörte seit Generationen zu denen, die der Krone treu ergeben waren. Margaret, seine Frau, hielt sich gegenwärtig als Hofdame in Frankreich auf; Jenny, Lady Fleming, die Mutter seiner Frau, war die Erzieherin der kleinen Königin; die jüngeren Schwestern seiner Frau und ihr Bruder zählten zu ihren Spielgefährten. Seine eigenen beiden Brüder gehörten zum Gefolge der Königinwitwe, und sein Vater, gegenwärtig leidend und daher nicht bei Hofe, war der Hüter der kleinen Maria, seit sie in Frankreich lebte.

Tom Erskine setzte seinen Bericht fort, und Lymond hörte ihm schweigend zu. Schließlich bemerkte er: »Was habe ich bei diesem Überfluß an Erskines hier eigentlich zu tun?«

»Spinett spielen«, antwortete der Sonderbotschafter lakonisch. »Und Sie spielen es entschieden zu gut.«

Das gleichmäßige Fließen der vibrierenden Töne wurde nicht unterbrochen. »Es wird unsere Stimmen überdecken. Keiner Ihrer Freunde ahnt, wie talentiert Sie sind.«

»Praktisch alle meine Freunde wissen, daß ich auf dem Ding nicht spielen kann. Was möchten Sie sonst noch wissen? Über den französischen Hof muß man Sie wohl kaum aufklären. Er ist...«

»... ein regelrechter Madenhaufen«, sagte Francis Crawford. »Ich könnte Ihnen mehr darüber erzählen, als Ihnen lieb ist.« Während seine Finger über die Tasten glitten, fuhr er leidenschaftslos fort: »Und über die Universitäten, die Gefängnisse, die Boudoirs und die Bordelle, die Paläste und die Gemälde, die Serenaden, die Bankette, die Liebesaffären, die Qualen des Ketzers auf dem Scheiterhaufen.

Über die Sprache des Bettes, die Sprache des Messers und die Sprache der Peitsche. Ich weiß, wo das alles ausgebrütet wird. Wenn es eine Bedrohung gibt, werde ich sie aufspüren... Ich muß gehen.«

Sie erhoben sich gleichzeitig, und Erskine unterdrückte den Impuls, gegen den raschen Aufbruch zu protestieren. Lymond hatte sich verpflichtet, seine Anwesenheit in Frankreich zu beweisen, mehr nicht; und er war pünktlich zu ihrem verabredeten Treffen erschienen. »Haben Sie lange in Dieppe gewartet?«

Es entging ihm nicht, daß Lymond die Brauen hob. Die Antwort war jedoch vollkommen sachlich. »Fünf Stunden, mehr nicht.«

Wie ein brennender Strahl heißen Wassers auf bloßer Haut traf ihn die schockierende Erkenntnis: »Jesus, Sie sind doch nicht etwa heute mit diesem durchlöcherten Schiff eingelaufen?«

»Eingelaufen?« Einen Augenblick verließ Lymond seine Sachlichkeit. »Es hätte nicht viel gefehlt, und ich wäre mit dem Ding zwischen den Zähnen in den Hafen gepaddelt. Wir hatten unterwegs einen katastrophalen Zusammenstoß: das Rudergeschoß voll Wasser, neunzehn Tote und fünfundzwanzig Verletzte, der Kapitän ein Trottel und der Bootsmann so voll Haschisch, daß er einen Amboß für ein Floß gehalten hätte.«

Erregt schritt Erskine zum Fenster und wieder zurück. »Ich habe es gesehen. Ich sah sie mit Schlagseite einlaufen, die Kanonen alle auf Backbord und die Anker querab – verdammt! Von einer Galeasse gerammt, nicht wahr? Neun Zehntel seemännisches Ungeschick, hieß es, und ein Zehntel lausiges Glück.«

»Auf der ›Gouden Roos‹ hat man es vermutlich für Pech gehalten«, sagte Lymond sarkastisch. »Schließlich wurde sie absichtlich leewärts gesteuert, um uns zu versenken.«

Erskine ließ sich in einen Stuhl sinken. »Sind Sie sicher?«

»Ja.«

»Hat es außer Ihnen noch jemand durchschaut?«

»Das bezweifle ich. Was Sie gehört haben, ist die allgemein akzeptierte Version: ein Unfall.«

Erregt wie er war, hielt Tom Erskine mit seiner Meinung nicht hinter dem Berg. »Diese irische Maskerade ist Wahnsinn. Wie können Sie arbeiten, wenn Sie schon angegriffen werden, bevor Sie überhaupt angefangen haben? Habe ich richtig verstanden, daß Sie den Namen einer authentischen Person benutzen?«

»Ja, natürlich. Aber ihr Aussehen ist so gut wie unbekannt. Trauen Sie uns doch ein bißchen Intelligenz zu.«

Offenbar hatte Mariotta, Lymonds irische Schwägerin, mit ihren Verbindungen in Irland ausgeholfen. »Und da reisen Sie also an den französischen Hof«, rief Erskine aus, »um sich von der französischen Krone darin unterweisen zu lassen, wie man die Engländer aus Irland vertreibt!« Er verstummte. Es war, wie er schon die ganze Zeit gefunden hatte, ein idiotischer Plan. Aber er sprach es nicht aus. Dafür erwies ihm Lymond die seltene Ehre einer Erklärung.

»Ja«, sagte er, »es ist der einfachste Weg, unerkannt in den inneren Kreis bei Hofe einzudringen. Ich nehme an, daß König Heinrich dem Fürsten von Barrow einen langen, luxuriösen Aufenthalt in Frankreich gestatten und ihm in dieser Zeit das Vergnügen einer Allianz mit Frankreich schmackhaft machen wird. Ich hoffe es wenigstens.«

Erskine antwortete schärfer, als ihm bewußt war. »Und was ist mit diesem Anschlag? Sie können doch nicht um französischen Schutz bitten und mit einer Leibwache auf den Fersen herumlaufen. Wer steckt dahinter?«

»Wäre es nicht amüsant, das herauszufinden?« antwortete Lymond mit unverhohlenem Spott. »Was, glauben Sie, liegt der Königinmutter mehr am Herzen – ihre Bündnisse oder ihr Leben?« Er schob den Riegel des geschlossenen Fensterladens zurück.

»Ohne französische Truppen und französisches Geld wird sich Schottland ihrer Meinung nach niemals von den Engländern befreien.«

»Aber in Frankreich gibt es eine Partei, die es dem Vernehmen nach nicht billigt, daß die Familie de Guise gutes französisches Geld ins Ausland schickt. Ich hoffe«, sagte Lymond und öffnete das Fenster, »daß sich nichts Ernsthaftes ereignet, denn meine Absichten in Frankreich sind ausschließlich frivoler Natur.«

Erskine war ihm zum Fenster gefolgt und fragte geradeheraus: »Warum sind Sie hierhergekommen? Doch nicht allein, weil die Königinmutter es verlangt hat?«

»Die Königinmutter«, erwiderte Lymond, »hat dies, wie Sie beide sehr wohl wissen, lediglich als eine Möglichkeit vorgeschlagen, mir Zugang zu ihrem Gefolge zu verschaffen, und sie wird enttäuscht sein. Ihr stehen hundert Informanten zur Verfügung.«

»Die alle überwacht werden«, ergänzte Tom trocken. »Meine Frau nicht ausgenommen.«

»Ich bin mir darüber klar«, sagte Lymond mit Nachdruck, »daß man von mir keine besonderen Aktivitäten erwartet. Ich soll allenfalls den Teufel mit zehn Pechkerzen und dem Gewimmer toter Kinder aufscheuchen. Doch ich bin willens, meine bescheidenen Wohltaten unter meinen Freunden zu verteilen. Ich muß gehen. Meine Zeit ist knapp.«

Das Schweigen, das Lymonds Worten folgte, war beiden unbehaglich. Lymond hob die Hand – ohne Juwelen merkwürdig fremd – und legte sie dem Ersten Geheimen Rat auf die breite Schulter. »Gehen Sie nach Flandern und kümmern Sie sich um Ihre Verträge – die Orgien überlassen Sie mir.« Er wandte den Blick ab, drehte sich um und glitt über die Fensterbank. »Liebliche Klotho, wo bist du?«

Die Nacht war dunkel. Als sich Tom Erskine hinauslehnte, sah er noch, wie die grimmige Marmorgöttin eine leidenschaftliche Umarmung über sich ergehen lassen mußte. Dann bewegten sich die Schatten des Gartens noch einmal, und die beleidigten Parzen waren allein.

Später in der Nacht sah eine Wache, die am Gasthaus »Porc-épic« vorüberkam, eines der vergitterten Fenster rot aufglühen. Der Wachtmeister hämmerte an die Tür. Die Küchenjungen weckten das Haus, und Köche, Pferdeknechte und Spießdreher hasteten hinauf in O'LiamRoes Zimmer.

Die Bettvorhänge waren ein Schleier raschelnder Flammen, und Feuer säumte bereits die Holztäfelung. Mit Besen und Teppichen und Kübeln stürzten sie, beißenden Rauch in den Augen, zum Bett und rissen die brennenden Vorhänge auseinander.

Das Bett war, bis auf ein zerknülltes, verwaistes Nachthemd, leer.

Der Wachtmeister selbst und Robin Stewart leiteten die hastige

Durchsuchung des Hauses, die noch andauerte, als das Feuer gelöscht war. Sie fanden Magister Ballagh, von Branntweindunst umgeben, in seinem Schrankbett, und dort ließen sie ihn auch. O'LiamRoe entdeckten sie schließlich neben Dooly im Stroh zusammengerollt auf dem Heuboden. Leicht erstaunt blickte er zu der Runde der von Lampen erhellten Gesichter auf, und als man ihm die dramatische Geschichte offenbarte, erging er sich in taktvollen, an den Wachtmeister gerichteten Bekundungen seines Mitgefühls. Er habe, so erklärte er, in den Federn den Anflug einer Erkältung verspürt und sei deshalb wieder aufgestanden, um sich zu Piedar Dooly zu gesellen, in dessen warmem Nest sie, dem Himmel sei Dank, im Nu so behaglich wie zwei frisch geschlüpfte Küken geschlummert hätten. Dann erhob sich der Fürst, und in seinen salzbedeckten Friesmantel gehüllt machte er sich auf, um den Schaden in Augenschein zu nehmen.

Eine Stunde lang wurden die Diener, der Wirt, der Nachtwächter und O'LiamRoe verhört, beschuldigt und höflich befragt, bis Stewart dem Zwischenfall schließlich entschlossen ein Ende machte und sie alle zu Bett schickte. Zwei Dinge nur hatten sich herausgestellt: Das Personal des Gasthauses war vermutlich unschuldig und überdies der Meinung, daß irgendein barbarischer irischer Brauch die Ursache des Feuers gewesen sei. O'LiamRoe hatte keine Ahnung, wer das Feuer gelegt haben mochte, und genoß die allgemeine Aufregung viel zu sehr, als daß er sich darüber den Kopf zerbrochen hätte.

Als die Gruppe endlich sein Zimmer verließ und ihn mit einem neuen Bett und Thady Boy – den man schließlich geweckt hatte, weil er die Nacht an der Seite des Fürsten verbringen sollte – allein ließ, warf Phelim O'LiamRoe den goldblonden Kopf in den Nacken, ließ den Friesmantel gleichgültig zu Boden fallen und stieg ins Bett. Der Ollave wandte ihm sein dunkles Gesicht zu. »Bei allen Heiligen! War das etwa das einzige Nachthemd, das Sie in das liebliche Frankreich mitgenommen haben?«

»Aber gewiß doch. Und war es nicht ein Glück, daß ich vorhin nicht drinsteckte? Glauben Sie, daß es ein Unfall war?« fragte O'LiamRoe vom Kissen her.

31

»Nein.«

»Oh, das glauben Sie nicht? Und glauben Sie«, fuhr der Fürst fort und öffnete unvermittelt eines der sanften blauen Augen, »daß der Zusammenstoß heute nachmittag ein Unfall war?«

Der Barde machte sich kaum die Mühe, den Kopf zu heben. »Ich bezweifle es«, sagte er und entledigte sich sorgsam seiner Überkleidung, die er zu einem Bündel zusammenrollte. »Ihre Händel gehen mich nichts an. Aber ich würde sagen, daß es ein paar Burschen gibt, denen sehr daran gelegen ist, daß Sie nicht mit dem König von Frankreich zusammentreffen.«

Der Fürst streckte sich und faltete die Hände hinter dem runden Schädel. »Daran habe ich auch schon gedacht«, gab er zu. »Ich kann mir aber nicht vorstellen, daß es in Slieve Bloom auch nur einen einzigen Mann gibt, der die Sache so anpacken würde. Mich vielleicht in einer dunklen Nacht mit einem Stück Stahl aufspießen – ja, das wäre ihnen zuzutrauen, aber sie sind eben todsicher allesamt nicht in Frankreich.«

»Wie wäre es mit den Engländern?« schlug Thady vor.

»Da könnten Sie recht haben. Denen sind derlei Barbareien auf See schon zuzutrauen. Aber ich glaube«, sagte O'LiamRoe und grinste auf seinem Kissen friedlich vor sich hin, »daß die Engländer mich lieber auf ihrer Seite hätten, und zwar lebend, als mit gebleckten Zähnen auf dem Meeresgrund. Wie würde Ihnen denn ein kostenloser Aufenthalt in England gefallen?« Und als der Ollave nur mit den Schultern zuckte, fügte Phelim O'LiamRoe hinzu: »Kommen Sie her, Bursche.«

Langsam näherte sich Thady Boy dem Bett. O'LiamRoe stützte sich auf einen Ellbogen, und einen Augenblick musterten seine blauen Augen das dunkle, verschlossene Gesicht des Sekretärs. Dann sagte er: »Sie bereuen, daß Sie den Posten angenommen haben, stimmt's?«

»Noch nicht.«

»O doch, Magister Ballagh. Ein schmucker, rücksichtsvoller Fürst, friedlich wie ein totes Schaf, wäre Ihnen als Herr angenehmer, nicht wahr?«

Der Ollave rührte sich nicht. »Wollen Sie mich entlassen?« fragte er.

»Gott schütze Sie, nein«, sagte O'LiamRoe entgegenkommend. »Wie könnte ich mit einem Auge leben! Es ist kein Geheimnis, daß ich kein Wort Französisch spreche, und mein Englisch verstaucht sich mitunter die Knöchel, wenn's schnell gehen muß. Bleiben Sie auf alle Fälle, wenn Sie mögen.«

Das wachsame Gesicht des Ollave entspannte sich, er schleuderte seinen Mantel zielsicher auf einen Sessel und entkleidete sich weiter. »Wenn Piedar Dooly schon zwanzig Jahre bei Ihnen ausgehalten hat, werde ich ein paar Monate sicherlich ertragen können«, sagte er.

»Piedar Dooly ist ein ausgemachter Lügner. Aus dem Mund eines Mannes, dessen Schneidezähne sich kreuzen, kommt nie ein wahres Wort. Es ist ein schlechtes Omen, wenn sogar sein Gebiß von seinen Lügengeschichten schockiert ist. Haben Sie seine neueste gehört?«

»Ist sie's denn wert, gehört zu werden?«

»Und ob! Während des Brandes hörte unser Piedar, wie jemand ein Fenster öffnete, und später hat er draußen nach Spuren gesucht. Haben Sie den künstlichen Teich gesehen, der gerade auf dem Marktplatz angelegt wird?«

»Ja.«

»Unser Brandstifter vor lauter Eile nicht. Er fiel hinein und hinterließ die ganze Straße entlang große, schlammige Fußabdrücke, bis die Spur sich schließlich verlor.«

»Wenn Dooly ihn nicht erwischt hat, war's die Geschichte kaum wert, erzählt zu werden.«

»Da haben Sie recht – bis auf folgendes: Die Fußabdrücke waren die eines Mannes, dem die rechte Ferse fehlt.«

»Oder der sich die Ferse verletzt hat«, meinte der Ollave.

»Wenn Sie die Bettvorhänge eines Gastes des Königs von Frankreich in Brand gesteckt hätten und davonliefen, würden Sie gewiß auch mit einer schmerzenden Ferse ein paarmal den Boden berühren – er aber nicht. Ich frage mich«, sagte O'LiamRoe nachdenklich, »warum er mich diesmal nicht einfach erstochen hat.«

»Weil Sie nicht da waren?« schlug der Ollave mit einer gewissen Bissigkeit vor.

»Ich habe den Eindruck«, sagte O'LiamRoe gemütlich, »daß man mir bloß einen gehörigen Schrecken einjagen wollte.« Und drehte sich um und schloß die Augen.

Es war still. Thady Boy brütete eine Weile vor sich hin. Dann kraulte er sich die staubigen Locken, fuhr sich mit einer rußgeschwärzten Hand übers Kinn, erwog nüchtern, sich zu waschen, und besann sich sogleich eines besseren. Und dann hob er sein Kleiderbündel auf, zog sich in einen Winkel zurück und holte eine Flasche Branntwein hervor. Er warf einen kurzen Blick zu O'LiamRoe hinüber. O'LiamRoe schlief fest.

»Nicht einen Funken Angst haben sie dir eingejagt, du Strubbelgesicht«, murmelte er. »Und für einen Iren hast du verflixt wenig nüchternen Menschenverstand.«

Und er löschte die Kerzen.

Am nächsten Morgen wurden ihnen mit dem Frühstück schmeichelhafte Neuigkeiten serviert. Ein Würdenträger des französischen Hofes sollte in Kürze eintreffen, um sie gemeinsam mit Robin Stewart nach Rouen zu begleiten. O'LiamRoe war entzückt und an allem interessiert. Er hatte bereits das Gasthaus bewundert, das Essen und den Bogenschützen Stewart, dessen wattiertes Wams in Weiß und Silber mit fleckenlosem Kragen, elegante Kniehosen und weiche Reitstiefel seiner schlaksigen Erscheinung eine Robustheit verliehen, die er keineswegs besaß.

Kein Gedanke an seine eigene Gewandung war bislang in O'LiamRoes wolkenlosem Gemüt aufgetaucht. Aus den Reisesäcken war, auch als man das Innerste nach außen kehrte, nicht mehr als ein weiteres Gewand zum Wechseln zum Vorschein gekommen. Und obwohl es heil und sauber war, wirkte der Aufzug des Fürsten ebenso bizarr wie zuvor. Mr. Ballagh trug abgewetztes Schwarz mit etlichen Spuren seines Frühstücks. Nur Robin Stewart war sich darüber klar, daß das Aussehen und die Manieren seiner Schutzbefohlenen einen Mißstand darstellten, und wußte, daß man Lord d'Aubigny nur deshalb hergeschickt hatte, um dem abzuhelfen.

Ehe er eintraf, stellte O'LiamRoe wißbegierig eine Frage nach der anderen. Ob Seine Lordschaft, beispielsweise, Englisch spreche?

»Ja, er ist gebürtiger Schotte«, antwortete Stewart gewissenhaft,

»mit demselben Familiennamen wie ich.« Er fragte sich, wieviel er schicklicherweise über John Stewart von Aubigny erzählen durfte. Daß er ein gebildeter Edelmann war, der einst die Königliche Leibwache der Schottischen Bogenschützen angeführt hatte, nun aber bestallter Königlicher Kammerherr war und eine Truppe von sechzig Lanzenträgern befehligte?

Lord d'Aubigny war seinerzeit Robin Stewarts eigener Hauptmann gewesen. In gewisser Weise war er auch jetzt noch sein Vorgesetzter – denn im Dienst unterstanden die Bogenschützen der Leibwache mehr oder weniger häufig der Befehlsgewalt der Königlichen Kammerherren. Daher hätte er diesen irischen Dummköpfen mehr über John Stewart von Aubigny erzählen können, als sie wissen wollten – zum Beispiel, daß er einem königlichen Geschlecht entstammte, dessen Vorfahren Könige von Schottland gewesen waren. Ein Zweig der Familie war in Schottland geblieben, und dessen Angehörige hatten als Lords von Lennox zu den bedeutendsten Familien des Landes gezählt. Der andere Zweig war durch Eheschließungen in Frankreich zu Macht und Einfluß gelangt, und diese Eheschließungen hatten John Stewart von Aubigny zu einem – wenn auch entfernten – Verwandten sowohl der Königin von Frankreich als auch der Geliebten des französischen Königs, Diana von Poitiers, gemacht. Die Stewarts hatten Frankreich im Kriege hervorragend gedient, denn seit Generationen stellten sie den Hauptmann der Königlichen Leibwache, und hatten Frankreich überdies einen Marschall geschenkt, dessen Ruhm sich mit dem Bayards messen konnte: Dienste, die mit Stellungen, Geld und Ländereien belohnt worden waren.

All das hatte der »Große John«, der gegenwärtige Lord d'Aubigny, geerbt, aber es hatte ihm letzten Endes soviel genützt wie dem Bogenschützen Robin Stewart seine alte Familienrüstung. Denn d'Aubignys Bruder, der Graf Matthew von Lennox, war – nachdem es ihm nicht gelungen war, die Königinwitwe zu heiraten und in Schottland die von ihm angestrebte Macht zu erlangen – mit 10000 französischen Kronen zum englischen Feind übergelaufen und hatte damit seine gesamten schottischen Besitztümer verwirkt. Wie es sich zeigte, war Matthew aus all dem keineswegs schlecht herausgekommen, da er die Klugheit besaß, Margaret Douglas, die Nichte Heinrichs VIII., zu ehelichen, was ihm Wohlstand und Asyl in England und das Versprechen einbrachte, daß er eines Tages im Namen Heinrichs Schottland regieren würde.

Franz I., der König von Frankreich, in dessen Land der junge Lennox aufgewachsen war, nahm diesen Frontwechsel sehr übel – besonders wegen des verlorenen Geldes. Und da er Lennox nicht selbst belangen konnte, bemächtigte er sich an seiner Statt seines Bruders John Stewart von Aubigny und warf ihn, seines Amtes und aller Ehren entkleidet, ins Gefängnis. Die Kerkerhaft hatte, wie Robin Stewart fand, seinem ehemaligen Hauptmann nicht sonderlich gutgetan.

»Ein Schotte!« sagte O'LiamRoe. »Dann kram dein Latein hervor, Ollave! Lüfte deine Astronomie aus! Wir dürfen unser altes Irland vor den großen Herren mit den mühlradgroßen silbernen Hemdknöpfen nicht blamieren!«

Kurz darauf traf Lord d'Aubigny ein: sehr ansehnlich ausstaffiert mit gekräuseltem Samt, mit gekraustem Bart, ein paar Diamanten hier und da und einer anmutigen kleinen Kappe auf dem Kopf, die mit Perlen bestickt war. Er wurde von zwei jungen Edelleuten und einem Geistlichen begleitet.

Stewart nahm den Duft wahr, noch ehe sie eintraten, und wußte, wer von den Jungen mitgekommen war. Die beiden hatten sich einen Spaß daraus gemacht, sich ganz im höfischen Stil zu kleiden, und nicht einmal auf die Fächer verzichtet. Während der Begrüßung sah Stewart O'LiamRoes Augenbrauen in die Höhe schnellen. Der Geistliche, ein Magister der Hydrographie, setzte zu einer Verbeugung an und hielt taktvoll inne, denn die jungen Männer verneigten sich in mutwilliger Harmonie jeder dreimal: Sie beugten das rechte Knie, das Barett in der linken Hand berührte fast den Fußboden, die Rechte preßte die Handschuhe gegen den Leib.

O'LiamRoe lächelte breit. Lord d'Aubigny deutete eine Verbeugung an, ging gemessen auf den Fürsten von Barrow zu und küßte ihn auf beide Wangen.

»Mann, riechen Sie gut!« sagte O'LiamRoe anerkennend, während sie Platz nahmen. »Jetzt verstehe ich! O'Donnell, Gott schütze ihn, kam genauso aus Frankreich zurück – mit Troddeln behängt wie ein Kissen, und roch sehr merkwürdig. Entschuldigen Sie.« Er langte nach seinem Sekretär und zog ihn neben sich. »Mein Ollave – er begleitet mich. Sie müssen ihm verzeihen. Seine Manieren sind auf See aus ihm herausgespült worden, und obendrein ist er heute bitterböse auf mich. Aber er kann sogar richtig Griechisch, wenn er ein Gläschen getrunken hat. Ich habe ihn zu Hause beim Melken singen lassen, und da hat jede Kuh statt Milch reinen Alkohol gegeben.«

Lord d'Aubigny war nicht eben schlagfertig. Einen Augenblick war er sprachlos, und das hochmütige, schöne Gesicht unter den Perlen errötete. Im Hintergrund wurden die beiden Kavaliere scharlachrot. Es war der Geistliche, der schließlich zwinkernden Auges eingriff. »Wir sind alle froh, Sie hier zu sehen, Fürst, und bedauern den schrecklichen Zwischenfall bei Ihrer Einfahrt in den Hafen.«

»Schrecklich! Eine flämische Galeasse! Den Flamen kann man nicht über den Weg trauen. Verbrecherisch dürftige seemännische Fähigkeiten. Es sind bereits Briefe abgesandt worden«, sagte Lord d'Aubigny mit erhobener Stimme, um sowohl der Albernheit der beiden jungen Männer in seinem Rücken als auch der, die er bei seinem Gegenüber vermutete, einen Riegel vorzuschieben. »Der König selbst wird Sie entschädigen.«

»Ach, nur keine Entschuldigungen«, meinte O'LiamRoe beschwichtigend, und in seinem ovalen Gesicht mit dem weichen Bart leuchteten Sommersprossen und gute Laune. »Wenn Sie gesehen hätten, wie Thady Boy, mein Ollave, das Schiff gerettet hat: ein Stoß, ein Schritt, ein Sprung, die Haxen über die Rahnock wie...«

Magister Ballagh ertrug eine ganze Menge; dem aber machte er nun ein Ende. Säuerlich sagte er: »Der Fürst von Barrow, Mylord, ist sich selbstverständlich der Ehre bewußt, die ihm durch Seine Gnaden den König mit der Einladung nach Frankreich erwiesen worden ist. Irland ist natürlich kein reiches Land. Unsere Ernten sind bescheiden und unsere Straßen schlecht, so daß...«

»... zum Kuckuck«, unterbrach ihn O'LiamRoe erstaunt, »es gibt eine ganz vortreffliche Straße, die nach Slieve Bloom führt, und die ist so breit, daß zwei Kühe drauf Platz haben – die eine längs und die andere quer.«

»... Aber der Fürst von Barrow ist ein so logischer und gelehrter Mann, wie man ihn auch in einer Stadt nicht alle Tage findet. Und ich sage dies nicht«, fügte Thady gewissenhaft hinzu, »wegen des Lohns, den er mir bezahlt, denn wenn der einem aus den Fingern rutschte, müßte man ihn mit einer Lupe suchen, um ihn wieder-zufinden – selbst wenn er im hellen Mittagslicht auf einem weißen Laken landete.«

Den beiden Kavalieren gelang es nicht, ein prustendes Gelächter zu unterdrücken, doch Lord d'Aubigny kam grimmig zur Sache. »Sie und Ihr Herr sind, wenn ich recht verstehe, über den gegenwärtigen Hof von Frankreich ein wenig im Bilde? Sie werden in Kürze König Heinrich und der Königin vorgestellt, die gebürtige Italienerin ist. Sie haben fünf Kinder...« Und er beschrieb, so klar er es vermoch-te, das offiziöse Bild der Krone und ihres Gefolges, ohne auch nur anzudeuten, daß die Gemahlin des Königs und dessen Mätresse ein-ander spinnefeind waren; daß der Freund des Königs, der Konneta-bel, auf seiten der Königin stand; daß jedermann den Guisen miß-traute, auf die die Liebe des Königs und die meisten seiner höheren Ämter gleichmäßig verteilt waren und die in Kirche, Krieg und Ka-binett stets als erste ihren Rat anboten.

»Es ist«, sagte Lord d'Aubigny, »eine Gesellschaft, die Sie beein-drucken muß. Eine blühende Kultur. Viel Sinn für Schönheit, be-trächtlicher Reichtum. Und logischerweise auch ein gewisser Auf-wand, eine Etikette, ein Gefühl für den höflichen Gebrauch be-stimmter...«

»Duelle«, ließ sich eine gelangweilte Stimme in seinem Rücken ver-nehmen, »sind nicht gestattet.«

»Und das Tragen von Bärten, die das ganze Gesicht bedecken, wird momentan nicht goutiert«, fügte eine zweite verbindlich hinzu.

Ohne sich umzusehen, fuhr Seine Lordschaft fort: »Moden wech-seln natürlich. Aber der König selbst bestimmt Stil und Farben sei-ner Höflinge, und es ist bei Hofe üblich, sich anzupassen. Sollten Sie um einen Schneider verlegen sein, Fürst, zögern Sie bitte nicht, meinen Rat zu suchen.«

Dieser Appell an O'LiamRoes Sinn für Ästhetik erwies sich als tota-ler Mißerfolg. »Ach, meiner Treu, ist das so einer?« fragte der Fürst mitleidig. »Der verstorbene König Heinrich VIII. von England dachte genauso: daß jeder einzelne von uns sich so zu kleiden, so zu reden und zu beten habe wie die Engländer und sich auch genauso alles Haar aus dem Gesicht schaben sollte. Da war es für meinen Vater eine großartige Sache, daß ihm die Haare wie Draht wuchsen. Wenn er sich des Abends den Bart abrasierte, war er am Morgen – schwupp – wieder da, so prächtig wie eh und je.«

Diese farbige Ansprache wurde mit Schweigen quittiert. Unbeeindruckt blickte der Fürst in die Runde. »Meinen Sie nicht, Thady, daß nun ein Kommentar Ihrerseits angebracht wäre?« Und an den Geistlichen gewandt: »Seine Zunge ist schon ganz grün vor Schimmel aus Mangel an Übung. Ihm würde nichts so guttun wie eine Unterhaltung über Hydrographie.«

Das Gesicht des Ollave, von dieser Beleidigung gezeichnet, wandte sich ihm zu.

»So, Hydrographie? Die hat uns, Gott sei's geklagt, gefehlt heut nacht, als der Rauch wie eine alte, vertrocknete Kuh aus Ihrem Nachthemd stieg! Ich bin mit den Nerven ganz am Ende – Sie mit Ihren Bränden und Unfällen, und obendrein noch Ihr ewiges ›Reden Sie hier‹ und ›Reden Sie da‹!«

»Habe ich Sie beleidigt?« fragte O'LiamRoe und blickte seinen Ollave aus zusammengekniffenen Augen an.

»Brände!« kam es entsetzt von Lord d'Aubigny.

»Das haben Sie allerdings.«

»Aber ein kleiner Schluck Wein würde Ihrer Laune wieder auf die Beine helfen?«

»Schon möglich«, antwortete der Ollave grämlich.

»Brände? Was soll das heißen, Stewart?« wiederholte Seine Lordschaft.

Und so mußte, sehr zum Leidwesen des Bogenschützen, die Geschichte des bedauerlichen nächtlichen Zwischenfalls vorzeitig erörtert werden, wobei das schöne, gerötete Gesicht Lord d'Aubignys den Ausdruck äußerster Gereiztheit annahm. Diese beiden Narren, der dicke wie der dünne, ausstaffiert wie die Vogelscheuchen, waren ohne jede Bedeutung. Der Unfall hatte offenkundig keine schwerwiegenden Folgen gezeitigt – die Gäste des Königs von Frankreich waren nicht nennenswert belästigt worden. Er warf Stewart einen strafenden Blick zu, äußerte ein paar routinemäßige Worte des Bedauerns und erhob sich. Die Reisenden waren zum Aufbruch bereit, die Reisesäcke zusammengetragen, die Rechnungen beglichen und die Pferde, die sie nach Rouen bringen sollten, gemietet. Da erinnerte sich Lord d'Aubigny Madame Baules.

Abrupt blieb er stehen. »Ehe wir aufbrechen, O'LiamRoe, müssen wir noch einen Besuch machen. Hier im Hause logiert eine Landsmännin von Ihnen, eine bezaubernde Dame, die zu den Einzugsfeierlichkeiten nach Rouen reist. Sie hofft, Sie noch zu sehen, ehe Sie aufbrechen.«

»Oh?« sagte O'LiamRoe.

»Madame Baule heißt sie. Heiratete vor Jahren einen Franzosen – er ist tot – und führt jetzt ein recht ungewöhnliches Haus in der Touraine. Eine köstliche Frau, ein Original – respektiert, wie ich Ihnen versichern darf, in jedem anständigen Haus, das sie besucht. Aber Sie kennen sie natürlich«, sagte Lord d'Aubigny, während er die beiden Iren unbeirrt in einen Seitengang schob.

»Ach ja?« meinte O'LiamRoe schwach.

»Nach dem, was sie sagte, bestimmt. Hier ist es, glaube ich... Ja, die Dame wußte genau über Sie Bescheid. Kommen Sie.« Und er klopfte an eine Tür. Sie öffnete sich, und er schob den Fürsten von Barrow auf die Schwelle. »Hier ist er: O'LiamRoe, Lord von Slieve Bloom, und sein Sekretär. Madame Baule aus Limerick. Sie beide sind natürlich miteinander bekannt.«

Ob er es geahnt hatte oder nicht, Lord d'Aubigny wurde für die Peinlichkeiten, die er zuvor erduldet hatte, reichlich entschädigt.

Auf die haarige Gestalt in der Türöffnung fiel der nadelspitze, prüfende Blick zweier runder, fahler Augen in einem harten, wettergegerbten Gesicht, das zur Hälfte aus Zähnen zu bestehen schien. Darüber thronten aufgetürmte Haarflechten, raupenhaft von Schmuck durchzogen, und der stämmige Hals darunter war mit wahren Geschmeidestricken behängt. Eine breite Hand packte den silbernen Ärmel Seiner Lordschaft. »Boyle!« kreischte eine Stimme, so schrill wie die einer Fledermaus, fidel und herzlich. »Ich heiße Boyle! Sie können sich selbst so viele französische Namen zulegen, wie Sie wollen, liebster John, aber verschonen Sie gute irische Namen mit Ihrer heimatlosen Schmeichlerzunge! O'LiamRoe!«

»Madam«, sagte O'LiamRoe höflich und ziemlich gedämpft.

Die Juwelenstränge schaukelten und klirrten. »Jesus, so einen Bart sieht man selbst in Irland nicht alle Tage, habe ich recht?«

»Von hinten sehe ich noch schlimmer aus«, sagte O'LiamRoe entschuldigend. »Es ist zwei Wochen her, daß ich gestutzt worden bin.«

»Ha! Mein Leben lang werde ich diesen Vollbart nicht vergessen«, schrillte Mistress Boyle. »Alpdrücken bekäme man, wenn Sie nur einen Schnurrbart trügen... O'LiamRoe, wir sind einander nie begegnet, aber nehmen Sie meine Hand. Sie dürfen mich küssen.«

Es war ein überwältigender Anblick, und Robin Stewart, wäre er dabei gewesen, hätte fürchten müssen, daß die Frau für immer und ewig in dem wirren Gestrüpp um O'LiamRoes Schlüsselbeine gefangen bliebe, wenn die beiden sich nicht schließlich doch abrupt voneinander gelöst hätten. »*Whirroo!*« verkündete Mistress Boyle überschwenglich, »das nenne ich irisches Feuer, das Sie über das Meer zu uns gebracht haben. Wir haben es so lange entbehrt, daß wir mager geworden sind wie ein Katzenohr... *o'n aird tuaid tic in chabair*, wie es in unserem alten irischen Märchen heißt. Und wer ist der *cailleach-chearc* da hinter Ihrem Rücken?«

»Ah... das ist ein Barde aus Banachadee. Mein kleiner, lieber Ollave, Mistress Boyle.«

»Alle Wetter! Wie heißen Sie, Mann?« wandte sie sich schrill an Thady Boy. Der Sekretär wich zurück. »Ballagh, Madam.«

»Einer von den wandernden Kesselflicker-Stämmen, wie? Und Sie fühlen sich nicht beleidigt, wenn man Sie *cailleach-chearc* nennt?«

»Buddha«, gab Thady Boy unerwartet zum besten, »wurde aus einem Ei geboren. Eine große Aufgabe, *a mhuire*, für eine Hühnerfrau! Hennen und Hähne sind in jenem Land Königinnen und Könige.«

»Aber das Land, *a mhic*, war nicht Irland.«

»Allerdings – wann wurde denn in Irland auf diese Weise ein Gott geboren?« entgegnete Thady Boy höflich. »Bei den lärmenden Hennen, die's bei uns gibt, und den Leuten, die mit einem Ohr auf

das Gackern der Henne warten und mit dem anderen auf das Brodeln im Kochtopf?«

Sie lachte kreischend wie eine Möwe. »Oh, oh! Sie führen da eine
scharfe Waffe bei sich, O'LiamRoe, Gott steh Ihnen bei, denn diesen jämmerlichen Franzosen, diesen Heiden imponiert nichts so
sehr wie eine schlagfertige, geistreiche Zunge. Der Himmel weiß,
wie sehr mich all die irischen Schwachköpfe aus Leinster, die ich in
diesem Jahr an den Hof gebracht habe, schon blamiert haben! Aber
setzen Sie sich doch und erzählen Sie mir von zu Hause. Geht es Ihrer Mutter gut?«

So wurde auf harmloseste Weise eine Lawine von Erörterungen der
gesellschaftlichen Ereignisse in Limerick und Leix in Gang gesetzt.
Stewart von Aubigny hörte diesen Exkursionen in Genealogie und
Gynäkologie nur halb zu. Er kannte Mistress Boyle seit Jahren und
dachte nicht im Traum daran, ihr Einhalt zu gebieten, als sie
O'LiamRoe mit immer neuen, nicht enden wollenden Fragen nach
seinem Getreide, seinen Fischgründen und seinem Vieh bestürmte.
Der Fürst antwortete heiter, sogar als sie es wagte, seine Auskünfte
anzuzweifeln.

»Beim Kreuze Christi«, sagte Mistress Boyle schließlich und ließ
sich in ihrem Sessel zurücksinken, »Sie werden einen hinreißenden,
prächtigen Schmetterling abgeben unter all diesen friedlichen Ar-
beitsbienen bei Hofe.«

»So friedlich nun auch wieder nicht«, meldete sich Lord d'Aubigny
wieder zu Worte. »In den Vorzimmern wimmelt es von Schotten,
die wie die Teufel miteinander streiten. Die Hälfte von ihnen hat bereits mit Mason gesprochen.«

»Mason?«

»Sir James Mason, der englische Botschafter. Die kleine Königin
kann sich glücklich preisen, wenn der schottische Thron wartet, bis
sie erwachsen ist. Unter den Adligen ihrer Mutter sind etliche, die
einen guten Posten unter englischer Herrschaft einem schäbigen unter einer schottischen Königin vorziehen würden... Ist Ihnen nicht
wohl, O'LiamRoe?«

»Doch, doch«, versicherte der Fürst und straffte mit einer raschen
Bewegung die Schultern. »Ich habe bloß so ein sonderbares Flim-

mern im Kopf, das direkt von den Augen gekommen sein muß. Ich glaube fast, es ist eine Dryade im Zimmer.«

Eine Frau war aus dem angrenzenden Gemach getreten. Ein ganzes Leben lang schon hatte ihre Gegenwart die Männer verstummen lassen, aber sie war noch immer jung. Abwartend, jedoch frei von Schüchternheit, stand sie am regennassen Fenster, und man sah sofort, daß sie so irisch war wie eine *Murrúghach* – keine breitschultrige, blonde Keltin, sondern dunkelhaarig und zartknochig. Aus der anmutigen Linie von Schultern und Hals erhob sich ein ovales Gesicht mit breiten Wangenknochen und hellen Augen. Das schwarze Haar bauschte und ringelte sich um Scheitel und Ohren und fiel über den Nacken bis auf den Rücken. Sie war dunkelblau gekleidet und trug keinen Schmuck. Als sie alle auf den Beinen sah, knickste sie vor Mistress Boyle und Lord d'Aubigny und nahm dann wieder ihre abwartende Haltung ein.

Stewart von Aubigny legte die Fingerspitzen aneinander und betrachtete sie mit Kennerblick. Thady Boy starrte sie verdrossenen und grämlichen Gesichts an, ohne auch nur einen Muskel des verhärteten, stoppeligen Unterkiefers zu lockern. Auch O'LiamRoe erwies sich als unfähig, den Forderungen der Etikette zu gehorchen, aber er erhob sich immerhin, und seine langwimprigen Augen waren noch größer und runder als zuvor.

»Ach, zum Teufel, mit dem Mädchen nimmt es noch ein böses Ende«, zeterte Mistress Boyle, drehte sich einmal um sich selbst und stürzte mit schaukelnden Halsketten und schwingenden Röcken, das Gesicht hochrot vor Vergnügen, auf die Eingetretene zu. »Beachte sie nicht weiter, Oonagh. Es sind Iren, die an den Hof reisen – genauso einfältig wie das Gemüse, das du in Donegal zurückgelassen hast. Du brauchst sie nicht zweimal anzusehen. Meine Herren – meine Nichte Oonagh O'Dwyer aus Irland, zu Besuch bei ihrer alten Tante, um sich, wenn's nach mir geht, die Blume des französischen Hofes zum Ehemann zu wählen. Oonagh, mein Kind, das ist O'LiamRoe, Häuptling des Geschlechts... Oh, komm ihm bloß nicht zu nahe, sonst trittst du ihm auf den Bart... Und Mr. Ballagh, sein Sekretär. Du solltest ihn hören: Er kann Ratten zu Tode reimen wie Senchan Torpest.«

Der blaue Wollstoff schwang anmutig, als sich die junge Frau setzte. Sie richtete den ruhigen Blick auf die Iren. »In der letzten Zeit«, sagte sie auf gälisch und wandte sich damit allein an die irischen Gäste, »waren die Ollaves in unseren Auen nur dünn gesät. Sind sie wieder in Mode gekommen?«

Mit dem Wechsel der Sprache wich der freundlichere Ton harmlosen Geplauders. Magister Ballagh hustete in das kurze Schweigen hinein, und als O'LiamRoe ihm einen raschen Blick zuwarf, ließ er sich schwer in einen Sessel fallen, wo er sich mit seinen abgewetzten Pluderhosen einrichtete, und sagte höflich auf englisch: »Das Verhältnis sieht, wenn ich's recht bedenke, so aus: ein Ollave pro Quarter gedüngten und besiedelten Landes. Sollten Sie die Ollaves vermissen, dann vielleicht deshalb, weil diese Voraussetzungen fehlen.«

Die hellen Augen der jungen Frau wandten sich O'LiamRoe zu. »Der Fürst von Barrow hatte, wenn ich mich nicht irre, einen Barden namens Patrick O'Hooley.«

»Sie irren sich nicht«, entgegnete O'LiamRoe gelassen. »Aber den konnte ich nicht mit auf die Reise nehmen. Wenn man nämlich Patrick O'Hooley in ein Boot setzt und der heilige Petrus macht sich auf See nur ein bißchen zu schaffen, braucht's vier handfeste Burschen, um ihn ins Leben zurückzuholen.«

Auf ihrem Gesicht spiegelte sich Verachtung. »Er wird also seekrank.«

»Ja, das wird er, und außerdem ist er bloß ein Barde ohne wissenschaftliche Bildung, wenn auch mit Verstand. Magister Ballagh dagegen ist ein ordentlicher, vorschriftsmäßig ausgebildeter Professor, aus dem sich wahre Ströme von Gelehrsamkeit, Bildung und Kunst ergießen – und Ströme von Reichtum fließen ihm dafür zu. Und wie sollte man ihm das nicht gönnen, wo doch die Epigramme aus ihm hervorquellen wie der Schweiß aus einem Mann im Schwitzbad von Inishmurry?«

In diesen gefahrvollen Klippen irrte das Gespräch umher, als Robin Stewart in der Tür erschien und um Erlaubnis ersuchte, Ersatz für O'LiamRoes Sattelzeug ausleihen oder kaufen zu dürfen. Im höchsten Grade altersschwach und ungepflegt, hatte ihm die Salzluft der

Seereise vollends den Garaus gemacht, und niemand hätte damit einen Ritt nach Rouen wagen können.

Dankbar verließ Lord d'Aubigny, von O'LiamRoe begleitet, das Zimmer, und auf dem Gang entfernte sich der irisch gefärbte Redeschwall O'LiamRoes, mit dem er einen offenbar nicht enden wollenden Bericht über den abenteuerlichen Lebenslauf seines Sattelzeugs zum besten gab. Mistress Boyle zog Robin Stewart ins Zimmer und schloß die Tür. »Kommen Sie um Gottes willen rein, und jetzt erzählen Sie beide mir etwas über diesen Kämpen aus Slieve Bloom, der seinen Preis bringen würde, wenn man zwei haarige Kaminvorleger aus ihm zurechtschnitte und ihn einpökelte. Daß er absonderlich sein soll, hatte ich ja schon gehört, aber doch nicht so absonderlich, wie er sich hier aufgeführt hat.«

Sie hatte ihnen Wein eingeschenkt, und Thady Boy, der sich hingebungsvoll mit seinem Becher beschäftigte, schien zu seiner normalen Verfassung zurückgekehrt. Er entspannte sich. »Sie haben ihn gesehen. Was gibt es sonst noch über ihn zu sagen? Es ist O'LiamRoes Pech, daß er als Fürst mit einer ziemlich großen Gefolgschaft geboren wurde und nicht als kleiner verschrobener Professor mit Eheweib und Salär, um den sich von morgens bis abends hochbegabte Philosophiestudenten scharen – von denen keiner älter als zwölf ist. Ich habe ihn auf seiner Burg kennengelernt, ein feuchtes Felsenloch mit Ratten drin. Aber er bringt es fertig, einen mit seinem Gerede über jedes beliebige Thema auszutrocknen – was der alles im Kopf hat! Und obendrein ist er die Ungeschicklichkeit in Person. Er hat zwei linke Hände.«

Stewart grinste. Thady Boy hob den Weinbecher zu einer schwankenden Reverenz für das Mädchen, dessen Blick nicht von seinem Gesicht gewichen war, und stieß ihn auf die Armlehne des Sessels zurück, als Mistress Boyle sagte: »Sie sind selber geschickt genug, wie wir gehört haben, und im Seilklettern ungeheuer flink. Schließt man nicht inzwischen auf Grund Ihrer sportlichen Übung Wetten auf Sie ab?« Und sie lachte kreischend. Das Mädchen lächelte nicht einmal.

»Vor allem bringt man uns bei, zu rennen wie der Wind – das ist unerläßlich«, sagte Thady Boy säuerlich. »Und wenn man einem

Mann wie O'LiamRoe dient, wäre es äußerst hilfreich, wenn man sich überdies gelegentlich unsichtbar machen könnte.«

Oonagh O'Dwyer erhob sich. Geräuschlos wie eine Katze schritt sie zu Thady Boy hinüber und nahm ihm den leeren Becher aus den schlaffen Händen. »Warum sind Sie nach Frankreich gekommen?« fragte sie. »Um Ihre Epigramme gegen kostenlosen Alkohol zu verhökern?«

»Ach nein, kostenlos?« fragte Thady Boy. »Ich dachte, ich muß dafür bezahlen.«

»Der Bursche ist bloß auf ein bißchen bequemes Leben aus«, meinte Mistress Boyle vergnügt.

»Bequemes Leben! Mit O'LiamRoe im Schlepptau, dem die Kiefer unentwegt rasseln wie Leprosenklappern?«

»Ballagh sucht in Frankreich Asyl«, mischte sich Robin Stewart grinsend ein. »Er wird Ihnen zwar weismachen, es ginge ihm nur ums Geld, aber es stecken Weibergeschichten dahinter, glauben Sie mir.«

»Und O'LiamRoe – hat er auch Weibergeschichten?« wandte sich Oonagh O'Dwyer an Thady Boy.

Mr. Ballagh wurde unwillig. »Bin ich vielleicht ein Hellseher? Ich war eine Woche auf seiner Burg, und da gab es keine Frau außer seiner Mama und den Küchenmädchen. Und in den zwei Wochen, die ich auf See mit ihm zusammen war, ist er auf dem Schiff umhergestolpert und hat allenfalls Taue miteinander verkuppelt. Ich habe ihn nie dabei erwischt, daß er auch nur der Galionsfigur zugezwinkert hätte.«

Die ältere Frau lehnte sich glucksend in ihrem Sessel zurück. Oonagh O'Dwyer jedoch, reglos wie eine antike Göttin in ihrem dunklen Haar, fragte nur: »Es macht ihm nichts aus, wenn man ihn auslacht?«

»Nicht, wenn er zuerst lachen kann.«

»Zum Kuckuck«, maulte Robin Stewart dazwischen. »Man hat ihn schließlich eingeladen, um mit ihm darüber zu reden, wie man die Engländer aus Irland vertreiben kann. Das Ganze ist doch nicht bloß ein Witz?«

»Oh, er ist gescheit und versteht über alles zu reden«, sagte der Ol

lave überschwenglich. »Und vielleicht liefert er dem König sogar ein
paar Ideen – vorausgesetzt, der König hält es in seiner Gegenwart
aus. Aber zum ersten, zum zweiten und zum dritten gedenkt sich
der Fürst in das Studium des üppigen Lebens zu versenken, wenn
schon ein anderer freiwillig dafür bezahlen will.«
Mistress Boyle schüttelte sich vor Lachen, und Robin Stewart war
entzückt. Das schwarzhaarige Mädchen jedoch drehte sich auf dem
Absatz um und verließ wortlos den Raum.

VIERTES KAPITEL

Heiter, ungewaschen und in nach wie vor fleckiger Gewandung,
voller Blößen wie ein Krebs zur Zeit der Häutung, ritt O'LiamRoe
in das prächtige Rouen ein. Aber alle Götter schienen ihnen gnädig
gesonnen, denn seine Ankunft in Begleitung von Thady Boy und
Piedar Dooly vollzog sich an diesem Tag unbemerkt von den Stadt-
bewohnern. Vier Tage lang sollte sich Seine Heilige Majestät, der
Allerchristlichste König von Frankreich, der großmütige, mächtige,
siegreiche Heinrich, Zweiter seines Namens, zum erstenmal in den
drei Jahren seiner Regierung in seiner normannischen Hauptstadt
aufhalten, und die Vorbereitungen für den königlichen Einzug hatten die Bürger von Rouen arg strapaziert.
Zu ihrem Glück verfehlten die Iren den Hof, der den ganzen Morgen die Straße nach Rouen blockiert hatte und sich nun in der Priorei
von Bonne-Nouvelle jenseits des Flusses etablierte, um dort die
Tage bis zum Einzug zu verbringen. Lord d'Aubigny, der die irischen Gäste von Dieppe aus begleitet und ihnen am Vorabend zu ihrer Bequemlichkeit ein vortreffliches Gasthaus gesichert hatte,
nahm hier mit seinen Lanzenträgern Abschied, um sich dem Gefolge des Königs anzuschließen. Er überließ es Robin Stewart und
seiner kleinen Truppe, O'LiamRoe sicher in der Stadt unterzubrin-
gen.
Sie hatten die Randbezirke Rouens in der Ebene von Grandmont erreicht, als sie aus einem Haus einen Wal rollen sahen, der von vier
Männern auf einem Karren über die Straße geschoben wurde. Alle

Pferde in Robin Stewarts Reisegesellschaft verhielten abrupt, und O'LiamRoes Stute bäumte sich auf. Doch der Fürst war immerhin ein guter Reiter. Von der auffliegenden Schabracke eingehüllt, zwang er das Pferd nach unten und widmete sich sogleich hingebungsvoll der neuen Situation. »*Dhia!* Wie ich sehe, gebt ihr euch mit dem Fischereigewerbe große Mühe – ihr stattet eure Fische sogar mit Beinen aus. Wollen Sie sich das mal ansehen, Thady Boy?«
Mr. Ballagh beugte sich vor. Der Wal zu ihren Füßen, dessen Gipsleib in der Sonne glänzte, klappte die Kiefer auf, und ein Strahl Seine-Wasser schoß in die Luft. Die völlig verschreckten Pferde warfen sich nach vorn und tänzelten, begleitet von schottischen Flüchen – und diesmal tat O'LiamRoe einen eleganten Sturz.
Den Iren bot sich ein Anblick verschwenderischer Pracht. Vor ihnen lagen die leuchtenden Mauern und Dächer von Rouen, die von Menschen wimmelnde Seine-Brücke und das gelbe, rasch dahinfließende Wasser. Die Stadt selbst aber war nahezu vermummt in die weiße Leinwand kleiner und großer Zelte, die wie Flußschiffe auf dem nahe vor ihnen liegenden Ufer aufragten. Ein halb fertiger Pavillon, bedeckt mit Mondsicheln und *Fleurs de lis*, in dem sich die Zimmerleute drängten, stand am Weg, und dahinter machten sich in einem Geviert von Pferdezelten emsige Männer zu schaffen, von denen einige eine Gruppe von sechs oder sieben durchnäßten Wallachen trockenrieben. Irgend jemand hatte im Schlamm einen zweirädrigen Karren zurückgelassen, neben dem ein Dreizack aus dem Boden ragte. Und in einem der Zelte, wo eine diensttuende Stadtwache gerade einen Schwatz hielt, trocknete auf einer Leine ein Dutzend eben fertiggestellter grüner Fischschwänze aus Leinwand.
Der sandige Uferschlamm brodelte von durchnäßten Männern und kleinen Booten. Auf allen Flußinseln herrschte fieberhafte Bautätigkeit, und irgendwo übte mühselig ein ziemlich kläglicher Chor. Wie mit flatternden Vögeln war die Luft voll von Rufen, Hammerschlägen und streitenden Stimmen, und am Eingang zur Brücke war eine Frau mit einem Bogen eine Leiter halb hinaufgeklettert und schrie zu einem Maler hinauf, der hoch oben auf einem Giebel hockte und eine Nische dekorierte.
Die vier Männer mit dem Wal, die ohne Zweifel ihren übermütigen

Streich schon bereuten, waren in Richtung zum Fluß verschwunden. O'LiamRoe nahm sein Pferd rücksichtsvoll beim Zügel und folgte ihnen, ohne seine Umgebung auch nur eines Blickes zu würdigen.

Robin Stewart, Mitglied der Königlichen Leibwache, seufzte schwer und wandte sich seinen Bogenschützen zu, um seine Verzweiflung mit ihnen zu teilen. Doch sein Blick fiel auf das sauertöpfische, schlaffe Gesicht des Ollave.

»France, *mère des arts, des armes et des lois*«, zitierte Thady Boy, ohne eine Miene zu verziehen. »Ich nehme an, Sie haben es eilig, in die Stadt zu kommen. Wenn Sie O'LiamRoe nicht auf der Stelle ablenken, macht er sich über diesen Wal her wie eine Garnele über die aufgequollenen Weichteile Ertrunkener.« Robin Stewart setzte zu einer Antwort an...

Doch die Ablenkung kam aus einer ganz anderen Richtung. Jenseits der vor ihnen liegenden Brücke ritten zwei Frauen in flatternder Seide und wehenden Pelzen heran. Und die Diener zu Pferde hinter ihnen trugen eine Livree, die Stewart ebenso gut kannte wie ihre vorausreitende Herrin. Es war Jenny Fleming.

Lady Janet Fleming war hübsch, sie war Schottin, und sie war Witwe. Sie war ferner eine natürliche Tochter König Jakobs IV. von Schottland. Und sie war außerdem königliche Tante und Erzieherin von Maria Stuart, der schottischen Königin, die sie vor zwei Jahren als fünfjähriges kleines Mädchen nach Frankreich gebracht hatte und deren treue Freundin sie seither gewesen war.

Der Begriff »Erzieherin« freilich traf auf Jenny Fleming kaum zu. Maria hatte für jede Kunst und jede Wissenschaft ihre Lehrer und als Kinderfrau ihre ergebene Janet Sinclair. Jenny, die niemanden zu erziehen imstande war, am allerwenigsten sich selbst, spielte in erster Linie die Rolle einer Gefährtin Marias bei allerlei Streichen und fröhlichem Unfug. Als Tochter eines Königs, Enkelin eines Grafen und Witwe eines mächtigen, reichen schottischen Barons war sie wie ein bunter Schmetterling für ein süßes, sorgloses Leben bestimmt. Und trotz ihrer sieben Kinder hatte sie sich mit ihren mehr als dreißig Jahren das impulsive, selbstbewußte, brillante Wesen und Auftreten ihrer Jugend bewahrt.

An der Brücke löste sie sich von ihrem Gefolge und sprengte mit ihrem Pferd zum Fluß hinunter; ihre Gefährtin folgte ihr. Im Vorbei-
reiten winkte Lady Janet Robin Stewart zu, und Robin errötete und
winkte zurück und fragte sich, wer wohl das stille, rundliche junge
Mädchen hinter ihr sein mochte. Er kannte Margaret Erskine
nicht.

»Ein Wal! Schwimmt er? Und spuckt er? Kann ich ihn sehen?« rief
Lady Janet.

Das gewaltige Tier lag im seichten Wasser. Während seine Wärter
ihn grinsend und schwatzend umstanden, klappte der mächtige Kiefer herunter, und der Bart O'LiamRoes tauchte wie eine Kaul-
quappe aus dem leviathanischen Schlund auf. Er verbeugte sich und
bedachte Janet Fleming mit seinem breitesten Lächeln. »Von innen
ist er noch viel schöner – bestimmt das achte Weltwunder, aber ein
bißchen feucht für eine zarte Rose wie Sie.«

Sie lachte ihn an, und das feste Gesicht mit den Wangengrübchen
funkelte. »Sie müssen der Ire sein.«

»Einer von dreien. Der zweite steht hinter Ihnen.«

Sie drehte sich um. Ihr Blick fiel auf die liederliche Gestalt Thady
Boy Ballaghs, der finster wartend dastand.

»Er ist wütend. Worüber ärgert er sich denn?«

»Er will in die Stadt, damit er endlich mit dem Trinken anfangen
kann. Aber es hat hier eine bedenkliche Situation gegeben, die erst
geklärt werden mußte... Sie sind gewiß Schottin. Halten Sie sich in
Rouen auf?«

Jenny sprühte vor Mutwillen – seit ihrer Ankunft am Fluß war sie
vom flammenden roten Haar bis zu den korkbesohlten Schuhen ein
einziges Bündel freudiger Erregung. Sie öffnete den Mund, doch
Margaret Erskines ruhige Stimme kam ihr zuvor. »Wir halten uns
bei Hofe auf. Vielleicht werden wir das Vergnügen haben, Sie dort
zu sehen. Mutter, ich glaube, wir müssen weiter.«

»Ja, aber zuerst müssen wir uns vorstellen. Sie sind gewiß O'Liam-
Roe. Und der? Sind Sie nicht zu dritt?«

»Den fruchtbarsten Boden«, sagte Mr. Ballagh mit ätzender Stimme
hinter ihr, »erkennt man an seinen drei Unkräutern. Ein altes irisches Sprichwort. Sie werden uns entschuldigen. Wir sehen einer
Audienz beim König entgegen.«

Eine stämmige Gestalt, eine ruhige Stimme, braune Augen in einem bäuerlichen Gesicht – das war Margaret Erskine, mit zwanzig Jahren bereits zum zweitenmal verheiratet, Mutter eines Sohnes, die ihre eigene Mutter zu beherrschen verstand, wie es seit dem Tod ihres Vaters niemand mehr getan hatte. Sie machte nun, wie schon so oft, dem bedenklichen Vergnügen ihrer Mutter ein Ende, und während sie und Jenny wieder aufsaßen, mit den Iren Empfehlungen austauschten und sich in Bewegung setzten, ließ sie sich nicht anmerken, daß sie wußte, wer ihr Gegenüber war.

O'LiamRoe blickte ihnen kaum nach. Händereibend wandte er sich Thady Boy zu. »Ist das nicht wie der Große Jahrmarkt von Carman, zu dem siebenundvierzig Könige kamen?«

»Würde es Sie sehr überraschen, wenn ich Ihnen sage, daß die Könige hin und wieder auch gegessen haben? Meister Stewart wartet auf Sie wie Hiob, und Piedar Dooly treten die Augen aus dem Kopf wie Glaskugeln. Und überhaupt, wie stehen Sie da, wenn der König nach Ihnen schickt – und Sie haben noch nicht einmal den anderen Friesmantel an?«

»Das ist doch…« begann O'LiamRoe leicht verärgert und brach dann ab. »Um meine Kleidung wird ja gewaltig viel Aufhebens gemacht.«

»Meiner Treu, ja«, sagte Thady Boy geduldig. »Aber er erwartet einen Fürsten und keinen Wasserkobold.«

Und Seite an Seite schritten sie zu ihren Pferden und verließen das Flußufer, den Wal und seine vier Wärter – und wie jeder aufmerksame Beobachter hätte sehen können, hatte einer von ihnen einen Fuß, dem die Ferse fehlte.

Die Gäste aus Irland sollten natürlich zunächst – Vorspiel zu späteren persönlichen Gesprächen – von der Großzügigkeit des Königs von Frankreich, vom Reichtum und der Ergebenheit seiner Untertanen beeindruckt werden. So hatte man ihnen ein Schlafgemach und einen Salon im »Croix d'Or« zur Verfügung gestellt, einem schmucken, neuen Gasthaus in einer Seitengasse der Place du Marché. Robin Stewart sorgte für ihre Unterbringung, ehe er nach Bonne-Nouvelle am anderen Seine-Ufer aufbrach. Die irischen Gäste sollten die drei Tage bis zum Beginn der Festlichkeiten in Rouen verbringen. Stewart hatte es aufgegeben, sich über die Manieren und die Gewandung seiner Schutzbefohlenen allzu viele Gedanken zu machen. Sein Auftrag lautete, jeden Tag nach ihnen zu schauen, ihnen die Sehenswürdigkeiten der Stadt zu zeigen und ihnen alle vertretbaren Wünsche zu erfüllen. Wenn die Einzugsfeierlichkeiten vorüber waren, sollten sie mit dem Hof in die Winterquartiere an der Loire ziehen, wo man zweifelsohne zu den ernsthafteren Aspekten des Besuchs übergehen würde.

Robin Stewart, den nichts so sehr faszinierte wie Erfolg, fand seine Aufgabe, den Iren hilfreich zur Seite zu stehen, alles andere als attraktiv. Lustlos machte er sie mit dem Wirt bekannt, zeigte Piedar Dooly die Küchenräume und verabschiedete sich dann. Als er aus der Gasse herausritt, begegnete er einem Königlichen Kammerjunker zu Pferde, der eine Botschaft von Seiner Allerchristlichsten Majestät Heinrich II. von Frankreich für Phelim O'LiamRoe, Fürst von Barrow überbrachte. Mit den wärmsten Worten hieß der König die Iren an den gastlichen Gestaden Frankreichs willkommen und forderte O'Liam Roe auf, Seine Majestät gegen Mittag *in Tennisgarderobe* in der Priorei von Bonne-Nouvelle zu besuchen.

»Ach du lieber Gott«, stieß Thady Boy hervor, als der elegante Bote unter zahlreichen Verbeugungen das Zimmer verlassen hatte, und ließ seinen rundlichen Körper aufs Bett sinken.

Sie hatten bereits eine bemerkenswert heftige Debatte über den fersenlosen Mann hinter sich: O'LiamRoe gab zu, daß man ohne Beweise keine Beschuldigungen vorbringen könne, entschied jedoch zu guter Letzt, daß man Piedar Dooly immerhin damit beauftragen solle, von Zeit zu Zeit ein wachsames Auge auf diesen verkrüppelten Jonas mit dem Wal zu haben...

»Lieber Gott«, sagte Thady Boy, »wie die Dinge liegen, können Sie kaum in diesem pferdemiefigen Safranwams und Ihrem schweineborstigen Mantel hingehen. Und was glauben Sie, wie Sie aussehen, wenn Sie im Trikot mit dem Rakett in der Hand einem albernen kleinen Ball hinterherspringen?«

Das noch immer herbstlich warme Sonnenlicht fiel auf O'LiamRoes Kopf, während er am Fenster stand und hinausblickte. Bedeckte und unbedeckte Köpfe bewegten sich unten die Gasse hinauf und hinab. Eine scharlachrote Feder wippte auf dem Barett eines Mannes, Seide schimmerte, dann weißer Flor und blauer Samt von Hut und Mantel einer Dame, die mit ihrem Diener vorüberschritt. Ein mit Bierfässern beladener Wagen rollte heran, und ein Mädchen, dessen über den Boden schleifender Rocksaum schwarz vor Nässe war, kam mit einem Eimer in der Hand vom Brunnen her. Ein Mann schlenderte vorüber, lehnte sich an den Türpfosten des Hauses gegenüber und strich sich über den schwarzen Bart.

»Ach, Sie sind eine Memme, Thady Boy. Wenn ein Mann im Kuhstall mit einer Fliegenklatsche eine Viehbremse erwischen kann, wird er doch wohl imstande sein, mit so einem Kinderspielzeug einen Ball zu treffen. Aber es ist wahrhaftig eine sonderbare Art, einen Gast zu begrüßen.«

»Der König gewährt Ihnen die Gunst eines freundschaftlichen Zusammentreffens noch vor dem offiziellen Empfang«, erklärte ihm sein Sekretär geduldig. »Und darum kleiden Sie sich um unser aller willen so ordentlich wie möglich und lassen Sie sich ansonsten bei Hof nicht aufs Glatteis locken.«

»Sehen Sie sich das an«, sagte O'LiamRoe, ohne auf Thadys Ermahnungen einzugehen. Unten in der Gasse hatte sich der bärtige Mann bewegt. Er nahm seinen schlichten, schwarzkrempigen Hut ab und kratzte sich den dichten schwarzen Schopf, während sein Blick in müßiger Ziellosigkeit über die Dachfirste schweifte. Das von Rauchschatten durchzogene Sonnenlicht fiel auf seine derbe weiße Haut, auf die gerade Nase und die schwarzen geschwungenen Augenbrauen. Er trug einen kurzen, einfach geschnittenen Umhang, aus dem dunkle, weite Ärmel und ein grobes Wams hervorsahen. Die kräftige Gestalt mit den runden Schultern wirkte seltsam vertraut. Allenthalben gab es schlechte Bilder von diesem Mann, und die Münzen in ihrer beider Geldbeutel trugen sein Abbild.

»Es ist der König«, sagte Thady Boy. »Aber nein, das ist unmöglich.«

»Dann hat er einen Doppelgänger«, entschied O'LiamRoe. Schweigend beobachteten sie ihn, und nach einer Weile gab Thady Boy ein Prusten von sich. »So ist es!« stieß er hervor. »Natürlich! Diese fürchterliche Schau am Mittwoch, von der sie alle reden... Soll im Festumzug nicht auch ein Wagen mit den Doppelgängern des Königs und seiner Familie mitfahren?«

Er hatte recht. Wenn man genauer hinsah, ließ sich erkennen, daß eine oberflächliche Ähnlichkeit durch die exakte Kopie des königlichen Haar- und Bartschnitts verstärkt worden war; dieser Mann schien für die Rolle geboren. Seltsamerweise war O'LiamRoe verärgert. »Wenn Sie mich fragen, ich finde es verdammt gefährlich, daß in einem so leichtfertigen Land wie diesem zwei Könige herumlaufen.«

Der Mann, der sich finster im Türrahmen spreizte und vielleicht irgendwelchen königlichen Phantasien nachhing, kehrte plötzlich in die Wirklichkeit zurück. Ein Kind, ein etwa siebenjähriges Mädchen, kam um die Ecke gerannt und stürzte sich mit hörbarem Kummer auf seinen Vater. Sie konnten nicht verstehen, was die Kleine ihm vorschluchzte, sahen aber, wie der schwarzhaarige Mann sich hastig zu dem Kind hinunterbeugte und es schüttelte. Als das ohrenbetäubende Gejammer nicht nachließ, packte er es am Arm, und mit dem Gesichtsausdruck, der allen Vätern eigen ist, wenn sie sich in der Öffentlichkeit mit plärrenden Kindern abgeben müssen, zerrte er es fort. Die königliche Haltung, in der er eben noch posiert hatte, war restlos dahin.

»Thady Boy, Sie haben recht«, sagte O'LiamRoe. »Und vielleicht sind Sie Ihren Lohn doch wert, wenn der bei Ihnen auch oft die reine Verschwendung ist. Sie können jetzt nach unten gehen und mit Piedar einen Schluck trinken, und ich werde sehen, was ich mir für das Spiel mit diesen Lackaffen anziehe – die Pest soll sie holen! Ist er gut?«

»Wer?«

»König Heinrich – im Ballspiel.«

»Sicherlich gut. Er gilt als einer der besten Athleten im Königreich«, antwortete Thady Boy unbarmherzig und ging hinaus.

Er tat sein Bestes. Seit seiner Abreise aus Slieve Bloom hatte O'LiamRoe nicht mehr so bemerkenswert gepflegt ausgesehen. Da der safrangelbe Rock offenbar allenthalben Anstoß erregte, hatte er sich von Thady Boy eine Kniehose, ein leinenes Hemd und ein eng anliegendes, farbenfrohes Wams besorgen lassen. Und weil er nicht eigens Geld für Slipper verschwenden wollte, hatte er dazu seine immerhin geputzten Halbstiefel angezogen. Auf dem sorgfältig gekämmten blonden Haar trug er eine flache, kleine Kappe mit einer Feder. Nur der unverändert wallende Bart erinnerte an den Rebellen unter den Seidenfesseln.

Als die Türklinke knarrte, dachte er, es sei Ballagh. Leise fluchend, Hut und Mantel im Arm, schritt er zur Tür, um zu öffnen. Er hatte sich schon sehr verspätet, und der Kammerjunker des Königs, der auf die Minute pünktlich zurückgekommen war, um ihn abzuholen, wartete bereits seit einiger Zeit unten auf ihn.

Auf der Schwelle aber stand Oonagh O'Dwyer.

Die Hand auf der Türklinke, verharrte O'LiamRoe bewegungslos, ohne ein Wort zu sagen. Es war vielmehr seine Besucherin, die Überraschung verriet: Plötzlich ergoß sich dunkles Rot über die bräunliche Haut, das erst recht die Helle und Klarheit ihrer Augen offenbarte. »Sie sehen großartig aus heute«, sagte sie kurz. »Ich komme mir fast wie eine Dirne vor, so wie ich hier vor Ihrer Tür stehe. Wollen Sie mich nicht hereinbitten?«

Sie war allein – etwas Unerhörtes für eine junge Frau von Stand. Er schloß die Tür und blieb stehen, während sie gemessen an ihm vorbeischritt. Er sagte noch immer nichts, bis sie sich umdrehte und ihn ansah. »Es gehört durchaus nicht zu meinen Gewohnheiten, so etwas zu tun«, erklärte sie.

»Es ist gar keine so schlechte Angewohnheit, da Sie nun einmal damit angefangen haben«, entgegnete er. »Sofern Sie sie auf eine Person beschränken.«

Augenblicklich wurde ihm klar, daß er nicht ungeschickter hätte vorgehen können. Sie preßte die Lippen zusammen, ihr Körper straffte sich, und sekundenlang erwartete er einen Schlag. Er kam nicht, aber als sie zu sprechen begann, begriff er sofort, daß sie in ihm nicht mehr den Menschen, sondern nur noch eine Art Geschäftspartner sah. »Ich komme eben aus Bonne-Nouvelle. Meine Tante besucht dort eine Freundin, die zum Gefolge der Königin gehört. Ich habe eine Nachricht von ihr.«

»So – eine Nachricht?« Er bot ihr keinen Stuhl an.

Sie waren beide gleich groß, ansonsten jedoch äußerst gegensätzlich: das volle gebauschte Haar unter ihrer Kapuze war ebenholzschwarz, das seine hingegen schildpattfarben bis zu den Haarwurzeln. Sie blickte ihm gerade in die Augen, und ihr kleiner runder Mund kräuselte sich ein wenig. »Das königliche Gefolge ist wie ein Käfig voller Spottdrosseln – immer auf der Suche nach einem neuen Opfer.«

O'LiamRoe begriff endlich. Seine Haltung lockerte sich ein wenig. Er lehnte sich gegen die bemalte Holztäfelung, während seine Augen unverwandt auf die ihren gerichtet waren. »Sollen sie nur lachen, bis ihnen der Adamsapfel aus dem Halse springt, meine Liebe. Das kränkt mich nicht.«

Ihre ebenso energischen wie weichen Augenbrauen hoben sich nicht. »Immerhin haben Sie heute, wie ich sehe, einiges Geld für sich ausgegeben.«

»Ja«, sagte O'LiamRoe ruhig. »Und das war ein Fehler. Ich glaube, ich kehre wieder zu meinem Safranwams zurück. Kennen Sie zufällig einen Straußenvogel, dem eine Schwanzfeder fehlt?«

Sie ignorierte die Verzierung an seinem Hut. »Mich geht das alles nichts an, O'LiamRoe. Ich bin nur gekommen, um Ihnen zu sagen, daß der Hof Ihnen einen Streich spielen will. Sie werden eine Einladung bekommen, die nicht vom König stammt.«

Er lächelte ein wenig unter dem flossenartigen Bart. »Zum Beispiel eine Aufforderung, seinen Doppelgänger zu treffen?«

»Woher wissen Sie das?«

Er wandte den Blick von ihren großen Augen ab und drehte den Kopf zum Fenster hin. »Er stand eine Weile dort unten, um uns zu Gesicht zu kriegen. Ein dunkler Mann mit einem Bart.«

»Ja, das ist möglich«, sagte Oonagh O'Dwyer kühl. »Einige der jüngeren Hofkavaliere haben einen Mann gedungen, der am Mittwoch beim Festumzug König spielen soll. Ihr Ruf, O'LiamRoe, ist Ihnen von Dieppe aus vorausgeeilt. Man will Sie mit dem falschen König zusammenbringen und aus Ihnen den größten Narren der Welt machen.«

Nicht im geringsten aus der Fassung gebracht, meinte er nur: »Sicherlich ein gewagtes Spiel, den Gast des Königs so unhöflich zu behandeln.«

»Hätten Sie den Mut, sich beim König darüber zu beklagen?« fragte sie ungeduldig. »Sie würden es vielleicht fertigbringen, aber diese Höflinge sind der Meinung, daß Sie es nicht tun werden. Sie glauben nämlich, seit Frankreich mit England Frieden geschlossen und das Verhältnis zum Kaiser sich erneut abgekühlt hat, sei Frankreich nicht mehr so erpicht darauf, Irland für sich zu gewinnen... Und daß es also nicht weiter schlimm wäre, wenn ein kleiner irischer Lord beleidigt die erste Galeere nach Hause nähme.«

»Ich wäre nicht abgeneigt.«

Einen Augenblick noch sah sie ihn prüfend an, dann zog sie mit den eckigen Fingerspitzen ihrer knabenhaften Hände die grüne Kapuze nach vorn. »Das ist alles. Ich habe versprochen, es Ihnen zu sagen. Ich hoffe«, fügte sie ironisch hinzu, »daß Ihr Gleichmut Sie unter solchen Belastungen nicht im Stich läßt.«

»Machen Sie sich keine Sorgen«, sagte der Fürst von Barrow, und im nachmittäglichen Sonnenlicht legte sich sein plumper Schatten wie ein Sockel ihr zu Füßen. »Wenn die mich kitzeln wollen, sollen sie sich nicht beklagen, wenn sie dabei ein paar Flöhe abbekommen. Soll Thady Boy bei meiner Posse mitspielen?«

»Nein. Er spricht ja Französisch. Man hat es auf Sie abgesehen. Es tut mir leid«, sagte Oonagh O'Dwyer unvermittelt und blickte ihm mit den hellen grauen Augen gerade ins Gesicht. »Es ist keine sonderlich angenehme Mitteilung aus dem Mund einer Frau.«

»Nein. Nein, wahrhaftig nicht«, entgegnete O'LiamRoe langsam. »Ich bin wohl doch ein wenig eitel. Aber es war auch keine leichte Mission für Sie, und ich danke Ihnen und Mistress Boyle.« Als sie sich zum Gehen anschickte, öffnete er die Tür. Sein ovales, bärtiges Gesicht strahlte nur Wohlwollen aus. »Aber Gott steh mir bei, man hat mir in Slieve Bloom lauter verkehrte Sportarten beigebracht«, sagte Phelim O'LiamRoe.

Eine Stunde später spazierte O'LiamRoe in safranfarbenem Wams und Trikot, darüber den Friesmantel, struppig wie ein Reisigbesen in das königliche Quartier in Bonne-Nouvelle, und die Wellen französischer *espièlgerie* schlugen über ihm zusammen.

Es war eine junge, anpassungsfähige Hofgesellschaft, deren Mit-

glieder noch jugendliches Temperament besaßen. Heinrich, Allein-
herrscher über neunzehn Millionen Franzosen, war selbst erst ein-
unddreißig Jahre alt, und von den zehn Guisen, in deren Händen die
Hälfte der französischen Regierungsgewalt lag, war die Königinmutter von Schottland als älteste eben fünfunddreißig. Entsprechend dominierten auch im Gefolge des Königs junge Höflinge. Die
Angehörigen der älteren Generation stammten aus der Welt von
Heinrichs Vorgänger Franz I. Diesem charmanten Lebemann, als
»Caesar« gefeiert und als »Sonnenblume«, hatte an verträumten,
schwermütigen und trägen Kindern so wenig gelegen, daß er bedenkenlos an seiner Statt seine beiden kleinen Söhne als Geiseln einkerkern ließ, nachdem er in der Schlacht von Pavia seinen italienischen
Krieg und zeitweilig seine Freiheit verloren hatte.
Prinz Heinrich kam als Elfjähriger aus Spanien zurück – linkisch
und unfähig, seine Muttersprache zu sprechen. Und der lebenslu-
stige Hof sah ihn damals als »... Monsieur d'Orléans mit dem großen, runden Gesicht, der nur Schläge austeilt und den niemand
bändigen kann«.
Als er König wurde, blieb das Leben bei Hofe so üppig und leichtfertig wie zuvor, aber es behauptete sich auch eine starke esoterische
Neigung, die sich in der Förderung von Wissenschaft und Kunst,
dem Interesse am ernsthaften Gespräch und privaten Studien wie
dem vertrauten Umgang mit Dichtern und Gelehrten ausprägte.
Doch obwohl der melancholische, linkische Gefangene von einst inzwischen persönliche Triumphe errungen hatte, obwohl der König
selbst der schnellste Läufer, der beste Reiter und der talentierteste
Lautenspieler Frankreichs war, obwohl er die englischen Kriege erfolgreich beendet und Boulogne zurückgewonnen hatte und überdies Schottland erlangen würde, wenn sein Sohn die kleine Königin
Maria heiratete, obwohl er auf dem besten Wege war, Kaiser Karl
V. durch sein Bündnis mit den deutschen Fürsten einzuschüchtern
– trotz all dieser eigenständigen Leistungen klammerte sich Heinrich von Frankreich beharrlich an zwei Gestalten aus der Welt seines
Vaters: an seinen geliebten Montmorency (den gerissenen alten
Krieger, den Franz seinerzeit vom Hof verbannt hatte) und an Diana
von Poitiers, die seit vierzehn Jahren Heinrichs Mätresse war.

Zu reich, zu mächtig und zu grob für König Franz' Geschmack, war der Herzog Anne von Montmorency dennoch stets eines der Bollwerke des Königreichs gewesen. Erst in den letzten Lebensjahren des alten Königs, als Montmorency bereits den jungen Thronerben förderte, kam es zum endgültigen Bruch, und Franz schickte ihn in die Verbannung, aus der König Heinrich ihn später zurückholte.

Diana – Witwe des Großseneschalls der Normandie und mit dem Hofleben vertraut – war mit sechsunddreißig Jahren, wie gemunkelt wurde, geradenwegs aus dem Bett des alten Königs, in sein Leben getreten. Und mit Witz, Geschick und einer natürlichen, jedermann entwaffnenden Liebenswürdigkeit hatte sie begonnen, den künftigen König Heinrich II., damals eben siebzehn, seine Rollen als Liebhaber und als Herrscher zu lehren. Es erwies sich als verhängnisvoll, daß Heinrich, ehe sein Vater starb, seiner geliebten Diana zu auffällig zugetan war, daß Montmorency seinem künftigen Herrn allzu nützlich wurde und daß Heinrich ein bißchen zu offen über die Bestallungen sprach, die er vornehmen, und die Verbannungen, die er aufheben würde, sobald sein Vater tot wäre... Er verkauft das Fell, so sagte man bei Hofe, bevor der Bär erlegt ist. Franz gefiel das ganz und gar nicht – und es wäre wohl zum offenen Bruch mit seinem Sohn gekommen, wenn er nicht gerade noch rechtzeitig gestorben wäre.

O'LiamRoe bedurfte keiner Aufklärung über diese Zusammenhänge durch den Kammerjunker, der zwei Stunden lang mit bemerkenswerter Geduld darauf gewartet hatte, ihn dem König vorzuführen. Er erhielt jedoch eine unglaubliche Menge an Informationen über Etikette, Titel sowie über die Herren, denen er begegnen würde. Da die Zusammenkunft auf dem Tennisplatz stattfand, war es unwahrscheinlich, daß man dort Damen antreffen würde. Aufmerksam und nachsichtig hörte der Fürst zu, während man ihn an den Wachen vorbei in die Priorei geleitete, die mit goldenen Lilienwappen ausgeschmückt war und wo es zuging wie auf einem Jahrmarkt am Michaelitag. Bogenschützen, Kammerjunker, Stallmeister und Pagen kamen in Wellen auf ihn zu und leiteten ihn und den Kammerjunker an den Hauptdurchgängen vorbei in einen Nebenraum, dann zu einer Nebentür und schließlich in einen grasbewachsenen

Hof, wo man eilig ein Netz gespannt hatte. Der Kammerjunker, rot im Gesicht und unter der Seide leicht schwitzend, packte O'Liam-Roe am Ärmel und sagte: »Wir sind da. Warten Sie. Dort ist der König.«

Der Platz sah unbenutzt aus. An drei Seiten zugebaut, war er nur von geschlossenen Fensterläden umgeben. Auf den gepflasterten Randstreifen hatte man hastig Bänke aufgestellt, mit Tüchern verhängt und darauf Speisen und Getränke angerichtet. Dazwischen standen ein paar Stühle und Sessel, auf denen man hier und da ein Wams oder ein Rakett abgelegt hatte. Obwohl der Platz wegen der Höhe des Gebäudes fast ganz im Schatten lag, waren die vier oder fünf Männer, die sich am anderen Ende des Hofes unterhielten, in Hemdsärmeln. In ihrer Mitte stand ein stattlicher, breitschultriger Mann mit schwarzem Bart, der die Arme um die Schultern zweier Spieler zu seinen Seiten gelegt hatte. Er war ganz in Weiß gekleidet. »Der König«, wiederholte O'LiamRoes Führer und deutete auf ihn.

Das ovale Gesicht O'LiamRoes schob sich vor. »Was Sie nicht sagen«, meinte er fasziniert. »Die Skrofeln wird er sich bei ihnen holen.« Zwei Männer aus der Gruppe um den König waren mit d'Aubigny in Dieppe gewesen – der Wind trug ihren Duft herüber.

Der Kammerjunker, dessen Englisch nicht perfekt war, öffnete den Mund, besann sich jedoch anders und sagte nur: »Er hat uns gesehen. Kommen Sie, mein Fürst, ich werde Sie vorstellen.«

»Wahrhaftig, er hat noch alle Haare«, bemerkte O'LiamRoe als nächstes, während sie auf die Gruppe zugingen, »und so schwarz wie eine Krähe! Ich habe gehört, er sei früh ergraut – färbt er es jetzt? Meine Mutter kennt da ein vortreffliches Rezept: eine Gallone Teer auf eine halbe Gallone Pech. Seit der Stunde, als wir es bei unseren Schafen ausprobierten, haben wir nie mehr eines verloren... Und das ist Seine Gnaden der König?«

Die beiden Gruppen standen einander gegenüber. Mit tragender Stimme stellte der Höfling den Fürsten vor, und während seine Titel wunderlich entstellt in die warme Luft stiegen – »Monseigneur Auleammeaux, Prince de Barrault und Seigneur des Monts Salif Blum« –, stand O'LiamRoe wie eine freundliche Vogelscheuche dabei, und die unbarmherzige Mittagssonne fiel auf den haarigen Friesmantel und das abgewetzte Safranwams darunter. Aufrecht und gelassen stand er da, ohne die geringste Andeutung einer Reverenz, und als Laurens de Genstan von der Königlichen Leibwache der Schottischen Bogenschützen an seine Seite glitt und ihm ins Ohr zischte, »Sir, es ist üblich, daß man sich verneigt«, wurde sein entwaffnendes Grinsen noch breiter, und er entgegnete: »Was Sie nicht sagen! Aber leider wurde ich wie der Teufel mit verkehrt herum eingesetzten Knien geboren. Was schwätzt dieser arme Mann da bloß?«

Monsieur de Genstan hatte seinen Verbündeten ein unauffälliges Zeichen gegeben und die Rolle des Dolmetschers übernommen. »Seine Majestät heißt Sie in Frankreich willkommen, Sir. Der König hätte Sie auch gern mit Ihrer beider Gnaden dem Herzog und dem Kardinal von Guise sowie dem Konnetabel Montmorency bekannt gemacht, aber sie sind durch dringende Geschäfte verhindert.«

»Ach, hol's der Teufel, und ich dachte schon, der Kleine da wäre der Kardinal«, entgegnete O'LiamRoe liebenswürdig. »Wollen Sie Seiner Gnaden dem König sagen, daß er gewiß ein glücklicher Mann ist: Sein Reich regiert sich von allein, während er einem Ball hinterherspringt... Was sagt er?«

Die Unterhaltung über einen Dolmetscher belastet ein Zusammentreffen stets mit besonderen Schwerfälligkeiten und Verzerrungen; dieses Gespräch jedoch nahm mit verblüffender Deutlichkeit eine völlig unerwartete Wendung. Mit flammendem Gesicht bemühte sich Monsieur de Genstan, die Unterhaltung zu retten, indem er seine Übersetzungen zensierte. Der Mann in Weiß, der zumindest bemerkt hatte, daß es an den üblichen Höflichkeiten mangelte, war einigermaßen verwirrt. Mit tragender Stimme richtete er einige gemessene Worte an seinen Dolmetscher. »Seine Gnaden bittet Sie«, übersetzte de Genstan, »Platz zu nehmen und einen Becher Wein mit ihm zu trinken.«

»Oh, nur sachte«, ließ sich O'LiamRoe gemütlich vernehmen. »Wollen Sie Seiner Gnaden danken und ihm sagen, daß ich zehnmal lieber zusehen würde, wie er sein lustiges Ballspiel zu Ende bringt.

Man sieht doch gleich, daß er hüpfen kann wie eine Erbse auf einem Trommelfell. So ähnlich habe ich mal einen Priester hüpfen sehen, der sich betrunken mit einem Weihrauchfaß herumschlug.«

Auf diesen – von de Genstan wiederum gereinigten – Ausspruch O'LiamRoes antwortete der König mit der Frage: »Wollen Sie mit Monsieur de Genstan spielen?«

Die blauen Augen zwinkerten. »In dieser Aufmachung? Gott bewahr mich – ich würde ja in meinem eigenen Saft verkochen wie ein Hirschbraten im Topf. Zu Hause haben wir nur dieses eine Gewand, das für alle Gelegenheiten taugt – mehr nicht.«

Über Monsieur de Genstan entgegnete der schwarzbärtige Mann vorsichtig: »Sie kennen diesen Sport in Irland nicht?«

Ganz und gar ungeniert setzte sich O'LiamRoe hin, und ein allgemeines Seufzen flog über den Platz. O'LiamRoe nahm es gutgelaunt zur Kenntnis und fuhr fort: »Sport nennen Sie das? Nein, bei uns geht man nicht mit Fliegenklatschen auf einen Ball los. Aber Sport gibt's bei uns schon, und so mancher brave Mann ist lieber auf dem Spielfeld gestorben, als seine Ehre zu besudeln. Hurling zum Beispiel. Kennen Sie das?«

Sie kannten es nicht.

»Also, man spielt es mit einem Stock, und die Kleidung ist dabei ganz unwichtig, weil es nur auf eines ankommt: das Spielfeld lebendig zu verlassen. Egal, was man anhat, am Ende steht man im Zweifelsfall ohnehin nackt da. Es ist ein guter Zeitvertreib, wenn es gerade keinen Krieg gibt. Ich selbst spiele es nicht, weil ich ein friedliebender Mann bin. Aber wohlan – spielen Sie«, fügte O'LiamRoe mit ungeheucheltem Interesse hinzu. »Es kann nie schaden, wenn man sich ansieht, was andere Völker so treiben.«

Da sie nach wie vor ratlos waren und niemand zu begreifen vermochte, was da eigentlich vor sich ging, und überdies alles andere besser zu sein schien als eine Fortsetzung dieser Unterhaltung, nahmen sie ihn beim Wort. Während O'LiamRoe sich behaglich in seinem Stuhl räkelte und dabei einen Ellbogen auf den mit Samt bedeckten Tisch zu seiner Linken stützte – zu seiner Rechten standen sprachlos die Höflinge –, wählte der bärtige Anführer ohne weitere Förmlichkeiten einen Einzelpartner und stürzte sich in ein engagiertes Match.

Sie waren beide vortreffliche Spieler – und als vortreffliche Spieler gingen sie Risiken ein, die sie ziemlich strapazierten. O'LiamRoe aber kommentierte mit weicher, gedämpfter Stimme alles: jeden im Netz landenden Ball, jeden vergeblichen Sprung, ein zu Boden geglittenes Rakett oder die falsche Stellung eines ausplazierten Spielers, der offenen Mundes dem elegant hinter ihm auftreffenden Ball nachsah. Erbarmungslos, unnachsichtig und unfehlbar erging er sich in mutwilliger Ironie über einen gestauchten Daumen, einen mißglückten Aufschlag, den Schweiß, eine geplatzte Naht und einen Ausrutscher auf dem Rasen, der das Hinterteil des Spielers grün verfärbte. Er verbreitete sich über das immer strähniger werdende Haar wie die keuchenden Sprünge zum Netz, beobachtete und kommentierte heiter und mitleidlos, bis der weiterhin übersetzende Monsieur de Genstan zu guter Letzt die Beherrschung verlor, laut auflachte und damit die übrigen ansteckte, die nun ihrerseits die Haltung verloren: Sie brachen in schallendes Gelächter aus. Die Spieler, ohnehin von den beiden Stimmen im Hintergrund irritiert, wandten sich ihnen mit zornbebenden Gesichtern zu – und mit einem fulminanten, ohrenbetäubenden Krachen schoß der Tennisball durch ein Fenster.

Das heitere Geplauder des Iren war verstummt, aber die Höflinge lachten noch immer hilflos glucksend, als der Mann in Weiß seinen Partner am Arm packte und sich der Gruppe mit langen Schritten näherte. Das Gelächter brach ab. Mit hochgezogenen Augenbrauen blickte O'LiamRoe zu Sieur de Genstan auf, dessen scharlachrotes Gesicht jäh erblaßt war. »Und nun«, meinte der Fürst zufrieden, »schlage ich vor, daß Sie den Burschen herholen und wir uns noch ein bißchen unterhalten.«

Die Höflinge gehorchten – wenn auch nur aus dem Impuls heraus, sich selbst zu schützen. Mit ihrem Gelächter hatten sie gemeinsam Partei ergriffen – fatalerweise die falsche. Die Spieler waren unverkennbar wütend, und in einiger Entfernung hörte man Monsieur de Genstan Erklärungen und Entschuldigungen erfinden, die um vieles plausibler waren als alles, was O'LiamRoe hätte vorbringen können, wenn es auch nur entfernt in seiner Absicht gelegen hätte, sich zu entschuldigen. Er erhob sich und wartete grinsend, während der

Schwarzbärtige, noch immer hochrot im Gesicht, den Kreis der Höflinge verließ und schließlich zu ihm trat.

»Jetzt wäre mir ein Schluck Wein schon recht, wenn das Angebot noch gilt«, sagte O'LiamRoe vergnügt, »und Ihnen will ich etwas sagen, was Sie sich merken sollten. Gott bewahr uns, ihr Franzosen seid ein engherziges Volk, und es wird Zeit, daß ihr das eine oder andere von euren kultivierteren Nachbarn lernt, zum Beispiel von den Iren. Und diesmal, de Genstan, mein Sohn, übersetzen Sie alles, nicht nur drei Wörter von dreihundert, *divina proportio*, und für den Rest ein Augenzwinkern und Schulterzucken.«

»Seine Majestät sagt«, stammelte der Übersetzer hinter dem Sessel des bärtigen Mannes, »Seine Majestät sagt, sie wünschte, die Unterschiede zwischen Irland und Frankreich wären geringer.«

»O gewiß, daß wir die Engländer im Land haben, darf Sie freilich nicht stören«, sagte O'LiamRoe. »Seit dreihundert Jahren spielen sie sich bei uns als die Herren auf, aber wir haben sie immer wieder geschluckt, genau wie Sie hier in Frankreich. Die normannischen Eroberer Irlands allerdings trieben es noch schlimmer: Die waren hinter den Steuern her wie der Teufel – genau wie Sie.«

»Seine Majestät fragt«, übersetzte de Genstan, »ob Sie seine Regierung zufällig mit der von England vergleichen.«

»Meiner Treu, wie könnte ich!« protestierte O'LiamRoe mit einem liebenswürdigen Lächeln im sommersprossigen Gesicht. »Bei der Weisheit der französischen Regierung! Nehmen Sie zum Beispiel das Konkordat: Sie haben es gar nicht nötig, sich zu ruinieren, um weltliches Oberhaupt der Kirche zu werden, weil nach dem Konkordat die Klöster und Bischöfe und Erzbischöfe ohnehin nach Ihrer Pfeife tanzen müssen – was Ihnen doch gewiß viel Geld und ergebene Freunde einbringt.«

Es entstand eine Pause. »Der König meint«, sagte Monsieur de Genstan schließlich, »daß diese Themen jetzt nicht Gegenstand der Diskussion seien. Diese Zusammenkunft sollte nur dazu dienen...«

Diesmal lag in O'LiamRoes Lächeln eine Spur Bosheit. »Nicht Gegenstand der Diskussion! Mein lieber Sohn, in Irland hält die Amme mit einer Hand den Arm des kleinen Kindes fest, damit es nicht nach dem Weihwasser greift, und mit der anderen verschließt sie ihm den

Mund, damit es nicht mit ihr darüber streitet.« Er stellte seinen Becher auf den Tisch, erhob sich und legte mitleidig eine Hand auf de Genstans Schulter. »Sie sollten sich das Parfum abschrubben, rate ich Ihnen, und hören Sie mit dem Süßholzraspeln auf – und vor allem suchen Sie sich das nächste Mal einen streitbaren und männlicheren König aus. Wahrhaftig, wenn man dem da die Haare scheren würde wie dem Herkules von Bandinelli, wäre der Schädel darunter viel zu klein, als daß noch Gehirn drin Platz hätte – so!«

Es war totenstill. Der bärtige Mann erhob sich ebenfalls, und seine Augen wanderten von O'LiamRoe zum Dolmetscher, der noch blasser geworden war. De Genstan blickte hilflos flehend in die ausdruckslosen Gesichter seiner Gefährten und murmelte etwas.

Der Mann in Weiß holte tief Luft, ballte die Faust und ließ sie mit einem dumpfen Krachen auf den Tisch fallen, so daß die Weinbecher umkippten. Ein roter Strom ergoß sich über den Samt. »*Traduisez!*« schrie er. Und stammelnd begann der junge Mann zu übersetzen.

Der Schwarzbart hörte zu und schnippte mit den Fingern. Pagen rannten. Ein Wappenrock wurde ihm über die Schultern gestreift und mit goldenen Schnüren befestigt, eine Kette gebracht und ihm um den Hals gelegt, die leichten Tennisschuhe mit einem Paar gestickter Halbschuhe vertauscht, und man reichte ihm weiße Lederhandschuhe und einen Hut mit einer Feder.

Die verschlungenen Mondsicheln des Monogramms hoben und senkten sich mit dem unkontrollierten zornigen Keuchen Heinrichs II. von Frankreich, König von Gottes Gnaden und Allerchristlichste Majestät, während de Genstan stammelnd die letzten Worte O'LiamRoes übersetzte: »Wenn man ihm die Haare scheren würde, wäre der Schädel darunter viel zu klein, als daß noch Gehirn drin Platz hätte«, sagte Sieur de Genstan und vermied es, O'LiamRoe anzusehen.

Einen langen Augenblick hing vieles in der Schwebe, nicht zuletzt O'LiamRoes Leben. Doch Heinrich hatte sich noch nicht auf ein Bündnis mit England festgelegt, und es konnte sein, daß er Irland noch brauchte. Und letzten Endes galt königliche Würde mehr als königliche Eitelkeit. Er setzte zum Sprechen an.

O'LiamRoes Gesicht wurde völlig ausdruckslos, als er schlagartig begriff. Doch er nahm sich zusammen, die helle Haut überzog sich mit heißer Röte, die blauen Augen blickten unverwandt geradeaus. Und nach einer sichtbaren Willensanstrengung kehrten Gleichmut, Zynismus und sogar Belustigung in seine Haltung zurück, als die gemessenen, ernsten, abgewogenen Worte des Königs in dem eleganten, schnellen Englisch de Genstans zu ihm drangen.

»Sie erheben Anspruch auf Kultur. Sie sprechen von gemeinsamen Vorfahren. Sie nennen sich den Sohn eines Königs. Sie zeigen Verachtung für unsere Sitten und machen sich über unsere Person lustig.«

»Es war ein Irrtum«, sagte O'LiamRoe.

Der König hatte die Hände hinter dem Rücken verschränkt und fuhr in unverändertem Ton fort: »Wir wissen sehr wohl, daß Sie arm sind. Wir wissen sehr wohl, daß Sie von uns lernen wollen. Wir sind uns auch der rassischen Unterschiede zwischen unseren Völkern bewußt. Aber wir haben gewisse Höflichkeiten sowohl des Auftretens wie der Redeweise erwartet. Wir waren willens, Sie an unserem Hof als Gleichgestellten gastlich aufzunehmen – ohne auch nur im Traum daran zu denken, Sie mit unserem Mitgefühl zu beleidigen. Sie täten gut daran, Fürst von Barrow«, sagte der König und zerknüllte die goldbestickten Handschuhe, »Sie täten gut daran, sich zu besinnen und diese Beleidigung jetzt von uns zu erbitten.«

O'LiamRoes Augen wanderten zu den Höflingen, doch entsetzt und erschüttert wichen sie seinem Blick aus. Das helle Gesicht des Fürsten verhärtete sich. Mit einem Finger rieb er sich die Nase, während die freundlichen blauen Augen kurz die vor ihm stehende zornige, gleichwohl beherrschte Gestalt streiften. »Lieber Himmel«, sagte O'LiamRoe in Kummer und Zerknirschung, wenn auch in seinen Augen ein schwaches Funkeln unausrottbarer Belustigung glomm, »lieber Himmel, mir ist da ein kleiner Irrtum unterlaufen. Ich dachte, der König da wäre ein Schauspieler.«

Wieder war es totenstill. Dann drehte sich der König, vor Abscheu berstend, um und ging mit großen Schritten im Hof auf und ab; de Genstan packte O'LiamRoe am Arm. »Gehen Sie jetzt – schnell.« Mit einer Kraft, die man ihm nicht ansah, widersetzte sich der andere. »Aber nicht doch! Es hat doch keinen Sinn, jetzt den Kopf zu verlieren.«

»Mein Gott«, stieß de Genstan hervor, der den seinen schon vor geraumer Zeit verloren hatte. »Man wird den Ihren morgen bei Tisch mit einem Apfel im Mund servieren!«

»Aber nicht doch. Warten Sie – da ist er ja«, sagte O'LiamRoe, als der König schwungvoll vor ihm haltmachte. »Ach, zum Teufel, Französisch ist eine verdammt barbarische Sprache! Wovon redet er?«

De Genstan übersetzte. »Da Sie Ihre Unkenntnis in derlei Dingen bewiesen haben, wird es Ihnen gewiß ein Vergnügen sein, die französische Krone und ihre Untertanen in einem Augenblick großer Harmonie zu studieren. Seine Gnaden wünscht, daß Sie bis zu seinem festlichen Einzug am Mittwoch auf seine Kosten in Rouen bleiben und dem Einzug beiwohnen. Am Donnerstag wird man Sie und Ihre Leute nach Dieppe geleiten, und beim ersten günstigen Wind wird Ihnen eine Galeere zur Verfügung stehen, mit der Sie unverzüglich nach Irland zurückkehren. Zwischen heute und Mittwoch wünscht der König kein weiteres Zusammentreffen mit Ihnen.«

O'LiamRoe war abermals errötet, doch darüber hinaus zeigte sein listiges Gesicht keine Spur von Zorn oder Demütigung. »Sagen Sie ihm, daß ich einverstanden bin. Dem König von Frankreich gehorcht man augenblicklich, was immer er befiehlt. Und wer bin ich, ein einfacher Edelmann, daß ich mich ihm widersetzen könnte?«

Er wartete, bis seine Worte übersetzt worden waren; dann verbeugte er sich im Hofeingang dreimal in einer Weise, die an das Zusammenfalten eines zotteligen Teppichs erinnerte, und ging.

So verließ Phelim O'LiamRoe, Häuptling seines Geschlechts, Fürst von Barrow und Lord von Slieve Bloom die Audienz beim König, und aus den rauchenden Trümmern rettete er – um den Preis seiner Ausweisung – immerhin seine nach wie vor unversehrten Prinzipien.

O'LiamRoe drängte es nicht, seinen Bediensteten von dem Vorfall zu berichten. Wie es sich herausstellte, war dies auch nicht notwendig. Thady Boy hatte in der Zwischenzeit sämtliche Bierschenken Rouens unsicher gemacht und bereits Gerüchte aufgeschnappt.

Leicht schwankend kehrte er ins »Croix d'Or« zurück, um Einzelheiten zu hören.

Er nahm sie mit mehr Gleichmut auf als Piedar Dooly, der, wie O'LiamRoe sagte, von seiner neuen Rolle als Spürhund so begeistert war, daß er es kaum erwarten konnte, seinen Herrn als Ziel eines neuerlichen Mordanschlags zu sehen. »Aber ich bezweifle«, fügte O'LiamRoe hinzu, »daß ihm dieses Glück beschieden sein wird, denn wer kümmert sich denn jetzt noch um mich, da ich ja abreise! *Ochone, ochone*«, klagte der Fürst von Barrow, der selbst schon einiges getrunken hatte, um mit den Ereignissen des Tages fertig zu werden. »Bis Donnerstag wird es in dieser Stadt langweilig sein, sterbenslangweilig! Was soll schon noch passieren, und wer versucht jetzt noch, uns umzubringen – uns verlorene Seelen!«

FÜNFTES KAPITEL

Obwohl selbstverständlich niemand aus der Umgebung des Königs über Vorgänge bei Hof klatschte, verbreitete sich die Geschichte von der königlichen Pein auf dem Tennisplatz innerhalb einer Stunde in der ganzen Stadt Rouen. Und wie das Geschick Papst Leos X. – so meinte O'LiamRoe großspurig –, der wie ein Fuchs zur Macht gelangte, wie ein Löwe regierte und wie ein Hund starb, die Gemüter erregte, so machten nun auch Irlands Aufstieg und sein Sturz aus der königlichen Gnade einiges Aufsehen.

Schon bald am Nachmittag begannen sich kleine Jungen vor O'LiamRoes Unterkunft herumzutreiben, die das Kommen und Gehen neugierig beobachteten und ihre Wahrnehmungen weitergaben. Ein Mann namens Augrédé, dessen Bruder bei der Revolte gegen die Salzsteuer ums Leben gekommen war, machte O'LiamRoe einen Sympathiebesuch und wurde sogleich wieder hinauskomplimentiert. Und als O'LiamRoe, der keine Lust hatte, sich wie ein Missetäter zu Hause zu verbergen, auf einem Spaziergang beharrte, wurde er auf der Straße von einem Schotten angesprochen. Und ein anderer Schotte, noch jung und gut Französisch sprechend, hatte sich in einer Schenke an Thady Boy herangemacht und ihm nach al-

lerlei zweideutigem Gerede zu verstehen gegeben, daß er O'Liam-
Roe eine Unterredung mit dem englischen Botschafter Sir James
Mason vermitteln könne. Kinder liefen hinter ihnen drein, und hier
und da lächelte jemand diskret – aber nicht ein einziger Ire ließ sich
bei ihnen blicken.

Nach einigem Nachdenken schrieb O'LiamRoe einen Brief an Mistress Boyle, um einem Besuch oder einer Entschuldigung der Damen zuvorzukommen, in dem er ihr eine heitere Schilderung des
Vorfalls gab und sich ohne jeden Vorwurf höflich verabschiedete.
Sie mußten schließlich in diesem Land leben – und Oonagh würde
ohnehin einen Franzosen heiraten.

Die Königinwitwe von Schottland schickte nach Tom Erskine. An
diesem Nachmittag gab es kein unbeschwertes Gelächter im Hôtel
Prudhomme, wo die Königin seit dem zeremoniellen Empfang
wohnte und wie die Iren – wenn auch von wesentlich mehr Pomp
umgeben – auf den königlichen Einzug am Mittwoch wartete. Es
war gerade eine Woche her, daß Maria von Guise, die Königinmutter von Schottland, zum erstenmal seit zwölf Jahren in ihre Heimat
Frankreich zurückgekehrt war – aber sie hatte bereits sichtbar abgenommen, und unter den langen Ärmeln zeichneten sich die stark-
knochigen abgemagerten Schultern ab. Sie war die Königinmutter
eines verwandten Königreichs, das sich gerade mit der Hilfe Frankreichs von den Engländern befreit hatte. Sie war das älteste Mitglied
der Familie de Guise, der mächtigsten Familie Frankreichs, die vom
König hoch geschätzt wurde. Aber sie war auch eine zweimal verwitwete Frau, die im Lauf eines einzigen Tages ihren beiden Kindern wiederbegegnet war: ihrem Sohn aus erster Ehe, dem blassen
Herzog von Longueville, den sie seit zehn Jahren nicht gesehen hatte, und Maria, der siebenjährigen Königin von Schottland, dem einzigen Kind aus ihrer zweiten Ehe, das zwei Jahre zuvor von König
Heinrich als Verlobte seines Erben nach Frankreich geholt worden
war: selbst für diese nicht besonders mütterliche Frau Begegnungen
wehmütiger Freude. Der Politikerin, die die Königinmutter durchaus war, forderte das Wiedersehen ein Ringen um Haltung ab, das
die ohnehin schwierigen Umstände ihres Besuchs noch zusätzlich

komplizierte. Denn sie stand nicht mit allen Untertanen ihres verstorbenen Gatten auf gutem Fuß. Zwar war der Krieg mit England beendet, doch England gewährte nach wie vor mißvergnügten Schotten Asyl und förderte durch Versprechungen und Pensionen die Ansprüche anderer Exilschotten auf die schottische Krone. Der Graf von Arran, der Schottland für die kleine Königin regierte, war schwach: Von England und der Reformierten englischen Kirche umworben und angezogen, konnte er den mächtigen Familien Schottlands, die nur darauf lauerten, Arran zu verdrängen und selbst die Regentschaft zu übernehmen, jederzeit zum Opfer fallen. Und Frankreich, das Schottland reichlich mit Truppen, Geld und Waffen versorgt und damit wesentlich zum schottischen Sieg über England beigetragen hatte, erntete nun als Lohn schottischen Zorn aus verletztem Stolz und eine ständig wachsende Abneigung. Beim Anblick der französischen Festungen, Schlösser, Straßen und Betten, vollgestopft mit faulen, prahlenden, streitsüchtigen Franzosen, kam die schottische Seite der alten Allianz einer Umkehr ihrer Ansichten bedenklich nahe. Aus dieser Situation konnte der Bruch mit den Franzosen wie mit der alten Religion erwachsen.

Maria von Guise hatte all dies bedacht. Und sie war – im Rahmen ihrer Möglichkeiten – der Gefahr zunächst dadurch begegnet, daß sie die schlimmsten Störenfriede einfach aus Schottland entfernte, indem sie sie mit auf die Reise nahm. Freilich zwickten und stießen und duckten sich die mächtigen, hitzigen Männer in ihrem Gefolge gegenseitig und zerrten an den Zügeln, die sie im Zaum hielten, noch ehe sie Dieppe erreicht hatten.

Und trotz all dieser Belastungen mußte sich Maria von Guise in dem hektischen Zeremonienwirbel, der ihretwegen veranstaltet wurde, korrekt, mit Stolz und Erhabenheit bewegen, mußte vor dem König und seinem Hof, vor der eigenen Familie und deren Rivalen, vor den Botschaftern jeder europäischen Nation, die ihr ihre Aufwartung machten, so auftreten, als ob sie einzig deshalb gekommen sei, um ihre Tochter zu besuchen; als ob sie nicht, wenn es nach ihrem Willen ginge, diese schillernde Seifenblase von Tanz und Gelächter mit einem Schlag platzen lassen würde, damit diese verdammten, affektierten, eingebildeten und protzigen Männer endlich einen Anlaß

fänden, an den Konferenztisch zu stürzen – dorthin, wo sie sie haben
wollte, um mit ihnen endlich ernsthaft die künftige Politik Frankreichs und Schottlands zu erörtern.

So saß sie in Gesellschaft von Lady Fleming und Margaret Erskine
nach einem Vormittag offizieller Empfänge ruhelos im Hôtel Prudhomme. »Madame Erskine«, sagte sie unvermittelt, »ich möchte Ihren Gatten sprechen.«

Ein Page machte Tom Erskine, der am Freitag nach Flandern abreisen sollte, bei einem seiner Abschiedsbesuche ausfindig. Auch der
Erste Geheime Rat hatte bereits von den Gerüchten gehört. Als er
ins Hôtel Prudhomme zurückeilte, war er ziemlich sicher, daß man
ihn nach Lymond fragen würde.

Die Frage wurde ihm entgegengeschleudert, als er die Türschwelle
noch nicht ganz überschritten hatte. »Wie ich höre, sollen die Iren
nach Hause geschickt werden. Was hat das zu bedeuten?«

Seit Dieppe hatte er nichts mehr von Lymond gehört, und er
wünschte, er hätte der Königinwitwe nichts über Lymonds Identität erzählt. In Gegenwart seiner Frau und seiner Schwiegermutter
versuchte er nun, der Königin beschwichtigend zuzureden. Es gebe
weiß Gott genug andere Belastungen, so daß sie es sich nicht leisten
könne, dieser wunderlichen Laune uneingeschränkt zu folgen oder
sich durch ein Mißlingen ihres Plans beunruhigen zu lassen. Lymonds Aufenthalt in Schottland diene keinem wichtigen Zweck;
schließlich sei er ja gar nicht ihr Spion. Und es sei im Grunde unwichtig, ob Lymond nun hierbleibe oder nicht.

Aber die Königinwitwe war am Ende ihrer Geduld. »Für wen arbeitet er?«

»Für niemand – außer für sich selbst.«

»Und für wen arbeitet er in einem Jahr?«

Tom Erskine schwieg; dann antwortete er: »Er wird sich niemals
binden. Das hat er mir ausdrücklich gesagt.«

Maria von Guise unterdrückte ihre Gereiztheit, wartete einen Augenblick und sprach dann mit ruhiger Stimme weiter: »Sie betrach-
ten sich als seinen Freund. Dann denken Sie einmal über ihn nach:
Er erfreut sich jetzt eines guten Rufes, seiner Besitzungen und seines
Reichtums. Und dennoch ist seine Zukunft zu Hause ungewiß. Die

Baronie gehört seinem älteren Bruder Lord Culter, und wenn das Kind, das Lady Culter erwartet, ein Sohn wird, büßt unser Freund Lymond sein Erbe und sogar seinen Titel ein... Er ist also untätig, hat keine Bindungen, keine Vasallen, keine Gefolgschaft. Folglich ist er, verehrter Kanzler, reif, sich in den Dienst einer Sache zu stellen. Und ich wünsche«, sagte die Königinmutter von Schottland mit Nachdruck, »daß innerhalb eines Jahres seine Loyalität einzig mir gehört. Ich brauche sie. Und noch mehr wird die Königin sie brauchen. Dies ist ein äußerst kritischer Augenblick in seinem Leben wie in unserem. Wenn ich mich seiner jetzt nicht bemächtige, bekomme ich ihn nie. Denn jetzt, verstehen Sie, jetzt ist der Augenblick da: Weil ich nämlich die Absicht habe, diesen Mann in seinem Mißerfolg an mich zu binden, Junker Erskine – und nicht dann, wenn er Erfolg hat.«

Während sie noch sprach, öffnete sich auf ein leises Klopfen die Tür, und ein Page trat ein, der sich zweimal verbeugte. »Bringen Sie ihn herein«, sagte die Königinwitwe, und ihr kühler Blick wandte sich Tom Erskine und den beiden Frauen zu. »Ich war der Meinung, daß es nur eine Möglichkeit gibt, die Wahrheit zu erfahren, und darum habe ich nach ihm geschickt«, sagte sie. »Monsieur Crawford von Lymond, Junker von Culter.«

Der Page trippelte hinaus, die Tür schloß sich. Und aus dem Schatten trat mit elegantem Schritt der maskierte Mann in Schwarz, den Tom Erskine zuletzt im mondbeschienenen Garten Jean Angos in Dieppe gesehen hatte. Er schien gegen ein Lachen anzukämpfen.

»Ich muß mich für diese verdammten Auftritte entschuldigen«, sagte Francis Crawford von Lymond. »Denn ich habe das Gefühl, unser guter Tom weiß nie, ob er nach einem Priester schicken oder Beifall klatschen soll.« Und mit Daumen und Zeigefinger zog er sich die Maske herunter – und enthüllte das intelligente, zynische Gesicht Thady Boy Ballaghs.

Es war spät, als Lymond in seine Unterkunft zurückkehrte. Lautlos schritt er unter den Lampen dahin, die an durchhängenden Ketten über den gewundenen Gassen schaukelten. Hinter ihm lag eine Unterredung, die vornehmlich durch Höflichkeit, sachliche Argumentation und, vom Standpunkt der Königinwitwe betrachtet, freilich durch einen totalen Mangel an Erfolg bestimmt gewesen war.

Wenn ihm die Zeit dazu geblieben wäre, hätte Tom Erskine seine Herrin davor gewarnt, Lymond gegenüber besonders auf O'Liam-Roes Unzulänglichkeiten einzugehen. Persönlich zwar teilte er ihre Zweifel, ob Lymond bei der Wahl seines Reisegefährten richtig gehandelt hatte. Ob nun der Zusammenstoß der »Sauvée« mit der flämischen Galeasse ein Mordanschlag auf O'LiamRoe gewesen war oder nicht – der heutige Auftritt des Fürsten bei Hofe hatte unbestreitbar zu seiner und Lymonds Ausweisung aus Frankreich geführt. Dabei war Tom Erskine absolut sicher, daß der Fürst von Barrow an diesem Vorfall nicht die mindeste Schuld trug: Lymond hatte ihn nicht nur in der einen Woche, die er vor ihrer gemeinsamen Abreise nach Frankreich in Slieve Bloom verbrachte, eingehend studiert; er hatte auch eine regelrecht pedantische Überprüfung seines Leumunds veranlaßt, ehe man überhaupt an O'LiamRoe herangetreten war.

Und Lymond hatte recht gehabt. O'LiamRoe war genau der Mann, den sie brauchten, der mit Vergnügen, ja mit Begeisterung der Aussicht entgegenblickte, seine königlichen Gastgeber hinters Licht zu führen und einen Ausländer als seinen irischen Sekretär und Barden auszugeben. Leider war es gerade auch diese für O'LiamRoe typische Leichtfertigkeit, die den Plan nun hatte scheitern lassen.

Der Königinmutter gelang es nur halb, ihre Meinung dazu zu äußern, denn Lymond brach die Diskussion ab. Dann sprach sie über die Zukunft und die Möglichkeit einer engeren Zusammenarbeit noch unbestimmten Charakters zwischen ihr und dem Junker von Culter. Der Junker von Culter jedoch erinnerte sie mit gleichbleibender Ehrerbietung schlicht daran, daß ihrer beider Vereinbarung gemäß alles, was er in Frankreich oder anderswo tun werde, einzig seine Sache und nicht die ihre sei. Denn Lymond, der Feuer und Schwefel speien konnte, wenn er wollte, vermochte sich ebenso wirkungsvoll der Sprache der Etikette zu bedienen, und es war ihm in dieser Audienz bereits gelungen, Jenny Fleming beiläufig wegen ihres morgendlichen Auftritts an der Brücke mit geziemenden Worten zurechtzuweisen, ohne daß die Königinwitwe oder Tom Erskine auch nur das geringste davon merkten.

Diesen Augenblick wählte Maria von Guise, um ihre Trumpfkarte auszuspielen, die sogar ihren Ersten Geheimen Rat alarmierte. »Und wie«, so hatte sie gefragt, »wenn die Sicherheit meiner Tochter, der Königin, bedroht wäre?«

In das betroffene Schweigen hinein hatte Lymond zurückgefragt: »Ist sie das, Madame?«

Doch sogleich wiegelte sie ab. »Natürlich wissen wir nichts. Wo könnte das Kind besser aufgehoben sein als bei unseren teuren Freunden in Frankreich? Aber wenn ihr beispielsweise ein Wahnsinniger nach dem Leben trachtete...«

»Dann verdoppeln Sie die Leibwache«, hatte er kühl geantwortet. »Sie vertrauen zwar auch ihr nicht, aber Sie bezahlen sie immerhin.«

Daraufhin ließen sie ihn beinahe erleichtert gehen, und als er fort war, zählte Margaret Erskine im stillen die ungeklärten Unfälle, die der kleinen Königin Maria in den zwei Jahren ihres Aufenthalts in Frankreich zugestoßen waren, dazu die bedenklich häufigen Krankheiten. Ihr Mann mußte ihre Gedanken gelesen haben, denn Tom setzte zu einer verwirrten Frage an: »Ihre Gnaden halten es für möglich, daß...?« und wurde dafür mit einem heftigen Rüffel bestraft. Ihre Gnaden bereute sichtlich, daß sie dieses Thema überhaupt zur Sprache gebracht hatte.

Lymond nahm diese Unterredung allem Anschein nach nur als ein geringfügiges Ärgernis, das er sogleich abschüttelte. Die schwankenden Lichter, die ihn im Dahinschreiten einfingen und wieder entließen, beleuchteten ein unbewegtes Gesicht.

Die Gassen waren nicht leer. Licht fiel aus zahlreichen Häusern, sickerte aus den Spalten rund um rissige Fensterläden, hinter denen im allgemeinen Fieber der Einzugsvorbereitungen Schilde bemalt, Schwerter geschliffen und Juwelenstickereien vollendet wurden. Ein Gardetrupp der Guisen mit flatternden Fahnen eilte vorüber, und aufs neue tanzten und schaukelten die Lampen, als die silbernen Adler von Lothringen, die Lilien von Anjou und Sizilien, die blutroten Balken von Ungarn und das doppelte Kreuz von Jerusalem vorüberrauschten.

Ein Mädchen trat rückwärts aus einem Torweg, lachte leise, doch Lymond wich ihm geschmeidig aus und setzte seinen Weg fort. Die Frauen von Rouen waren berüchtigt – mehr noch als die von Lyon, von Avignon oder sogar Paris. Das Mädchen rief ihm mit spöttischer Stimme etwas nach, und unter der Halbmaske blitzte ein Lächeln auf.

Kurz darauf verschwand er für eine Weile ganz, und als er auf das Kopfsteinpflaster der Gasse zurückkehrte, hatte er sich wieder in die behäbige, dickbäuchige Säufergestalt Thady Boy Ballaghs verwandelt.

Robin Stewart sah ihn in der Rue St.-Lô am Justizpalast vorbeischlendern. Vor St. André blieb er stehen und blickte zum eben vollendeten neuen Kirchturm hinauf. Das Licht der Kirchenlaterne fiel auf den Adamsapfel und das emporgereckte stoppelige Kinn des Ollave, und auch Stewart sah in die Höhe. Dann legte er Thady Boy die Hand auf die Schulter.

Er hatte das unklare Bedürfnis, ihn zu trösten, und auch er selbst brauchte Trost. Thady Boy Ballagh wandte sich langsam um und deklamierte bardisch: »So geht es zu in der Welt, Mr. Stewart. Die Orkney-Inseln sind heute in angelsächsischem Blut ertrunken, der Boden Thules ist mit dem Blut der Pikten getränkt, und das eisige Erin weint heiße Tränen über die Haufen erschlagener Schotten... Sie haben sicher schon gehört, daß wir am Donnerstag das erste Schiff nach Hause nehmen müssen.«

»Wenn es nach mir ginge, würde ich diese albernen Tunichtgute bei Hofe einsammeln und sie wie Weidenkätzchen an einen Weidenbaum hängen. Es ist doch für jeden klar, daß die Unverschämtheit des Fürsten unbeabsichtigt war.«

»Und trotzdem, wissen Sie, habe ich das schreckliche Gefühl, daß O'LiamRoe selbst einen winzig kleinen Verdacht, eine Vermutung, eine leise Ahnung hatte, daß es doch der König war, dem er die Stirn bot«, sagte Thady Boy seelenruhig. »Er war sich zwar nicht sicher, ob er mit dem höfischen Zeremoniell zurechtkommen würde, aber er wußte, daß er mit Unverschämtheiten einen durchschlagenden Erfolg erzielen konnte... Haben Sie irgend etwas vor?«

Robin Stewart erinnerte sich plötzlich daran, daß ihn dieser Mann schon einmal beeindruckt hatte. »Ich bin gerade unterwegs zu einem Freund«, sagte er, »auf einen Schluck und einen kleinen Schwatz im Hinterzimmer. Hätten Sie nicht Lust, mitzukommen?« Auf seinem Gesicht zeigte sich plötzlich ein aufrichtiges Grinsen. »Ich finde, Sie sollten aus Ihren letzten Tagen in Frankreich das Beste machen.« Genau dies fand auch Francis Crawford von Lymond und nahm die Einladung an.

Das Haus, in das ihn Robin Stewart so spontan eingeladen hatte, lag nicht weit entfernt: ein stattliches Kaufmannshaus mit Giebelfenstern, von einer hohen Mauer umgeben, deren Tor offenbar erst vor kurzem erweitert worden war. Abrupt – in der ihm eigenen eckigen, marionettenhaften Art, sich zu bewegen – blieb Robin Stewart davor stehen, um Mr. Ballagh unvermittelt nach seiner Religion zu befragen. »Haben Sie sehr strenge Meinungen – über den Lutherismus zum Beispiel und derlei Kram?«

Thady Boys Augen erstrahlten wie Zwillingsteiche in unschuldigem Blau. »Ich habe über gar nichts strenge Meinungen, mein Lieber, ausgenommen Frauen, Trinken und vielleicht noch Geld. Ich gehe barfüßig oder barhäuptig, wenn man's von mir verlangt, halte die Fastenzeit ein oder Ramadan – so verwildert sind meine religiösen Ansichten.«

»Ja – hm. Der Bursche, den wir besuchen wollen, ist Bildhauer, er nimmt aber keine Aufträge mehr an. Dafür erfindet er gelegentlich Maschinen, verstehen Sie?«

»Wie Leonardo.«

»Wie Leonardo«, stimmte Robin Stewart bereitwillig zu und klopfte ans Tor.

Sie wurden nicht sofort eingelassen. Sie vernahmen leises Geflüster, und eine Weile geschah gar nichts. Endlich erschien ein Mann mit einer Laterne, der sie durch den Innenhof ins Haus führte und sie auf ihrem Weg in gutem Englisch freundlich unterhielt. Sie folgten ihm eine schmale, dunkle Treppe hinauf und blieben oben geblendet im Licht einer bereits geöffneten Tür stehen. Zwei kräftige Hände griffen nach ihnen, zwei kräftige Arme zerrten sie in den Raum, und eine dröhnende Baßstimme, in der die Akzente von

Perth und Paris miteinander rangen, psalmodierte: »Robin! Mein gutes Gewissen, du alter Draufgänger in Samt und Seide – wehe, du rührst mich an! Ich bin vor Gicht aufgequollen wie ein Hefeteig und verdammt froh, dich zu sehen! Wen hast du da mitgebracht? Kommt herein und setzt euch!«

Michel Hérisson war ein stattlicher Mann mit wallendem weißem Haar, auf dem das Licht der wenigen Wachskerzen im Hintergrund spielte, und mächtigen Händen, sie sich im jahrelangen Umgang mit Werkzeugen, Holz, Metall und Stein in vorzeitig verwitterte Denkmäler ihrer selbst verwandelt hatten. Fröhlich auf seine Gäste einredend, geleitete er sie in den behaglichen Raum, in dem zwanglos ein paar Stühle verteilt waren. Am anderen Ende saßen vor einem Feuer vier oder fünf Schotten und Franzosen beisammen und erhoben sich nun, um die Neuankömmlinge zu begrüßen.

Man spürte sogleich, daß es sich um einen privaten Klubraum handelte, in dem sich Männer unterschiedlichster Herkunft, aber gleicher Geisteshaltung abseits vom Getriebe öffentlicher Schenken treffen konnten. Nach der Begrüßung zog Stewart den Ollave beiseite und wies ihm einen Stuhl an. »Hérisson ist ein prächtiger Bursche – seinerzeit ein brillanter Künstler, bevor er die Gicht bekam. Sein Bruder in London ist einer der besten Freunde, die ich je hatte.« Er griff sich zwei Krüge aus einer tiefen Mauernische an seiner Seite und stand auf. »Wir bedienen uns selbst. Weiten Sie Ihre Kehle, Mr. Ballagh! Michel Hérisson bietet einen vortrefflichen Wein an, ohne sich um das Fassungsvermögen Ihrer Gurgel zu kümmern…« Er entfernte sich mit den Krügen, und während der fünf Minuten seiner Abwesenheit erforschte der wachsame Blick Lymonds den Raum.

Einer aus der Gruppe am Feuer gehörte zum Gefolge der Königinwitwe, in dem er freilich nur eine untergeordnete Rolle spielte. Er sprach gerade in fließendem Französisch über Tom Erskines gegenwärtige diplomatische Mission. Die Zahl der benutzten Krüge ließ darauf schließen, daß die Runde kurz zuvor noch wesentlich größer gewesen war. Andererseits schien das Feuer noch nicht lange zu brennen, denn unter dem Rost hatte sich kaum Asche angesammelt. Und da gab es neben dem Gerede und Gelächter, neben dem Knirschen von Metall und Holz auf den Stühlen noch einen Rhythmus, kein Geräusch, sondern eine Art Vibrieren von unten gegen die Fußsohlen. Aber kaum wahrgenommen, hörte es auch schon wieder auf. Robin Stewart kam zurück.

Er trank Thady Boy zu, und erklärte dann unvermittelt: »Dem Himmel sei Dank, daß O'LiamRoe abreisen muß. Um die Wahrheit zu sagen, ich kann diesen Mann nicht ausstehen.«

»Ich weiß«, sagte Thady Boy, »es ist ziemlich deprimierend, mit anzusehen, wie er sich gerade auf Dinge versteift, die ihm schaden und für die man ihn am Ende bedauern muß.«

Stewarts Stimme nahm den gekränkten Ton an, der für ihn typisch war. »Überall herumzuwatscheln und so zu tun, als ob die Sieben Weltwunder bloß für ihn geschaffen worden wären! Und wie er seine Armut und seine Einfältigkeit zur Schau stellt, so daß kein mitleidiger Mensch es fertigbringt, ihm die Meinung zu sagen. Und dabei hat man die ganze Zeit das Gefühl, als ob man selber der Dummkopf wäre und er der gescheite, nachsichtige Bursche, der sich heimlich ins Fäustchen lacht.«

»Und das, obwohl doch Sie der gescheite und nachsichtige Bursche sind«, sagte Thady Boy und rührte, ohne Stewarts plötzliches Erröten zu beachten, mit einem langen, schlanken Finger in einem Weinkranz auf der Tischplatte. »Sagen Sie mir nur eines: Wenn er ein so gescheiter und gebildeter Mann ist – und das ist er, täuschen Sie sich nicht –, warum hat er dann wohl einen Ollave mit nach Frankreich gebracht?«

»Oh, um den Glanz seines Gefolges zu vergrößern, nehme ich an«, meinte Stewart sarkastisch.

»Während er gleichzeitig seine Ungeschliffenheit und seine Armut zur Schau stellt? O'LiamRoe hat einen Sekretär mitgenommen, *obwohl* er über eine beträchtliche humanistische Bildung verfügt, mein Lieber – denn er hatte eher Angst, nicht gebildet genug zu sein. Er trägt seinen Friesmantel und das Safranwams, weil...«

»Das respektiere ich«, unterbrach ihn Stewart. »Ich kann das verstehen: Es ist eine Frage des Prinzips, weil die Engländer den Iren diese Kleidung verboten haben.«

»Die Engländer haben sie verboten, da haben Sie recht. Aber kein

Mann, keine Frau, kein Kind schert sich den Teufel darum. O'LiamRoe hat sechs seidene Anzüge in seiner Kleiderkammer, wenn auch keiner davon so pompös ist, mit Verlaub, wie das, was die Herren hier in Frankreich tragen. Ironische Distanz zum Treiben der Welt – das ist O'LiamRoes Grundsatz. Und darum muß man ihn bemitleiden, wenn Sie schon so erpicht darauf sind, uns irgendwie zu bemitleiden.«

Robin Stewart spürte plötzlich eine große Ruhe in sich, ohne zu verstehen, daß diese Ruhe von seinem Gesprächspartner ausging, einem Mann, der die Menschen zu nehmen verstand und gelernt hatte, Neid, Neugier und Aggression zu zähmen und einzuschläfern. Er blickte in das dunkle Gesicht des dicken Mannes und sagte plötzlich: »Sie verstehen sich trefflich aufs Analysieren, scheint mir. Ich frage mich, was Sie wohl von meinesgleichen halten.«

»Oh, ich habe nur eine Nase für die Iren. Aber Sie sind auf das Urteil anderer auch gar nicht angewiesen. Sie kennen sich selbst am besten, Robin Stewart.«

»Ja, ich kenne mich«, stieß der Bogenschütze hervor, und die Knöchel seiner Hände, die den Weinkrug umklammerten, wurden weiß. »Und das, was ich weiß, muß mir nicht unbedingt gefallen. Aber, du lieber Gott, wer kennt schon die Menschen wirklich?«

»Wer ist es denn, den Sie so verabscheuen – d'Aubigny? Sie haben doch wohl nicht viel mit ihm zu schaffen, oder?«

»Er kennt das Rezept des guten Lebens.«

»Hat er es Ihnen verraten?«

»Ich bin bereit, zu lernen«, sagte Stewart mit derselben unterdrückten Heftigkeit. »Ich habe keinen Titel – ich habe weder Vermögen noch Bildung, ich habe nicht einmal einen anständigen Namen. Darum muß ich lernen, und ich will Ihnen eines sagen: Wie ein Pferd werde ich für den Mann schuften, der mir das Richtige beibringt.«

»Was – wie man Erfolg hat?«

»Erfolg – oder wie man ohne ihn zurechtkommt«, sagte Robin Stewart bitter.

Der Ollave lehnte sich zurück. Das Kerzenlicht beleuchtete das glanzlose schwarze Haar, den fleckigen, lose über dem Bauch hängenden Mantel und die spielerischen Bewegungen der Hand auf dem Tisch. Kerzenflammen zitterten in dem Weinfleck, der wie ein Juwel auf der Holzfläche schimmerte. »Und der beste Weg zum Erfolg – oder zu Ihrer Alternative – ist eine illegale Druckerpresse?« fragte Thady.

Instinktiv fuhr die Hand des Bogenschützen zum Degen. Doch dann entspannte sich sein Gesicht, die Hand fiel herab. Thady Boy war ein netter Saufkumpan, der in drei Tagen nicht mehr da sein würde. Normalerweise wurden die Druckerpressen zu dieser Stunde nicht benutzt, und Robin Stewart hatte nicht bedacht, daß Mr. Ballagh sie entdecken könnte... Gott ja, was konnte ein Mann schon für Schaden anrichten, den man wie einen Hund verscheuchen würde, wenn er auch nur an den Stiefeln des Königs schnupperte? In seinem Gesicht spiegelten sich seine Gedanken allzu deutlich wider, und er versuchte, wenn auch zu spät, die Pause zu überspielen. »Wie sind Sie darauf gekommen?« fragte er hastig.

»Ich kenne das Geräusch nächtlichen Druckens aus Paris... Im Keller, nicht wahr? Nicht alles, was sich Theologiestudenten zum Lesen kaufen, brauchen sie für das Examen an der theologischen Fakultät, und ein ehemaliger Künstler mit einer Leidenschaft für Maschinen ist heutzutage für Theologen wahrhaftig ein Geschenk Gottes. Hat man hier gegen eher heidnische Ollaves irgendwelche Vorurteile – oder kann ich mir die Pressen mal ansehen – was meinen Sie?« fragte Magister Ballagh.

Muffig, von den Rauchschwaden der Talglichter durchzogen und geschwängert von den Gerüchen heißen Metalls und humanistischer Bildung, wirkten die Kellergewölbe des Hôtel Hérisson wie eine Extrahölle für Literaten und Künstler. Die von Hérisson früher gemeißelten Glieder unvollendeter monumentaler grauer Gottheiten bewahrten schwankende Türme von Setzrahmen vor dem Umfallen. Einem armlosen Orakel stiegen aus dem Kessel zu seinen Füßen beißende Firnisdämpfe in die Augen, und einer muskulösen Göttin hatte man einen Eimer mit frisch angerührtem Leim über den ausgestreckten Arm gehängt.

Und überall hingen wie tintige Flaggen die noch feuchten, frischen

Druckbögen. Die Druckerpressen klapperten und klirrten, überwacht von Michel Hérisson, der ihnen mit einer Hand verbotene
theologische Literatur entnahm und zugleich mit teuflischer Lust
über ihre Schwächen debattierte. Um ihn herum rotierte, lachte,
trank und schwatzte die fröhliche Gesellschaft, die oben im Klubraum ihre Spuren hinterlassen hatte.

Robin Stewart eilte bereits die Steintreppe hinunter, um sich in das
Gedränge zu stürzen. Thady Boy, der ihm dickbäuchig folgte, hielt
einen Augenblick auf dem Treppenabsatz inne, und die blauen Augen unter den schweren Lidern musterten die Versammlung. Von
der Hofgesellschaft war offenkundig niemand dabei. Einige der
Männer mochten wohlhabende Kaufleute sein, zwei oder drei waren
unverkennbar Advokaten, und überdies wimmelte es von Studen-
ten. Irgendwo wurde Deutsch gesprochen und irgendwo Schottisch. Er entdeckte Kirkcaldy von Grange, der am Nachmittag den
ungeschickten Annäherungsversuch in der Schenke unternommen
hatte, sowie ein paar in Frankreich ansässige Exilschotten, einen
weiteren Bogenschützen – und schließlich Sir George Douglas mit
seinem Schwager Drumlanrig aus dem Gefolge der Königinwitwe
von Schottland.

Einen Augenblick lang zögerte Lymond auf der Treppe über den in
der Zugluft wabernden Rauchschwaden. Das ruhmreiche ehrgeizige Geschlecht der Douglas, einst neben dem des Königs das be-
deutendste in Schottland, hatte schon einmal nach einem langen
Exil neue Geltung erlangt. In den zwanziger Jahren waren Sir George Douglas und sein Bruder Archibald Douglas, der Graf von Angus, gezwungen worden, ihr Intrigenspiel um die schottische Krone
aufzugeben und nach Frankreich zu fliehen, wo sie keineswegs
Fremde waren. Denn bereits mehr als hundertdreißig Jahre früher
war ein Archibald Graf von Douglas zum Herzog der Touraine ernannt worden, weil er wesentlich dazu beigetragen hatte, die Engländer aus Frankreich zu vertreiben.

Aber das lag weit zurück, und noch viel länger war es her, daß Sir
James Douglas der Gute von seinem König Robert Bruce den Auftrag erhalten hatte, nach seinem Tode sein Herz ins Heilige Land zu
bringen... Bei den jüngsten »Kreuzzügen« der Douglas war es frei-

lich mehr oder weniger um Kindesraub gegangen. Archibald Douglas, Graf von Angus und Oberhaupt der Familie, hatte vor beinahe vierzig Jahren nach der Schlacht bei Flodden Field (in der auch König Jakob IV. von Schottland gefallen war) seine Chance genutzt und Margaret Tudor, die Königinwitwe und Schwester Heinrichs VIII. geheiratet. Diese Ehe war alles andere als ein Idyll, und das ihr entsprungene Kind Margaret Douglas war nach England gegangen und hatte dort den Grafen von Lennox geheiratet. Sie war nicht nur eine potentielle Anwärterin auf diverse Kronen, sondern besaß überdies die fatale Neigung, immer dann von ihrem Vater Ergebenheit gegenüber England zu fordern, wenn die Situation ihn dazu zwang, seine Loyalität in völlig anderen Richtungen zu beweisen.

Der Graf von Angus und sein Bruder Sir George Douglas hatten seinerzeit versucht, sich des kleinen Königs Jakob V. von Schottland zu bemächtigen, und ebenso in jüngster Zeit der gegenwärtigen kleinen Königin Maria – aber trotz aller englischen Unterstützung in Form von Bestechungsgeldern und Pensionen waren sie gescheitert. Jetzt war Angus alt, und es blieb nur noch sein Bruder George: aalglatt, intelligent und schlagfertig. Zwar war sein Einfluß auf politische Angelegenheiten im Schwinden, doch hatte er einen Sohn, dessen Erbe er hütete und für den er nach Ehren und Ämtern schnappte, wann immer sich Gelegenheit dazu bot. Und da war noch etwas anderes: In dem undurchdringlichen Dschungel von Intrigen und Verrat hatten Sir George Douglas und Lymond in Schottland mehr als einmal die Klingen ihrer Intelligenz gekreuzt. Von allen Schotten bei Hofe, Erskine ausgenommen, war es allein Sir George Douglas, der Francis Crawford von Lymond wirklich gut kannte.

Lymond blieb immer noch Zeit, sich zurückzuziehen. Unten, am Fuß der Treppe, blickte sich Robin Stewart fragend nach ihm um. Ein schwaches Lächeln flackerte über das dunkle Gesicht des Ollave – und leichtfüßig sprang er die Treppe hinunter, um sich ihm anzuschließen.

Unten herrschte eine studentische, halb trunkene und rundum ausgelassene Stimmung. Michel Hérisson belegte die beiden sogleich mit Beschlag, als sie sich mit Weinkrügen in der Hand durch das Gedränge aneinanderstoßender Rücken kämpften. Stewarts weiß-

seidene Schulter war im Nu mit Rotwein besprenkelt, und Thady
Boy in seinem fettbesudelten Narrenkleid gab sich begeistert, als er
sich an einem Mann vorbeizwängte, der sich mit einem doppelten
Blasebalg abquälte: »Lieber Gott, das wäre genau das Richtige für
O'LiamRoe! Aber«, fügte er hastig hinzu, als er den eisig werdenden
Blick Stewarts auffing, »aber das könnten wir bei seiner Tolpat-
schigkeit natürlich nicht riskieren: Man würde ihn sicherlich plattgedrückt und zwölffach gefaltet in der nächsten Servetus-Ausgabe
wiederfinden.«
Michel Hérisson zwinkerte dem Bogenschützen auffällig zu. »Wie
steht's mit Ihrer Gelehrsamkeit, Herr Ollave, können Sie Latein?«
»Das fragen Sie einen Iren? Würden Sie einen Iren fragen, ob er at-
met?« sagte Thady Boy und beugte sich über die gedruckten Seiten.
»Ah, *dhia*, der da war ein jämmerlicher Dummkopf, und Worte ver-
sprühte er wie ein Hund, der sich den Dreck abschüttelt...«
Der schnelle Gewinn, den eine tragbare Druckerpresse gemeinhin
abwarf, interessierte Michel Hérisson nicht, doch ein Angriff auf einen seiner Autoren ließ die Welt um ihn versinken: Er und der Ollave stürzten sich mit Vehemenz in einen wortreichen Disput, während in Robin Stewart Besitzerstolz und schwärzeste Eifersucht
miteinander rangen. Schließlich ertrug er es nicht mehr und unterbrach die Diskussion. »Du hast den Keller heute abend verdammt
voll, alter Freund. Wie, um Gottes willen, kannst du in diesem Gedränge überhaupt arbeiten?«
»Oh, denen geht es um den Spaß an der Sache. Wir bekommen nämlich heute noch Papier.«
Diese Art Leichtsinn konnte Stewart nicht vertragen. Er hob eine
stachlige Augenbraue. »Du wirst ein bißchen übermütig, scheint
mir. Du läßt dir heute Papier liefern, während sich der König vor
den Stadttoren aufhält und ganz Rouen wimmelt wie ein Ameisen-
haufen?«
»Warum denn nicht? Man wird glauben, es wäre ein neuer Mar-
morblock für meine Pegasus-Gruppe.«
Wahrscheinlich hatte er recht. Seine Papiermühle lag zwanzig Meilen entfernt, und Hérissons Vorkehrungen waren raffiniert getarnt.

Der Wagen kam in Rouen an und beförderte für den Bildhauer Marmor oder Ton, einen neuen Brennofen oder Feuerholz. Im doppelten Boden aber lagen die Druckbogen, die durch Gitter und Schacht geradenwegs in Hérissons Kellergewölbe fielen, während der Wagen ganz unverdächtig im Innenhof entladen wurde. Im Keller gab es überall gutgetarnte Schränke: im Sockel einer riesigen, halb fertigen Skulptur, im Fußboden und im doppelten Boden des Leimtrogs. Stewart erwog, Thady Boy doch lieber nach Hause zu bringen.

Doch Thady Boy war verschwunden. Statt seiner stand plötzlich ein hochgewachsener Mann in kleidsamem Blau an seiner Seite. »Hallo, Stewart! Was haben Sie denn da für einen Freund mitgebracht?« Es war Sir George Douglas, und Stewart reagierte in der für ihn typischen Weise.

»Einen Freund würd' ich ihn nicht eben nennen. Es ist Ballagh, einer der beiden Iren, für die ich bis Donnerstag den Reisebegleiter spiele.«

»Sie sollten ein Auge auf ihn haben. Er ist da drüben bei Abernaci. Spricht er Englisch?«

»O ja, und Irisch, auch fließend Französisch und Latein, wenn er nicht gerade stockbetrunken ist. Immerhin muß man ihm zugute halten, daß er sich über seinen Herrn keine Illusionen macht. Sie reisen am Donnerstag ab.«

Das war offenbar etwas Neues für Sir George, denn er sagte: »Oh, sie reisen ab?« und verlor augenblicklich alles Interesse an den Spekulationen, die ihn zu diesem Verhör veranlaßt haben mochten. Er entfernte sich, und Stewart schob sich durch das Gedränge in die Ecke, wo Abernaci mit einem Turban auf dem Kopf und den Gesichtszügen eines alten Jagdhundes am Boden hockte.

Er kauerte an seinem angestammten Platz, und vor ihm auf dem Fußboden saß, sichtlich betrunken, Thady Boy Ballagh. Auf seinen Kniehosen leuchteten zinnoberrote Flecken, und sein leerer Blick hielt sich an Abernaci fest, der mit gekreuzten Beinen vor ihm saß. Sein dunkles Gesicht war gesenkt, und die langen braunen Finger umschlossen ein Messer. Er trug ein langes, wallendes Gewand, das sorgfältig gewaschen und gebügelt und in leuchtenden Farben bedruckt war. Juwelen blitzten in seinem Turban. Von einem Stück Birnenholz in seiner linken Hand ringelten sich Holzspäne, die matt im Licht schimmerten.

Stewart beugte sich über Thadys rechte Schulter. »Holzschnitte. Er ist ganz weg, wenn er schnitzen kann«, sagte er ironisch. »Hérisson hat ihn eines Tages entdeckt, als er gerade beim Schnitzen war, und lud ihn hierher ein, um die Holzschnitte auf der Druckerpresse auszuprobieren. Es ist manchmal ganz erstaunlich, was diese Orientalen so alles können. Man traut ihm kaum zu, daß er auch nur denken kann – allenfalls, daß er einem bei Nacht und Nebel die Kehle durchschneiden würde, weil er es auf schöne Knöpfe abgesehen hat. Sehen Sie sich bloß mal sein Gesicht an... Abernaci!«

Der Holzschnitzer blickte auf. Das braune Gesicht unter dem prächtigen Turban war schmal und rissig wie eine Walnuß. Im Laufe vieler Jahre hatte die indische Sonne die Haut dieses noch keineswegs alten Mannes ausgedörrt wie eine abgestreifte Schlangenhaut. Die Form seiner Nase war plump und ließ auf einen Nasenbeinbruch schließen. Eine Narbe zog sich von der Wange bis zur Stirn und schob eine Augenbraue unnatürlich in die Höhe. Er bedachte die beiden Männer mit einem gleichgültigen Blick und nahm wortlos seine Schnitzerei wieder auf.

»Sehen Sie sich den bloß an«, eiferte sich Stewart, der das Gefühl hatte, seinem Gast allmählich etwas näher zu kommen. »Und er kann auch einen Tropfen vertragen. Abernaci!« Er beugte sich zu der schweigsamen Gestalt hinab und radebrechte: »Trinken – gut, ja?« Er machte eine Bewegung des Trinkens. »Mehr?«

In dem schwarzen Bart bewegten sich die dicken Lippen. »Mehr«, sagte Abernaci heiser, und Stewart ging lachend davon.

Der Ollave blieb wie ein unförmiger, schmutziger Haufen am Boden zurück und beobachtete Abernaci.

Der Holzschnitzer blickte auf. Das scharfe Messer lag noch immer in seiner Hand, aber er hielt es plötzlich anders. An der gegenüberliegenden Wand hing eine lederne Flasche mit Druckerschwärze, genau darunter stand ein Tisch, und auf diesem Tisch lag Stewarts weißes Wams.

Die Hand mit dem Messer bewegte sich. Ein kurzes Aufblitzen, ein

Zischen – und die Klinge, die in flachem Bogen durch die Luft sau-
ste, schlitzte die dickbauchige Flasche säuberlich auf. Druckfarbe
floß als dünnes schwarzes Rinnsal heraus und ergoß sich über den
Tisch und Stewarts Wams. Die braunen Hände falteten sich, die
Falten seines Gewandes kamen wieder zur Ruhe, und Abernaci saß
wieder so reglos da wie zuvor. Seine dunklen Augen waren auf
Thady gerichtet.
Auf rätselhafte Weise war plötzlich auch ein Messer in die Hand des
Ollave gelangt. Thady Boy drehte sich um, balancierte es bedächtig
aus und wartete, bis er einen Moment unbeobachtet war; dann zielte
er und warf. Er hatte sich ein noch schwierigeres Ziel ausgesucht als
Abernaci. Das wirbelnde Messer traf die Flaschenkordel, teilte sie
und ließ die sprudelnde Farbenflasche zu Boden fallen, wo sich ihr
schwarzer Inhalt ausbreitete, ohne weiteren Schaden anzurichten.
Schwarze und blaue Augen musterten einander nachdenklich, und
Lymond fragte mit sanfter Stimme: »Mehr?«
In diesem Augenblick brach das Geschrei los.
Hérissons Butler hatte es ausgelöst. Eine Tür knallte, und seine
Stimme hallte plötzlich durch den überfüllten Keller. Der Wagen
mit dem Papier hatte die Porte Cochoise erreicht und fuhr in die
Stadt ein. Stewart, der sich gerade einen Weg bahnte, um Thady
einzusammeln, hielt einen Augenblick inne und beobachtete, wie
sich die Szene in ein Chaos verwandelte, in dessen Zentrum Hérisson mit dröhnender Stimme Anweisungen für die Übernahme der
illegalen Lieferung gab. Dann stieß Stewart auf Thady und drängte
ihn hinaus.
Es war der weinselig-vergnügte Ollave, der sich draußen sogleich
wieder von Stewart entfernte und im nächsten Augenblick schon ein
in der Nähe aufgebautes Gerüst erklettert hatte. Und es war Thady
Boy, der aus der schwankenden Höhe, taub für das verärgerte Zischen des Bogenschützen am Fuß des Gerüstes, das Funkeln der
Halsbergen, den metallenen Schimmer der Hakenbüchsen und die
stachelig aufragenden Schatten der Pieken unter den Dächern der
Rue aux Juifs entdeckte.
Thady Boy und Stewart schlugen im Hôtel Hérisson Alarm, als der
Wagen dort aus nördlicher Richtung kommend eintraf. Das Gitter

wurde gehoben, der Wagenboden entriegelt, und die Papierballen glitten in den Keller hinab, während die Stadtwache noch zwei Gassen entfernt war. Hüpfend wie ein Korken eilte Thady Boy die Kellertreppe hinab, und als Stewart sich mühsam einen Weg nach unten gebahnt hatte, vernahm er die Stimme des Ollave, der in selbstloser Hingabe trunkene, phantastische und unzusammenhängende Vorschläge machte, wie man sich bei einer möglicherweise unmittelbar bevorstehenden Hausdurchsuchung verhalten solle.

Noch Jahre später sprach man in Hérissons Kreis von den Ereignissen jener Nacht: Wie der Stadthauptmann das ganze Haus umstellen ließ und mit seinen Wachtmeistern in die Kellergewölbe stürzte, wo nichts Verwerflicheres stattfand als eine lärmende, possenhafte Probe für einen Beitrag zum festlichen Einzug am Mittwoch, in der Monologe, Scharaden und Spottverse einander ablösten. Das Spektakel wurde von einem dickbäuchigen, schwarzhaarigen Iren geleitet, der den »Geist Frankreichs« verkörperte und an einem Flaschenzug unter der Kellerdecke aufgehängt sanft über dem dicht gedrängten Publikum hin und her schaukelte.

Und als sich die Stadtwache endlich widerstrebend losriß, fing der Spaß erst richtig an, denn man hatte vergessen, den »Geist Frankreichs« zu befreien. Dieser Witzbold mit der gewandten Zunge, der sich durchaus nicht ignorieren lassen wollte, hatte sich des Handblasebalgs bemächtigt, und unter feierlichen Tiraden bedeckte er die wogenden Köpfe in der Tiefe mit einer schwarzen Firnisschicht.

Es war Michel Hérisson, der, halb nackt in ein Laken gehüllt und vor Lachen berstend, schließlich zu dem Seil stürzte, mit dem der Flaschenzug bedient wurde, und es losmachte, so daß Thady Boy durch die Luft herniedersauste, vorbei an dem Baldachin, unter dem die tragbaren Druckerpressen lagen, vorbei auch an den hinter Kulissen verborgenen und als Kulissen verkleideten Papierballen und mitten hinein in einen vollen Leimtrog. Mit einem hörbaren Schmatzen stieg eine drei Fuß hohe Mauer weißen Breis über den Rand des Trogs und platschte in zähen Klumpen in das Gedränge.

Es war, als hätten sie ein himmlisches Zeichen empfangen. Das Publikum reagierte bis auf den letzten Mann. In den unbeschreiblichen, die Lungen scheuernden Dunst, der die Luft ersetzte, schoß ein Tonklumpen, dann noch einer. Und dann ließ ein mit Blei gefüllter Tonklumpen jemanden zu Boden gehen. Bänke wurden hochgerissen. Das roh angegriffene delphische Orakel sank in göttlichem Gleichmut zur Seite und steckte die Nase in den Kupferkessel. Mit der Plötzlichkeit überforderter Gewichtheber stürzten andere Göttergestalten. Jemand wirbelte kreischend einen steinernen Ellenbogen herum. Leimfeuchte Kleider zerrissen, und in dem beispiellosen, trunkenen Wirbel tobenden Fleisches, in dem Gewirr dreschender Arme und grölender Kehlen und dem Tosen lästerlicher Flüche mischten sich Blut und Druckerschwärze.

Gegen drei Uhr morgens wurde Thady Boy feucht, sauber und singend im »Croix d'Or« abgeliefert.
Seine Heimkehr war nicht zu überhören. Nach einem nicht enden wollenden, lautstarken Abschied knallte eine Tür, und ein holpriger, zufriedener Singsang, begleitet von dumpfem Gepolter und Getrampel, stieg die Treppe hinauf.

> *»Kuh, Schwein, Pferd und Schaf und Ziege,*
> *Hund und Katz und Huhn und Gans – lärmender Besitz…«*

O'LiamRoe hörte ihn. Er erwachte aus seinem Nickerchen am Kamin des Salons und wandte die blauen Augen forschend zur Tür.

> *»… lärmender Besitz,*
> *Bienchen, die zu Blumen fliegen:*
> *Das sind die besten Tiere für die Menschenwelt.*
> *Warum ich Derry liebe…«*

»Bei allen Heiligen, da kommt das einzige überlaufende Balladenbuch der Welt«, murmelte O'LiamRoe.

> *»Warum ich Derry liebe…«*

Die tragende Stimme war vor dem Salon angelangt. Es folgte ein gewaltiges Umhertasten und Scharren. Die Tür erbebte.
»Ich liebe Derry wegen seiner Ruhe und Lieblichkeit… Immer noch auf?« Thady Boy Ballagh schlenderte herein, schloß die Tür,

schleuderte seinen besudelten Mantel auf einen Stuhl und streckte sich selbst vor einem Spiegel die Zunge heraus. »Ich bin bis obenhin voll saurem Wein und von Kopf bis Fuß mit blauen Flecken übersät, und aus meiner Unterwäsche könnte man Brötchen formen.« Er sprach jetzt ohne den irischen Akzent, und seine Stimme war heiter und glockenklar.

O'LiamRoe konnte zwar eine persönliche Niederlage mit Gleichmut hinnehmen, machte sich jedoch Vorwürfe und befand sich in übler Laune, seit die Königinmutter nach Lymond geschickt hatte. Mit scharfer Stimme wandte er sich an seinen verworfenen Ollave. »Die Königinmutter hat offenbar eine sonderbare Art, ihre Gäste zu unterhalten.«

»Lieber Himmel, nein. Ich habe den Abend woanders verbracht. Um es genau zu sagen, in einer Druckerei – mit Ihrem Verehrer Robin Stewart.«

»In Irland«, erwiderte O'LiamRoe schroff, »würde man diesen Kerl in Weiberröcke stecken und ihn die Ziegen melken lassen. Er ist eine Beleidigung für das männliche Geschlecht... Die Audienz bei der Königinmutter war also nur kurz?« fragte er und deklamierte: »Unfruchtbar ihr Getreide, leergefischt die Flüsse, milchlos ihre Herde, mager die Obsternte, und am Zweig nur eine Eichel, die sie enttäuscht?«

Rasch und systematisch zog Lymond sich aus. Unter seinem durchweichten Hemd hing in einer Lederhülle der falsche Bauch. Mit unbewegtem Gesicht schnallte er ihn ab und untersuchte ihn sorgfältig, bevor er ihn neben dem Kamin niederlegte. »Sie hat ihre eigenen Sorgen. Sie brauchen sich nicht zu beunruhigen.«

»Was hat sie gesagt?« fragte O'LiamRoe, der sich genötigt sah, deutlicher zu werden.

Lymond hielt inne. Sein schwarzgefärbtes Haar, das sich vor Feuchtigkeit kräuselte, zeigte dicht über der Kopfhaut einen leichten goldenen Schimmer, und die eigentlich blonden Bartstoppeln verrieten sich nur deshalb nicht, weil der dunkle Farbstoff tief in die Haut eingedrungen war. In seinen von schweren Lidern überschatteten Augen funkelte ein Abglanz von Ausgelassenheit und Vitalität. O'LiamRoe verspürte ein jähes Ziehen in den Eingeweiden, und am liebsten hätte er seine Frage zurückgenommen.

»Was sie gesagt hat? ›Ich habe Sie zum Ring gebracht – und nun springen Sie hindurch, wenn Sie können.‹ Ende des Zitats«, spöttelte Lymond.

O'LiamRoe erhob sich. »Bei meinem Leben – Sie brauchen einen anderen Herrn! Gibt's denn keinen gewieften, anerkannten irischen Rebellen, der für Sie in Frage käme? Wie wäre es mit dem jungen Gerald von Kildare – aber der ist leider in Rom und vielleicht auch ein bißchen zu arm, um einen Ollave zu bezahlen. Oder Cormac O'Connor? Sein Vater sitzt im Tower von London, und Cormac ist ganz versessen darauf, die Engländer aus Irland zu vertreiben. König Heinrich würde sicher gern dafür sorgen, daß er an den französischen Hof kommt, und ihn liebevoll an sein Herz schließen – und seinen Ollave natürlich auch. Sie brauchten bloß einen anderen Namen und sollten sich diesmal die Haare vielleicht rosa färben.«

Lymond warf ihm einen raschen Blick zu und griff nach einem Handtuch. »Wollen Sie mit mir wetten, daß ich es als Thady Boy Ballagh schaffe, in den königlichen Kreis einzudringen?«

»Noch vor Mittwoch?« fragte O'LiamRoe sarkastisch. Der gespielte Gleichmut war verschwunden.

»Oder Donnerstag.« Unterhalb der Schlüsselbeine war Lymonds Haut überraschend braun und der Körper trotz entstellender Narben wohlgeformt und ebenmäßig. Während er sich abtrocknete, hob er den Kopf und fügte hinzu: »Würden Sie bleiben, wenn es mir gelänge, bei Hofe Fuß zu fassen?«

O'LiamRoes sommersprossiges Gesicht leuchtete auf, als er sich diesen Gedanken ausmalte. »Als Ihr Ollave? Führen Sie mich nicht in Versuchung!«

Lymond warf sich ein Bettuch um die Schultern, setzte sich vor den Kamin und umschlang die Knie mit den Armen. Er blickte in die rotglühenden Holzkohlen, und diesmal ging er auf O'LiamRoe ein. »Als O'LiamRoe. Dieser Unsinn von heute nachmittag wird sich von selbst erledigen. Und nach dem Vergnügen, die Majestät des Königs beleidigt zu haben, wäre es gewiß besonders vergnüglich, den Winter auf seine Kosten in Frankreich zu verbringen.«

»Aha, die mächtige alte Dame wird das also in Ordnung bringen«, meinte O'LiamRoe. »Was Sie nicht sagen – dieser Unsinn erledigt sich von selbst! Und weil Francis Crawford von Lymond einen Gönner braucht, soll O'LiamRoe, dieser hinterwäldlerische, tolpatschige Ire, allen Stolz fahrenlassen?«

Lymond war nicht eigentlich betrunken. Doch obwohl er nur ein Zehntel dessen trank, was er zu trinken vorgab, war sein Kopf noch nicht klar genug, um einer Auseinandersetzung mit O'LiamRoe in dieser Stimmung gewachsen zu sein – und das wußte er. Und so sagte er nur: »Die mächtige alte Dame ist erst fünfunddreißig – und in dieser Angelegenheit wird sie keinen Finger rühren. Ich selbst bin durchaus nicht sicher, ob ich mich in ihre Belange einmischen will. Ich habe Ihnen eine sportliche Wette angeboten, O'LiamRoe – aber wenn Sie Frankreichs oder meiner überdrüssig sind, werden Sie ohne Zweifel am Donnerstag absegeln.«

O'LiamRoe legte den struppigen Kopf zur Seite. Er hatte nicht übel Lust, sich Lymond zu verweigern. Denn Lymond stand in seiner Schuld. Er hatte diesen Burschen als seinen Sekretär nach Frankreich mitgenommen, um seiner Kusine Mariotta, die Lymonds Schwägerin war, einen Gefallen zu tun. Er wußte, daß Lymond kein Ire, sondern Schotte war und daß er in Frankreich irgendeine Mission zu erfüllen hatte. Im Grunde hatte eine Art schulbubenhaften Vergnügens O'LiamRoe dazu bewogen, diese Täuschung zu unterstützen. Er mußte deshalb unwillkürlich grinsen, streckte sich, gab ein Gähnen von sich, das seine Ohren knacken ließ, und sagte schließlich: »Würde ich hierbleiben, wenn man mir gnädig noch eine Chance gäbe? Wer weiß? Fragen Sie mich, wenn Sie mit dem König darüber gesprochen haben... Dabei fällt mir etwas ein. Piedar Dooly hat da etwas in Erfahrung gebracht. Sie erinnern sich an unseren fersenlosen Freund mit dem Wal?«

Lymond war plötzlich hellwach. »Der Ihnen beinahe das Nachthemd ruiniert hätte? Ja.«

»Nun – er heißt allem Anschein nach Pierre Destaiz und beschäftigt sich normalerweise nicht mit Gipswalen. Seine Spezialität sind vielmehr Elefanten. Er ist Wärter in den Königlichen Menagerien von St. Germain.«

Lymonds Augen verengten sich. Sein plötzlich unpersönlich gewordener Blick ruhte nachdenklich auf dem freundlichen Gesicht

O'LiamRoes, das nun wieder den gewohnten unbeteiligten Ausdruck zeigte. Dann verbarg er das Gesicht in dem Bettuch und lachte lautlos. »Und er ist wegen des *collier à toutes bêtes* nach Rouen gekommen... Sprechen Sie weiter!«

»Er ist von den Königlichen Menagerien geschickt worden, weil er aus Rouen stammt...« berichtete O'LiamRoe.

»... und die Elefanten sollen am Festzug teilnehmen, die Feinde Frankreichs auf ihre Fußsohlen gemalt. Dazu eine Seekuh und eine ganze Reiterschwadron mit drei Paschas. Und die Bienchen, die zu allen Blumen fliegen...« sprudelte Lymond und lachte lauter. »Ach, du phantasievolles, verderbtes, erfinderisches, törichtes und geliebtes Frankreich! Morgen«, sagte er und richtete sich mühsam auf, »morgen werden wir zwei plattfüßigen Provinztölpel die Elefanten in Augenschein nehmen.«

»Morgen«, entgegnete O'LiamRoe sanft, »werden wir in diesem Zimmer bleiben. Und Montag und Dienstag auch. Auf allerhöchsten Befehl. Seine Christliche Majestät haben nämlich genug von ihren unzivilisierten Gästen, die kein Taschentuch benutzen und die Wände beschmutzen, und deshalb sollen wir uns hinfort auf dieses Haus beschränken... ›Bei Hofe Fuß fassen‹ – war das nicht so?« fragte der Fürst von Barrow und hob den klaren Blick. »Schon gut. Ich glaube, ich nehme Ihre Wette an, Sie tüchtiger Bursche.«

Die drei Tage bis zum festlichen Einzug standen sie also unter Hausarrest. Sie verbrachten sie mit Trinken, Gesprächen und der Bewirtung eines nicht abreißenden Besucherstroms.

Ihr erster Besucher erschien – nicht allzu früh – am Sonntagmorgen: Robin Stewart. Ihr offizieller Wachhund war zwar Lord d'Aubigny, aber abgesehen davon, daß er diesen Auftrag als unter seiner Würde empfand, nahmen ihn die großen Aufgaben des Tages vollauf in Anspruch. Er hatte Robin Stewart befohlen, die Gäste im »Croix d'Or« bis Mittwoch nicht aus den Augen zu lassen. Dann sollten er und Seine Lordschaft sie unter Bewachung zum festlichen Einzug begleiten und sie danach unverzüglich nach Irland einschiffen.

Stewart widmete sich seinem Auftrag voller Eifer. Mit verquollenen Augen und brummendem Schädel sortierte er seine schlaksigen

Glieder vor dem Kamin des »Croix d'Or« und stürzte sich sogleich in eine Analyse von Thady Boys nächtlichem Auftritt. Doch auch am Ende seiner pedantischen Fragerei vermochte er sich noch immer nicht zu erklären, warum Thady jederzeit vor geistreichen Einfällen sprühte, während ihm nicht ein einziger kam.

Später gesellte sich Michel Hérisson zu ihnen. Er trug einen mit Tonspuren verschmierten Mantel, der über den Schultern spannte, und sein Haar war von einem ernüchternden Wasserguß noch immer feucht verklebt. Mit ausgestreckter Hand, die an ein flaches Stück ausgekühlten und abgebrochenen Bimssteins erinnerte, stürzte er sich auf Thady und hieb ihm kräftig auf die Schulter. »Mann!« dröhnte er. »O Mann, das hätte ich nicht versäumen mögen, selbst wenn es mich meine Druckerpressen gekostet hätte, die Sie mir mit Ihrem Auftritt gerettet haben...«

O'LiamRoe und der Bildhauer fanden Gefallen aneinander. Wenn der Ire von der Heldentat seines Sekretärs überrascht war, ließ er es sich jedenfalls nicht anmerken. Er gab vielmehr in epischer Breite ein ähnliches Abenteuer zum besten und brachte damit den älteren Mann zum Lachen, so daß Robin Stewart sich wieder auf Thady Boy konzentrieren konnte.

Die Besucher, die sich an diesem Tag noch einstellten, gehörten fast ausnahmslos zu der nächtlichen Gesellschaft im Haus Hérissons. Sie kamen nicht mit leeren Händen, und unter anderem erhielten die von den Tagesereignissen ferngehaltenen irischen Gäste einen amüsanten Bericht über die Aufnahme des schottischen Grafen von Huntly in den St. Michaels-Orden.

Bis Montag hatten die Iren auf diese Weise bereits einen kleinen Hofstaat aus fortschrittlichen oder unorthodoxen Geistern um sich versammelt, allesamt Männer, die bereit waren, den Unwillen des Königs zu riskieren – ein geringfügiges Risiko freilich, denn Stewart war verschwiegen. O'LiamRoe, der sich in einer solchen Atmosphäre voll entfalten konnte, gab sich je nach Laune respektlos oder unterhaltsam. Und Thady Boy, der in Gegenwart seines Herrn von keinerlei verrückten Einfällen heimgesucht wurde, lieferte dann und wann *sotto voce* sarkastische Kommentare, die die Gäste zu schätzen wußten. Am Dienstag nachmittag hatte sich ein Dutzend Besucher bei ihnen versammelt, einschließlich Robin Stewart, der in einer Ecke saß und sich die Fingernägel reinigte, als sich die Tür öffnete und eine kleine Gesellschaft ins Zimmer drang, zu der auch Mistress Boyle und ihre dunkle Nichte Oonagh O'Dwyer gehörten.

O'LiamRoe begrüßte sie, und über sein heiteres, sommersprossiges Gesicht glitt ein kaum wahrnehmbarer Schatten des Ärgers. Mit schiefsitzendem Kopfputz, einem von drei verschiedenen Broschen festgehaltenen Mantel und langen, unpassenden Ohrgehängen, die sie hektisch umschaukelten, stürmte Mistress Boyle über die Schwelle. »Seht ihn euch an! Kaum hat er dieses Land betreten, da marschiert er auch schon los und überhäuft den erhabenen König mit den wildesten Beschimpfungen, die sich nicht einmal ein Rinderhirt gefallen ließe...«

Sie warf den Kopf in den Nacken und lachte schallend. Doch als sie O'LiamRoe das Gesicht schließlich wieder zuwandte, war alle Leichtfertigkeit daraus wie weggewischt. »O'LiamRoe«, sagte sie, »ich habe vor Kummer über diese Geschichte fast den Verstand verloren. Wenn ich Ihnen die Botschaft nicht geschickt hätte, wären Sie bei der Audienz gewiß sanft wie eine Taube gewesen und säßen jetzt bei Hofe mit einer Hofdame zu Ihren Füßen. Man würde Ihnen mit Respekt und Ehrerbietung begegnen und Sie mit köstlichen Speisen und süßem Getändel warm durch den Winter bringen.«

»In der Tat – nur sind mir im Winter Steppdecken aus einfacher Wolle lieber«, erwiderte O'LiamRoe höflich und begann, seine Gäste miteinander bekannt zu machen. »Und da sich Thady Boy auch schon einige Vergehen geleistet hat«, fügte er hinzu, »haben wir nachgerade unseren Spaß daran gehabt, ihre albernen Anstandsbücher mit ein paar dicken Klecksen zu verunstalten.«

»Sie tauchen Ihre Enttäuschung in einen Honigtopf«, sagte Mistress Boyle und setzte sich. »Aber ich bin erst dann davon überzeugt, daß Sie mir verziehen haben, wenn Sie mich die ganze Geschichte haben hören lassen – was der König gesagt hat und was unser schöner de Genstan von sich gegeben hat und wie ihm die Haare vor Schreck zu Berge standen.«

Als O'LiamRoe seinen Auftritt bei Hofe schilderte, wurde eine umwerfend komische Geschichte daraus. Während ihre Tante lauthals lachte und sich immer wieder die Augen wischte, zog sich Oonagh zu dem breit grinsenden Stewart zurück. Ihm zur Seite saß Thady Boy, der mit verquollenen Augen und brummigem Gesicht in ein Kartenspiel vertieft war. Mit leiser, ätzender Stimme wandte sie sich an den Sekretär. »Diese Geschichte ist es wohl nicht wert, daß ein Ollave sie zur Kenntnis nimmt?«

Er nahm eine Karte und legte sie unschlüssig ab. »Für mich ist sie zumindest nicht mehr neu. Aber als ich sie zum erstenmal hörte, sind mir vor Schreck beinahe die Augen aus dem Kopf gefallen.«

»Warum?« fragte sie kühl. »Sie hatten doch nichts zu verlieren.«

»Ein Mann ohne Helm ist immer übel dran«, entgegnete Thady Boy ruhig und mischte die Karten.

»Einem Mann, der Druckerpressen verstecken hilft, könnte es vielleicht noch übler ergehen«, sagte Oonagh. »Sie machen sich etwas vor, mein Lieber.«

Einen Augenblick rührte er sich nicht. Dann hob er den Kopf. Kühl und stolz sah ihm Oonagh direkt in die Augen. Sein klarer und ruhiger Blick hielt den ihren fest, solange es nötig war, und zwang ihn dann zur Seite. Auf Thady Boys Gesicht trat plötzlich ein Ausdruck des Mutwillens und der Belustigung. Er lachte. »Nein, eher schon Sie mir, meine Liebe – finden Sie nicht auch?« sagte er und wandte sich seelenruhig wieder seinen Karten zu.

Sie atmete hörbar aus, und ihre Hände verkrampften sich; dann stand sie auf und blickte auf seinen geneigten Kopf hinab. Scharf sagte sie auf irisch: »*Thady Boy Ballagh:* Stimmen Sie mir wenigstens darin zu, daß in Irland normalerweise nur blonde Männer den Namen *Boy* tragen?«

O'LiamRoe hörte es. Er warf einen raschen Blick auf seinen Ollave – aber Lymond sprach einwandfrei Irisch, da war er seiner Sache sicher, und das schwarze Haar war erst am Morgen nachgefärbt worden. Thady antwortete auf englisch.

»Ich bin, wie man mir erzählt hat, wie ein kleiner gelber Krokus auf dem Rasen aufgeblüht, und da wurde ich eben nach Papa getauft. *Boy* war nämlich alles, was man von seinem Namen wußte, und so blieb er auch an mir hängen... Oh, mit diesen Karten nimmt es kein gutes Ende!« Er blickte zu Oonagh auf und sammelte das Spiel ein.

»Ach, diese innige Zuneigung in Ihren süßen Augen... Glauben Sie mir, ich weiß das zu schätzen, nur lenkt es mich doch ein bißchen von meinen Karten ab.«

»In Frankreich gibt es so viele Frauen wie Rüben auf den Feldern«, sagte sie ruhig. »Machen Sie sich eigentlich nichts aus ihnen?«

Thady Boy lächelte und ließ die Karten geschwind durch die langen, schlanken Finger gleiten. »Vorstöße in dieser Richtung sind durch unser Ausgehverbot leider ziemlich eingeschränkt.«

Auch Oonagh richtete den Blick auf seine Hände. »Die Witwe in Dieppe wird todtraurig sein. Wird sie Ihnen da unten an der Loire nicht fehlen?«

Ungerührt ließ Thady Boy die Karten tanzen. Im Hintergrund war O'LiamRoe inmitten des allgemeinen Gelächters und Geplauders verstummt. Thady Boy ließ sich Zeit. Er gab sich selbst ein Spiel aus, legte eine Karte auf und zog eine weitere aus dem vor ihm liegenden Packen, ehe er antwortete: »Nein. Sie ist zwar ein hübsches kleines Ding und süß wie ein Topf Erdbeeren, aber sie liegt einem verdammt schwer auf der Tasche.« Und dann beachtete er sie nicht weiter. Sie drehte sich auf dem Absatz um.

Es dauerte lange, bis Oonagh und ihre Tante endlich aufbrachen, und noch länger, bis die anderen Besucher ihrem Beispiel folgten – und schließlich waren der Fürst und sein Ollave allein; nur der Bogenschütze war als Wache zurückgeblieben. Ausnahmsweise schweigend, saß O'LiamRoe in sich zusammengesunken vor dem Feuer, und sein Blick wanderte dann und wann zu dem dunklen, verschlossenen Gesicht Francis Crawfords von Lymond. So saßen sie noch, als um Mitternacht die Glocke ihre Stimme erhob und den neuen Tag ankündigte: Donnerstag, den 1. Oktober 1550, den Tag des festlichen Einzugs von König Heinrich II. in seine treue Stadt Rouen, der zugleich ihr letzter Tag in Frankreich sein sollte.

SECHSTES KAPITEL

Zwei rothaarige parfümierte Köpfe, noch frisch von der Morgentoilette, hingen Wange an Wange wie zwei Pfingstrosen in einer Girlande aus dem Fenster und blickten auf das Gewimmel hinab.

Maria, Königin von Schottland, hatte das Gesicht träumerisch in die warmen Handflächen geschmiegt. »Es tut mir leid«, sagte sie auf englisch, »daß ich deinen Affen gebissen habe, liebe Tante.«
In ihrem blanken Kindergesicht war freilich keine Spur von Reue zu entdecken. An einem ihrer Finger trug sie einen kleinen Verband.
»Du brauchst dich nicht zu entschuldigen«, sagte Lady Fleming und nahm die feste, hübsche Hand von der Schulter des kleinen Mädchens. »Unsere Nerven sind nicht mehr die besten, und das kleine Untier hat es dir ohnehin heimgezahlt. Himmel, Kind, wenn du von unserem heimlichen Ausflug heute auch noch die Tollwut mitbringst, wird man mir das Fell über die Ohren ziehen!«
Die Königin wandte ihr das Gesicht zu und blickte ihre Lieblingstante lange an. »Du hast Angst«, sagte sie empört, »du hast Angst, daß man uns erwischt.«
Jenny Fleming hatte sich noch nie in ihrem Leben gefürchtet und damit schon so manchen zur Verzweiflung gebracht. Ihre Seele war so bunt und leicht wie eine Pfauenfeder, und Jenny lechzte stets nach Aufregungen wie ein Kind. Und Kinder liebten sie. Maria, die künftige Braut des Dauphins und Liebling der königlichen Kinderstuben, war ihrer besonderen Obhut anvertraut. Der sechsjährige Verlobte Franz war ihr Verbündeter, und die beiden kleinen Prinzessinnen Elisabeth und Claude liebten sie zärtlich.
Siebenunddreißig Kinder wurden gemeinsam mit den Prinzen und Prinzessinnen aufgezogen, denen sie dienten, mit denen sie spielten und denen sie Gesellschaft leisteten – und in den königlichen Kinderstuben brachen Zwistigkeiten ebenso leicht aus wie die Masern. In diesem Monat war einer der jüngsten Prinzen erkrankt – er lag im Sterben, was sie freilich nicht wußten, denn der große Kinderhaushalt mit hundertfünfzig Hofbeamten und siebenundfünfzig Köchen befand sich in Mantes. Deshalb wurde die kleine Königin Maria hier bei Hofe auch nicht von dem lästigen Heer der Ehrendamen, Diener, Pagen und diensttuenden Hofdamen betreut, sondern war nur von ihrer Mutter und ihrer Tante sowie vier Flemingschen Sprößlingen umgeben.
Und heute waren nicht einmal alle Kinder ihrer Tante anwesend. James, Lord Fleming, fünfzehn Jahre alt, rotblond und gesetzt,

sollte beim Einzug des Königs mitreiten. Margaret Erskine würde den Festzug zusammen mit ihrem Mann im Gefolge der Königin-witwe vom königlichen Pavillon aus beobachten. Und Maria, die Königin von Schottland, sollte ihm von dieser Stelle aus, einem prächtigen Fenster des Faubourg St. Sever, zusammen mit ihrer Tante und ihren beiden kleinen Flemingschen Kusinen Mary und Agnes, aber ohne Kinderfrau, Diener und Pagen zusehen; lediglich zwei Bogenschützen der Königlichen Leibwache standen vor der Tür. Eine Situation, die Jenny Fleming reizen mußte und auf die sie sich seit Tagen vorbereitet hatte, um sie voll auszukosten.

Jetzt, eine halbe Stunde vor Beginn des Festzugs, blickte sie auf die Uhr, sprang auf und begann Mäntel zu verteilen. »Erwischt werden! Himmel, man wird uns bestimmt erwischen, wenn wir uns verspäten!« Sie griff nach den kleinen Händen und stürzte mit den hinter ihr dreintrudelnden Kindern zur Tür.

Draußen starrten die Bogenschützen unbewegten Gesichts gerade-aus, als die vermummten Gestalten auftauchten, wenn auch einer von ihnen beim Anblick des geraden, unverkennbar Flemingschen Rückens kurz mit den Augen blinzelte. Lady Janet, die Tante der Königin, vermochte überraschend wirkungsvolle Vorkehrungen zu treffen, wenn sie wollte, und heute waren ihre Wünsche – wie immer – Gesetz. Bei seinem historischen Einzug in die treue Stadt Rouen, sollte der *très magnanime, très puissant et victorieux Roy de France, Henri, Deuxième de ce nom*, ohne es zu wissen, königliche Unterstützung empfangen. Und niemand, ob uniformiert oder nicht, hielt diese leichtsinnigen Rotschöpfe von ihrer entschlossen verfolgten Laune ab.

Im Morgengrauen desselben Tages verließen O'LiamRoe und sein Sekretär das »Croix d'Or« und Piedar Dooly, um sich unter starker Bewachung quer durch die Stadt und über die Seine-Brücke zu der Stelle außerhalb Rouens zu begeben, von der aus sie den festlichen Einzug des Königs miterleben sollten. Der unerträglich prunkvoll gewandete Lord d'Aubigny holte sie ab, und Robin Stewart, der sich mit viel Mühe und Hingabe herausgeputzt hatte, folgte ihnen mit einer Handvoll Männer.

Schon waren die Gassen fast unpassierbar. Die halbe Normandie beteiligte sich an dem Festzug zu Ehren des Königs, und die andere Hälfte war in der Stadt unterwegs, um zuzuschauen. Seit Mitternacht schon waren die Gassen verstopft, und die Route, die der Festzug nehmen sollte – die Rue Grand Pont, die Rue St.-Quen, St.-Maclou, der Pont Robec und Notre-Dame –, war mit Wandteppichen und Blumen geschmückt. In den mit bunten Stoffen und Girlanden dekorierten Fenstern drängten sich die Köpfe. Von irgendwoher ertönte der dünne, langgezogene Ruf einer Fanfare, und das Hasten in den Gassen beschleunigte sich plötzlich noch. Wieder rief die Fanfare.

»Lieber Gott, wir kommen zu spät«, rief Robin Stewart, und Lord d'Aubigny, der das hörte, fluchte. Er war an der Verspätung schuld, nicht der Bogenschütze, aber im Unterschied zu den anderen sollte er bei dem Festzug einen öffentlichen und prominenten Platz einnehmen. »Da ist ein Wagen«, rief O'LiamRoe freundlich.

Die Beschwerlichkeiten des Weges hatten ihnen das Sprechen bis jetzt unmöglich gemacht, aber die beiden Gäste des Königs von Frankreich schienen von der Veranstaltung ohnehin eher amüsiert als beeindruckt zu sein, obwohl O'LiamRoe, der unentwegt den Hals nach allen Seiten reckte, bereits zweimal gestrauchelt und nur durch einen Griff unter die Achselhöhlen davor bewahrt worden war, in dem Gedränge zertrampelt zu werden.

Der Wagen, den er ausgemacht hatte, war der letzte im Zug. Er trug eine Schar bekränzter Nymphen mit Blumenkörben auf den Knien, Männer mit allerlei Requisiten: Pfähle, auf denen Burgen aus Pappe angebracht waren, antike Trompeten und Amphoren, dann zwei düstere Gefangene mit gefesselten Händen und drei emsig beschäftigte Gestalten in kniekurzen römischen Gewändern mit viereckigem Halsausschnitt, die sich jeder mit einem zappelnden Lamm abplagten. »Kommen Sie«, sagte O'LiamRoe, und seine Hände suchten an der Seite des Wagens nach einem Halt. Thady Boy hievte ihn hoch und folgte ihm, und Stewart und seine Leute drängten nach.

Lord d'Aubigny zögerte. Es war zwar nicht seine Entscheidung gewesen, aber ihm blieb keine andere Wahl. Er hatte freilich nicht die Absicht, selbst auf diesem kuriosen Wagen mitzufahren. Mit einem berittenen, reich gekleideten jungen Mann führte er ein kurzes verbindliches Gespräch, und schon saß er hinter ihm im Sattel. Nach wenigen Augenblicken waren die beiden verschwunden.

Der Wagen mit der grotesken Ladung schwankte weiter. O'Liam-Roe, der wie Laokoon von den Windungen einer Tuba umschlungen war, verbreitete sich mit milder Kritik über Triumphzüge, die nur schwache Nachahmungen der Ptolemäer seien, und eine der Nymphen, die in dem Gedränge eng an einen Bogenschützen gedrückt wurde, kicherte. Die frühe Morgensonne spendete verschwenderisch ihr gelbes Licht. Schatten sprangen kühl und belebend über die Menge. Vergoldungen funkelten, frische Farben glänzten auf, und kalte, nervöse, schlechtgelaunte Gesichter erwärmten sich, bekamen Farbe und entspannten sich. Lachsalven und Beifallsstürme drangen aus der Menge, und Geschrei brandete hinter ihnen auf, als der Wagen das Stadttor erreichte und über die Brücke rumpelte, wo kühle Luft sie umfing.

Die Seine war mit Schiffen bedeckt. Zu ihrer Rechten drängten sich auf den großen Handelsschiffen die Zuschauer bis zu den Rahnokken hinauf, und zu ihrer Linken schnellten kleinere, vom Bug bis zum Heck mit leuchtend bunten Wappenschilden bemalte Boote flußauf und flußab. Auf dem jenseitigen Ufer warteten Orpheus und Herkules plaudernd am Triumphbogen. Nicht weit von ihnen kauerte Neptun am Boden mit einem Mantel über dem blauen Gewand neben einer siebenköpfigen Hydra, die auf dem Rücken lag und eine Wurst verspeiste. Und jenseits dieser Gruppe hockten drei Männer um einen Gipswal herum.

Der Lärm, das Plätschern des Wassers, die flatternden Fahnen über dem Farbenmeer jenseits der Brücke, wo der ganze Festzug kreiste, sich formierte, sich vor- und zurückschob, zum Aufbruch bereit wie eine von Göttern, Juwelieren und Kostümmeistern zusammengestellte Privatarmee – das alles war für die drei Lämmer im Wagen zuviel. Sie rissen sich los. Eines entwischte seitwärts aus dem Wagen. Eines verfing sich zappelnd in O'LiamRoes Tuba, und dem dritten wurde zur Beruhigung eine Amphore über den Kopf gestülpt. Unter Gelächter und Gejohle, dem Blöken der Schafe und triumphierenden Trompetenstößen erreichte O'LiamRoe den

Sammelpunkt wie Dionysos im Gefolge seiner Pane, Mänaden und
Satyrn – jedoch ohne Thady Boy Ballagh, der zu Robin Stewarts
größtem Kummer verschwunden war.
Zum Suchen blieb keine Zeit mehr. Eine Fanfare ertönte. Rennend
erreichten sie den Pavillon, als die Trommeln dröhnten und die
mächtige Stimme der »Georges d'Amboise« von jenseits des Flusses
die Ankunft des Königs verkündete.
O'LiamRoe und Stewart fanden zu ihren bescheidenen Plätzen und
setzten sich. Wie eine Schar prächtiger Vögel ließen sich die Mitglieder des französischen Hofs und ihre Gäste glitzernd, zwit-
schernd und raschelnd auf den Bänken nieder. Stille senkte sich herab, aus der tremolierend das *Exaudiat Dominus* der ersten herannahenden Prozession emporstieg.
In Wohlgerüche eingehüllt und von Goldstoffen geblendet, beobachtete O'LiamRoe mit den anderen, wie eine Gruppe von Geistlichen mit schwarzen Kapuzen und großen, schwankenden Kreuzen
gemessen an ihnen vorbeischritt. Der festliche Einzug hatte begonnen.

Der Wagen »Glückliches Geschick« folgte auf die Ratsherren, die
Zünfte, die Richter und zwei verschwenderisch dekorierte Festwagen in der Mitte des Zuges. Von Einhörnern gezogen und von
Nymphen, Lanzenträgern und Hellebardieren begleitet, zeigte er
allegorisch König Heinrich auf dem Thron, zu seinen Füßen vier
seiner Kinder und hinter seinem Rücken eine erhaben schwebende,
geflügelte Gestalt, die seinem mit einem Barett bedeckten Kopf eine
Pappkrone darbot.
Der Wagen wurde vom Publikum begeistert begrüßt. Die in breiten
Phalanxen aufmarschierenden würdigen Körperschaften hatten
trotz allen Gepränges allmählich an Reiz verloren. Die Einhörner,
die von kostümierten Pferdeknechten geführt wurden, schienen sich
an ihre Papphörner gewöhnt zu haben, und die auf die Außenwände
des Wagens gemalten überschwenglichen Verse waren durchaus
mehr als plumpe Huldigungen. Der Pseudokönig nahm sich in kö-
niglichem Hermelin ausnehmend gut aus und sah dem echten König
überraschend ähnlich. Der kleine Junge, der den Dauphin darstell-

te, war augenscheinlich sein Sohn. Und die Vermutung lag nahe, daß auch der Engel und die drei Kinder, die feierlich auf den mit Troddeln verzierten Kissen saßen, zu seiner Familie gehörten. Der Anblick der rothaarigen Köpfe erinnerte die Königinmutter an ihre Tochter, und zerstreut sagte sie zu Margaret Erskine: »Ich muß Ihrer Mutter sagen, daß sie den Affen töten lassen soll. Maria quält ihn, und er beißt.«

Ihr Blick, der müßig auf dem Festwagen ruhte, konzentrierte sich plötzlich, glitt über eine vertraute kleine Gestalt und blieb auf einer Hand hängen, die ein Stückchen Verband zierte. Die Königinmutter von Schottland atmete tief und schaudernd ein, und ihre Finger umklammerten das weiche Handgelenk Margaret Erskines. »Das ist doch nicht möglich!«

Mit fest zusammengepreßten Lippen warf Jenny Flemings Tochter ihrem Mann einen raschen Blick zu. Es durfte keine Szene geben. Und selbstverständlich würde es – in der Öffentlichkeit – keine Szene geben. Die Hand der Königinmutter entspannte sich bereits. »Doch, es ist möglich«, erwiderte Margaret Erskine. »Schau dir den Engel an«, raunte sie ihrem Mann zu.

Der Festwagen »Glückliches Geschick« erreichte den königlichen Pavillon und hielt an. Zwei Könige neigten grüßend die Häupter, Blumen flogen durch die Luft, und Beifall wurde laut. Dann zogen die Einhörner wieder an, der Wagen rumpelte weiter, und in dem weniger aufmerksamen französischen Publikum bemerkte niemand, daß sich auf dem Gefährt Lady Fleming, Mary Fleming, Agnes Fleming und Ihre Majestät, die Königin von Schottland, befanden.

Auch O'LiamRoe zeigte sich entzückt und meinte zu seinem Nachbarn, daß sich der Wagen vortrefflich für den Markttag eigne und die Hühner beim Anblick der Dekorationen gewiß vor Begeisterung schielen würden. Noch mehr faszinierten ihn die mit Mondsicheln, Quasten und Zaumzeug geschmückten Elefanten, die auf den Wagen folgten und in drei Paaren zwischen ihren beturbanten Wärtern einherschritten.

Mit langen, gutmütig gesenkten Rüsseln, leicht baumelnden, pinselig auslaufenden Schwänzen trotteten sie geduldig dahin, während auf den gewaltigen Gebirgen ihrer Rücken Nachbildungen von Schiffen, Festungen und eroberten Burgen schwankten. Die beiden schönsten Tiere führten die Gruppe an, ein monolithisches Paar mit den edlen Köpfen und den glänzenden, haselnußbraunen Augen gesunder Tiere in der Blüte ihres Lebens. Der Elefantenbulle trug auf dem Rücken vier bronzene Gefäße, aus denen der Rauch wohlriechender Öle stieg, der den Tiergeruch überdecken sollte. Auf seiner hohen Stirn lag eine dumpfe Heiterkeit, und in dem forschenden, arglosen kleinen Auge schien dann und wann sogar der Ausdruck deutlichen Vergnügens zu liegen.

Die Tiere zogen vorbei, ihnen folgten zahlreiches Fußvolk und die berittenen Ehrenknaben. Als das Ende des Festzugs in Sicht kam, erhob sich der König und mit ihm die Prinzen und Adligen seines Gefolges, um die Pferde zu besteigen und den Bürgern in des Königs treue Stadt Rouen zu folgen.

Die Spitze des Festzuges erreichte die Brücke und begann sie zu überqueren. In der Stille war nur das dumpfe Poltern der Hufe und das Geräusch der Schritte auf den Bohlen zu vernehmen. Düster und glorreich erhob in der Oktoberluft die Glocke der Kathedrale ihre Stimme. Sie läutete in mächtigen, vom Wind getragenen Schlägen, als sich der Hof weiß und silbern glitzernd in einem weiten Bogen der langen, schwerfälligen Schlange des Festzugs anschloß. Die »Marie d'Estouteville« vereinte ihre hohe, melodische Stimme mit den Schlägen der »Georges d'Amboise«, und von Kirche zu Kirche, von Glockenstuhl zu Glockenstuhl pflanzten sich die ehernen Hymnen fort, die den Festzug feierten und dem König huldigten. Vom Grosse-Horloge läuteten und wetteiferten die »Rouvel« und die »Cache-Ribaud«, bis das Krachen von Musketensalven verkündete, daß der König sich der Brücke näherte.

Aus allen Festsälen drang Musik und wehte über der Stadt wie die Fahnen an den Gebäuden und in den Zuschauermengen. Ein vom Fluß kommender Böllerschuß verkündete, daß auch der Festzug der Schiffe auf dem Wasser begonnen hatte. Die Menge jubelte, und ein Feuerwerkskörper, in der Aufregung zu früh gezündet, zischte, explodierte und landete Funken sprühend unter den Bäuchen der vier Einhörner, als der Wagen »Glückliches Geschick« eben auf die Brücke rollte.

Wieder explodierte ein Feuerwerkskörper. Das erste Einhorn, mit Schweiß bedeckt, warf den Kopf hin und her, das Horn verrutschte, der Kopf stieß ruckartig nach unten, befreite sich vom Zaum. Das Pferd schoß herum. Das Pferdegeschirr klirrte, die Räder rumpelten, bremsten, und der Pferdeknecht, der die Gewalt über die Tiere verlor, stürzte brüllend nach vorn zu den wiehernden Pferden, die, eng gegen das Geländer gedrängt, zum Stehen kamen. Der schwankende Wagen hinter ihnen stieß gegen den vorausfahrenden, splitterte und stellte sich auf der Brücke quer – auf seinem Boden kugelten vier verschreckte Kinder durcheinander, und ein entthronter König hielt einen gefallenen Engel in den Armen.

Die Elefanten zögerten. Ein orientalisch gekleideter Mann redete scharf auf den Bullen an der Spitze ein. Einen Augenblick geschah nichts, und in diesen wenigen Sekunden näherte sich vom Ende der Brücke her auf lautlosen Rädern und von der Menge unbemerkt ein Gipswal. Rasch, mit weißem Gesicht, Schrecken einflößend raste er auf das letzte Elefantenpaar zu, und während sich noch die Augen der Tiere weiteten und ihre gewaltigen Lenden sich kraftvoll zusammenzogen, öffnete der Wal die Kiefer und spie das wimmernde, blutige, geblendete Lamm aus, das von O'LiamRoes Wagen entwischt war. Wie ein vom Wind in einen grauen, versteinerten Wald getriebenes Papierknäuel stürzte sich das Lamm kopflos vor Angst unter die Elefanten. Und trompetend stampften die Elefanten weiter.

Es gab nur einen Weg, den sie nehmen konnten – und das war die Brücke. Der Mann, die Frau und die Kinder in dem eingekeilten Wagen, die Zuschauermenge und die ins Stocken geratenen Massen des Festzugs sahen ihnen starr vor Entsetzen entgegen. Die Männer mit den Turbanen begannen zu rennen, und die gewaltigen Tiere beschleunigten das Tempo. Zwischen dem Elefantenbullen und der Brücke lag noch ein etwa zehn Schritt langes Straßenstück, das dicht mit Zuschauern gesäumt war, als der leichtfüßig neben ihm herrennende Oberwärter ihn mit seinem Eisenhaken erwischte.

Es war, als ob er ihn mit einer Fliegenklatsche traktiert hätte. Der Elefant raste mit dumpf aufstampfenden Füßen und wehender Schabracke weiter, und ein Krachen folgte, als das mächtige Hinterbein ausschlug, den Gipswal traf und ihn zermalmte. Der Wärter ließ den Stachelstock fallen, griff nach den Schwanzriemen, als das Tier schon fast an ihm vorbei war, und versuchte aufzusteigen. Doch mit blutenden Händen stürzte er ab, ehe er einen Halt für seine Füße finden konnte.

Auf der Brücke schwankte der eingekeilte Festwagen und brach zusammen, als seine Pferde wie rasend das Brückengeländer zersplitterten und zerschmetterten. Gleichmäßig stampfend näherten sich die sechs Elefanten dem Brückeneingang, voran der Bulle mit weißen Augen und in der Sonne aufblitzenden Stoßzähnen. Auf seinem Rücken schwappte das brennende Öl aus den schwankenden Krügen.

Auf dem Bogen, der die Brücke überspannte, bewegte sich etwas. Rundlich, behende, in flatterndem Schwarz fiel ein Mann leicht wie ein Lindenblatt vom Ziergiebel herab und landete sicher zwischen umgekippten, rauchenden Urnen auf dem Rücken des Elefantenbullen. Dann packte er mit einer Hand den Zügel und trieb dem Tier zugleich Sporn und Messer in die rechte Flanke.

Der Bulle hob den strammen, tropfenden Rüssel, trompetete und blieb abrupt stehen. Mit einem bebenden, dumpfen Aufprall rannten seine Artgenossen gegen ihn. Einen Augenblick noch stießen die Elefanten trompetend, drängend und stampfend weiter auf die Brücke hinaus, doch dann setzte der Reiter auf dem Bullen ein zweites Mal brüllend seine Stacheln ein, und der unterdessen herbeigerannte Wärter mischte sein exotisches Kauderwelsch in den Lärm. Außer sich, rasend vor Wut, blind vor Schrecken und vom Öl verbrannt und verbrüht, schwankte der Bulle zur Seite wie eine unterminierte Festung und stürzte sich in den Fluß.

Schmutzig, mit Brandblasen bedeckt und nach Moschus riechend wie ein brünstiger Zibetkater, glitt Thady Boy Ballagh vom Rücken des Elefanten, als das Tier langsam im Wasser versank. Eine Gestalt mit einem Turban auf dem Kopf und einer von der Augenbraue bis zur Wange verlaufenden Narbe schnellte geschmeidig wie ein Aal an ihm vorbei und erreichte den gewaltigen Rücken, ehe er vollends untertauchte. Der Elefant tauchte, und mit einer Mühelosigkeit, die lange Übung verriet, packte der Wärter den Zügel und bereitete sich auf dem Rücken des Tieres stehend darauf vor, mit ihm zu schwimmen. Die anderen fünf Elefanten folgten, und mit wogender Flanke und sprühendem Rüssel, in den glänzenden Augen statt wilder Panik unversehens blanken Mutwillen, begannen die Tiere, den Wassernixen, den Meeresungeheuern, den kleinen Booten und Vater Neptun, der höchstpersönlich in der Seine weilte, heiligen Schrecken einzuflößen.

Eine Weile sah Thady Boy zu; dann wandte er sich, von Wasser und exotischen Ölen triefend, um und watete dem Ufer zu. Er war noch im Wasser, als die Leute ihn erreichten, die von der Straße herabströmten, ihm auf den Rücken klopften, schrien, auf ihn einredeten, erklärten. Schließlich schoben und drängten sie ihn das Ufer hinauf zu einem graubärtigen Mann in den Fünfzigern, der zu Pferd auf ihn wartete. An seinem Sattelbaum hing das momentan überflüssige Zeremonienschwert. Der Reiter beugte sich zu ihm herab. »Mein Herr!«

Hinter ihnen setzte sich der Festzug ruckweise wieder in Bewegung. Die Trümmer wurden fortgeschafft, und die schockierten Akteure waren bereits verschwunden. Thady Boy war blaß, doch in seiner Stimme schwang Fröhlichkeit. »Eurer Lordschaft zu Diensten.«

»Ihr mutiges Eingreifen hat Seine Majestät den König beeindruckt. Er möchte Ihnen danken.«

»Es ist kaum der Rede wert«, sagte Thady Boy bescheiden. »Dieser Wal war eine mittelmäßige Erfindung, zusammengestümpert aus Ton und Katzendreck.«

In diesem Augenblick näherte sich der König mit seinem Gefolge. Der Konnetabel Montmorency dirigierte sein Pferd an den Straßenrand, und Thady Boy folgte ihm. »Seine Gnaden wünscht Sie für Ihren Mut auszuzeichnen. Ich habe den Befehl, Sie nach Ihrem Namen und Ihrem Stand zu fragen und Sie zum Abendessen mit dem König und seinen Freunden in St. Quen einzuladen.«

»Wie ausnehmend gütig«, sagte Thady Boy. »Und ich würde mich schämen, dieser Einladung nicht zu folgen, wenn der König nicht selbst wünschte, daß ich noch heute abend die Stadt verlasse. Thady Boy Ballagh ist mein Name, und ich bin der Sekretär von O'Liam-

Roe, dem Fürsten von Barrow, der sich bei Hofe so unglücklich eingeführt hat.«

Es folgte eine kurze Pause. Der Konnetabel räusperte sich. »Ich bin sicher, daß Ihre Abreise wenigstens um einen Tag aufgeschoben werden kann. Man wird Sie benachrichtigen. Ferner habe ich Ihnen mitzuteilen, daß man Ihnen Ersatz für Ihre verdorbenen Kleider schicken wird.«

»Ah, *dhia*, welch von Herzen kommende Großmut, welch liebevolles Verzeihen!« deklamierte Thady Boy. »Und dann weinte Sir Gawein, und es weinte König Artus, und beide sanken in Ohnmacht. Als ob Sir Thomas Malory diese Begebenheit für seinen Roman benutzt hätte.«

»Ich bin nicht ermächtigt«, sagte der Marschall, Großmeister und Konnetabel von Frankreich, Ritter des Königsordens und des Hosenbandordens, Erster Kammerherr und Gouverneur von Languedoc, »auch den Fürsten von Barrow einzuladen.«

»Und ich wäre nicht ermächtigt, eine solche Einladung für ihn anzunehmen«, entgegnete Thady Boy ruhig, »denn man würde den Fürsten allenfalls mit Elefantengewalt zur Annahme bewegen können.«

Der Festzug zog nun rasch weiter, und die Schweizer Garde hatte die beiden Männer am Straßenrand schon fast erreicht. Montmorency setzte sich in seinem Sattel zurecht, die gescheiten kleinen Augen über der platten Nase und dem struppigen Bart blickten den Ollave durchdringend an. »Aber Sie, mein Freund, haben keine Einwände?«

»Der Blitzschlag soll mich treffen wie Levi, wenn ich lüge. Niemand könnte mich zurückhalten«, sagte Thady Boy Ballagh.

Noch lange nachdem der Hof in die Stadt eingezogen war, drängten sich die Menschenmassen auf den Straßen vor Rouen, und der Zugang zur Stadt war eine Stunde lang blockiert. Unterdessen wurde O'LiamRoe und Robin Stewart der Vorfall auf der Brücke, den sie nur als fernen Tumult wahrgenommen hatten, zehnmal in allen Einzelheiten geschildert. Während der Ire nur leicht amüsiert schien, hatte Robin Stewart, rot im Gesicht und ziemlich durcheinander, nichts anderes im Sinn, als Thady Boy ausfindig zu machen und auch noch die letzten Details aus ihm herauszufragen. Sie versuchten, in die Stadt zurückzukehren, und drängten sich durch die vespernden und schwatzenden Menschenmassen. Aber obwohl sie viele trafen, die ihn gesehen hatten, blieb Thady Boy in seiner vorübergehend wiederhergestellten Ehre unauffindbar.

In der Ebene von Grandmont, einsam und weit entfernt von dem gefeierten Festzug, standen die in Ungnade gefallenen sechs Elefanten auf zertrampeltem Gras und Heu, Seite an Seite mit ihren Vorderfüßen angekettet, in dem riesigen dreizehn Fuß hohen Zelt, das mehrere Tage zuvor für sie errichtet worden war. Friedlich schwenkten sie die Rüssel, während der hin und her trippelnde Elefantenboy ihnen Gabel um Gabel trockenes Heu vorwarf. Kleine Dampfwölkchen drangen aus ihren Mäulern. Ihr sanfter Atem stieg in die von der Sonne erwärmte würzige Luft, und ihre vom Wasser geglättete, saubere Haut spannte sich glänzend über den mächtigen Hüften. Nur der Bulle am Ende der Reihe, dessen steil aufragender Rücken gesalbt und verbunden worden war und dessen kluges Auge trübe blickte, bewegte sich unruhig.

Lymond stand schon eine ganze Weile reglos im Zelteingang. Jetzt rührte er sich ein wenig, und der Stalljunge, der gerade seine Forke aus dem Futterkasten hob, bemerkte ihn und flüsterte etwas in urdu.

»Monsieur Abernaci?« fragte Francis Crawford.

Der Junge war schüchtern. Wortlos tat er drei Schritte zur Seite, trippelte unvermittelt davon und verschwand. Im Zelt des Wärters gegenüber hob eine Hand den Türvorhang, und eine schweigende Gestalt mit einem Turban auf dem Kopf beobachtete Lymond. Es war der in sich gekehrte Dschinn der Druckerpressen, Archembault Abernaci, der Oberwärter der königlichen Elefanten. Er verzog das narbige, bärtige, vertrocknete Gesicht zu einem Lächeln, das lückenhafte, abgebrochene schwarze Zähne enthüllte, und winkte mit einer lautlos erhobenen Hand. Lymond schritt an den Elefanten vorbei und betrat das Zelt des Wärters.

Es war mit einer Bank und mehreren Hockern, einer kleinen Truhe und einer Matratze in der Ecke behaglich eingerichtet. Auf dem Boden lag ein Tuch aus grober Wolle, und neben dem Herd waren die Reste einer Mahlzeit zu sehen. An der Zeltleinwand lehnte ein Gestell mit Waffen: ein Eisenhaken, ein Schwert, eine Lanze, verschiedene Messer und eine Mahautpeitsche, deren fünf mit Blei beschwerte Schwanzenden schlaff herunterhingen.

Neben seinem Waffenarsenal stand nun Abernaci in einem makellosen, hochgeschlossenen Mantel. Das von den schimmernden Falten des Turbans eingerahmte Gesicht erinnerte an die juwelengeschmückten Krokodile von Arsinoe. Die Augen waren unbeweglich auf Lymond gerichtet.

Unbewaffnet, in feuchten, zerfetzten Kleidern, erwiderte Lymond den starren Blick mit zur Seite geneigtem Kopf. Dann ließ er immer noch schweigend eine Hand in das schäbige Durcheinander seiner Gewandung gleiten und brachte ein eckiges Stück Birnenholz zum Vorschein. Es war das Holz, an dem Abernaci vier Tage zuvor geschnitzt hatte.

Die Augen des dunklen Mannes blinzelten. Endlich brach er das Schweigen mit einem leisen Ausruf in urdu.

»Ich vertraue darauf, daß dies ein Ausdruck freundlicher Gesinnung war«, sagte Lymond liebenswürdig. »Und ich nehme an, Sie wußten, wer das Holz mitgenommen hat.«

Der Mahaut verneigte sich.

Unbezähmbare Belustigung zerrte an Francis Crawfords Mundwinkeln. »Gott bewahr uns vor allem Hokuspokus und Schnickschnack aus dem fernen Osten. Sie brauchen nicht so vorsichtig zu sein, mein Freund«, sagte Lymond. »Ich bin selber Schotte.«

Die Narbe schob sich in die Höhe, die Augen verengten sich, und in dem krausen schwarzen Bart wurden die schrecklichen Zähne sichtbar. »Jesses! Sie sind es wirklich, Mr. Crawford!« rief Archembault Abernaci, Wärter der Königlichen Menagerien in Frankreich, im unverfälschten Tonfall eines Mannes aus Partick bei Glasgow. »Und ich habe die ganze Zeit keinen Ton gesagt, weil ich meiner Sache nicht ganz sicher war – haha!« Glucksend wie ein erkältetes Huhn sank der Mahaut auf die Bank. »Haha! Diese schlauköpfigen

Franzosen, die sich immer da kratzen, wo sie's nicht juckt, aber zwei gewitzten Burschen vom Clyde nicht auf die Spur kommen!« Lymond lachte laut und schleuderte das Holzstück durch die Luft zu der rasiermesserscharfen Lanze, von der es mit der geschnitzten Seite nach vorn aufgespießt wurde. Das Wappenschild des Hauses von Culter, das Abernaci im düsteren, großen Keller des Bildhauers vor Lymonds Augen in groben Umrissen aus dem Holz geschält hatte, blickte auf sie herab. Abernaci betrachtete es liebevoll mit schiefgelegtem Kopf, und Lymond sagte: »Sie haben es bei Hérisson für mich liegenlassen. Wie haben Sie herausgefunden, wer ich bin?«

»Wir haben doch zusammen gekämpft – Sie und ich«, entgegnete Abernaci, und grinsend riß er sich den seidenen Turban vom Kopf. Ein fast kahler Schädel mit säuberlich gestutztem Haarkranz kam zum Vorschein, und das walnußartige Gesicht wurde wie durch magische Verwandlungskunst zum Gesicht eines reinblütigen Schotten. »Zwischen zwei Jobs. Sie werden sich nicht an mich erinnern. Aber meinen Bruder haben Sie gut gekannt. Er war zu seiner Zeit ein großartiger Kämpe und ist lange mit Ihnen und Ihren Leuten zusammen gewesen. Er ist tot, hab ich gehört, aber ich hab nie herausbekommen, ob das Saufen dran schuld war oder die Engländer.«

Lymonds Stimme wurde plötzlich scharf. »Wie heißt du?«

»Abernethy. Archie Abernethy«, antwortete der Mahaut des Königs von Frankreich mit fröhlichem Gesicht.

»Dann war der Türken-Mat dein Bruder...« murmelte Lymond und fuhr ohne Zögern fort: »Er ist tot, ja. Ich kann dir Genaueres darüber erzählen, wenn du willst. Aber dann werde ich gehen, denn ich möchte nicht noch einen zweiten Abernethy in Gefahr bringen.«

Die drahtige, kleine Gestalt schnellte hoch. »Jesses, Mann! Ich will davon gar nichts weiter wissen. Sterben mußte er sowieso mal. Und einen besseren Tod hätte er sich nicht gewünscht... Ich hab mir meine eigene Meinung über Crawford von Lymond gebildet, damals, als ich Ihnen diente – und Mat dachte genauso. Es war das einzige Mal in unserem Leben, daß wir über irgend etwas einer Meinung waren... Sie hatten damals ein paar Narben, die man auch jetzt noch sieht, und ich war mir zu neun Zehnteln sicher, daß Sie es sein mußten – sicher genug jedenfalls, um Ihnen einen Hinweis zu geben, daß Sie wenigstens einen Freund in der Nähe haben...

Jesses«, ereiferte sich Archie Abernethy, »Jesses, ich bin ein richtiger Dummkopf! Setzen Sie sich doch – ich bin so froh, Sie zu sehen, daß ich ganz vergessen hab, in was für einem Zustand Sie sein müssen. Ich hatte eine ungemütliche halbe Stunde mit dem großen Bullen da drinnen, kann ich Ihnen sagen! Dabei gibt's auf der ganzen Welt kein netteres, gutmütigeres Riesenbaby von einem Tier. Barbaren! Ausländer! Ich werde sie verklagen, ja, das werd ich!...«

Herumhastend und schwatzend schleppte er einen Armvoll Tücher herbei und beruhigte sich schließlich. »Setzen Sie sich, Mann. Der Schmerz läßt bald nach. Ich werde ihn sofort lindern. Ob Mensch oder Tier – die Behandlung ist dieselbe... Aber ich zerbrech mir immer noch den Kopf«, sagte Archie Abernethy, während er behutsam den zerfetzten Stoff von Francis Crawfords Schultern löste, »ich platze vor Neugier, woher Sie wußten, daß ich Schottisch spreche.«

Lymond blickte auf. Die lange Zeit unterdrückten oder nicht beachteten Schmerzen hatten seine Augen schwer gemacht, doch nun funkelten sie vor Lachen. »Nun – lieber Gott«, lachte er. »Im Wasser hast du dir auf schottisch die Kehle aus dem Hals geschrien nach einem verdammten Elefantenbullen namens Hughie.«

Sachkundig verarztet, gesalbt und verbunden schlief Lymond auf Archie Abernethys Lager wie ein Toter und erwachte frisch und gesammelt – und bereits wieder imstande, Abernethy mit kühlen, sarkastischen Vorwürfen zu überhäufen.

Den Wärter beeindruckten sie nicht im geringsten.

»Sie brauchten den Schlaf. Er gehörte zur Behandlung. Sie kennen die Geschichte von dem Mädchen und der Räucherkerze aus kretischem Haschisch...«

»Von dem ein Elefant ein Jahr lang schlafen konnte, wenn er nur soviel davon einatmete, wie ein Dirham wiegt – ganz recht«, sagte Lymond. »Aber ich bin nicht Ali Nur al-Din, und du bist, mit Verlaub, nicht Miriam, das Räuchermädchen. Ich werde in den näch-

sten Tagen noch verdammt viel Zeit haben, wie ein Elefant zu schlafen. Aber einstweilen ist meine Zeit knapp.«

Der Wärter hatte seinen Brokatmantel aufgeknöpft, unter dem er ein
prächtiges Seidenhemd und seidene Kniehosen trug. Die Hände auf
den Knien, kauerte er am Boden und musterte seinen Landsmann
mit seinem rissigen, schwarzstummeligen Grinsen. »Ich hab gehört,
Sie sind bei dem irischen Fürsten, der nicht ganz richtig im Kopf
ist«, sagte er. »Und daß Sie obendrein drei Tage lang unter Hausarrest standen. Ich frag mich, woher Sie da bloß so müde sein können.
Haben Sie nächtens Türschlösser geknackt?«

Lymond, der auf dem niedrigen Lager saß, ergriff den zu Abernacis
orientalischer Gala gehörenden Krummsäbel und ließ ihn durch die
Luft sausen. »Das brauchte ich gar nicht. Robin Stewart hat uns
bewacht.«

Das Walnußgesicht füllte sich mit boshafter Freude. »Dieser
Dörrfisch! Der Musterknabe unter König Heinrichs Bogenschützen
– er hat zwar seine fünf Sinne beisammen, aber keinen Grips. Der
läßt eine Maus aus einem Mauseloch entwischen, wenn sie sich bloß
Hosen anzieht und eine Maske aufsetzt. Irgend etwas Außerge-
wöhnliches – und schon ist Robin Stewart völlig platt. Man kann ihn
auf die Schippe nehmen, ohne daß er's merkt, glaub ich. Man hat ihn
in Hérissons Kreis aufgenommen und Wetten abgeschlossen, was er
wohl als nächstes unternehmen wird.«

»Gehst du oft dorthin?«

Archie Abernethy erhob sich. Geschickt fing er den von Lymond
erneut durch die Luft gewirbelten Krummsäbel am Griff ein und
hängte ihn auf das Gestell zu den übrigen Waffen. »Das Holzschnit-
zen macht mir Spaß. Und manchmal hör ich gern jemand Schottisch
sprechen – es verkehren dort eine Menge Exilschotten und auch
Engländer.«

»Das ist mir aufgefallen. Der englische Botschafter nennt das Hôtel
Hérisson eine Brutstätte der Intrige.«

»Ach, das ist bloß eine ausgelassene Bande gottloser Spaßvögel.
Angst haben die nicht... Sie haben wohl Sir James Mason nächtliche Besuche abgestattet? Und das als Gäste des Königs von Frankreich?«

»Als ausgeladene Gäste. Wir haben uns unseren Gastgeber so sehr zum Feind gemacht, daß einer von Masons Leuten die Kühnheit besaß, mit mir Kontakt aufzunehmen. Unsere englischen Freunde sind natürlich daran interessiert, O'LiamRoes Enttäuschung über Frankreich für sich auszunutzen. O'LiamRoe hat zwar keinen Gedanken daran verschwendet, aber ich habe einfach in seinem Namen verhandelt. Ich wollte dahinterkommen – und zwar rasch –, wen von uns beiden man eigentlich umbringen will: mich oder O'LiamRoe.«

Die dunklen Augen blickten ihn fasziniert an. »Warum sollte Sie denn jemand umbringen wollen?«

»Genau das habe ich mich bis heute auch gefragt«, sagte Lymond nachdenklich. »Die Königinmutter hat mir den einstweilen nicht näher bestimmten Auftrag erteilt, mich während ihres Besuchs in Frankreich in ihrer Nähe aufzuhalten. Deshalb habe ich diese komische Rolle übernommen. Aber bei Gott, jetzt weiß ich, warum sie mich hierhaben will. Hast du den Festwagen auf der Brücke gesehen?«

Abernethy schüttelte den kahlen Kopf.

»In eben diesem Wagen fuhr Maria, die Königin von Schottland, mit, mein munterer Mahaut«, sagte Lymond ruhig. »Und ihre Tante und zwei ihrer Kusinen. Eine heimliche Kapriole, von der außer ihnen noch eine weitere Person gewußt haben muß. Irgend jemand hat heute versucht, das kleine Mädchen umzubringen, und es war dieselbe Person, die versucht hat, O'LiamRoe oder mich zu ermorden... Wer ist der Chef von Pierre Destaiz?«

Die Oktobersonne, unterdessen schon weit über den Zenit, schien rot durch das körnige Gewebe und streute seltsame Schatten auf die Zeltwand. Hinter dem Türvorhang blies sich ein Elefant mit trockenem Rascheln Heu über den Rücken und winselte leise schnaufend, als der Elefantenboy ihm Einhalt gebot.

Es war still. »Ich bin sein Chef«, antwortete Archie Abernethy schließlich, »sofern er da ist.«

»Wer ist er?«

»Er stammt aus Rouen. Er war zusammen mit zwei anderen Burschen Wärter in der Menagerie von St. Germain, als ich 1548 dorthin kam. Jeder hatte nur noch ein Tier zu betreuen – Gott, stellen Sie sich das vor!« sagte der Wärter und entblößte die Zähne. »Die Tiere, die es zu Lebzeiten des alten Königs dort gab! Hunderte von Käfigen – Löwen, Strauße, Bären, Vögel. Peter Giles ist immer nur herumgereist, um Tiere einzukaufen. Aber dann starb der alte König, und was blieb übrig? Ein Löwe, ein Bär und ein Dromedar. Das war alles, was übrigblieb. Ich sag Ihnen«, schloß der Mahaut und wiegte sich kummervoll hin und her, »es war zum Weinen.«

»Warum bist du denn nach St. Germain gegangen?« fragte Lymond.

Der Wärter zuckte mit den Schultern. »Ich werde alt. Aber nach Konstantinopel und Indien konnte ich mir einfach nicht vorstellen, den Rest meines Lebens in einem armseligen Verschlag im Garten irgendeiner alten Dame zu verbringen, um für ein paar Pfauen oder einen altersschwachen Löwen oder ein paar Tauben zu sorgen. Peter Giles erzählte mir, daß König Heinrich in St. Germain eine neue Menagerie bauen und neue Tiere anschaffen wollte, und da hab ich die Elefanten zusammengebracht und bin hergekommen. Es geht eben nichts über Erfahrung: Nach sechs Monaten war ich nicht nur Oberwärter, sondern auch Herr über alle anderen Tiere – von den Vögeln bis zu den Jagdkatzen. Diesem Destaiz gefiel das natürlich gar nicht.«

»Wußte er, daß du Schotte bist?«

Abernethy spuckte aus. »Wie könnte ich mit Elefanten arbeiten, wenn bekannt wäre, daß ich Schotte bin? Ich bin Abernaci aus St. Germain, der königliche Oberwärter und Hughies Mahaut. Und die wenigen Leute in Frankreich, die es besser wissen, sind ein paar wandernde Schausteller und ein Geldverleiher. Dazu eine Frau, die in Blois in einem Haus lebt, das Doubtance genannt wird, und die nicht nur meinen Namen, sondern auch meine Seele kennt, wenn ich überhaupt eine habe... Na, und Sie natürlich.« Seine schlauen Augen hefteten sich auf sein Gegenüber. »Ich weiß, daß ich Ihnen vertrauen kann, aber Sie wissen von mir nur das, was ich Ihnen erzählt habe. Für einen Mann Ihres Schlages kommen Sie mir ziemlich vertrauensselig vor, Crawford von Lymond.«

»Du brauchst keine Rückversicherung«, meinte Lymond, »ebensowenig wie ich. Du hast mich bei Hérisson erkannt und es mich wissen lassen. Du hast dir heute für deine Elefanten die Lunge aus dem Hals gerannt. Du bist ohne deine komische Nachtmütze ganz wie der alte Türken-Mat, und ich erinnere mich jetzt sogar deutlicher an dich, als mir bei einem so verläßlichen und gefährlichen Wiesel aus unserem alten Partick lieb sein kann... Aber ich wünschte, bei Gott, daß du mir endlich alles erzählst, was du über Pierre Destaiz weißt. Er hat in weniger als einer Woche eine Brandstiftung und einen Massenmord versucht.«

»Übrigens habe ich Ihnen einen Gefallen getan, von dem Sie noch keine Ahnung haben«, sagte der Wärter selbstzufrieden. »Ich hab Sir George Douglas erzählt, ich hätte Sie vor fünf Jahren auf der Durchreise in Irland kennengelernt. Er hat Sie nämlich in diesem Keller ziemlich merkwürdig beäugt. Aber teils wegen meiner Geschichte und teils wegen meines englischen Kauderwelschs bekam er einen Lachanfall und vergaß sein Mißtrauen. Was Destaiz betrifft... Es war abzusehen, daß er in Schwierigkeiten geraten würde. Ich hab ihn nie gemocht. Er war mit mir im Festzug, aber vorher hat er tagelang seinen Freunden bei diesem verdammten Wal geholfen, und einmal war er sogar vierundzwanzig Stunden lang verschwunden. Aber ob er für jemand anders gearbeitet hat, weiß ich nicht.«

»Er hat«, sagte Lymond freundlich. »Aber er wußte, daß er beobachtet wurde. Piedar Doolys Nachforschungen am ersten Tag haben ihn vielleicht mißtrauisch gemacht... Destaiz hat die Krüge mit Öl gefüllt und sie auf Hughies Rücken festgeschnallt?«

»Ja. Und ist dieser Piedar Dooly vielleicht ein kleiner, mürrischer schwarzer Bursche, der aussieht wie ein Ziegenbock und uns den ganzen Samstag verfolgt und die Elefanten nervös gemacht hat?«

»Das könnte er gewesen sein. Er ist O'LiamRoes Diener«, erklärte Lymond, ohne eine Miene zu verziehen. »Sie wissen beide, wer ich bin.«

»Bei Gott«, sagte Archie Abernethy, »und ich hab ihm beinahe einen Tritt in den Hintern verpaßt! Ich war fast sicher, daß Destaiz was gegen mich anzettelte, und dann zeigte es sich, daß er selber vor Piedar Dooly auf der Hut war wie ein Hund vor seinem ersten Floh. Wollen Sie ihn sehen?«

»Ich versuche seit zehn Minuten«, antwortete Francis Crawford, »dir das klarzumachen.«

»Hm. Gut. Aber da gibt's leider eine Schwierigkeit«, entgegnete Archie Abernethy, und stehend begann er den prächtigen Seidenmantel zuzuknöpfen. »Eine winzige Schwierigkeit. Er ist nämlich tot.«

»Du überraschst mich«, sagte Lymond trocken. »Wie ist es passiert?«

»Oh, ertrunken. Er wurde heute morgen im Fluß abgetrieben und konnte nicht schwimmen, der arme Kerl. Wir haben die Elefanten im Wasser nach ihm suchen lassen.«

»Kann ich ihn sehen?« fragte Lymond.

Der Wärter zögerte. Dann sagte er: »Nun ... ja. Kommen Sie mit. Er ist gleich nebenan«, und er führte ihn an den Elefanten vorbei, während er sich mit hurtigen Fingern den Turban wieder aufstülpte. In der dunkelsten Ecke des Elefantenzelts bückte er sich, zerrte eine Schicht Sackleinen beiseite und enthüllte die erbärmliche, nasse Leiche eines Mannes, dem eine Ferse fehlte. »Das ist Pierre.«

Man konnte nicht ausschließen, daß er ertrunken war – aber sicher war, daß man ihn zuvor mit einem Messer traktiert hatte. Beweisbar oder nicht – Hughie, das gutmütige Riesenbaby von einem Tier, war auf der Stelle gerächt worden.

Crawford von Lymond blickte stumm auf die Leiche hinab und behielt seinen Verdacht für sich, während der Mann, der sich Abernaci nannte, ebenso stumm den Toten wieder zudeckte. Sie gingen zusammen hinaus und blickten einander an.

»Ja – wahrhaftig ein Jammer, daß er ertrunken ist«, sagte Archie Abernethy mit einem augenscheinlich echten Stirnrunzeln. »Wenn sie hinter der kleinen Königin her sind, wird es nun eben jemand anders versuchen, denk ich mir.«

»Ja – wenn wir nicht herausfinden, wer dahintersteckt.«

»*Wir?*«

»Ich dachte, ich könnte mich auf dein hilfreiches Auge verlassen – und Hughies Augen«, meinte Lymond. »Wie streng hütest du dein Geheimnis? Wenn ich Freunde zu dir schicke – müssen sie Urdu sprechen?«

»Wenn es Schotten sind und Sie ihnen vertrauen, werde ich es drauf ankommen lassen«, antwortete Abernaci. »Erzählen Sie ihnen von mir, was Sie für richtig halten, und Sie können mit mir rechnen, wenn Sie mich brauchen. Mit den Iren ist es natürlich so eine Sache, hab ich immer gefunden... aber ich bin bereit, bei Ihrem Dooly und wie sie alle heißen, eine Ausnahme zu machen – vorausgesetzt, sie schwatzen nicht. Aber, Mann – Sie verlassen doch morgen schon Frankreich, oder?«

»Mein lieber Archie, haben nicht du und ich und Hughie heute beim Einzug des Königs ein furchtbares Unglück verhindert?«

»Trotzdem...«

»Und hat mich nicht der König für heute abend zum Essen nach St. Quen eingeladen?«

»Das war wohl das Mindeste, was er tun konnte. Aber trotzdem...«

»Es gibt ein Sprichwort, das von meinen angenommenen irischen Vorfahren überliefert ist: Wenn einer ein Wunder vollbringt, und dann ein zweites, das dritte aber ausbleibt, so nutzt es ihm nicht viel. Heute abend werde ich am französischen Hof speisen und im Laufe des Abends die königliche Erlaubnis erwirken, daß O'LiamRoe und ich in Frankreich bleiben dürfen, solange es uns gefällt«, kam es leicht versonnen von Lymond, »und um ganz ehrlich zu sein – ich kann es gar nicht erwarten, mich an diesem glänzendsten, gebildetsten und zügellosesten Hof Europas einzunisten, der O'LiamRoe, den Fürsten von Barrow und Häuptling seines Geschlechts, so leichtfertig vor die Tür gesetzt hat.«

SIEBENTES KAPITEL

Zu den subtilen Freuden Lord d'Aubignys in seinen mittleren Jahren gehörte es, den französischen Hof in luxuriöser Umgebung festlich gekleidet und vollendet bedient speisen zu sehen. Diamanten, Musik und würzige Düfte, geistreiches Geplauder, erlesenes Essen und sogar die Gewißheit, daß nahezu jeder anwesende Mann einen höheren Rang bekleidete als er selbst, verliehen Lord d'Aubigny das

Gefühl, daß sein Leben sich lohne, daß die Heldentaten seiner Ahnen und die hohen Würden seines Bruders Lennox vom Glanz seiner
Tage noch übertroffen wurden und der große Zauberer und Genie-
ßer Comus sein Weggefährte sei.

Inmitten dieser höfischen Pracht stellte der krötenhafte Sekretär eines irischen Provinzfürsten einen Schandfleck, fast eine Beleidigung
dar, fand Lord d'Aubigny. Das Gefolge teilte seinen Abscheu. Als
sich der Hof nach der Messe im Logierhaus der Abtei von St. Quen
einrichtete, bezogen sich in der lärmenden Unterhaltung – in der
man mit Ironie, Spott und parodistischer Verzerrung die Bemühungen der braven Bürger von Rouen schonungslos analysierte – die
grausamsten und witzigsten Bemerkungen auf die Verpflichtung,
die der König gegenüber dem Erretter aus der Elefantennot eingegangen war und deren widerwillige Erfüllung ihm nun bevorstand.

Derweilen blieb der Ollave freilich noch immer unauffindbar. Und
es war dies einer der seltenen Fälle, da Lymond schlafend mehr
Menschen in Aufregung versetzte als Lymond in Aktion. Lord
d'Aubigny allerdings war eher erleichtert. Dafür zeigte sich Robin
Stewart im »Croix d'Or« irritiert, ließ sich jedoch immerhin erwei-
chen und gestattete dem wie üblich gelassenen O'LiamRoe, die entspannte Atmosphäre zu nutzen und unter Bewachung seine Freunde
zu besuchen.

Unterdessen waren im Faubourg St. Sever noch immer nicht die
Wolken des Zornausbruchs der Königinmutter verzogen: Während
die kleine Königin Maria mit tränenverquollenem Gesicht her-
umirrte und Jenny Fleming vor der Wut der Königinmutter geradenwegs ins Bett flüchtete, wurde Tom Erskine mit der unerbittlichen Forderung seiner Herrin konfrontiert, daß nichts in der Welt
Thady Boy Ballagh davon abhalten dürfe, an diesem Abend bei
Hofe das gewandteste, geistreichste und glänzendste Debut des
Jahrhunderts zu absolvieren.

So kam es, daß – äußerst diskret – eine Truhe mit Seifen, Parfums
und Juwelen, einem Degen nebst Gehänge, einem Dolch, einer
schriftlichen Anweisung auf ein Pferd im Wert von 150 Kronen und
einem Sortiment höfischer Gewänder, schwer von Goldschnallen

und Stickerei, in Thady Boys Unterkunft abgeliefert wurde. Sie stand den ganzen Nachmittag versiegelt in seinem Zimmer neben einem ähnlichen, freilich schlichteren Behälter, der vom Schneider des französischen Königs stammte und eine Auswahl Kleider enthielt. Als O'LiamRoe gegen fünf von seiner angenehm verlaufenen Besuchsrunde, die bei Michel Hérisson begann und bei Mistress Boyle endete, ins »Croix d'Or« zurückkehrte, fand er beide Kisten verschlossen und unberührt vor – und daneben einen unordentlichen Haufen zerlumpter schwarzer Kleidungsstücke.

Thady Boy war nach Hause gekommen, in den ihm noch verbliebenen einzigen und salzfleckigen schwarzen Anzug gestiegen, hatte selbst den bescheidensten Forderungen der Schicklichkeit und Hygiene, denen sich O'LiamRoe immerhin unterwarf, widerstanden und war zu Fuß zum Logierhaus der Abtei von St. Quen getrottet. Er habe, so behauptete Piedar Dooly, ausgesehen wie ein Ballen Kaminkehrerschneuzlappen vor der Wäsche. Denn wo dem Fürsten von Barrow ein ganz persönlicher eigenwilliger Humor zu Gebote stand, verfügte Francis Crawford von Lymond über Genie.

Eingesponnen in Flor und Goldgewebe, in Lamé und Taft, bedeckt mit Seide und Silber, Samt und weißem Pelz, übersät mit Diamanten, die Gesichter geschminkt, die Brauen gezupft, das eigene Haar unter glitzernden Perücken aus Rohseide verborgen – so waren die Hochgeborenen Frankreichs in einem Meer von Kerzenlicht und Blumen versammelt wie ein halbes Hundert überzuckerter Pralinen in einem Blumenkorb. Als Letzter am letzten Tisch, inmitten dieses Zuckerwerks ein ungenießbarer glitschiger Knorpel, saß Thady Boy Ballagh.

Tom Erskine, der mit dem Gefolge der Königinmutter eintraf, hatte ihn sofort ausgemacht, und das sich verhärtende Gesicht seiner Herrin verriet ihm, daß Maria von Guise ebenfalls entsetzt war. Er nahm Platz und hütete sich, seiner Frau in die Augen oder Jenny Fleming in das sorgfältig restaurierte Gesicht zu blicken. Er war diese höfischen Veranstaltungen so gewöhnt, daß sie ihn bis zum Überdruß langweilten. Seine Vorliebe galt schlichtem Essen, und schlichte Garderobe war sein unerfüllbarer Traum. Unter seinem derben Gesicht, das an die Frische von Garnelenbutter denken ließ, wirkte auch der weißeste Samt glanzlos. Tom Erskine erhob sich zum königlichen Einzug und registrierte die unnachahmliche Verbeugung Lord d'Aubignys wie die Bemühungen des Trompeters, der offenkundig ein bißchen zuviel getrunken hatte. Es folgte ein zweiter, gekonnterer Fanfarenstoß, und das Diner begann. Erskines Augen wanderten unwiderstehlich angezogen zum Ende der Tafel.

Wie eine Unkrautpflanze in den lieblichsten Obstgarten Frankreichs hatte man Thady Boy mit ebenso tödlicher wie beabsichtigter Bosheit neben den gelockten und geschminkten, mit Ohrringen behängten und diamantenübersäten jungen Louis de Bourbon, den Ersten Prinzen von Condé, plaziert. Condé, der Bruder des Herzogs von Vendôme, war zu dieser Zeit eben zwanzig, ein Bourbone königlichen Geblüts, mager, blaß und von ungewöhnlicher Behendigkeit trotz der verwachsenen Schulter, die er ganz einfach ignorierte, da er weder Ermutigung noch Bestätigung benötigte. Der Prinz von Condé war ein Mann mit den Ambitionen eines Königs. Unter der Schminke zeichnete sich die potentielle Größe ab, die ihn schon jetzt als einen Mann erscheinen ließ, dessen Entwicklung man im Auge behalten mußte. Einstweilen ohne Aufgaben, verkörperte er eine Macht, mit der man zu rechnen hatte. Er gehörte zu den vier Männern aus dem engsten Kreis des Königs, über die beständig und genüßlich Skandalgeschichten kolportiert wurden.

Zu diesem Kreis zählte auch sein älterer Bruder Jean de Bourbon, der brünette, schöne Sieur d'Enghien, der am selben Tisch saß. Er war gerade mit einem der jüngeren Guisen, der sich die modische Schmachtlocke rosenrot gefärbt hatte, aus London zurückgekehrt. Nicht reicher als Condé, liebte d'Enghien einen ähnlich zügellosen, freilich in anderer Weise noch ausschweifenderen und exzentrischeren Lebensstil. Es fiel schwer, ihn nicht zu mögen, und es gab nur wenige Leute, die dies versuchten.

In London hatte d'Enghien den dritten Kavalier aus dem Kreis um den König zurückgelassen: François de Vendôme, den Vitzdom von Chartres. Als Günstling der Königinmutter von Schottland vereinte der Vitzdom Scharfsinn und Charme mit der Raffinesse eines Diplomaten, und besonders wenn etwa Vertragsverhandlungen mit einer ältlichen Königin anstanden, war der Vitzdom der richtige Mann. Zur Zeit entzückte er in London die englische Damenwelt mit Viertausend-Kronen-Bällen, in die sich sogar die steiferen Hofadligen mit Hingabe stürzten. D'Enghien hatte aus London eine höchst amüsante Geschichte über den Herzog von Suffolk mitgebracht, der auf einer der Gesellschaften des Vitzdoms als Nonne verkleidet erschienen war. Vital, abergläubisch und ein begeisterter Ränkeschmied, galt der Vitzdom als beliebtester Gesellschafter bei Hofe.

Und schließlich gehörte zu denen, die dem König nahestanden, noch Jean d'Albon, Seigneur de St. André und Marschall von Frankreich: ein Soldat und Höfling, Sohn des Kommandanten von Lyon, der zwanzig Jahre älter war als die drei jungen Kavaliere, reich, verwegen und auf der Höhe seiner Macht.

Als Prinz Heinrich vor vierzehn Jahren Thronerbe wurde, hatte man ihm St. André mit dem Auftrag zur Seite gestellt, aus dem Dauphin einen ebenso gewandten Kavalier wie Heerführer zu machen, während Diana de Poitiers die Aufgabe übernahm, ihn in den sanfteren Künsten zu unterweisen. Und ebenso wie sich Diana dabei das Mißtrauen des alten Königs eingehandelt hatte, so war mit der zunehmenden Liebe zwischen dem Dauphin und seinem Erzieher die Abneigung König Franz' gegenüber St. André gewachsen. Unmittelbar nach dem Tod seines Vaters jedoch machte der neue König St. André zum Mitglied seines Kronrats und Marschall von Frankreich, ernannte ihn zum Ritter des St. Michael-Ordens und zum Ersten Königlichen Kammerherrn, und später übertrug er ihm zusätzlich den Posten seines Vaters als Kommandant von Lyon. Gescheit, mutig und ein enger Freund des Königs, teilte St. André mit diesen drei jungen Männern, mit den jüngeren Guisen und den anderen geistreichen, gebildeten und unbeschwert unmoralischen Lichtern des Hofs eine Neigung zu verschwenderischem Luxus, die in Europa sprichwörtlich wurde.

Drei dieser vier Höflinge hatten die Ungnade des alten Königs erduldet, eine Situation, die für Männer wie Condé und den Vitzdom – sie überlebten als diensttuende Kammerjunker mit einem Hungerlohn von zwölfhundert Kronen im Jahr – beinahe der Armut gleich-kam. Indessen hatten sie ihre Intelligenz benutzt – und Erfolg ge-habt: der Vitzdom, indem er sich weigerte, Dianas jüngere Tochter zu heiraten, was ihm die Wertschätzung der Königin einbrachte, und Condé, indem er mit verschiedenen verheirateten Damen bei Hofe wohlüberlegte Freundschaften schloß. So wich er beispiels-weise, seit er an der Tafel Platz genommen, an diesem Abend ge-schickt dem Blick von Madame la Maréchale de St. André aus und überhäufte dafür die hübsche, aber langweilige Prinzessin de la Ro-che-sur-Yon zu seiner Rechten mit aller öffentlichen Aufmerksam-keit. Da der Prinz von Condé mit dem sicheren Instinkt des Höflings das Dilemma wie die Wünsche des Königs begriff, erfüllte er sie, so gut er es vermochte, indem er Thady Boy Ballagh unhöflich und un-geniert den permanenten Anblick seines runden juwelenge-schmückten Rückens präsentierte.

Thady Boy achtete nicht darauf. Wie eine Schwarzdrossel in der Kälte hockte er am Ende der Tafel und vertiefte sich mit beiden Händen in sein Essen.

Es gab neun Gänge, die mit Federn und Schleifen dekoriert von hübschen Pagen in Silberlivree unter endlosem Trompetenge-schmetter aufgetragen wurden. Das Messer in der Hand, die Nase auf dem Teller, brummte Thady Boy vor sich hin: »Wunderbar – wirklich. Ein Tuten für den Schinken und eins für die Kapaune, und wenn man nicht aufpaßte, würde man beim dritten die Pagen auf-spießen!«

Der Prinz von Condé hielt nur einen Augenblick in seinem Geplau-der inne. Er saß weit genug von der königlichen Tafel entfernt, um ein wenig aktuellen Klatsch austauschen zu können. Philosophische Dialoge mit Margarete von Frankreich waren, wo sie hingehörten, gut und schön, im Gespräch mit der Prinzessin de la Roche-sur-Yon jedoch konnte er entspannter plaudern. Sie hatten sich soeben über den Verkauf von Keuschheitsgürteln auf der letzten Messe von St. Germain unterhalten, der die Umsätze der Schlosser vorüberge-hend verdoppelte, bevor die unseligen Händler von den Hofkavalie-ren in die Flucht geschlagen worden waren. Danach war das Ge-spräch auf eine mehrere Jahre zurückliegende Dreiecksgeschichte gekommen, die sich zwischen d'Estouteville, seiner Geliebten und der jungen Witwe eines Gerichtsvorsitzenden aus Rouen abgespielt hatte – eine Affäre, die immer noch Nachwirkungen zeitigte.

Man erörterte sodann ein Färbemittel für kastanienbraunes Haar, das einiges Gelächter hervorrief, und während der ungarische Wein, der die Runde machte, hier und da bereits schrilles Lachen bewirkte, folgten auf der Galerie den Darbietungen des Lautenspielers die sorgfältig einstudierten Bläserkonzerte. In einer kurzen Gesprächspause war die Stimme von Madame la Princesse de la Roche-sur-Yon zu hören, die höflich fragte: »Und was höre ich da über unseren teuren Konnetabel und Lady Fleming?«

»Nichts, fürchte ich, was sich bei Tisch wiederholen ließe«, erwiderte der Prinz von Condé und bedachte sie mit einem Marzipanpraliné. »Denken Sie an unseren Freund zu meiner Linken.«

Die Prinzessin mit ihrer gelockten, verschleierten und juwelengeschmückten Silberperücke und ihrem langen Mieder aus Steifleinen, das mit Seide und Edelsteinen belegt war, spähte an ihm vorbei. »Der Ire? Ist er überhaupt lebendig, mein Lieber?«

Der Prinz blickte sich weder um, noch dämpfte er die Stimme. »*Vivit, et est vitae nescius ipse suae.*«

Die Lateinkenntnisse der Prinzessin reichten gerade eben hin, dies als eine verächtliche Äußerung zu erkennen, und sie brach in schallendes Gelächter aus. Gegen das Gewimmer der Musik, den Lärm der Unterhaltung und zwischen dem Geklapper der Zuckermandeln, die er um seine Zähne kreisen ließ, brummte der Ollave gemütlich vor sich hin: »*De una mula que haze hin, y de un hijo que habla latin, liberanos, Domine!* ... Sagen Sie mir«, fügte er hastig schluckend hinzu, als der Prinz von Condé herumschnellte, »ist das der Narr des Königs, der Bursche da in Schwarz und Weiß neben der ersten Tafel?«

Einen Augenblick war es still. Der gleichgültige Blick des Prinzen ruhte auf dem vollgestopften Ollave, wanderte von dessen schwarzgeränderten Fingernägeln zu den schmutzbespritzten Stiefeln und hob sich wieder. »Ja. Das ist Monsieur Brusquet. Erlauben Sie, daß ich ihn herüberbitte«, sagte er aalglatt und winkte einem Pagen. Seine Augen blickten wie die der Prinzessin leer und unpersönlich. Weiter oben am Tisch preßte jemand einen Fächer gegen den Arm seines Nachbarn und lächelte.

Der letzte Gang war aufgetragen worden. Bald würde die Tafel aufgehoben werden. Unterdessen hatten die Musikanten den Artisten Platz gemacht. Springend und wirbelnd näherten sie sich über den Mittelteppich und nahmen Haltung an: die Akrobaten vor der königlichen Estrade, die Jongleure am anderen Ende. Der königliche Narr Brusquet, dessen Dauerwitz harte Arbeit bedeutete, schlenderte von der oberen Tafel herbei und legte Condé und seinem Iren mit der Vertraulichkeit des Spaßmachers die Hände auf die Schultern. »Willkommen, Meister Ollave – frisch von den fürstlichen Schlössern Irlands. Dürfen wir am bescheidenen Hof von Frankreich hoffen, uns mit ihrem Glanz zu messen?«

Der Ire dachte kauend nach. »Hm, bei uns zu Hause sind es nicht nur die Narren, die bei Tisch die Unterhaltung bestreiten.«

Ehe Brusquet antworten konnte, wandte ihnen Condé das dunkle, geschminkte Gesicht zu. »Wollen Sie uns etwa die Aufgaben des Höflings lehren?«

Thady Boy verneigte sich demütig. »Das möchte ich Madame la Princesse überlassen.«

Brusquet, der unbedingt ein Epigramm an den Mann bringen mußte, riß das Gespräch wieder an sich, während die Dame und Condé einen pikierten Blick wechselten. »Die Aufgabe des Höflings gleicht der des Knoblauchs, Monsieur: Mit seinem Witz und seinem Talent soll er das Leben seines Herrn würzen.«

Thady Boy leckte sich die Finger und wischte sie mit übertriebener Sorgfalt an den Ärmeln seines Gewandes ab. »Was Sie nicht sagen. Ich würde sie eher mit der des Chirurgen vergleichen, Monsieur Brusquet: Das Getrennte zusammenfügen, das abnorm Zusammengefügte trennen und das Überflüssige ausmerzen.«

»Und was, Monsieur«, fragte der Narr ölig, »hat sich in Irland als überflüssig erwiesen?«

»Ach, habe ich denn gesagt, daß wir in Irland Höflinge brauchen?« entgegnete Thady überrascht.

Ein Funkeln war in Condés Augen erwacht, doch wieder kam ihm der Narr des Königs mit hochrotem Kopf zuvor. »Das hatten wir vergessen«, sagte er bissig. »Da Sie ja auf das Bändigen von Elefanten spezialisiert sind, haben Sie es dort wohl vorwiegend mit Trampeltieren zu tun.« Unvermittelt dämpfte er die Stimme. Ein Page, der von der oberen Tafel geschickt worden war, ersuchte um Ruhe für den Auftritt der Artisten. Im ganzen Raum sanken Unterhaltung und Gelächter zu einem sanften Murmeln zusammen.

Ein lautes Rülpsen platzte in die Stille wie ein Schweinegrunzen in die Predigt.

Thady Boy Ballagh entschuldigte sich und sagte dann: »Nun, immerhin haben es in Irland die Fürsten nicht nötig, ihre Schlösser auf den Rücken von Elefanten balancieren zu lassen.« Er bedachte Condés prunkendes Seidenwams mit einem artig-flüchtigen Blick. »Und es gibt ein irisches Sprichwort: Ein Narr, der unter Weisen lebt, begreift die Wahrheit so wenig, wie ein Löffel die Suppe schmeckt.« Thady Boy würgte, doch gelang es ihm nicht, ein weiteres explosives Rülpsen zu unterdrücken.

Diesmal kam der Prinz dem Narren zuvor und sagte leise: »Der Löffel wird dafür entschädigt. Zum Beispiel dadurch, daß er dreimal täglich gewaschen wird.« Inzwischen hörten ihnen etwa ein halbes Dutzend Personen zu, und bei Thady Boys anhaltendem Rülpsen drehten sich immer mehr Gesichter nach ihnen um.

»Nicht in Irland«, entgegnete Thady Boy mit unschuldigen blauen Augen, vom wirren schwarzen Schopf bis zu den schlanken, schmutzigen Händen ein einziges Wohlbehagen. »Bei uns werden nicht die Leute ins Wasser gesteckt, sondern die Bohnen, damit sie aufquellen und weich werden... Um auf meinen Schluckauf zu kommen – gibt es da nicht eine Methode mit einem Topf, die dagegen hilft?«

»Was?« Den Prinzen von Condé verwirrte für einen Augenblick dieses absonderliche Zwiegespräch, in das er gezogen worden war. Ein neuerliches Rülpsen entwich der Kehle des Iren wie ein Pistolenschuß, und noch mehr Gesichter wandten sich ihnen zu. In der Ferne, neben dem Stuhl des Königs, bewegte sich Lord d'Aubigny unruhig. Die springenden Akrobaten wirkten resigniert.

Condé griff nach einem silbernen Weinbecher und bot ihn dem Leidenden dar, dessen Gesicht sich verzerrte. Thady Boy schüttelte abwehrend den Kopf, explodierte erneut und explizierte eine Therapie gegen Schluckauf, die sich ziemlich unglaublich anhörte.

»Geben Sie ihm Wasser«, schaltete sich die Prinzessin ein. Sie war amüsiert und kostete diese Szene aus; schließlich gab es in ihrem langweiligen Leben nicht viele solcher Situationen. Ein leises Lachen lief die Tafel entlang, und Condé zitierte mit einer Kopfbewegung Bedienstete heran.

Ein Page, der die Situation mißverstand, brachte eine Fingerschale, in der noch die Rosenblätter schwammen, aber Thady Boy hatte zwischen zwei neuen Rülpsern schon das Kinn hineingetaucht, bevor Condé ihm die Schale entziehen konnte. Man reichte ihm einen silbernen Trinkkrug. »O Jesus – nein!« protestierte Thady Boy – und rülpste. »Zwei Henkel muß das Ding haben... dann wirkt es zuverlässig... Ah, warten Sie! Die ist richtig.« Aufstehend riß der Ollave des Fürsten von Barrow die königlichen Blumen aus der vor ihm auf dem Tisch prangenden hohen Vase, hob sie hoch, tauchte das Kinn hinein und versuchte am höher gekippten Vasenrand zu trinken. Brackiges Wasser ergoß sich um seine Ohren, durchweichte sein Wams, floß auf das Tischtuch, und ein paar herausflutschende glitschige Blätter landeten auf der weißen Seide Condés. In ihrer unmittelbaren Umgebung brachen gedämpfter Applaus und leises Beifallsrufen aus, von Thady Boy mit einem wässerigen Augenaufschlag zur Kenntnis genommen, ehe ihm ein neues Rülpsen mit der Vehemenz eines Paukenschlags entfuhr. »... unfehlbar«, hörte man ihn ächzen, und mit beiden Händen packte er erneut die Vasenhenkel.

Drei Leute auf einmal zerrten ihn von der Vase zurück, und ebenso viele erteilten mehr oder weniger sinnvolle Ratschläge: »Etwas Kaltes...« »Einen Schlüssel in den Nacken...« »Eine Münze...« »Madame de Valentinois...« sagte jemand *sotto voce*.

Lachend öffnete der Prinz von Condé seine Geldbörse auf dem Tisch, hielt jedoch plötzlich inne. Aber es war bereits zu spät: Schon schnellten Thady Boys lange Finger in den Beutel. »Das ist genau das Richtige!« Und er hielt einen Schlüssel hoch: einen sehr schönen versilberten Schlüssel mit Blattwerk, Blumen und einer Helmzier am Schaft. Condés Hand schnappte nach ihm. Madame la Maréchale de St. André sah nicht hin – sie war in eine gedämpfte Unterhaltung mit de Lorges vertieft. Ihr Gatte jedoch starrte von der anderen Seite der Tafel auf den hübschen Schlüssel, und seine Gedanken lagen offen in seinem Gesicht. Sein Blick traf sich mit dem des Prinzen. Die hellen blauen Augen Thady Boys registrierten kurz dieses Duell und wandten sich wieder seinem Publikum zu. Ein Auge schloß sich, und dann – mit dem schauerlichsten Rülpser des Abends – das zweite, während er zugleich den Schlüssel sein Rückgrat hinabgleiten ließ. Er krümmte sich. »Wunderbar – obwohl Sie sich alle irren, *dhia*, denn das ist gegen Nasenbluten...« Man vernahm das silberhelle Lachen d'Enghiens.

Mit routinierter Ungezwungenheit überspielten die Tischnachbarn des Prinzen die Peinlichkeit. Sie redeten auf den Prinzen ein, erteilten liebenswürdige Ratschläge, beauftragten Pagen, das Wasser aufzuwischen, während sie sich gleichwohl mit Augen und Ohren an Condé, St. André und dessen Gattin festsaugten, auf daß ihnen auch nicht die winzigste Nuance dieser neuesten Dreiecksaffäre entgehe. Vom oberen Tafelende her begehrte der König den Grund für die Unruhe zu erfahren. In leisem, vertraulichem Geflüster begannen die – diskret zensierten – Details ihre Reise über die parfümierten Tischtücher. Eine Stimmung der Toleranz, sogar Sympathie breitete sich derweil unter den Nachbarn des Iren aus. Condé war freilich etwas still; die anderen jedoch wetteiferten miteinander, Thady Boy von seinem Schluckauf zu befreien. Und Condés Bruder d'Enghien, wachsam lächelnd, setzte seinen Fächer in Bewegung.

In diesem Augenblick wurden die Jongleure in die Ereignisse verwickelt. Das allgemeine Gelächter ignorierend schleuderten sie mit schlangenhaft starren Augen und wirbelnden, bauschig bunt kostümierten Armen einander Serien stumpf geschliffener Dolche zu, und in dem blitzenden Reigen waren ihre Hände nichts als verschwommene rosafarbene Flecken. Die Arme voller Hausmittel gegen den Schluckauf, explodierte Thady Boy aufs neue, und auf unerklärliche Weise wurde durch diesen Ausbruch eine zweihenklige Vase in den blitzenden Strom geschleudert. Mit verkrampften Fingern und ungläubigen Augen sah ihr der erste Jongleur entgegen, wechselte verzweifelt den Griff, fing die Vase auf und warf sie seinem Partner zu. In die nächste Dolchkette wirbelte ein Schlüssel, dann ein Becher. Der Jongleur fing ihn und schleuderte ihn zur Seite, wo er von Thady Boy ohne erkennbare Anstrengung aus der Luft gegriffen wurde. Blitzschnell, im richtigen Augenblick folgte aus derselben Ecke eines der kleinen Jongliermesser, dann noch eines, dann der Becher. Und Thady Boys Hände schnappten immer neue Gegenstände, die sich sogleich wieder selbständig machten, und es schien, als habe er sich ein ganzes Repertoire verschiedenster Gegenstände aus der Luft gezaubert, zu dem sich unversehens auch Teller, Salznäpfchen und dergleichen gesellten. Es schien sein Ziel zu sein, der Amphore wieder habhaft zu werden, aber statt dessen wirbelte auf rätselhafte Weise eine neue Serie blitzender Messer direkt auf ihn zu. In koordinierter Bosheit hatten die Jongleure begonnen, Thady Boy gezielt in ihre Darbietung einzubeziehen. Nach den Messern brachten sie den Rest ihres Requisitenvorrats in die Luft. Den Messern folgten Bälle, den Bällen Ringe, den Ringen Eier. Thady Boy retournierte sie alle.

Mittlerweile sah der ganze Saal zu. Aus dem belustigten Raunen stiegen vereinzelt Beifallsrufe auf. Der König beugte sich vor, man sah ihn lächeln, und die Bravos wurden lauter. Vom oberen Tafelende her schlenderte der schöne Lord d'Aubigny mit hochrotem Gesicht auf den Ollave zu und wich einen Schritt zurück, als ein schlecht gezieltes Ei klebrig-zäh auf seinem Hemd landete. Ein zweites verirrtes Ei bekleckerte Monsieur Brusquet, dessen heisere Witze ungehört in dem nicht mehr einzudämmenden Lärm untergingen. Den Jongleuren schien nun der unvorhergesehene Spaß zu weit zu gehen.

Ihre Kostüme waren nicht billig, und um ihre Gewänder und den Rest ihrer Artistenehre zu retten, bewegten sie sich geschlossen rückwärts aus dem Aktionsfeld zum Ende des Raumes hin. Die eingeschleusten Gegenstände – der Becher, der Schlüssel, die Vase – fielen zu Boden. Ein letzter gewaltiger Rülpser schüttelte Thady Boy. Eidotter und Wasser troffen aus seinen Kleidern, und sein Haar sträubte sich wie der Kamm eines Eichelhähers. Mit einem Satz stürzte er sich exakt in dem Augenblick auf die Amphore, als sich Condé seinerseits mit einem Satz auf den kompromittierenden Schlüssel warf. Es gab einen klatschenden Zusammenstoß. Thady Boy strauchelte, schwankte, klappte in sich zusammen und riß im

Fallen den langen Teppichläufer mit sich. Weit entfernt am anderen Ende des Saales vor der königlichen Estrade neigte sich die Pyramide der Akrobaten, deren Gesichter in strahlendem Lächeln erstarrt waren, sekundenlang nach vorn, Knie knickten ein, und die Pyramide stürzte in sich zusammen.

Der König von Frankreich lachte. Und so wie einmal im Jahr am Allerheiligentag die vergoldeten Gebeine eines alten Reliquienschreins in Licht getaucht werden, so wurde die gelangweilte und dekadente Hofgesellschaft in diesem Augenblick von wahrer Fröhlichkeit überwältigt.

Die Akrobaten waren verschwunden, die Unordnung beseitigt worden, und in dem nach beendetem Diner matteren Licht schimmerten die Diamanten wie Spiegelungen von Sternen in rasch dahinfließendem Wasser, als der König im allgemeinen heiteren Geplauder Thady Boy zu sich bitten ließ.

Als Lymond ohne ein Zeichen des Erkennens an Tom Erskine vorbeiging, gestattete sich der Erste Geheime Rat wenigstens einen leise triumphierenden Blick in die Augen der Königinwitwe. Thady Boys Gesicht wirkte kindlich in seiner Unschuld, und die großen blauen Augen mit den langen Wimpern begegneten denen des Königs voller Zuversicht, mit einem überaus gewinnenden Vertrauen.

»Sie haben«, sagte Heinrich von Frankreich mit seiner tiefen, angenehmen Stimme, »mein Abendessen in ein Chaos verwandelt und meinen Speisesaal in einen Trümmerhaufen. Pflegen in Irland Festessen immer so zu verlaufen?«

»Wir vertreiben die Traurigkeit, wo wir können. Das gehört zu den Pflichten unseres Berufs.«

»Ich erinnere mich nicht, Sie eingeladen zu haben, um hier Traurigkeit zu vertreiben«, sagte der König.

»Freilich bin ich auch nicht eingeladen worden, um Elefanten zu vertreiben«, entgegnete Thady Boy mit heiterer Gelassenheit. »Wir legen Hand an, wo immer es uns nötig erscheint.«

Die königlichen Augen suchten in seinem Gesicht vergeblich nach Anzeichen der Vermessenheit. Das königliche Gesicht entspannte sich ein wenig. »Mir scheint, Ihre Bemühungen haben Sie heute zweimal auffallend naß gemacht.«

»Dabei bevorzuge ich das nasse Element keineswegs. Leider blieb mir keine Wahl...

A la fontaine je voudrais
Avec ma belle aller jouer.

Ma belle war eine Elefantenkuh namens Annie.«

»Ah, Sie zitieren Poesie«, sagte Heinrich. »Aber derbe Späße liegen Ihnen wohl mehr als Musik?«

»Das hängt von der Musik ab«, antwortete Thady Boy mit dem liebenswürdigsten Ernst.

An der Seite des Königs hatte Katharina, die Königin von Frankreich, ihn gelassen beobachtet und mit der ihr eigenen geistigen Beweglichkeit und Kultiviertheit Thady Boys Antworten abgewogen.

Mit gedämpfter Stimme fragte sie: »Der Lautenspieler des Königs hat Ihnen also nicht gefallen?« Der Wohlklang seiner Musik, das wußte sie durchaus zu beurteilen, war vollendet schön gewesen.

»Ich wäre stolz, wenn ich ihn ausgebildet hätte«, antwortete der Ollave.

Die Königin lehnte sich zurück, und eine Welle leisen Raunens, von Gelächter durchsetzt, lief die Tafel entlang. Der König lächelte. »Sie meinen, Sie können ebenso gut spielen wie Monsieur de Ripa?«

»Es ist mein Beruf.«

»So wie Elefantenreiten und Jonglieren?«

»Oh, das sind nur Sportarten, die ich gelegentlich zur Abwechslung in frischer Luft betreibe.«

Ohne sich umzusehen, schnippte der König mit den Fingern. Mit ausdruckslosem Gesicht trat Lord d'Aubigny ehrerbietig vor. »Holen Sie Alberto, rasch.« Verschlagen wandte er sich an Thady Boy. »Wir haben den Possenreißer gesehen. Lassen Sie uns nun den Barden hören. Spielen Sie für uns, singen Sie, und wenn sich Ihre Kunst mit der von Monsieur de Ripa messen kann, werden Sie morgen einen gefüllten Geldbeutel mit nach Irland nehmen können.«

Langsam schüttelte Thady Boy den schwarzen Kopf. »Nun – Geld ist nicht der Preis für ein Lied. Die Belohnung, die wir – O'LiamRoe und ich – erbitten würden, wäre die Erlaubnis, die Wunder und Freuden Ihres Landes noch ein wenig länger genießen zu dürfen und den arglosen Irrtum wiedergutzumachen, der den Fürsten von Barrow zu seinem Kummer neulich in solches Unglück gestürzt hat.«

Es war still. »Unter keinen Umständen«, sagte der König schließlich, »unter keinen Umständen kann ich Ihren Herrn an meinem Hofe dulden.«

»O'LiamRoe«, entgegnete Thady Boy taktvoll, »ist das Hofleben nicht gewöhnt. Er bittet nur darum, bleiben zu dürfen, um das Land zu studieren.«

Der König zögerte. De Ripa war mit seiner Laute im Arm eingetreten. Er sah erstaunt aus. Weiter unten am Tisch plauderte die Königinwitwe von Schottland mit ihrem Nachbarn, ohne auf die kleine Audienz zu achten. Der Konnetabel von Frankreich erhob sich mit einer Entschuldigung, beugte sich über den Stuhl des Königs und raunte ihm etwas ins Ohr.

Heinrich drehte sich um, holte die wortlose Zustimmung der Königin ein und wandte sich dann freundlich an den Iren. »Wenn dies die einzigen Bedingungen sind, unter denen Sie spielen wollen, müssen wir ihnen wohl zustimmen. Wir wollen jedoch klarstellen, daß wir den Winter in Blois zu verbringen gedenken und daß uns nur die besten Künstler dorthin begleiten dürfen. Die Laute ist auch mein Instrument. Ihre Gnaden die Königin, Madame, meine Schwester, und meine teure Schwester von Schottland werden neben Monsieur de Ripa und mir Ihr Spiel beurteilen.« Irgendwo unter dem weißsilbernen Gewand verbarg sich eine Portion Liebenswürdigkeit. »In Irland mögen andere Maßstäbe für derlei Dinge gelten. Seien Sie bitte nicht enttäuscht. Jedenfalls werden Sie uns nicht ärmer verlassen«, fügte Heinrich von Frankreich hinzu.

Das bekleckerte und verklebte Bündel namens Thady Boy Ballagh straffte sich. Sein Blick wanderte am König vorbei zur Königinmutter, zu Erskine, zu Margaret, zu Jenny Fleming, zu dem hinter ihnen stehenden Lord d'Aubigny und die langen Tische entlang zu Condé und der Prinzessin, zu d'Enghien und St. André – über all die gelangweilten, plaudernden Gestalten hin. Dann wandte er sich um und nahm mit einer vollendeten Verbeugung die Herausforderung an.

In der schwach erhellten Halle wurde der königliche Befehl weitergegeben, und die Geräusche erstarben. Schwer von Wein und Speisen, erhitzt und vom Gelächter ermattet, lebhaften Phantasien über die kommenden Nachtstunden hingegeben, ruhte die schmarotzende, überzüchtete Blüte Frankreichs in ihren Samtpolstern, und die Leibwache in funkelndem Weiß verharrte schweigend im Hintergrund.
Man trug einen niedrigen Stuhl und einen Fußschemel für den Spieler herbei. Thady Boy ließ sich von dem Italiener die seidig glänzende, birnenförmige Laute geben und lächelte ihn an; die dunklen Augen blickten sekundenlang noch feindselig, lächelten dann jedoch zurück. Thady Boy setzte sich und verschmolz mit den farbigen Schatten des Fußbodens. Bartstoppeln und Fettleibigkeit wurden von der Dunkelheit gnädig zugedeckt, und nur mattes Kerzenlicht umspielte sein Gesicht. Aus seiner rechten Hand flatterte ein fast unhörbarer flirrender Ton; dann sprach er in seinem gewandten, samtweichen irisch gefärbten Französisch:
»Den Damen von Frankreich, denen das Recht auf Musik und Liebe in die Wiege gelegt wurde. Den Damen von Frankreich singe ich die Geschichte der Tochter des Königs von Kerry. Adlerschwingen deckten das Dach ihres Zeltes, und Adlerbrüste waren ihr Kissen...«
Als einer, der jahrelang Männern Befehle erteilt hatte, verstand Lymond es auch hier, seine Stimme so einzusetzen, daß seine Zuhörer in ihren Bann gerieten. Und nicht minder geschickt war er in der Handhabung seines Instruments. Zupfend und schnippend glitten seine Finger über die schimmernde Laute und entlockten ihr eine strenge, sogleich jedoch von ihrer Schwere erlöste Tonfolge. Dann gesellte sich Thadys Stimme zu der Musik, und die kurze, unselige Geschichte wurde in dem holzgetäfelten Raum lebendig, in dem es so still war wie auf einer nachtdunklen Wiese von Kerry. Thady Boy endete mit einer Phrase, die sich zu herber, stählerner Helligkeit steigerte und seinen Zuhörern auf nie gekannte Weise ans Herz griff.

Und in dieser so verwöhnten, so egozentrischen, rücksichtslosen, neurotischen, mondänen Gesellschaft biß sich so manche Frau auf die Lippe, um nicht in Tränen auszubrechen und sich der Lächerlichkeit preiszugeben.

Der letzte Ton war verklungen, und in die Stille hinein prasselte vorsichtiger, aber echter Beifall. Margarete von Frankreich erhob sich im flackernden Kerzenlicht, das über die Juwelen ihres Gewandes hineilte, und kniete neben dem Ollave nieder. »Ich bitte Sie sehr... spielen Sie Palestrina für mich. Und singen Sie das hier.« Und sie blieb an seiner Seite, blickte unverwandt auf seine Hände, während er das virtuose Vorspiel erklingen ließ, und dann in sein Gesicht, als er die Verse sang, um die sie ihn gebeten hatte.

> »*Si la noche se hace oscura,*
> *y tan corto es el camino,*
> *y cómo no venís, amore?...*
> *Cómo no venís, amore?«*

Ihre spontane Anerkennung, die lebhafte Aufmerksamkeit im Gesicht Heinrichs und die Konzentration, mit der de Ripa der Musik lauschte, ließen die spröde, hochmütige Abwehr zerbröckeln, und spürbare Bewunderung verbreitete sich im Saal.

Während des Gesanges seufzte jemand, und gegen Ende des Liedes zog die Herzogin von Guise ihr Taschentuch hervor. Als Thady Boys Stimme verklungen war, begrub eine Welle ergriffenen Beifalls den Sänger, und hingerissen scharten sich weitere Damen um ihn. Er blickte sie nachdenklich an und entlockte den Saiten ein leichtes Spottlied. Das Lied war neu und gefiel ihnen. Dann sang er Vertonungen von Jannequin und Certon – *Il n'est soing que quant on a fain* –, von Belle Doette – *Mout me desagrée* – und noch ältere Lieder. Er sang ihnen auf gälisch die *sirechtach*-Musik seiner Heimat, und wie die Meere vom Mond unwiderstehlich angezogen werden, entlockte der wortlose, Musik gewordene Schmerz dem Publikum diesmal Tränen – und viele waren stolz darauf. Später sang er ihnen Lieder, die ebenso pikant wie abenteuerlich waren, und sie lachten und jubelten und sangen die Kehrreime mit. Aber noch ging Thady Boy kein Risiko ein.

Er hatte sie alle – oder fast alle – gewonnen. Besonders lautstark bewunderte ihn, wohl um seine Ehre wiederherzustellen, Condé. Margarete von Savoyen sprach zwischen den Darbietungen leise auf Thady ein, und Jean de Bourbon, Sieur d'Enghien, bewegte versonnen seinen Fächer. Die beiden älteren Guisen lächelten nachsichtig-anerkennend. Ob sie wußten, wer Thady Boy Ballagh war? Tom Erskine hielt es für unwahrscheinlich. Die Risiken waren zu groß.

Nur zwei der Zuhörer reagierten anders: Margaret Erskine saß schweigend am Tisch, wie sie es den ganzen Abend getan hatte, den offenen Blick auf den Ollave gerichtet. Nur wenn er sang, verwandelte sich ihr ruhiger Gesichtsausdruck in unverhüllten Schmerz. Und der königliche Narr Brusquet hatte sich verärgert zurückgezogen.

Als sich der dichte Kreis um den Sänger auflockerte und die Leute sich wieder ungezwungen plaudernd, singend und Wein trinkend im Saal bewegten, beugte sich Sir George Douglas vertraulich über die Schulter Thady Boys, der gesenkten Kopfs dasaß und seine Laute stimmte. »Mein lieber Mann, es war Ihr Glück, daß ausgerechnet Ihr Freund Abernaci die Elefanten betreute.«

Es war klar, was er meinte. Der Bourbone an Thadys Seite blickte auf. »Diesmal irren Sie sich, Sie schottischer Machiavelli. Abernaci würde es niemals zulassen, daß man seinen großen Dickhäuter absichtlich verletzte – nicht einmal, wenn es der Papst selbst verlangte.«

Und gähnend wandte sich Condé an Douglas: »Die Öle müssen noch übler gewesen sein als sonst. Sie haben dem armen Vieh die Haut verbrannt. Sie sollten nicht immer so boshaft sein, mein Lieber.«

Es war die älteste der anwesenden Damen, die den entscheidenden Punkt begriff. Diana von Poitiers, die Herzogin von Valentinois, war nicht eben leicht zu rühren, in bezug auf den Neuling jedoch äußerst neugierig und keineswegs geneigt, mit dem schmeichelnden Damenflor zu dessen Füßen zu konkurrieren. Weder Condé noch sein abwesender Freund Vendôme, der Vitzdom, gehörten zu ihren Günstlingen. Kühl ging sie daran, den umschwärmten Künstler einer nüchterneren Betrachtung zu unterziehen. »Wenn der Elefant verletzt worden ist«, sagte Madame de Valentinois, »müßte eigentlich auch Monsieur Ballagh Verletzungen davongetragen haben.«

Schlagartig begriff Tom Erskine, dessen Blick auf Lymonds jäh angespannten Rücken gerichtet war, daß sie den Nagel auf den Kopf getroffen hatte und daß diese Wendung nicht mehr zu den heiteren Improvisationen des Abends gehörte. Sein persönlicher Zustand, geistig wie physisch, ging nur Lymond selbst etwas an; und eine Verletzung – sofern er verletzt war – bedeutete in Lymonds Selbstverständnis sicherlich vor allem Schwäche. Nervös beobachtete Erskine, wie sich die Überlegung der Herzogin unter Thadys Bewunderern verbreitete, hörte die leisen Fragen höflicher Neugier und sah, wie der mehr als angetrunkene St. André die Hand auf das besudelte Hemd des Ollave legte.

Lymond schnellte hoch.

Er wird es sich nicht gefallen lassen, dachte Erskine. Er wird aus der Rolle fallen und den Erfolg des ganzen Abends zunichte machen. Er wird sich umdrehen und sie alle wie verdammte Dienstboten behandeln... Jesus! Denn Lymonds scharfer blauer Blick, der über die Gesellschaft hinflog, verharrte nun auf dem starren Gesicht der Königinmutter von Schottland. Tom Erskine wünschte sich in diesem Augenblick nichts sehnlicher, als daß Maria von Guise unter allen Umständen ihren Gesichtsausdruck beherrschen möge. Der geringste Schatten einer Drohung in ihrem Gesicht, der Hauch einer Bitte, der leiseste Versuch, Lymond ein Zeichen zu geben – und der Erfolg des Abends wäre vertan, sie würde Thady Boy Ballagh verlieren – und mit ihm ein für allemal auch Lymond.

Die Königinmutter blickte starr in Lymonds Richtung, doch der meerkühle Blick ging durch Lymond hindurch, und sich an der Nase kratzend, wandte sie sich mit einer Frage an ihren Tischnachbarn. Der Augenblick der Gefahr war vorüber. Lymond sah über sie hinweg zu Margaret Erskine, in deren Augen heller Zorn flackerte. Seine Augen verengten sich. Sekundenlang zögerte er, ehe er sich umdrehte und ohne Widerspruch duldete, daß St. André sein Wams aufriß.

Unter dem eifleckigen Hemd waren die Verbrennungen auf Schultern und Rücken deutlich zu erkennen. Madame de Valentinois erhob sich. »Bringen Sie Monsieur Ballagh zu mir.«

Von seinem erhöhten Platz her sagte der König etwas zu Lord d'Aubigny, und auch Seine Lordschaft näherte sich dem Ollave. In John Stewarts Verhalten war eine leichte Veränderung eingetreten. Ein geistreicher Kopf, ein Poet, ein Sänger, der das Interesse des gesamten Hofs geweckt hatte – das war etwas völlig anderes als das schäbige, alkoholisierte Bündel, das er von einem Gasthof zum anderen gescheucht hatte.

Er blieb vor Magister Ballagh stehen. »Der König bittet mich, Ihnen zu sagen, daß er selbstverständlich von Ihrer Verletzung nichts ahnte und daß er Sie unter diesen Umständen natürlich nicht zu dieser Darbietung gedrängt hätte. Er bittet mich, Ihnen zu sagen, daß er Sie einlädt, den Winter mit seinem Hof an der Loire zu verbringen, und daß der Fürst von Barrow, sofern er es wünscht, ebenfalls in Frankreich bleiben mag. Ich habe den Auftrag, Ihnen für heute nacht ein Bett in diesem Hause anzubieten und Ihnen die königliche Erlaubnis zu erteilen, sich zurückzuziehen.«

Lymond hatte gewonnen.

Sein Nachtlager im Quartier des königlichen Hofs in St. Quen erwies sich als in jeder Beziehung denkwürdig. Unter der Aufsicht der Herzogin von Valentinois höchstselbst wurde er mit Eigelb und Terpentin gesalbt und verbunden, bis man ihn, der in geborgten Nachtgewändern kaum wiederzuerkennen war, schließlich in seinem Schlafgemach sich selbst überließ.

Als es spät in der Nacht an seiner Tür klopfte, schlief Lymond keineswegs. Sein allzu ruhiger Blick und seine alles andere als ruhigen Hände verrieten deutlich, womit er sich beschäftigt hatte, seit der letzte Diener gegangen war. In ein pelzverbrämtes Nachtgewand gehüllt, hatte er die halbe Nacht getrunken. Das kleine Gemach war blitzsauber und ordentlich geblieben, was zu Lymond, aber ganz und gar nicht zu Thady Boy paßte. Was er erwartete, als er die Tür öffnete, hätte ihm niemand angesehen. Was er indessen erblickte, ließ ihn wachsam und mehr als halb ernüchtert zurückfahren.

Draußen stand Margaret Erskine.

Rundlich, braunäugig, ein wenig blaß und adrett wie eine Nonne in ihrem Tageskleid, wirkte Jenny Flemings Tochter äußerst gelassen, als ob nächtliche Besuche in den Schlafgemächern verrückter junger Männer für sie etwas ganz Alltägliches seien.

Ein zynisches Lächeln zerrte an Lymonds Mundwinkeln und verbreitete sich wie Gift auf seinem bleichen Gesicht. »Komm herein, Schatz. Ich hab ein behagliches Bett.«

Sie ignorierte diese Begrüßung, trat ins Zimmer und schloß die Tür hinter sich. »Warum ertränken Sie Ihren Sieg in Alkohol?« fragte sie. »Sie haben doch Erfolg gehabt, nicht wahr? Sie brauchen Frankreich nicht zu verlassen.«

Als Antwort darauf schleuderte er sich mit einer raschen Bewegung des Kopfes das wirre Haar aus der Stirn und imitierte unvermittelt das gebrochene Franko-Schottisch der Königinmutter: »Denn ich habe die Absicht, diesen Mann in seinem Mißerfolg an mich zu binden, Junker Erskine – in seinem Mißerfolg, nicht dann, wenn er Erfolg hat.« Verbittert schüttelte er den Kopf. »O ja, ich hatte Erfolg – aber wenn ich jetzt nicht aufpasse, wird mich die Königinwitwe ohne Zweifel anbinden und mich zu ihrem Dienstboten stempeln.«

Margaret Erskine zog sich einen Stuhl heran, und während sie sich setzte, blickte sie zu dem schweißbedeckten, verbitterten Gesicht auf. »Sie haben es also gehört«, sagte sie. »Es tut mir leid.«

»Wie O'LiamRoe«, verkündete Lymond mit einer weit ausholenden, energischen Handbewegung, »finde auch ich, daß ich mir ein bißchen Vergnügen auf Kosten eines Mäzens verdient habe. Das ist alles. Ich habe schwer dafür gearbeitet. Ich habe dafür bezahlt. Und ich will nicht darauf verzichten. Finden Sie nicht, daß ich recht habe?« Seine Stimme nahm einen spöttischen Ton an. »Heute abend waren sie nicht eben erpicht darauf, daß ich mich mit unseren lustigen Freunden anlege.«

Ihre Stimme blieb völlig unbewegt. »Würde Sie das denn in den nächsten Monaten wirklich ausfüllen – zwischen tollkühnen Possen Ihre Klauen an ihnen zu wetzen? ... Die Damen haben übrigens um Sie gelost, als Sie fort waren.«

»Und Sie haben gewonnen?« Der Ausdruck seiner Augen entsprach seinen Worten.

Sie biß sich auf die Lippe und zeigte damit zum erstenmal Verwirrung. »Ich bin hergekommen, weil Toms Besuch bei Ihnen zu gefährlich wäre. Während ein Besuch von mir allenfalls... kompromittierend ist.«

»Gott, wie patriotisch!« sagte Lymond. »Und wenn man Ihre Verwandtschaft bedenkt – nur ein Narr würde glauben, daß Sie mit mir über Politik reden wollen... Verdammt«, fügte er mit plötzlichem Interesse hinzu. »Nur die Damen?«

Ihre Stimme blieb gleichgültig. »Nein.« Sie holte tief Luft. »Wenn Sie der Königinwitwe nicht dienen wollen – warum liegt Ihnen dann soviel daran, am Hof zu bleiben?«

Er ging im Zimmer auf und ab und schleuderte mit den Füßen die groteske Samtschleppe des Nachtgewandes von sich. Übertrieben schwungvoll drehte er sich um, immer noch ausschließlich auf seinen Eigensinn konzentriert. »Weil, meine Liebe, in diesem lieblichen französischen Königreich eine kleine korrupte Bestie lebt, die imstande ist, ein Schiff mit Mann und Maus zu versenken oder eine Gruppe von Frauen und Kindern tottrampeln zu lassen... und ich die Absicht habe, sie zur Strecke zu bringen, ehe ich Frankreich verlasse.«

Blaß im Gesicht, versuchte sie hartnäckig seiner Unrast und seiner Verdrossenheit Herr zu werden. »Über die ›Sauvée‹ weiß ich nur das, was Tom mir erzählt hat. Aber der Unfall heute – da sind Tom, meine Mutter und die Königinwitwe ganz sicher – war ein Anschlag auf die Königin. Er hat die Königinwitwe dazu bewogen, uns offen mitzuteilen, was Sie bei Ihrer letzten Unterredung mit ihr wahrscheinlich schon erraten haben. Maria sind bereits früher Unfälle und andere sonderbare Dinge zugestoßen... und deswegen hat die Königinmutter Sie nach Frankreich gebeten. Sie wagte es nicht, offen etwas zu sagen oder gar zu unternehmen, damit sie nicht in den Verdacht käme, sie zweifele die Zuverlässigkeit Frankreichs oder die Fähigkeit des Hofs an, auf das Kind aufzupassen... Statt dessen zählte sie auf Sie.«

Die Fensterläden an der gegenüberliegenden Wand waren weit geöffnet. Lymond, der zwischen ihnen am Fenster lehnte, nahm sich keine Zeit zum Nachdenken. »Warum etwas unternehmen?«

warf er leichtfertig hin. »Warum denn? Der Dauphin findet auch eine andere Braut.«

Es war eine zynische Anspielung auf Margarets eigene Hochzeit, die so rasch auf den Tod von Toms erster Braut, Christian Stewart, gefolgt war. Das junge Mädchen war vor zwei Jahren auf tragische Weise in Lymonds Diensten ums Leben gekommen. Margaret Erskine wußte, und auch Lymond wußte es, daß Tom Erskine erst nach Christians Tod die unscheinbare, verwitwete Margaret Fleming zur Kenntnis genommen hatte, die ihn seit Jahren bewunderte... Mit einer solchen Herausforderung hatte sie nicht gerechnet, doch sie war ihr gewachsen. Ruhig antwortete sie: »Sie hassen mich, weil ich Christians Nachfolgerin bin – wenn auch eine unzulängliche, wenn auch nur in Toms Augen. Aber Sie haben doch Christian nicht geliebt. Die Liebe hat Sie bis jetzt noch nicht heimgesucht, und dafür sollten Sie Gott danken. Seien Sie wenigstens ehrlich. Sie verweigern Ihre Hilfe doch nicht meinetwegen!«

Sie wartete, während Lymond noch immer am Fenster verharrte und über den stillen, mit Kopfsteinen gepflasterten Hof und die von Laternenlicht erhellten Bäume von St. Quen blickte. Endlich trat er zurück, schloß und verriegelte die Läden, drehte sich zu ihr um und sah sie an. »Ich habe die Beerdigungen satt«, sagte Lymond. »Geben Sie mir eine Aufgabe, und ich prophezeie Ihnen, daß – noch ehe sie ganz getan ist – die Hälfte meiner Freunde ihre Illusionen, ihre Sicherheit und ihre Moral verloren haben. Da war Christian Stewart, von der wir nicht mehr zu reden brauchen. Da war ein Mann, der Türken-Mat genannt wurde. Und mehrere andere. Ich habe mich geweigert, königlicher Spion zu werden, meine Liebe, um es meinen Verbündeten zu ersparen, dafür büßen zu müssen.« Es folgte eine lastende·Pause. Dann wurde sein kalter blauer Blick sanfter. »Ich bin nicht in der richtigen Verfassung, um mit Ihnen zu sprechen«, sagte er. »Und ich glaube, es ist besser, wenn Sie jetzt gehen.«

»Aber ich habe Ihnen noch etwas zu sagen«, entgegnete Margaret Erskine ruhig. »Und das würde mir leichter fallen, wenn Sie sich hinsetzten.«

Das wirkte. Nach einem Augenblick des Zögerns durchquerte er den Raum, ließ sich ihr gegenüber in einen Sessel am Kamin fallen und stützte den Kopf auf die Fäuste. Margaret, die ihn nicht aus den Augen ließ, wartete den richtigen Moment ab. »Ich habe schon vermutet, daß dies der Grund für Ihre ablehnende Haltung sein könnte«, sagte sie. »Es geht mich nichts an, wenn Sie Ihren Freunden ein so kümmerliches Denkmal setzen und bestreiten, daß ihr Kampf einen Sinn gehabt hat... und daß Marias Leben Ihren Einsatz wert ist. Aber Sie haben sich Ihre große Aufgabe ja selbst schon gestellt. Sie wollen einen gefährlichen Mann ausfindig machen, einen Mörder. Und dazu brauchen Sie nun einmal Freunde – wie wollen Sie die beschützen? Und wenn dieser Mann etwas gegen die kleine Königin im Schilde führt, werden Sie ihn sicherlich am leichtesten stellen, wenn Sie ihren Schutz übernehmen. Oder ist sie etwa bloß der Köder in Ihrer philanthropischen Falle?«

Er rührte sich nicht. »Natürlich nicht. Die Ziele der Königinwitwe decken sich mit den meinen. Aber verlangen Sie keine Versprechungen von mir. Diesmal wenigstens bin ich mein eigener Herr. Was immer ich in Angriff nehme, kann ich auch fallenlassen – und wenn es notwendig ist, werde ich es tun.«

»Und wenn ich«, sagte Margaret behutsam, »für Ihre Versprechungen bürgte? Wenn ich sagte: Entzünden Sie Ihr Feuer, lassen Sie es offen brennen und seine Umgebung ausleuchten – und ich werde mein möglichstes tun, um dafür zu sorgen, daß kein Unschuldiger, der in seine Nähe kommt, verbrennt. Würden Sie durch mich von der Königinmutter den Auftrag übernehmen, die kleine Königin zu beschützen, und sich darauf verlassen, daß ich dafür über Ihre Freunde wache?... Oder bin ich als Tom Erskines zweite Wahl«, fragte Margaret, das runde, unscheinbare Gesicht noch bleicher als zuvor, »für alle Zeit von Ihrer Wertschätzung und Ihrem Vertrauen ausgeschlossen?«

Worauf Lymond fluchte, ohne sich dafür zu entschuldigen, die Hände sinken ließ und Margaret mit einem Ausdruck bohrender Strenge anblickte. »Ich bin durchaus imstande«, erwiderte er, »mich der Situation zu stellen, ohne daß man mich rhetorisch erpressen muß. Wie dem auch sei – ich habe Ihnen wohl eine Moralpredigt gehalten und bitte um Entschuldigung. Sie haben sich vor allem den denkbar schlechtesten Augenblick ausgesucht. Was Ihr Angebot betrifft...«

Margaret Erskine hatte zu ihrer gewohnten Gelassenheit zurückgefunden. »Sagen Sie mir das später. Es könnte sein, daß Sie sich anders besinnen«, unterbrach sie ihn. »Aber ich darf es wirklich nicht zulassen, daß Sie sich wegen der Königinwitwe betrinken... Hat Madame de Valentinois irgendwelche Annäherungsversuche gemacht?«

»Wenn man bedenkt«, antwortete Lymond ein wenig verlegen, »daß sie zwanzig Jahre älter ist als sogar der König... Nein. Aber immerhin war sie in Begleitung eines großen Gefolges hier. Sie hat sich übrigens sehr tüchtig gezeigt. Und äußerst rücksichtsvoll. Ob das wohl so weitergeht?«

»Mehr in geistigen Dingen, nehme ich an. Sie kümmert sich um alle Günstlinge des Königs. Und auch Lord d'Aubigny wird sich wohl Ihrer annehmen. Sie werden La Verrerie besuchen, Goujon und Limousin bewundern, mit den Professoren des Collège Wein trinken, bei Primaticcio Malstunden nehmen, den Rezitationen der Schauspieltruppe und den Darbietungen Arkadelts lauschen. Und selbstverständlich werden Sie Schloß Chambord mögen.«

»Ich bin bereit, alles und jeden zu mögen«, sagte Lymond, »bis auf Seine Lordschaft von Aubigny. Aber er hat mir heute abend mit seinem sauertöpfischen Kalbsgesicht einen Dienst erwiesen. Es gab einen Augenblick, da dachte ich, sie würden mich hinauswerfen. Und jetzt...«

»Und jetzt?« Es gelang ihr nicht, den hoffnungsvollen Schimmer in ihrem Gesicht zu unterdrücken.

Erschöpft, reizbar und endlich nüchtern, blickte er sie mit einem Ausdruck unfroher Belustigung an. »Ja. Sie haben das Spiel gewonnen. Es war ja wohl von Anfang an vorauszusehen, daß Ihre Hoheit gewinnen würde. Wir wollen nur hoffen, daß sich unter Ihren schützenden Flügeln niemand die Finger verbrennt außer mir selbst, wenn ich dieses Kind vor drohendem Unheil beschütze.«

Ihre innere Erregung unterdrückend, sagte Margaret Erskine trocken: »Mein natürlicher Platz ist am Herdfeuer. Niemand wird mich dort beachten.«

»Zum eigenen Schaden«, sagte Lymond, und als Margaret errötend den Kopf senkte, fuhr er in verändertem Ton fort: »Nun gut, meine Liebe. Wenn wir die kleine Königin beschützen wollen, muß ich Ihnen zunächst ein paar unverschämte Fragen stellen. Da ist zum einen dieses Gerücht, um damit zu beginnen, das Montmorency mit Ihrer Mutter in Verbindung bringt. Sagen Sie mir eines: Ist Jenny die Geliebte des Konnetabels?«

Seit sie erwachsen war, betrachtete Margaret dieses Thema allenfalls mit resignierter Toleranz oder mit belustigtem Ärger – das hing von der jeweils akuten Affäre ihrer Mutter ab. Unerlaubte Beziehungen zwischen den Mitgliedern einer königlichen Familie und ihres Gefolges gehörten zum höfischen Lebensstil. Sie basierten häufig auf politischen Interessen und nur gelegentlich auf Liebe. Eine solche Beziehung – ob vorübergehend oder nicht – wurde in der Regel allgemein publik und akzeptiert, wenn sie sich auf höchster Ebene abspielte. Nur wenn sie geheimgehalten wurde und die Rechte der legitimen Verwandten verletzte, war sie mit der fragwürdigen Moral dieser Gesellschaft nicht vereinbar.

Diese Nachsicht, mit der solche Affären üblicherweise betrachtet wurden, galten natürlich nur am eigenen Hof. Als Gäste eines ausländischen Königshauses hatten sich die Schotten untadelig zu benehmen. Daher schwang Empörung in Margarets ruhiger Stimme, als sie antwortete: »*Montmorency*? Himmel, nein! Der *Konnetabel* ist nicht Mutters Bettgenosse«, sagte sie. »Mutters Liebhaber ist der *König*.«

Zum erstenmal in dieser ruhelosen Nacht brach Lymond in ein echtes, schallendes Gelächter aus. »O Gott, o Gott! Warum bin ich darauf nicht gekommen? Oh, um Christi willen – deshalb dieser Wagen ›Glückliches Geschick‹!... Ist sie nicht eine köstliche, bewundernswerte, leichtfertige Perle von einer Frau?«

Er versank in stille Heiterkeit. »Wenn Diana entdeckt, daß sie eine königliche Konkurrentin hat – wenn die Königin entdeckt, daß er *zwei* Mätressen hat...« Er hielt plötzlich inne. »Wer weiß davon?«

Sie war errötet. »Der Konnetabel. Einer von den königlichen Kammerjunkern. Die Zofe meiner Mutter. Und ich.«

»Sie träumt natürlich davon, den Platz der alternden Diana einzunehmen. Sind Sie sicher, daß Königin Katharina nichts davon weiß?« fragte Lymond nun ernsthafter. »Denn wenn Sie dessen nicht sicher sind, würde ich die Königin entschieden verdächtigen, daß sie selbst ihren Gemahl und Jenny zusammengebracht hat. Das wäre ein Geniestreich: mit einem Schlag die ständige *Maîtresse en titre* vertreiben, Jenny und damit auch die Königinmutter diskreditieren, Schottlands Wert als Bundesgenosse herabsetzen und die ganze Sippe der Guisen in Frankreich schwächen...«

»... und außerdem«, fügte Margaret Erskine hinzu, »Marias moralisches Niveau und ihre allgemeine Tauglichkeit zu einer Ehe mit dem Dauphin in Zweifel ziehen... Es ist immer wieder dasselbe: Mutter flattert mit den Flügeln, und in ihrer Reichweite beginnt alles zu schwanken.«

»Damit wird sie leider aufhören müssen. Sagen Sie ihr das. Nein, ich werde es ihr selber sagen... Ich werde einige Hilfe brauchen. Sie werden merken, daß Sie – einmal ganz abgesehen von unserem mutmaßlichen Freund, der etwas gegen unsere kleine Königin im Schilde führt – von den Leuten des Königs beobachtet werden, und nichts von dem, was wir unternehmen, darf auch nur entfernt den Anschein erwecken, daß wir das französische Wohlwollen oder die französische Zuverlässigkeit in Frage stellen.« Unvermittelt fügte er hinzu: »Wen verdächtigt die Königinmutter?«

Margaret Erskine war in der schwachen Hoffnung auf Hilfe zu ihm gekommen und begriff nun zu ihrer namenlosen Erleichterung, daß sie einen Experten gewonnen hatte. Einen Augenblick geriet sie ins Stammeln. »Ich – ich weiß es nicht.«

»Jemand vom Hof, offensichtlich. Sonst hätte sie sich dem König anvertraut – oder wenigstens ihrer eigenen Familie. Wer, frage ich mich. Da gibt es interessante Möglichkeiten. Königin Katharina? Sie haßt die Guisen. Der Konnetabel – oder seine Neffen? Es würde ihnen nichts ausmachen, sich mit den Guisen anzulegen. Und es wird gemunkelt, daß sie auch mit dem Gedanken an einen Religionswechsel spielen. Hat irgendeiner der übrigen engen Freunde des Königs ein Motiv? Und wie steht es mit einigen der schottischen Adligen?... Ich würde zum Beispiel den Douglas und ihrer ganzen

Sippe nicht trauen, und ein paar andere halten sich eher an England und die Lutheraner als an Schottland, das dem Katholizismus und Frankreich verbunden ist. Natürlich kann sich die Königinmutter in einer derartigen Situation an keinen Franzosen wenden... Nun, was gibt es sonst noch zu klären? Welche Ehrendamen des Kindes sind Schottinnen? Wem können wir absolut vertrauen? Kann man Marias Speisen heimlich überwachen? Ihr Spiel? Ihren Unterricht? Ihre Reisen?...«

So ging es weiter, Punkt für Punkt. Schließlich fragte Lymond unvermittelt: »Ist Ihnen aufgefallen, daß alles, was bisher geschehen ist, ausgenommen der Zwischenfall mit den Elefanten, gegen O'LiamRoe gerichtet war? Das Feuer im ›Porc-épic‹ wurde in seinem Bett gelegt, nicht in meinem; die Posse auf dem Tennisplatz in Bonne-Nouvelle wurde ersonnen, um O'LiamRoe in Schwierigkeiten zu bringen. Die ›Gouden Roos‹, die versucht hat, uns vor Dieppe zu versenken, wurde von einem bekannten Abenteurer gesteuert, der für diesen Anschlag gedungen war und dem man befohlen hatte, O'LiamRoe auf keinen Fall lebend an Land zu lassen.«

»Woher wissen Sie das?«

»Ich habe gefragt. Wenn man zuverlässige Informationen braucht, wendet man sich am besten an einen Advokaten, einen Barbier oder eine Prostituierte. Meine Informantin hat freilich bis jetzt noch nicht herausgefunden, wer diesen Kapitän bezahlte.«

»Aber sie wird es herausfinden«, sagte Margaret mit ernstem Gesicht.

»Das hoffe ich«, gab er mit ebenso ernstem Gesicht zurück und fuhr gelassen fort: »Es ist möglich, daß diese Anschläge einzig gegen O'LiamRoe gerichtet waren. Es ist auch möglich, daß O'LiamRoe eingeschüchtert und dazu bewogen werden soll, nach Irland zurückzukehren – und ich mit ihm. Aber es ist nicht sehr wahrscheinlich. Ich könnte bleiben, ich könnte eine andere Identität annehmen. Niemand hat mir nach dem Leben getrachtet, obwohl ich ihnen weiß Gott genug Gelegenheiten geboten habe... Außerdem würde niemand, der über mich informiert ist, versuchen, mir ausgerechnet auf See nach dem Leben zu trachten. Es bleibt also nur noch eine Möglichkeit.«

»Welche?« Ihr erschöpftes Hirn versuchte ihm zu folgen.

»Daß O'LiamRoe angegriffen wird, *weil ihn jemand fälschlich für mich hält*.«

Sie schwiegen beide. Angesichts der unveränderten Gelassenheit Lymonds bemühte sich auch Margaret um Sachlichkeit. »Natürlich. Das muß es sein. Aber... das Durchgehen der Elefanten war kein Unfall? Wie ist das zu erklären?«

»Es war geplant«, sagte Lymond. »Der Mann, der es geplant hat, wurde getötet, bevor er sprechen konnte. Und der Mann, den er dafür bezahlte, daß er dieses Höllenbiest in den Festzug schob, wußte über seinen Auftrag hinaus nichts und braucht uns nicht mehr zu beschäftigen... Dabei fällt mir etwas ein: O'LiamRoe und Piedar Dooly sind, wie Sie wissen, darüber informiert, wer ich bin. Wenn aber Sie, Tom oder Jenny oder irgend jemand, der mit dem Schutz der Königin betraut ist, Hilfe brauchen und mich nicht finden können, dann wenden Sie sich an Abernaci, den Oberwärter der Königlichen Menagerien. Er wird tun, was er kann... Wir haben es also mit zwei verschiedenen, ziemlich stümperhaft betriebenen Intrigen zu tun: eine gegen O'LiamRoe und eine gegen die kleine Königin. In beiden aber wurde Destaiz, jener ermordete Mann, eingesetzt, und alles wurde über zweite oder dritte Personen durchgeführt, und zwar in einer lächerlich umständlichen Weise – so als ob jemand dahintersteckte, der es sich nicht leisten kann, selbst in düsteren Spelunken nach dem ganz gewöhnlichen bezahlten Meuchelmörder zu suchen. Ein Destaiz bietet sich an – oder ein Gauner von einem Kapitän, man läßt ein paar Andeutungen fallen... Wenn sie zum Erfolg führen, um so besser. Wenn nicht, man hat ja keine Eile – und eine Menge Geld für den nächsten Versuch.«

»Es muß nicht unbedingt eine Person dahinterstecken«, sagte Margaret geradeheraus. »Es kann auch eine Nation sein.«

Lymond lächelte. »Es springt ins Auge, nicht wahr? Als Urheber beider Verschwörungen – anti-irisch die eine, anti-schottisch die andere – böte sich England an, und ich habe mich deshalb an Mason herangemacht und dort ein wenig vorgefühlt. Aber er ist zu offenkundig darauf erpicht, O'LiamRoe auf seine Seite zu ziehen. Und es leuchtet ein, daß er für England lebendig nützlicher ist. Und damit befinden wir uns mitten in einer delikaten Verwirrung, die einstweilen eine schlechte und eine gute Seite hat. Zum einen wird es schwer sein, einen Anschlag auf Königin Maria aufzudecken, weil es sich kaum je um einen offenen Angriff handeln wird, denn jeder Anschlag ist bis jetzt als Unfall getarnt worden. Zum anderen bleibt O'LiamRoe in Frankreich, und das ist nützlich. Man wird wieder versuchen, ihn umzubringen.«

Lymond hatte das ganz ernsthaft gesagt, doch sie gewahrte ein Funkeln in seinen Augen und lachte, wurde aber gleich wieder sachlich.

»Sind Sie denn sicher, daß er sich entschließt, in Frankreich zu bleiben? Wird er es nicht als demütigend empfinden? Sie sind an den Hof eingeladen, und er darf von weitem zusehen.«

»Es braucht einige Energie, sich länger gedemütigt zu fühlen«, erwiderte Lymond trocken. »Er wird bleiben.«

Margaret war aufgestanden und wandte sich fast blind vor Müdigkeit zur Tür. Lymond hatte sich verpflichtet, der Königin zu helfen – eine ersehnte Nachricht für Tom, ehe er abreiste, für die Königinwitwe, für ihre Mutter und alle, die dem engsten vertrauenswürdigen Kreis um die Königin angehörten und mit denen Lymond von nun an zusammenarbeiten würde. Auch er hatte sich, noch während er sprach, erhoben, und auch sein Gesicht war von feinen Linien der Müdigkeit gezeichnet.

Scheinbar ohne jeden Zusammenhang sagte Margaret Erskine: »Ich zitiere Tom nur selten, aber nicht etwa, weil er unfähig wäre, etwas Gescheites von sich zu geben. Er hält es jedenfalls für Wahnsinn, daß Sie sich an O'LiamRoe gebunden haben. Der Fürst mag ein Spaßvogel sein, aber er ist träge und töricht und obendrein unzuverlässig. Tom sagt, er sei so verdammt arglos, daß es Sie das Leben kosten werde.«

»Ach, Unsinn«, widersprach Lymond. »Warum soll ich mich moralisch erpressen lassen, während O'LiamRoe ungeschoren davonkommt? Er ist ein gebildeter Mann. Er hat Verstand. Und ich werde ihn dazu bringen, daß er ihn benutzt. Ich werde ihn mit dem Palmwein der Macht berauschen«, sagte Lymond schwungvoll, »bis er aus seiner Palme purzelt.«

II. TEIL

Gefährliches Gaukelspiel

Die Nachricht von Thady Boys unerwartetem Erfolg wurde seinem Herrn am nächsten Morgen von Robin Stewart überbracht, der um dieses Privilegs willen sehr früh aufgestanden war. Während O'LiamRoe seinem Bericht lauschte, kratzte er sich den goldenen Schopf, in dem noch ein paar Bettfedern hingen.

Als Robin Stewart geendet hatte, malte sich Befriedigung im Gesicht des Fürsten. »Ah, er ist wahrhaftig ein prächtiger Bursche, ein vortrefflicher Kämpfer! Zum Teufel mit euren Perlen und eurem gespreizten Getue! Mit Witz und Bildung erwirbt sich ein Mann den Respekt, der ihm gebührt.«

»*Mann, denen können Sie nicht trauen!* Denken Sie bloß daran, wie hochnäsig die sich Ihnen gegenüber beim Tennis aufgeführt haben. Und jetzt sollen Sie hier nur so eben geduldet herumsitzen, während dieser gerissene kleine Fettwanst Arm in Arm mit Herzögen herumspaziert«, ereiferte sich Robin Stewart, der es mit dem Takt ungefähr so hielt wie O'LiamRoe mit eleganter Garderobe.

Der Ire gähnte mit knirschenden Kieferknochen. »Wenn Thady Boy darauf versessen ist, Prinzessinnen abzuküssen, mein Lieber, wird O'LiamRoe es ihm nicht mißgönnen.«

»Wie, Sie wollen tatsächlich in seinem Schlepptau durch Frankreich ziehen – aber dabei das Aschenputtel spielen? Die feinen Herrschaften werden ihn bei jedem Abendessen dabei haben wollen, wie eine Medizin. Ich hab schon öfter miterlebt, wie es zugeht, wenn die plötzlich an jemand Gefallen finden.«

»Das glaube ich Ihnen. Er wird ganz und gar erschöpft sein und durch ein Hundehalsband passen, ehe er Irland wiedersieht. Was tut's? An Unterhaltung wird es mir gewiß nicht fehlen.«

Ein Streit mit dem Fürsten von Barrow war gerade so unmöglich wie ein Ringkampf mit einem Vorhang. Robin Stewart gab auf.

O'LiamRoe verbrachte einen abwechslungsreichen Tag. Sein nächster Besucher war Lord d'Aubigny, der ihm das respektvolle Ersuchen des Königs überbrachte, dem talentierten Ollave des Fürsten von Barrow, Thady Boy Ballagh, einen längeren Aufenthalt bei Hofe in Blois zu gestatten. O'LiamRoes strittige Abreise wurde mit keinem Wort erwähnt, doch der Brief besagte – und Lord d'Aubigny bestätigte dies –, daß Seine Lordschaft selbst O'LiamRoe zu Diensten sein würde und daß er sich auf der Reise nach Süden nicht um Wegegelder, Fahrtkosten, Essen oder Nachtquartiere zu sorgen brauche. O'LiamRoe war entzückt. »Dhia! Ich werde ja besänftigt wie ein Hahnrei!«

Lord d'Aubigny wurde von der kleinen, rothaarigen hübschen Frau begleitet, die O'LiamRoe zum erstenmal in Rouen bei der Begegnung mit dem Gipswal gesehen hatte. Jenny Fleming hatte die Gelegenheit wahrgenommen, den Fürsten genauer in Augenschein zu nehmen.

Der Fürst von Barrow war selbst kein neugieriger Mann, und Lymonds Angelegenheiten interessierten ihn im Grunde wenig. Doch unbezähmbare Neugier bei anderen erkannte er auf den ersten Blick. Jenny Fleming und d'Aubigny schienen miteinander auf gutem Fuß zu stehen: Der Lord war immerhin selbst ein Stewart königlicher Abstammung, und sie beide hatten die gleichen Vorfahren. Jenny Flemings Lebhaftigkeit und ihre Reize fügten sich anmutig zu dem gewandten Auftreten John Stewarts, der sie mit weicher Stimme zwanglos zu unterhalten verstand. Wenn man ihm zuhörte, konnte man sich gut vorstellen, wie sehr er seinerzeit den linkischen Knaben beeindruckt haben mußte, der später König wurde.

O'LiamRoe amüsierte Jenny mit irischem Nonsense, ließ sich von ihr necken, und es gelang ihm sogar, mit Seiner Lordschaft ein paar Sätze auszutauschen, die fast das Niveau einer ernsthaften Unterhaltung erreichten und vermutlich beide Männer gleichermaßen verblüfften. In der Tat zeigte sich in d'Aubignys Gesicht dann und wann ein Schatten von Verwirrung, und einmal wies er ganz unvermittelt und nicht eben höflich Lady Fleming zurecht.

Sie sprach gerade von zu Hause, doch der neue Tonfall d'Aubignys ließ sie innehalten. Sie richtete die klaren Augen auf Seine Lordschaft und sagte: »John, wenn Sie unbedingt gehen möchten, können Sie unten auf mich warten.«

Und zu O'LiamRoes gelinder Verwunderung zog sich Lord d'Aubigny gereizt zurück. Als sich die Tür hinter ihm mit überflüssigem Nachdruck schloß, wandte sich Lady Fleming triumphierend dem Iren zu. »Und was sagen Sie zum neuen Stern des Hofes?«

Allen Verboten zum Trotz war sie hergekommen, um mit ihm über Lymond zu sprechen. Belustigt hob O'LiamRoe ihren pelzverbrämten Mantel auf und sagte: »Thady Boy? Nun, bei der Herumhetzerei wird in einem Jahr nicht mehr viel von ihm übrig sein, aber den Iren spielt er ganz ordentlich.«

»Dann zeigen wenigstens Sie sich als Ire von Ihrer netten Seite. Er ist heute morgen in mein Zimmer gekommen und hat mir eine Strafpredigt...« Sie brach ab, denn es war nicht ihre Absicht, das bezaubernde Bild ihrer selbst zu beeinträchtigen.

O'LiamRoe kannte keinen Respekt vor gesellschaftlichem Rang. Er schob den Mantel über ihren geraden Schultern zurecht, strich ihn energisch glatt und entließ sie mit den Worten: »Zugegeben, er ist ein etwas sonderbarer Bursche, aber bei Frauen äußerst erfolgreich.«

Sie hatte wohl begriffen, daß es zu keinem vertraulichen Gespräch über Lymond kommen würde. Es interessierte ihn einfach nicht.

An der Tür zögerte sie. »Sagen Sie ihm nicht, daß ich hier war. Sonst macht er mir wieder eine Szene.«

O'LiamRoe, der ein bißchen mehr über Lymond wußte, als sie ahnte, registrierte, daß Lady Fleming zumindest gelegentlich ein Gewissen hatte. »Ich brauche es ihm nicht zu sagen«, entgegnete er. »Bis heute abend weiß es ohnehin der ganze Hof.«

Er hatte recht. Tom Erskine erfuhr es als einer der ersten, und diese Neuigkeit verstärkte ein gewisses Unbehagen, das sein Vertrauen in

Thady Boy Ballagh trübte. Er bedauerte, daß seine Abreise nach Augsburg unmittelbar bevorstand. Er absolvierte seine letzten Besuche, formelle und zwanglose, und am Ende schüttelte er seine Eskorte ab und schlüpfte ungesehen in das Zimmer, in dem Thady Boy Ballagh als Gast des französischen Königreichs seine ruhelose Nacht verbracht hatte.

Lymond, den zuvor bereits Besuche des Konnetabels, einer Ehrendame der Herzogin von Valentinois und eines Pagen der Königin aufgehalten hatten, bereitete sich gerade neben den Überresten einer halb verzehrten Mahlzeit auf seine Rückkehr ins »Croix d'Or« vor, wo er und O'LiamRoe bleiben sollten, bis der Hof abreiste.

»*Sacré chat d'Italie!*« fluchte Francis Crawford statt einer Begrüßung. »Zuerst das Eheweib, dann des Eheweibs Mütterlein und jetzt auch noch der Ehemann! Warum stellt man mir nicht gleich ein paar Trompeter auf die Schwelle? Die Geheimhaltung war doch Ihre Idee – oder?«

Einem überlegenen Geist konnte Erskine sich unterordnen, doch Gereiztheit machte ihn ungeduldig. »Sie selbst haben doch den Besuch bei Jenny gemacht, wie ich höre.«

»Mein lieber Thomas«, sagte Lymond, »jeder Mann kann Lady Fleming besuchen, ohne sich irgendwelche Erklärungen ausdenken zu müssen. Leider hat sie von meinem Auftritt gestern abend eine schlechte Meinung und darüber – wie ich vermute – O'LiamRoe ihr Herz ausgeschüttet. Die hochverehrte Mutter Ihrer Frau verdient übers Knie gelegt und kräftig versohlt zu werden!«

»Ich habe mich soeben offiziell vom König verabschiedet und dabei erfahren, daß es d'Aubigny war, der Jenny zu O'LiamRoe mitgenommen hat«, erwiderte Erskine heftig.

»Warum?«

»Die beiden verstehen sich eben gut.«

»Nun, dann sorgen Sie gefälligst dafür, daß sie sich von ihm fernhält. Von mir aus sagen Sie ihr, es wäre Inzest. Und ebenso halten Sie sie von O'LiamRoe fern. Sie würde sich sowieso übernehmen. O'LiamRoe ist imstande, eine Taube zu tranchieren, einen Pfau zu rupfen und ein Kaninchen zu häuten, aber ich bin verdammt sicher, daß er es nicht fertigbrächte, eine Frau auszuziehen, die...«

»... besonders da er weiß, um wen es sich bei Jenny handelt, und ihm ohne Zweifel Ihre Zurückhaltung gegenüber Jenny besser gefällt als ihr selbst. Das ist doch alles Unsinn. Sie reden gerade so, als gehörte Jenny zu den Damen vom Gewerbe. Seien Sie unbesorgt, wir werden mit Ihnen so wenig Verbindung aufnehmen wie möglich. Erinnern Sie sich lieber daran, daß auch Sie eine Verpflichtung übernommen haben.«

»O ja«, sagte Lymond. »Margaret hat sich heute nacht große Mühe gegeben, Sie können stolz auf sie sein. Ich glaube, wenn unsere dahingeschiedenen Freunde und Geliebten uns hier sehen könnten, wären sie stolz auf uns. Selbst wenn man berücksichtigt, daß Margaret zu glauben scheint, Christian...«

Erskines Gesichtsausdruck ließ ihn innehalten. Sekundenlang trafen sich ihre Blicke, dann wandte sich Lymond mit gekräuselten Lippen ab. »Nun gut. Sie reisen nach Brüssel und Augsburg, und Margaret bleibt hier. Wann werden Sie zurück sein?«

»Nach Weihnachten. Und dann geht es via England nach Hause. Unterdessen wird die kleine Königin bei der Königinmutter bleiben und nicht bei den königlichen Prinzen und Prinzessinnen. Wir werden alle Schutzvorkehrungen treffen, die Sie empfohlen haben. Die Königin selbst wird genauso überwacht werden wie die Zubereitung ihrer Speisen. Wir werden eine Tag- und Nachtwache einsetzen. Natürlich kann die Überwachung nicht vollständig sein, denn wir müssen vor allem unauffällig zu Werke gehen. Es darf keinesfalls so aussehen, als ob wir ihre Sicherheit in Frankreich anzweifeln. Das ist unsere Aufgabe. Ihre liegt auf einem anderen Feld.«

Lymond sagte nichts. Er hatte seine flüchtige Packerei beendet und lehnte mit abweisendem Gesicht neben der Tür. Erskine fragte sich, ob Lymond wohl ahnte, was vor ihm lag. Er sagte: »Es wird Gott weiß wie lange dauern, bis Sie Blois erreichen. Der größte Teil der Reise geht die Flüsse entlang mit Unterbrechungen in Jagdhäusern und Schlössern. Die Dauer des jeweiligen Aufenthalts richtet sich nach dem Wildbestand der Gegend. Nichts zählt in diesem verrückten Land soviel wie die Jagd. Der Vater dieses Königs zog mit fünfzehntausend Leuten im Land herum, die die Betten, die Garderobe und die Möbel des Hofstaats zu schleppen hatten. Staatsdokumente

unterzeichnete er zu Pferde, und ständig rannten Kuriere hinter ihm
her, die sich paarweise abhetzen mußten. Wenn nicht gerade Krieg
war, blieb der Hofstaat nie länger als fünfzehn Tage an einem Ort,
und jeder Gesandte Europas lernte für den Rest seines Lebens die
Jagd hassen.«
Erskine war ins Plaudern gekommen, doch irgend etwas in Lymonds Haltung ließ ihn abbrechen. »Aber natürlich kennen Sie
selbst Frankreich sehr gut.«
»Als ich früher einmal zuviel Geld hatte«, sagte Lymond, »habe ich
einen Teil davon hier angelegt. Sevigny gehört mir.«
Nicholas Applegarth von Sevigny war ein Freund Thomas Erskines. Vorsichtig setzte er zu einer Frage an: »Aber Nick...«
»... ist mein Pächter«, fiel ihm Lymond ins Wort, und der Ton seiner Stimme verriet, daß er dieses Thema als erledigt betrachtete.
»Und was wird aus dem Staatsstreich der Königinmutter, wenn Sie
abreisen?«
Diese unvermittelte und heikle Wendung des Gesprächs verschlug
Tom Erskine die Sprache... Die Königinwitwe verfolgte in Frankreich verschiedene Ziele, und nur eines davon konnte man mit einigem Recht als den Versuch eines Staatsstreichs auffassen – doch das
war natürlich streng geheim. Es konnte zwar niemandem verborgen
bleiben, daß die schottischen Lords mit Ehren überhäuft wurden:
daß Pensionen unterschiedslos auf sie herabregneten wie Reiskörner
auf ein Hochzeitspaar, daß der Erbe des schottischen Regenten Arran, obwohl er keine Silbe Französisch sprach, zum Hauptmann der
schottischen Truppen in Frankreich mit zwölftausend Kronen jähr-
lich ernannt worden war...
Aber mit Sicherheit ahnte niemand, was Tom Erskine wußte: daß in
Kürze eine Zusammenkunft mit dem französischen König endgültig
klären sollte, ob Frankreich der Königinwitwe helfen würde, ihren
ehrgeizigsten Plan durchzusetzen: den Grafen von Arran aus dem
Amt des Statthalters von Schottland zu verdrängen und selbst bis
zur Mündigkeit ihrer Tochter als Regentin zu herrschen.
Die Königinmutter wünschte Lymond in ihren Diensten zu sehen –
aber Lymond diente nicht nur, er erriet auch ihre politischen Pläne.
Und mit dieser heiklen Staatsaffäre würde sich – wenn überhaupt

jemals – die Gelegenheit bieten, Lymond ganz und gar für die Sache der Königinwitwe zu gewinnen. Doch Maria von Guise war einzig an seiner starken Hand interessiert, nicht an seinem politischen Verstand. In der ihr eigenen gewundenen Art, mit der sie in politischen Dingen vorging, mußte ihr ein geschulter Kopf, der sich in alles einmischte, alles andere als wünschenswert erscheinen.

Da ihm die Hände gebunden waren, zögerte Tom Erskine – und erteilte Lymond die schicksalhafte Abfuhr. »Die Angelegenheiten der Königinmutter sind ihre eigene Sache, was Ihnen wohl bekannt sein dürfte. Ich glaube, wir können uns darauf verlassen, daß sie das Richtige tut. Es gibt im Grunde ohnehin keine Alternative.«

Crawford von Lymond hob die schmalen, gefärbten Augenbrauen. »Immerhin die Vereinigung mit England.«

Er hatte also erraten, was da im Gange war. »Das wäre Selbstmord«, sagte Erskine mit gepreßter Stimme.

»Nun, dieser Selbstmord wird sich kaum ereignen«, entgegnete Lymond, während er sich mit eleganter Bewegung erhob und eine spöttische Verbeugung andeutete, »solange Sie zu mir kommen und mir politische Groschenweisheit zu meiner Belustigung auftischen.«

Es gab nichts mehr zu sagen. Aber in seinem Innersten spürte Tom Erskine, daß seine Reaktion anders ausgefallen wäre, wenn Lymond sich die verletzende Anspielung auf Christian versagt hätte.

Robin Stewart erschien, kurz nachdem Erskine gegangen war, um Thady Boy zum »Croix d'Or« zu begleiten. »Sie sind heute morgen wohl ziemlich vergnügt, wie?« fragte der Bogenschütze mit zynischer Belustigung.

»Das bin ich in der Tat.«

»Gewürfelt hat man die ganze Nacht um Sie, hab ich gehört.«

»Das hat man mir schon drei... nein, viermal erzählt. Aber keiner hat mir verraten, was mich einzig interessiert. Wer hat gewonnen?«

»Ich glaube«, sagte der Bogenschütze steif, »es war Sieur d'Enghien«, und blickte mißbilligend drein, als Thady Boy vor Lachen fast erstickte. »In manchen Kreisen stört sich niemand an Lasterhaftigkeit«, erklärte Robin Stewart. »Manche Leute tun eben alles, um Eingang in einen bestimmten Kreis zu finden – und wenn's so widerlich ist wie Katzendreck.«

»Ich bin wohl reichlich ahnungslos«, meinte Thady Boy, und seine Augen strahlten in blanker Unschuld. »Mit derlei Dingen habe ich bis jetzt nichts zu schaffen gehabt.«

»Manchen Leuten«, belehrte ihn Robin Stewart mit etwas freundlicherer Stimme weiter, »steigt es zu Kopf, wenn Frauen sich derartig benehmen, und denken, sie hätten ihr Glück gemacht und sie wären von nun an was Besonderes. Aber sie kennen die französischen Damen nicht. Ich hab schon erlebt, daß sie sich jemand für eine Nacht ins Bett geholt haben, und was sie vorher anhimmelten, haben sie dann weggeworfen wie einen alten Hut. Sie sollten außerdem wissen...«

»Ich weiß vor allem, daß ich Kopfschmerzen habe«, sagte Thady Boy kurz. »Kommen Sie.«

Lymond sprach ausnahmsweise die Wahrheit. Und mit zusammengekniffenen Augen warf sich Robin Stewart auf das Thema, mit dem er Thady Boy noch vier volle Monate in sämtlichen Tonlagen hartnäckig zusetzen sollte. »Mann, Sie müssen wirklich aufpassen! Sie müssen das Trinken einschränken! Bei Hofe wird man Sie aus reiner Bosheit zum Trinken animieren, und das kann Ihnen die Eingeweide kaputtmachen... Hat man sich um Ihre Brandblasen gekümmert?«

»Ja. Mein Hintern ist gewindelt wie ein Kinderpopo. Wollen Sie ihn sehen? Heilige Jungfrau – *kommen Sie endlich!*«

Im »Croix d'Or« erreichte Lymond schließlich, nachdem er den lästig-besorgten Stewart abgeschüttelt hatte, O'LiamRoes Zimmertür. Er trat ein und schloß sie leise hinter sich. Die beiden Männer musterten einander in lastendem Schweigen, das eine gefährliche Spannung barg. Nach einer Weile jedoch zerrte ein Lächeln an O'LiamRoes bärtigem Mundwinkel, und er schwang sich zu einer milden Ansprache auf.

»Wenn ich mich nicht täusche, Sie tüchtiger Junge, plagt Sie das Kopfweh des Jahrhunderts, und das geschieht Ihnen recht. Vielleicht ist es Ihnen in Ihrer Pflichtvergessenheit entfallen, und ich muß Sie daran erinnern, daß O'LiamRoe zu den seltenen Käuzen gehört, die einen Fürsprecher nicht nötig haben und die es, wenn es sein muß, sogar vorziehen, sich die Zunge abzubeißen, statt um etwas zu bitten... Wie ich höre, sind Sie der beste Lautenspieler seit Heremon. Das dürfen Sie mir morgen beweisen.«

»Erst morgen – dem Himmel sei Dank«, sagte Lymond. Er ging an O'LiamRoe vorbei und legte ihm kurz die Hand auf die Schulter. Dann fiel er schlaff in einen Sessel und war nach fünf Minuten eingeschlafen.

In den zehn Tagen, die sie noch in Rouen verbrachten, erwarben die Iren grundlegende Kenntnisse der Hofroutine, die ihren Tagesablauf in den kommenden vier Monaten wohl oder übel beeinflussen würde. Der König stand bei Morgengrauen auf, hielt sein Lever, las die eingegangenen Berichte und besprach sie vor der Zehn-Uhr-Messe mit seinem Geheimen Rat. Dann setzte der privilegierte Besucherstrom ein: Sekretäre und Kuriere, Botschafter und Herolde, Diplomaten, Soldaten und Geistliche mit Neuigkeiten und Höflichkeiten, mit Geschenken und Beschwerden.

Alltägliche Berichte trafen ein: von den Maurermeistern über die Bauarbeiten für den König oder Madame de Valentinois; aus St. Germain über einen erkrankten wertvollen Vogel; ein zarter Wink aus der Kanzlei des Konnetabels, daß der König jemandem ein Weinpräsent versprochen habe und nun dessen Kellermeister gekommen sei, um es abzuholen; Briefe von den Kindern mit einem Bild. Die Nachricht von einem Todesfall in Paris, durch den eine Pfründe frei wurde; und an der Miene des nächsten Mannes in der Besucherreihe war abzulesen, daß er diese erfreuliche Nachricht bereits vom Arzt des sterbenden Besitzers gekauft hatte. Klatsch über eine neue Richterstelle in Toulouse, von einem Botschafter vorgebracht, der sich beliebt machen wollte; und ein gieriges Gesicht ließ erraten, wer sich auf der Stelle Geld borgen würde, um nach Toulouse zu reisen und das Amt zu kaufen – beim Abendessen fehlte dieses Gesicht denn auch.

Das Mittagessen wurde um zwölf eingenommen. Danach versammelte sich der Kronrat, wenn auch nicht mehr mit der Geschäftigkeit jener Tage, da Frankreich noch Ambitionen auf Italien hatte und sich nach dem Sieg über England bemühte, den Briten auch noch Boulogne abzuzwacken. Nicht daß die Aussichten für das nächste Jahr – trotz des nominellen Friedens mit dem kleinen König Eduard von England – besonders rosig gewesen wären. Dazu gaben sich der neue Papst und Kaiser Karl, Frankreichs traditioneller Gegner, allzu verbindlich.

Zu Beginn seiner Regierung und damit seiner persönlichen Freiheit hatte Heinrich sich daran berauscht, seine Günstlinge mit Reichtümern zu überschütten. Diana, der Konnetabel, St. André, d'Aubigny und die übrigen hatten gemeinsam die Schatzkammer halb geleert. Doch die besondere Bestimmung der ihm von Gott verliehenen Macht erblickte der König offenkundig darin, Unruhen in Deutschland zu schüren. Arm in Arm mit Protestanten und Heiden – deutschen Regionalfürsten und türkischen Ungläubigen – konnte er Kaiser Karl vielleicht besiegen. Leider fehlte ihm das dazu nötige Geld. Alles, was ihm der Kronrat emfehlen konnte, war eine Politik des Hinhaltens – und hingehalten werden mußten zum Beispiel des Königs teure Schwester von Schottland und seine ungeduldigen irischen Freunde. Was England betraf, wo die Barone während der Unmündigkeit des kleinen Eduard untereinander um Macht und Einfluß kämpften, konnte man sich auf ein paar unverbindliche höfliche Gesten beschränken.

Heinrich von Frankreich verstand sich aufs Hinhalten, ohne auch nur darüber nachdenken zu müssen. Er wohnte den Abendgesellschaften der Königin bei, gab üppige Festmähler, verbrachte soviel Zeit wie möglich – und das war ziemlich viel – mit Diana, und in den seltenen Augenblicken der Zurückgezogenheit konnte man ihn Laute üben hören. Die ihm noch verbleibende Zeit während dieser zehn Tage in Rouen war mit Zeremonien ausgefüllt.

Die Hauptstadt der Normandie, die sich nicht scheute, einem Großseneschall den feierlichen Einzug in die Stadt am Vorabend seiner Amtsniederlegung rundheraus abzuschlagen, neigte mit der gleichen kühlen Berechnung dazu, aus einem königlichen Besuch das Äußerste herauszuschlagen – zumal es Rouen darum ging, Lyon in den Schatten zu stellen. Zum Einzug des Königs selbst war ein offizieller Einzug der Königin Katharina gekommen, der man unter feierlichen Ansprachen Geschirr und Salz und andere symbolträchtige Kleinigkeiten überreichte; ferner ein feierliches Festmahl und eine klägliche Posse, die von einer der beiden Komödiantengruppen der Stadt aufgeführt wurde.

Es folgte eine feierliche Prozession zum Justizpalast, wo der König einer Verhandlung vor der Königlichen Kammer beiwohnte. Bei dieser Gelegenheit bot sich dem Hofnarren Brusquet die einzige wirkliche Chance seit seiner Ankunft in Rouen. Nach einem Vormittag sorgfältig einstudierter Plädoyers der Advokaten und des Königlichen Anklägers – »*Levez-vous: le roi l'entend!*« – und einer ebenso sorgfältig einstudierten Urteilsverkündung, die von klassischen und schmeichelhaften Anspielungen strotzte, gab der Narr des Königs in einem Nebenraum den königlichen Damen extempore eine private satirische Darstellung des Ganzen.

Sie lachten freilich nur halbherzig. Der König kleidete sich um, absolvierte gewissenhaft, geduldig und mit Charme eine Reihe öffentlicher Auftritte, bevor er und sein Gefolge sich von der Musik Thady Boy Ballaghs, von dessen glanzvoller Stimme und kunstvollen Versen unterhalten ließen.

Für Thady Boy gab es ziemlich viel Arbeit. O'LiamRoe war vor allem belustigt. Als ihm Berichte über die langen Abende mit Darbietungen von spanischen Romanzen zu Ohren kamen, hörte man ihn dann und wann in linkischem Stolz äußern, daß die begabtesten Finger, die je in Frankreich eine Laute geschlagen hätten, die Finger eines Iren seien. Endlich verließ der König Rouen, um sich zu den Einzugsfeierlichkeiten nach Dieppe zu begeben. Von da aus sollte es über Fécamp und Havre zurück an die Seine gehen, wo die Schiffsreise nach Süden ihren Anfang nehmen würde.

Fünf Könige hatten an den Ufern der Loire überwintert, die sich breit und sandig von Orléans bis zum Atlantik durch das mittlere Frankreich windet, gesäumt von Burgen und Schlössern, Städten und Dörfern, Weinbergen und Mühlen, Angelplätzen und Jagdhütten auf sanften, kreidigen Ufern. Seit zwölfhundert Jahren zogen die Pilger den Fluß und die Flußufer entlang nach Tours, das neben

Rom als die heiligste Stätte Europas galt. Die Gallo-Romanen hatten dort ihre Villen gebaut, bevor die Plantagenets der Landschaft vorübergehend ihren Stempel aufdrückten. Und nach deren Vertreibung überließ das dankbare Frankreich diese Region zeitweilig den Schotten.

Aber es war lange her, daß ein Douglas über die Touraine geherrscht hatte. Die Könige von Frankreich entwickelten eine Vorliebe für das Land und machten es zum Zentrum ihrer Herrschaft. Sie regierten von Blois, Amboise und Plessis aus, und dorthin kehrten sie aus ihren Kriegen zurück, um ihre Beute sicher zu verwahren, ihre Kinder großzuziehen und ihre Vorstellungen von moderner Baukunst zu verwirklichen. Auch die Kanzler, die Schatzmeister, die Admiräle und die Konnetabel bauten dort ihre Häuser, legten Parks, Jagdreviere und Gärten an. Und sogar als in jüngster Zeit Heinrichs Vater sich mehr und mehr nach Paris und Fontainebleau orientierte, wurde die traditionelle Reise noch immer gemacht: auf der Seine von Rouen über Mantes, St. Germain, Corbeil und Melun nach Fontainebleau, dann zu Lande nach Gien wie ein Zug wandernder Perlhühner – die Wagen, Maultiere, Pferde und Sänften, die Rudel von Dienern und Edelleuten, der endlose Troß mit dem Gepäck, die Truppen, die *filles publiques*, die stets zuverlässig wußten, wann der Zug morgens aufbrach.

Und von Gien aus ging es auf flachen Flußschiffen die Loire hinab heimwärts nach Châteauneuf, Orléans, Amboise und Blois. Heiter, ausgewogen, klimatisch begünstigt und voller Rotwild, war das Tal der Loire eine Gegend, in der so manche lästige Gesandtschaft sich bei den zahllosen höfischen Jagden die Knie zerschrammt und die Knöchel abgeschürft hatte, um schließlich – unverrichteter Dinge, aber auch nicht vor den Kopf gestoßen – verdrossen wieder nach Hause zu ziehen. Hier im Tal der Loire also würde der Hof von Frankreich Weihnachten verbringen.

Er brach auf, doch amöbenhaft spaltete er sich in zwei Teile, als Ludwig, der zweijährige Sohn des Königs, in Mantes starb: Der königliche Haushalt und ein Teil der Hofbeamten blieben in Mantes oder kehrten dorthin zurück, während das Personal, die Reitknechte und die jüngeren Mitglieder des Hofstaats, zu denen auch die Iren gehörten, die Reise nach St. Germain-en-Laye fortsetzten.

Robin Stewart, der an Stelle von Lord d'Aubigny die Reisebegleitung des irischen Trios übernommen hatte, ahnte schon seit einiger Zeit, daß die Hofkavaliere es auf Thady Boy abgesehen hatten. O'LiamRoe, dieser schwatzhafte, diskreditierte Ausländer, wurde von ihnen ignoriert. Indessen hatten Condé, de Genstan, St. André und d'Enghien mit ihren Freunden kühl zur Kenntnis genommen, daß sich Thady Boy bei den Majestäten einer unangemessenen Beliebtheit erfreute. Stewart, der ihn schließlich vor allen anderen entdeckt hatte, beobachtete mit zynischem Interesse, wie d'Enghien – jung, witzig, ehrgeizig, ein wenig treulos sogar gegenüber der glücklich gewählten Reihe seiner Freunde – gelassen entschied, daß seiner Beute eine kleine Lektion erteilt werden müsse. Thady Boy Ballagh sollte – so etwa lautete das Gerücht – einmal gründlich in den Sack gesteckt werden.

Der »Sack« sollte die Stechpuppe auf dem Turnierplatz sein, die einen hölzernen Sarazenen auf einem Pfahl darstellte und die zu Pferde mit einer Lanze angegriffen und dreimal hintereinander getroffen werden mußte. Ein schlechter Stoß trug dem Reiter – auf Grund eines sinnreichen Drehmechanismus – eine lähmende Ohrfeige ein. Es war ein beliebter Zuschauersport.

Wie Thady Boy dazu gebracht wurde, an dem Wettkampf teilzunehmen, erfuhr Stewart nie. Doch an einem milden, grauen Oktobernachmittag kehrten O'LiamRoe und der Bogenschütze dem eben renovierten Schloß von St. Germain mit seinen weitläufigen Terrassen über der Seine den Rücken und schlenderten zum Turnierplatz hinaus, um dem Wettkampf zuzusehen. Mit ihnen zahlreiche Freunde dieses Sports.

Die Unterhaltung in Stewarts Nähe drehte sich freilich weniger um den bevorstehenden Wettkampf, sondern hauptsächlich um ein Paar neue Stiefel, die sich irgend jemand gekauft hatte, und schweifte hin und wieder zu den jüngsten Salongeschichten der Wettkämpfer ab. Doch worum auch immer es bei ihrem Klatsch ging – sie waren vor allem Soldaten, die sich über Soldaten unterhielten. Jemand gab eine geistreiche Anspielung zum besten, wie sich die Veränderung der Zeitläufte und politischen Bündnisse augenscheinlich auch auf die Stechpuppe ausgewirkt habe, denn statt des Sarazenen prangte jetzt ein grell bemaltes Faß am Pfahl, mit Augen, Nase und Kinn, um dessen Mitte eine Schnur geschlungen war, die die Zielpunkte markierte.

Es schwankte ein wenig im leichten Wind und versetzte damit die in das Komplott Eingeweihten in einige Aufregung, denn sie hatten unter beträchtlichen Anstrengungen das Faß bis zum Rand mit kaltem Wasser gefüllt und am Pfahl befestigt.

Und natürlich wollte es der reine Zufall, daß der erste Reiter, der seine drei Treffer am Faß anbringen sollte, Thady Boy Ballagh war. Barhäuptig und leicht angetrunken hockte er hoch oben auf einem ungewöhnlich großen Pferd.

Der Anlauf betrug etwa hundert Schritte, und am Zielpunkt schwankte das plumpe Faß, das Schiedsrichter und Zuschauer in verdächtig weitem Bogen umstanden. Thady Boy stieß seinem großen Pferd die Hacken in die Flanken und galoppierte zwischen den Schranken auf den dicken Pfahl mit seiner seltsamen Last zu.

Die geduckte schwarze Gestalt erreichte den Pfahl, hob die Lanze, zielte und stieß zu. Thady Boy traf das Faß – jedoch weit entfernt von der Zielmarkierung. Mit einem dumpfen Laut kerbte die Lanzenspitze das Holz und war sofort wieder frei, als Thady sich duckte, um der Wirkung des Drehmechanismus auszuweichen. Höhnisches Gebrüll stieg in die klare Luft des Plateaus von St. Germain, und Jean de Bourbon, Sieur d'Enghien, errötete. Aus dem Riß im Faß hatte sich kein eisiger Sturzbach über Thady Boy Ballagh ergossen. Unerklärlicherweise blieb das Faß trocken.

Dreimal ritt Thady die vorgeschriebene Strecke, und die Kavaliere applaudierten lachend seinem fortgesetzten Mißerfolg – womit sie zugleich Condé und seinen Bruder, deren Komplott gescheitert war, verspotteten. Es blieb keine andere Wahl, als mit dem Turnier fortzufahren. D'Enghien selbst setzte sein Pferd in Trab, als Thady Boy zurückkam, und sprengte in den ersten Lauf.

Der schlanke, dunkle Sieur d'Enghien mit den langen Augenwimpern und den vollen Lippen der Bourbonen war ein gewandter Turnierkämpfer. Seine Lanze, unfehlbar und gerade gezielt, durchbohrte das Faß am Punkt der stärksten Daubenwölbung. Man vernahm einen dumpfen Laut und dann ein Zischen, ein kleines

Dampfwölkchen quoll hervor, und aus dem Riß im Holz schoß ein zitternder Bogen heißen Wassers auf den edlen Reiter herab.

Sie ließen ihn die drei vorgeschriebenen Läufe absolvieren, ehe sie das Faß abschnitten und untersuchten. In der Mitte hatte man einen Boden eingezogen und das Faß dann von oben her aus einem Kessel mit heißem Wasser gefüllt. Thady Boy hatte, wie sich d'Enghien nun erinnerte, durchweg auffallend niedrig gezielt.

Inmitten der Traube seiner dicht beieinander stehenden Freunde erklang Musik, und Jean de Bourbon wußte, wo er sein Opfer zu suchen hatte, das ihn so erfinderisch überspielt hatte. Mit triefendem Pelz, die Stiefel voller Wasser, schien er sich einen Augenblick auf Thady Boy stürzen zu wollen wie Kain auf Abel, doch er besann sich dann, verneigte sich und knirschte: »Dafür, mein Teurer, werde ich Revanche verlangen.«

Thady Boy blickte von seiner Laute auf. Von jungen Männern umringt, saß er mit gekreuzten Beinen gedrungen im Gras, und seine Augen sahen so unschuldig drein wie die eines brütenden Eisvogels. »¿Con que la lavaré, La tez de la mi cara...?« sang er, und er lächelte zu dem von aufgelöstem Haar eingerahmten, naß glänzenden geschminkten Gesicht auf. »Das hängt ganz von der Sportart ab.«

Sie blieben noch fünf Tage in St. Germain, die für die Stadt einer Heimsuchung gleichkamen. Vom Lanzenstechen gingen sie zum Bogenschießen über, und dann vergnügten sie sich mit Hakenbüchsen, bis in der Abenddämmerung jemand einen Pagen hinausschickte, der um Ruhe ersuchte. Reuig wandten sie sich wieder ihren Bögen zu – mit denen sie bis zum Morgengrauen Pfeile abschossen, an deren Widerhaken Pfeifen befestigt waren, und die Krönung des Unfugs war schließlich ein von Thady Boy angestimmtes Gespensterheulen, das alle Schläfer aus den Betten hochriß.

Dann durchstreifte man die Umgebung. Als sie Paris besichtigten, kehrten sie im »Pineapple« ein und zwangen die Männer, die sie dort antrafen, Schweinefleisch und Senf aus ihren Handschuhen zu essen. De Genstan blieb am Ende nichts anderes übrig, als über eine Leiter aus dem Gasthaus zu flüchten. Thady Boy war unterdessen von Lord d'Aubigny zu einer kulturellen Exkursion durch die Stadt entführt worden. Nach St. Denis, Notre Dame und dem noch unvollendeten Louvre belegte ihn Robin Stewart mit Beschlag, um ihn im »Mouton« vorzuführen, doch noch ehe Thady das zum Singen notwendige Quantum getrunken hatte, war Seine Lordschaft schon wieder zurück, um ihn nach Tournelles mitzunehmen. Stewart war beleidigt. Mit dem Treiben der Kavaliere konnte er sich abfinden, auch mit dem halben Tag, den der Ollave in Anet verbrachte, doch d'Aubignys selbstherrliches Verfügen über Thady Boy versetzte ihn in Wut.

Am letzten Tag in St. Germain entschädigte ihn Thady Boy, der sehr wohl ein Gespür für Stewarts Eifersucht entwickelt hatte, mit einem gemeinsamen Besuch der Königlichen Menagerien.

Sie wurden von Piedar Dooly und O'LiamRoe begleitet, der Thady wie Kaiser Maximilians Pelikan – außer in des Königs Nähe – überallhin folgte. Der Fürst hatte unterdessen in ausgelassenen, lärmenden Diskussionen eine witzig-bigotte Philosophie entwickelt, um sich der Situation anzupassen.

Es war ein milder, feuchter Tag. Über dem Tal hing ein Dunstschleier, der die Spinnweben mit Perlen säumte, und unter den Füßen der Männer mischten sich Kies und moderndes Laub. Stewart, dem der gestärkte Kragen schlaff über den Küraß fiel, zeigte ihnen den Weg, und die drei Iren folgten ihm durch den Schloßpark zur Porte au Pecq. Der Hundezwinger neben dem Parc des Loges war leer: Die berühmte königliche Meute schwarzer und weißer Jagdhunde befand sich bereits auf dem Weg nach Süden, und auch die Falknerei lag verlassen da.

Die Elefanten dagegen hatten die Reise noch nicht angetreten. Abernaci, der von Stewart bereits am Morgen über den Besuch der Iren informiert worden war, erwartete sie in Seide und Turban am verriegelten Tor, verneigte sich und begrüßte sie in seinem primitiven Englisch. In seinen unergründlichen dunklen Augen zeigte sich kein Funken Interesse für O'LiamRoe oder seinen Sekretär. Mit höflichen Worten hieß sie der Wärter willkommen, und nachdem Stewart die Begrüßung erwidert hatte, ließ er sie ein.

Das zweistöckige Gebäude war neu und bildete ein Geviert, das einen Innenhof umschloß. Im Erdgeschoß befanden sich die Käfige; Türen, die von oben her mit Ketten bedient werden konnten, teilten sie jeweils in zwei Hälften. Im ersten Stock führte eine Galerie rund um den ganzen Innenhof. Dahinter lagen die Vorratsräume, Kontore und Unterkünfte der Wärter. Von hier aus zeigte man den Iren die Arena, wo die Tiere abgerichtet wurden und miteinander kämpften, sowie die Klappen zu ihren Füßen, durch die den Löwen, Bären und Jagdkatzen in der Tiefe das Fleisch zugeworfen wurde.

Robin Stewart hatte das alles schon am Morgen gesehen. Während O'LiamRoe, dessen staunend aufgerissenem Mund ein »Ah« und »Oh« nach dem anderen entwich, voraneilte, um sich eingehend in die Zoologie zu vertiefen, blieb Stewart indigniert mit dem Stallburschen an der Tür zurück. Gewohnheitsmäßig begann er ihn auszufragen: wieviel der hiesige Metzger für Hammelfleisch verlange, ob der Monatslohn eines Wärters für seinen Lebensunterhalt ausreiche, ob die Frau des Stallknechts mit seiner Arbeit einverstanden sei, ob ihn jemals ein Tier angegriffen und ihm beispielsweise Kratzwunden zugefügt habe.

Als der Mann gerade widerstrebend sein Hemd öffnete, um seine Narben vorzuführen, tauchte O'LiamRoe wieder auf. Genau unter ihnen befand sich ein leerer Käfig, den er näher in Augenschein zu nehmen wünschte. Der Stallknecht machte sich erleichtert davon, und Stewart begleitete den Fürsten nach unten, während Thady Boy zurückblieb, um zuzusehen, wie Abernaci die Ketten bediente.

Nachträglich ließ sich nicht mehr feststellen, warum der Mechanismus versagte. Stewart und O'LiamRoe betraten die fensterlose Hälfte des Käfigs, und Abernaci schloß von oben her die Tür, die sich dann geraume Zeit nicht mehr bewegen ließ. Während alle verfügbaren kräftigen Männer sich emsig mit Brechstangen abmühten, um die beiden Eingeschlossenen zu befreien, sahen Thady Boy und Abernaci von oben zu. »Tja«, sagte Abernaci dann, schob seinen Turban zurück und kratzte sich den kahlen Schädel. »Damit werden sie wohl eine Weile zu tun haben. Kommen Sie mit, wir machen's uns ein bißchen gemütlich. Wie ich höre, spielen Sie bei Hofe mit großem Erfolg den Paradiesvogel.« Und während er die Tür seines Allerheiligsten fest hinter sich schloß, zwinkerte er dem Ollave unverhohlen und vertraulich zu.

Lymonds dunkles Gesicht zeigte Belustigung. »Man mästet mich wie eine Singdrossel mit Mehlklößchen und Feigen.« Geschickt angelte er sich mit dem Fuß einen Schemel und setzte sich. »Wie ich höre, gehst du mit den Jagdkatzen und Marias kleiner Menagerie nach Blois. Wer begleitet dich?«

»Zwei Männer, denen ich vertrauen kann. Und in Blois hab ich noch ein paar andere. Die wandernden Abrichter kommen erst, wenn der Hof eingetroffen ist. Das ist eine großartige Zunft, auf die können Sie sich verlassen. Tosh wird auch da sein. Erinnern Sie sich an Tosh?«

Lymond schüttelte den Kopf. Der Raum, in dem sie sich befanden, diente als Vorratskammer. Auf der einen Seite war ein Ausguß an der Wand angebracht, auf der anderen, neben Lymonds Ellbogen, stand ein hoher Schrank mit einer Tischklappe, die mit Näpfen und Mörsern, Löffeln, Salbentöpfen und Waagen beladen war. Lymond streckte den Arm aus, griff nach einem Steintopf, öffnete ihn und steckte vorsichtig die Nase hinein. »Jesus, Archie, mit dem Zeug hier könntest du dieses ganze Kavaliersgemüse ausrotten, wenn du wolltest, und ein Reich der Tiere gründen... Wer ist Tosh?«

»Thomas Ouschart heißt er. Tosh hat man ihn genannt, als er bei einem Baumeister in Aberdeen in der Lehre war – immer ein guter Freund, wenn man ihn braucht. Ein Bursche, der es fertigbringt, Ihnen die Schuhe auszuziehen, ohne daß Sie einen Fuß vom Boden heben...« Abernaci berauschte sich an seiner wortreichen Schilderung. »Er mußte ziemlich hastig aus Schottland verschwinden, aber Sie sollten ihn heute mal auf seinem Seil sehen – er führt mit seinem Esel eine ganz exquisite Nummer vor. Und wenn er in Blois ist, läßt er sich von dieser Frau in Doubtance, von der ich Ihnen erzählt hab – Sie wissen, die bei dem Geldverleiher wohnt –, das Horoskop stellen. Aber darüber kriegt man nicht viel aus ihm heraus...« Er brach ab, sein Blick folgte dem Lymonds, und er fügte in sachlicherem Ton hinzu: »Ich hab schon in Rouen bemerkt, daß Sie sich für diese Töpfe interessieren. Sie kennen das Zeug, nicht wahr?«

Behutsam stellte Lymond einen zweiten verschlossenen Topf in den Schrank zurück. »Ja, Archie. Ich habe dein Sortiment schon neulich ziemlich erstaunlich gefunden, als du mich gewaschen und verarztet hast. Welche Drogen hast du vorrätig?«

164

In Archies vertrocknetem Gesicht blickten die flinken Augen unbewegt. »Alle, die in Frage kommen. Wenn Sie mit Elefanten Bescheid wüßten, würden Sie sich gar nicht wundern.«

»Zum Beispiel?«

»Belladonna gegen ihren Husten, und Olivenöl. Damit hab ich Sie übrigens auch in Rouen behandelt. Seifenrinde und Salze und Aak ka jur Mudar . . . das ist ein Narkotikum. Haschisch, Ganja, Kuchla, wenn meine Elefanten es in den Eingeweiden haben.« In seinem Gesicht malte sich Mitleid. »Manche Elefanten können mit den Eingeweiden ganz übel dran sein.«

»Das kann ich mir vorstellen«, sagte Lymond. »Was sonst noch?«

»Nun, Kalkwasser – damit hab ich Hughies Rücken behandelt. Opium zur Beruhigung. Harz und Bienenwachs gegen die Fliegen, Arsen und Brechnuß für ein Tonikum . . . das ist so ziemlich alles. Sie können es sich ansehen. Der Vorrat ist groß«, fügte Archie belehrend hinzu, »weil Elefanten eben große Tiere sind.«

Unten im Käfig wurden die jetzt nur noch vereinzelten hallenden Schläge vom Geräusch nachgebender Eisenstangen begleitet. Lymond war sehr nachdenklich geworden. »Wie viele Leute wissen von diesen Giften?«

»Der ganze Hof, denk ich mir«, antwortete Abernaci. »Wir mußten am Ende sogar das Haschisch und das Opium einschließen – sie haben sich gegenseitig dazu angestiftet, es auszuprobieren. Zweifelhafte Apotheken verkaufen es. In Bayonne, Bordeaux und Pamplona wird es ganz offen verkauft. Dort kriegen es die Apotheken, wenn die Gewürzschiffe einlaufen, über die Matrosen und ihre Weiber. Wenn man Geld hat, ist es nicht schwer.«

»Trotzdem – schließ es nicht mehr ein«, sagte Lymond. »Schließ nichts mehr von dem Zeug ein. Wir wollen es ihnen leichtmachen.«

»Es *ist* leicht«, entgegnete Abernaci schlicht. »Seit ich die Gifte heute morgen überprüft habe, sind hundert Gran Arsen verschwunden.«

In der Stille dröhnten die ehernen Schläge aus der Tiefe ogygisch zu ihnen herauf wie die rituelle Aufforderung zu einem heidnischen Gebet. In das Dröhnen hinein fragte Lymond: »Wer war heute hier? Die Wärter? Die Fuhrleute zum Beispiel?«

Abernaci schüttelte den Kopf. »Die Wärter kommen nicht in Frage. Das sind meine Leute. Auch die Fuhrleute nicht, denn die lassen wir gar nicht rein, weil doch die Jagdkatzen schon reisefertig sind, die sich ohnehin so leicht aufscheuchen lassen. Wir hatten die Schreiner da, die die Reisekäfige überprüft haben, dann den Fleischerkarren und den Mann mit den Kübeln. Außerdem wurden fünfzehn Scheffel Hanfsamen für die Kanarienvögel geliefert. Aber die Leute sind alle draußen geblieben, und es war immer einer meiner Männer dabei... Und dann die, die wir reingelassen haben: Also, das waren Sie zu viert, der Prinz von Condé, um nach einem Bären zu sehen, auf den er wettet, und die Kinder – Königin Maria, der Dauphin, die Tante Lady Fleming und ihr Sohn, außerdem Pellaquin, einer von meinen Leuten, der die Tierchen der kleinen Königin versorgt...«

»Warum sind sie gekommen?«

»Es ging um einen jungen Hasen, ein krankes Häschen, das eine Arznei brauchte. Sie geben der Königin natürlich immer nur junge Tiere. Pellaquin ist schon ganz verdreht, weil die Kleine die Tiere nicht wieder hergeben will, wenn sie voll ausgewachsen sind. Gerade jetzt macht er eine Menge durch wegen einer ausgewachsenen Wölfin... Oh! Dann waren noch der Marschall von St. André und seine Frau dabei. Das Häschen war nämlich ein Geschenk von ihnen... Sonst niemand... Nein, das stimmt nicht. George Douglas hat sich den halben Tag hier rumgetrieben und mich ausgefragt, ob ich wüßte, daß mein Freund Magister Ballagh die Sensation von Rouen gewesen wäre. Dem hätte seine Amme ein paar schwarze Ameisen auf die Lippen setzen sollen, dann wäre er nicht so geschwätzig geworden.«

»Genau das findet auch die Königinmutter... Schade, jetzt haben sie die Tür aufgekriegt! Ich möchte wetten, daß dieses Gezeter von Stewart kommt... Und damit ist die Liste vollständig? Wirklich tüchtig, Archie. Wenn da nicht irgend jemand bloß ein paar Mäusen den Garaus machen will, haben wir wenigstens eine Liste der in Frage kommenden Verdächtigen.«

Abernaci grinste. »Nun, seien Sie auf der Hut. Arsen ist geschmacklos, und ein Gegengift ist nicht bekannt.«

Einen Augenblick schwieg Lymond irritiert, dann sagte der knapp:
»Seit die Königin Rouen verlassen hat, wird jeder Krümel, den sie
zu sich nimmt, vorgekostet.«

Der Wärter schnaubte verächtlich. »An wem wollen Sie das Arsen
denn ausprobieren? An ihrem Tantchen vielleicht?«

»An einem deiner Tiere. Wenn du sehr darauf erpicht bist, sorge ich
dafür, daß man die Wölfin nimmt«, sagte Lymond. »Wir wollen
herauskriegen, ob sie es tatsächlich mit Arsen versuchen. Weil wir
nämlich dann mit ein bißchen Glück erfahren, wer sie sind, mein
Lieber.«

Die Affen wurden gerade für die Reise in Körbe verpackt, als die
Iren und Robin Stewart auf ihrem Rückweg ins Schloß am kleinen
Jungtiergehege der Königin vorüberkamen. Maria, die an einer
Hand einen Verband trug, half eifrig mit, wobei ihr das rote Haar in
Strähnen ins Gesicht hing. Die Wölfin befand sich noch immer in
ihrem Käfig, und eingesperrt waren auch ein Bär, ein Wildschwein,
und die Mutter des kranken Häschens, die ein goldziseliertes schma-
les Halsband trug, auf dem deutlich der in fremdartigen, smaragd-
ähnlichen Steinen ausgelegte Name *Suzanne* zu lesen war. Die zwei-
undzwanzig Schoßhunde, die von der bevorstehenden Abreise auf
telepathischem Wege Kenntnis erhalten haben mußten und wohl
deshalb so ungebärdig und quietschend im Schloß herumwirbelten,
trugen, wie Robin Stewart mitzuteilen wußte, ebenfalls Halsbänder
aus kostbarsten Edelmetallen. Stewarts grimmig versteinertes Gesicht entspannte sich geschmeichelt, als sich das kleine Mädchen zu
ihm umdrehte. Er beantwortete ihre Fragen so bereitwillig, wie
seine augenblickliche Verdrossenheit es zuließ. Robin Stewart war
den Umgang mit Kindern nicht gewöhnt.

»Ei der Daus«, sagte der Fürst von Barrow beim Anblick der kleinen
Königin zu seinem Sekretär, »Sie haben mir gar nicht verraten, daß
sie hübsch ist wie eine Perle in einem Glas Honigwein!«

Ihre Gnaden die Königin von Schottland war an O'LiamRoe nicht
sonderlich interessiert, wenn sie ihm auch ein routiniertes Lächeln
schenkte und ihm das glatte, flaumige Handgelenk zum Kuß reichte.
Sie wandte sich sogleich Thady Boy zu: »Sind Sie der Mann, der
Eier in die Luft wirft?«

Thady Boy hatte die Hände über dem kleinen falschen Bauch gefaltet. »Frage mich, Torhüter. Ich bin ein Zauberer...«

Augenblicklich warf sie den Kopf hochmütig in den Nacken und blickte auf ihre fleckige Nase hinunter. »Ich bin aber kein Torhüter.«

»Es wäre gewiß eine schreckliche Vermessenheit, Sie so anzureden, edle Dame. Ich habe an ein altes Märchen gedacht, das man Ihnen vielleicht eines Tages erzählen wird.«

In einiger Entfernung warteten Janet Sinclair, die Kinderfrau, und die beiden kleinen Töchter Jenny Flemings, doch Maria kauerte sich unbekümmert auf einen Haufen Sackleinen und faltete die Hände. »Erzählen Sie es mir jetzt«, sagte sie.

»Wie Euer Gnaden wünschen«, mischte sich O'LiamRoe mit ernsthaftem Gesicht ein. »Aber es ist ein schrecklich langes Märchen. Seine Jonglierkünste freilich, habe ich gehört, dürfen zu den Weltwundern gerechnet werden. Er ist sogar besser als Aengus der Scharfsinnige, der sich lebende Frösche aus den Ohren ziehen konnte.«

Lady Fleming hatte sich mit ihrem Sohn und dem Dauphin zu der Gruppe gesellt. Bläßlich und unterentwickelt, kleiner und schwächer als seine rothaarige Verlobte, näherte sich Franz von Frankreich der schottischen Königin, um sie etwas zu fragen. Sie antwortete in ihrem krausen, schottisch gefärbten Französisch, und während sie zerstreut die üblichen Höflichkeitsfloskeln herunterplapperte, zog sie den Dauphin zu sich herab an ihre Seite. Jenny trat zu der Kinderfrau, und auch Robin Stewart verließ die Gruppe und lehnte sich ungelenk gegen den niedrigen Zaun der Menagerie. Wenn hier irgend etwas passieren würde – ihn konnte man jedenfalls nicht verantwortlich machen.

»Jonglieren Sie«, befahl Maria.

In zwei Minuten hatte Thady alles, was er brauchte: ein paar Orangen aus dem Affenhaus, den Degen des Dauphins und einen Fächer. Auf dem zerzausten roten Haar der Königin saß ein kleiner, eleganter Hut mit einer Krempe, auf der in spitzem Winkel eine geschwungene Feder wippte – und auch den erbat er von ihr als Requisit. Dann begann er zu jonglieren. Er fing die hochgeschleuderten

Orangen eine Handbreit über den emporgereckten Kindergesichtern auf, ließ den Hut säuberlich auf dem Scheitel der kleinen Königin landen, um ihn schon im nächsten Augenblick wieder in die Höhe zur wirbeln, schickte Fächer und Degen in die graue Luft, wo sie wie silbrige Fische herumschwirrten.

Mit hochrotem Gesicht quietschte Maria vor Vergnügen, der Dauphin krümmte die Schultern ein wenig, und im Hintergrund lachte Jenny Fleming und klatschte laut in die rosigen Hände. O'LiamRoe, der mit gekreuzten Beinen auf der Erde saß, schaute selbstvergessen grinsend zu.

Als die Vesperglocke läutete, hatte Thady Boy ihnen gerade beigebracht, wie man es anstellen mußte, daß sich der Fächer im Herabfallen öffnete. Haselnußbraune und blaue Augen blickten zu dem Jongleur auf, während sie nun alle gemeinsam übten und Thadys Hände über Marias zerzaustem Haar hin und her flogen. Dann ertönte die Glocke, und augenblicklich ließ er seine Requisiten nacheinander fallen: Die Orangen plumpsten auf die Kinderköpfe, der Fächer traf Jenny, und der Hut landete genau auf Marias Kopf. Erhitzt vor Vergnügen, alle Etikette vergessend, warf sie sich Thady Boy in die Arme, ohne auf die energischen Gesten ihrer Kinderfrau zu achten. »Master Thady, Master Thady – geben Sie mir ein Rätsel auf?«

Es war das erste Mal, fand Robin Stewart, daß er Thady Boy verlegen erlebte. Das Interesse eines Kindes zu wecken, war nicht schwer. Es wachzuhalten kostete jedoch mehr als nur einen Trick.

Thady Boy blickte auf sie hinab, hielt sie fest im Arm und schaukelte sie ein wenig hin und her, während er überlegte. »Es ist Zeit hineinzugehen«, sagte er schließlich. »Fragen Sie die gnädige Frau Tante nach den dreitausend Affen von Catusaye, die pünktlich auf den Glockenschlag bei Tisch saßen und ihr Abendessen mit den Händen einnahmen... Möchten Sie ein besonderes Rätsel hören?«

Sie wandten sich dem Zaun des Geheges zu. Maria aber kehrte noch einmal um, zog den Dauphin auf die Beine, und ihn hinter sich herzerrend gesellte sie sich wieder zu Thady. »Irgendeines. Aber ein neues.«

Jenny Fleming hatte sich ihnen angeschlossen. Einen Funken Mutwillen in den Augen, legte sie Maria die Hand auf die Schulter. »Belästige die Leute nicht, Kind. Du kennst doch schon alle Rätsel, die es gibt.«

»Da mögen Sie recht haben, Mylady«, meinte Thady Boy Ballagh, »doch ist keine Frau auf der Welt so klug, daß sie alle Antworten kennt, die möglich sind. Da gibt es zum Beispiel das Rätsel mit den Mönchen und den Birnen – wie wäre es damit? Die Lösung freilich müssen Sie ganz allein finden.«

Auch für Stewart war das Rätsel neu:

> *Trois moines passoient*
> *Trois poires pendoient*
> *Chascun en prit une*
> *Et s'en demeura deux.*«

Später bemühte er sich ohne jeden Erfolg, dem Ollave die Lösung zu entlocken. Es ärgerte ihn, wieder einmal ausgeschlossen zu sein. Gereizt stellte er fest, daß ihm auch die königlichen Kinder den Ollave sofort abspenstig gemacht hatten. Allein die Gegenwart O'Liam-Roes hielt ihn davon ab, Thady Boy wieder einmal Vorwürfe zu machen.

Doch Thady war auffallend in sich gekehrt, und auch O'LiamRoe schwieg während des ganzen Rückwegs zum Schloß. Zum erstenmal in seinem Leben wurde ihm die erschreckende Arglosigkeit der Kindheit fast schmerzlich bewußt.

Am nächsten Tag wurde die Reise des Hofs gen Süden fortgesetzt, und Thady und seine Gönner widmeten sich wieder den Spielen der Erwachsenen. Sie ritten um die Wette. Sie schossen. In Fontainebleau setzten sie einen Birkenhain in Brand und jagten ihre Pferde hindurch. In Corbeil tauschten sie mit den Bootsführern – gegen ein gutes Trinkgeld – die Kleider und verschleppten, kostümiert mit blauen Mützen und weiten Kniehosen, die Boote mit den Kleiderkisten der Frauen in einen Seitenarm der Seine, um sie erst später gegen Lösegeld wieder herauszurücken.

Unterdessen hatten die Einsätze beim Spiel eine beträchtliche Höhe erreicht. Zwischen Melun und Gien verspielte Thady Boy als seinen letzten Einsatz schließlich Piedar Dooly, und der kleine irische Kobold hatte die zehn Tage bis zu seiner Auslösung – stocknüchtern und erbost – bei schwarzem Brot und Bohnen eingesperrt zu verbringen. Derweil blieb von den übrigen keiner auch nur annähernd nüchtern – ausgenommen O'LiamRoe. Selbst nicht mit dem unwiderstehlichen Drang ausgestattet, sich an solchen Trinkgelagen zu beteiligen, registrierte er überrascht und fasziniert, daß es eben dieses zügellose Treiben war, was Lymond unter »Ferien machen« verstand. Als kurz vor Gien die nächtelangen Eskapaden bei schwerem Wein auch den letzten Zecher außer Gefecht gesetzt hatten, bemächtigte sich O'LiamRoe eines Esels, steckte seinen Ollave in eine Kiepe und bezahlte einem Jungen zehn Silberkarlin dafür, daß er ihn zu einem der Flußschiffe brachte. Dort rollte sich Lymond, der keineswegs so hilflos war, wie er vorgab, friedlich zusammen und schlief ein.

ZWEITES KAPITEL

Heil und unversehrt erreichte Königin Maria – mit einem frischen Verband und ihren geliebten Affen – auch Blois. Der Haushaltsstab und O'LiamRòe sowie einige Höflinge hielten sich bereits in der Stadt auf. Die Königinmutter und ihre schottischen Barone erreichten Blois auf einer eigenen Flotte von Flußschiffen, während der Herzog von Guise und Madame de Valentinois später ankamen. Nur der König mit seiner Familie und der Konnetabel hatten die Reise nach Süden noch nicht angetreten.
Als Wohnsitz und Geburtsort einer Reihe von Königen war Blois eine reiche Stadt. Ganz Schottland besaß nichts, was sich mit ihrer Pracht vergleichen ließ. Auf dem Wasserweg von Gien flußabwärts hatte Robin Stewart an jeder Biegung der Loire die blauen Dächer und weißen Türme mit den berühmten Königswappen vorübergleiten sehen: Karls Flammenschwerter, Ludwigs Stachelschwein, die Hermeline der Königin Anna, Franz' Salamander und Heinrichs doppelte Mondsicheln.
Nach der Landung dann stieg Stewart mit den anderen zum *basse-cour* des Schlosses hinauf und sah das ihm vertraute Château vor sich lie-

gen: das Mauerwerk aus roten und weißen Quadern, die wie Zypressen schlank aufragenden Giebelfenster und den langen, überwölbten Zugang zum Innenhof, den außer dem König jedermann zu Fuß zu passieren hatte.

Um den Innenhof hatten Karl von Orléans, Ludwig und Franz jeweils einen Flügel gebaut – jeder ein Meisterwerk seiner Zeit. Wohin man auch blickte, wurde das Auge von Greifen und Kriechblumen, von Putten, Nischen und dem brokatartig schimmernden Stein gefesselt, und magisch angezogen wurde der Blick von dem seltsam gekrönten Treppenturm des Schlosses.

Fast allen eintreffenden Schotten war das Schloß zu vertraut, als daß sie noch ein Wort über seine Schönheit verloren hätten. Nach dem üblichen Chaos, das die Ankunft mit Sack und Pack mit sich brachte, richteten sie sich in den ihnen zugewiesenen Quartieren ein.

Die Königinwitwe von Schottland bewohnte den für die Guisen reservierten Flügel Ludwigs XII., der sich über dem *basse-cour* erhob. Ihre Brüder, die sich freilich tagsüber vorwiegend im Schloß aufhielten, nächtigten in ihrem Haus in der Rue Chemonton, während die schottischen Lords in Privathäusern bei mehr oder weniger bereitwilligen Hausherren einquartiert worden waren. Im gegenüberliegenden Flügel, dem alten Bau Karls von Orléans, logierten die Iren.

Es war nicht schwer, sie zu finden. Als sich Jenny Fleming einige Tage nach ihrer Ankunft zu ihnen auf den Weg machte, brauchte sie vom Innenhof aus nur der Musik zu folgen, die von ferne zu hören war. Das allzu auffallende rote Haar unter einer Kapuze verborgen, suchte sie sich ihren Weg über den gepflasterten Hof und stieg an der Südwest-Seite eine Treppe hinauf, um sich dann von ihrem vortrefflichen Gehör zur Quelle der Musik leiten zu lassen.

Die schwere, geschnitzte und bemalte Tür führte in ein behagliches Gemach. Der Haushofmeister hatte sich am Ende O'LiamRoe und seiner Begleitung gegenüber doch als großzügig erwiesen: Der Fußboden war mit Fliesen ausgelegt, an den weißen Wänden hingen Wandteppiche, und das Säulenbett, das Lady Fleming amüsiert betrachtete und sich darin sogleich Thady Boy und O'LiamRoe Seite an Seite auf Federpolstern vorstellte, war mit Schildpatt und Elfenbein verziert. Mehrere Truhen, ein Sekretär, zwei Bänke, ein schwerer Sessel, einige Stühle und ein Betschemel ergänzten die Einrichtung. Zum Zimmer gehörten ferner ein Balkon und ein Kabinett, in dem Piedar Dooly saß und schlief.

Nicht zuletzt enthielt das Zimmer ein Spinett mit dem Monogramm von Diana de Poitiers, und davor erblickte Jenny in einem aufgeplatzten Wams den Rücken Thady Boys. Er spielte gleichmäßig und korrekt, seine Gedanken waren offenkundig weit weg. Als der Türgriff in Jennys Hand knarrte, sagte er, ohne sich umzudrehen: »Gehen Sie.«

Janet Lady Fleming, die eine Situation ganz nach ihrem Geschmack witterte, schloß die Tür. »Sie wissen ja gar nicht, wer es ist.«

Noch immer machte er keine Anstalten, sich ihr zuzuwenden. »Doch. Gehen Sie, Lady Fleming.«

Lächelnd schwenkte sie an einem Finger ihr Toilettenkästchen hin und her, näherte sich ihm und stieß ihn damit an. »Wissen Sie, daß Sie allein sind? ›Die Seele so einsam wie die Taube, die den Gefährten verlor...‹« Und immer noch lächelnd ging sie um ihn herum, stützte die Arme auf das Spinett und sprach, das geöffnete Kästchen zwischen beiden Händen, zu ihrem Spiegelbild, das ihr aus dem geöffneten Deckel entgegenblickte. »Mein lieber Ollave, Sie haben O'LiamRoe wieder einmal verloren.«

»*Plan, plan, ta ti ta, tou, touf, touf; boute selle...* Von mir aus kann er zur Hölle gehen!« Ein Finger parodierte auf den Tasten die dumpfen Schläge einer Alarmtrommel. »Ich bin es leid«, sagte Lymond, »mit O'LiamRoe Such-mich zu spielen.«

Am Spinett lehnend musterte sie ihn. Sein Gesicht zeigte noch die Bartstoppeln der letzten Nacht und als Folge des Wohllebens Spuren der Erschlaffung. Das ungekämmte gefärbte Haar, das ihm wirr in die Stirn fiel, ließ dieses Gesicht vollends würdelos erscheinen.

»Sie sehen ziemlich übernächtigt aus«, sagte sie.

»Ich könnte im Stehen schlafen.«

»Ich dachte, Sie sollten O'LiamRoe nicht von der Seite weichen, immer auf dem Sprung, ihm zu folgen, wenn er sich rührt.«

Einer seiner schlanken Finger verhielt auf der letzten angeschlagenen Taste. »Dann hätten Sie jetzt nicht das Vergnügen, mir zu sagen, wo er ist.«

»Im Hundezwinger.«

»Und plätschert wie ein Springbrunnen vor lauter nutzlosem Wissen. Sehen Sie, der Einfluß eines Ollave ist außerordentlich beschränkt. Ich kann ihm zwar zum Frühstück ein Air vortragen und ihn bis zum Mittagessen einen neuen Tanz üben lassen – aber ich bin leider nicht imstande, ihn ständig in einem Zimmer festzuhalten.«

»Ist er nervös?«

»Nicht daß ich wüßte.«

»Er sollte es zumindest sein, mein Lieber – wenn auch nur Ihretwegen… Sie haben mich vorhin für d'Enghien gehalten, nicht wahr?«

»Aber nein. Er benutzt ein anderes Parfum. Ich finde, Sie sollten jetzt gehen.«

Lymond hatte im Umgang mit Lady Fleming stets seine Zunge gehütet, und sie dagegen war viel zu erfahren, als daß sie länger diesen Mann hofiert hätte, der ihr ihre Leichtfertigkeit nicht verzeihen wollte. Wortlos drehte sie ihm ihren Spiegel zu, aus dem ihm gnadenlos ein Gesicht entgegenblickte, das mit Crawford von Lymond nicht die geringste Ähnlichkeit mehr besaß; dann ließ sie das Kästchen zuschnappen. »Seien Sie ganz unbesorgt«, sagte sie.

Er wartete, bis sie gegangen war, und lachte dann über die Unverfrorenheit ihres Auftritts.

Am selben Nachmittag lag O'LiamRoe auf dem Rücken im Gras und balgte sich mit einem zerzausten Bündel – einer irischen Wolfshündin, die auf den Namen Luadhas hörte.

Es war ein frischer, prächtiger Tag mit einer rötlichen Sonne und würziger Luft. Früh am Morgen hatte ein Regenschauer das Gras durchweicht, so daß des Fürsten Kniehosen und Schulterblätter schwarz vor Nässe waren. Er war allein. Die Hunde tollten, hetzten und kläfften im Auslauf: die Tumbler und die schottischen Spürhunde; die Wachtelhunde für die Falkenbeize und Vogeljagd; die flinken, sehnigen Hasenhunde; die schlappohrigen Bulldoggen für die Wildschweinjagd; die flachköpfigen, grimmigen Allaunts und die schnellen Nachkommen Souillards, die berühmten königlichen weißen Jagdhunde, die niemals ohne Grund anschlugen. Und schließlich die beiden irischen Wolfshunde, Luadhas und ihr Bruder: beide drei Fuß hoch, hundertzehn Pfund schwer, starkknochig, gescheckt, mit schmalen Schnauzen und gewölbten Lenden, freundlichen flachen Augenpartien und edel geformten Köpfen – Hunde, die einen Wolf fangen und zerreißen konnten.

O'LiamRoe und seine Hündin, deren Ohren sich an den Lärm im Zwinger gewöhnt hatten, hörten das Geräusch der sich nähernden Schritte sofort. Die beiden irischen Köpfe, zerzaust und gescheckt der eine, struppig und golden der andere, wandten sich um, als Thady Boy über die Wiese heranschlenderte. O'LiamRoe fluchte unhörbar in sich hinein, denn sein Ollave hatte nicht erfahren sollen, daß er Luadhas soeben – zu einem annehmbaren Preis – erstanden hatte: als Geschenk für Oonagh O'Dwyer.

Daher sprach der Fürst, als sein Sekretär nahe genug herangekommen war, trotz eines Funkelns in den sanften blauen Augen in verhaltenem Ton: »Tüchtiger Bursche, diesmal haben Sie ziemlich lange gebraucht, um mich zu finden. In der Zeit hätte man mich umbringen, mumifizieren und in eine Kiste sperren können wie Kallimachos' Leiche – und niemand hätte es gemerkt.«

»Ein bißchen Mitwirkung von Ihrer Seite würde solchen Gefahren vorbeugen«, sagte Thady Boy. Er ließ sich ins Gras fallen und nahm Luadhas' große Pfote mit den starken, gekrümmten Nägeln in die Hand. Er sprach ohne Zorn. Die Aufgabe, O'LiamRoe nicht aus den Augen zu lassen, hatte er sich zwar selbst gestellt, doch mußte schließlich O'LiamRoe allein entscheiden, wieviel ihm sein Leben wert war.

»Meiner Treu«, ließ sich dieser arglose Mensch teilnahmsvoll vernehmen, »Sie haben es wirklich nicht leicht mit den delikaten Vergnügungen, denen Sie sich nebenbei so hingeben. Sie sollten Ihre Begeisterung zügeln, Sie übereifriger Junge. Frankreich ist ein gefährlicher Gönner. Wozu die Gelage? Wozu die Vergnügungen? Denken Sie lieber an die ewig schwelenden Brände daheim!«

Lymond lächelte ins Gras und antwortete: »Deren Hitze Ihnen freilich abgeht.«

Wieder einmal zum Theoretisieren animiert, spekulierte O'Liam-Roe vor sich hin. »Zugegeben. Eines habt ihr Schotten und diese Franzosenbrut begriffen: Daß die Rebellen bei uns zu Hause mit ihren Kriegsbeilen nicht das Geringste erreichen, wenn sie gegen die Engländer losschlagen. Denn ihr habt die Monarchie, die euch führt: die Könige als göttliche Werkzeuge, die sich nicht irren können. Geben Sie einem Volk einen von Gott erwählten König – und das ganze Land steht hinter ihm. Geben Sie den Iren einen Sean O'Grady aus Cork – und hinter ihm steht allenfalls die Grafschaft Cork.«

Auch Thady Boy streckte sich unbekümmert im nassen Gras aus und hörte O'LiamRoe nachdenklich zu. »Aber könnte nicht der Kult um einen starken Mann einen König ersetzen? Würde ein starker Mann den Lauf der Dinge nicht ändern?«

»Der von fremden Mächten finanziert wird... Ach, es ist doch immer dieselbe Geschichte«, sagte O'LiamRoe. »Sie hat sich seit den keltischen Königen ständig wiederholt: Man ergattert ein bißchen Macht und leistet sich Wohlleben mit Kunst und Bildhauerei und Musik, führt ein paar erbitterte Feldzüge und geistreiche Gespräche. Sicher, drei oder vier dieser großen Herren haben ihre Sache ganz gut gemacht – den übrigen ist es allenfalls gelungen, sich einen ehrenwerten Anstrich zu geben. Doch wenn man sie bei schlechtem Wetter zu lange sich selbst überläßt, gehen alle diese ehrenwerten Männer aufeinander los und schneiden sich gegenseitig die Kehle durch. Die Mehrzahl von ihnen«, meinte O'LiamRoe nachsichtig, »täte besser daran, sich in Lehmhütten zu verstecken, als in die große Welt zu streben...«

»Unser Freund Stewart übrigens hält diese große Welt für vollkommen«, sagte Thady Boy träge. »Sie hält namenlose Wonnen bereit, unvorstellbaren Luxus und geheime Vergnügungen, über die niemand klatscht. Aber sie bleibt ihm verschlossen, die große Welt. Das ist sein ganzer Kummer.«

»Wenn er will, kann er mein Zimmer im Schloß haben...« bemerkte O'LiamRoe trocken, als er den früheren Besitzer von Luadhas den Auslauf betreten sah. Er kam, um dem Fürsten eine Hundeleine zu bringen, die er ihm versprochen hatte. »Oh, ich bin gerade dabei, diesen irischen Wolfshund zu kaufen«, fügte O'LiamRoe hastig hinzu.

»Was um Gottes willen wollen Sie denn mit einem Hund anfangen?« fragte Lymond.

Er blickte forschend in O'LiamRoes errötendes Gesicht und fand die Antwort augenblicklich selbst. »Natürlich«, sagte er. »Um eine Dame hoher Gesittung geneigt zu stimmen – wie's im Anstandsbuch steht... Eine überwältigende Werbung, mein Lieber. Ich bin bereit, zu wetten, daß es im O'Dwyerschen Zwinger von irischen Wolfshunden nur so wimmelt – aber bitte, wie es Ihnen beliebt. Läuft das Tier gut? Sie sollten es morgen von Piedar Dooly ausprobieren lassen.«

Die Wolfshündin Luadhas stand auf und hob den länglichen edlen Kopf. Mit gewölbten Schultern, gespannten Vorderläufen und bebenden Flanken streckte sie sich – und dann, nachdem sie sich ausgiebig geschüttelt hatte, ließ sie sich ins Gras purzeln. O'LiamRoe nieste, und Thady Boy brach in schallendes Gelächter aus. Der große starkknochige Hund näherte sich mit demütigem Blick dem Fürsten von Barrow und leckte ihm die Hand. O'LiamRoe war erfreut, beinahe gerührt – und jetzt keinen Deut mehr verlegen darüber, daß die Geschichte nun heraus war.

Robin Stewart, der O'LiamRoes umständliches Werben um Oonagh O'Dwyer mit heimlichem Vergnügen verfolgte, bezog auch aus dem Hundekauf einigen Gesprächsstoff. Er war es, der während eines kurzen Aufenthalts in Neuvy Mistress Boyle gegenüber erwähnte, daß der irische Fürst mit seinem geplanten Geschenk am nächsten Morgen bei der Treibjagd zu besichtigen sei. Oonagh zeigte sich so unbeeindruckt, daß man daraus nur auf Abneigung schließen konnte – nicht jedoch Mistress Boyle, die vor boshafter Freude glühend augenblicklich Überlegungen anstellte, wie sie und Oonagh O'Dwyer eine Einladung zur Jagd ergattern könnten, zu der man am nächsten Morgen in Blois aufbrechen würde, um den Hasen – klassisches Jagdopfer und Symbol der Melancholie – zu hetzen.

Der kleine Wald, von dem die Jagd ihren Ausgang nahm, war in der Frühe noch weiß von Rauhreif, der Eichen, Hainbuchen und Kastanien bedeckte.

Die Nacht war schneidend kalt gewesen, doch nun suchte sich die funkelnde Morgensonne ihren Weg durch die Äste und warf ein lebhaftes, leicht zitterndes schwarzes Linienmuster auf die Menschen im Wald.

In grauen Samt gehüllt bewegten sie sich unter den zinnfarbenen Bäumen, lachten, saßen ab und wärmten sich an den Kohlepfannen, die hier und da wie rote Salamander in der weißen Dämmerung leuchteten. Pferdeknechte, Pagen, Hundeführer und Maultiertreiber hasteten und huschten durch das Gedränge. Niedrige Tische wurden unter den Bäumen aufgebaut, aus überquellenden Tragekörben kamen Pastetchen und Wein ans Licht, und die hechelnden, schwanzwedelnden Hunde mußten immer wieder von den Tischtüchern verscheucht werden.

Margaret Erskine hatte sich ebenso verspätet wie das Gefolge der kleinen Königin. Maria war krank gewesen, und Margaret hatte mit Janet Sinclair die halbe Nacht bei ihr gewacht, bis sie mit vor Müdigkeit brennenden Augen das Kind endlich hatten einschlafen sehen. Um fünf Uhr aufzustehen, James und Agnes zu wecken, Janet zu besänftigen, ein verschlafenes Kind anzuziehen und in den Hof hinauszubringen und schließlich Toms Brüder und deren Pferdeknechte sowie die Stallmeister und Pagen des königlichen Gefolges zu versammeln, war für Margaret Erskine ein schwieriges Unterfangen gewesen. Auch der beruhigende Gedanke, daß Jenny an der Jagd nicht teilnehmen würde, hatte ihr die Arbeit nicht leichter gemacht. Strahlend hatte sich Jenny am Vorabend in einer Wolke von Moschusdüften und pelzverbrämten Nachtgewändern für die Nacht zurückgezogen, um sich auszuschlafen, anstatt an der frühen Jagd teilzunehmen. Welche Faszination Lymond in den Augen ihrer Mutter auch immer besitzen mochte – um fünf Uhr morgens war sie augenscheinlich wirkungslos, dachte Margaret.

Der Herzog Franz von Guise, jung, schön, mit elegantem Bart, edler Nase und einem freundlichen Lächeln auf den vollen Lippen, leitete an diesem Tag die Jagd. Als unerschöpflicher Quell erlesener

Höflichkeiten und Ausbund der Diplomatie pflegte er stets der Mätresse des Königs seine Hochachtung zu bezeigen, indem er sie um Rat fragte. Heute betrachteten Diana und der Herzog in gegenseitigem Einvernehmen die kleine Königin Maria als ihre Gebieterin. Vor ihr kniend debattierte ihr Onkel ernsthaft mit ihr darüber, wo sich wohl die Sitze der Hasen befanden, welche Hasen gejagt werden und wo die Verschläge aufgebaut werden sollten, aus denen die Hundeführer frische Hunde losließen, wenn die Beute in ihre Nähe floh. Schließlich sah Margaret das kleine Mädchen, dessen Gesicht keinerlei Spuren der nächtlichen Beschwerden zeigte, aufsitzen und ging selbst zu ihrem britannischen Hackney. Sie saß auf und ordnete, beide Füße fest auf dem Fußbrett, ihren gerafften grauen Rock.

Unwillkürlich hielt sie nach den Iren Ausschau und entdeckte sie bald: Thady Boy, dessen Füße in lang herunterbaumelnden Steigbügeln steckten, hing auf einem spanischen Pony, das so niedrig gebaut war, daß sein Bauch beinahe das Gras berührte, und hoch über ihm thronte O'LiamRoe auf einem mausgrauen Hengst. Der Bogenschütze Stewart stakste zu seinen Kameraden und schwang sich ebenfalls in den Sattel. Nach und nach wurden die Jagdhunde weggeführt und auf die verschiedenen Meuten verteilt. Unterdessen waren auch die Reste des erstürmten Picknicks verschwunden. O'LiamRoe beugte sich herab und sprach mit Piedar Dooly, der sich daraufhin mit zwei angeleinten, jaulenden und widerstrebenden Rüdenpaaren entfernte. In diesem Augenblick kündigten ein Knacken im Unterholz, ein metallisches Klirren und eine schrille Frauenstimme die beiden Irinnen aus Neuvy an.

Mistress Boyle, die mit ihrer Halskrause an ein Stachelschwein erinnerte und unter deren Hut graues Haar hervorquoll, setzte zu einem Lächeln an, das ihr kräftiges Pferdegebiß freilegte. Sie wußte, wie sie sich bei einem Guisen entschuldigen mußte. Sie schmeichelte dem Herzog, amüsierte ihn und ritt dann, Oonaghs Pferd am Zügel mit sich ziehend, rasch davon.

Unter den müßigen, wachsamen Blicken der ringsum im Wald wartenden Jagdteilnehmer verhielten die beiden Pferde abrupt neben O'LiamRoe. Theresa Boyle starrte zu dem Reiter in dem struppigen Friesmantel hinüber und dann auf den zotteligen kalbsgroßen Hund zu seinen Füßen. »Vater im Himmel! Ich wollte es nicht glauben, obwohl der ganze Hof darüber getuschelt hat. Man sagt, daß der ruhmreiche große Fürst O'LiamRoe einen Hund gekauft habe, der das schönste Geschöpf auf Gottes Erdboden sei. Aber was wollen Sie bloß mit einem so herrlichen Tier anfangen, Fürst von Barrow?«

Die beiden Augenpaare, die des Mannes und des Hundes, wandten sich Mistress Boyle und der jungen Frau an ihrer Seite zu. Die wartenden Pferde stampften in der Stille unruhig mit den Hufen, und weit entfernt konnte man die Hundeführer hören, die im Dahinschreiten auf die Windhunde einredeten. Die Bluthunde, die auf absolutes Stillhalten abgerichtet waren, saßen scharrend am Boden.

Margaret Erskine, die O'LiamRoe vom Flußufer in Rouen her und aus den entstellenden übermütigen Schilderungen ihrer Mutter kannte, spürte, wie sich ihr Gesicht vor Ärger über Mistress Boyles Spöttelei verhärtete. Sie wandte sich ab und unterhielt sich, das klare, ausdruckslose Profil Thady Boys im Rücken, mit der kleinen Königin.

In die Stille hinein antwortete der leicht errötende O'LiamRoe ruhig: »Sie ist zwar mit der berühmten Failnis nicht zu vergleichen, aber sie hat einen schönen Kopf und ist schnell wie der Wind. Sie heißt Luadhas, und wir beide hoffen, daß Sie und das Fräulein Nichte sie wohlwollend als Geschenk annehmen werden.«

Wie die Erscheinung einer Meergöttin saß Oonagh O'Dwyer reglos im Sattel. Das schwarze Haar, das sich leicht über dem fließenden Umhang bauschte, war das einzige, was sich an ihr bewegte. Mistress Boyle stieß einen dünnen Schrei aus, beugte sich hinüber und grub die Finger in den wattierten Ärmel des Mädchens. »Ist dieser Hundenarr nicht ein wonniger Kavalier? Und schüchtern ist er auch – sieh nur, wie er errötet! Du mußt ihm danken, Oonagh! *Ná buail do choin gan chinaid*, wie man so sagt.«

Es war zweifelhaft, ob Oonagh O'Dwyer auch nur eine Silbe dieses Redeschwalls aufgenommen hatte. Bei den ersten Worten ihrer Tante hatte sie den Handschuh abgestreift, sich herabgebeugt und einmal mit den langen, knabenhaften Fingern geschnippt. Die Wolfshündin wandte ihr den schmalen Kopf zu, und von dem mürrischen Piedar Dooly hochgezerrt, setzte sie sich zunächst zögernd in Bewegung und trottete dann zu Oonagh hinüber. Der weiße lange Arm tätschelte die Hündin kurz. Dann richtete sich die Reiterin auf, streifte den Handschuh wieder über und griff nach dem Zügel.

»Ein schönes Tier, Fürst von Barrow, und ein guter Kauf«, sagte sie mit unbewegtem Gesicht und glockenklarer Stimme. »Nun wollen wir sehen, wie sie läuft.«

Oonagh O'Dwyers Worte waren für die Teilnehmer der Jagdgesellschaft, die diese Szene schweigend beobachtet hatten, das Signal, sich auf den tänzelnden und stampfenden Pferden endlich der Jagd zuzuwenden. Mit der Geschmeidigkeit des perfekten Reiters trabte der Herzog von Guise vorüber und übernahm die Führung. Ihm zur Seite ritten die Herzogin von Valentinois und die kleine Königin, denen sich das Gefolge anschloß. Noch einmal verhielten sie, der Herzog wandte sich um, man sah seinen erhobenen Arm und vernahm den langgezogenen Ton des Horns.

Erregt, heiter, wachsam, versiert im Sattel, erlesen gekleidet und stolz im Glanz ihrer Jugend – so stoben die Edlen Frankreichs von der aufgewühlten Lichtung. Im Glanz der Sonne schwärmten sie den ganzen Morgen durch die glitzernden Wälder: Das Funkeln des tauenden Rauhreifs mischte sich mit dem der Diamanten, das Grau des Samts mit dem der Baumrinde, die Kostbarkeiten der Jäger mit denen der Landschaft. Astwerk und menschliche Gliedmaßen schienen eins zu werden, Jagdröcke und Wiesen aus demselben Gewebe gemacht, Köpfe wie in faunischen Phantasiegebilden mit Wurzelstock umrankt und mit Farnkraut belaubt. Spinnweben, Mähnen und Bärte spannen den gleichen nebelhaften Faden, Rauhreif blitzte auf, Juwelen funkelten rot und üppig auf Rosenstrauch und Fingerring. Die Eichen fügten ihre bereiften Früchte den Perlen der Reiter hinzu, vereinten die brillantenbesetzten Schabracken der Pferde mit den tiefen Moosen am Fuß der Stämme, wo halb vereistes Wasser im dunklen Grün blinkte. O'LiamRoes freundliches Gesicht war feucht wie das eines Wassergottes, Dianas Antlitz lebhaft und mit kleinen Schweißperlen bedeckt. Die Wangen Margarets und des Kindes leuchteten in hellem, anmutigem Rot, und der Herzog von Guise in seiner Pracht glänzte wie eine zweite Sonne.

Es gab viele Hasen im Revier. Diese sanften Geschöpfe, die fast ohne zu erlahmen vier Meilen rennen und selbst dann noch dreißig Windhunde düpieren können, flink und listig, mit feiner Nase, schossen von ihrem Sitz oder Futterplatz, als die Bluthunde sie aufspürten. Die Hasen rannten und sprangen davon, schlugen Haken, als hinter ihnen die drei Hornsignale weich verklangen und die erste frische Meute von Hasenhunden die Verschläge verließ.

Die Jagd fand nicht in einem geschlossenen Wildgehege, sondern in einem offenen Jagdrevier statt, in Wäldern und Lichtungen, auf denen vereinzelt Nußbäume und Buchen, Pappeln und Eschen wuchsen, in Gestrüpp und Heide zwischen Schwarzerle und Eller, Stechginster und Schlehdorn und auf weiten Stoppelfeldern. Hier begannen die größeren Hasen ihre Flucht: Mit der Erfahrung ihrer drei Lebensjahre und angelegten Löffeln verließen sie die Sitze zunächst in kurzem Galopp, noch nicht in vollem Lauf. Bald würden die heranpreschenden Hasenhunde die langsameren Bluthunde überholen, würde der Leithund ein einziges Mal anschlagen, wenn die Hasen in vollem Lauf zu rennen begannen und das *Laisser courrer* ertönte. Den Jagdhunden hing die Zunge weit aus dem Maul, als die Jagd hügelaufwärts fegte, begleitet vom grellen Stakkato der Hörner und den Rufen der Jagdgehilfen, die die Hunde dirigierten.

Der Fürst von Barrow, dem das goldene Haar über dem gebauschten Friesmantel flatterte, hatte seinen Hund mit sicherem Instinkt gut ausgewählt. In der dritten Meute, der besten, lief Luadhas: die kräftigen Knochen und der gestreckte Rücken waren ein einziges Wiegen und Gleiten, die flache Stirn, die edle Nase anmutig erhoben. O'LiamRoe beobachtete Luadhas mit heißem Herzen, ohne zu wissen, daß er von Oonagh O'Dwyer nicht aus den Augen gelassen wurde.

Auch in dieser Situation entging nichts den wachsamen Augen Robin Stewarts. Stets leicht zurückhängend stampfte er auf seinem Roß dahin, und endlich gelang es ihm einmal, mit Thady Boy einen Blick zu tauschen und ihm vertraulich zuzuzwinkern. Thady Boy, den eigene Sorgen drückten, benutzte die erste sich bietende Gelegenheit, seinem gescheckten Pony die Sporen zu geben und vor dem Bogenschützen davonzugaloppieren.

Ins Blickfeld der Jäger geriet jetzt ein auffallend dicker Hase – ein gut acht Pfund schweres Tier im grauen Winterfell, das soviel Schläue besaß, sich hinzukauern und auszuruhen, wann immer sich die Möglichkeit dazu bot, und so die Hunde zu verwirren und zu erschöpfen, die es schnüffelnd, stöbernd und japsend einzukreisen trachteten. Sie trieben den Hasen schließlich auf den Verschlag zu, wo die letzte Meute stand, und O'LiamRoe, den Sonne, frischer Wind, die Wärme des Sattels und die Geräuschkulisse aus Hörnerklang und Menschenstimmen berauscht hatten, suchte in der Meute seine edle, schöne Hündin Luadhas.

Sie war da, doch fest in der Koppel wie alle anderen Hunde. Das struppige Fell über ihrem Rückgrat sträubte sich, denn neben ihr stand ein königlicher Stallknecht, von dessen Handgelenk ein langer Lederriemen herabhing – und vom graugelben, staubigen Geflecht verblühter Sommerkräuter am Boden hoben sich ein gesprenkeltes Fell, kräftige Glieder, große, flach ausgestreckte Pranken, und darüber, reglos im stillen Gras, ein flacher maskierter Schädel ab... Gleich würden die weit auseinanderliegenden, büscheligen Ohren, die stumpfe Nase und das charakteristische Zeichen der Leier zum Vorschein kommen – das weiß gesäumte Maul eines Geparden. Man hatte eine der Jagdkatzen herbeigeschafft.

Es war nicht schwer zu erraten, wer das bewerkstelligt hatte. Boshaft in seiner Eifersucht hatte Robin Stewart den Fürsten von Barrow bereits gezwungen, der Dame seines Herzens sein schüchternes Geschenk vorzeitig zu präsentieren. Soviel hatte Thady Boy schon in Erfahrung gebracht. Jetzt war Luadhas' Auftritt mit einem Schlag vereitelt, und Robin Stewart machte kein Hehl daraus, daß er sich seines Erfolges freute, als er mit einem vergnügten, wissenden Lächeln erneut Thady Boys Blick suchte, während sie bei den ermüdeten, fest angeleinten Hunden und den reglos verharrenden Pferden festgehalten wurden. Auf dem kahlen Feld vor ihnen bewegte sich einzig der Hase.

Der Herzog von Guise hob die Hand. Der Stallknecht beugte sich vor und riß der Katze die Maske herunter. Ein hell gefleckter Bogen, die schemenhafte Silhouette von Schultern und Beinen, schnellte empor. Dann schoben sich samtige Schultern und bedrohliche, kräftige Schenkel lautlos durch das hohe Gras, das sich ein wenig neigte und regte, als ob eine Schlange hindurchglitte. Wie ein Schatten flog das Unheil über das weite Feld und hielt abrupt inne. Mit einem dünnen Schrei starb der große Hase.

Mit leuchtenden hellen Augen kniete Oonagh O'Dwyer neben dem Stallknecht, als der Gepard zur Belohnung das Hasenblut trank. Dann sprang die Jagdkatze, wieder angeleint und maskiert, auf die Kruppe des von seinem Wärter geführten Pferdes. Entzückt von ihrem neuen Spielzeug galoppierte die Jagdgesellschaft bald wieder in langgestrecktem Zug dahin. Die im Zenit stehende Sonne tupfte die dünnen Schatten mit farbigen Flecken und ließ die Gestalten wie in einem Stundenbuch zinnoberrot und golden aufleuchten, während sie, umspielt von den schwarzen Schatten der Äste, durch die kleinen Wälder dahinflogen. Auf dem ruhigsten Pferd saß aufrecht und reglos, maskiert wie ein Scharfrichter, der Gepard. Ihm zur Seite ritt Oonagh. Ihr gelöstes schwarzes Haar flatterte im Wind, die grün schimmernden Nixenaugen blickten wachsam wie die der Katze. Die rennenden Hunde begleiteten den Zug noch immer, doch waren sie angeleint und wurden nicht eingesetzt. Luadhas' Triumph war nur kurz gewesen.

Es war der letzte Hase dieses Tages, der die Jagd ins Stocken brachte. Das fast mechanische Zupacken, die geschmeidige Wildheit der Katze hatten dem Jagdgeschehen zwar eine gesteigerte Erregung verliehen, jägerisches Geschick jedoch überflüssig gemacht. So war O'LiamRoe schon vor geraumer Zeit ohne Erklärung zurückgeblieben, und augenblicklich hatte auch Thady Boy auf seinem gescheckten Pony das Tempo verringert.

Der Hase hatte in seinem Sitz ausgeharrt, bis er aufgestöbert wurde. Wie der Blitz schoß er davon und rannte über eine Meile durch offenes Gelände, ehe ihn die Kräfte verließen. Dann versuchte er jeden Trick. Über Stege hinweg machte er plötzlich kehrt, hoppelte eine Grenzmauer entlang, sprang eine Weile kurz-lang, kurz-lang geradeaus, änderte dann in langen Sätzen die Richtung und kehrte auf der eigenen Fährte zurück, die er sogleich wieder verließ. Nach einiger Zeit rannte er nur noch geradeaus, und die Jäger wußten, daß er verloren war. Dann verdoppelte sich plötzlich die Fährte, die sich in der hellen Mittagssonne über dem Stoppelfeld fast verflüchtigt hatte, der Geruch war frisch und kräftig, und die Bluthunde erhöhten das Tempo mit hängender Zunge, stutzten und stürzten schnüffelnd hierhin und dorthin. Der Hase war auf der eigenen Fährte zurückgekehrt, hatte eine neue Witterung gelegt und war dann verschwunden. Die Reiter hielten an, Hörnerklang verkündete die Unterbrechung der Jagd.

Die Jäger hatten gegen eine Pause nichts einzuwenden. In kleinen Gruppen, zu zweit und zu dritt, sammelten sie sich am Rand eines Wäldchens. Pferde und Reiter dampften. Vor ihnen dehnte sich in sanftem Gefälle eine von Maulwürfen aufgebuckelte Wiese, die sich in der Ferne zu einem grauen, Eis führenden Bach hinabsenkte und am anderen Ufer wieder anstieg, dort wie hier mit gelbem Gras und Stechginster, niedrigem Gebüsch und Gestrüpp bewachsen.

Wartend plauderten sie. Margaret Erskine verweilte kurz an der Seite O'LiamRoes und gratulierte ihm zu seinem Hund, doch er zog es vor, über die kleine Königin zu sprechen, die für ihr Alter vortrefflich, ja verwegen ritt. St. André stand neben Marias Pferd und prüfte einen Sattelgurt. Die langsam abkühlenden Pferde tänzelten leicht. Nachdenklich blickte O'LiamRoe auf den Ollave an seiner Seite hinab, der auf seinem gescheckten Pony hockte.

»Bis jetzt, mein Lieber, haben Sie sich umsonst geschunden – niemand hat versucht, mich umzubringen.«

»Ach, seien Sie still. Der Tag ist noch nicht zu Ende«, sagte Thady leise und knapp mit ausdruckslosem Gesicht, ohne auf O'LiamRoes plötzliche Vertraulichkeit einzugehen. »Andere sind schlimmer dran als ich. Sehen Sie sich Piedar an, wie dem die Beine am Boden kleben.« In diesem Augenblick verkündete ein Hornsignal, daß der Hase aufgestöbert worden war, und die Jagdgesellschaft stob auseinander.

In freiem Gelände ohne Orientierungspunkte vergißt ein erschöpfter Hase, im Kreis zu rennen. Ein erschöpfter Hase quält sich nur noch mühsam voran – doch wenn er alt und listig ist und in der Nähe einen jungen Hasen wittert, duckt er sich neben dem jungen nieder, bleibt liegen und läßt ihn zuerst springen, damit die dümmeren, die noch jagdunerfahrenen, die unbesonnenen Hunde schnappend und schnüffelnd der neuen Fährte folgen.

Genau dies ereignete sich hier. Doch auch der ältere Hase sprang auf und floh, von der halben Jagdgesellschaft gehetzt, über die Wiese, während die Hunde im Wald der neuen Beute nachsetzten. Eine Weile bestimmten zwei Hasen das Geschehen und teilten schließlich die Verfolger zwischen sich auf: Die eine Hälfte – an der Spitze der Herzog von Guise, Diana, die kleine Königin und die beiden Irinnen aus Neuvy – überquerte in gestrecktem Galopp das offene Gelände, die andere umritt mit der laut bellenden Meute den Wald.

Das widersprach allen Regeln der Hetzjagd, doch neigte sich der Tag seinem Ende zu, und die Etikette lockerte sich. Die beiden rivalisierenden Jagdgesellschaften setzten jeweils einem Hasen nach, und niemand wußte oder fragte sich auch nur, welche Gruppe die ursprüngliche Beute und welche den zweiten Hasen jagte. Durch die ganze Weite der Wiese von der anderen Gruppe getrennt, hatte die von dem Guisen geführte als erste Erfolg.

Das spöttische Triumphgeschrei, das Winken, der Hörnerklang drangen vom Hügelkamm her zu der weniger glücklichen Gruppe unten. Der zweite, noch frische Hase lag weit voraus, und Pferde und Reiter waren erschöpft. Doch St. André, den das Geschrei verärgert hatte, folgte ihm verbissen. Dicht an seiner Seite ritt O'LiamRoe. Und hinter ihnen, zwischen den rennenden Hundeführern und den angeleinten Hunden, saß der Gepard mit gestreckten Vorderläufen auf seinem Sattelkissen. Dunkel lag die Maske über dem hellen unbewegten Maul.

Zum Hornblasen blieb keine Zeit mehr. Bach und Hügel lagen nun weit ab zu ihrer Linken. Sie jagten den bewaldeten Saum der Wiese entlang, bis die Grasnarbe in verunkrauteten Ackerboden überging, bis schließlich der Kalkuntergrund dieses Gebiets knochig sichtbar wurde. Kleine Mulden, Löcher und Höhlen sprenkelten den Boden, und es war offenkundig, daß sich die Jäger den Gestaden der Loire näherten. Stewart, der in der Mitte des Zuges dahinsprengte, hörte O'LiamRoe fluchen. Wenn der Hase den stark zerklüfteten Boden einmal erreicht hatte, wäre ihre Beute so gut wie verloren.

Doch dann wendete sich das Blatt. Weit vor ihnen wuchs eine Gestalt aus dem Boden: ein Mann mittleren Alters in Arbeitskleidung, der seine Wollmütze schwenkte und brüllend auf und ab hüpfte, so daß seine weiten Hosenbeine aneinanderklatschten. Dies hatte ihm sicherlich schon bei früheren Jagden ein paar Kronen eingebracht, und soviel würde gewiß auch diesmal dabei herausspringen. Der Hase schwenkte herum, zögerte, schlug dann verbissen eine neue Richtung ein und rannte mit trommelnden Läufen über die Wiese zurück.

Sie lag vor ihnen, eine weite Fläche, die sich nach der einen Seite hügelaufwärts erstreckte und nach der anderen zum Bach hinabsenkte. Oben auf dem Kamm hob sich die spöttisch wartende zweite Gruppe schwarz vom eisigen Blau des Himmels ab. Wenn die Jäger unten dem Hasen weiter nachsetzten, würden sie ihre Beute zwangsläufig an den Herzog verlieren.

St. André hob die Hand. Dampfend und stolpernd kamen die Pferde hinter ihm zum Stehen, während die Nachzügler noch durch den bröckeligen Kalk trabten. Auf einen Befehl hin schob sich der Stallknecht mit der reglosen Jagdkatze nach vorn. Der Marschall sprach. Rasch und geschickt löste der Wärter den Riemen und streifte die Maske ab: Torfbraun, glasig rund richteten sich die Gepardenaugen auf die Beute. Dann packte der Mann mit behandschuhten Händen die Katze bei den Flanken und schleuderte sie zu Boden. Hell gefleckt, pelzig, mit weit auseinanderstehenden gespitzten Ohren blieb sie dort einen Augenblick sitzen. Dann hob sich das Rückgrat dünn und scharf wie eine Rute, die kräftigen Gelenke krümmten sich, und unabwendbar wie ein Traumungeheuer schnellte der Gepard in einer Wellenbewegung davon und setzte dem Hasen über das weite Feld nach.

So geschmeidig die Katze auch lief, das Geräusch des neuen Verfolgers erreichte den Hasen. Seine Muskeln reagierten augenblicklich und trieben ihn in langen Sätzen vorwärts. Acht, neun Fuß weit sprang er, die Läufe berührten den Boden kaum, während die langen Löffel mit den dunklen Spitzen über dem hohen Gras dahinflogen. Er sprang – und in dem kurzen Fell seines Genicks blitzte grünes Feuer auf und erstarb sogleich wieder im Schatten.

St. André erstarrte jäh in seinem Sattel. Auf dem gescheckten Pony kniff Thady Boy die Augen zusammen. Doch Robin Stewart, der sich genauer auskannte als alle anderen, begriff augenblicklich, was es war. Während die Jagdkatze in ihrem geschmeidigen Dahingleiten den Rhythmus ihrer vollkommenen Laufkunst entfaltete, warf Robin Stewart sein Pferd nach vorn, und sein Schrei trieb dünn in der frostklaren, sonnigen Luft. »Verdammt! Es ist das Häschen! Sie haben den Hasen der Königin erwischt!«

Oben auf dem Kamm des Hügels hörten sie es. Eine einzige lange Sekunde rührte sich an beiden Enden der Wiese niemand. Ein Außenseiter hätte in den erröteten Gesichtern Schrecken, Ärger oder Wut gelesen. Denn ein königliches Schoßtier zu töten war nicht eben die beste Methode, sich königliche Gunst zu erwerben... Von all den Gesichtern neben St. André zeigte einzig das O'LiamRoes Mitleid. Thady Boy saß so reglos im Sattel wie kurz zuvor der Gepard auf seinem festgeschnallten Sattelkissen. Der kleine Hase war eindeutig verloren. Mit ruckhaften Bewegungen des großen Kopfes war er bereits durch den Bach geschwommen und die langgestreckte Wiese halb hinaufgehetzt. Und schon hatte weit hinter ihm der Gepard, dessen gestrecktes Rückgrat dahintrieb wie gelber Rauch, den Abstand verringert – und Robin Stewart, der auf seinem ermüdeten Pferd hoffnungslos weit zurücklag, würde zu spät kommen. Kein Pferd auf beiden Seiten der Wiese konnte den Lieblingshasen der Königin Maria jetzt noch vor dem Geparden erreichen.

Der Hase ermüdete nun rasch. Dieses junge Tier mit dem Smaragdhalsband, der Venus geweiht, mit wildem Thymian großgezogen und von seiner Herrin mit einer Flöte gerufen, hatte nie einen Feind gekannt, ahnte nichts von den Bambuswäldern des Ganges mit dem dort lauernden schnellen Tod. Der Hase rannte atemlos mit geweiteten weißen Augen und spürte, wie die weichen Tatzen näherkamen, wie alle Sinne seinem gepeinigten Herzen neue Schrekken aufluden – bis über den flirrenden Gräsern, über dem weit entfernten Hundegebell, über dem fernen Hufschlag eines ermüdeten Pferdes, über dem gedämpften, ängstlichen Gemurmel und dem Klirren von Zaumzeug und Zügel eine vertraute Stimme ertönte, eine kleine porzellanweiße Stute vorwärtsschoß und jemand mit vertrautem Geruch und Aussehen rief: »Suzanne!«

Mit aller Kraft seiner blutenden Pfoten warf sich das Tierchen herum, wandte sich von dem weiten unerreichbaren Horizont ab und rannte der kleinen Königin entgegen. Auch der Gepard änderte die Richtung und heftete den hypnotischen, leidenschaftslosen Blick auf die weiße Blume des Hasen und den sich nähernden Zelter mit der rothaarigen kleinen Reiterin.

Auf dem Kamm des Hügels stieß der Herzog von Guise augenblicklich und unbarmherzig seinem Pferd die Sporen in die Flanken und jagte seiner Nichte nach. Unten drängten Berittene und Unberittene in ihrer Angst ratlos vorwärts. Doch ehe die Gruppe sich in Bewegung setzte, schloß sich eine Hand wie eine stählerne Fessel um O'LiamRoes Handgelenk, und Lymonds klare Stimme sagte: »Luadhas.«

Peinigendes Schweigen lastete sekundenlang zwischen den beiden Männern. Dann rührte sich O'LiamRoe und sprach. Ungläubig hörte der kleine Piedar Dooly zu, bückte sich, streifte die dünne Leine ab – und die Wolfshündin Luadhas sauste hinter der Jagdkatze her.

Sie war ein edles, mutiges Tier und im Jagdeinsatz gewissenhaft. Einen Wolf konnte sie besiegen, doch die exotische, teuflische Schönheit, die da vor ihr durchs Gras glitt, war ein fremdes Element. Mit wehendem Schwanz hetzte die Hündin in langen Sätzen den Hügel hinauf, und die Geschwindigkeit ihres Laufs zerwühlte und scheitelte ihr das Fell. Und so schnell sich auch der Abstand zwischen Gepard und Hase verringerte, der zwischen Hund und Katze verringerte sich noch schneller. Die Haselrute in O'LiamRoes Hand zerbrach.

Der Hase war mit seinen Kräften am Ende. Von den eigenen Herzschlägen gepeinigt, vor Erschöpfung und Angst halb erstickt, rannte er mit hervorquellenden, blinden Augen einzig der Stimme seiner Herrin entgegen. Die Edelsteine in seinem Genick glitzerten und funkelten im verschwenderischen Sonnenlicht.

Das porzellanweiße Pferd mit der leichtesten und kleinsten Reiterin war schneller als alle anderen rutschend und stolpernd den Hügel hinabgeflogen. Wenige Schritte von dem Hasen entfernt stieß sich Maria mit den Füßen vom Fußbrett des Damensattels ab und ließ sich in dem Augenblick zu Boden gleiten, als der Wallach des Herzogs sie erreichte. Sie warf sich nach vorn, der Zelter entfloh, und ihr Onkel griff mit einer Hand nach ihrem Mantel.

Maria taumelte. Sie weinte, das Haar hing ihr wirr in das heiße Gesicht, Tränen strömten über Nase und Kinn.

Das Häschen tat einen letzten gewaltigen Sprung und blieb auf dem kahlen Boden außerhalb ihrer Reichweite wie erstarrt liegen. Maria riß sich von ihrem Onkel los und warf sich dem Hasen entgegen, als in der Nähe das hohe Gras erbebte und sich teilte.

Mutig wie eh und je in seiner jungen, an Tollkühnheiten reichen Laufbahn, sprang der Herzog von Guise vom Pferd, packte das Kind mit der einen Hand, den Hasen mit der anderen und warf ihn augenblicklich dem nächsten Reiter zu. Robin Stewart fing das schlaffe, warme, zu Tode erschöpfte Bündel auf, während der Herzog das Mädchen auf seinen sich aufbäumenden Wallach schleuderte und ihr in den Sattel folgte.

Von oben und unten her jagten nun Pferde auf sie zu, doch der Gepard erreichte Königin und Herzog vor ihnen. Die Gräser schwankten – und da war er: das Gesicht mit dem Zeichen der Leier, die kräftigen Vorderläufe, der seidige, gelb-weiße Bauch. Er sprang den großen Wallach an, als sich das Mädchen gerade am Sattel festklammerte, und die topasfarbenen Augen richteten sich auf den rothaarigen Kopf. Aber die Bestie verfehlte ihr Ziel – und zögerte nicht eine Sekunde. Um seine rechtmäßige Beute betrogen, schnellte der Gepard herum und sprang erneut. Der Herzog, der die Arme schützend um das Kind gelegt hatte, trieb das verschreckte Pferd seitwärts, doch die gespreizten Krallen erreichten das Kind ohnehin nicht mehr. Denn in diesem Augenblick tauchte eine zerzauste, scheckige Gestalt im Gras auf. Eine schmale, spitz zulaufende Schnauze durchschnitt die Luft, lange struppige Beine zögerten den Bruchteil einer Sekunde – und in seinem angeborenen Mut vereinte der Jagdhund Luadhas all seine Kräfte zu einem gewaltigen Sprung auf die Katze.

Es war ein Kampf, an den sich die Jäger, die ihn an diesem Tag beobachteten, noch nach Jahren erinnerten. Es gab keine Waffe, die Hund und Gepard jetzt hätte voneinander trennen können, und kein Mann durfte es wagen, die beiden Tiere auseinanderzureißen. Nachdem das schluchzende Kind hastig in Sicherheit gebracht worden war, sahen die Reiter dem Kampf ebenso erschreckt wie fasziniert zu.

Es gab nicht geringsten Zweifel, wie er ausgehen würde. Wie es O'LiamRoe, wie es Lymond vorausgesehen hatte, besaß der Hund keine Chance.

Hund und Katze wälzten sich übereinander, dichter seidiger Pelz mischte sich mit zerzaustem struppigem Fell, ein dreieckiges Katzengesicht tauchte auf, dann ein schmaler Kopf mit edler Nase. Mit hochgezogenen Lefzen versuchte Luadhas immer wieder, ihre Zähne in das gefleckte Rückgrat zu schlagen, doch das wellige, schlangenglatte Fell spannte sich und ließ sich nicht packen. Immer wieder schlug die schwere, pelzige Pranke blitzschnell zu, und am Kopf der Hündin sank das gescheckte, büschelige Fell feucht und dunkel in sich zusammen, als ihr Blut zu fließen begann.

Sie war eine tapfere Hündin. Als sie das Blut spürte, biß sie zu, schlug die kräftigen Zähne immer wieder in den schmutzigen gelbweißen Plüsch. Sie warf den Kopf hin und her, doch die blutbefleckte, zerschrammte Katze riß sich los, tat unelegant und kläglich wie ein aus dem Rhythmus geratener Tänzer einen schwankenden Schritt. Nach einer Pause konzentrierte der Gepard seine Muskeln und Fesseln zum Sprung und schnellte mit aller Kraft lautlos, gekrümmt, todbringend durch die sonnenhelle Luft. Der weiche Körper landete, und die großen, mit nadelspitzen tödlichen Krallen bewehrten Tatzen gruben sich in die kräftigen Sehnen und Gefäße von Luadhas' Genick und Rücken. Die Hündin jaulte auf, wälzte sich herum, und die Katzenkrallen bohrten sich noch tiefer in ihren Rücken. Und auf dem schlüpfrigen, zerdrückten Gras öffnete und schloß sich ihr Körper. In ihrem Blut röchelnd und leise jaulend schlug sie lange um sich, doch der Griff des Geparden lockerte sich nicht. Endlich verstummte das Jaulen, die spitz zulaufende Schnauze öffnete sich, und der Gepard zog die Tatzen zurück.

Bleich in der Vorahnung königlicher Verdammung sprang der Wärter vom Pferd und näherte sich unter gutem Zureden der Katze. Der flache Schädel, das hochmütige Zeichen der Lyra, die kastanienbraunen Augen wandten sich ihm zu, und der Wärter blieb stehen. Abwesend, wie in die Ekstase eines eisigen Blutrauschs entrückt, schritt der Gepard an ihm vorüber. Gleichgültig trat er über das zuckende Bündel zerrissenen Fells hinweg, das blutig auf dem aufgewühlten Boden lag, und die schweifenden Topasaugen wanderten über den weiten Kreis aus Menschen und Pferden, der den Geparden lückenlos umschloß. Ein Pferd stand etwas näher als die anderen, und dort entdeckte er die vergessene, die wahre Beute. Teuflisch, ohne Vorwarnung stürzte er sich auf Robin Stewart, der mit kalten Händen immer noch das Häschen der Königin umklammerte. Die alte, erschöpfte Stute des Bogenschützen ertrug keine Belastung mehr. Als das warme Fell der Bestie sie streifte, wieherte sie schrill, bäumte sich auf, schleuderte Stewart hart zu Boden und raste in wildem Galopp den Hügel hinab. Auf dem zertrampelten Gras kauerte die Katze und belauerte den am Boden liegenden Stewart, der das Häschen weiterhin fest an sich preßte und aus dessen Gesicht der Ausdruck überlegener Belustigung und gleichgültiger Verachtung ganz und gar gewichen war.

Drängend und leise befahl eine Stimme: »Werfen Sie's her!« Doch das wäre in den Augen Stewarts beruflichem Versagen gleichgekommen. Geschockt und wie gelähmt lag er am Boden und beobachtete, wie die Katze ihre Glieder zum Sprung krümmte. Dann schoß sie durch die Luft. Und in derselben Trance sah er ihren Bauch über sich, roch das Blut, sah die Sonne auf den Tatzen spielen. Dann, aus seiner Abwesenheit gerissen, bemerkte er mit einem Aufflammen von Hoffnung, wie sich etwas auf den zerschrammten, gekrümmten Körper der Bestie legte und ihn einhüllte, den Kopf einwickelte und die torfigen Augen verdeckte, die kräftigen Glieder umstrickte und fesselte.

Es war Thady Boys Satteldecke. Als sich der Gepard stoßend und strampelnd freizukämpfen begann, zerrten die kräftigen Hände des Ollave den taumelnden Stewart auf die Füße, stützten ihn kurz am Ellbogen und rissen ihn mit sich.

Die anderen trieben die Pferde so dicht an den Geparden heran, wie sie es nur wagen konnten, versuchten das Tier mit Steinen und Ruten von seinem Opfer zu trennen, doch sie waren nicht schnell genug. Rasend vor Gier nach dem ihm vorenthaltenen Blut, schlüpfte der Gepard, von frischen Wunden feucht, zwischen ihren Beinen hindurch und folgte instinktiv den Spuren der beiden fliehenden Männer.

Er erreichte sie, als Thady Boy über den ebenen Boden hetzend, springend und stolpernd den Bogenschützen eben an den Rand der Wiese zerrte, wo die Grasnarbe in Gestrüpp und Unkraut und die zerklüfteten Kalksteinufer der Loire überging. Ein Rauchfetzen hing gleich dem erlöschenden Hauch eines alten Orakels sekundenlang in der Luft und löste sich auf. Stewart, dessen knochige Hände noch immer den runden Körper des Hasen fest umschlossen, drehte sich um, und mit einem Aufleuchten gelben Fells schnellte der Gepard heran.

In diesem Augenblick war es vorbei mit dem mechanischen Gehorsam, der Stewart bis hierher gebracht hatte. Er war unfähig, weiterzurennen. Schließlich konnte er eine Jagdkatze nicht mit den bloßen Händen bekämpfen – auch Thady konnte das nicht. Stewart duckte sich, eine reine Reflexbewegung, denn sein Verstand war nur noch eine tote Wüste, in der sich nicht einmal die Vorahnung von Schmerz regte. Dann packte ihn etwas beim Kragen. Als die Katze, mitten im Sprung, durch die Luft schnellte, duckte sich auch Thady Boy, drehte sich weg und schleuderte Stewart mit der ganzen Kraft seiner Schulter nach vorn zu Boden. Und der Boden gab nach. In dem schockähnlichen Zustand, in den ihn Erschöpfung und Panik versetzt hatten, fühlte der Bogenschütze, wie er im Gestrüpp nicht nur vorwärts auf die Knie fiel, sondern gleichzeitig in die Tiefe gesogen wurde, mit Hüfte, Knie und Ellbogen gegen nachgebende Oberflächen prallte und hämmerte, wobei ihm – nicht nur durch die Erschütterung des Sturzes – die Luft wegblieb und es ihm – nicht nur vor Panik – schwarz vor Augen wurde. Rutschend, gleitend und schlingernd purzelte Robin Stewart in grenzenloser Verwunderung hinab in tiefe Finsternis.

Es folgte ein Schütteln, das ihm die Lunge zusammenpreßte, dann plötzliche Helle, eine erstickende Rauchwolke und ein heiserer Aufschrei. Der Bogenschütze öffnete die Augen. Er saß, von einem gewundenen, steinernen Kamin halb ausgespien, auf einem Herd, in dem ein kleines Feuer brannte – eine Erkenntnis, die ihm ebenso rasch wie schmerzhaft zuteil wurde, als Thady Boy denselben Weg herabgepurzelt kam und plumpsend auf seinem Schoß landete. In dieser urzeitlichen, von Höhlen durchzogenen Landschaft waren sie in die Wohnhöhle des Mannes mit der Wollmütze gefallen. Und in Stewarts Ohren klangen noch die leisen Worte Thadys, die er mit Sicherheit kurz zuvor dort oben auf dem Feld gehört hatte, ehe das Herdfeuer ihm die Sitzfläche versengte. »*Um O'LiamRoes willen, mein Lieber*«, hatte Thady Boy gesagt, »*verdienen Sie es, als erster zu fallen.*«

Ehe sie die Höhle verließen, legte der Bogenschütze Thady Boy die Hand auf die Schulter. »Sie haben mir das Leben gerettet«, sagte er, »obwohl Sie das wirklich nicht nötig hatten.« Und da er nun einmal der unverbesserliche Robin Stewart war, fiel ihm sogleich der gerettete königliche Hase ein, den er noch immer in Händen hielt. Die Augen des Tiers waren weit geöffnet, die weichen Ohren zurückgelegt – doch das braune Fell war bereits kalt.

»Er ist vor Schreck gestorben, gleich nachdem Sie ihn auffingen«, sagte Thady Boy Ballagh. »Ich sagte Ihnen ja, Sie sollten ihn mir zuwerfen.«

Eine weniger oberflächliche Gesellschaft hätte ihre Wiederkehr aus der Höhle bejubelt. Doch der Hof von Frankreich bejubelte den Geparden, lachte und kümmerte sich dann wieder um die eigenen Angelegenheiten. Jemand führte Thady Boys Pony herbei, und Stewart, der äußerst behutsam im Sattel saß, ritt steifbeinig hinter den anderen her. Der maskierte und angeleinte Gepard hockte wieder stumm und unbeweglich wie ein Fels vor seinem Wärter auf der Kruppe des Pferdes. Und in langgestrecktem Zug begab sich die Jagdgesellschaft von Hörnerklang begleitet nach Hause. Lange vorher schon war die Königin mit ihrem Gefolge aufgebrochen. Die jüngeren Männer trotteten neben Thady Boy einher, und der Marschall von St. André ließ es sich nicht nehmen, ihn mit leichtem Geplauder zu unterhalten. An seinem Sattelbaum hing das Häschen, das juwelenbesetzte Halsband flimmerte grün.

Weit hinter ihnen auf dem offenen Feld aber stand noch ein wartendes Pferd. Ein einziger Mann war zum Heimritt noch nicht bereit. Mistress Boyle, die kurz über die Schulter zurückblickte, registrierte es. Sie kicherte schrill und zwinkerte ihren Freunden zu. »Ach, Oonagh, nun ist es aus mit dem schönen Geschenk, das dir unser edler Freund machen wollte. Was glaubst du – hat er es schon bezahlt, oder werden wir ihm demnächst Geld leihen müssen?«

Die Antwort war ein lang anhaltendes Gelächter. Es trieb über die abgebrochenen Stengel und das zerdrückte Gras, über die besudelten Kräuter und die feuchte Erde bis zu O'LiamRoe, der mit wehendem Goldhaar vor der zerfetzten Hündin Luadhas kniete und barmherzig sein Messer ihre Kehle entlanggleiten ließ.

DRITTES KAPITEL

In diesen Herbsttagen schrieb Margaret Erskine an ihren Mann: »Deine strahlende Leuchte bei Hofe ist vom Teufel besessen...« Und weit weg in Augsburg, der Stadt der Weinberge und Walnußbäume, der sandigen, steinigen Terrassen, der Stadt des alternden, schwächer werdenden Kaisers, fragte sich der schottische Sonderbotschafter, der Lymond nur zu gut kannte, mit welchen schauerlichen Maskeraden und Plänen er jetzt wohl wieder seine Gönner verwirren mochte.

Die Jagd mit dem Geparden lag noch keine Woche zurück, als der gesamte Hof in Blois eintraf und vom Fluß her den Hügel hinauf zum weiten Schloßhof zog. Die Sonne spiegelte sich auf dem Harnisch des Königs, sprenkelte den dunklen Bogengang, glitt über die dicken, sich windenden Salamander am Flügel Franz' II., blinkte von der steinernen Treppeneinfassung und überstrahlte Silber, Seide und Juwelen des Gefolges.

Mit König, Königin und Konnetabel trafen auch die königlichen Kinder ein. Maria freute sich, sie wiederzusehen. Früher hatte sie gern mit den Prinzessinnen Elisabeth und Claude in einem Raum geschlafen, doch noch besser gefiel es ihr, ihr Zimmer mit Tante Fleming zu teilen, und sie wartete sehnsüchtig auf eine Gelegenheit, diesen Wunsch anzubringen.

Der Kummer über den Tod des Häschens hatte zwei Tage gedauert. Danach brachte man die kleine Königin, deren Gesicht noch blaß vom Weinen war, dem Rat ihres charmanten Onkels folgend, zu O'LiamRoe, bei dem sie sich bedanken sollte.

Sie war erst sieben. Auf halben Wege geriet ihre kleine Ansprache ins Stocken; stumm, heftig atmend stand sie vor ihm, eine Träne in jedem Augenwinkel, und biß sich auf die Lippen. Der Fürst von Barrow, der ja einen ähnlich schmerzlichen Verlust erlitten hatte, kniete sogleich leicht schwankend vor ihr nieder und sagte: »Warum sind Sie so traurig, Prinzessin? Denken Sie doch – jetzt jagt Luadhas mit den alten Göttern und den edlen Kämpfern im großen Feis von Samhantide, und der goldene Cormac ist auch dabei. Und nach der Jagd liegen Bran und Luadhas und Conbec satt und schlafend zu Füßen des Königs. Denn seit jenem Tag, glauben Sie mir, trinken Luadhas und Ihr Häschen frische Milch aus der gleichen Schüssel. Und wenn wir auch älter und immer älter werden, werden die beiden dort oben noch immer vergnügt auf dem blau getupften Curragh herumspringen und immer noch dieselben rosa Zungen und scharfen, jungen weißen Zähne haben. Fragen Sie nur Thady Boy.«

Lymond sagte nichts. Vom Kamin her hatten er und Margaret Erskine, in deren Begleitung die Königin gekommen war, die Szene beobachtet und dabei bereits alle wesentlichen Informationen ausgetauscht. Margaret Erskine war nicht danach zumute, Lymond zu weiteren Äußerungen zu ermuntern. Der grenzenlose, eisige Zorn der Königinmutter nach der Jagd war leichter zu ertragen gewesen als Lymonds sachlicher Kommentar. Auf den ersten Blick hatte es so ausgesehen, als ob ein auf der Reise beschädigter Käfig dem Hasen das Entkommen aus der Menagerie ermöglicht hätte und er nur zufällig während der Jagd in den Wald geraten wäre. Doch Lymond hatte auf eigene Faust das Unterholz durchkämmt und nicht weit von der Stelle, an der sich die Gesellschaft während der letzten Jagdunterbrechung ausgeruht hatte, eine Jagdtasche gefunden, deren Eigentümer er nicht ermitteln konnte. Sie war steif, gewaltsam durchlöchert und mit Hasenkot besudelt. Eine zerrissene Schnalle ließ darauf schließen, daß jemand die Tasche hastig vom Riemen gezerrt und dann weggeworfen hatte. Wie es schien, war der Hase während der ganzen Jagd in dieser Tasche getragen worden, die man wahrscheinlich unter einem Mantel verborgen gehalten hatte. Und an eben der Stelle, wo Lymond sie gefunden hatte, war das Tier absichtlich freigelassen worden, damit es auf seine Weise Gefahren auslösen konnte. Wenn der Hund nicht gewesen wäre, tapferer als irgend jemand voraussehen konnte, hätte diese Teufelei vielleicht zum Erfolg geführt.

Seit jenem Tag hatten sich für Margaret die Bürden ihrer Pflichten verdoppelt. Nach den von Lymond aufgestellten Regeln bildeten die Freunde und Beschützer einen undurchdringlichen Wall um die Königin. Keine Sekunde des Tages verbrachte sie ohne ein Mitglied der Familien Erskine oder Fleming. Nur die betriebsame, aber leichtfertige Jenny blieb davon ausgeschlossen, während die anderen darauf gefaßt waren, daß sich erneut der Schatten eines Anschlags auf die Königin senkte.

O'LiamRoe, der über Luadhas kein Wort mehr verlor und sich gegen ein ungewohntes Verlangen nach Einsamkeit wehrte, erfuhr nichts über die Angelegenheiten seines Ollave, was ihm nur lieb war. Und da Mistress Boyle in ihrer selbstsicheren, exzentrischen Art die ganze heikle Jagdepisode beiseitegeschoben hatte, nahm er die Beziehung zu der Dame und ihrer Nichte wieder auf und machte mit Vergnügen ihren großen Freundeskreis zu dem seinen. Und mit ebensoviel Vergnügen registrierte er bei Oonagh dann und wann eine Spur Liebenswürdigkeit, die sie ihm früher nie gegönnt hatte.

Neue Freunde aus dem französisch-irischen Kreis in Blois besuchten ihn der Reihe nach ebenso wie Engländer und einige Schotten. In dem großen Gemach, das Fürst und Ollave miteinander teilten, wimmelte es meist von Besuchern, die auf französisch, irisch, englisch und lateinisch temperamentvoll miteinander diskutierten. Und wenn gelegentlich auch Thady Boys spöttische Stimme zu hören war, zeigte sich in O'LiamRoes Gesicht ein gewisser onkelhafter Stolz: Thady Boy verstand sich aufs Reden ebenso wie aufs Zuhören.

Da er aus der unmittelbaren Umgebung des Monarchen verbannt war, blieben dem Fürsten von Barrow die schweren Arbeiten erspart, die Thady Boy bei Hofe zu verrichten hatte. Beim Lever und beim Empfang, beim Ballspiel und nach dem Sport, während der Mahlzeiten und auf den Abendgesellschaften wurde seine Anwesenheit als selbstverständlich vorausgesetzt. Sein Lautenspiel war in Mode gekommen wie ein Rauschgift. Öffentlich und privat musizierte er für sie alle: den König, die Königin, Diana, den Konnetabel und Condé, für d'Enghien und Margarete; und bald kümmerte sich niemand mehr darum, wie er aussah. Dann, als er dieses Ziel er-

reicht hatte, ging er daran, den Teig selbst so zu kneten, wie es seinen Plänen nutzen konnte.

Es war zu dieser Zeit, daß O'LiamRoe gelegentlich, wenn er zu
seinem Zimmer zurückkehrte, die Tür verschlossen vorfand und
einmal, als er Einlaß begehrte, eine melodische, ihm unbekannte
Frauenstimme antworten hörte: »*Non si può: il signor è accompagnato.*«
Das nächste Mal vernahm er die Stimme eines Mannes, doch als
O'LiamRoe klopfte, verstummte sie augenblicklich.

Nur Robin Stewart machte Thady Boy Vorwürfe, und zwar am
Vorabend ihrer gemeinsamen Reise: Lord d'Aubigny hatte die Iren
offiziell für zwei Tage in sein Haus eingeladen. Seit den sorglosen
ersten Tagen Thady Boys in Frankreich hatte Lymond den Proble-
men Robin Stewarts nachgespürt, wenn auch nur aus Gewohnheit.
In langen Jahren des Kampfes hatte er gelernt, daß es unerläßlich
war, auf unsichere Kantonisten ein Auge zu haben – so wie ein Lehrer, wenn auch Thady Boy sich diese Rolle keineswegs anmerken
ließ.

Auf Stewarts Seite war unterdessen der anfängliche Argwohn einer
widerwilligen Bewunderung gewichen. Schon vor der Jagd hatte er
Thady mit zudringlichem Interesse verfolgt. Danach begann er ihn
regelrecht zu belästigen, und Thady Boy ließ ihn nicht ohne Grund
gewähren. Als Stewart sich an diesem Abend wieder einmal in einer
seiner üblichen Tiraden erging, hörte ihm der Ollave, während er
ein frisches Wams entfaltete und sich umzukleiden begann, geduldig
zu. Stewart beendete seinen Sermon, fuhr sich mit der knochigen
Hand übers Gesicht und das ohnehin wirre Haar und zerrte den
Hemdkragen schief. Er bemerkte es nicht und sagte: »Ballagh –
warum bleiben Sie bei O'LiamRoe? Es gibt hier jede Menge Her-
zöge und Lords, die Sie mit Vergnügen in Dienst nehmen würden,
wenn es Ihnen ums Geld gehen sollte.«

Thady Boy schloß die verglasten Fenster. »Ich dachte, Sie hätten
endlich aufgehört, sich über O'LiamRoe den Schädel zu zermartern.
Was stimmt denn jetzt wieder nicht mit ihm?«

»Das weiß ich nicht«, antwortete der Bogenschütze schroff. Er
bückte sich, um seinen Mantel aufzuheben, und fuhr dann mit hochrotem Kopf herum. »Es lohnt sich nicht, darüber zu reden. Aber...

zur Hölle mit ihnen... da sitzen sie in ihren protzigen Kleidern, mit ihren Schoßhündchen, ihren Liebhabern, mit den dicken Karfunkelsteinen am kleinen Finger – und wenn man nicht gerade Michael Scott oder Michelangelo oder Duns Scotus oder Bayard oder eine sechsköpfige Sau ist, die auf dem Brummeisen vom Blatt spielen kann, haben sie keine Verwendung für einen.«

Thady Boy hatte sich ebenfalls den Mantel über die Schultern geworfen und stand nun, die Hände hinter dem Rücken verschränkt, breitbeinig da und blickte Stewart aufmerksam an. »Und welcher von O'LiamRoes überwältigenden Erfolgen macht Sie so wütend?« fragte er. »Daß er vom Tennisplatz verjagt worden ist – oder daß Ihr Gepard seinen Wolfshund zerfetzt hat? – Das hat ihm übrigens sehr weh getan.«

»Das hör ich gern«, stieß Stewart giftig hervor. »Sie werden das niemals einsehen: Er ist mittelmäßig, und er macht sich nichts daraus. Er macht sich nicht mal wirklich was aus...« Er sprach nicht weiter.

»Aus was? Aus Frauen? Das wird sich zeigen. Sie glauben vielleicht, Sie hätten sich bei den Boyles beliebt gemacht, mein Lieber, aber ich bezweifle es. Und was O'LiamRoe betrifft: *Ist* er denn mittelmäßig?« fragte Thady Boy. »Er bringt Ihre Philosophie durcheinander, weil er ganz einfach mit seinem Leben zufrieden ist. Für mich ist er aus völlig anderen Gründen ein Ärgernis.«

»Warum bleiben Sie dann bei ihm?« Unbesonnen erneuerte Stewart seinen Angriff. »Glauben Sie etwa, Sie schulden ihm Treue? Schulden wir überhaupt einem einzigen von diesen Kerlen Treue? Wenn Sie auch nur einen Fehler machen, reißen die Ihnen doch gleich die Eingeweide heraus!«

Seine Stimme war heiser, Thady dagegen sprach sanft und kühl. »Mir scheint, mein Freund, für Sie selbst wäre es am besten, wenn Sie dieses schöne Land verließen. Warum machen Sie sich nicht frei und gehen zurück nach Schottland?«

Robin Stewart holte tief Luft. Die vom Kamin ausstrahlende Hitze machte ihnen beiden zu schaffen, zumal sie schon reisefertig angekleidet waren. Stewarts grobporige Haut glänzte schweißfeucht. Zwischen den Augenbrauen hatten sich unter dem Druck der Tag und Nacht in ihm arbeitenden Verdrossenheit tiefe Linien eingekerbt. »Ich werd's noch bereuen, daß ich's gesagt hab«, brach es plötzlich aus dem Bogenschützen hervor. »Aber es ist mir lieber, wenn Sie's wissen: Ich bin nur Ihretwegen noch hier – sonst wär ich schon seit Wochen weg.«

Weder Überraschung noch Freude zeigten sich in dem dunklen Gesicht, nur mühsam aufrechterhaltene Geduld und der Abglanz von etwas anderem – von Lymond so erfolgreich unterdrückt, daß es Stewart völlig entging. Der Ollave löste die auf dem Rücken verschränkten Hände und legte zwei Finger auf die Türklinke. »Man wartet auf uns. Ich hoffe, Sie werden nichts von dem bereuen, was Sie von jetzt an tun. Um meinetwillen aber... um meinetwillen, ergebener Verehrer, wäre es besser, wenn Sie heimkehren würden.«

Einen Augenblick sahen sie einander schweigend an. Dann öffnete Ballagh, ohne eine Antwort abzuwarten, die Tür und eilte leichtfüßig die Treppe hinunter zu den Pferden.

An einem kleinen Fluß südlich von Orléans, am östlichen Rand der weiten grünen Moorwiesen der Sologne, lag, von einem Graben umgeben, die Stadt Aubigny-sur-Nère. Vor mehr als einem Jahrhundert war sie dem Führer der in Frankreich kämpfenden schottischen Armee, John Stewart, in Dankbarkeit zugeeignet worden. Zweimal von den Engländern gebrandschatzt und einmal von einer Feuersbrunst verheert, war sie aus der Asche neu erstanden: eine schöne, wohlhabende und anmutige Stadt mit der Statue des heiligen Martin, den Geschäften, Wohnhäusern, Ställen, mit der Schmiede, dem Springbrunnen, den Werkstätten – und dem eleganten Schloß. Dort, unter den Löwen und Salamandern eines längst dahingegangenen Stewart, empfing der gegenwärtige Besitzer Lord d'Aubigny – wie stets prunkvoll gewandet – den Fürsten von Barrow, Thady Boy Ballagh, Piedar Dooly und ihren Reisebegleiter Robin Stewart. Zu Gast bei Lord d'Aubigny waren auch seine beiden angeheirateten Verwandten Sir George Douglas und Sir James Douglas von Drumlanrig.

Unter allseitigen Höflichkeiten begann der Besuch.

Schon einmal hatten O'LiamRoes weitgefächerte Interessen John Stewart von Aubigny in Erstaunen versetzt. Als er jetzt seine Schätze dem geschulten Urteil des Ollave präsentierte, entdeckte er erneut eine ihm widerstrebende Geistesverwandtschaft mit dessen sonderbarem Herrn. O'LiamRoe konnte mit ungehörigen Geschichten aus dem »Gobbam Saer« schockieren – und tat es auch ungeniert –, doch der Name des Architekten Delorme etwa, der von allen Baumeistern Frankreichs wie ein Gott verehrt wurde, konnte ihn zum Schweigen bringen. Und Namen wie Limousin und Duret, Rosso und del Sarto, Cellini und Leonardo, Primaticcio und Grolier gingen ihm flüssig über die Lippen. Von dem griesgrämigen Stewart und dem taktvollen Ollave begleitet, durchstreifte der Fürst voller Entzücken Schloß Aubigny und am nächsten Tag John Stewarts anderes schönes Haus La Verrerie an der Nère. Seine Finger glitten über Silberzeug und Stickereien, er bewunderte Gemälde, mit Edelsteinen geschmückte Bücher, Wandteppiche, importierte Fliesen, mailändische Betten und florentinische Intarsien, Fresken und ernste italienische Marmorstatuen. Aubignys Häuser waren groß und das Heer der Bediensteten in beiden unübersehbar: Küchenmeister, Stallmeister, Hofdamen für seine Frau, Erzieher und Pagen für seinen Sohn, Stubenmädchen, Kammerfrauen, Priester, Arzt, Kellermeister, Koch, Torhüter und Pförtner, Bäcker, Schuster und Leibwache.

Wenn man Lord d'Aubigny beobachtete, wie er etwa mit großen ruhigen Händen eine kostbare Emailarbeit umdrehte und sich dabei in seinem kultivierten Franko-Schottisch über die beiden Pénicauds, die berühmtesten Emailleure ihrer Zeit, erging, konnte man ihn schwerlich für einen Mann halten, der auf dem Schlachtfeld einem Trupp Arkebusiere voranritt und weniger nach Pomade als nach Pferd roch. Und doch hatte er gekämpft, und er war überdies in Haft gewesen, wenn auch nur aus politischen Gründen. Er befehligte auch jetzt noch eine Kompanie. Sein Geschmack war, hätte man ihn streng gemessen, eher oberflächlich und sein kritisches Urteil seltsam verwaschen.

In La Verrerie zeigte er seinen Gästen ein Salzfäßchen, eine Arbeit von Cellini, das ihm der König geschenkt hatte. »Das ist natürlich schon einige Jahre her«, sagte Lord d'Aubigny. »Sein Einkommen wird inzwischen von gewissen Verpflichtungen belastet, und es ist nicht leicht für ihn, sich so großzügig zu erweisen, wie er es gern möchte. Einige Bereiche ausgenommen. Chenonceaux – haben Sie Schloß Chenonceaux gesehen? Schöner als Anet, meiner Meinung nach. Madame Diana hält sich freilich fast nie dort auf. Dreizehntausend Auberginen hat sie im Garten, und im vorigen Jahr hat ihr der König neuntausend Erdbeerpflanzen schicken lassen. Es wäre ein Jammer, wenn sie sie verkommen ließe. Es macht ihnen eben Spaß, mit Geld um sich zu werfen... Haben Sie Écouen und Chantilly gesehen? Es ist ein Jammer, wenn es bei der Einrichtung so herrlicher Schlösser an Geschmack fehlt. Es wird eine Menge über die Königin geredet – die florentinischen Möbel, die sie nach Blois mitgebracht hat... Natürlich hat Florenz seinen Höhepunkt erst vor kurzem erreicht. Die Königin war ja erst dreizehn, als sie heiratete – eine Wiege zwischen zwei Särgen, sagte man damals, aber das können Sie natürlich nicht wissen. Und alles, was die Königin über das Hofleben weiß, hat sie von François au Grand Nez gelernt. Und wir wissen ja, was das heißt...«

Auf ihren Rundgängen wurden sie von den beiden Douglas begleitet, die hinter ihnen herschlenderten. Als Thady Boy sich einmal mit seinem ganzen Gewicht gegen einen Tisch lehnte, legte sich plötzlich und geräuschlos eine Hand auf die seine, deren biegsame Finger entspannt auf dem Tisch ruhten, und hielt sie auf dem kostbaren Holz fest. Es war George Douglas, der auf Thadys Hand deutete und fragte: »Bedauern Sie es nicht gelegentlich, John, daß man so etwas nicht kaufen kann? Oder vielleicht kann man's doch?«

Nach einer Sekunde der Überraschung lag Thady Boys Hand entspannt unter der seinen. Die anderen drehten sich zu ihnen um. O'LiamRoe grinste, doch Stewart, dessen Blick unwillkürlich auf die elegante Hand fiel, fühlte, wie ein heftiger, unerklärlicher Ärger in ihm hochstieg. »Auf der Innenseite sind seine Hände aber nicht ganz so schön, stimmt's?« sagte er gehässig. »Ich glaube, Mr. Ballagh hat ein paar Messer am falschen Ende aufgefangen, als er das Jonglieren lernte... Da drüben ist die Arkade, von der Seine Lordschaft sprach.« Lord d'Aubigny räusperte sich, Sir George lockerte lächelnd den harten Griff, und die kleine Gesellschaft überging die Szene und schlenderte hinter dem Bogenschützen drein.

Und einmal, als Lord d'Aubigny mit einem Witz auf Stewarts Feuerprobe in der Höhle anspielte, sagte Sir George lächelnd: »Das Hofleben ist ungemein riskant. Ich hoffe, Stewart, daß Sie und Ihr Erretter Ihren Pynson gelesen haben. Sie kennen das Buch* doch?«

In den unverändert freundlichen Gesichtern seiner Zuhörer zeigte sich keine Reaktion auf Sir Georges Anspielung. O'LiamRoe nahm ein Stück Bergkristall in die Hand und pfiff vor sich hin. Das von Douglas erwähnte Buch handelte, wie er sich in dem Wirrwarr seiner Bildung zu erinnern glaubte, nicht von der Sterblichkeit des Menschen – sondern vom Haarefärben. Ein entzücktes Grinsen malte sich in seinem freundlichen Gesicht. Der Fürst von Barrow legte den Bergkristall an seinen Platz zurück und sagte über die Schulter zu seinem Ollave: »Das werden Sie doch gewiß gelesen haben.«

»Ach«, meinte Thady nur, »die Douglas kennen sich in Buchtiteln aus. Ich würde ihnen niemals widersprechen.«

Noch am selben Abend erhielt er die Quittung dafür, nachdem ihn Sir George mit Schmeicheleien und höflicher Beharrlichkeit in sein Zimmer gelockt und die Tür energisch hinter sich geschlossen hatte. »Und nun«, sagte der Intelligenteste aller Douglas, während er sich den prächtigen Mantel abstreifte und sein Wams glattstrich, wobei er die rundliche, strubbelige Kreatur vor sich nicht aus den Augen ließ, »und nun, Francis Crawford von Lymond, werden wir uns einmal miteinander unterhalten.«

Vom schwarzen Schopf bis zu den abgewetzten Leinenschuhen strahlte Thady Boy Gelassenheit aus. Unter den schweren Lidern spiegelte sich das Kaminfeuer als tanzender Lichtfunke. »Gibt es hier vielleicht Geister, mit denen Sie sich unterhalten?«

Mit einer eleganten Bewegung ließ sich Sir George in einen großen Sessel mit bestickten Polstern fallen und legte die Fingerspitzen aneinander. »Sie haben wohl vergessen, mein lieber Crawford, daß ich

---

* Anm. d. Übers.: Der Titel des Buches *The Art and Craft to Know Well to Dye* enthält einen phonetischen Gleichklang (to dye/to die – färben/sterben).

Ihr Gesicht kenne. Ich kenne es besser als alle meine schottischen Kollegen. Ich hatte verschiedentlich das Vergnügen, Ihnen Unannehmlichkeiten zu bereiten, und ich trage es Ihnen nicht nach, daß Sie wiederum sich gelegentlich meiner bedient haben. Wenn ich mich recht erinnere, sind wir einander dann und wann sogar behilflich gewesen. In Zukunft... Wer weiß?« Sein Blick ruhte nachdenklich auf Thady Boys gelassenem Gesicht. »Ich dachte, die Königinmutter wollte Sie bei der heutigen Konferenz dabei haben. Vertraut sie Ihnen noch nicht? Oder ist es umgekehrt?«

Das Gemach war exquisit möbliert. Thady Boy löste sich aus dem dunklen Schatten der Tür und nahm eine Aztekenmaske von der Wand: Edelsteine schleuderten feurige Blitze, Nase und Ohren schimmerten in gehämmertem Gold. Die gefletschten Knochenzähne wandten sich grinsend Sir George zu, und dumpf drang Thady Boys Stimme durch das Metall: »Quetzalcoatl, Herrscher der Tolteken...«

Sir George wartete, doch die Maske blieb stumm. »Ich muß also deutlicher werden«, sagte er. »Die Königinmutter und ihre Brüder hatten heute morgen eine Konferenz mit König Heinrich. Sie haben eine Vereinbarung getroffen, nach der unser teurer schottischer Freund, der Graf von Arran, ersucht werden soll, auf die Regentschaft über Schottland zu verzichten – gegen die Zusage, daß er König von Schottland wird, falls unsere kleine Maria kinderlos sterben sollte. Und an Arrans Stelle wird bis zur Volljährigkeit Marias die uns allen wohlbekannte Französin, die Königinwitwe Maria von Guise, als Regentin über Schottland herrschen... Interessant?«

»Sehr.« Thady Boy hatte die Aztekenmaske wieder abgenommen.

»Die kleine Königin«, fuhr Sir George fort, »muß also mit allen Mitteln am Leben erhalten werden, damit ihre Mutter während ihrer Minderjährigkeit Schottland nach ihren eigenen Vorstellungen regieren kann... Damit ferner Maria rechtzeitig den französischen Thronerben heiraten kann und damit schließlich der Dauphin eines Tages König von Frankreich, Schottland und Irland wird – beeinflußt, wenn nicht gar gegängelt von der gesamten Familie der Guisen. Dieser Entwurf für die Zukunft erfreut sich im französi-

schen Königreich freilich keineswegs uneingeschränkter Beliebtheit.«

»Tatsächlich?«

»Nein. Diana zum Beispiel soll, Gerüchten zufolge, neuerdings
ziemlich eifersüchtig auf die Guisen sein, und wenn sie erführe, was
einige Damen aus meinem Bekanntenkreis vermuten, wäre sie wirklich sehr ärgerlich.«

»Die Damen hier geraten wohl ziemlich leicht aus dem Häuschen,
wie?«

»Andererseits wird behauptet, der Konnetabel strebe danach, sowohl die Macht Dianas als auch die der Guisen einzuschränken und
Maria, statt wie geplant mit dem Dauphin, mit irgendeinem rangniedrigeren Herzog zu verheiraten.«

»Da werden von den vornehmen hohen Herrschaften aber eine
Menge Pläne geschmiedet«, bemerkte Thady Boy bescheiden.

»... Und schließlich ist bekannt, daß Königin Katharina es gar nicht
schätzt, ihren Gatten mit Diana, den Guisen und dem Konnetabel,
dem alten Busenfreund des Königs, teilen zu müssen, obwohl sie
imstande ist, sich mit ihm zur Not auch zu verbünden. Sie verabscheut England. Sie hat zum Beispiel dafür gesorgt, daß unser d'Aubigny in der höfischen Rangordnung niemals aufsteigen kann, nur
weil sein Bruder Lennox, mein teurer Verwandter – der Sie, teurer
Lymond, so von Herzen haßt – am englischen Hof lebt und seine
Ansprüche auf die englische und die schottische Krone energisch
geltend macht. Er ist schließlich, das dürfen wir nicht vergessen, ein
Nachkomme schottischer Könige, und seine Frau – meine Nichte –
ist auch eine Nichte des verstorbenen Königs von England... Niemand kann die Treue des französischen Königs zu seinen Freunden
so ohne weiteres erschüttern. Der Konnetabel mußte d'Aubigny aus
der Haft entlassen, weil der König ihn liebte. Seine Liebe mag unterdessen zwar etwas abgekühlt sein, aber Heinrich ist Seiner Lordschaft nach wie vor freundschaftlich zugetan. Weder Katharina noch
der Konnetabel können d'Aubigny wirklich schaden, aber sie werden stets dafür sorgen, daß er keinen Einfluß auf den König aus-
übt...

Der König hat außer den Guisen noch andere Günstlinge. Sie ken-

nen sie gut: St. André, Condé, d'Enghien, den abwesenden Vitzdom. Und jeder von ihnen haßt den jeweiligen Rivalen – und fast alle
hassen ausnahmslos die Guisen. Und wenn nun irgend jemand versucht, die kleine Königin zu töten, ist die Königinmutter natürlich in
einer recht mißlichen Lage. Mit einem ausländischen Meuchelmörder kann man rasch fertig werden. Ein Meuchelmörder aber, der
zum Hofstaat gehört, ist es etwas völlig anderes. Wenn es zum Beispiel Königin Katharina selbst wäre, die Maria nach dem Leben
trachtet?«
Mit einem leisen Rascheln glitt Thady Boy auf einen Stuhl, rückte
seinen Spitzbauch auf den Knien zurecht und blickte zu der in einzelne Felder aufgeteilten Holzdecke empor.

> »A Madame la Dauphine
> Rien n'assigne
> Elle a ce qu'il faut avoir
> Mais je voudrais bien la voir...«

deklamierte Thady Boy. »Oder Diana?« fügte er hinzu. »Vieille ri-
dée, vieille édentée? Wie Sie sehen, kenne ich auch einen Vers über
sie.«
»Das bezweifle ich nicht«, erwiderte Sir George mit einem leichten
Kratzen in der Stimme. »Soll ich noch deutlicher werden? Die Königinmutter muß ihre Tochter beschützen. Und sie muß es heimlich
tun, ohne Wissen des Königs oder des Hofs. Und der Mann, den sie
für diese Aufgabe gewählt hat, prangt ohne Wissen des Königs an
dessen eigener Tafel... Hören Sie mir überhaupt zu?«
Der ausdruckslose, kaum merklich irritierte Blick des Ollave löste
sich von der Decke. »Sitze ich nicht hier, nüchtern, keusch und zurückhaltend wie ein Hirsch im März? Was erwarten Sie sonst noch
von mir?«
»Daß Sie tanzen«, sagte Sir George knapp, »nach meiner Pfeife.«
Ein Lächeln, das vom Haaransatz herzukommen schien, kroch über
das emporgereckte, dunkle stoppelige Gesicht. Thady senkte das
Kinn und hob die Hände zu einer unmißverständlichen Geste. »Die
Antwort, mein Lieber, ist ein höfliches Nein – un doux Nenni, wie
man hier sagt.«

Eine Weigerung, in welcher Form auch immer, war Sir George nicht gewohnt. Er richtete sich in seinem Sessel auf. »Sie verstehen wenigstens, wovon ich rede?«

»Nicht ein einziges Wort«, verkündete Thady Boy strahlend. »Aber es gibt in diesem schönen Land drei Worte, mit denen ich etwas anfangen kann. Fünf Worte, um genau zu sein: *Un doux Nenni, mein Lieber.*«

Einen Augenblick lang schwieg Douglas. Doch gehörte er nicht zu der Sorte von Menschen, die leicht aufgeben. Liebenswürdig sagte er: »Die Freundschaft des künftigen schottischen Botschafters in Frankreich könnte für Sie immerhin von Nutzen sein.«

Das Lächeln, das immer noch auf dem Gesicht des Ollave lag, war so unbeschwert heiter wie seine Stimme. »Weiß die Königinmutter, wer der künftige Botschafter sein wird?«

»Sie wird es wissen – wenn Sie es ihr gesagt haben«, erklärte Sir George. »Ich.«

»Andernfalls...?«

»Andernfalls wird Heinrich von Valois, Zweiter seines Namens, erfahren, daß und warum die Königinwitwe von Schottland einen Spion mitgebracht hat – und wer er ist.«

»Das klingt in der Tat ungemein bedrohlich«, sagte Thady Boy mit betrübter Stimme. »Wäre es nicht besser, wenn Sie selbst dieses Problem der Königinmutter unterbreiten würden? Oder könnte es vielleicht sein, daß Ihre Geschichte bei der Königinwitwe auf taube Ohren stieße?«

»Ich wage zu behaupten, daß meine Geschichte zumindest bei König Heinrich nicht auf taube Ohren stieße«, meinte Sir George zuversichtlich. »Wie Sie sehr wohl wissen, würde die Königinmutter Sie in einer solchen Situation auf der Stelle verleugnen.«

Thady Boy schüttelte den Kopf. »Ihre Logik ist bemerkenswert – warum sollte die Dame dann überhaupt Ihren Forderungen nachgeben?«

»Es schmerzt mich, dies sagen zu müssen: aus einem sehr triftigen Grund, glaube ich«, antwortete Sir George Douglas. »Die Königinmutter lehnt mich zwar ab, doch an Lymond ist ihr sehr gelegen.«

Nachdenkliches Schweigen füllte den Raum, in dem nur das Prasseln und Knacken des Kaminfeuers zu hören war. Thady Boy bewegte sich auf seinem Stuhl. Er stand auf und griff nach der aztekischen Maske. Während er sie sich janusartig über den Hinterkopf stülpte, musterte er Sir George, der sich ebenfalls, wenn auch weniger gelassen, erhoben hatte. »Das ist wahrhaftig ein hübscher, schlauer Plan – doch Sie überschätzen den alten Quetzalcoatl und unterschätzen die Königinmutter. Wenn dieser Quetzalcoatl wirklich so wichtig wäre, wie Sie glauben, dann hätte er doch wohl auch an der von Ihnen erwähnten Beratung teilgenommen. Und für Sie wäre es doch unerträglich, wenn Ihre Erpressung fehlschlüge und Sie abgewiesen würden, nicht wahr? Es trifft sich also recht glücklich, daß Quetzalcoatl gar nicht existiert, sondern nur ein gewisser Ollave, der die sieben Grade der Gelehrtheit erworben hat und dessen Antwort ein schlichtes Nein ist.«

Er schlenderte zur Wand, hängte die Maske wieder an ihren Platz und wandte sich zur Tür. Sir George Douglas folgte ihm. Sie hatten einander verstanden. Lymond wußte, daß Sir George aus dieser Chance herausschlagen würde, was immer taktisch möglich war – das war das Gefährliche daran. Und Sir George wußte seinerseits, daß Lymond seine Maskerade unbeeindruckt weiterspielen würde.

Doch schien die Situation nach wie vor vielversprechend. Freundlich sagte Douglas: »Noch größer als Ihre Gelehrtheit scheint Ihre Selbstsicherheit zu sein. Man sollte es Ihnen doch ein bißchen ungemütlich machen.«

»*Dhia*, das wird Ihnen kaum gelingen«, sagte Thady Boy abwesend, die Hand bereits auf dem Türgriff. »Ich gebe Ihnen noch einen guten Rat: Das Volk ist stärker als der Herrscher, edler Douglas. Stärker als der Herrscher, und seine Stärke findet sich in der Macht seiner Gesänge. Wollen Sie nicht auch mitsingen?«

Sir George wollte nicht. Er wandte sich Quetzalcoatl zu, der leeräugig an der Wand hing, und als sich die Tür schloß, erwiderte er das leere Grinsen der Maske.

Sir George Douglas war von dieser Unterredung immerhin so gereizt, daß er Thady Boy am folgenden Tag in größerer Runde dafür büßen ließ: Er lenkte das Gespräch absichtlich auf Schottland, auf den Dritten Baron von Culter und dessen irische Gattin – und auf den Bruder und Erben des Dritten Barons von Culter, Francis Crawford von Lymond, Junker von Culter.

Sir George hatte geglaubt, nur ihm und O'LiamRoe sei Lymonds Identität bekannt. Doch zu seiner Überraschung ging der Fürst mit einer Flut interessierter Fragen gerade auf dieses heikle Thema ein. Sir Georges Schwager Drumlanrig, der die Culters nicht mochte, gab sich in der für ihn charakteristischen Weise finster, und das Gesicht des Bogenschützen zeigte bloß Mißmut und Langeweile. Von Lord d'Aubigny durfte Sir George immerhin annehmen, daß er über die Feindschaft informiert war, die zwischen seinem Bruder Lennox in London und Lymond bestand... Schließlich war sogar von einer Beziehung zwischen Lymond und Margaret, Lennox' Frau, gemunkelt worden.

Doch d'Aubigny vermied es, sich an dem Klatsch über die Culters zu beteiligen, und hörte schweigend zu. Nur einmal widersprach er: »Aber der Bursche ist zweifellos blond, genau wie mein Bruder. Das war ja der Grund, warum der gute Matthew so rasend wurde, als Margaret...« Er sprach nicht weiter. Vielleicht war ihm eingefallen, daß Margaret George Douglas' Nichte war.

Doch genau in diese Richtung hatte Douglas das Gespräch treiben wollen. »Blondes Haar kann man färben, John. Ich habe gehört, daß sich dieser Mann irgendwo in Frankreich aufhalten soll.«

Es folgte ein gelangweiltes Schweigen, und Douglas sah zu seinem Ärger sein Gesprächsthema dahinschwinden. Verwundert meinte Lord d'Aubigny: »Mein lieber George... müssen wir denn den lieben langen Tag über einen Provinzabenteurer reden, der, wenn ich mich nicht irre, sogar einmal Galeerensklave gewesen ist? Gleich kommt dieser Ouschart, und ich hatte gehofft, Magister Ballagh würde vorher noch für uns spielen.«

»Ach, nichts da«, mischte sich O'LiamRoe ein. »Thady Boy können Sie jeden Tag hören – aber es geht nichts über eine gute, handfeste Gaunergeschichte.« Und der Fürst, der nicht gesonnen war, sich seinen privaten Spaß so rasch nehmen zu lassen, erging sich weiterhin in ausführlichen Klatschgeschichten über die Culters.

Derweil saß Thady Boy in der Fensternische über sein Instrument gebeugt, ohne sich an der Unterhaltung zu beteiligen. Später, nachdem Thomas Ouschart, auch Tosh genannt, kunstvoll auf dem Seil getanzt hatte, besiegte Thady Boy seinen fürstlichen Herrn gnadenlos beim Backgammon, gab zum Abschied für seinen Gastgeber ein kurzes, doch unbestreitbar schönes Konzert und brach dann gemeinsam mit O'LiamRoe, Robin Stewart und Piedar Dooly nach Blois auf.

Sie sollten die Reise in Neuvy unterbrechen. Sir George, der mit Sir James und Lord d'Aubigny über Chambord nach Blois zu den Pflichten des Hofalltags zurückkehrte, ließ den Ollave ohne ein weiteres Wort ziehen.

Unterwegs brachte Robin Stewart sein Pferd an die Seite Thady Boys. »Ihr Fürst war ja an diesem Burschen Lymond mächtig interessiert.«

Der Ollave antwortete geduldig: »Und Ihr Lord d'Aubigny beispielsweise interessiert sich mächtig für italienisches Silber. Das ist genau dasselbe – nur daß der gute O'LiamRoe wertlose Informationen sammelt.« Sein Blick ruhte auf Stewarts hagerem, verkniffenem Gesicht. »Finden Sie nicht auch?«

»Italienisches Silber! *Eine kleine Arbeit von Primaticcio*«, äffte er Seine Lordschaft giftig nach. Sie alle hatten die hinter verschlossenen Türen aufbewahrten blitzenden Kostbarkeiten gesehen. »Was würde der wohl machen, wenn er es plötzlich mit einer wild gewordenen Jagdkatze zu tun bekäme? Vielleicht ein Armband nach ihr werfen?«

Dann erreichten sie Neuvy. Die zahllosen Verwandten und Besucher drohten Mistress Boyles bescheidenes hübsches Château zu sprengen, zumal es in diesen Tagen zusätzlich von der Nachricht aufgewirbelt wurde, daß der große Cormac O'Connor höchstselbst bei ihnen Quartier nehmen werde. Franzosenfreundlich und englandfeindlich, waren die Damen Boyle und O'Dwyer stets bereit, einen irischen Rebellen zu vergöttern. Der Fürst, sein Ollave und sein Diener wurden inmitten dieses Wirbels mit einer Flut von Küssen stürmisch begrüßt und verbrachten dort eine Nacht, in der sie bis zum Morgengrauen nicht in die Nähe ihrer Kopfkissen kamen, so leidenschaftlich waren die Debatten. Thady Boy brillierte, doch O'LiamRoe ergriff nur gelegentlich das Wort – denn Oonagh war nicht zu Hause. Sie hielt sich seit zwei Tagen bei einer Kusine in Blois auf, um an einer Festlichkeit bei Hofe teilzunehmen.

Beim Ankleiden am nächsten Morgen verbreitete sich Thady Boy beharrlich über O'LiamRoes nächtliche Schweigsamkeit.

Der Fürst von Barrow, der gerade in seine stupsnasigen Stiefel stieg, erhob sich, stampfte mit jedem Fuß einmal sorgfältig auf und sagte dann mit ungewohntem Nachdruck zu seinem Ollave: »Wir würden uns beide allerlei ersparen, wenn Sie sich zunächst um Ihre eigenen Angelegenheiten kümmerten, ehe Sie sich in meine einmischen.«

Erstaunt drehte sich Thady Boy um. »In Blois muß ich mich sowieso wieder um meine eigenen Angelegenheiten kümmern.« Aber nach einer Weile fügte er in verändertem Ton hinzu: »Glauben Sie mir, das Glück eines Freundes liegt mir sehr am Herzen, Fürst von Barrow. Und Sie sind ein guter Freund.«

»Es macht mich glücklich, daß Sie so denken«, sagte O'LiamRoe trocken. In den Augen des Ollave hinter seinem Rücken spiegelte sich ehrliches Mitleid.

VIERTES KAPITEL

Als sie nach Blois zurückkehrten, fanden sie bei Hofe fast nur Frauen vor. Der König war mit Lord d'Aubigny und seinem Gefolge zur Eberjagd nach Chambord geritten. Den zurückgebliebenen Damen war der heimkehrende Thady Boy – bleich, sarkastisch und einfallsreich wie eh und je – so willkommen wie die rettende Märchenkröte mit dem Rubin.

Der Wanderungen durch die eisigen Labyrinthe des winterlichen Schlosses ebenso überdrüssig wie der faden Klatschereien vor mächtigen Kaminfeuern aus Rosmarin- und Wacholderholz, der Akrobaten ebenso wie der Kunststücke des Seiltänzers Tosh, der mit seinem Esel von Kirchturmspitze zu Kirchturmspitze balancierte, umringten sie Thady Boy in Wolken von Patschuli und rangen ihm immer neue Einfälle ab.

O'LiamRoe fand Oonagh im Haus ihrer Verwandten. Sie war ständig von einer Verehrerschar umgeben, mit der sie ritt, jagte und Schach spielte und in die sich O'LiamRoe heiter und ohne Murren einfügte. Er hatte ihr einen neuen Wolfshund gekauft. Er war ein guter Hund, doch mit Luadhas nicht zu vergleichen.

Kurz bevor der König von seinem Jagdausflug zurückkehrte, wurde O'LiamRoe von Königin Katharina zu einer ihrer Nachmittagsunterhaltungen eingeladen. Der peinliche Vorfall auf dem Tennisplatz war, soviel ließ sich sagen, von seinem Ollave inzwischen fast ungeschehen gemacht worden, und auch der letzte Bann würde wohl bald aufgehoben werden. Mit rosigem Gesicht, lächelnd und wortreich nahm er an der Unterhaltung teil. Der überzüchtete Luxus, den er hier antraf, belustigte ihn: die Edelsteine im Gefieder der Vögel, die raschelnden Reifröcke und Haincault-Spitzen, die Netzstrümpfe, die zierlichen, mit Diamanten besetzten Schuhe, die gestärkten, gefältelten Kopfputze, in denen Flitter und Netze schimmerten, die gekräuselten Haare, die gezupften Augenbrauen, Pelze von Luchs, Ginsterkatze und kalabrischem Zobel (die freilich zu stinken begannen, sobald sie feucht wurden), die hauchdünnen Cachenez, die bei Spaziergängen in den winterlichen Gärten über Nase und Kinn gezogen und unbekümmert direkt als *coffins à roupies* bezeichnet wurden, was ihm Thady später schlicht als »Tropfenfänger« übersetzte.

Danach wurde der Fürst auch der Königinwitwe von Schottland vorgestellt. Die Begegnung fand in ihren eigenen Räumen statt, und nur Lady Fleming und ihre Tochter Margaret Erskine waren anwesend. O'LiamRoe, der sich geweigert hatte, Thady Boys »alter Dame« zuliebe auf sein gewohntes Safranwams zu verzichten, stellte fest, daß die Königinwitwe in ihrer etwas gleichgültigen Gelassenheit nicht einmal seinen struppigen Friesmantel zur Kenntnis nahm. Die Unterredung verlief förmlich und freundlich. Daher irritierte ihn die Unverblümtheit, mit der sie ihm gegen Ende des Gesprächs in ihrem harten, sorgfältig abgewogenen Englisch dafür dankte, daß er das *alter ego* Crawfords von Lymond kreiert und am Leben erhalten habe.

Dem Fürsten von Barrow hatte der Gedanke, den französischen Hof an der Nase herumzuführen, beträchtliches Vergnügen bereitet. Aber er hatte es vorgezogen, nicht daran zu denken, daß, wenn schon Lymond ein Werkzeug der Königinmutter war, dies bis zu einem gewissen Grade auch für ihn selbst zutraf. Als ob sie seine Gedanken gelesen hätte, fügte Maria von Guise hinzu: »Es tut mir leid, daß er sich als ein wenig... unkonventionell erwiesen hat.«

»Aber Ma'am«, sagte O'LiamRoe und ergriff die Gelegenheit, seine Lieblingstheorie anzubringen, »wenn ein Mann sein Herzblut und sein Mark für die Kunst hingibt, ist es lächerlich, seinen zerfransten Anzug, seine Armut oder seine ungehobelten Manieren zu verurteilen. Allein die Freiheit des Geistes, die Überwindung der Konventionen und berauschende Ausbrüche lassen die Seele schwingen und emporschweben.«

»Damit haben Sie Thady Boys Einstellung zweifellos genau getroffen«, sagte Lady Fleming schroff. »Ich nehme an, seine Seele schwingt und dreht sich wie eine Windmühle an der Garonne. Und seine Manieren sind wahrhaftig ungehobelt.«

O'LiamRoe lächelte, doch dann wurde das Lächeln in seinem Gesicht unversehens ein wenig leer. Sein Blick war auf eine Stoffpuppe gefallen, die ausgestreckt auf einer kleinen Truhe lag: der Stoff war zerschlitzt, das Haar ausgerissen, der Kopf hing schlaff zur Seite. Und in seinem gesunden, widerstandsfähigen Magen geriet etwas aus dem Takt.

Am nächsten Tag kam der König zurück. Archembault Abernaci, der seit seiner Ankunft in den äußeren Bereichen der Schloßgärten mit seinen Käfigen allerlei Aufhebens gemacht hatte, zog mit seinen Gehilfen und dem Seiltänzer Tosh in eine Stadtunterkunft. Der Esel schrie in Vorahnung schwerer Tage nervenaufreibend von der Schloßterrasse. Oonagh O'Dwyer empfing am vorletzten Tag ihres Aufenthalts in Blois O'LiamRoe zu seinem vorletzten Besuch. Die Brüder Bourbon und die anderen Kavaliere, wie junge Hunde den Zwängen von Chambord entsprungen, stürmten die Treppe hinauf zu Thady Boy.

Inzwischen erwarteten sie mehr von ihm als nur Musik. Und bereitwillig teilte er ihnen einen Einfall mit, der ihm in Neuvy gekommen war und den sie sich augenblicklich Pläne schmiedend zu eigen machten.

Was Thady Boy vorschlug, war eine Schnitzeljagd vom Hügel der Kathedrale zum Schloß. Vorgesehen wurde, daß je zwei Männer gemeinsam in den Hindernislauf gehen sollten. Mit dem Auslegen der Schnitzel, die die Route bestimmten, sollten ein paar Bogenschützen der Königlichen Leibwache beauftragt werden. Die Neuigkeit verbreitete sich ungewöhnlich rasch. Am Abend, während der Hof nach dem Essen einem Ringkampf zusah, brodelte es in der ganzen Wache. Lord d'Aubigny, einer der wenigen diensttuenden Männer, die auf eine lange Erfahrung in derlei Dingen zurückblikken konnten, kam der allgemeine Überschwang nicht ganz geheuer vor. Als man einen Bogenschützen mit gebrochenem Bein in der Wachstube ablieferte, steigerte sich die allgemeine Ausgelassenheit noch. Dem König hatte man das Unternehmen verschwiegen – eine verständliche Vorsichtsmaßnahme –, denn Thady Boy war auf die Idee gekommen, daß die Schnitzeljagd bei Einbruch der Nacht über die Dächer von Blois gehen sollte.

Der Abend schleppte sich hin. Der Ringkampf endete. Die Königin erhob sich. Der König zog sich zurück. Und der halbe französische Hof verschwand mit Fackelträgern, Bogenschützen, Soldaten, Dienern und einigen diskret verhüllten Frauen aus der Umgebung des Schlosses und zog zur höchsten Erhebung von Blois. An der Spitze des Zuges, neben dem Marschall de St. André, den Colignys, den jungen Bourbonen, den jungen Guisen und den Musikanten, trottete Thady Boy Ballagh. Und sie spendeten ihm artig Beifall, als er ihnen erklärte, warum er auf halbem Wege haltzumachen wünsche, um jemandem ein Ständchen zu bringen.

Das Hôtel Moûtier in der Rue des Papegaults, mit den Türmchen und Giebelfenstern, dem Springbrunnen, den Orangenbäumen und den venezianischen Mosaiken im Hof, den Sprossenfenstern und den marmornen Fensterbänken lag hoch oben in einer der steil abfallenden Gassen, die sich von der Kathedrale zur anderen Seite der Stadt hinabsenkten. Den ganzen Weg vom Carrefour St.-Michel herauf drängten sich die Steinhäuser rechts und links über Ziegelpflaster und abgetretenen Stufen so dicht zusammen, daß die Bewohner von Giebelfenster zu Giebelfenster miteinander plaudern konnten und die bunten Kamine ihre nach Wacholder duftenden Rauchfahnen mischten. Hier und da hatte ein Besitzer mehrerer Grundstücke die Gasse mit einer eigenen Galerie überbrückt. Hinter den schwankenden Schatten der Bäume schimmerten Wasserspeier, Greifen und Putten im Licht der Hoflaternen. Hier wohnten die reichen Kaufleute, die Beamten der Stadt und einflußreiche Höflinge mit ihren Familien. Condés Haus lag ganz in der Nähe, und die Guisen lebten in einem Haus weiter unten am Hügel, das dem Fuß des Schloßplateaus näher lag.

Trotz der drangvollen Enge ging es in der Rue des Papegaults im allgemeinen nicht laut zu. Reiter waren dort zu später Stunde nur selten unterwegs. Das Geräusch der Hufschläge prasselte dann freilich wie Meeresgischt von Ziegelpflaster und Mauern, und noch drei Gassen entfernt hörte sich ein Reitertrupp wie das gedämpfte Tosen eines Sturmes an. Doch die meisten Leute blieben nach Einbruch der Dunkelheit daheim, und wer ausgehen mußte, ging zu Fuß mit Degen und Fackelträger. Und eine Gesellschaft gar, die ein Ständchen loswerden oder eine Schnitzeljagd veranstalten wollte, war – sofern ihr an Geheimhaltung lag – ohnehin zu Fuß unterwegs.

Hélie und Anne Moûtier wollten Blois am nächsten Tag verlassen, um wie immer den Winter im Süden zu verbringen, und auch Oonagh O'Dwyer bereitete sich darauf vor, zu ihrer Tante nach Neuvy zurückzukehren. Alle ihre Verehrer, die heute keinen Dienst bei Hofe hatten, waren zusammen mit etlichen Freunden ihrer Gastgeber zu Oonaghs Abschiedsabend im Hôtel Moûtier erschienen. Unter ihnen befand sich auch O'LiamRoe, der sich redlich mühte, den Branle mitzutanzen, und sich den ganzen Abend auf gutmütige Weise eigensinnig zeigte.

Um Mitternacht war der letzte Tanz getanzt, der Wein getrunken, und die Gäste hatten sich verabschiedet. Alle – bis auf O'LiamRoe. Vor dem knisternden, flüsternden Feuer, wo Hélie Moûtier offenen Mundes, die Hände über dem aufgeschnürten Wams gefaltet, fest schlafend neben seiner jungen Frau saß, streckte O'LiamRoe seine schmutzbespritzten Stiefel neben dem Tisch aus. Unter hochgezogenen Brauen richteten sich seine Augen auf Oonagh, deren schwarze Haare beim Tanz in Unordnung geraten waren und die sich nun verträumt in einem hohen Sessel zurücklehnte. Der Feuerschein blinkte auf der Brokattischdecke neben seinem Ellbogen, spielte auf den vergoldeten, gepflegten Paneelen, die zum Schutz gegen Hitze und Rauch gewachst wurden, und glitt über den gemeißelten Kaminmantel. Dem halb ausgezogenen Hélie Moûtier sah man auch im Schlaf an, was er war: ein wohlhabender Seidenhändler. Und seine Frau, die an seiner Seite ebenfalls unbekümmert eingeschlummert war, trug ein Gewand, dessen Ärmel mit Perlen bestickt waren.

O'LiamRoes Blick wanderte wieder zu Oonagh. Ihr Kopf ruhte in dem weichen Samt. Auch sie war elegant gekleidet, doch Schmuck und Seide bedeckten sie verschwenderisch und zufällig wie die Gaben des Meeres den Strand, dem die Flut schon morgen neue Reichtümer zutragen würde. Der unbarmherzig grelle Schein des Feuers zeichnete zwei dunkle Ringe der Müdigkeit in das Gesicht, das O'LiamRoe nur frisch und ebenmäßig kannte. Zum erstenmal seit ihrer Begegnung im »Croix d'Or« hatte er ihre ungeteilte Aufmerksamkeit, und er sprach leise, um die Moûtiers nicht zu wecken: »Was für eine sonderbare Idee, sich in Frankreich einen Ehemann zu suchen. Warum schauen Sie sich nicht unter den vornehmen Angelsachsen oder den empfindsamen Kelten oder den Männern gemischter Abstammung um, die Ihnen in Irland über den Weg laufen könnten?«

In dem hell beleuchteten Gesicht zuckte ein kleiner Muskel. Ihre Stimme jedoch verriet weder Ärger noch Interesse, und sie bewegte sich nicht, als sie antwortete: »Es ist immer noch besser, als sein Leben in einer Lehmhütte zu verbringen und aus einer Suppenschüssel zwischen den Knien Salzhering, Knoblauch und Kohl zu löffeln. Warum sonst sind Sie denn hier?«

»Meiner Treu, natürlich um einmal ein anderes Land kennenzulernen«, sagte O'LiamRoe. »Ich habe daran gedacht, seit unser großer Herr Heinrich VIII. von England und Irland vor Gottes Richterstuhl getreten ist und es in Irland nur so wimmelt von geheimen französischen, schottischen und päpstlichen Abgesandten, die es alle nicht abwarten können, unser altes Land auf den ungewissen Weg der Unabhängigkeit und des Lichts zu führen.«

Sie wandte ihm das Gesicht zu. »Sie selbst setzen sich nicht für die Unabhängigkeit ein?«

»Ich?« fragte O'LiamRoe entgeistert. »Nein, o nein! Politik ist Sache der Politiker. Die Söhne Liams begnügen sich mit einer Burg, einem Strich Heideland und einem guten Gespräch dann und wann bei getrocknetem Dorsch – und gelegentlich natürlich ein bißchen Abwechslung beim Durchstreifen der weiteren Umgebung.«

Mit nachdenklich gerunzelten Brauen wandte sie den Blick von ihm ab zum Feuer und grübelte über die ihr kaum begreifliche Haltung dieses Mannes nach, während ihre graugrünen Augen in die Flammen starrten. »Sie sind also glücklich unter der Herrschaft englischer Vizekönige und der Sternkammer. Der Gedanke, daß man Sie ohne weiteres nach London schaffen und dort ohne Gerichtsverfahren einkerkern oder hinrichten kann, stört Sie nicht. Es macht Ihnen auch nichts aus, daß die Schotten Ulster vom Giant's Causeway bis Belfast besetzt halten und daß James MacDonnell über die Glens von Antrim und über die Hebriden herrscht. Sie sind einverstanden mit englischen Festungen, wertlosem Geld und der Tatsache, daß in Irland seit sieben Jahren kein Parlament mehr getagt hat?«

Es folgte ein Schweigen, das schließlich von O'LiamRoes sanfter Stimme gebrochen wurde. »Der letzte Hochkönig von Irland, *mo chridhe*, regierte vor dreieinhalb Jahrhunderten. Und ein *ríg-domna* bin ich nicht.«

Ihr blasses Gesicht überzog sich mit jäher Röte. Hélie Moûtier, der tiefer in den Sessel gesunken war, begann zu schnarchen. Oonaghs scharfe Entgegnung, die sie ihm über den kostbaren Tisch hinweg ins Gesicht schleuderte, war mit Rücksicht auf die Schlafenden gedämpft. »Das Schicksal Ihres Landes kümmert Sie nicht? Ich kann das nicht glauben!«

In O'LiamRoes Stimme schwang leise Mißbilligung. »Ach, so viele kluge Köpfe und große Herren erregen sich darüber – warum soll ich mich auch noch an dem Getöse beteiligen? *Caritas generi humani* – die begreife ich, und wenn man mich drängte, würde ich ihr meine Unterstützung geben. Aber was würde aus so unverzichtbaren Dingen wie Gleichgewicht, Unparteilichkeit, Mäßigung, wenn nicht hier und da jemand draußen vor dem Zaun herumschlenderte, gelegentlich seinen Kopf über das Tor steckte und dann und wann mit der Zunge schnalzte?« Sein Ton war ernst. »Es wird Ihnen nicht gelingen, mich aufzustacheln, meine Liebe. Mit mir ist es genauso wie mit Hyppolytos, von dem der Papst sagte: ›Er ist wahnsinnig, dieser Teufel – er ist wahnsinnig: Er will nicht Priester sein.‹«

Er sprach unverkennbar aufrichtig. In das leere Schweigen hinein fragte sie vorwurfsvoll: »Warum bleiben Sie dann in Frankreich? Es muß Ihnen doch klar sein…«

»Es ist mir klar«, unterbrach er sie rasch. »Aber ich habe die Absicht, Ihnen bis zu Ihrer Hochzeit sieben Hunde mit silbernen Ketten zu schenken – falls es mir jemals gelingt, sie Ihnen lebendig zuzuführen –, damit Sie an O'LiamRoe denken, wenn Sie dem Hirsch durch die Wälder nachsetzen und ihn erlegen und wenn Sie dann zusehen, wie er weggeschafft und aufgebrochen wird…«

So gestelzt sich seine Worte auch anhörten, der Ton, in dem er sprach, war – mit welcher Mühe auch immer – unbeschwert heiter. Ihre Stimmung öffnete sich ihm plötzlich. Auf der weißen Stirn zeichneten sich feine Linien ab, die vorher nicht dagewesen waren, und sie blickte ihm in die Augen. »Ich habe in meinem Leben schon viele Hunde gehabt, O'LiamRoe. Und viele Liebhaber.«

»Aber Sie haben keine Freunde«, sagte er, »nicht unter den Männern und nicht unter den Hunden. Ich dachte, ich könnte ein bißchen von beiden sein.«

»Was Luadhas geschehen ist«, entgegnete sie, »ist auch meinen Freunden geschehen. Ihr Platz – Sie haben es selbst gesagt – ist außerhalb des Zauns. Wenn ich Sie schätzte oder liebte, würde ich Ihnen dasselbe sagen.«

Mit sanfter Stimme und unbewegtem Gesicht fragte O'LiamRoe: »Schätzen oder lieben Sie mich denn?«

Und in eben diesem Augenblick ließ Thady Boy Ballagh draußen die Trommler in Aktion treten. Das ohrenbetäubende Geschmetter polterte die Steinmauern der Gasse entlang und rüttelte an den Häusern, in denen es sogleich hell wurde. Im Hôtel Moûtier ließ das Dröhnen Hélie taumelnd und fluchend in die Höhe fahren, seine

Frau Anne keuchend aus dem Schlaf aufschrecken und Oonagh in ihrem Sessel zu Eis erstarren – der Augenblick, die Stimmung, die Antwort waren dahin.

O'LiamRoe war der erste, der zum Balkon stürzte, der erste, der in den dunklen Hof hinausspähte, wo das Geäst der Bäume im Laternenlicht zitterte, wo sich auf dem schmalen Eingangsweg gegenüber junge Männer so dicht drängten wie Bäume in einer Schonung – anmaßend in ihrem Reichtum, ihrem Mutwillen, ihrem Witz auf Kosten anderer. Die Trommeln in ihrer Mitte dröhnten wie Kanonenschüsse und brachen dann abrupt ab. Einen Augenblick war es totenstill, so daß man ein tiefes Luftholen hören konnte – und dann zerrissen die Trompeter aus dem Gefolge des Marschalls de St. André die Nachtstille mit einem Tusch, der sich wie die Orgel des Bischofs von Winchester zu brausender Lobpreisung steigerte.

»Was ist das?« fragte Anne Moûtier, und ihre Worte waren in dem Lärm kaum zu verstehen, doch O'LiamRoe antwortete augenblicklich, und seine Stimme war weder sanft noch belustigt: »Ein paar Trompeten, eine Oboe, eine Querpfeife, eine Viole, zwei Trommeln, ein Flötentrio – und dieser vortreffliche junge Mann, der Hofmusikant und Ollave: Thady Boy Ballagh.« Unter den unbarmherzigen Blicken der Höflinge nahm das grausame Ständchen für Oonagh O'Dwyer seinen Lauf.

Daß es ein harmloser Scherz sein sollte, begriff sie erst, als sie Thady Boy selbst sah, der sein schrilles Orchester von einem Torpfosten aus dirigierte. Zornbebend wollte sie zurück ins Zimmer stürzen, doch der besonnene Hélie Moûtier hielt sie am Arm fest. »Nein, Kind. Wenn es schon nicht als Kompliment gedacht ist, will man dich auf die Probe stellen. Und beides verlangt Haltung. Du wirst bleiben und lächeln.«

»*Lächeln!*« Sie starrte ihn an, ein kaltes, leidenschaftliches Funkeln in den Augen. »Für diesen Haufen erbärmlicher Schwachköpfe?«

»Das brauchen Sie nicht. Ich werde dafür sorgen, daß er damit aufhört«, sagte O'LiamRoe.

»Und uns beide bei Hof ins Gerede bringen?« Ihr Ton ließ ihn wie angewurzelt stehenbleiben. »Wenn ich einen Beschützer brauche, Sie Narr, dann suche ich mir etwas Besseres als so einen schnurrenden, weißköpfigen Kater wie Sie!« Er wich in den Hintergrund zurück, und die Musik ging weiter.

Sie spielten Musiken von Brumel und Certon, Goudimel und de Lassus, Willaert und Le Jeune – und sie spielten schlecht. Die Stadtwache ließ sich kurz blicken und verzog sich, mit ein paar Goldstücken bestochen, rasch wieder. Ein Wort, ein abschätzender Blick von d'Aumale, von St. André, von d'Enghien genügten, um auch den zornigsten aus der Nachtruhe gerissenen Schläfer zum Schweigen zu bringen. Aus den Schatten der Dunkelheit beobachtete O'LiamRoe Oonagh, die hochaufgerichtet auf dem Balkon stand und pflichtgemäß zuhörte. Nach einer Weile wandte sie sich zu ihm um, und ohne sich zu entschuldigen, bat sie ihn, ihr einen Dienst zu erweisen. Trotz der vorausgegangenen Demütigung war er – nicht anders als unlängst Luadhas – spontan bereit, ihrem Wunsch zu entsprechen. Unten umarmte Thady Boy derweil den Torpfosten und schmetterte auf gälisch:

> *»Die Frau, die wir besingen,*
> *Ob Irin, ob Schottin, 's' ist gleich:*
> *Sie ist ein Weib mit Ziegenhaar,*
> *Daheim in ödem Gefels...«*

Oonaghs Augen flackerten, als sie die Worte hörte, und O'LiamRoe, der sie schweigend beobachtete, wurde erneut von seinem seltenen schwerfälligen Zorn gepackt.

Kurz darauf verließ Oonagh den Balkon, und die Tore des Hôtel Moûtier öffneten sich weit und einladend, um die Musikanten in den Hof einzulassen, wo sie mit Suppe und Wein bewirtet wurden. Mit ihnen kamen die durstigen Diener, ein paar Soldaten und mehrere erwartungsvolle Passanten. Die Höflinge selbst hatten das Interesse an dem Spaß schon verloren und waren weitergezogen.

Den Blicken von der Gasse her und aus geöffneten Fenstern preisgegeben, schritt Oonagh über den Hof und schenkte mit eigener Hand Suppe aus, die weiß im Mondlicht dampfte. Durch diesen Schleier hindurch erblickte sie Thady Boy.

Das lächelnde, im Laternenlicht flackernde Gesicht wirkte wie die boshaft lauernde Maske Quetzalcoatls. Oonagh reichte ihm eine dampfende Schüssel und sagte ruhig: »Ich danke Ihnen, Magister Ballagh. Ich habe schon lange überlegt, wie ich die hohen Herrschaften von Frankreich einmal dazu bringen könnte, von mir Notiz zu nehmen.«

Er tauchte einen Mittelfinger in die Suppe und hielt ihn hoch. »Lerchenzungen, stimmt's? Ah, dieser Abend war ein kultureller Triumph für Irland. Wir hatten sogar drei Flöten dabei, obwohl eine Flöte es gar nicht schätzt, wenn man sie nach neun Uhr abends noch draußen herumschleppt... War das nicht O'LiamRoes Bart, den ich vorhin da oben gesehen habe?«

»Ja.«

»Mein eigener Herr und Meister! Er wird sehr stolz sein heute abend. Will er denn nicht herunterkommen?«

»Nein, das will er nicht, und das ist für Sie auch besser so. Oder glauben Sie etwa, der Auftritt hat ihm gefallen?«

Auf Thady Boys Komödiantengesicht malte sich Betrübnis. »Er hat sich nicht darüber gefreut?«

»*Nein, das hat er nicht*«, ließ sich O'LiamRoes barsche Stimme neben ihm vernehmen. Der Fürst von Barrow wandte seinem Ollave den breiten Rücken zu und sagte zu Oonagh: »Ihre Verwandten haben mich sehr liebenswürdig gebeten, noch zu bleiben, aber ich möchte mich lieber verabschieden. Es gibt da noch einiges zu tun und zu sagen, was sich in unserem Quartier im Château besser erledigen läßt.«

Oonagh folgte ihm einen Schritt und blieb dann stehen. Thady Boy tat nicht einmal das. Als sie sich wieder nach ihm umdrehte, war er von einem Haufen betrunkener Trompeter umringt, und zwei von St. Andrés Leuten, die man nach ihm geschickt hatte, versuchten, ihn auf die Gasse zu zerren. Die Schnitzeljagd sollte beginnen.

Ein Violenspieler erzählte Oonagh davon, während er sein Instrument wieder in seiner Tasche verstaute. Der Mann fröstelte, war müde und schlechtgelaunt und wollte sich nicht die Nacht um die Ohren schlagen, bloß um ein paar junge Leute im Dunkeln von der Kathedrale zum Schloß um die Wette rennen zu sehen. »Die sind verrückt«, brummte er. »Und betrunken«, fügte er hinzu. »Den Hals werden sie sich brechen.«

»Das«, meinte Oonagh trocken, »wäre zu schön, um wahr zu sein.«

Der kahle, mondhelle Platz oberhalb der Rue des Papegaults wimmelte von Menschen, die wie eiserne Feilspäne unter einem Magneten hin und her schossen; die Rauchfahnen und das kupferrote Gleißen der Fackeln glitten über die Fassade der halb vollendeten Kathedrale. Die meisten älteren Einwohner von Blois hatten den Radau gehört und die lärmenden Kavaliere unten in den Gassen gesehen und waren mit zugestopften Ohren murrend ins Bett zurückgekehrt. Die Schmeichler jedoch, die Neugierigen und die Nachtschwärmer sowie die zahlreichen Anhänger der zwanzig Wettkämpfer drängten sich auf dem Platz, um das Rennen auf dem blauen Schieferdach des Wirtshauses »St. Louis« beginnen zu sehen.

Robin Stewart, der nichtsahnend von einem Botengang für Lord d'Aubigny zurückkehrte, geriet in den Sog der zur Kathedrale hastenden Menge und wurde bis zur Hügelkuppe mitgerissen, wo er mit der weichen Körperfülle Magister Ballaghs zusammenprallte. Er fühlte sich bei den Armen gepackt. »Welcher Moses hat Sie denn hergeführt? Welcher Erzengel hat Sie hier heraufkommen heißen?« Thady Boy hatte bereits einige Zeit im Wirtshaus zugebracht. »Ich dachte, Sie hätten heute Wache?«

»Hab ich ja. Ich bin gerade auf dem Weg zurück... Was hab ich da für einen Unsinn gehört? Sie werden doch in diesem Zustand das verdammte Hindernisrennen nicht mitmachen wollen?«

Das dunkle, verschwitzte Gesicht war ein einziger Vorwurf. »In welchem Zustand?«

»Und bei Nacht! Sie werden sich den Hals brechen! Mein Gott, wissen Sie denn nicht, wie sehr der König St. André liebt? Wenn er stürzt, dann ist es Ihre Schuld...«

»Wenn er stürscht – stürzt«, lallte Thady Boy mit schwerer Zunge und ließ Stewart los, »unten steht alle fünf Schritt eine Dame, um ihn aufzufangen.«

»Nun – *Sie* werden sich jedenfalls nicht den Hals brechen. *Sie* kommen mit mir!« erklärte Stewart energisch und packte nun seinerseits den Ollave mit festem Griff.

Es gab einen heftigen Ruck, eine flinke Drehung, und in Stewarts Hand baumelte ein leeres Wams. Von der mit Wein bewachsenen Mauer des Wirtshauses her ertönte Thadys Lachen. Er zog sich hoch und kletterte in die Höhe, bis sein ungepflegter, zerzauster Schopf vor dem weiten, mondklaren Himmel auftauchte. »Kommen Sie rauf!« rief er Stewart zu. »Ich brauch hier oben einen Partner!«

»Seien Sie kein Narr! Kommen Sie runter!«

»Angst?«

Der Bogenschütze preßte die dünnen Lippen zusammen. »Kommen Sie runter, Sie Dummkopf! Sollen sich die anderen doch den Hals brechen, wenn sie unbedingt wollen. Schließlich ist dieses verdammte Land nicht Ihres.«

»Ihres auch nicht. Zeigen Sie ihnen, wozu ein Schotte fähig ist! Kommen Sie rauf!«

Ein schrilles, mißbilligendes Pfeifkonzert drang von unten zu ihnen herauf. »Es kostet viel mehr Mut«, begann Stewart, dessen emporgerichtete Augen weiß in den knochigen Höhlen schimmerten, »so eine Verrücktheit nicht mitzumachen, als das zu tun, was diese . . .«

In zwei leuchtenden Bögen schleuderte Lymond, ein zu allem entschlossener, vom Teufel besessener Dickwanst über den Dächern von Blois, seine Schuhe hinab in den überfüllten Eingangsweg in der Tiefe. Dann kniete er nieder und streckte die Hand aus. »Freund Robin, komm rauf und lauf mit mir.«

Und er kletterte hinauf.

Es war eine Nacht, die Robin Stewart sein Leben lang nicht vergaß. Es war auch eine denkwürdige Nacht für den Fürsten von Barrow, der in Begleitung von Piedar Dooly zum Schloß zurückschlenderte und mit einer neuen Empfindung und einer trotzigen Empörung seines Herzens kämpfte, ohne auf die Schatten zu achten, die sich verstohlen in den Winkeln der Gassen herumdrückten. Denkwürdig auch für Jenny Fleming, die in ihrem eleganten Zimmer im Schloß nicht allein lag. Und denkwürdig schließlich auch für Oonagh O'Dwyer, die im Hôtel Moûtier noch lange allein mit leerem Blick vor einem erloschenen Feuer saß.

Nur wenige der Wettkämpfer erreichten das Ziel. Doch zehn Paare, schemenhaft fahl im Mondlicht auf dem schräg geneigten Dach des Wirtshauses »St. Louis«, begannen den Lauf in weißen Hemden, langen Trikots und kurzen, eleganten Pluderhosen. Unten in den engen Gassen häufte sich knietief weggeworfener Samt, in den Gossen funkelten Schuhe. St. André beugte sich hinab und rief nach Fackeln.

Wie Leuchtkäfer flogen sie, tanzende, wirbelnde Funken hinter sich lassend, in die Luft. Die jungen Männer fingen sie fluchend und lachend, und Paar für Paar standen sie aufrecht da mit einer hocherhobenen Fackel in der Hand.

Thady Boy fing seine als letzter. In der liederlichen Umhüllung, in dem schlaffen, dicken Körper gewahrte Robin Stewart erneut jene flammende Vitalität, die ihn in Rouen, in St. Germain, in Blois immer wieder beeindruckt hatte. Noch einmal versuchte er, Thady Boy zurückzuhalten. Stocknüchtern – als einziger von zwanzig – streckte er die Hand aus. Bei der Berührung fuhr Thady herum, und ohne auf seine Worte zu hören, riß er dem Bogenschützen den breitkrempigen Hut vom Kopf und steckte ihn mit seiner Fackel in Brand. »Den wirst du nicht brauchen. *Gare le chapeau!*« Zwischen Daumen und Zeigefinger hielt er das flammende Ding hoch und ließ es hinab in die Gasse fallen. Wieder wurde er festgehalten – diesmal von d'Enghien.

»Zünden Sie doch den ganzen Burschen an und werfen Sie ihn runter.«

Thadys Zähne blitzten weiß, und seine Augen glänzten vor Trunkenheit und Mutwillen. »Robin ist mein Partner, Monseigneur.«

Der Griff der beringten Finger an seinem Arm verstärkte sich. »Sie laufen mit mir.« D'Enghiens Augen funkelten schwarz in dem lächelnden, wachsamen Gesicht. »Sie sind sehr betrunken, mein Lieber. Vertrauen Sie Ihre schönen Hände mir an. Wir dürfen keinen Sturz riskieren.«

Lymond erwiderte den Blick, ohne sich zu rühren. »Suchen Sie sich einen anderen *lamdhia*. Ich reiche meine Hand dem einzigen von uns, der seit dem Abendessen keinen Tropfen getrunken hat.«

Jean de Bourbon, Sieur Enghien, war gewöhnlich nicht unmoralischer als all die anderen Kavaliere, aber auf besondere Weise unbeherrscht. Er beantwortete die Abfuhr schlicht mit einem kräftigen Stoß, der Stewart das Dach hinuntertaumeln ließ. Kurz vor der Traufe stürzte er. Als die Kante gegen seinen Rücken schlug, hatte sich Thady Boy schon der Länge nach in die Rinne geworfen und hielt den sich überschlagenden Körper mit einem Arm auf. Er schob ihm eine Hand unter den Kopf und gab ihm so den Halt, den er brauchte. Stewart schwang sich halb herum, zog sich an einem Wasserspeier hoch und warf sich zurück aufs Dach. Thady Boy half schiebend nach und setzte sich auf, rieb sich die zerschürften Hände und blickte höhnisch auf d'Enghien, der unbeweglich und schwer atmend über ihnen auf dem Dach stand.

Von den anderen hatte nur St. André noch einen so klaren Kopf, daß er den Vorfall überhaupt bemerkte. Er packte den jungen Mann am seidenen Ärmel und redete kurz auf ihn ein. D'Enghien gab eine schroffe Antwort, starrte Robin Stewart an, und nach einer aus drei Worten bestehenden Entschuldigung drehte er ihm den Rücken zu. St. André tauschte einen Blick mit Thady Boy, lächelte und zuckte die Achseln. Dann dröhnte ein Trommelwirbel herauf, und in der plötzlichen Stille beugte sich St. André vor, um ein weißes Päckchen aufzufangen, das von unten heraufgeflogen kam. Es waren die ersten Schnitzel. Die Regeln kannten sie alle. Wer seinen Fuß auf den Erdboden setzte, mußte ausscheiden. Jedes Schnitzel führte zu einem neuen Gebäude. Und in jedem Gebäude waren neue Schnitzel ausgelegt, auf denen außer dem neuen Ziel ein Wort stand, das sie sich merken mußten. Die beiden Männer, die als erste mit der aus den einzelnen Wörtern zusammengesetzten Botschaft über die Dächer hinweg das Schloß erreichten, waren die Sieger.

Auf dem Dach war es im roten Gleißen der Pechfackeln überraschend heiß. Unter ihnen senkten sich die schrägen, buckligen, dicht zusammengedrängten Dächer von Blois wie alptraumhafte riesige Zähne bis zum Schloßplateau hinab, das sich blauschwarz vom grünschwarzen, mit kalten Lichtern gestanzten Himmel abhob. Zu ihrer Linken, jenseits der Kaminreihen, lag zinngrau die von dunklen Bäumen gesäumte Loire. Und über ihnen kühl, funkelnd und schweigend ein schöner Winterhimmel, unter dem alle Erdenkinder ihre Ruhe finden sollten. Doch nun – mit einem Gebrüll, das an den Fenstern rüttelte – begann das Hindernisrennen.

Zu Anfang lag die Gefahr in der Zahl der Teilnehmer. Schulter an Schulter rannten sie stoßend, einander höhnend und anrempelnd im Kampf um eine gute Ausgangsposition über das flach geneigte Dach, schlängelten sich an dem heißen Kamin vorbei und rutschten die blauen Schieferplatten hinab. Das nächste Haus, nur einen Schritt entfernt, war niedriger. Stewart zögerte, doch neben ihm setzte Thady Boy über den Abgrund und landete plumpsend auf einem Strohdach. Stewart sprang, landete, wurde hochgerissen, rannte weiter.

Die nächsten drei Häuser waren unterschiedlich hoch, jedoch eben noch zu meistern. Beim vierten aber sahen sie sich einer kahlen Ziegelwand gegenüber, die volle drei Stockwerke hoch über ihren Köpfen aufragte. Es war gerade eben möglich, in den Fugen zwischen den aufgeschichteten Ziegeln einen Halt für die Zehen zu finden. Thady Boy beobachtete, wie die ersten in die Höhe zu klettern begannen. Prüfend blickte er zum Himmel auf, sah sich nach seinem Partner um, trat einen Schritt zurück und löschte bedächtig seine Fackel. Dann wandte er das Gesicht der Gasse zu und rannte los. Stewart sah ihn an der Dachtraufe zum Sprung ansetzen und mit weit ausgebreiteten Armen über die enge Schlucht der Gasse fliegen. Die Entfernung war nicht groß, das Dach gegenüber flach. Taumelnd landete er auf dem Rand, machte einen Salto vorwärts und sprang auf, als Stewart mit rudernden Ellbogen krachend an derselben Stelle niederkam. Er hatte sich noch nicht ganz aufgerappelt, da hatte der leichtfüßig rennende Thady Boy auf den Dächern schon die halbe Gassenlänge hinter sich gebracht. Stewart folgte ihm mit zusammengepreßten Zähnen und einer schulbubenhaften Verwegenheit, die ihm heiß in der Brust brannte.

Weiter unten überquerten sie die Gasse erneut, und tanzender Fackelschein in ihrem Rücken verriet ihnen, daß sie mit ihrem Manöver einen Vorsprung von zwei Dächern gewonnen hatten. Dann erreichten sie den Carrefour St.-Michel und standen neben dem steil abfallenden Dach von Diana de Poitiers' Stadthaus.

Sie war nicht daheim. Wenn der König sich in Blois aufhielt, schlief sie stets im Schloß. Die Schnitzel, die sie suchten, befanden sich im Speicher ihres Hauses. Es gab eine heikle Kletterei um die gedrehten Säulen eines Giebelfensters und über einen gemeißelten Fenstersims. Thady Boy bewegte sich wie ein Krallenaffe, während Stewart wartete und gespannt die näher kommenden Fackeln beobachtete. Die beiden nächsten Wettkämpfer erreichten das Giebelfenster, als der Ollave gerade herausgeklettert kam. Rasch verpaßte er de Genstan im Vorbeiklettern einen Tritt mit den Zehen, so daß der junge Franko-Schotte fluchend mit dem Kopf voran in den Speicherraum schoß. Und dann begab sich Thady Boy grinsend zu Stewart aufs Dach, wo er im hellen Mondlicht den Zettel las. Es dauerte eine Weile – zu lange für Stewarts Geschmack –, bis er sagte: »In Ordnung. Komm jetzt...« und den zerknüllten Zettel in die Gasse hinabschleuderte. Stewart folgte ihm blind, ohne nach dem Schlüsselwort zu fragen. Ein Akrostichon – ob französisch oder griechisch – war ohnehin ein böhmisches Dorf für ihn.

Die Rue des Juifs führte vom Carrefour St.-Michel fort, und das Haus, das sie jetzt erreichen mußten, lag auf der anderen Seite des Platzes. Ihr Vorsprung hatte sich inzwischen beträchtlich verringert. Drei Paare waren ihnen dicht auf den Fersen: d'Enghien und sein Bruder Condé, Tom Erskines Bruder Arthur mit Claude de Guise, dem Herzog von Aumale, und St. André, der mit Laurens de Genstan lief. Hinter ihnen lag noch ein weiteres Paar im Rennen, dem vier Männer sklavisch folgten: Entweder waren sie am Giebelfenster gescheitert, oder sie hatten den hinterlegten Text nicht entschlüsseln können. Als einzige trugen sie noch ihre Fackeln. Die in Führung liegenden Paare hatten es, wie Thady Boy, vorgezogen, sich der Dunkelheit anzuvertrauen. Und da die letzten Paare das Schlüsselwort nicht kannten, das die anderen sich eingeprägt hatten, besaßen sie keine Gewinnchance mehr und liefen allenfalls noch aus sportlichem Ehrgeiz mit.

Unten rannten mit schwingenden Laternen und wehenden Fackeln auch die Zuschauer, die die Wettkämpfer brüllend anfeuerten oder schmähten. Stewart nahm sie kaum wahr, während er rutschend und springend über die Dächer hastete. Einmal, als eine Katze fauchend aus einem Winkel schoß, hielt er mit einem Keuchen inne. Und als einmal unter seinem Fuß ein Dachziegel losbrach, erbleichte er und klammerte sich schwankend an der Traufe fest, während das Ding das Dach entlangschepperte und klirrend in der Tiefe verschwand. »Lieber Himmel, zum Kotzen hast du jetzt keine Zeit!« rief Thady, der an seiner Schulter vorbeiglitt, und grinsend rappelte sich Stewart wieder auf und rannte hinter ihm her.

Dann standen sie, Minuten vor ihren Verfolgern, auf dem Spitzturm eines Kaufmannshauses und blickten über einen zwölf Fuß breiten Abgrund zum Satteldach des Hauses auf, das sie als nächstes erreichen mußten. Steil wuchs es über ihren Köpfen in die Höhe bis zum First, der einen hohen, schlanken Kamin trug, und senkte sich zur unerreichbaren Traufe hinab. Und darunter entdeckten sie das einzige Fenster in dieser vor ihnen liegenden Wand. Es war ein großes Fenster mit einem zierlichen Balkon, dessen Geländer in Eisenspitzen auslief. Zu beiden Seiten der Männer senkte sich das Dach, das sie überquerten, blau und silbern im Mondlicht zur überfüllten Gasse hinab, die es ein Stück überragte. Es blieb ihnen nur ein Schlußsprung über eine Entfernung von zwölf Fuß auf eine Dachschräge, die zu steil war, als daß sie darauf hätten Halt finden und laufen können. Es war unmöglich.

Stewart, der sich keuchend an einer Seite des Kamins festklammerte, bemerkte, daß Thady Boy kaum gezögert hatte. Gleitend, rutschend, mit den Händen bremsend, arbeitete er sich über die einander überdeckenden Schieferplatten zum Rand des Daches vor und ließ sich, die Füße voran, mit unendlicher Vorsicht hinabgleiten. Dann sah Stewart nur noch seine Hände in der Dachtraufe und tief unten auf dem Kopfsteinpflaster den sich ruckweise bewegenden Schatten Thadys, der an der Holzfassade des Hauses entlanghangelte.

Stewart folgte ihm. Am Rand des Daches ließ er sich hinab, fand im Holz einen Halt für die Zehen und entdeckte sogleich, was Thady Boy von oben her gesehen hatte: ein Fenster mit Balkon, das auf ihrer Seite des zu überquerenden Abgrunds lag. Um es zu erreichen, mußten sie freilich die Dachtraufe loslassen: Einige Schritt weit war die unebene Oberfläche des Holzes der einzige Halt für Hände und

Füße. Stewart, der klopfenden Herzens mit ausgestreckten Armen und Beinen an der Wand klebte, sah, wie sich Thadys Kopf ihm zuwandte und in seiner Hand etwas aufblitzte. Dann tastete Thady, den dicken Rumpf fest an das Gebäude gepreßt, mit dem unbeschuhten Fuß nach unten, fand einen Halt für die Zehen und begann das Gewicht zu verlagern. Wieder blitzte es metallisch, es folgte ein dumpfer Schlag, eine flinke spinnenartige Bewegung – und Thady war auf dem Balkon. Im Mondlicht schimmerte das Heft eines tief in die Holzverkleidung gerammten Messers. Er hatte Stewart einen zusätzlichen Halt für die Hand hinterlassen.

Sommerliche Feldzüge, endlose Jagden, öffentliche Turniere und Pflichtkämpfe mit Bogen und Lanze hatten den Bogenschützen im Lauf der Jahre immerhin körperlich so gewandt gemacht, wie seine schlaksige Gestalt und sein zerquälter Geist es zuließen. Keines Gedankens mehr fähig, konzentrierte er sich einzig darauf, den Balkon zu erreichen, setzte den Fuß hier und da und dort, wie Thady es getan hatte – und tat obendrein noch etwas, was er sich noch vor einer Woche nicht zugetraut hätte: Schwitzend hing er an der Holzwand, lockerte das Messer und riß es im letzten Sprung mit sich.

Er landete. Die Balkonfenster und die Läden standen weit offen, und drinnen, ganz nah, wimmerte eine Frauenstimme: »Ah! – Ah! Assassins! Voleurs!«

»O Himmel, seien Sie still, gute Frau«, ertönte Thadys Stimme in fröhlicher Trunkenheit. »Wenn Sie auch nur einen winzig kleinen Mucks von sich geben, kommen noch achtzehn Männer hier rein – und dabei liegen Ihre Zähne auf dem Nachttisch, Ihre Frisur hängt am Bettpfosten, und wo Ihr Verstand geblieben ist, weiß der Himmel... Gott schütze dieses Haus und seine Bewohner.« Dann kam er unter Stewarts entgeistertem Blick wieder zum Vorschein, auf dem schwarzen Schopf einen Heiligenschein widerspenstiger gelber Locken und unter dem Arm eine mächtige Rolle, die sich bei näherem Hinsehen als Wandteppich entpuppte.

Die Menge unten hatte jetzt das Haus erreicht. Mit schwankenden Fackeln drängten sich die Leute am Fuß des Hauses und reckten die Gesichter zum nächtlichen Himmel empor. Flatternd und klatschend flog das eine Ende des Teppichs durch die Luft, senkte sich auf die Eisenspitzen des Balkons gegenüber und wurde aufgespießt. Während Thady Boy den Teppich am anderen Ende festhielt, krabbelte und rutschte Stewart über die weiche, mattenartige Brücke zum Balkon und erreichte ihn in dem Augenblick, als sich springende Gestalten über die Horizontlinie näherten.

D'Enghien begann gerade das Dach hinabzurutschen, als Stewart den aufgespießten Teppich mit beiden Fäusten packte und Thady zunickte. Nach einem raschen Blick in die Höhe faßte Thady Boy das starke Gewebe an den Ecken und ließ sich fallen.

Wie eine vergessene Fahne fiel der Teppich mit seiner Last in die Lücke zwischen den Häusern, straffte sich, stieß gegen die Wand und schwang zurück. Oben zerriß knirschend der Teppich an einer der Eisenspitzen. Doch an den anderen Eisenspitzen hielt das Gewebe stand. Ruckweise, mit einer Hand über die andere greifend und das schwere Tuch mit Knien und Füßen umklammernd, begann Thady sich hochzuhangeln. Nach wenigen Augenblicken hatte Stewart ihn gepackt und auf den Balkon gezogen. Als d'Enghien und der Prinz von Condé auf dem Balkon gegenüber landeten und auf eine kreischende, kahlköpfige alte Vettel stießen, riß der Ollave den Teppich vom Geländer und schleuderte ihn in die Gasse hinab. Dann verschwand er im Haus, und der Balkon war leer – bis auf eine gelbgelockte Perücke, die auf einer Eisenspitze flatterte.

Der Zettel war leicht zu finden. Thady Boy las ihn, grinste und führte Stewart eine Treppe hinauf. »Zur Rue Pierre-de-Blois... Wo ist Condé jetzt?«

»Schon drüben. Sie haben sich aus seinem Haus in der Nachbarschaft ein Seil geholt und es über eine der Eisenspitzen geworfen. Und als sie drüben waren, haben sie's eingezogen.«

»Was du nicht sagst«, meinte Thady Boy, und die blauen Augen unter den feucht glänzenden Lidern blitzten frevelhaft. »Man wird uns im Himmel eine Extrastrafe aufbrummen, wenn wir es zulassen, daß diese beiden Todsünder sich das Seil noch lange zunutze machen. Findest du nicht auch, Robin?«

Trotz des reichlich konsumierten Alkohols leichtfüßig, elastisch und behende, verstanden der Prinz und sein Bruder geschickt mit dem Seil umzugehen. Und jeder dieser hochgeborenen Herren war aus

persönlichen Gründen kaltblütig darauf versessen, in dem Hindernislauf die Führung zu übernehmen – und sich dabei möglichst wenig anzustrengen.

Das Seil erhöhte das Tempo des Rennens. Die Rue Pierre-de-Blois
war von einem wahren Häuserdschungel gesäumt. Türmchen und
Giebel, flache und steile Dächer, Balkons, Galerien und Türmchen
wechselten in einem Wirrwarr von Winkeln und Flächen miteinander ab, manchmal leicht zu meistern, manchmal nur kriechend,
manchmal mit einem Sprung von Kamin zu Kamin – und manchmal
nur mit dem Seil zu erreichen.

Wo die anderen, unter ihnen Thady und Stewart, die Galerien be-
nutzen mußten, die hier und da die Gassen überquerten, oder ein
Stockwerk und mehr in die Tiefe klettern mußten, um verläßlichen
Halt für die Füße zu finden, schwangen sich Condé und sein Bruder
hinüber und befestigten ihr Seil an Fenstergittern, Kaminen und
Fleischerhaken.

Diesmal fanden sie den Zettel als erste. Als sie ihn an einem Fenster
im fahlen Mondlicht lasen, hörten sie die leisen Fußtritte über ihren
Köpfen nicht. Erst als sie ihr Seil festmachten und ein Ende hinaus-
warfen, um daran hinunterzuklettern, waren sie wie vom Donner
gerührt: das herabbaumelnde Seil wurde ihnen von oben her mit
dem langen Griff einer Lichtputzschere aus den Händen geangelt.
Über ihren Köpfen blitzte eine Klinge, und das ausgefranste Ende
einer Seilhälfte sank ihnen zu Füßen. Die andere Hälfte ihres schönen, langen Seils hatte Thady vom oberen Fenster her erbeutet.

Beim dritten Schnitzel – weitere zehn lagen noch vor ihnen – verfügte jedes der beiden führenden Paare über ein Seil; drei Paare waren ausgeschieden, und fünf folgten ihnen nach wie vor, an der
Spitze St. André mit Laurens de Genstan vor Arthur Erskine und
Claude de Guise. Auf dem Weg zur Place St.-Louis legte Thady
Boy im geschmeidigen Dahinrennen Stewart die Hand auf die
Schulter und raunte ihm ins Ohr: »Mein Bester, ich sehe Scherereien auf uns zukommen. Wir machen unsere Sache zu gut, und der
eine oder andere der noblen Herren wird versuchen, etwas dagegen
zu unternehmen. Lauf so leise wie möglich. Wenn einer von uns
aufgehalten wird, rennt der andere allein weiter. Auf jedem Zettel

steht außer dem neuen Ziel ein Wort, das du dir merken mußt – als Nachweis, daß du das Schnitzel gefunden hast. Und du hast ja einen sturen nüchternen Schädel und kannst die Wörter sicherlich behalten. *Honneur*, *Espérance* und *Noblesse* liegen hinter uns, und wenn du mich fragst, heißt das nächste bestimmt *Régurgitation*.«

Zwar hieß das Wort auf dem neuen Zettel, der zusammen mit den anderen Zetteln wie ein Vogelnest in der geschnitzten Fassade am Haus eines Tuchhändlers verborgen war, *Renommée*, doch als dann das nächste in der Rue de Palais *Justice* lautete, begriff Stewart, was er meinte.

Ballagh hatte sich auch darin nicht getäuscht, daß man ihnen einen Streich spielen würde. Jeder hatte es auf jeden abgesehen, und es war nicht nur Trunkenheit, sondern auch rücksichtslose Härte im Spiel. Seile wurden unbarmherzig gekappt, auch wenn jemand daran hing, Dachrinnen durchgetreten und Ziegel herausgerissen, von Ellbogen, Knien und Füßen rücksichtslos Gebrauch gemacht. Stewart, dem jemand aus tiefen Schatten heraus ein Bein stellte, stürzte zwanzig Fuß tief und fand sich schließlich unversehrt auf einem Strohdach wieder. Den Übeltäter de Genstan ereilte die gerechte Strafe, als ihm auf einer offenen Dachgalerie der Inhalt eines Nachtkübels mit einem sanften irischen Segen mitten ins Gesicht geschüttet wurde.

Stewart sah es mit leuchtenden Augen. Endlich einmal über sich hinausgewachsen, war er frei von Angst. Auch als er zwischen den Kaminen in die Tiefe sauste, glaubte er unerschütterlich an seine Rettung – und stand unversehrt und gelassen wieder auf.

Und das war gut so, denn eine neue Herausforderung zeichnete sich ab. Der Wettkampf war nicht mehr nur ein Hindernisrennen, sondern ebenso zum Versteckspiel geworden. In ihrer Intelligenz waren sie alle einander ebenbürtig. Die Finessen der Akrostichen auf den Schnitzeln verhalfen ihnen gelegentlich zu einer auch wenn auch kurzen Pause. Was hier wirklich auf die Probe gestellt wurde, war ihre Behendigkeit, ihre Findigkeit und ihre Ausdauer.

Zu diesem Zeitpunkt – als die Neffen des Konnetabels, die Colignys und die Guisen allmählich den wahren Kampfgeist einbüßten, sich gegenseitig zu Fall brachten, in Gelächter ausbrachen, auf blechernen Fanggittern die Dächer hinabschepperten und einander mit Eiern aus einem lange verlassenen Vogelnest bewarfen – ergriffen St. André und sein Partner Laurens de Genstan die Initiative. Der Marschall de St. André, Höfling, Diplomat und Soldat, vom Vater des Königs gehaßt, vom König innigst geliebt, war bis in die letzten Fasern seiner Muskeln und seines Gehirns durchtrainiert. Während hinter ihnen Gasse für Gasse die Fenster hell wurden, während die Zuschauer, die Anhänger, der Pöbel unten ihren Lauf brüllend begleiteten, begann er an die Spitze zu drängen.

Viele der Behausungen waren tagsüber völlig leer, keineswegs jedoch mitten in der Nacht. Zehn kleine Mädchen im Schlafsaal eines Nonnenklosters kicherten, quietschten oder verkrochen sich unter der Bettdecke, als sechs oder sieben Kavaliere der Reihe nach das Fenster verdunkelten, auf den Boden sprangen und den Kamin einer gründlichen Durchsuchung unterzogen. Die Äbtissin kam herbeigeeilt, als gerade das letzte muskulöse Männerbein um die Fensterläden flitzte, geriet in einen Zustand hysterischer Verwirrung – und entdeckte erst am nächsten Morgen ihr abends abgelegtes Hemd, allen Blicken preisgegeben, an der höchsten Kreuzblume des Klosters.

Danach wurden Thady Boy und Stewart von St. André und de Genstan überholt, und Thady, der für diese Situation schon zwei Gassen vorher vorgesorgt hatte, zerbrach ein Glas mit Rosenöl und goß den Inhalt in hohem Bogen auf den vorbeistürmenden Marschall. Die Menge johlte, das Opfer, das in Strömen von Parfum erstickte, fluchte, und Robin Stewart lachte, lachte, bis ihm die Tränen kamen.

Ihre elfte Etappe war der Marktplatz in der Nähe der Kais, wo die Loire schwarz unter den Bögen der Brücke dahinfloß. Hinter und über ihnen erhob sich die Oberstadt, die sie nun verlassen hatten. Sie waren fast am Ziel.

Hinter dem Hôtel Dieu an der Place Louis XII lag ein Obstgarten. Sie überquerten ihn von Baum zu Baum kletternd und springend und bewarfen einander mit Äpfeln, bis sie über Schuppen, Magazin und Speicher wieder auf die Dächer gelangten. Dort machte das jüngste Paar eine delikate Entdeckung, und zwei weitere, vom Wein und der körperlichen Bewegung animiert, knieten neben den beiden vor einem erleuchteten Fenster nieder und johlten laut und sardonisch, bis das Licht drinnen plötzlich erlosch. Thady Boy landete weich im Schatten eines Giebels und erhob sich. Stewart folgte ihm stolpernd. »Wohin jetzt? D'Enghien ist vor uns. Und St. André.«

»Wir haben keinen Grund zur Eile. Laß dir ruhig Zeit, ein bißchen zu Atem zu kommen. So wahr ich lebe – es wird nicht mehr lange dauern, dann ist *entweder* d'Enghien vor uns *oder* St. André – aber nicht beide, *a mhic*, nicht beide.«

Für den Stadttröster von Blois war es nicht ungewöhnlich, an einem Werktag schon um vier Uhr morgens mit der Arbeit anzufangen. Vom roten Schein des Feuers übergossen, die Schürze mit Fett besudelt, das Halstuch von Schweiß durchtränkt, arbeitete er noch halb schlafend über dem krachenden Bratspieß, während ein dünnbeiniges Kind in einem Leinenhemd die Tretkurbel bediente. Und im Laden des Rösters befand sich das drittletzte Schnitzel.

Der Röster schien taub zu sein, so wenig achtete er auf den Lärm vor seiner Tür, wo die Menge wogte und schwankte, sich mit den schwarzen Gestalten bewegte, die hoch über ihren Köpfen sprangen und kletterten. So hoch die Wetten auch waren, die die Wettkämpfer untereinander abgeschlossen hatten – ihre Einsätze waren nichts im Vergleich zu den Summen, die in den Gassen auf Favoriten und Außenseiter gesetzt worden waren. Die Hälfte der dienstfreien Schottischen Garde befand sich, wie Stewart genau wußte, in der krakeelenden, zappelnden Menge dort unten.

Während er im Dunkel verborgen neben Thady Boy lag, betete Robin Stewart nur darum, daß er das Schloß vor Laurens de Genstan erreichte. Das wäre der glücklichste Tag seines Lebens.

Jean de Bourbon, Sieur d'Enghien, war der erste, der das beschlagene Oberlicht über dem Laden des Rösters öffnete und sich vorsichtig hinabließ.

Oben an der Wand zog sich ein Brett entlang, von dem tagsüber Rinderseiten, Schafe und Geflügel herabhingen und auf das Kochen oder Braten warteten. Darunter stand ein Tisch, auf den d'Enghien und sein Bruder treten konnten, ohne den Boden zu berühren und damit gegen die Regeln zu verstoßen. D'Enghien klebte das lockige

234

Haar im schmutzigen Gesicht, Seidenhemd und Trikot waren zerrissen und schwarz, grün und weiß verschmiert von Teer, moosbewachsenen Mauerkronen und Kalk. Er wußte, daß St. André und de Genstan ihn fast eingeholt hatten, und war nicht in der Stimmung, zu warten.

Während der Röster eine Lache heißen Fetts über dem Fleisch verteilte, den Schöpflöffel bedächtig niederlegte, sich die Hände an der lappigen Schürze abwischte und sich zu d'Enghien umdrehte, hüpfte der junge Mann vom Tisch auf den Stuhl, vom Stuhl auf den Tresen, vom Tresen auf die Herdeinfassung. In den Stein eingelassen war die Salzmulde, vom Wetzen ganzer Messergenerationen gefurcht und gekerbt. Und sie enthielt außer trocknenden Salzbrocken absolut nichts.

Der Röster hatte seine fleischigen Schweinchenarme in die Seiten gestemmt, sein Kinnbart war ein einziger feuchter Fettfilz. Er beobachtete d'Enghien ohne Mitleid. »Sie suchen gewisse Papiere, Monseigneur?«

Über ihnen klapperte das Oberlicht: St. André hatte es bereits erreicht.

»Ja, du Schwachkopf! Sie müssen hier sein. Wo sind sie?«

Der Röster wandte den Kopf, und der Junge, der offenen Mundes seine Arbeit unterbrochen hatte, begann hastig wieder zu treten. Der Röster blickte d'Enghien an. »Sie sind ins Feuer geraten. Wirklich schade. Ein Versehen.«

»*Ein Versehen!*« Hinter ihm wurde ein Scharren laut. Condé, genauso abgerissen wie sein Bruder, hockte wieder auf dem Wandbrett, hielt das Oberlicht mit aller Kraft zu, um es gegen den Ansturm der beiden Männer auf dem Dach zu verteidigen. Hartnäckig setzte d'Enghien dem Röster zu. »Erinnerst du dich, was draufstand? Wie hieß das Ziel?«

Mit ausdruckslosem rotem Gesicht stierte der Mann an die Decke. »Ich habe leider ein schlechtes Gedächtnis.«

Fieberhaft wühlte d'Enghien in seinem Geldbeutel. Gold schimmerte. »Wie hieß das einzelne Wort? Daran wirst du dich doch wohl erinnern!«

Der Röster fing die Münze auf, biß hinein und gestattete sich ein kurzes Grinsen. »Das Wort war *Obédience*, Monseigneur.«

»Und der Vers?« Wieder blickte ihn der Röster mit leerem Gesicht an, und d'Enghien, dessen Geldbeutel nun leer war, knirschte mit den Zähnen. Dieser Mann, der da unerschütterlich vor ihm auf dem fettbesudelten Boden stand, konnte ihm unbegrenzt trotzen. »Louis!« rief er. Der Prinz von Condé drehte sich zu ihm um und fauchte: »Ich habe kein Geld bei mir, du Idiot!«

Eine Antwort, die ihn den ersten Platz kostete. In diesen wenigen Sekunden der Unachtsamkeit nämlich rissen die beiden Männer auf dem Dach mit einem gewaltigen Ruck die Klappe auf, und St. André ließ sich neben seinem Rivalen auf das Wandbrett gleiten. »Aber ich habe welches. Wo ist der Ire?«

»Nicht hier.« Der Marschall hatte sich nur einen Schritt von der Luke entfernt, durch die der auf dem Dach kniende Laurens de Genstan herunterblickte. Es war offenkundig, daß St. André und sein Partner, sobald der Röster die entscheidenden Worte ausgesprochen hatte – sofern er sich überhaupt an sie erinnerte –, als erste starten würden.

Aber der Marschall hatte auch das Geld. Hilflos mußte d'Enghien mit ansehen, wie er den ganzen Geldbeutel vom Gürtel streifte und ihn in hohem Bogen dem Röster in die mächtigen roten Hände warf. Der dicke Mann öffnete ihn und grinste.

»*Obédience*, wie ich Ihnen schon gesagt hab, hieß das Wort, das da draufstand. Und da drunter standen bloß fünf Zeilen. Ungefähr so, glaub ich ...« Und über dem Zischen und Fauchen des Feuers begann er mit heiserer Stimme zu deklamieren:

> »*Marie sonne,*
> *Marie ne donne*
> *Rien si non*
> *Collier et hale*
> *Pour la Sénéchale.*«

In Blois gab es nur eine Kirchenglocke mit Namen Marie: die Tenorglocke von St. Lomer.

Kaum waren die Worte verklungen, da startete Condé auch schon. Doch der Marschall war auf den Angriff vorbereitet. Ein Arm holte aus, eine Hand stieß zu, und in der drangvollen Enge des Gleichgewichts beraubt, stürzte Condé nach vorn.

St. André hatte durchaus nicht die Absicht, dem Mann den Schädel zu zertrümmern. Während der Röster, der sich das Geld unter das Hemd gestopft hatte, bedächtig zur großen Ladentür schlurfte und sie ächzend zu entriegeln begann, fing der Marschall den Prinzen mit einem Griff unter die Achselhöhlen auf, hängte ihn mit dem Kragen an die dicken Fleischerhaken des Wandbretts und bemächtigte sich obendrein des aufgerollten Seils, das Condé über der Schulter trug.

Bläulich verfärbt zappelte der Prinz dort oben wie eine frisch eingefangene Färse, während d'Enghien sich fluchend hinaufschwang, um ihn zu befreien.

Das Wandbrett freilich war gebaut worden, um das Gewicht toter Tierleiber zu tragen, nicht aber, um lebenden Menschen als Sprungbrett zu dienen. Es quietschte einmal, als sich d'Enghien mit beiden Händen daran festklammerte, stöhnte, als er die Füße herumschwang, und brach mit einem berstenden Krachen, als er sich hochgezogen hatte. Der drängende, brüllende Haufe auf der Gasse, der schon durch die halb geöffnete Tür quoll, um den Stand des Rennens zu erkunden, sah nur den Prinzen von Condé und seinen Bruder d'Enghien zerbeult, zerschunden und – nach diesem Regelverstoß – disqualifiziert am Boden liegen.

St. André hatte keine Sekunde gezögert. Mit Unterstützung de Genstans schoß er durch die Luke auf das Dach und hielt hastig nach möglichen Rivalen Ausschau. Hinter ihnen war niemand. Doch vor ihnen beleuchtete der von der Gasse heraufdringende Fackelschein ein zerfetztes, ehemals weißes Hemd und blitzte auf dem königlichen Monogramm eines Bogenschützen. Wie Fledermäuse flogen zwei Schatten in Richtung des massiven Gewirrs von Türmen und Zacken – der Abtei von St. Lomer.

»Das ist doch nicht möglich!« jammerte de Genstan.

St. André stürzte sich nach vorn. Rauch auswürgend erhob sich vor ihnen der rote, gedrungene Schlund des zum Rösterladen gehörenden Kamins. In einer Mischung aus Zorn und masochistischem Impuls schlug Jacques d'Albon, Marschall de St. André, mit der flachen Hand gegen den heißen Kamin, als sie an ihm vorüberhasteten. »Doch, es *ist* möglich... Die beiden brauchten sich bloß hier zu

verstecken und zu lauschen, was *der* da ihnen zu erzählen hatte!«
Eine Zeitlang schwiegen beide, vollauf damit beschäftigt, die Kluft
zwischen zwei Gebäuden zu überwinden. Dann, während sie rittlings den Dachfirst eines Spitals entlangrutschten, fand St. André
die Sprache wieder: »Die letzte Überquerung geht vom Glockenturm zum Schloß. Und wer immer als erster die Schloßmauer erreicht, wird gewinnen.«
Beide hatten das gleiche Bild vor Augen: Die Kirche von St. Lomer
erhob sich zwischen dem Schloßhügel und der Loire, und die Spitze
des höchsten Turms lag genau unter dem niedrigsten Teil der
Schloßmauer. Die Entfernung zwischen Turm und Schloß war
dreimal so lang wie die Seile, die nun beide Paare mit sich führten.
Doch das war ohne Belang.
Denn der Abgrund war bereits vor einer Woche von dem Seiltänzer
Tosh mit einem starken Tau überbrückt worden, das er schon
mehrmals unter dem Beifall der Menge mit flammenden Fackeln
und seinem Esel überquert hatte. Der Mond war untergegangen,
doch hinter der schwarzen Masse von St. Lomer ließ sich undeutlich
die dünne Sichel des Seils erkennen, an dem die Sieger hinaufklet-
tern mußten. Das war der Weg zum Sieg, und dort hinter St. Lomer
lag auch die Krux des Rennens. Denn wer immer das Seil als erster
überquerte, brauchte es hinter sich nur abzuschneiden – und das
letzte Schnitzel gehörte ihm.
Schon nach einigen Etappen des Rennens hatte Thady Boy die besondere Aufmerksamkeit, wenn nicht die Sympathie der Menge
gewonnen. Während der letzten Phase des Rennens steigerte sich
die Spannung zu frenetischer Erregung. Gellendes Pfeifen, Schreie,
Spottrufe, Anfeuerungen und Schmähungen galten allen Wett-
kämpfern – doch Thady Boy wurde das Kompliment herzlichen Gelächters zuteil.
Keiner war jetzt noch frisch oder sicher auf den Beinen. Nach einer
Jagd, deren Härte der Erstürmung eines schwierigen Berges im
Dauerlauf entsprach, brannten Stewart die Kniemuskeln, seine
Schultern schmerzten, und sein Herz drohte zu zerspringen. Thady
Boy konnte sich kaum besser fühlen, doch auch jetzt ließ ihn sein an-
geborener Sinn für alles Komische nicht im Stich. Als tief unter ih-

nen jemand Gitarre spielte, tanzte er einen halben Takt mit einem Kamin. Von den drei Turmuhren, die sie passiert hatten, würde keine jemals wieder richtig gehen. Auf Fensterläden ließ sich vortrefflich reiten, Dachgärten luden dazu ein, sie der letzten trockenen Blüten zu berauben und damit faunisch nichtsahnende Leute in der Tiefe zu bestreuen. Ein erboster Edelmann, der sich vom Fenster her über den Lärm beklagte, wurde drei Minuten später von Rauchwolken vor die Tür getrieben, da sein Schlafzimmer auf mysteriöse Weise in Brand geraten war.

Während in diesem Viertel ein Fenster nach dem anderen aufleuchtete und sich öffnende Türen ihr goldenes Licht auf die unten rennenden Bürger von Blois warfen, winkten oben den vorüberhuschenden Gestalten Hände zu. Jemand reichte ihnen an einem Stock ein heißes Würstchen hinaus, und ein Trio wuschelköpfiger Küchenmädchen trennte sich von einer gestohlenen Flasche Wein und warf sie ihnen zu, wofür es im Vorüberhasten drei Küsse bekam – und dann, nachgerade beängstigend, noch drei von einem übermütigen Stewart.

Thady und sein Partner tranken den Wein, während sie ihren Weg auf allen vieren fortsetzten. St. André und de Genstan lagen zwei Häuser zurück. Dann erreichten Ollave und Bogenschütze die abschüssigen Dächer der Benediktiner-Abtei, und vor ihnen lag der gedrungene eckige Turm von St. Lomer.

Sie mußten ihn von außen hochklettern, von der Basis senkrecht in die Höhe bis zum Glockenstuhl – und nicht ein einziges unvergittertes Fenster, in das sie hätten einsteigen können. Nichts von dem, was sie bis jetzt gewagt hatten, war auch nur halb so schwierig gewesen. Thady, der ausnahmsweise nüchtern sprach, bestand darauf, daß sie sich anseilten. »Lehn dich gegen die Mauer, halte die Hände nicht zu hoch und benutz die Stellen als Halt für die Füße, die ich benutzt habe. Es ist besser, wenn ich der Schrittmacher bin. Wenn du Angst hast, benutz das freie Seil, um dich zu sichern, und sag mir Bescheid. Vergiß das Publikum. Die da unten können höchstens eine Heuleiter hochklettern.« Er lächelte plötzlich – ein sorgloses, freundschaftliches und aufrichtiges Lächeln. Dann drehte er sich um und begann mit zurückgeworfenem schwarzem Kopf den Aufstieg.

Manchmal, in Alpträumen, wiederholte Stewart diese Kletterpartie. Der Turm war dreihundert Jahre alt und seine verwitterte Oberfläche von zahlreichen Spalten durchzogen. Eben deshalb konnten sie sich aber auch auf nichts – weder Traufe noch Gesims, weder Karnies noch Kappenstein – verlassen. Eine Brüstung, unter einem Fuß noch sicher, konnte unter dem anderen zerbröckeln, ein Schallbrett unter ihren Händen abbrechen. Für die emporgereckten Gesichter unten in der Gasse bewegten sich die beiden Kletterer unendlich langsam, für St. André, der über die letzten Dächer sprang und stolperte, schneller, als er es für möglich gehalten hatte. Der Schweiß brannte ihm in den Augen, während er die beiden angestrengt beobachtete, um sich jeden Halt für die Füße zu merken, den sie benutzten. Wenn er und Laurens kletterten, würde es schneller gehen, redete er sich ein. Die beiden anderen hatten im Glockenstuhl ja auch noch das Wort zu suchen, das sie sich einprägen mußten, und den Vers mit der Angabe des letzten Ziels zu interpretieren. Wenn er oder de Genstan wenigstens das Tau des Seiltänzers packen konnten, ehe es durchgeschnitten wurde, hatten sie noch eine Chance. Kein schottischer Bogenschütze, kein Ire konnte so besessen oder so betrunken sein, daß er das Seil durchschnitt, während St. André daran hing, und so den besten Freund des Königs auf den Felsen in der Tiefe zerschellen ließ.

Schulter an Schulter mit Laurens de Genstan kletterte er über die Dachfirste am Südwerk der Kirche, und die Menschenmenge am Fuß der Fassade mit den drei großen Portalen, den Arkaden, den Doppeltürmen und dem Rosenfenster drehte sich in wogendem Gedränge herum, um sie zu beobachten. Die beiden Männer erreichten das schräge Dach der Abtei von St. Lomer, krochen zur Basis des Turms und begannen ebenfalls hochzuklettern.

Zwischen Thady Boy und Robin Stewart hing das Seil schlaff herunter. Der dicke Mann bewegte sich geschmeidig, prüfte die im Dunkeln nur halb sichtbaren Stellen, die als Halt für Hände und Füße in Frage kamen, und Stewart kletterte ihm nach, gab Seil zu oder holte es ein, während die Nachtluft kalt über ihn hinstrich. Dann und wann kamen Anweisungen von oben, knapp und präzise. Als Thady Boy einmal sicher auf einem Sims stand, konnte er es wagen, das Seil mit beiden Händen zu packen und den Bogenschützen zu sich heraufzuziehen. Das Atmen fiel Stewart schwer, der Krampf in den Fingern und das Seitenstechen waren qualvoll. Doch es machte ihm nichts aus, in die Tiefe zu blicken. Wie ein Leuchtturm erhob sich die Kirche aus dem Meer von Gesichtern, die im hellen Schein der Laternen und Fackeln glänzten, schimmerten, hin und her glitten. Ihre eigenen Schatten waren ihnen über die ersten zwanzig Fuß des Turms grotesk verzerrt vorausgeklettert. Jetzt umgab sie nur noch Dunkelheit über dem schwarzen Äquator der Nacht. Auf der anderen Seite des Tals lag die Kathedrale auf dem Hügel, krümmten sich die steil abfallenden Gassen, die sie so mühselig hinter sich gebracht hatten, und hinter den Kaminen spiegelten sich zitternd die Lichter der Brückenhäuser im ebenen schwarzen Becken der Loire.

Er hatte die Augen von seinem Schrittmacher abgewandt und den Blick über das Panorama gleiten lassen, hatte versäumt, auf Thadys Bewegungen zu achten und ihnen seine eigenen Vorsichtsmaßnahmen anzupassen. Das erste, was er wahrnahm, war das Poltern eines Steins, der ratternd im Leeren verschwand. Über ihm eine rasche Bewegung, das Geräusch heftigen Atemholens, dem kein Ausatmen folgte. Das sie verbindende Seil peitschte und schaukelte hin und her.

Stewart blickte hoch. Über sich ein Stück kahler Mauer, hatte Thady das einzig Mögliche getan. Er hatte das freie Ende seines Seils über eine steinerne Kriechblume hoch über seinem Kopf in der Nähe des Glockenstuhls geschleudert, und während er sein Gewicht langsam auf das doppelte Seil verlagerte, kletterte er mit seiner Hilfe das kahle Mauerstück empor.

Die Kriechblume hielt seinem Gewicht stand. Es war das Seil, das an einem unsichtbaren Stengel der Blume scheuerte, nachgab und ihn zurück auf den schmalen Sims rutschen ließ, von dem er ausgegangen war. Und unter dem heftigen Aufprall seines Fußes war der Stein herausgebrochen.

Stewart sah es mit Entsetzen. Zwar hatte sich Thady Boy für den Augenblick gerettet, sich gegen die Mauer gelehnt und mit flach ausgestreckten Händen abgestützt, während die Füße in trügerischen Spalten steckten, doch hatte er so gut wie keine Standfläche, keinen sichernden Vorsprung in seiner Reichweite, nur den unversehrten Rest des Seils, das seine Taille mit der Stewarts verband. Und Stewart, selbst wie eine Motte an das Gemäuer gepreßt, die Fingernägel in Spalten gekrallt, würde dem Gewicht eines zweiten, eines stürzenden Mannes nicht standhalten können.

Auch Lymond wußte das. Mit sparsamen Bewegungen, um so wenig wie möglich vom schwindenden Gleichgewicht, von der schwindenden Kraft und der schwindenden Zeit zu vergeuden, durchschnitt er das Seil zwischen sich und dem Bogenschützen.

Wie göttliche Eingebungen kamen Robin Stewart in dieser Nacht die Einfälle. Das Erkennen der Gefahr und der geniale Rettungsplan tauchten wie aus dem Nichts in seinem Kopf auf und prägten sich seinem Gehirn ein. In der halben Minute, bevor der Ire stürzen würde, wußte er genau, was er zu tun hatte.

Zu seiner Linken befand sich, knapp außerhalb der Reichweite seines Arms, ein vergittertes Fenster. Kurz zuvor hatten sie sich nacheinander auf dem Fenstersims ausgeruht und sehnsüchtig auf die unerreichbare Treppe drinnen geblickt. Stewart hatte keine Zeit, darüber nachzudenken, ob der Stein dort auch brüchig war oder ob die Gitterstäbe halten würden. Um das Fenster zu erreichen, mußten Hände und Füße ihren Halt aufgeben, mußte er springen: ein Sprung auf Leben und Tod. Unter ihm warteten die gähnenden Kamine, die Schieferplatten und das Kopfsteinpflaster der Gassen.

Er drehte Thady Boy den Rücken zu und sprang. Als seine knochigen Hände sich wie Totenhände aus einem Grab hart um die kalten Gitterstäbe krallten, schwangen seine Füße frei über der Leere. Dann fand sein Knie den Sims, der sich vorschiebende Ellbogen die Eisenstange. Und während er wie eine eherne Schlingpflanze Rumpf und Arme zwischen die lebensrettenden Stangen rammte, das Fenstergitter wie ein Pferdegeschirr trug, schwang er das dunkle freie Seil durch die Nacht, das er aufgerollt in der Hand gehalten hatte. Zischend glitt der Hanf in Höhe von Thadys Kopf die steinerne Oberfläche entlang.

Wie Stewart ergriff auch Lymond die Chance auf Leben und Tod.

Er löste den unsicheren, rutschenden Griff, sah das dunkle Seil kommen – und sprang.

Stewart bremste seinen Fall. Die Gitterstäbe quetschten ihm die Arme schwarz, was er freilich erst später entdeckte, das Seil, das ihm rauh durch die Hände lief, zerfetzte ihm die Handflächen. Dann kam der ruckhafte Zug an seinem Körper, auf den er gefaßt war, das ausschwingende Zerren an dem um die Taille geschlungenen Seil, als der Mann unten im tiefsten Bogen seines Falls trudelte und schaukelte. Stewart dehnte den schmerzenden Körper über die ganze Breite des Fensters, setzte seine ganze Kraft als Anker ein. Und die Gitterstäbe hielten.

Das Seil hatte sich beruhigt. Dann, als ob sich seine Ohren nach langer Taubheit plötzlich geöffnet hätten, hörte er einen Schrei, der aus dem versunkenen Lichterschein der Gassen emporstieg, und der Zug an seinem Rücken und Becken ließ nach. Thady Boy hatte Halt für die Füße gefunden, und das Seil so rücksichtsvoll benutzend, wie es ihm nur möglich war, kletterte er nach oben.

Bald darauf erschien, schwarz vor der Schwärze der Nacht, der zerzauste Schopf zu Stewarts Füßen. Die geschmeidige, akrobatische Gestalt schlängelte sich, drehte sich – und schwer atmend saß Thady Boy an seiner Seite. »Lieber Gott«, schnaufte Thady, »höher bist du nicht gekommen? In der Zeit wäre ich das verdammte Ding zweimal rauf- und runtergeklettert.« In der Dunkelheit blitzten seine Zähne in einem Lächeln auf. »Ich habe d'Enghien ja gesagt, daß du zehn seiner Leute wert bist.«

Dann kletterten sie weiter. Als er den Iren beobachtete, der sich gleichmäßig, behutsam tastend über ihm bewegte, rührte sich in Stewart etwas Belebendes, eine staunende Dankbarkeit für das, was Thady hatte für ihn tun wollen, und ein heißer Stolz auf das, was er selbst getan hatte. Stark, kühn und frei – in dieser einen Nacht einmal auf keinen Menschen neidisch – folgte Robin Stewart seinem Führer hinauf zum Glockenturm.

Aus der Reaktion der Menge schloß St. André, daß etwas geschehen sein mußte. Die Route, die er und de Genstan gewählt hatten, gewährte ihnen keinen klaren Überblick. Doch als er wenig später um eine Mauerkante herum Halt für seine Füße suchte, begriff er, daß

die beiden trotz des Rückschlages schon im Glockenstuhl sein mußten.

Obwohl seine Finger, vom Stein gequetscht und zerschürft, blute-
ten, empfand er keinen Schmerz, einzig den Drang, den Glockenstuhl so schnell wie möglich zu erreichen... schlimmstenfalls erst,
wenn die beiden anderen das Tau zwischen Kirche und Schloß
schon fast überquert hatten. Verärgert über seinen Partner, den edlen Franko-Schotten, der sich schwerfällig in seiner Spur abmühte,
starrte er nach oben.

Über seinem Kopf baumelte herrenlos, wie ein Geschenk Gottes,
ein langes Seil. Vor seinen Augen schlängelte es sich in die Höhe, so
weit sein Blick reichte, und verschwand – wenn es überhaupt irgendwo endete – nicht weit von ihm entfernt, kurz vor dem Glok-
kenstuhl. Mit zwei Schritten hatte er es erreicht und, fest auf beiden
Beinen stehend, zuerst mit einer Hand und dann mit beiden geprüft.
Dann begann er sich langsam und vorsichtig hochzuziehen.

Es trug sein Gewicht ohne Schwierigkeit. Nach einer Weile, das
kalkulierte Risiko so gelassen hinnehmend wie auf dem Schlachtfeld, umschlang er das Seil auch mit den Füßen und begann zu klettern.

Tief unten in der Gasse sahen sie es, sahen das freie Ende unter ihm
hin und her peitschen und das Seil über die rauhen Steine des Turms
schwingen und rucken. Hoch über ihren Köpfen bewegte sich etwas
in der Nachtluft – etwas Mächtiges, Hallendes, als ob ein gewaltiger
Wind über den Turm hingegangen sei und im Vorüberfegen einen
tiefen Atemzug getan habe. Wieder war es da, ein Beben in der Luft,
ein Wort, von einer schrecklichen, nicht menschlichen Stimme aus
einer anderen Welt gesprochen.

Sie sahen das weiße Gesicht de Genstans in die Höhe blicken, St.
André innehalten und einen Fuß gegen die Mauer stemmen, um
Halt zu finden. Das Seil ruckte, und die mächtige Baßglocke von St.
Lomer dröhnte scheltend über das schlafende Tal der Loire. Das
Seil schwang, und wieder sprach die Glocke. St. André, der ihr so
nahe war, daß er von ihrem Dröhnen ertauben konnte, blickte wild
nach oben und dann zu seinem Partner hinab. Dann stieß er einen
Schwall von Flüchen hervor, die freilich ungehört verhallten, seiner

Lage jedoch vollauf angemessen waren: er hing etwa in der Mitte des Taus, das am Handseil der Glocke befestigt war. Die Wahl war nicht schwer. Entweder sie verloren das Rennen, oder sie kletterten das Glockenseil hoch – und ganz Blois würde ihnen zuhören.

St. André zögerte nicht. Hand über Hand greifend hastete er das Seil hinauf, de Genstan folgte ihm. Und während die große Sturmglocke über das Land dröhnte und brüllte, gingen in Blois auch die allerletzten Lichter an, bis Stadt und Schloß auf den beiden Hügeln in der schwarzen Nacht wie eine Oase des Vergnügens funkelten, wie ein seltsamer winterlicher Rummel in einer vergnügungssüchtigen Stadt. Mit klirrenden Piken gehorchte die Stadtwache dem Alarmruf der Glocke. Ihr folgte – Nachtmützen auf dem Kopf, in Bettlaken und Steppdecken gehüllt – die Bürgerschaft die Gassen hinab nach St. Lomer wie aufgeregte Blattläuse, die in einem Blumentopf von Wasser überspült werden. Das Schloß leuchtete.

Der Glockenturm war leer bis auf die Tenorglocke »Marie« und den großen, langsam ausschwingenden Schlund der Baßglocke. Auf dem Boden fanden sie die vorletzten Schnitzel mit dem Schlüsselwort und dem letzten Ziel. Um zu siegen – so die Ordre –, mußten sie das Schloß und die diensttuenden Bogenschützen vor der Suite des Königs erreichen.

Eine zusätzlich errichtete hölzerne Plattform, die von einem Handseil umgeben war, vergrößerte die Glockenkammer vor dem Ausgang. Aus dem Gemäuer ragte eine Eisenstange: Sie hielt das eine Ende des Taus, das sich vor ihren Augen aufwärts schwang und im frühen Licht über der Schlucht zwischen St. Lomer und dem Schloß auf dem Felsen schimmerte. In einer Entfernung von zwei Dritteln des Weges hinüber bewegte sich mit scherenartig gereckten Armen und zappelnden Beinen eine über dem Abgrund baumelnde eckige Gestalt. Eine zweite war bereits hinübergelangt, kletterte – in der Entfernung nur vage auszumachen – emsig die Schloßmauer empor, auf der sich die Menschen drängten. Noch drei oder vier Schritt – und Stewart hatte sie ebenfalls erreicht.

St. André trat auf die Plattform hinaus und tauchte unter dem Handseil durch. Während Stewart auf der anderen Seite in die ersehnte Geborgenheit der Schloßmauer einstieg, beugte sich St.

André vor, packte das Tau mit beiden Händen und schwang sich ins Leere hinaus.

Niemand würde es wagen, das Tau jetzt noch durchzuschneiden – das wäre Mord. Und noch gab es eine Chance – eine geringe, aber reale Chance –, im Schloßhof noch einmal die Führung zu ergattern, denn dort hatte sich, wie er sehen konnte, das Gewirr tanzender Köpfe nicht einmal geteilt, um Thady Boy und Robin Stewart durchzulassen. St. André war drei Armspannen von der Turmmauer entfernt, und de Genstan bückte sich gerade, um das Tau zu packen, als begeistertes Gebrüll – ein doppelter Schrei – ihre Ohren traf.

Auf der Schloßmauer war eine wunderliche, unförmige Gestalt aufgetaucht. In einem Halfter sprühten und loderten Fackeln. Unter Knien und Keulen war ein Brett festgebunden. Zwischen großen Ohren, schwarz und unförmig in der bewegten rauchigen Dunkelheit, rollten Augen, zog sich eine Lippe zurück, enthüllte lange Zähne und einen aufgerissenen Schlund, der die Beifallsrufe, das Geschrei, das Gelächter und die nachhallenden Schläge der mächtigen Glocke mit einem ohrenbetäubenden Schrei übertönte. Toshs Esel, der sich in vollem Arbeitsstaat losgerissen hatte, begann sein berühmtes Solo, seinen Rutsch über das Tau hinab zum Kirchturm von St. Lomer. Mit der ganzen Kraft seiner Schultern und Arme setzte sich St. André grimmig in Bewegung und hastete zum sicheren Kirchturm zurück.

Es war ein unvergleichlicher Augenblick für Toshs Esel. Greinend und zischend verließ er die Mauer und fegte mit wehenden Fackeln, fliegendem Schwanz, angelegten Ohren und einem Schrei, der die Wasser der Loire hätte teilen können, über den Abgrund hinweg, um auf der anderen Seite erhitzt, haarig und ausschlagend in die drangvolle Enge des Glockenstuhls zu stürzen.

Was St. André in seiner Wut schrie, hörte niemand. Die Stimme des Esels jedoch hallte von Mauer zu Mauer, von Turmspitze zu Turmspitze, von Haus zu Haus über die ganze Stadt. Robin Stewart, der das Schauspiel schmutzig, erschöpft und triumphierend von der Schloßmauer her beobachtete, lachte Tränen über den nicht enden wollenden Eselsschrei, bis er sich plötzlich hochgehoben fühlte und auf den Schultern seiner Kameraden Seite an Seite mit seinem Freund Thady Boy mitten durch die Höflinge, die Gefährten aus der Wache, Thadys Gönner und die besiegten Mitkämpfer über den Hof ins Schloß getragen wurde.

John Stewart, Lord d'Aubigny, der in der Suite des Königs Dienst tat und wegen seines überfälligen Bogenschützens bereits ziemlich aufgebracht war, erschien in der Wachstube. Doch bot sich seinen Augen in dem großen Raum ein so überschäumender Siegestaumel dar, daß Seine Lordschaft zögerte. Sein Bogenschütze und der Liebling des Hofes, Magister Ballagh, führten – in einem Aufzug, den man nur als empörend bezeichnen konnte – einen jubelnden und aufgeregten Haufen zu dem schönen Balkenwerk, um dort einen Zettel anzuheften, den Robin Stewart soeben in seiner runden, mühseligen Handschrift nach dem Diktat des Ollave geschrieben hatte.

*H*onneur
*E*spérance
*N*oblesse
*R*enommée
*J*ustice
*D*iligence
*É*quité
*V*érité
*A*mour
*L*ibéralité
*O*bédience
*I*ntelligence
*S*apience

Es war das Schlüsselwort: Henri de Valois.
Seine Lordschaft von Aubigny lächelte und ging auf die beiden zu, um ihnen zu gratulieren.

Viel später, als der letzte Wein getrunken war und die Gesänge nach und nach verstummten, kehrte Robin Stewart, in geborgten Kleidern halbwegs sauber, zum Wachdienst zurück. Er keuchte noch immer ein wenig, in Kehlkopf und Luftröhre saß ein drückender Schmerz, und seine Lunge fühlte sich an wie ein geschrumpfter Kohlkopf.

Doch er war rundherum glücklich. Er hatte versucht, die nächtlichen Ereignisse mit Thady Boy zu analysieren, doch der Ollave hatte ihm das Wort abgeschnitten. »Du hast heut nacht deine Sache gut gemacht, Robin Stewart. Noch ein paar kleine Heldentaten, und der ganze Hof wird dir aus der Hand fressen... so daß du am Ende einen lahmen Arm vom ständigen Handausstrecken kriegst!«

Er war ein wenig ratlos gewesen. »Wenn der König jemals davon hört! Wie d'Aubigny sagt, war er die ganze Nacht weg und ist eben erst zurückgekommen – mit weißer Nase, und der Konnetabel, der ihn begleitete, war ganz rot im Gesicht. Die Dame war heut nacht wohl nicht erfreulich, denk ich mir.«

»Er wird es erfahren.« Thady Boy, der sein wiederaufgetauchtes Wams auf dem Boden schleifen ließ, stand an der Tür der Wachstube. Plötzlich hatte Stewart den Wunsch, ihn zurückzuhalten. »Ballagh, hören Sie...«

Geduldig drehte sich der dicke Mann zu ihm um. »Ich war wohl ein bißchen aufdringlich mit dem Robin und dem Du heute abend, aber ich finde, daß du deine Zunge ruhig an Thady Boy gewöhnen solltest.«

Von Wein, Erfolg und seinem neuen, schwachen, noch unsicheren Vertrauen berauscht, beugte sich der Bogenschütze zu ihm herab. »Du mußt O'LiamRoe verlassen. Verlaß ihn«, sagte er. »Die *serena* war ja ziemlich ulkig, und er hatte eine Lektion verdient. Aber das war nicht genug. Verlaß ihn! Er taugt nichts. Man wird dich hier ruinieren, der ganze Haufen hier – ach, ich weiß, es ist natürlich die Anerkennung, die du hier erfährst... die Art Anerkennung, auf die ich selber so versessen war. Aber die wird dich verderben, körperlich und geistig. Such dir lieber einen rechtschaffenen Herrn und geh einer anständigen Arbeit nach. Und wenn du damit Erfolg hast, kannst du stolz auf dich sein.«

Sein Freund Ballagh war immerhin fähig, die Aufrichtigkeit dieser neuen, unerwünschten Besorgtheit anzuerkennen. Nach einer Weile

sagte er: »O'LiamRoe und ich kehren ohnehin bald nach Irland zurück. Darüber haben wir beide schon einmal gesprochen. Wenn du den Hof so verabscheust – warum verläßt du ihn nicht selbst?«
Unbeholfen und ungeduldig in seiner neuen Gemütsverfassung, preschte Robin Stewart zu hastig vor: »Um mit dir nach Irland zu gehen?«
Thady Boy schwieg eine Weile. Und dann hörte Stewart erleichtert, was er hatte hören wollen. »Wenn du es möchtest«, sagte Thady Boy langsam, und nachdem er auch Stewarts freudiges Gestammel geduldig hatte über sich ergehen lassen, gelang es ihm endlich, der Wachstube den Rücken zu kehren. Bald darauf hatte er auch den letzten Begleiter abgeschüttelt und konnte sich geradenwegs zu Jenny Flemings elegantem Schlafgemach begeben.

Sie war nicht im Bett – und offenbar keineswegs erstaunt, ihn zu sehen, obwohl der Morgen bereits dämmerte und die Schminke in ihrem Gesicht über dem mit Federn besetzten Nachtgewand aufgeweicht und verwischt war. »Francis...? Ich vermute, Sie haben die Glocke geläutet und jede Menschenseele in Blois um den Schlaf gebracht. Margaret wird sich die Haare raufen.«
Er stand regungslos in der Tür, das Wams hing lose über einer zerrissenen, schmutzigen Schulter. »Lady Fleming, wollen Sie mir bitte erklären, warum vor der Tür der Königin niemand Wache steht?«
Jenny Fleming wich niemals einem Streit aus – im Gegenteil, sie genoß jeden. Rückwärts stieg sie die Samtstufen zu ihrem großen Bett hinauf und setzte sich auf das Fußende. »Muß ich Ihnen das erklären?«
Seine Augen und seine Stimme waren kalt wie zuvor. »Nein. Der König ist hier gewesen – und vielleicht auch der Konnetabel. Ist das Kind immer unbewacht, wenn der König kommt?«
Marias Schlafzimmer war mit dem Jennys durch eine Tür verbunden. Lymond hatte mit leiser Stimme gesprochen. Auch im frühen Morgengrauen verstand Jenny bezaubernd zu lächeln. »Sollen vielleicht Janet und James und Agnes auf Stühlen hier im Zimmer herumsitzen? Die Tür zwischen meinem und Marias Zimmer und die

zum Gang sind beide verschlossen, wenn der König hier ist. Und der Kammerdiener des Königs und der Konnetabel halten sich in der Regel im Vorzimmer auf.«

»Aber nicht immer. Was ist heute nacht geschehen?«

»Geschehen?« Ihre hellen Wimpern hoben sich wie Sternenstrahlen, als sie die Augenbrauen in die Höhe zog. Dann, als Lymonds Blick unbewegt auf ihr lastete, lachte sie. »Die Herzogin von Valentinois ertappte den König, als er mein Zimmer verließ. Sie beschuldigte ihn der Untreue, und der König war bis ins Mark verletzt, weil sie ihm keinen Glauben schenkte. *Madame, il n'y a aucun mal. Je n'ai fait que bavarder.*«

Ihr Gelächter, so belustigt es auch klang, hatte eine leichte Schärfe.

»Meinen Sie, daß er sich nach fünfzehn Jahren von ihr trennt? Wenn ja, dann irren Sie sich. Er hat sich entschuldigt.«

»Und Diana?«

»Warf dem Konnetabel Kuppelei vor. Es gab eine regelrechte Szene, einen erbosten Wortwechsel zwischen den beiden, nach dem die Herzogin und der Konnetabel nicht mehr miteinander redeten. Der König versprach, mich nicht wiederzusehen. Er versprach außerdem –« sie lachte – »weder dem Herzog noch dem Kardinal von Lothringen davon zu erzählen.«

»Und Sie?« fragte Lymond. »Wo waren Sie die ganze Zeit?«

»Hier«, antwortete Jenny schlicht. »Am Schlüsselloch – ich habe gelauscht.« Sie erhob sich graziös, glitt in weich fließender Seide die Stufen hinab, trat dicht an ihn heran und umfaßte seine beiden Handgelenke. Sie schnalzte mit der Zunge. »In was für einer Verfassung Sie Besuche machen! Nun ja – der Auftritt war ziemlich albern und sehr amüsant. Margaret wird darüber lachen – nein, vielleicht doch nicht. Im Grunde macht das nicht viel aus. Die Maîtresse en titre ist ein bißchen zu spät gekommen. Ob es dem König gefällt oder nicht – er wird leider zugeben müssen, daß er mit mir nicht nur geplaudert hat.«

Immer noch hielt sie seine Hände und legte eine auf ihr Herz. »Fühlen Sie, wie stark es schlägt, mein Lieber. Es schlägt so laut wie Ihre Glocke und verkündet einen Sohn oder eine Tochter für Frankreich.«

Die Heftigkeit, mit der er sich losriß, ließ sie taumeln. Lymond bedachte weder den schweren Wein, den er getrunken hatte, noch seine strapazierten Muskeln und bewegte sich steifbeinig zum Fenster. Dort blieb er stehen, zügelte seinen Zorn, bis er endlich sprechen konnte.

»›Eine Frau mit Verstand braucht nie auf Kinder zu verzichten‹, wie man gelegentlich eines anderen berüchtigten Ereignisses sagte. Sie erwarten ein Kind vom König von Frankreich. Wann wird es geboren?«

Hoch aufgerichtet blickte sie ihn an. »Im Mai.«

»Bilden Sie sich etwa ein, daß der König, nach dem, was heute nacht geschehen ist, Sie an Stelle Dianas etablieren wird?«

Das rote Haar fiel flatternd über ihr seidenes Gewand, und ihre braunen Stewart-Augen leuchteten. »Ich glaube«, sagte Jenny Stewart, Lady Fleming, »Sie vergessen, wer ich bin.«

Dick, zerschunden und schmutzig, ein käuflicher Abenteurer, ein Gast in ihrem Zimmer, zeigte er nicht eine Spur des Erbarmens, das er zuvor einem schottischen Bogenschützen entgegengebracht hatte.

»Sie sind ein Bastard«, antwortete Francis Crawford schneidend. »Und Ihr Kind wird ein Bastard sein. Wer ist die Herzogin? Eine Kusine der Königin. Die reichste Frau Frankreichs. Die beste Jägerin Europas. Die Beschützerin jedes hohen Beamten bei Hofe. Die Herrscherin auch über die unbedeutendsten Handlungen Heinrichs seit fünfzehn langen Jahren. Seit drei Jahren die eigentliche Herrscherin Frankreichs. Ihr Boudoir ist die politische Achse des Königreichs. Der Kardinal speist täglich an ihrer Tafel. Die hochgeborenen Kinder Frankreichs sind ihre Geschöpfe, weil sie sie erzogen, wenn auch nicht geboren hat. Ihre Position ist in der Öffentlichkeit bekannt, anerkannt und gefestigt, von der Königin seit langem akzeptiert, frei vom Geruch des Skandals, dauerhaft und in die Alltagsroutine des Königs eingebaut. Keine Frau der Welt, nicht einmal eine Genoveva, könnte sie vertreiben.«

Sie stand neben dem Bettpfosten und hörte ihm zu. Ihre Augen funkelten vor Zorn, ein blaugeäderter Arm streichelte das Ebenholz. »Wollen Sie mit mir wetten?« fragte Jenny.

Gemessen antwortete Lymond: »Man wird Sie mit einer Pension nach Schottland zurückschicken. Das, meine Dame, wird Ihr Schicksal sein. Aber zunächst kann nichts einen Skandal verhindern. Und jede Beschimpfung, die man sich in Frankreich für Sie ausdenkt, wird in doppeltem Maße mit unserer kleinen Königin in Verbindung gebracht werden.«

»Unsinn!« Ihre Stimme war ungewöhnlich scharf. »Wir reden doch nicht von heimlichen Spielchen im Heu, von Wirtshaushuren und simplen Vergnügen im Hinterhof, mein Lieber. Bei Hofe werden solche Dinge ein bißchen anders arrangiert.«

»Glauben Sie –« sagte Lymond sanft in einem Ton, der Jenny unversehens an mancherlei erinnerte – »glauben Sie, ich wüßte nicht *genau*, wie man sie arrangiert?«

Es folgte ein langes Schweigen, und es war Jenny, die schließlich als erste den Blick senkte. »Wie oft«, fragte Lymond, »werden Marias Pagen und Ehrendamen weggeschickt?«

»Ein- oder zweimal in der Woche. Die Königin konnte dadurch auf keinen Fall zu Schaden kommen.« Sie hielt inne und fügte verdrossen hinzu: »Es wird ohnehin nicht wieder passieren. Er kommt nicht mehr hierher zurück.«

»Weil Sie zu ihm gehen werden. Meinetwegen, wenn Sie unbedingt wollen. Mehr Schaden können Sie ohnehin kaum noch anrichten... Was alles könnte hinter den unbewachten Türen angerichtet werden?«

Sie war bereits äußerst gereizt. »Die Türen waren verschlossen! Und der Konnetabel...«

»Das haben Sie mir schon gesagt. Jeder Schlosser in Frankreich weiß, wie man Nachschlüssel anfertigt. Haben Sie Arzneien hier?«

»Nein.«

»Irgendwelche Getränke?«

»Nein.«

»Oh, um Gottes willen«, stieß Lymond hervor, war mit wenigen Schritten bei ihr und packte sie bei den Schultern. »Denken Sie nach! Wenn Sie Maria töten wollten und heimlichen Zugang zu ihrem Zimmer hätten – was könnten Sie für Schaden anrichten?«

Jennys Augen funkelten ihn an. »Keinen. Sie ist vollkommen sicher, ist es immer gewesen. Glauben Sie denn, der König und ich würden nicht hören, wenn wir...«

»Nein«, sagte Lymond brutal. »Das glaube ich nicht. Denken Sie nach! *Was könnte man mit dem gestohlenen Arsen anstellen?*«

Unter seinen Händen ließ sie sich aufs Bett sinken und setzte sich aufrecht hin. Ihre Frisur hatte sich aufgelöst, doch trotz allem, was sie in dieser Nacht durchgemacht hatte, war ihr Rücken so gerade wie ein Zepter. Niemals hatte sie so sehr wie die Tochter eines Königs ausgesehen wie in diesem Augenblick, da ihr Gesicht seine eigene Geschichte verriet.

»Ich glaube... da ist noch das Konfekt... das Quittenbrot«, sagte sie.

Das achtjährige Naschkätzchen Maria... Die Herzogin von Valentinois hatte ihr Zuckerwerk verboten, und Janet, Lady Fleming hatte ihr welches gemacht. Eines Nachts hatten sie kichernd um ein mitternächtliches Feuer gesessen: die Königin, die kleinen Ehrenmädchen, James und Jenny. Von Chastain, dem Apotheker, hatten sie sich den Zimt und den Zucker besorgt – vier Pfund, das Pfund zu zehn Sol. Jenny hatte keine Mühe gescheut. Jacques Alexandre hatte die Dosen beschafft und die Küche heimlich die Früchte geliefert. Geschält, geviertelt und entkernt, waren die Quitten zusammen mit dem Zucker und dem Gewürz in einem Steintrog gekocht, durchgesiebt und zerquetscht worden, und alle Kinder hatten der Reihe nach mit dem Stampfer hantiert. Dann war der zähe Brei in die Dosen geschüttet und nach dem Erkalten in Streifen geschnitten worden. Das lag schon lange zurück. Die Dosen, bis zum Rand mit fingerdicken, weiß überzuckerten Streifen gefüllt und in Jennys Kleiderkammer aufgestapelt, waren immer weniger geworden, bis nur noch ein knappes halbes Dutzend übrigblieb.

Schweigend stand Jenny neben ihm, während Lymond eine Dose nach der anderen herauszog und sie geöffnet auf dem Fußboden stapelte. Alle sahen harmlos aus – und alle sahen gleich aus. Der letzten entnahm er etwas von dem Zuckerwerk, markierte den Deckel und schloß ihn. Dann verließ er das Zimmer, und Jenny hörte seine Stimme zwei Türen entfernt und dann die Stimme des zuverlässigen

Dieners Geoffrey de Sainct. Ihr Sohn James, den sie früher in der Nacht weggeschickt hatte, erschien plötzlich mit verschlafenen Augen aus der nächsten Tür, und sie schickte ihn wieder hinein. Dann kam Lymond zurück.

»Packen Sie die Dosen in Ihre Truhe, und schließen Sie sie ab. Morgen durchsuchen Sie alles in diesen Zimmern und berichten mir, ob irgend etwas durcheinandergebracht worden ist. Wir werden binnen kurzem erfahren, ob das Quittenbrot angerührt wurde.«

»Wie?« Ihr Gesicht, der lebhaften Farben des Tages beraubt, war immer noch hübsch und selbstsicher.

»Man hat den alten, kranken Schoßhund damit gefüttert. Sie brauchen nicht um ihn zu weinen.« Die feindselige leise Stimme ersparte ihr nichts. »Er hat ein Recht darauf, daß man seinem Leiden ein Ende macht.« Er schwieg eine Weile. »Natürlich sind Sie sich darüber im klaren, daß das Leben der Königin in Gefahr ist. Sie wissen, daß Gift verschwunden ist und daß seit Marias Ankunft in Blois jeder Bissen, den sie zu sich genommen hat, vorher überwacht, probiert und als ungefährlich ausgewiesen wurde – außer Ihrem Quittenbrot. Hoffen Sie vielleicht darauf, daß Ihr *Kind der Liebe* den schottischen Thron erbt?«

Hochfahrend und schroff erwiderte sie: »Wenn wir schon ernsthaft miteinander reden müssen, brauchen wir nicht unbedingt albern zu sein. Wenn Sie glauben, irgend etwas sei schiefgegangen, dann tun Sie, was in Ihrer Macht steht, um es wieder in Ordnung zu bringen. Ich werde Ihnen dabei helfen, so gut ich kann. Aber um ehrlich zu sein, ich finde diesen Aufstand ein bißchen lächerlich. Sie haben nicht den Schatten eines Beweises, daß das Quittenbrot oder sonst irgend etwas angerührt worden ist...« Ihre Stimme wurde sanfter. »Es fällt Ihnen offenbar schwer, die romantische Attitüde des Abenteurers aufzugeben, nicht wahr...? Francis?«

Er hatte ihr gar nicht zugehört, sondern, halb zur Tür gewandt, die Augen zum letztenmal über ihre Habe wandern lassen: den Tisch, das Bett, die Truhe, die Wandborde, den Betschemel, die Stühle. Zwischen seinen Augen zeigte sich eine dünne Linie der Übermüdung.

»Francis?« sagte Jenny noch einmal. »Ich werde Hilfe brauchen. Ich will nicht mit Ihnen streiten.«

»Streiten wir denn?«

»Wir haben einander beschimpft wie Bruder und Schwester.« Sie machte eine Pause. »Ich muß jetzt zu Bett gehen, mein Lieber. Haben Sie mir verziehen?« Sie hatte ihm die noch immer verlockend junge Hand auf den festen Arm gelegt. Jetzt ließ sie die Finger zu seiner Schulter hinaufgleiten, zog ihn sanft zu sich herab und küßte ihn voll auf den Mund.

Seine Lippen blieben unter den ihren streng und ausdruckslos. Doch ihr Kuß war warm und zärtlich, und sie hielt ihn fest, so daß er ihre natürliche Frische, ihr köstliches Parfum und ihre menschliche Harmlosigkeit einatmete.

Sie hatte gedacht – wenn sie überhaupt nachgedacht hatte –, er sei mitgenommen genug, um sich einfangen zu lassen. Aber seine Hände öffneten sich, und er trat gelassen zurück. Über seinem Gesicht lag wie eine trockene Mehlschicht ein Ausdruck erschöpfter, nachsichtiger Höflichkeit. »Ich habe schon vor langer Zeit aufgehört, in solchen Situationen schwach zu werden. Gute Nacht, Lady Fleming«, sagte Lymond. Und die deutliche Betonung ihres Namens und ihres Titels ließ Jenny den Abgrund ahnen, der sie trennte und sie immer trennen würde. Dann schloß sich hinter ihm die Tür.

Als er den Hof überquerte, ließ der Nachthimmel schon die Morgendämmerung ahnen. Neben der dunklen Treppe waren die Fenster der Wachstube erleuchtet, und aus der Kapelle gegenüber drangen Männerstimmen. Die Wachen, die vor jeder Tür postiert waren, beachteten ihn nicht. Thady Boys nächtliche Gewohnheiten waren ihnen nichts neues, und an diesem Hof war es ohnehin oft am besten, die Augen zu verschließen.

Mechanisch stieg er die Treppe zu seinem Flügel hinauf und stolperte einmal, als er mit abwesendem Blick einen Gang überquerte. Robin Stewart hatte mit Vergnügen darüber gewitzelt, doch Lymond hatte die ganze Nacht mit der Erinnerung an die Serenade für Oonagh O'Dwyer und mit der Gewißheit verbracht, daß in seinem Zimmer weder Ruhe noch Schlaf, sondern der Fürst von Barrow auf ihn wartete.

Vor seinem Zimmer blieb er eine Weile stehen. Seine Hand stützte sich flach gegen die Tür, und einen Augenblick lang sah er weder brutal noch abenteuerlich, noch gleichgültig aus. Dann stieß er die Tür auf und trat ein.

Drinnen wartete der Sturm auf ihn, doch es war nicht O'LiamRoe, der ihn entfachte. Die Kerzen brannten, das Feuer loderte im Kamin, das Zimmer aber war leer bis auf Piedar Dooly: Die schwarzen Augen sprühten Gift, das lederne Gesicht, mit dem Ansatz des über Nacht gewachsenen Bartes gesprenkelt, war vor Wut verzerrt. Thady Boy schloß die Tür, und der Geruch seiner Kleider, die steif waren von verschüttetem Wein und getrocknetem Schweiß, verbreitete sich im Raum. »Wo ist Seine Hoheit?«

O'LiamRoes Gleichgültigkeit in bezug auf die Doppelrolle seines Ollave war von seinem koboldhaften Gefolgsmann nie geteilt worden. »Haben Sie nicht schon genug Scherereien? Müssen Sie sich auch noch mit O'LiamRoe anlegen?« sagte Dooly in seinem weichen Wicklow-Akzent. »Wie ich gehört hab, sind Sie mit den feinen Herren in Wollstrümpfen bis zu den Sternen raufspaziert und haben sich alle vom Himmel geholt...« Er brach ab.

In den Augen des Iren funkelte unverhohlener Haß. »Gestern abend sind bei Hof Ringer aufgetreten, hat man mir erzählt. Das muß ein Haufen starker Burschen gewesen sein – vor denen man Angst kriegt, wenn die einem einen Streich spielen... Sie sind über O'LiamRoe hergefallen, als er auf dem Rückweg von Mistress O'Dwyer war.«

»Und du warst dabei?« fragte Thady Boy.

»Hinter ihm. Man hatte ihn eingeladen, über Nacht im Hôtel Moûtier zu bleiben, Herr Ollave! Er ist bloß deshalb zum Schloß zurückgegangen, weil er eine gewisse Angelegenheit mit Ihnen besprechen wollte.« Wieder hielt er inne.

Thady Boy umklammerte mit beiden Händen die Rückenlehne eines Stuhls und beugte sich vor. »Du hast nicht eine einzige Schramme. Ich habe also die Hoffnung, daß O'LiamRoe nicht schwer verletzt ist. Aber ich finde, du solltest mir das genauer erzählen.«

Mit hochrotem Kopf berichtete Dooly: »In der nächsten Gasse waren ein paar Männer, die uns hörten und zurückkamen, um uns zu

helfen. Zwei von den Ringern wurden getötet, und einer rannte weg
– das war der aus Cornwall, glauben wir wenigstens, aber beschwören kann's keiner. O'LiamRoe hatte eine Schnittwunde am Arm, die
mehr blutete, als gut für ihn war. Darum ging er zurück zu Mistress
O'Dwyer.« Er hielt inne. »Ich hab ihn da zurückgelassen. Sie hat
ihn eingeladen, morgen mit ihr nach Neuvy zurückzukehren. Ich
soll Ihnen sagen, daß er vielleicht ein Weilchen wegbleibt.«

»Es wäre besser«, sagte Thady Boy, »wenn er sich in Blois aufhiel-
te.«

Die lederne Ausdruckslosigkeit war wieder in das Gesicht des Iren
zurückgekehrt. »Er wußte, daß Sie das sagen würden. Ich soll Ihnen
sagen, daß er, nachdem er sich die Sache gründlich überlegt hat,
morgen lieber nach Neuvy gehen will. Und die Dame läßt Ihnen
dasselbe ausrichten.«

»Wie hat sich die Dame genau ausgedrückt?« fragte Thady Boy mit
sanfter Stimme.

»Mistress O'Dwyer? Sie läßt Ihnen mitteilen, daß man Sie in Neuvy
willkommen heißen würde – Sie könnten sich schon vorstellen, wie.
Aber wenn Sie es vorzögen, bei der Königin zu bleiben, würde sie
selbst für Sie auf den Fürsten aufpassen... Das hat sie gesagt.«

Während er noch sprach, wurde ihm bewußt, daß er erneut diesem
einschüchternden, forschenden blauen Blick ausgesetzt war. Dann
fragte Ballagh: »Ist sie in ihn verliebt? Wenn ja – wie sehr?«

Die Ironie in Piedar Doolys hagerem Gesicht löste sich in Verachtung auf. »Welches Recht hab ich wohl, über die Verliebtheit von
vornehmen Damen und Herren zu reden? Für Sie wenigstens hat sie
nicht das Geringste übrig. Das kann ich beschwören – aber das wird
für Seine Lordschaft ja wohl nichts Neues sein. Gott schütze uns –
vor Ihrer Tür geht's heute nacht zu wie in einem Taubenschlag. Da
hat wer geklopft.«

Lymond hatte es gehört. Er ging zur Tür, entriegelte sie, und als der
junge Lord Fleming eintrat, die Tür hinter sich schloß und mit gehobenen Augenbrauen um die Erlaubnis bat, eine Botschaft ausrichten zu dürfen, wußte er bereits, was ihm bevorstand.

»Reden Sie«, sagte Lymond. Er war wieder zum Kamin zurückgekehrt und hatte die Ellbogen auf den Sims gelegt. Die zerschramm-

ten, zerschürften Hände hingen schlaff herunter. »Erzählen Sie alles, James. Die Unwirksamkeit meiner Vorkehrungen ist für Dooly nichts Neues.«

Mit hölzernem Gesicht antwortete Jennys Sohn geradeheraus: »Der Hund ist tot, Sir.«

»Ich verstehe.« Lymond rührte sich nicht. »Dann hätte es also passieren können, daß die Königin noch vor ihrer Abreise aus Blois hundert Gran Arsen zu sich genommen hätte! Wer, meinen Sie, hat das Gift in das Quittenbrot getan, James?«

Lord Fleming vermied es, Piedar Dooly anzusehen. »Jeder hätte es tun können. Es war keine Wache da.« Er zögerte und fuhr dann verbissen fort: »Ich soll Ihnen sagen – meine Mutter... sie ist äußerst erregt. *Wirklich, Sir.* Und ich soll Sie fragen, was sie jetzt tun soll.«

Lymonds Unbehagen einflößende Haltung lockerte sich, er richtete sich auf und ließ die Arme sinken. »Ich kann mir vorstellen, daß sie erregt ist. Sagen Sie ihr, sie soll das Quittenbrot und die Dosen verbrennen, das ist alles. Alles Weitere erledige ich.«

»Was werden Sie tun, Sir?«

Seine Augen leuchteten. Francis Crawford wandte den Kopf von Lord Fleming ab und ließ den Blick auf dem düsteren irischen Gesicht an seiner Seite ruhen. »Richte O'LiamRoe von mir aus«, sagte er zu Piedar Dooly, »daß ich ihm für Neuvy Glück wünsche, was immer man darunter verstehen mag...«

Dooly hatte sich erhoben, um zu gehen. Fleming, der noch immer auf eine Antwort hoffte, zögerte. Lymond rieb sich mit einem schmutzigen Handrücken die Augen und schätzte die Entfernung vom Kamin zum Bett. »Was mich betrifft: Ich habe jetzt genug davon, daß O'LiamRoe als Sündenbock herhalten muß – nichts als Ungelegenheiten! Von jetzt an, Gott steh mir bei, muß ich selbst den Lockvogel spielen!«

Die beiden gingen. Und während die Morgendämmerung die zerschrammten, ziegellosen, zerbrochenen und abgetretenen Dächer von Blois erhellte und an den Augenlidern seiner erschöpften, ihres Schlafs beraubten Bürger zerrte, wälzte sich Francis Crawford von Lymond endlich in sein Bett.

In Neuvy heilte O'LiamRoes Arm. Er blieb länger dort, als er beabsichtigt hatte, ritt, jagte, diskutierte und spielte Schach mit Mistress Boyle, mit Oonagh und ihren Freunden. Attackiert wurde er nicht wieder. Als Cormac O'Connor, den man zu einem Besuch erwartete, nicht eintraf, war er alles andere als enttäuscht, doch klug genug, keinen unangemessenen Vorteil aus dem Nichterscheinen des Helden zu ziehen. Durch einen abreisenden Gast ließ der Fürst Thady Boy mitteilen, daß er in einer Woche nach Blois zurückkehren würde.

Der Bote war George Paris, ein geschmeidiger Ire mit einem beachtlichen Talent zur Intrige, der sich zufällig auf der Heimreise nach Irland befand. Doch zunächst hatte Paris eine Unterredung mit dem Konnetabel und eine weitere mit dem König, an der auch der Herzog von Guise teilnahm. Der Herzog vertraute dem Iren einige diplomatische Botschaften an und versprach ihm Robin Stewart als Reisebegleitung.

Eine Zeitlang erfuhr Stewart davon nichts. Er hatte seine Drohung, den Hof zu verlassen, nicht wahrgemacht und wußte inzwischen auch, daß er es kaum tun würde, solange Thady Boy da war. Doch der Drang zu Ausschweifungen, der seit dem Hindernisrennen im Mondlicht jener Nacht den französischen Hof vergiftete, begann den Bogenschützen zu erschrecken, so wie auch Margaret Erskine davon abgestoßen wurde: Tom Erskine, gerade mit einem unterzeichneten Friedensvertrag, der einen sechsjährigen Krieg beendete, aus Brüssel zurück, war beunruhigt, wenn er es auch nicht aussprach, als er die beherrschte Anspannung im Gesicht seiner Frau wahrnahm. Und als er heiter sagte: »Ich habe dir die Kräuter mitgebracht, die du für unseren vom Teufel besessenen Freund haben wolltest«, antwortete sie mit einer Härte, die er an ihr nicht kannte: »Hast du so viel mitgebracht, daß es für den ganzen französischen Hof reicht?«

Bei Hof bereitete man sich auf Weihnachten vor. Zwar gab es drükkende Geldsorgen, doch sowohl die Jahreszeit als auch der drohende Mangel schlossen wenigstens aus, daß man an Krieg denken mußte.

Ehre konnte man schließlich auch auf anderen Gebieten erwerben: beim Ringen, Springen und Ringelstechen, im Turnier, auf Jagd und Vogelbeize, beim Bogenschießen, Tennis und Mailspiel, beim Bärenkampf, beim Tanz und in phantasievollen Kostümen als Zigeuner, Griechen und arabische Ritter.

Sie spielten, sangen und liebten sorglos und erfahren. Kenner waren sie in allem, was sie taten. Die Männer um den König waren wegen ihres Charmes und ihrer Talente in den Künsten des Sports und der Ritterlichkeit ebenso wie für Aufgaben in der Diplomatie und im Krieg ausgewählt worden und dienten überdies dem König als Prüfstein seiner eigenen mannigfaltigen Fähigkeiten.

Heinrich von Frankreich selbst war ein gemäßigter Mann, doch die Zügellosigkeit, die während dieser Festzeit an seinem Hof herrschte, war so schrankenlos, daß sie beinahe als Mißachtung der Krone verstanden werden konnte. Thady Boy, von den jüngeren Höflingen nachgeäfft, angefeuert und verwöhnt, besaß nun auch die amüsierte Anerkennung der königlichen Familie. Und um Mitternacht, bei Morgengrauen oder wann immer der unberechenbare Tag endete, war auf Befehl des Königs stets jemand zur Stelle – in der Regel Stewart –, um Thady Boy aus dem Wirtshaus, dem Ballsaal oder der Gosse zu schleifen und heil ins Bett zu schaffen. Stets war der eine oder andere besorgt um ihn bemüht. Und ebenso charmant wie betrunken und unzurechnungsfähig, akzeptierte er die Fürsorge, von welcher Seite sie auch kam.

Der schottische Hof beobachtete sein Treiben. Die Erskines und die ein wenig gezähmte Jenny beobachteten ihn schweigend. Die Königinmutter, die sich erleichtert aus den politischen Diskussionen zurückgezogen hatte, begegnete ihren französischen Gastgebern weiterhin mit majestätischem Lächeln – in dem verzweifelten Bemühen, von den Vorgängen abzulenken, die sich in ihrem Gefolge abspielten, wo sich ihre ehrgeizigen, teils bestochenen Lords wie Hennen im Hühnerhof miteinander zankten. Und George Douglas nahm sich die Zeit, der Königin von Frankreich einen anonymen Brief zu schreiben, in dem er vorschlug, einen gewissen Richard Crawford, Baron von Culter, an den Hof einzuladen. Katharina von Medici erhielt ihn am folgenden Tag.

Es war der Tag – frostig, mit Schneeregen und früh hereinbrechender Dunkelheit –, an dem sie in der Gran' Salle zu Pferde eine Pavane tanzten, im Zickzack zwischen den hellen Pfeilern hin und her ritten. Das Klappern der Hufe übertönte die Musik, während sie sich lachend in den verschiedenen Gangarten bewegten und Thady Boy seitlich ausscherend die Kerzen eine nach der anderen aus ihren Haltern riß und sie jonglierend seinen Partnern zuwarf, die sich die Finger verbrannten, lachten und stürzten, bis Hysterie und tiefste Dunkelheit dem Treiben ein Ende machten.

Der König, der an einer Balustrade mit geflochtenem Gitterwerk lehnte und zusah, las den Brief, den seine Gemahlin ihm gereicht hatte. Die großen, schwer ergründlichen Medici-Augen schweiften über die Szene. »Beunruhigt Sie diese Zügellosigkeit nicht?« fragte die Königin.

Er sah von dem Brief auf und folgte ihrem Blick. »Die Kunst wurzelt in morndern Böden. Das ist wohl immer die Rechtfertigung für so etwas.«

»Er besitzt sicherlich ein frisches und originales Talent – sogar in seiner Zügellosigkeit«, meinte die Königin. »Aber ich finde seit einiger Zeit, daß der Schmelz ein wenig fleckig wird ... Was halten Sie von dem Brief?«

Heinrich überflog ihn noch einmal. »Der Name ist berühmt. Aber wer genau ist dieser Richard Crawford von Culter?«

Katharina senkte taktvoll die Augenwimpern auf die großporigen, gepuderten Wangen. »Ich habe mich bei der Madame Königin-witwe erkundigt. Er ist der dritte Baron dieses Geschlechts, in Schottland von beträchtlichem Einfluß und Vermögen und Anhänger der kleinen Königin. Er soll in Schottland zurückgeblieben sein, um die Niederkunft seiner Frau, die Geburt seines Erben abzuwarten ... Inzwischen wird das Kind geboren sein. Da er nun nicht mehr gebunden ist, könnten wir der Madame Königinwitwe andeuten, daß wir entzückt wären, ihn bei Hofe zu sehen.«

Sie hatte recht. Frankreich hatte versprochen, alles in seiner Macht Stehende zu tun, um Maria von Guise als Regentin im Königreich ihrer Tochter zu etablieren. Daher war es, nachdem man den Wink nun einmal bekommen hatte, nur vernünftig, eine einflußreiche Persönlichkeit in Augenschein zu nehmen, die die Königinwitwe – zu ihrem Nutzen oder Schaden – aus politischen Gründen daheim zurückgelassen hatte.

Unten galoppierten mit flatternden Ärmeln und wehenden Säumen die Reiter vorbei. Der König beugte sich hinab und schnippte mit den Fingern. Thady Boy hob den Blick zu ihm empor, und aus einer blitzschnellen Drehung seines Handgelenks ließ er eine Fackel zu ihm hinauffliegen. Heinrich fing sie auf, hob sie leicht zum Gruß. Dann wandte er sich ab und hielt nachdenklich Sir George Douglas' anonymen Brief in die Flamme.

Drei Wochen danach erfuhr Robin Stewart, daß er wieder nach Irland reisen sollte, diesmal mit einem Agenten, um Cormac O'Connor abzuholen. Dies beschwor eine der großen Krisen seines Lebens herauf: den Augenblick, da er sich gegen John Stewart von Aubigny auflehnte.

Robin Stewart war Seiner Lordschaft zugeteilt worden, um ihm während O'LiamRoes Besuch in Frankreich behilflich zu sein. Stewart hatte erwartet, daß er für die zusätzliche Arbeit mit den Iren und für die vielen besonderen Dienste, die er Lord d'Aubigny seit langem leistete, eines Tages eine angemessene Belohnung erhalten würde: einen untergeordneten Posten in der königlichen Hofhaltung, vielleicht mit der Zusage einer Beförderung, vielleicht konnte er eines Tages sogar zum Hauptmann aufsteigen ... eine Stellung zumindest, die ihn in den inneren Kreis der Einflußreichen und Vornehmen führte.

Es stand in d'Aubignys Macht, ihm dergleichen zu verschaffen, doch alles, was Stewart bis jetzt bekommen hatte, war Geld gewesen – und auch das nur spärlich. Und jetzt schien dieser eitle Dummkopf anzudeuten – aber das konnte sein Ernst nicht sein –, daß er der besonderen Dienste Stewarts nicht mehr bedurfte, daß er ihn mit einem Routineauftrag ins Ausland abwimmeln wollte.

Mit vorgeschobenem knochigem Unterkiefer legte Robin Stewart seinen Fall dar. »Ich bin schon in Irland gewesen, Eure Lordschaft. Und ich nahm an, daß ich Ihnen zugeteilt bleibe, solange sich die Iren in Frankreich aufhalten. Ich glaube doch, daß ich bis heute zu Ihrer Zufriedenheit gearbeitet habe.«

An seinem Küraß fehlte eine Schnalle, und sein Haar bedurfte dringend eines Barbiers. D'Aubigny, der dies gereizt registrierte, entgegnete: »Wirklich? Sie haben die Ankunft der Iren in Dieppe verpfuscht. Sie haben einen von ihnen in Rouen aus den Augen verloren. Sie haben während der Jagd aus irgendwelchen lächerlichen persönlichen Gründen O'LiamRoes Hund losgelassen und sich vollends zum Narren gemacht, als Sie wie ein Fischer vom Pferd gefallen und obendrein noch in einen Kaninchenbau geplumpst sind.« Er gähnte, denn das Coucher gestern abend hatte sich lange hingezogen und war zudem sterbenslangweilig gewesen. »Letzten Endes war es wohl meine eigene Schuld, ich habe Sie überfordert. Denn für eine solche Aufgabe braucht man eben eine gewisse Bildung, ein bißchen Finesse. Sie werden sich bei vertrauteren Pflichten gewiß wohler fühlen. Wenn O'Connor eintrifft, werde ich mich selbst um ihn kümmern. Einer der Männer – vielleicht Cholet – wird mir dabei helfen.«

Er schickte ihn wirklich fort! Und Stewart glaubte plötzlich zu wissen, warum. In häßlichen Flecken stieg dem Bogenschützen das Blut über den Hals in das hagere Gesicht und färbte die Ohren feuerrot. »Ich habe schon lange gemerkt, daß Sie es nicht mehr fertigbringen, mich anständig zu behandeln, seit wir damals das Hindernisrennen gewonnen haben. Es ist schließlich kaum meine Schuld, daß Mr. Ballagh mich als Partner ausgewählt hat... Und vergessen Sie nicht, Mylord: Der Name Robin Stewart bedeutet dem König und seinen Höflingen seitdem etwas!«

In dem schönen, glatten Gesicht malte sich nur Verachtung. »Mehr als der Name d'Aubigny, glauben Sie? Noch ein unpassendes Wort, Stewart, und ich werde der erste sein, der den Wert Ihres Namens auf die Probe stellt, verlassen Sie sich darauf. Drohungen gegen einen Freund des Königs grenzen in diesem Land an Hochverrat, verstehen Sie?«

Es war nicht die Insubordination, die d'Aubignys Hand auf dem Onyx-Tintenfaß erzittern ließ, sondern der ungeschliffene Spiegel, der ihm da vorgehalten wurde und in dem er sein eigenes Buhlen um Thady Boy Ballagh verzerrt erblickte. Niemals wäre er auf den Gedanken gekommen, daß Stewart ihn als Rivalen betrachtete, und es

störte ihn, daß sich ein solcher Banause in die Gefilde seiner Kenner-
schaft drängte.

Ein wenig schaudernd vor Abscheu erhob er sich. »Ich halte es für
überflüssig, Ihre Schwächen aufzuzählen, Stewart. Wir kennen sie
beide. Sie haben Ihr Bestes getan, und ich danke Ihnen. Doch sollten Sie jetzt mit den Aufgaben zufrieden sein, die man Ihnen zu-
weist. Sie werden mich nicht kleinlich finden.« Er beugte sich vor
und nahm einen Lederbeutel von dem zwischen ihnen stehenden
Schreibtisch und legte ihn klimpernd vor Stewart hin. »Das verhilft
Ihnen vielleicht zu ein paar Trinkgelagen oder ein paar vergnügten
Abenden mit Ihren Freunden in Irland.«

Jahre der Disziplin, der Armut und der Unterdrückung hatten Stewart der Fähigkeit zu spontanem Zorn beraubt, aus der allein ihm
der Mut erwachsen wäre, diesem Mann seine Karriere zu Füßen zu
werfen. Doch eine neue, eben geweckte Regung hinderte ihn daran,
zum Tisch zu gehen und den schlaffen Lederbeutel an sich zu nehmen. »Behalten Sie ihn«, sagte er kurz. »Und kaufen Sie sich dafür
ein neues Tintenfaß. Das da haben Sie eben beinahe zerdrückt, als
Sie in Ihren protzigen neuen Halsketten den lieben Gott spielten.
Ich werde nach Irland gehen. Zum Teufel, das werd ich! Und –«
fügte Stewart hinzu und stieß die schlimmste Drohung aus, die ihm
einfiel, schlug mit der einzigen Waffe zu, mit der er Lord d'Aubignys Gleichgültigkeit und Selbstgefälligkeit treffen konnte: »*Und
Ballagh nehme ich mit!*«

Es war eine Drohung, die zu verwirklichen er kaum zu hoffen gewagt hatte. Doch Thady Boy sah ihn mit zusammengekniffenen
Augen an, die freilich kaum noch den Blick zu fixieren vermochten,
sagte, er finde allmählich, daß der Hof von Frankreich überschätzt
werde, und er wolle es sich ernstlich überlegen.

Der Ollave hatte, das war deutlich, außer schwerem Wein zum
Frühstück nichts zu sich genommen und würde sich auch nicht um
das Abendessen kümmern. Stewart registrierte mit Bitterkeit, daß
der missionarische Eifer, mit dem er die gemeinsame Reise nach Irland beschwor, eher Belustigung hervorrief, und hielt mitten in seiner Tirade inne. Nun gut – ob Thady mit ihm nach Irland kam oder

nicht – ihnen blieb ohnehin nur noch eine gemeinsame Woche in Frankreich.

An jenem Tag ging Thady Boy mehr als halb betrunken zur Jagd und kehrte mit einer aufgeschlitzten Hand zurück. Wenig später durchquerte Stewart, der gerade dienstfrei hatte, die Schloßgärten, verließ sie durch den Hinterausgang und begab sich zum Haus der Dame Pillonne. Dort logierten die Tierwärter, die er um eine Salbe für Thadys Hand bitten wollte.

Abernaci war nicht da. An seiner Stelle saß einer seiner Freunde aus dem Gewerbe in dem mit Krügen und Töpfen vollgestellten Raum über den Braunbären. Er erwiderte Stewarts Gruß, und als er seinen schottischen Akzent bemerkte, hieß er ihn in dem breiten, singenden Schottisch aus der Gegend von Aberdeen noch einmal herzlich willkommen. Wenn er nicht mit seinem Esel auftrat, wirkte Thomas Ouschart wie ein vornehmer Mann. Er war zart gebaut und hatte – trotz des fast lebenslangen Umherreisens – ein bleiches Gesicht. Er wurde von einem Husten geplagt, der ein Andenken an den trockenen Ziegelstaub auf dem Werkplatz eines Baumeisters war, bei dem er einst gearbeitet hatte. Seine kümmerlichen Waden verdarben den Sitz der verschiedenfarbigen Strümpfe. Stewart, den seine innere Bedrängnis quälte wie ein Sack voller Flöhe, setzte sich und überhäufte Tosh sogleich mit einer Flut von Fragen nach seiner persönlichen Einstellung zum Seiltanz, nach Verdienstmöglichkeiten in diesem Gewerbe und dergleichen mehr.

Tosh war ein gutmütiger Mann und gab bereitwillig Auskunft, machte jedoch keinen Hehl daraus, daß er sich von dem Bogenschützen in persönlichen Dingen nicht ausfragen lassen wollte. Indessen verstanden sie sich gut. Und der Mann aus Aberdeen, dessen Hände nicht nur mit dem Artistenseil umzugehen verstanden, mischte aus Abernacis Vorrat eine sehr wirksame Salbe für Thady Boys Hand und durchstöberte dann mit flinken Fingern die Haufen von Papier, Flaschen und Holzspänen, die hier jede verfügbare Fläche bedeckten, nach einem geeigneten Gefäß.

Stewart erhob sich, um ihm zu helfen, und sagte: »Denken Sie dran – wenn auf Thady Boys Lautenfinger eine Narbe zurückbleibt, werden Sie sich dafür vor drei Königinnen verantworten müssen. Tun Sie also um Gottes willen nur das Beste rein.« Er fand einen Topf, fegte mit einem Ärmel den Tisch frei und setzte sich wieder.

Tosh füllte das Gefäß und lachte. »Wenn man Abernaci glauben darf, hat Ballagh sowieso nirgendwo mehr Platz für neue Narben. Seine Hände haben Sie ja gesehen. Und auf den Galeeren hat man seinen Rücken zugerichtet, sag ich Ihnen…«

Die Hände flach auf den Knien, die Füße fest nebeneinander auf den Boden gestemmt, erstarrte Stewart jäh. Erst nach einer Weile sagte er: »Ich wußte gar nicht, daß er auf den Galeeren war.«

»Ich glaube kaum, daß er damit hausieren geht«, meinte Tosh mit leichter Ironie. »Aber er hat das Brandmal auf dem Rücken. Der Elefantenboy hat es in Rouen gesehen.« Er warf Stewart, der noch immer in derselben Haltung dasaß und nachdenklich die Stirn runzelte, einen flüchtigen Blick zu. »Hm, ein sonderbarer Kauz, dieser Ballagh. Aber sind wir das nicht alle? Sie sollten ihn mal in ein Ruderboot setzen und sich von ihm seine Schlagtechnik vorführen lassen.« Er hatte den Salbentopf in ein Stück Leinen eingewickelt und musterte nun den Bogenschützen, der in tiefes Nachdenken versunken war. »Ich glaub nicht, daß das ein Geheimnis ist, und es würde mich gar nicht wundern, wenn die Huren da drüben im Schloß das sehr aufregend fänden…«

Stewart brauchte Thady Boy nicht in ein Ruderboot zu setzen. Deutlich hallte ihm das entschiedene »*On va faire voile!*« in den Ohren, mit dem Thady Boy vor vier Monaten den Befehl über die ringende, leckgeschlagene »Sauvée« übernommen hatte. Es gelang ihm, seiner Stimme einen heiteren Ton zu geben, als er fragte: »Was wissen Sie sonst noch über unseren irischen Freund?«

Doch Tosh hatte den Ollave erst durch Abernaci kennengelernt und konnte Stewart nichts weiter erzählen, was der nicht schon wußte. Aus dem am Boden liegenden Abfall hob Stewart einen alten, bearbeiteten Holzblock auf und spielte abwesend damit herum. Er hatte geglaubt, Thady Boys Lebensgeschichte gehöre ihm ebenso wie seine Freundschaft. Der Ollave war zwar nicht entfernt so mitteilsam gewesen wie O'LiamRoe, doch hatte er sich auch nie verschlossen gezeigt. Aber diese grausame und qualvolle Episode in seinem Leben hatte er Stewart verschwiegen...

Der Bogenschütze, aus seinem Traum von gegenseitigem freundschaftlichem Vertrauen jäh herausgerissen, wartete auf das ihm so vertraute schmerzliche Ziehen in den Eingeweiden. Tosh redete immer noch, als Stewart aufstand, sich abrupt, fast unhöflich verabschiedete und steifbeinig davonging. Die Salbe hatte er vergessen.

Als er noch einmal zurückkehrte, um sie zu holen, stellte er zu seiner Erleichterung fest, daß der ungezwungene kleine Mann aus Aberdeen ausgegangen war.

Sein erster Impuls war gewesen, auf der Stelle zum Ollave hinaufzugehen und die Sache mit ihm auszutragen. Statt dessen begab er sich geradenwegs zu d'Aubigny. Als er ihn wenig später wieder verließ, hatte ihn Seine Lordschaft mit einer Mission betraut, die ihn für die sechs Tage bis zu seiner und George Paris' Abreise nach Irland aus Blois fernhalten würde. Thady Boy ließ er eine mehr als knappe Mitteilung zukommen, aus der nur der Tag und die Stunde seiner Abreise hervorging.

Als Thady Boy sie las, zeigte sich in seinem verwüsteten Gesicht sekundenlang ein Ausdruck der Verwirrung. Dann wischte er den Zettel beiseite und stürzte sich sogleich wieder in das exzentrische, ihn ganz verschlingende Treiben des Tages.

Dann kehrte O'LiamRoe nach Blois zurück.

Am Tag vor seiner Abreise ritt er noch einmal mit Oonagh durch den Park von Neuvy. Der neue Wolfshund trottete an ihrer Seite. Seit jener unglückseligen Nacht der Serenade, in der O'LiamRoe grimmig und Vergebung heischend mit blutüberströmtem Arm auf der Schwelle des Hôtel Moûtier gestanden hatte, waren sie nur selten miteinander allein gewesen. Nun trabten sie Schulter an Schulter dahin und freuten sich schweigend an der klaren Winterluft, dem dürren, von Wind und Eis versilberten Gehölz und dem knisternden Gras unter den Hufen ihrer Pferde. Bald erreichten sie offenes Gelände, die Pferde, nicht mehr gezügelt, verfielen in Kanter, dann in Galopp, jagten Kopf an Kopf dahin, und sein Friesmantel bauschte sich neben ihrem schwarzen Haar und ihren Pelzen.

Seite an Seite setzten sie über Gräben hinweg, galoppierten an Grenzwällen dahin und flogen schließlich einen mit verdorrten Grasbüscheln bedeckten Hügel hinab, der voll im gelben Sonnenlicht lag. Weiß zerflatterte ihr Atem hinter ihnen, rasch pulsierte das Blut unter ihrer geröteten Haut. Am Rande eines anderen Gehölzes zügelten sie die dampfenden Pferde, und O'LiamRoe bewegte sie eine Weile und machte sie dann fest, während Oonagh in dem Nestwerk aus Farn und dürrem, totem Reisig am Boden ausruhte.

An O'LiamRoes Sattelbaum hing eine Flasche. Kniend bot er sie Oonagh an, und wie ein Mann nahm sie einen tiefen Zug. Als auch er getrunken und die Flasche wieder an den Sattelbaum gehängt hatte, kam er zu ihr zurück, setzte sich neben sie auf einen Felsblock und blickte auf sie hinab. Ganz gegen seine Natur hatte er den Morgen über kaum ein Wort gesprochen. Nun war sie es, die ihn mit ihren grünen Augen musterte und das Schweigen brach. »Ich habe Neuigkeiten für Sie, O'LiamRoe. Ihr Ollave scheint Sie verlassen zu wollen.«

»Ach ja?« Er wartete. Sie hatten nie mehr über Thady Boy gesprochen oder die Serenade erwähnt.

»Ich habe es heute erfahren. Robin Stewart reist am Freitag nach Irland ab, und es sieht so aus, als hätte er gedroht, Ballagh mitzunehmen. Aber mir scheint, die Zuneigung ist wohl ein bißchen einseitig, so daß Ihnen Ihr Gefolge vielleicht doch vollzählig erhalten bleibt. Andererseits kann es auch sein, daß Thady Boy nur darauf wartet, auch Sie zur Abreise zu überreden.«

»Ich vermute, er würde eher dafür sorgen, daß ich mich allein einschiffe, und selber für immer hierbleiben und im Wohlleben schwelgen. Ob er es wirklich so schnell leid geworden ist? Oder hat er vielleicht mit seinen Liedern und Auftritten seine ganze Kraft vergeudet?«

»Vielleicht hat er aber auch Verantwortungsgefühl?« meinte die schwarzhaarige Frau. »Ach ja, ich vergaß: Sie glauben ja nicht, daß es so etwas überhaupt gibt. Nur Narren streben nach Macht, diesem Traum der Übereifrigen, der Korruption der Mittelmäßigen. Es gibt auf der Welt keinen geborenen Führer, dem man nicht sofort den Hals durchschneiden sollte, sobald er zur Macht gekommen ist, nicht wahr?«

»Ihr Gedächtnis ist zum Fürchten«, gab O'LiamRoe friedlich zu. »In der Tat kenne ich keinen Zweibeiner, der, wenn er auch nur ein Quentchen Macht ergattert hat, nicht zu denen gehörte, die zu Hause ihren Hund tyrannisieren. Oder ihre Frauen.«

Sie konnte ihm nicht zustimmen, doch gelang es ihr auch nicht, ihre Gereiztheit zu verbergen. »Es gibt Männer, die diese Bürde auf sich genommen haben und ihre Seele dafür hergäben, wenn man sie von ihr befreite.«

O'LiamRoes Erwiderung war nachsichtig, heiter und ungläubig. »Wer? Wer hätte das je getan? Kennen Sie einen solchen Mann?«

Heftige Röte war ihr ins Gesicht gestiegen, in der ihre Augen wie klares, graugrünes Wasser schimmerten. »Sie haben Luadhas die Kehle durchgeschnitten«, sagte sie, »wegen einer Königin, die bloß ein unvernünftiges Kind ist – und obendrein Ausländerin. Bedeutet Ihnen Ihr eigenes Volk weniger als sie?«

Er hatte den Kopf zur Seite geneigt und drehte die breiten, ungeschickten rosa Daumen auf den Knien. »Da Sie das erwähnen – die vom englischen König in Irland eingesetzten Sheriffs sind für mich keine Geparden.«

Sie stützte sich mit einer Hand hoch und drehte sich herum, um sich mit dem Rücken gegen den Felsblock zu lehnen, auf dem O'LiamRoe saß. Mit zurückgelegtem Kopf blickte sie ihn keineswegs unfreundlich an. »Sie empfinden nur etwas für Menschen, die Sie sehen können – ein Volk bedeutet ihnen nichts.«

»Da könnten Sie recht haben«, sagte O'LiamRoe. Die Entgegnung hörte sich nicht eben geistreich an. Ihr an den Felsen gelehnter Kopf war jetzt sehr nahe. Mit einer leichten Bewegung des Arms hätte er die warme, blau schimmernde Fülle ihres Haars streifen können. Er versuchte es noch einmal: »Mir fällt es zum Beispiel schwer, etwas für das französische Königreich zu empfinden. Wenn man die äußere Schale nach und nach entfernte – so wie man eine Artischocke entblättert –, die Musik, die Bildhauerei, die Malerei, die Paläste, bleibt am Boden nur ein Morast zurück: die erblichen Richterstellen, die unumschränkte Macht des Königs, die Generalstände, die nichts zu sagen haben, die ungerechten Steuern, die Bestechungen, die Günstlingswirtschaft. In England weht ein rauherer Wind, aber mir kommt er gesünder vor.«

»Machen Sie sich selbst oder mir nichts vor, Phelim O'LiamRoe«, erwiderte sie unbeeindruckt. »Wenn Chaos und ewige Nacht über Sie hereinbrächen, würden Sie nichts weiter tun, als ein Feuer entfachen und theoretisieren, bis Ihnen das Blut in den Adern kocht. Warum bleiben Sie denn noch hier, wenn Sie Frankreichs so überdrüssig geworden sind? Kehren Sie zurück in Ihren Heidewinkel auf Slieve Bloom, wo König Eduards Sheriffs Sie gewiß in Frieden lassen. Und nehmen Sie Ballagh mit. Wenn Sie eines Tages einen neuen Gebieter haben, wird Ihnen sicherlich jemand Bescheid sagen.«

O'LiamRoes Blick war diesmal nicht zu deuten. »Ich habe nicht gesagt, glaube ich, daß ich Frankreichs überdrüssig bin. Ich habe Ihnen einmal gesagt, warum ich hierbleibe... Und ich habe Ihnen eine Frage gestellt, aber wir wurden unterbrochen.«

»Dann stellen Sie sie noch einmal«, sagte sie.

Es folgte ein langes Schweigen. An seinem Hals schlug unter der kindlich rosigen Haut ein beschleunigter Puls, aber nach außen hin blieb er noch immer ruhig. »*Schätzen oder lieben Sie mich denn?*« hatte er sie in jener Nacht im Hôtel Moûtier gefragt. »Wenn ich fünfzehn Jahre alt wäre, würde ich es vielleicht tun«, sagte er. »Doch jetzt kenne ich die Antwort.«

»Wirklich? Vielleicht sollte ich Ihnen sagen, daß auch mir die Artischocke nicht gefällt.«

Er blickte auf sie hinab, betrachtete die hohe Stirn, die nachdenklichen Augen, den festen Körper unter den gebauschten schweren Falten ihres Gewandes. »Das würde eine Ehe mit einem Franzosen aber etwas schwierig machen«, meinte er unschuldig.

Eine ihrer schmalen, knabenhaften Hände lag in ihrem Schoß, die andere hatte sie unter den Kopf geschoben. Er sah, wie sich die Sehnen des Handgelenks plötzlich spannten, und es überraschte ihn nicht, daß sie sagte: »Ich habe in meinem Leben genug Hunde gehabt.« Sie schwieg eine Weile, dann, immer noch ihrem Gespräch im Hôtel Moûtier nachsinnend, fügte sie hinzu: »Ich bin zu einer sonderbaren Schlußfolgerung gekommen: Es gibt ein paar Dinge, die noch schlimmer sind, als in einer Lehmhütte zu hausen und aus einer Suppenschüssel Salzhering und Kohl zu löffeln.«

O'LiamRoe war, ohne sich dessen bewußt zu sein, erstarrt. Doch
sagte er nur: »Das habe ich schon immer gesagt. Es kommt auf die
Gesellschaft an.«

Sie wandte ihm den Blick nicht zu. Statt dessen drehte sie sich mit
einer raschen Bewegung herum, so daß nun ihr Ellbogen auf dem
Felsblock lag, an dem eben noch ihr Rücken gelehnt hatte. Die andere Hand ruhte im Gras. Wie Treibgut in einem Netz hatten sich
tote Blätter in ihrem Pelz verfangen. Ungläubig las er in ihren Augen
eine Art widerstrebender, ungeheuchelter Zuneigung. »Ich mag
Sie, O'LiamRoe. Und zu meinem eigenen Besten sollte ich Sie lieben.« Ihr Blick glitt über sein Gesicht, das einen ungewohnten Ausdruck zeigte – einen Ausdruck der Bedrängnis, bis zu einem gewissen Grad auch des Verlangens oder der Abwehr. Mit einem ganz
unerwarteten Zorn sagte sie: »Sie sind wahrhaftig der Inbegriff der
Zurückhaltung. Wenn Sie schon so weise sind – können Sie mich
nicht dazu bringen, Sie zu lieben?«

Ein quälendes Schweigen hing zwischen ihnen. Dann ließ er sich
neben ihr auf das Knie nieder, das ihr Kleid zerdrückte, griff nach
der Hand im Gras und zog sie in seine Arme. Sie kam ihm leicht entgegen, hob das Gesicht zum Kuß.

Es war eine seltsame Umarmung. Sie besaß zweifellos mehr Erfahrung als er und versuchte nicht, das zu verbergen. O'LiamRoe kam
seine schlichte Natur zu Hilfe. In diesem äußersten Augenblick
empfand er weder Verlegenheit, noch bemühte er sich, eine Erfahrung vorzutäuschen, die er nicht besaß. Statt dessen vereinten sich
die wesentlichen Züge seines Charakters – sein spekulativer Geist,
seine Unerschrockenheit und seine unbedingte Rechtschaffenheit –
in diesem ersten Kuß zu einem Element der Vollkommenheit, das
für Oonagh neu war.

So neu, daß es sie einen Augenblick verwirrte. O'LiamRoe, der die
leichte Veränderung spürte und mißverstand, hob das seltsam ver-
änderte Gesicht. Mit Verwirrung fühlte er, daß der Druck der Hand
auf seinem Rücken stärker wurde. Ihre andere Hand glitt zu seiner
Schulter hinauf, der schwere Ärmel fiel auf den Ellbogen zurück,
und sie zog seinen Kopf zu dem ihren herab. Während dieses Kusses
ließ sie ihn ohne Worte wissen, daß er alles haben konnte, was er haben wollte.

Ob es Bescheidenheit war, Einsicht oder Unsicherheit – irgend etwas ließ ihn innehalten, ließ seine Hände erschlaffen, ließ ihn den Kopf heben und die Augen öffnen. Sie hatte es nicht bemerkt. Hingegossen lag sie im Gras und sagte mit sanfter Stimme und plötzlich breiterem und weicherem Irisch: »Bangst du um deine Prinzipien? Ich verlange nichts Unmögliches, mein Lieber. Du wirst mit Stewart nach Irland gehen und dort auf mich warten. Das hier ist ein Anfang, kein Ende.«

Er hatte sich aufgerichtet und kauerte nun auf seinen Fersen im Gras. Unter dem seidigen Flaum des Bartes wirkte sein Gesicht immer noch befremdlich, als ob es gegen ein Hindernis gestoßen und zersprungen und dann in fehlerhafter und schmerzlicher Entstellung wieder zusammengepreßt worden sei. »Sie sind sehr freundlich«, sagte er, und es war unmöglich zu ergründen, ob diese Äußerung sarkastisch gemeint war oder nicht. »Aber da nichts angefangen hat, brauchen wir von keinem Anfang und keinem Ende zu sprechen.«

Er hatte sich aus ihrem Blickfeld entfernt, ob zu ihrer oder seiner Erleichterung, wußte sie nicht. Sie lag regungslos da und starrte in den Himmel. »Was haben Sie? Es wäre besser, wenn Sie es mir sagten.«

»Nichts«, antwortete er. Ihr ausgestreckter Arm war sehr weiß. Auf der Haut konnte er einen Abdruck seiner Wolle erkennen, eine rosige Spur ineinander verschlungener Kettenstiche, die sich in ihrer festen Umarmung dort eingeprägt hatte. Ihr eigenes Gewand war so fein, er trug nirgendwo Spuren. Im Plauderton sagte er: »Es ist wirklich das erste Mal, daß mir meine armseligen, unfruchtbaren Prinzipien etwas so Bezauberndes eingebracht haben. Aber ich bezweifle, ob ich es fertigbringe, einen Nutzen daraus zu ziehen. Ich habe geglaubt, meine Prinzipien wären etwas weniger oder etwas mehr wert.«

Sie richtete sich auf. Er sah, daß sie blaß geworden war, daß ihre Gedanken hinter der gerunzelten Stirn den möglichen Kern seiner Gedankengänge zu ergründen suchten. »Ich habe Ihnen nichts anderes zu geben, was Sie von mir annehmen würden.«

»Aufrichtigkeit zum Beispiel«, sagte O'LiamRoe. Und nach einer

Pause fügte er hinzu: »Oder müßte ich zuerst meine Prinzipien ändern und mich als Unruhestifter beweisen?«

Er hatte recht gehabt. Ihre plötzliche Regung war freundschaftlich
gewesen, doch nicht uneigennützig. Oonagh war über die Maßen
stolz. Ihre erste Entgegnung erstarb ihr auf den Lippen. Statt dessen
sagte sie: »Ändern Sie sie, wenn Sie wollen – warum nicht? Niemand wird je den Unterschied bemerken. Und Ihnen würde die
Übung gewiß guttun.«

Auf dem Heimweg sprachen sie kein Wort miteinander, und
O'LiamRoe machte keinen Versuch, mit ihr ins reine zu kommen.
Und nur er allein wußte, daß er unter dem dicken Friesmantel fröstelte.

Am nächsten Tag bezogen er und Piedar Dooly wieder ihr altes
Zimmer in Blois.

Thady Boy war nicht da, als sie ankamen. Er feierte mit dem Hof
flußaufwärts. Stewarts ehrgeiziger Plan, ihn vom Hof zu entfernen,
hatte sich ganz offensichtlich zerschlagen.

O'LiamRoe wußte, daß er selbst sich als wenig nützlich erwiesen
hatte. Er konnte den Ärger, ja die Abneigung verstehen, die, so
vermutete er, Thady Boy die boshafte Serenade eingegeben hatte.
Aber die Beleidigung von Oonaghs gutem Namen, die Beleidigung
ihrer Gastfreundschaft nahm er seinem Ollave übel. Freilich gab es
für O'LiamRoe, den objektiven Zuschauer jenseits des Zauns, nur
wenig, was in seinen Augen unverzeihlich war.

So blieb er in den folgenden Tagen in seinem Zimmer, sah nur wenige Leute, kam in dieser Abgeschiedenheit langsam mit sich klar
und lächelte nur ein wenig über die Ironie, als ihm ein Diener des
Königs die Einladung zu einem königlichen Bankett am nächsten
Tag überbrachte. Zu guter Letzt akzeptierte man ihn also. Nachdem der Mummenschanz allen Reiz für ihn verloren hatte und ihn
einzig sein Stolz in Frankreich zurückhielt, öffnete sich auch ihm die
Tür zum innersten Kreis, die Thady Boy schon vor langer Zeit aufgestoßen hatte.

Am selben Nachmittag kam Stewart zurück, sporenrasselnd und
noch gelber im Gesicht als sonst. Da Thady nicht da war, blieb er

nur kurz. Er und George Paris sollten am nächsten Tag die erste
Etappe ihrer Reise nach Irland antreten.

Spät in der Nacht kehrte lärmend der Hof zurück. O'LiamRoe
wurde von Lymond und einer Zecherschar geweckt, die sein Ollave
ihm mit schwerer Zunge und übertrieben genau vorstellte und die
dann bis zum Morgengrauen blieb. Als der Haufen im ersten Licht
endlich durch die Tür hinausstolperte und Thady Boy sich die Stiefel von den Füßen schleuderte, gab O'LiamRoe ihm Stewarts Nachricht.

»O Gott, ja natürlich...« kommentierte Thady Boy. »Sie haben
Ihre Beulen also nach Neuvy getragen... ich konnte beinahe hören,
wie die Damen Sie angefleht haben, mit mir heimzufahren, ehe es
ein böses Ende nimmt. Was hat sie Ihnen angeboten, damit Sie nach
Irland gehen?«

Der Ollave konnte das unmöglich wissen. Aber der üble Beige-
schmack, die Tatsache, daß er mit seiner Vermutung zufällig die
Wahrheit getroffen hatte, machten O'LiamRoe plötzlich physisch
krank. Alles andere als unparteiisch, hätte der Fürst bei einem anderen Mann vielleicht blindlings zugeschlagen. Aber wie die Dinge
nun einmal lagen, verließ er abrupt den Raum, ohne die plötzliche
Nachdenklichkeit in Thady Boys Gesicht zu bemerken.

Der folgende Tag, Freitag der 16. Januar, begann ruhig. Heutzutage
schlief man lange in Blois, denn der König, dem sein Vater niemals
das Recht eingeräumt hatte, an den Sitzungen des Kronrats teilzunehmen, kümmerte sich um seinen eigenen so wenig wie möglich.
Und in einer Saison der sportlichen Veranstaltungen und der Feste
überließ er die Politik erleichtert den Guisen, dem Konnetabel, den
Marschällen und der nüchternen Umsicht Dianas, der nichts entging.

In diesem Jahr verbarg die Vergnügungssucht mehr als nur des Königs tiefverwurzelte Ressentiments und seinen Wunsch, seine
Freunde zufriedenzustellen und sich ihre Liebe zu sichern. Unter
der Oberfläche gab es neue Spannungen, die, wenn auch unbedeu-
tend, nichtsdestoweniger beunruhigend waren. Es konnte nicht
ausbleiben, daß zu dieser Zeit Gerüchte über das Aussehen Lady

Flemings die Runde machten. Sie, die heiter durch ihre täglichen Unternehmungen glitt, blieb gelassen, doch der Bruch zwischen dem Konnetabel und der Herzogin von Valentinois trat nun offen zu Tage.

Es konnte auch nicht mehr verborgen bleiben, daß es der Königinmutter von Schottland zunehmend schwerfiel, ihre aufsässigen Barone zu zügeln. Ehren, Pensionen, Bargeld zu jeder Zeit hatten nicht mehr bewirkt, als daß ihre Gier noch wuchs. Da die ihnen – wie sie glaubten – angemessenen Bestechungen ausblieben, besannen sie sich erneut auf ihre Machtansprüche, auf ihre Verpflichtungen gegenüber ihrer Religion, an die sie herausfordernd erinnerten. Tom Erskine, der die Königinmutter seit seiner Rückkehr aus Augsburg mit Verhandlungen über päpstliche Gesandtschaften und Bistümer, mit Dispositionen für die französischen Truppen in Schottland behelligte, stand zwar immer noch zur Verfügung, um die Wogen des Aufruhrs zu glätten, doch wartete er nur den richtigen Zeitpunkt für den Abschluß seines letzten Friedensvertrages mit England ab, um dann nach Sterling zu Margarets kleinem Sohn heimzukehren.

Die Einladung an Richard Crawford, die abzuschicken nicht zu umgehen war, lag nun einen Monat zurück. Lymond hatte man äußerst diskret mitgeteilt, daß sein Bruder an den Hof geladen worden sei, doch ließ sich nicht sagen, ob er überhaupt hingehört oder verstanden hatte.

Das Bankett, das an diesem Abend stattfinden sollte, war vom Konnetabel und Königin Katharina geplant worden, nicht um einen neuen Gast zu ehren, sondern um die hektische Ausgelassenheit im Schloß in ruhigere Bahnen zu lenken und die Spannungen zu mildern. Es sollte ein Festmahl im engsten Kreis des Hofes sein, und die einzigen Gäste außer den beiden Iren waren weniger Gäste als Kostgänger: die Professoren, die Naturgelehrten, die geistigen Größen, die der König nach Blois gezogen hatte und die für ihn auf den Rängen des Geistes ihre Purzelbäume schlugen. Aus Paris, Toulouse oder Angers kommend, hatten längst nicht alle von Thady Boy gehört. Der König, den diese Situation belustigte, klärte sie auch nicht auf. Das neue Spielzeug sollte, aufgezogen, tickend und springend, mitten zwischen die nichtsahnenden Gelehrten gesetzt werden.

Vielleicht war deshalb von Thady Boy tagsüber nicht viel zu sehen. O'LiamRoe sah ihn nur zweimal. Das erste Mal hatte sich der Fürst, während sich sein Ollave ankleidete, rittlings auf einen Stuhl gesetzt und nachsichtig gesagt: »Wenn ich mich recht erinnere, war es zu meiner Zeit üblich, um Erlaubnis zu fragen, wenn man seinen Dienst aufgeben wollte... Gott steh mir bei, ist das alles, was Sie an Kleidern haben?« Und beim Anblick des Hemdes, der Pluderhosen und des Wamses, die der Ollave anlegte, entsetzt zurückfahrend, öffnete O'LiamRoe die Kleidertruhe. Durcheinandergeworfen und zerdrückt lagen darin die mit Juwelen, Bändern und Stickereien verzierten Gewänder, die der König Thady Boy geschenkt hatte. Er hatte sie alle wie Lumpen behandelt.

Lymond, der seine Toilette in großer Hast beendete, hatte keine Zeit für O'LiamRoe. »Sie brauchen nicht alles zu glauben, was ich Stewart erzähle«, sagte Lymond. »Es war zu dem Zeitpunkt die einzige Möglichkeit, ihn loszuwerden. Es steht ihm frei, nach Irland abzusegeln, wenn er will. Ich reise noch früh genug ab... und in besserer Gesellschaft.«

Nicht Lymond, sondern Piedar Dooly hatte O'LiamRoe von dem Zwischenfall mit dem Arsen berichtet. Als er Thady Boy nun mit der Laute in der Hand davoneilen sah – zu Diana oder d'Enghien, zu St. André oder Margarete oder sonst jemand aus der Schar seiner Gefährten, Gebieter oder Gebieterinnen –, verspürte O'LiamRoe einen bitteren Geschmack im Mund, der in ihm die Erinnerung an einen anderen unlängst durchlittenen Ekel wachrief. Und er mußte sich zu der Überlegung zwingen, daß die Schöpfungen eines künstlerischen Geistes eben stets ihren Preis forderten.

Das zweite Mal, als er heraufkam, um sich für das Bankett umzukleiden, hörte er Thady Boy und Robin Stewart durch die Tür. Er war im falschen Augenblick gekommen. Die Unterhaltung mußte befremdlich verlaufen sein. Der Bogenschütze sprach jetzt äußerst schroff und gereizt aggressiv, und seine Stimme überschlug sich ein wenig, als seine Gefühle mit ihm durchgingen. O'LiamRoe hörte es – und er hörte auch Thadys Stimme, deren Ton er zunächst nicht wiedererkannte: ruhig, nüchtern, klar. Er benutzte auch jetzt noch den irischen Akzent. Er sprach eine Zeitlang. Dann antwortete

Stewart, doch die Schärfe war fast ganz aus seiner Stimme verschwunden. Darauf sagte Thady etwas sehr Kurzes, und dann war es eine Weile still. Die Zeit drängte. O'LiamRoe fand, daß er für Schottland genug getan habe, stieß die Tür auf und trat ein.

Thady Boy saß reglos auf dem Rand ihrer geschnitzten Truhe und blickte Stewart mit ruhiger Aufmerksamkeit ins Gesicht. Der Bogenschütze, der sich augenscheinlich eben erhoben hatte, legte Thady wie ein schüchterner Schulbub zögernd und fragend eine Hand auf den Arm. Dann ließ er sich, ohne O'LiamRoe zu bemerken, auf die Knie fallen.

O'LiamRoe trat beim nächsten Schritt hörbar auf. Der Bogenschütze fuhr herum. Das lange, hagere Gesicht, abgezehrt von schwerer Arbeit und den Reiseanstrengungen der letzten Tage, errötete und erbleichte dann jäh. O'LiamRoe, der jämmerlichen, abstoßenden Atmosphäre unbeherrschter Gefühlsausbrüche überdrüssig, marschierte zu seiner Seite des Schlafzimmers hinüber, setzte sich und begann sich die Stiefel von den Füßen zu zerren. »Ach, lassen Sie sich nicht von ihm täuschen, Stewart! Wie könnte er denn abreisen? Morgen speist er mit dem Kardinal, übermorgen muß er auf die Jagd und überübermorgen zum Wurfringspiel mit dem König. Beeilen Sie sich und machen Sie lieber Pläne für sich selbst und Freund Paris – und reisen Sie schleunigst ab, denn Thady ist so zügellos, daß keiner weiß, wo er noch enden wird. Aber bei Gott, wenn ich nur ein bißchen bei Verstand wäre, würde ich selber mit Ihnen kommen.«

Eine quälende Sekunde lang sagte niemand ein Wort. Dann stieß Stewart schrill hervor: »Gott verdamm mich, nein! Fünf Monate lang sind mir Iren wie Läuse aus den Kleidern gekrochen! Ich kann es nicht erwarten, sie endlich loszuwerden!«

Stewart sah, wie Thady Boy den Kopf schüttelte – ob über sich selbst oder über den Bogenschützen, wußte er nicht. Es blieb ihm gerade noch Zeit, Genugtuung über diese scharfe Abfuhr zu genießen, ehe die Tür aufsprang und die Hälfte von Stewarts Waffengefährten hereindrängte. Die Bogenschützen hatten keine Lust mehr, noch länger auf den Abschiedsumtrunk zu warten, und wollten überdies die Gelegenheit wahrnehmen, sich einer lohnenderen Beute zu bemächtigen.

Sie luden Thady Boy und O'LiamRoe ein, und der Fürst, in einer kühnen Kreation aus waidblauer Seide, die an den Säumen freilich etwas abgewetzt war, trug sein Teil zu dem Gelächter und den verrückten Geschichten bei, die von reichlichen Glühwein- und Bierströmen in Gang gesetzt wurden. Stewart, der ohnehin nie viel zu sagen hatte, brauchte kein Wort zu reden, und Thady Boy an seiner Seite, möglicherweise durch seinen bevorstehenden Auftritt abgelenkt, kippte das schwere, stark duftende Getränk herunter, würgte, fluchte und war der erste, der steifbeinig davonging, als Pagen die Aufforderung zum Bankett überbrachten.

O'LiamRoe hatte seine Vorstellungen vom französischen Hof von den diskreten nachmittäglichen Cercles mit den königlichen Damen abgeleitet und meinte sich ein zutreffendes Urteil gebildet zu haben. Doch als er an diesem Abend die strahlende Salle d'Honneur betrat, traf ihn die Wirklichkeit wie ein Schlag auf den Kopf.

Ihn umgaben all die berühmten, intelligenten Gesichter, in jedem Ohr blitzten Perlen und Juwelen, während sich die Köpfe beim Plaudern rastlos drehten und wendeten. Heute abend wurden die verschiedensten Farben getragen, bauschten sich, falteten sich, flossen ineinander: Samt orangé, tanné, grün, cendré, blau, gelb, karmesinrot, weiß, gold, kupfer, violett. In ihrem hohen Sessel hatte die Königin ihr Cape aus weißem Pelz zurückgeworfen, in dem Edelsteine schimmerten, der König trug goldenes Tuch. Und hinter ihm standen der Hofnarr Brusquet, die Bogenschützen, die Zwerge.

Alles, was sich O'LiamRoes Augen darbot, war – er mußte es zugeben – bewundernswert: ein guter Geschmack, den der Reichtum noch verfeinerte, der aber seiner gar nicht bedurfte; ein geistiges Niveau, das ihn reumütig an seine früheren zynischen Äußerungen denken ließ; und ein feiner, kecker, gebildeter Witz, der so überlegen und ironisch war wie sein eigener. Er erkannte, daß er bei dem Beharren auf seinen Theorien beinahe an dem wichtigsten Wegweiser vorbeigestolpert wäre, der jemals auf seinem Weg auftauchen sollte. Und obwohl er die Beulen pflegte, die seine Eigenliebe davongetragen hatte, war O'LiamRoe immer noch zu aufrichtiger Bewunderung fähig.

Seine Tischnachbarn gaben sich auf ungezwungene Weise liebenswürdig. Bislang hatte sich noch keine Gelegenheit zu ernsthafter Unterhaltung ergeben, doch gelang es ihm ohne Mühe, sie zum Lachen zu bringen, und er meinte, daß er sich nichts daraus machen würde, wenn sie sich nach dem Bankett über ihn lustig machten. Das Ohr des Hofes gehörte ohnehin nicht ihm, sondern Thady Boy.

Während des Essens hatte man den Ollave gebeten, zu singen, und er tat es bereitwillig, glanzlos, doch halbwegs nüchtern. O'LiamRoe genoß Palestrina und das *claquet des femmes* – aber die herrliche Reinheit des *Gen-traige*, des *Gol-traige*, des *Suan-traige* hatte er nicht erwartet. Wo Thady Boy die große Musik des Barden gelernt hatte, wußte O'LiamRoe nicht – doch er spielte sie in der strengen Überlieferung der Klöster, die von Pavia bis Roth reichte und einst die Musik Irlands von der europäischen Harfenmusik unabhängig gemacht hatte. Was immer Thady sein mochte – hier lag seine Rechtfertigung. Die vertraute Musik, trefflich ausgewählt, schmückte den Saal wie ein Gemälde, und O'LiamRoe dachte mit heißem Herzen: Das ist mein Land. Was auch aus ihm werden mag, es hat die Welt erobert... Dann war das Mahl zu Ende, und auch die Musik. Die anderen Vorführungen begannen.

Sie waren in der Tat unterhaltsam. Und nichts wies darauf hin, daß sich der Stil des Abends ändern würde – bis zum Auftritt der Indianer, einem Tanz, vorgeführt von ein paar verschleppten Brasilianern, die mit der letzten Expedition hergebracht und der Obhut Abernacis übergeben worden waren. Abernaci, in einem goldenen Turban, war mitten unter ihnen und beaufsichtigte seine Leute, die die verwirrten Sklaven in den Saal trieben. Die Unterhaltung, bis eben kultiviert, schlug plötzlich ins Groteske um. War das der Grund dafür, daß die schottische Königinwitwe ein so unbewegtes Gesicht machte? Daß sich die Königin in ihrem Sessel unruhig hin und her bewegte, als ob sie auf drohende Langeweile gefaßt sei? Die Männer des Hofs dagegen waren zum Leben erwacht. Der König, der sich ein wenig von seiner Gelehrtenversammlung abgewandt hatte, fing einen Blick St. Andrés auf und tauschte mit ihm ein Lächeln gegenseitigen Einvernehmens. O'LiamRoe zählte sechs Männer und eine Frau, die offenkundig zuviel getrunken hatten. Die anderen vertrugen vermutlich mehr. Auch das überraschte ihn, denn er hatte die Forderungen der Etikette für unerbittlich streng gehalten und ein beinahe gekünsteltes Benehmen erwartet.

In den Augen des Fürsten von Barrow fügte sich die Unmittelbarkeit und Schönheit der Tänzer auf ihre Weise zu der Schönheit der Umgebung, so wie es vorher Thadys Musik getan hatte. Die Tanzgruppe bestand nur aus Männern, alle schwarzhaarig und nackt. Die kupferfarbenen Gestalten wirbelten und glitten über die glatten Fliesen, auf denen die nackten Füße klatschten. Der wehende blauschwarze Vorhang ihres Haars fiel schwer auf die ruckenden muskulösen Arme. Schweiß – golden im Licht des Feuers – rann durch die sanften Furchen von Brustbein und Rückgrat, zwischen den flachen Polstern der Brüste und über den festen, hufeisenförmigen Brustkorb. Die Augen, rund und klein über hohen Backenknochen, waren feurig, doch ausdruckslos.

Zunächst hörten O'LiamRoe und die Männer um ihn herum nur die Musik von der Leibung her, das dumpfe Dröhnen der Trommeln, den hellen Ton der Flöten. Dann vernahm O'LiamRoe Gelächter, Ausrufe, die sich in die Musik mischten, dann eine vertraute Stimme. Und unter den schweigenden, springenden, gleitenden Gestalten machte er drei einzelne direkt vor dem König aus, dessen bärtiger Mund sich plötzlich zu einem zähneblitzenden Lachen verzog. Zwischen gekrümmten Zehen und muskulösen Waden rührte sich plötzlich fedriges Geflatter, schoß nach vorn, änderte die Richtung wie ein kleiner silbriger Fischschwarm in einer Untiefe.

Auf seidenen Kissen flog ein Rascheln die Tafel entlang. Die Reihen der Tänzer lichteten sich plötzlich und gaben den Blick auf Thady Boy Ballagh frei, der eine feurige Interpretation der Tanzkunst aus der Neuen Welt zum besten gab, flankiert von einem nackten Brasilianer und einem Bogenschützen in Unterwäsche, dem Schamröte und wilde Entschlossenheit im Gesicht stand, die Wette zu gewinnen, um die es zweifellos ging.

Der Brasilianer, der sich vielleicht Hoffnungen auf eine handfeste Extramahlzeit machte, gab sein Bestes und konnte das Gewieher der Bogenschützen an der Wand ohnehin nicht verstehen. Thady Boy jedoch war ihm durchaus ebenbürtig. Mit glasigen Augen, gelenkig wie eine Spinne, ließ er seine Glieder zucken und wirbeln, zappelte wie ein Mop, der von einem Stubenmädchen ausgeschüttelt wird. Und bei jedem Aufstampfen seiner Füße quoll aus seinen Stiefeln eine Wolke von Federn ... die er irgendwann heute oder gestern oder auch vorgestern der Kälte wegen hineingestopft und dann vergessen hatte.

Fassungslos starrte O'LiamRoe ihn an. Diesen Silen mit dem aufgedunsenen Gesicht, den Säcken unter den Augen hatte er gelegentlich in der Abgeschiedenheit ihres Zimmers erblickt, aber er hatte niemals, auch in seinen schlimmsten Alpträumen nicht, damit gerechnet, ihn hier – bei Hofe – so zu erleben. Er spürte, wie sich ihm im Nacken die Haare sträubten, wie sich sein Magen hob. Dann wurde ihm bewußt, daß der König lachte.

Die drei Gestalten kamen näher. Die Brasilianer, deren Tanz in einem wirren Durcheinander verebbt war, waren bereits zurückgewichen. In einem Wirbel ekstatischer Improvisationen führte Thady Boy seine Partner an, kratzte ein paar Takte auf einer Geige, die er sich gegriffen hatte, begoß den schwitzenden Bogenschützen mit einem Krug Wein, sprang auf einen Tisch und führte von hier aus einen seiner Gefährten bei der Hand, tanzte unversehens eine Folge parodierter Stile, die sogleich wiedererkannt, mit Beifall und Gelächter bedacht wurden. Er begann mit dem Bogenschützen eine Volta zu tanzen. Und dann packte er seine beiden Gefährten bei den Armen, wirbelte sie immer schneller herum und ließ sie schließlich gegeneinander prallen. Hilflos krachten der Eingeborene und der Bogenschütze mit dröhnenden Schädeln zusammen und gingen benebelt zu Boden. Thady Boy saß ebenfalls mit ausgestreckten Beinen am Boden und blickte mit blauen, trüben Augen um sich, ohne etwas zu sehen. Dann machte er den Mund zu, kroch in einen Hundekorb und war im Nu eingeschlafen.

Vielleicht glaubte er, genug geleistet zu haben, doch die Höflinge waren anderer Meinung. O'LiamRoe, der das Geschehen sprachlos verfolgte, sah, wie St. André und noch jemand den Korb zur Tür schleifte und Thady Boy wachrüttelten. Der schwarze Kopf pendelte auf den Schultern hin und her. Plötzlich erwachte Thady Boy mit einem Schnaufen zu neuem Leben und sprudelte auf der Stelle ein Lied hervor:

»Ich esse bloß noch wenig Fleisch
Mein Magen tut nicht gut
Doch trinken kann ich immer noch
Mit dem dort unterm Hut...«

An O'LiamRoes Seite hatte Lord d'Aubigny den Strom seines amüsierten Kommentars, aus dem Toleranz, Bildung und Welterfah-
rung sprachen, kaum unterbrochen. Nichts von dem, was sie soeben
mit angesehen hatten, schien ihn auch nur im geringsten aus der Fassung gebracht zu haben. Im Gegenteil, er erweckte eher den Anschein, als ergötze er sich im stillen an einem ungeheuren heimlichen
Spaß. O'LiamRoe, dessen Nerven aufs äußerste gereizt waren, fand
es unerträglich. Meinten die etwa, Ballagh sollte sich so aufführen?
Oder glaubten sie, er könne sich nicht besser benehmen? Dann sah
er, daß Thady Boy während der Darbietung, die dem Auftritt
der Tänzer folgte, in den königlichen Zirkel geholt worden war.
Sie waren gerade in Hörweite. Die erste Hälfte des Abends hatte
O'LiamRoe wegen der berühmten Köpfe, die um den König versammelt waren, als denkwürdig erlebt: Turnèbe und Muret aus
Bordeaux und Paris, der Dichter de Baïf, der Rechtsgelehrte Pas-
quier und der Philosoph Bodin. Dem Fürsten, der zu weit entfernt
saß, als daß er sich an ihrer Diskussion hätte beteiligen können, war
es immerhin möglich gewesen, das Feuerwerk ihrer Ideen und
Themen am Rande zu verfolgen: Sie diskutierten über den Zustand
der menschlichen Gesellschaft, über das Wesen der Freiheit, den
Sinn der Gesetze und wandten sich dann den topischen Wissen-
schaften zu: der Astronomie, der Medizin, der Naturgeschichte. Sie
sprachen Latein, damit sie jedermann verstehen konnte, doch die
Zitate, die zwischen ihnen hin und her flogen, waren griechisch und
hebräisch, türkisch und persisch. Bei der Erwähnung des großen
Humanisten Budé berührten sie ehrfürchtig ihre Baretts.
Doch Thadys Musik hatten sie das Kompliment tiefen Schweigens
erwiesen und brachten ihm, als er sich zu ihnen gesellte, aufrichtiges
Interesse entgegen, das in einer Flut trockener, höflicher, gelehrter
Fragen über seine Kunst zum Ausdruck kam. Offenkundig ärgerte
es Thady Boy, über seine Kunst ausgefragt zu werden. Er suchte

sich den ältesten und hartnäckigsten unter den Fragestellern aus und antwortete ihm mit einer nicht salonfähigen Redensart.

Mehr als verblüfft, blickte der Professor zunächst seine Kollegen an, versuchte es dann noch einmal. Diesmal war Thadys Antwort derb, aber witzig. Auch der König konnte sich eines Lächelns nicht erwehren, und Thady Boy krümmte sich vor Lachen. Es war deutlich, daß niemand es für nötig hielt, den Gelehrten beizustehen. Vinet, der St. André an seiner Seite bemerkte, sagte trocken: »Ich verstehe: die Jahre der englischen Unterdrückung haben die Iren offenbar um Verstand und Anstand gebracht. Welch ein Jammer.«

Als Gast des Königs mußte der Fürst von Barrow bleiben, mußte diese Posse erdulden, dann einen Kissentanz, zu dem sich Thady Boy die Pfänder einfallen ließ, schließlich eine Serie von Stegreifgedichten, die den üblen Ton dieses Abends stärker hervorhoben als alles Bisherige. Ob Thady Boy sich der Anwesenheit seines Herrn überhaupt erinnerte, ließ sich nicht sagen. Zwischen den Anfällen hektischer Tollheit waren seine Augen nun glasig leer. In besudelten Kleidern saß er da, würgte, wehrte wohlmeinende, untergeordnete Helfer ab, bis ihn ein neuer hektischer Ausbruch wieder in Bewegung versetzte. Und die ganze Zeit trank er unausgesetzt.

Es schien kaum denkbar, daß dies noch lange so weitergehen konnte. Doch niemand rührte sich, um dem ein Ende zu machen. O'Liam-Roe hatte plötzlich das Gefühl, daß dergleichen früher schon geschehen war und daß der Verlauf des Abends einzig von Thady Boys Trinkfestigkeit bestimmt wurde. Inzwischen waren sie alle unruhig, angestachelt von der neurotischen Fröhlichkeit. Selbst die beherrschtesten Temperamente – Königin Katharina und Charles de Guise – konnten sich ihr nicht ganz entziehen. Die jungen Männer waren plötzlich ungehemmt ausgelassen und hatten eine Reihe wilder italienischer Spiele in Gang gesetzt. Thady Boy, der nun eine ausgeprägte Neigung zeigte, friedlich zu Boden zu gehen, wurde wachgerüttelt und zum Mitspielen animiert. Fahl im Gesicht und ekelerregend mimte er den Hanswurst, stolperte über die eigenen Füße, bis er plötzlich einen Salto schlug, zu Boden fiel, rülpste und in seiner weindurchtränkten Seide O'LiamRoe glitschig vor die Füße rollte.

Eine bewegliche, erhitzte, anmutig verschlafene kleine Gestalt sprang zwischen den aufgehäuften Kissen hervor, packte den rudernden Arm des Ollave und versuchte ihn mit ihren kleinen weißen Händen auf die Füße zu ziehen. »Magister Ballagh, jonglieren Sie für mich! Magister Ballagh, ich habe Ihr Rätsel gelöst!« Von der Musik eingelullt, war Maria, Königin von Schottland, von den großzügig geschnittenen Röcken Jenny Flemings verdeckt, eingeschlummert und hatte beim Erwachen mit entzückten Augen ihren Zauberkünstler genau vor ihren Füßen entdeckt.

Mit unendlicher Mühe kam Thady Boy auf die Beine. Ohne das kleine Mädchen zu beachten, tat er einen Schritt, dann noch einen, und auf seiner schweißnassen Stirn gruben sich tiefe Falten der Qual. »Dhia, mein bestes Bein, mein bestes rechtes Bein ist gebrochen!«

Maria umschlang seinen Arm mit beiden Händen und schaukelte ein wenig daran hin und her, so wie sie es in St. Germain getan hatte, ohne in der traumhaften Sonderbarkeit dieser Stunde an ihre königliche Würde zu denken. »Die Mönche und die Birnen! Sie sagten, jeder nahm eine, und es blieben immer noch zwei übrig. Ich weiß, warum!«

Wie auf Stelzen bewegte sich Thady Boy mit schmerzverzerrtem Gesicht durch den Saal und zog das eine Bein etwas nach. »Mein Bein ist gebrochen... soviel ist sicher.«

Aus dem zu ihm emporgereckten sommersprossigen frischen Gesicht war das erste Strahlen der Freude gewichen. Sie lockerte den Griff um den Arm des Ollave, strich sich mit zierlicher Hand eine rote Locke aus der Stirn und sagte mit einem leichten Flehen in ihrem kindlich gebrochenen Französisch: »Einer der Mönche hieß Chascun. Habe ich recht? So daß nur dieser eine, der ›Jeder‹ hieß, eine Birne nahm?«

Er schenkte ihr nicht mehr Beachtung als einer Wassermagd. Mit wenigen raschen Schritten war Margaret Erskine bei ihnen, packte das kleine Mädchen bei den Schultern und führte es hinaus.

Thady Boy setzte seinen qualvollen Marsch durch den Saal fort. Mit schmerzverzerrtem Gesicht schleppte er sich hinkend zu seinen Freunden, kippte um, setzte sich wieder auf, erbrach sich, wurde wieder auf die Beine gestellt, angefeuert, mit Wein traktiert und erneut in Marsch gesetzt. Humpelnd, taumelnd, jammernd stieß er eine Torchère um, fiel krachend in königliche Stühle, begrub einen königlichen Hund unter sich, bis man schließlich nach Fernel, dem Leibarzt des Königs, schickte.

Dies war, wie O'LiamRoe vermutete, wahrscheinlich das allgemein gebilligte Ende des Abends. Und es gab keinen Zweifel, daß sie alle ihn als ihren Schützling betrachteten: Während Thady Boy wimmernd am Boden lag, umringten ihn eine Frauenschar und nicht wenige Männer, eifrig bemüht, ihm zu helfen. Katharina blieb mit einem matten Lächeln auf ihrem Stuhl sitzen, doch der König, aufrichtig besorgt, begleitete seinen Leibarzt zu dem Verletzten.

Fernel, dem das Nachthemd unter dem Wams hervorlugte, legte eine lobenswerte Geduld an den Tag. Er untersuchte das angewinkelte Bein von oben bis unten, streifte den Stiefel ab, ohne die geringste Beeinträchtigung zu finden. Dann bewegte er das andere Bein und hob es hoch. Etwas Rotes sickerte über den Rand des Stiefelleders und tröpfelte dann in den besudelten Stoff der Kniehose.

Mit einer geschickten Bewegung und bedenklichem Gesicht streifte Fernel Thady Boy den Stiefel vom Fuß. Dann schälte der Arzt mit einem Messer den durchweichten Strumpf herunter, legte Zoll für Zoll behutsam das lahmende Bein frei – das sich als unversehrt erwies und sich makelloser Gesundheit erfreute.

Alles schwieg verblüfft. D'Enghien aber, dessen Hand träge eine Bulldogge streichelte, wurde sich plötzlich der Unruhe des Hundes bewußt. Mit spitzen Fingern hob er den blutigen Lederstiefel hoch, spähte prüfend hinein – und triumphierend förderte er eine Handvoll Gänseklein, von Bardenzehen plattgedrückt, ans Licht. Die Bulldogge bellte.

Als das gellende Gelächter an seine Ohren schlug, verwünschte O'LiamRoe die Etikette und machte sich davon. Er war bereits in seinem Zimmer, als auf einen fürsorglichen Befehl des Königs zwanzig betrunkene junge Männer unter angeheitertem heiserem Gesang aus der Salle d'Honneur schossen, um den hilflos in ihrer Mitte schwankenden und stolpernden Ollave zu Bett zu geleiten. John Stewart Lord d'Aubigny befand sich unter denen, die von den hohen Fenstern her zusahen, wie die ausgewählte Eskorte die geschwungene Treppe hinabdrängte und grölend, schiebend und schwankend den Hof überschwemmte, im Vorbeigehen die überkreuz aufgehängten Öllampen herunterließ, um Mann für Mann daraus zu trinken.

Und es war Lord d'Aubigny, der den schönen Kopf schüttelte und für jedermann hörbar das Epitaph für den Abend aussprach. »*Per qual dignitade*«, sagte Seine Lordschaft melancholisch, »*l'uom si creasse.*« Margaret Erskine befand sich unter denen, die den Ausspruch hörten, aber sie wagte es nicht, etwas darauf zu erwidern.

Bis Thady Boy vor seiner Tür abgeliefert wurde, hatte O'LiamRoe bereits gepackt.

Piedar Dooly, schroff aus dem Küchentrakt herbeizitiert, hatte die geöffneten Reisesäcke auf dem Bett, ihre dürftigen Habseligkeiten auf dem Fußboden zusammengehäuft vorgefunden. Als das Stampfen und Stolpern zahlreicher Füße, dumpfes Gepolter und hemmungsloses Gelächter seine Tür erreichten, schickte O'LiamRoe seinen Diener mit Sätteln und Reisetaschen fort und wandte sich dann der hereindrängenden Gruppe zu. »Lassen Sie ihn hier und verschwinden Sie.«

Wie Bacchanten umtanzten sie ihn grölend. Einer riß die Bettdecke herunter, drapierte sich damit in einer grotesken Nachahmung von O'LiamRoes Wams und Friesmantel und gab einen Schwall imitierten Irischs von sich. Sie sangen, überboten einander in bombastischen Tiraden, erbrachen sich, an Bettpfosten und Betpult geklammert. Sie durchsuchten das Zimmer nach Wein, und als sie ihn fanden, begossen sie sich gegenseitig damit und versuchten, auch ihn damit zu begießen. Dann torkelten sie in Richtung Tür und stolperten hinaus.

Krachend fiel die Tür ins Schloß. In den übelriechenden Trümmern seines Schlafzimmers blieb der Fürst von Barrow zurück, zu dessen Füßen sich der betrunkene Thady Boy erbrach. Mit einer Stimme, die sogar ihm selbst fremd war, sagte O'LiamRoe: »Stehen Sie auf!«

Er mußte es zweimal wiederholen, ehe irgend etwas geschah, und dann sah er sich genötigt, einen Widerwillen zu überwinden, der ihm wie körperliche Übelkeit zusetzte, mußte den Ollave berühren, ihn am besudelten, durchweichten Stoff seines Ärmels hochzerren. Endlich kam Thady Boy zusammenhanglos plappernd auf die Beine. Unter den schlaffen Lidern waren die Augen ölig schwarz.

Ohne sich umzudrehen, griff O'LiamRoe die irische Harfe vom Haken an der Wand. Kreischend traf sie den Ollave und fiel zu Boden. In blinder Betrübnis sank Thady Boy über der Harfe zusammen und wurde vom unwürdigsten aller bisher erlittenen Krämpfe geschüttelt. »Heben Sie sie auf!« stieß O'LiamRoe hervor. »Singen Sie mir ›O'Neills Ritt‹ – oder sind die großen epischen Gesänge heute nacht nicht an der Reihe?... Heilige Mutter Gottes – Francis Crawford von Lymond, Sie haben Ihre Kunst besudelt, haben sich selbst zur Hure gemacht!«

Wie das Auge einer berauschten Dohle blickte durch die Saiten der Harfe ein geweitetes schwarzes Auge verschreckt auf O'LiamRoe. Doch im nächsten Augenblick schon hatte Thady Boy das Interesse verloren, war auf den Beinen und wandte sich zielstrebig anderem zu.

In Piedar Doolys Kabinett befand sich ein Weinfäßchen. Als Thady Boy darauf zusteuerte, versperrte O'LiamRoe ihm den Weg mit zwei langen, ruhigen Schritten. Er brauchte nur mit einer Hand Thadys beide Handgelenke zu packen, um ihn zurückzuhalten. »Sagen Sie mir eines: Warum sind Sie seinerzeit nach Frankreich gekommen? Können Sie sich daran erinnern?«

Die beiden feuchten Hände krümmten sich ein wenig in seinem Griff. »Um zu sehen, wie die reichen Leute leben.« Das Gesicht unter dem gefärbten Haar war mit Wein und Fett verschmiert.

O'LiamRoe, dem der Puls hämmerte, konnte den Blick von dieser zerstörten Intelligenz nicht abwenden. Wieder begann Thady Boy schlaff in sich zusammenzusinken. Auch die tolle Ausgelassenheit war nun erlahmt, und in den langsam sich schließenden Augen lag eine Art träger Zufriedenheit. O'LiamRoe zerrte ihn wieder in die Höhe. »Sie *sind* reich! So sagt man wenigstens. Haben Sie vergessen, wer Sie sind? Wie heißen Sie?«

Wie ein durchweichter Sack hing Thady Boy ergeben in seinem Griff. »Ich weiß es nicht«, murmelte er.

»Sie sind der Junker von Culter – Gott verzeihe Ihnen und Ihren Erzeugern! Warum sind Sie hier?«

Es folgte eine lange Pause. »Ich kann mich nicht erinnern«, antwortete der Betrunkene schließlich äußerst höflich.

O'LiamRoe ließ ihn los. »Sie erinnern sich nicht an ein Kind, das getötet werden soll?«

Wieder war es lange still. Dann verschmolz Thady Boy Ballagh zu guter Letzt mit Lymond, ließ sich aufs Geratewohl gegen eine Wand sinken und seufzte: »Richard wird sich darum kümmern.«

»*Sie verdammte Pestbeule!*« stieß O'LiamRoe hervor und unterbrach sich, um dann in gemäßigtem Ton fortzufahren: »Ihr Bruder ist ein bekannter Mann«, sagte er. »Er kann nichts tun.«

»Ich auch nicht. Ich bin beschäftigt«, antwortete Thady Boy mit träger Stimme.

»Das sind Sie in der Tat«, sagte O'LiamRoe schneidend. »Ihre einzige Beschäftigung ist Zerstörung. Was kann eine verweichlichte, eitle, nur um sich selbst kreisende Gesellschaft gegen Ihresgleichen schon ausrichten?«

Wie ein Fluß, der sich gleichmäßig über ein Wehr ergießt, rutschte Thady Boy an der Wand zu Boden. »Ich kann nicht Musik machen und leben wie ein Chorknabe«, sagte er.

Die Erinnerung an seine Theorie von der Kunst als Ausdruck der menschlichen Persönlichkeit schoß O'LiamRoe durch den Kopf, wurde sogleich von einer anderen über die universale Heiligkeit großer Kunst abgelöst. »Sie sind nicht in Frankreich, um Musik zu machen«, sagte er mit ausdrucksloser Stimme. »Wenn Sie die Macht mißbrauchen, die sie Ihnen verleiht, sollten Sie lieber gar keine machen.«

Lymond begann zu kichern. Unter äußerster Anstrengung konzentrierte sich O'LiamRoe auf das, was ihm noch zu sagen blieb. Er atmete heftig und rasch, sein Gesicht war bleich. »Ihre Aufgabe ist die kleine Königin. Vielleicht gibt es auf dieser Welt jemand, dem es gelingt, Ihnen den Wein aus den Gedärmen zu pressen. Ich für mein Teil habe nicht das Bedürfnis, Ihnen zu helfen. Ich reise noch heute nacht ab.«

Auf dem Boden sitzend lachte Thady Boy nun so heftig, daß er würgen mußte. Als er wieder sprechen konnte, sagte er: » *Und überlassen es der anderen irischen Hündin, sich die Kehle selber durchzuschneiden.* «

Ein Becher, halb voll Wein, stand in O'LiamRoes Reichweite. Wie einen Stein schleuderte er ihn Thady Boy an den Kopf. Ein Sturzbach hellroten Malvasiers ergoß sich wie Regen gegen ein Fenster über das abstoßende glänzende Gesicht des Ollave, der mit offenen Augen hindurchstarrte, krampfhaftes Gelächter und ein sprudelndes Gemisch aus rohem Öl, Wein und üppigem Essen von sich gab. Im Zimmer befand sich ein ansehnlicher Vorrat an Flüssigkeit, sowohl Wasser als auch Wein. Und O'LiamRoe verabreichte ihn Thady Boy bis auf den letzten Tropfen, schleuderte ihm mit beiden Händen eimerweise einen eisigen Sturzbach nach dem anderen ins Gesicht, verfolgte ihn in stummer Raserei, während der Ollave schlingernd, paddelnd und scharrend auf allen Vieren über den Boden kroch, würgend, von idiotischem Gelächter geschüttelt, wenn ihn der Inhalt des nächsten Eimers traf wie ein Schlag.

So plötzlich, wie er gekommen war, erstarb der glühende Zorn des Fürsten. Ernüchtert und bebend ließ er den Eimer sinken.

Wie eine Wasserratte zu seinen Füßen zusammengeduckt, lachte Thady Boy immer noch in dem hohen, wimmernden Keuchen bevorstehender Hysterie. Die Zuckungen seines Körpers ließen kleine Rinnsale über den Boden fließen. Ein dünner Wasserstrahl verendete zischend im Feuer. Dunkle Weinflecken legten sich in rotem Sprühregen auf Bettücher und Wandteppiche. Die Bettpfosten aus Elfenbein und Schildpatt waren streifig und fleckig, der Sekretär triefte. Der Gestank von Erbrochenem, Schweiß, schalem und frischem Wein war unerträglich.

All das nahm O'LiamRoe unvermittelt war. Bleischwer schoben sich seine Füße über den schmatzenden, glitschigen Fußboden. Mit großen Schritten, fast rennend, verließ der Fürst von Barrow das Zimmer. Hinter ihm verebbte das Gelächter und wurde von einer rissigen, kränklichen Stimme abgelöst:

> *»Sie laden Unglück auf ihr Haupt,*
> *Das sie ereilt, da ohn' Verstand*
> *Den trägen Göttern sie vertraun.*
> *Oweh – es ist ein Graun.«*

Einen Augenblick war es still. Dann war die Stimme noch einmal zu hören – ein nachdenkliches »Oweh – es ist ein Graun...«, dann ein Kichern, und dann nichts mehr.

Margaret Erskine – bleich im Gesicht – erschien eine halbe Stunde später. Der Fußboden hatte unterdessen zu trocknen begonnen, vor dem großen, munter prasselnden Kaminfeuer hatte sich die Nässe zu inselhaften Pfützen zusammengezogen. Sie bewegte sich, als ob sie ein Rennen gewinnen müßte, schreckte weder vor dem üblen Gestank noch vor dem widerwärtigen Zustand des Zimmers zurück. Es wurde nur vom Kaminfeuer erhellt, da jemand die Kerzen gelöscht hatte: Der Raum war voller Schatten, die aus dem Kamin sprangen. Die Luft bewegte sich im unregelmäßigen Rhythmus des Feuers beklemmend wie eine tödliche Flut. Es war klebrig heiß.

Aus den kriegerischen Auseinandersetzungen, die schon so lange währten, wie sie denken konnte, aus zwei kurzen Ehen und den vertrauten nächtelangen Sitzungen der schottischen Adligen und kleinen Gutsbesitzer wußte sie genau, was sie erwartete – und wie wenig sie tun konnte.

Doch irgend etwas war anders. Seit O'LiamRoe ihn verlassen hatte, mußte Thady Boy im Zimmer umhergewandert sein. So viel zumindest verrieten die umgeworfenen Stühle, die Bettzeuglawine, die verrutschten Wandteppiche, an die er sich geklammert hatte, um sich aufrecht zu halten.

Doch diese beharrlichen Bemühungen waren nun vorbei. Es war still im Zimmer, zu still. Allen Befürchtungen zum Trotz hoffte sie tapfer, daß er sie wenigstens erkennen würde, daß er imstande wäre, sich zu bewegen. Sie konnte ihn nicht allein hochheben.

Während all dieser Überlegungen war ihr nicht in den Sinn gekommen, daß Lymond sie vielleicht einfach nicht hatte kommen hören. Tatsächlich stand er, von zwei Stühlen aufrecht gehalten, in den Schatten jenseits des Kamins. Er hatte sich die durchweichten Kleider fast ganz heruntergerissen, der triefende, wirre Kopf war der Wand zugekehrt. Die langen Finger einer Hand, fest um das Holz gekrallt, waren im Schein des Feuers deutlich zu erkennen, und Margaret Erskine konnte das schwere Keuchen seiner Atemzüge hören.

In diesem Augenblick mußte er ihre Anwesenheit gespürt haben. Die gepeinigten Nerven seines Magens, in einem Maße geschunden, daß ein Gedanke, ein Geruch neue Krämpfe auslösten, rebellierten, als er sich herumdrehte. Er krümmte sich zusammen, umschlang den Kopf mit beiden Armen, doch davor hatte sie sekundenlang seine geweiteten Augen und die dumpfe Überraschung in seinem Gesicht gesehen. Er hatte offenbar gedacht, daß er es allein durchstehen müßte.

Sie stieß die Stühle zur Seite und packte ihn mit der erfahrenen und unpersönlichen Entschlossenheit einer Pflegerin. Dann, als es vorüber war, sagte sie mit ihrer nüchternen Stimme: »Sie wissen, daß man Ihnen Gift in den Wein getan hat. Sie müssen laufen, mein Lieber.«

Seine Pupillen waren riesig groß und schwarz – in hellem Licht wäre er praktisch blind gewesen. Sein Gewicht auf ihrem Arm war unbewußt entspannt. Friedlich sagte er: »Ich brauche nicht mehr zu laufen.«

»O doch, das müssen Sie«, erwiderte Margaret Erskine scharf, packte ihn mit beiden Händen an dem übelriechenden Hemd und zwang ihn, sich zu bewegen. Er war voller Belladonna, sein Gehirn davon betäubt. Solange er dazu imstande war, hatte er getan, was er konnte, um seinen Organismus von dem Gift zu befreien. Ihre Aufgabe war es nun, ihn in Bewegung zu halten, um die Sache zum Abschluß zu bringen.

Während dieser ersten Runde durch das Zimmer schleppte sie sein ganzes Gewicht. Doch allmählich begann er sie schwankend zu entlasten, setzte aus eigenem Antrieb einen bleischweren Fuß vor den anderen, taumelte schließlich, von ihr gestützt, von Wand zu Wand, um sich in Bewegung zu halten. Sie sah ihm nicht ins Gesicht und war später froh darüber, als sie in seinen Handflächen die blutigen Abdrücke seiner Fingernägel entdeckte. Er war klarem Bewußtsein viel näher gewesen, als sie geglaubt hatte.

Zu diesem Zeitpunkt war er erschreckend weit weg, und als die Betäubung allmählich nachließ, von der nicht enden wollenden Übelkeit so erschöpft, daß er nicht sprechen konnte. In diesem Zustand äußerster Schwäche blieb er schließlich stehen, und während sie ihn im Gleichgewicht hielt, blickte sie ihm ins Gesicht und sah, was das Belladonna und seine eigene Zügellosigkeit aus Francis Crawford gemacht hatten. Und sie sah auch, daß sie sich den Luxus von Tränen jetzt nicht leisten durfte, denn er war am Ende seiner Kräfte. Ob jetzt noch Gift in ihm war oder nicht – sie mußte ihn ausruhen lassen.

Sie brachte ihn zum Kamin, wo sie ihm ein Lager aufgeschlagen hatte. Dort lag er, heftig atmend, von langsam nachlassenden Krämpfen geschüttelt. Seine Augen in den knochigen Höhlen waren fest geschlossen. Als er in dieser Unbeweglichkeit plötzlich zu sprechen begann, tat ihr Herz vor Schreck einen Sprung. »*Mignonne*«, sagte Lymond sanft, »*je vous donne ma mort pour vos étrennes.*«

Sogar in dieser extremen Situation, zum Teufel mit ihm, mußte er sie mit einem Zitat verspotten.

»Ich will Ihren Tod nicht als Morgengabe«, sagte Margaret. »Geben Sie Ihre Belohnung Meister Abernaci. Er hat Sie beim Auftritt der Brasilianer gesehen und wußte sofort, was los war, und sagte mir Bescheid.«

»Nachtschatten«, murmelte die leise Stimme. »Vermutlich in den Glühwein getan. Man gibt es Elefanten, wenn sie husten«, sagte Lymond und lachte plötzlich und unbedacht. Er preßte die schweißnassen Hände gegen das Gesicht.

Nach einer Weile fragte Margaret: »Wenn Sie es wußten, warum haben Sie keine Hilfe geholt? O'LiamRoe –«

»O'LiamRoe ist fort«, erklärte er lakonisch. »Wenn morgen jemand enttäuscht ist… soll er von mir aus glauben… es sei das Glück… des Trunkenbolds.«

Es wurde still. Das mächtige Feuer war knisternd und züngelnd in einem großen, seidig glänzenden Glutpolster zusammengesunken, die heiße Luft zitterte. Der Boden war getrocknet. In dem gleichmäßigen roten Licht wirkten die besudelten, mit Fingerabdrücken übersäten Wände, die umgestoßenen Möbel, das verwüstete Bett auf verfeinerte Weise dramatisch, wie in einer Glasmalerei dargestellt. Doch nichts hatte den widerwärtigen Gestank sublimiert. Für Thady Boy Ballagh, dachte Margaret, wäre es ein angemessenes Grab gewesen. Daß es für Francis Crawford angemessen war, wollte sie nicht glauben.

Seine Augen waren geschlossen. Die im Schatten liegende Seite seines Gesichts verriet nichts. Das Profil, vom Licht aus der Dunkelheit gehoben, war überzeugend in seiner Reinheit. Reflektiertes Licht spielte auf dem unteren Lid, der höchsten Wölbung des Jochbeins und dem kräftigen Muskel zwischen Kiefer und Backenknochen. Alles andere verbarg barmherzige Dunkelheit.

Ohne sich zu rühren, saß Margaret bei ihm, bis die ersten kaum wahrnehmbaren Geräusche ihr verrieten, daß sich irgendwo Leute für den neuen Tag ankleideten. Sie bewegte sich und merkte erst jetzt, daß er gar nicht schlief. Er öffnete die schweren Lider: Die Augen darunter waren blau. »Ja«, sagte er, »Sie müssen gehen.« Er hielt inne und fügte dann trocken hinzu: »Mir scheint, daß die Erskines mich immer wieder vor mir selber retten müssen.«

Ihre erschütterten Nerven wehrten sich ebenso gegen jede Emotion wie Lymonds zerrüttete. Sie fragte sich, wieviel Stoizismus er hatte aufbringen müssen, weiter den Hanswurst zu spielen, obwohl er wußte, daß das Gift bereits wirkte, auf Wein, Öl und Gott weiß welche anderen improvisierten Hilfsmittel zu vertrauen, um sein Leben zu retten und gleichzeitig den Anschein der Ahnungslosigkeit aufrechtzuerhalten. Da sie das begriff, hatte sie auch keinen Versuch gemacht, das Zimmer aufzuräumen.

Nun gab es soviel zu sagen, doch es in Worte zu fassen, würde ihrer beider Selbstbeherrschung übersteigen. Schließlich beugte sie sich über ihn, zog die Decke unter seinem Kopf glatt und sagte nur: »Ich habe Ihnen einmal gesagt, es sei meine Rolle, beim Herdfeuer zu sitzen.«

Das Licht unter seinen Augen wurde heller. Niemals hatte sie einen Mann bei Bewußtsein so still liegen sehen. »Es scheint, als ob meine Rolle weniger darin bestanden hat, Feuer zu entfachen, als es zu löschen. Das kleine Mädchen hat mir leid getan. Aber ich konnte nicht anders.«

Er hatte also Marias Gesicht gesehen. »Eines Tages werden Sie Gelegenheit haben, das in Ordnung zu bringen«, sagte sie und dachte beklommen, daß sie sich dazu zwingen müsse, endlich zu gehen, obwohl er in diesem Zustand war. Und er war allein, es gab niemand, dem sie ihn anvertrauen konnte... Gott allein wußte, wie er seine Kraft morgen, nächste Woche, nächsten Monat mißbrauchen, wie mörderisch lange dieses abscheuliche Unternehmen noch andauern würde. In ihrer Verzweiflung, die sie unentschlossen an seinem Lager festhielt, stieß sie hervor: »Wenn doch wenigstens Robin Stewart hier wäre! Wer wird sich um Sie kümmern?«

Ohne ihn anzusehen, spürte sie neben sich den kleinen Schock der Überraschung. Dann gab er einen erstickten Laut von sich, der fast ein Lachen war, hielt inne, streckte sehr langsam den Arm aus wie ein Mann in einem Traum, berührte ihre Hand und hielt sie leicht. Seine Finger fühlten sich kühl und zerbrechlich an. »Aber meine Liebe«, sagte Lymond. »Robin Stewart ist der Mörder.«

III. TEIL

Jäger und Gejagte

Für Margaret Erskine stellten die folgenden Wochen eine schwere Prüfung dar. Robin Stewarts Reise nach Irland konnte, selbst wenn er bei seiner Mission nicht aufgehalten wurde, einen Monat dauern. Einen Monat Zeit, zu warten und Thady Boys Rückkehr zu heiklen Ausschweifungen zu beobachten. Einen Monat Zeit, um mit anzusehen, wie Jenny, die entzückende Jenny, mit Bedacht daranging, sich selbst einen Hofstaat zu schaffen, indem sie sich die Bewunderung ihrer Verehrer zunutze machte und Pfründensucher auf ihre Zeit zog. Das königliche Kind, Margarets Halbbruder oder -schwester, würde in weniger als vier Monaten geboren werden, und Margaret wußte, wie die Damen um den König auf so ein Ereignis reagierten. Jenny freilich kümmerte das nicht. Sie hatte sich niemals um die besondere Wertschätzung der großen Damen bemüht. Sie setzte einfach voraus, daß man sie akzeptieren würde, sobald die Nachricht offiziell war.

Doch in weniger als einem Monat kam die Unterstützung für Lymond, um die Margaret im stillen gebetet hatte: Schneller, als sie es für möglich gehalten hatte, folgte Richard Crawford, Dritter Baron von Culter, mit einem kleinen, aber glänzenden Gefolge der königlichen Einladung nach Blois.

Früh an eben diesem Tag kehrte auch John Stewart von Aubigny aus seinem Schloß La Verrerie zurück, wo er sich eine Zeitlang aufgehalten hatte, und erfuhr sogleich eine Neuigkeit, die ihn nicht wenig in Erstaunen versetzte. So rasch er konnte, machte er Thady Boy ausfindig und suchte ihn in Begleitung von Sir George Douglas auf, um ihn zu fragen, warum O'LiamRoe abgereist sei.

Der Ollave war mit einer kleinen, ausgelassenen Gesellschaft auf der Schloßterrasse beim Wurfringspiel. Sir George betrachtete ihn mit prüfendem Blick und registrierte die tiefliegenden Augen, den Gewichtsverlust, das betont hemmungslose Gebaren des Ollave. Und für sich folgerte er, daß der junge Mann schwer krank gewesen und noch nicht wieder ganz gesund war.

Thady Boy jedoch beantwortete die Frage Seiner Lordschaft mit unbekümmerter Lebhaftigkeit. »Warum glauben Sie denn nicht, was man Ihnen erzählt hat? Er erhielt eine dringende Nachricht von zu Hause. Das sagte er wenigstens.«

»Ich weiß«, antwortete Lord d'Aubigny rasch. »Aber...«

»Wahrhaftig – Sie kennen sich in Menschen aus«, fiel ihm Thady Boy fröhlich ins Wort. »Natürlich hat er eine solche Botschaft nicht bekommen. Wehleidig, saft- und kraftlos war O'LiamRoe. Die Dame seines Herzens hat all seine Pläne durcheinandergebracht, und so stand sein Sinn nach nichts anderem, als heimzureisen. Oonagh O'Dwyer war das einzige, was O'LiamRoe in Frankreich festhielt. Alle Welt weiß das.«

»Alle Welt weiß natürlich auch«, bestätigte George Douglas höflich, »von der berühmten *serena* seines Ollave im vergangenen Monat.«

In seiner Erleichterung ging Lord d'Aubigny darauf nicht ein. »Das freut mich zu hören, Ballagh. Ich dachte, es hätte vielleicht etwas mit Stewart zu tun. Er ist ein rechtschaffener Mann, dieser Robin, aber wankelmütig. Ein bißchen launenhaft. Er hatte Gefallen an Ihnen gefunden – ich nehme an, Sie wissen das – und drohte eines Tages, Frankreich zu verlassen und mit Ihnen nach Irland zu gehen. Dann war er plötzlich völlig gegenteiliger Ansicht. Als ich ihn das letzte Mal sah, wünschte er jeden Iren zum Teufel. Wankelmütig. Darum hoffe ich, daß er nicht irgend etwas gesagt hat, das...«

Thady Boys dunkles Lächeln wurde breiter. »Einen trefflichen Bogenschützen haben Sie, vielleicht ein bißchen aufdringlich. Seine Schuld war es nicht, daß O'LiamRoe abreiste. Ganz im Gegenteil. Es war O'LiamRoe, der ihm ins Gesicht sagte, daß ich gar nicht die Absicht hätte, mit ihm nach Irland zu gehen – das stimmte zwar, aber ich hätte mich ein bißchen schonender ausgedrückt –, und das brachte dann das Faß zum Überlaufen. Ich habe Robin vor seiner

Abreise noch einmal gesehen. Ich bezweifle, Mylord, daß Sie den trefflichen Burschen jemals wiedersehen.«

Lord d'Aubigny schien das nicht zu beunruhigen. Freundlich fragte er: »Und was ist mit Ihnen, Ballagh? Ich hoffe, Sie bleiben.«

»So lange der König mich haben will.«

»Dann müssen Sie unbedingt wieder einmal nach La Verrerie kommen. Ich habe einige Freunde, die Sie gern spielen hören möchten«, sagte Lord d'Aubigny, der Kunstkenner. »Sie bleiben also in Blois?«

Ein Teil des Hofes sollte in Kürze flußaufwärts reisen. »Das denke ich schon. Ich gehe überall hin, wohin man mich mitnimmt.« Der seidene Arm d'Enghiens legte sich plötzlich um seine Schultern. Jean de Bourbon lächelte d'Aubigny und Sir George flüchtig zu und sagte zu Thady Boy: »Sie halten das Spiel auf, mein Lieber. Fühlen Sie sich nicht wohl?«

Sir George Douglas lächelte so süffisant, daß Thady Boy darauf beinahe als Lymond reagiert hätte, und sagte: »Wohl fühlen sollte er sich aber auf jeden Fall, nachdem er diesen Ringer aus Cornwall herausgefordert hat.«

Thady Boy zügelte seine Überraschung. Er griff nach seinem Wurfring, streifte das Eisen zerstreut über die hochgeborene Hand d'Enghiens und fragte dann: »Welchen Ringer aus Cornwall bitte?«

Nach einem betretenen Schweigen bemerkte d'Enghien schließlich: »Gehen Sie denn heute abend nicht zum Kardinal, Thady? Aber natürlich gehen Sie hin. Jeder geht hin.«

Sir George Douglas sprach für ihn weiter: »Nach dem Essen treten Ringer bei ihm auf. Und es wird erzählt, Sie hätten einen von ihnen zu einem Kampf herausgefordert. Stimmt das denn nicht?«

Die erste ärgerliche Überraschung, die sich im fahlen Gesicht des Ollave gemalt hatte, wich dem aufgesetzten Ausdruck der Begeisterung. »Nein, es stimmt nicht«, sagte Thady Boy fröhlich. »Irgend jemand, so scheint mir, will das Gericht mit einer pikanten Sauce würzen – vielleicht der Kardinal Charles de Guise persönlich. Aber eine Herausforderung ist eine Herausforderung – und, *dhia*, bis zum heutigen Tag habe ich noch nie eine Herausforderung zurückgewiesen.«

Er ahnte nicht, daß in eben dem Augenblick, da er diese Worte aussprach, sein Bruder in den offenen Hof jenseits des Innenhofs einritt, vom Pferd sprang und das Schloß betrat.

Da der König von Frankreich keinen Zweifel daran gelassen hatte, daß man die Königinwitwe von Schottland und ihre Freunde stets im Auge behalten werde, konnte es niemand aus dem schottischen Gefolge wagen, Lymond sogleich von der Ankunft seines Bruders in Kenntnis zu setzen. Während sein Bruder vom Konnetabel willkommen geheißen, dem König vorgestellt wurde und in dessen Gegenwart in wortlosem Einvernehmen mit der Königinwitwe zusammentraf, suchte Lymond vergeblich nach dem ominösen Ringer aus Cornwall.

Am späten Nachmittag hatte er den Mann noch immer nicht gefunden, ein Umstand, der für sich bedeutsam genug schien. Lymond verschwendete keine weitere Zeit mehr darauf. Er begab sich geradenwegs in sein Zimmer und zwang sich, flach auf seinem Schildpattbett ausgestreckt eine Stunde zu ruhen. Dort wurde er, nachdem er für die Abendgesellschaft des Kardinals von Lothringen nur dürftig Toilette gemacht hatte, von einer Gruppe ebenfalls Geladener abgeholt – von Männern, die bereits angetrunken waren, einander die Branntweinflaschen zureichten und sich in unflätigen Wortspielen ergingen. Sie brachen nicht mit der königlichen Familie, dem Konnetabel und Diana auf, sondern machten sich allein auf den Weg zum Hôtel de Guise. Die Schwester des Kardinals, Maria, Königinwitwe von Schottland, war bereits dort eingetroffen und mit ihr ihr zweiter Bruder, der Herzog von Guise, die Erskines und Lord Culter.

Inzwischen war Richard Crawford von Culter über alles informiert worden, was er von der Rolle seines jüngeren Bruders wissen mußte.

Tom Erskine hatte ihn, so gut er es vermochte, mit einer raschen Darstellung aller Taten Lymonds und einer ungeschminkten Beschreibung seines Benehmens vorbereitet. Lord Culter hörte ihm in vollkommener Gelassenheit zu, nur seine Mundwinkel zuckten gelegentlich. Am Ende sagte er: »Nun, Tom – Sie kennen ihn so gut wie ich. Ihr Vertrauen in ihn ist doch hoffentlich nicht erschüttert?«

Erskine antwortete ohne Zögern. »Nein. Aber, bei Gott, Richard, seien Sie auf alles gefaßt.«

»Ein Narr mit Glocken an den Kleidern?« Als Erskine zögerte, fügte Richard hinzu: »Nein. Wohl kaum. Eine seiner tolleren Maskeraden also? Für O'LiamRoe und den französischen Hof muß er sich etwas Überwältigendes ausgedacht haben.« Belustigung funkelte in Richard Crawfords Augen. »Danke, Tom. Ich bin hinreichend gewarnt.«

Richards Nüchternheit, seine realistische Gelassenheit, die ihn gelegentlich fast schwerfällig wirken ließ, war Balsam für den Seelenzustand aus Angst und Sorge, der auf ihnen allen lastete. Jetzt Mitte Dreißig, kräftig gebaut und von unauffälligem Äußeren, war er in seiner unbedingten Zuverlässigkeit für seine Zeit ein nachgerade einzigartiger Mann. Es schien bisweilen, als habe er seit seiner Kindheit danach gestrebt, die leichtfertige Verwegenheit seines Bruders wettzumachen, und als habe er dabei ebendiese besonnene Stärke entwickelt. In den Jahren, da sein Bruder Lymond – berühmt und berüchtigt – halb Europa unsicher gemacht hatte, war Richard daheim geblieben, hatte seine ausgedehnten Güter verwaltet und hatte für sie gekämpft, wenn es sein mußte. Mehr als das – und das Glück, das er nun mit Mariotta, seiner dunkelhaarigen irischen Frau, gefunden hatte – wünschte er sich nicht.

Als Lymond mit schwarzgefärbtem Haar nach Frankreich aufgebrochen war, hatten sich Lord Culter und seine Mutter – beide auf ihre Weise – letztlich erleichtert gefühlt, ihn, der auf dieses neue Abenteuer ganz versessen schien, abreisen zu sehen. Aus familiären Gründen hatte Richard nicht mit der Königinwitwe nach Frankreich gehen wollen. Sie ihrerseits hatte großen Wert darauf gelegt, daß er in Schottland zurückblieb: als einer der wenigen getreuen Wachhunde, auf die sie sich verlassen konnte. So ließen die dürren, zensierten Zeilen der Königinwitwe, die zusammen mit der dringlichen Einladung des Königs von Frankreich Richard in Midculter erreichten, keinen Zweifel daran, daß *sie* die Einladung nicht gesucht hatte und daß man ihre Reaktionen darauf genau beobachten würde.

Man hatte sogar eine Einladung für seine Mutter beigefügt. Lord Culter hatte einen Augenblick gezögert, sie ihr dann aber doch übergeben.

Der ganze zarte Reiz, der Lymond als Kind eigen gewesen war, fand sich noch heute in Sybilla, seiner Mutter. Weißhaarig, rosenwangig, blauäugig, las sie die beiden Botschaften und meinte sogleich: »Ich sehe schon, Francis hat da wieder mal in ein Wespennest gestochen und einige Herrschaften nervös gemacht... Wahrscheinlich erwarten sie eine provinzielle strenge Matrone, eine schottische Gluckhenne. Aber es wird mir ein Vergnügen sein, diese Einladung abzulehnen.«

Schon seit langem wußte jeder, der Sybilla kannte, daß, obwohl sie ihre beiden Söhne liebte – ihr Herz dem jüngeren in besonderem Maße gehörte. Richard mißgönnte es seinem Bruder nicht. Er führte daheim in Midculter ein so glückliches Leben, daß er Lymond jeden Trost gönnte, der ihm zuteil wurde. Dabei hatten Sybillas wacher Verstand und ihre große Intelligenz stets – wie auch diesmal – ihre Neigungen und ihr Urteil bestimmt.

Sie blickte den älteren Sohn an: »Was für ein Jammer. Das ist ja nicht eben die beste Zeit, um eine so große Reise anzutreten.«

Auch er dachte an seinen eben geborenen Sohn und Mariotta. Und ihretwegen sagte er, fast ehe seine Mutter zu Ende gesprochen hatte: »Entweder ist die Königin in Schwierigkeiten, oder Francis... oder beide. Je früher ich abreise und herausfinde, was dein närrischer Sohn treibt, desto früher sind wir beide wieder zurück.«

Im Laufe ihres langen Lebens hatte Sybilla eine heitere Selbstbeherrschung bis zur Vollkommenheit entwickelt. Wenn sie mitgekommen wäre, hätten die Späher – für wen sie auch immer arbeiten mochten – aus ihrem Gesicht nicht das Geringste ablesen können. Sie würde sich bei einem Zusammentreffen mit dem maskierten Sohn nicht verraten – wohl aber, wie sie befürchtete, Lymond. Und es kam darauf an, ihn nicht zu gefährden. Ein Zusammentreffen mit Richard dagegen würde Lymond nicht irritieren.

Mehr als angetrunken erreichte die Gesellschaft der Bourbonen – in ihrer Mitte Thady Boy – die Rue de Chemonton und rauschte in

den großen, niedrigen Saal des Hôtel de Guise, wo die Purpur-
robe ihres Gastgebers neben dem Seidengewand seiner Schwester
leuchtete.

Margaret Erskine sah sie kommen, bemerkte, wie Culters graue Augen gleichgültig auf seinem Bruder ruhten und dann gelassen woan-
dershin blickten, sah, wie Lymonds blaue, blutunterlaufene Augen
zurückstarrten und sich dann, unbeeindruckt, dem Kardinal grüßend zuwandten. In beiden Gesichtern war nicht die geringste Spur
des Wiedererkennens zu entdecken. Zweifellos ein fähiges Ge-
spann.

Das Mahl war fürstlich, die Bedienung vollkommen. Ohne erkennbare Mühe setzte Lord Culter eine kleine Unterhaltung in Gang, die
ungetrübt dahinfloß, und einzig Margaret, deren Sinne unnatürlich
geschärft waren, bemerkte, daß er dabei seinen Bruder unausgesetzt
beobachtete. Lymonds Benehmen erreichte, wie immer, bald die
Grenzen kultivierter Gesittung und sprengte sie schließlich ganz.
Lachsalven wie Kanonenschüsse ertönten von seiner Seite des Tisches, und seine Stimme glitt, wie so häufig zu dieser Tageszeit, in
ein Lallen ab. Als die Tafel aufgehoben wurde, hatte er – wie die
meisten Männer – genug getrunken, um auch zur ungeheuerlichsten
Narretei, die ihm gerade in den Sinn kam, bereit zu sein. Niemand
hatte sich die Mühe gemacht, ihn zum Lautenspiel aufzufordern.

Diesen Zeitpunkt wählte der Kardinal, der den Zustand des Ollave
richtig einzuschätzen wußte, um das Zeichen zu geben, daß man die
Ringer hereinrufe.

Tjost, Fechten, Speerstechen – diese Art wilder Zweikämpfe war
eine allgemein beliebte Zerstreuung: Bewegt, erregend, gefährlich
und bisweilen bösartig, fesselten diese Duelle jedermann. Nur Margaret schien die besondere Spannung zu spüren, die heute abend in
der Luft lag, nur sie hatte das Gefühl, daß in Geselligkeit und Gelächter die Atemluft plötzlich knapp geworden war, als ob sich in einer stickigen Brutkammer eine Tür geschlossen habe und etwas
Unheimliches und Organisches zu wachsen beginne. Es ging das
Gerücht, daß der Hauptringer, der Mann aus Cornwall, von Thady
Boy zum Kampf herausgefordert worden sei. Ob dies nun zutraf
oder nicht, der Ollave schien zum Kampf bereit zu sein. Als die erste

Schaurunde der Ringkämpfer begann, nahm Margaret in Lymonds schlaffem Gesicht einen Ausdruck besonderen Eifers wahr. Das beunruhigte sie. Seine Gedanken waren in der Regel nicht so leicht zu lesen.

Während des Fortgangs der Runde verstärkte sich ihr Unbehagen. Einer der Ringkämpfer, der kleinere, war neu. Der andere aber, der Mann aus Cornwall, war bereits in jener Dezembernacht, als Thady Boy mit seinem Hindernisrennen ganz Blois aus dem Schlaf gerissen hatte, bei Hofe aufgetreten. Er war eine riesige Erscheinung, über sechs Fuß groß und kräftig, mit mächtigen Gliedern und der rosigen Haut des Rothaarigen. Sein Kopf war wie der seines Partners kahlgeschoren. Eng anliegendes, weichgekochtes Leder bedeckte Rumpf und Glieder wie eine zweite Haut, die Füße klatschten nackt auf den Bodenfliesen. Die Waffen waren die üblichen: die Keule und der Schild mit dem eisernen Dorn am Fuß. Die angespannten Muskeln zeichneten sich unter dem mit Öl bestrichenen Leder ab. Während die Kämpfer ächzten und stöhnten, sich keuchend ineinander verknäulten, leuchteten sie im Schein des Feuers tropfend, kahl, gedrungen und obszön wie birmenische Teakholzfiguren.

Und es gab noch etwas, was Margaret beim Zusehen auffiel: Wann immer die Aufmerksamkeit des Ringers aus Cornwall nicht voll von seinem Partner in Anspruch genommen wurde, wandten sich seine weißbewimperten Augen Thady Boy zu. Sie verrieten schwache Intelligenz – und keinen Funken Gutmütigkeit, vielmehr Verachtung und Erregung, und noch etwas anderes, das Margaret nicht benennen konnte. Einzig Lymond, der den beiden Kämpfern sehr nahe war, erkannte in den hellen, rosa geränderten Augen einen genüßlichen Vorgeschmack von Mord.

Die Runde war bald zu Ende. Sie war nur mäßig spannend gewesen. Der freundliche Beifall, der kreisende Wein, die leichte Unruhe von Geplauder und Bewegung überbrückten den Augenblick, der plötzlich auf ihnen allen, die eingeweiht und betroffen waren, lastete wie ein zentnerschweres Gewicht. Dann war die Kampffläche frei, und in ihrer Mitte stand Thady Boy Unheil verkündend feierlich, entblößt bis auf das zerknitterte Hemd und die fetten, von zerbeulten, wattierten Seidenhosen bedeckten Hüften, Keule und Schild in den

Händen. Schon seit geraumer Zeit konnte er wegen der wattierten, sorgfältig geschneiderten Kleidung, die er trug, auf die zusätzliche Polsterung verzichten, und seine Lebensweise hatte ein übriges getan, um die Illusion der Wirklichkeit weitgehend anzunähern. Vor ihm lauerte leicht vorgebeugt der glattlederne Ochse aus Cornwall. Rot glühten im Feuerschein Schädel, Augen und der silberne Dorn am Fuß des Schildes.

Margaret fühlte, wie ihr Gesicht kalt wurde, wie sie erbleichte, und blickte rasch weg. Das kantige, kurznasige Profil Lord Culters an ihrer Seite zeigte nicht die Spur einer Veränderung. Kein Muskel rührte sich, keine Besorgnis zeigte sich in seinen Augen. Margaret fragte sich kurz, ob er für seinen Bruder überhaupt Zuneigung empfinde oder nur kühle Verantwortung, an die er sich gebunden fühlte.

Die Runde begann mit großem Tempo, da der Mann aus Cornwall seinen Gegner möglichst rasch entwaffnen wollte. Der geschmeidige Koloß tänzelte leichtfüßig hin und her, doch Thady Boy bewegte sich noch behender. Er schnellte hin und her wie ein mit Luft gefüllter Ball, trieb in nicht zu verfolgenden Kapriolen am Rand der Kampffläche entlang, und die schwere Keule seines Gegners, die wuchtig durch die Luft fuhr, schlug an der Stelle, wo der Ollave soeben noch gestanden hatte, zischend ins Leere. Hinter ihm pfiff Thady Boy, und als sich der Mann aus Cornwall umdrehte, entlockte der Ollave dem Schild des Ringers mit seiner Keule zwei melodische Töne, ehe er sich mit einem Sprung in Sicherheit bringen mußte.

Er wurde dann eine Zeitlang sehr gefordert, denn der so gereizte Ringer verlor die Geduld. Die Keulen krachten gegeneinander und gegen die Schilde, vermieden jedoch geschickt Fleisch und Knochen. Das würde – den Regeln gemäß – noch kommen. Einstweilen waren sie beide noch frisch, wenn auch der Ollave keuchend und hastig atmete. Tom Erskine, der ihn einmal schwerelos mit stählerner Härte gegen seinen Bruder hatte kämpfen sehen, beobachtete Lymond mit besorgtem Gesicht. Dann rannte der Ollave plötzlich rückwärts, sein runder Schatten vor ihm bewegte sich flink mit ihm, und fast ansatzlos schnell schleuderte er seinen Schild mit aller Kraft von sich.

Sie konnten den Aufprall hören. Der Schild traf des Ringers ledernes Handgelenk, fiel, schlug auf und trudelte, die fallengelassene Keule des Ringers mit sich reißend, geradenwegs in eine dunkle Ecke. Thady hatte jetzt nur noch seine Keule und der Ringer nichts weiter als seinen Schild.

Augenblicklich verebbte die Welle des Kommentars unter den Zuschauern. Die Kämpfer hatten einander wieder zu umkreisen begonnen, diesmal jedoch in geringerem Abstand. Die weißbewimperten Augen des Ringers waren zusammengekniffen. Er bewegte sich krebsbeinig, die rechte gespreizte Hand ruderte, und die ölglatten Muskeln arbeiteten, bis er den anderen in seiner Reichweite hatte. Dann schoß wie der zustoßende Kopf einer Schlange ein Fuß hoch zu Thadys Leiste. Als der Tritt in der dicken Wattierung seiner grotesken Kniehose landete, holte Thady mit der Keule aus. Der Kopf des Ringers wich zur Seite – vergeblich.

Denn die Keule zielte nicht auf seinen Kopf, sondern auf den oberen Rand seines Schildes. Sie landete. Der Hieb spaltete den Schild mittendurch und trieb den Dorn am unteren Ende in das Schienbein des Engländers. Mit einem heftigen, erstickten Grunzen hoppelte der Ringer rückwärts, umklammerte krampfhaft sein Bein, und Thady, schweißnaß im Gesicht, schleuderte grinsend seine Keule in die Luft, um sie sogleich wieder aufzufangen, und das Grunzen seines Gegners verstummte. An den Tischen verebbte das lärmende Durcheinander von Gelächter und Geschwätz. Knurrend, mit abgewinkelten Ellbogen und gespreizten Händen begann sich der Ringer in geduckter Haltung Thady erneut zu nähern.

Der Engländer war nun völlig unbewaffnet. Doch hatte er Vorteile, die Thady fehlten – einen festen Griff, der töten konnte, und den Umstand, daß der Körper seines Gegners ungefettet war. Vor allem aber war er ein erfahrener Berufsringer, ein gefährlicher, primitiver Rohling, dem sämtliche Tricks seines Gewerbes in Fleisch und Blut übergegangen waren.

Er erreichte Thady, startete einen Scheinangriff, dann noch einen. Sein kräftiger durchtrainierter Körper gehorchte ihm diesmal eine Idee schneller, als Thadys geschundener Körper zu reagieren imstande war. Zwar durchschaute Lymond die erste Finte, nicht je-

doch die zweite. Trotzdem traf seine Keule die Schulter des anderen. Die elastischen, prallen Muskelballen des Ringers empfingen
den Hieb, doch der Engländer grunzte nur und machte weiter. Wie
Zangen schoben sich seine Arme zu einer felsenharten Umklammerung vor, schwankten, schnappten zu. Der Engländer verstärkte
den Druck, und festgehalten wie ein Paket wurde Thady langsam in
die Luft gestemmt.

Es war ein perfekter Griff, der am Ende jedoch an allzuviel Selbstsicherheit scheiterte. In dem Augenblick, bevor der riesige Mann Luft
holte und dazu ansetzte, seinen Gegner zu Boden zu schleudern,
warf Lymond sein ganzes Gewicht nach vorn. Einzig seine Beine
waren frei. Mit dem letzten Quentchen der ihm in der beklemmenden Umschlingung verbliebenen Kraft holte er mit einem Fuß aus
und traf mit der Ferse genau in die Kniekehle seines Gegners.

Ein leichterer Mann wäre gefallen. Der Engländer schwankte jedoch
nur, während sich bei dieser schulmäßigen Reaktion des Ollave in
seinem Gesicht dumpfe Überraschung in Wut verwandelte. Thady
Boy hatte sich bereits halb befreit, und einzig der Zorn ließ den Berufsringer die Situation noch meistern. Er konnte seinen Gegner
zwar nicht, wie er vorhatte, flach auf den Boden schleudern. Jedoch:
mit einer raschen Bewegung drehte er sich, hielt abrupt inne und
verlagerte sein taumelndes Gewicht, so daß sie beide zu Fall kamen.
der Ollave zuunterst, die Schultern auf den Boden gepreßt. Thady
Boy hatte sich zum erstenmal werfen lassen müssen.

Wieder umkreisten sie einander. Um zu gewinnen, mußte Thady
Boy den Mann aus Cornwall nun mindestens zweimal werfen. Doch
er hatte noch immer seine Keule. Er benutzte sie jetzt, um sich den
Engländer vom Leibe zu halten. Obwohl die bleiverglasten Fenster
weit in die Nacht geöffnet waren, war es im Raum erstickend heiß.
Ein schwüler Geruch hing in der Luft, den Leber und Ingwer, Pasteten und Wildbret mit mailändischem Käse zurückgelassen hatten. Die Gesellschaft, die in verschwitzten und zerknitterten Seidengewändern gegen die schöne Eichentäfelung gelehnt dasaß und
in gesitteter Zurückhaltung zusah, erinnerte an einen Käfig voller
Sperber in der Mauser. Lord Culter reichte Margaret Erskine eine
Schachtel mit gezuckertem Konfekt und mußte Margaret zweimal

ansprechen, ehe sie ihn überhaupt wahrnahm. Dann wandte er sich gelassen wieder dem Kampfgeschehen zu.

Jeder Ringer mit Verstand mußte es jetzt darauf anlegen, Thady Boy die Keule abzunehmen. Der Engländer ging dabei nicht ohne Umsicht zu Werke. Der Ollave mochte zwar in schlechter körperlicher Verfassung sein, der Ringer aber hatte zuvor schon eine Runde gekämpft. So machte er, dem wirbelnden Holz ausweichend und unter ihm hindurchtauchend, einen raschen Schritt, packte Thadys rechten Arm und drehte ihn. Es war ein perfektes Manöver. In unwiderstehlichem Reflex öffnete sich die Hand des Ollave, die Keule fiel heraus, schlug auf den Boden und rutschte weg, als Thady sich losriß. Im selben Augenblick schnellte der riesige Mann herum und tauchte selbst nach der Waffe. Als die Sohle seines zurückweichenden Fußes sichtbar wurde, trat Thady Boy unsanft zu, und der Engländer landete mit noch immer ausgestreckten Armen auf einem Knie. Die Hände des Ollave packten sein Fußgelenk, setzten zu einem Hebelgriff an und stemmten das Bein hoch. Der Koloß aus Cornwall stieg in die Luft und fiel krachend zu Boden. Der zweite Wurf ging somit an Magister Ballagh.

Der bloße Schock dieser ungewohnten Erfahrung hielt den Ringer flach am Boden fest, wenn auch nur für Sekunden. Die jedoch reichten dem schwer atmenden und schweißnassen Thady Boy, um drei Schachteln gezuckerten Marzipans von der Tafel zu reißen und über dem Engländer auszuschütten. Zum erstenmal während des Kampfes gab der Ringer bewußte Laute von sich: Er stieß ein heiseres Gebrüll aus, wälzte sich herum und kam auf die Beine – über und über mit einer Art glänzendem weißem Samt bedeckt. Das gezuckerte Öl machte ihn endlich für die zupackenden Hände seines Gegners greifbar.

Als sie wieder gegeneinander antraten, hörte sich das pfeifende Grunzen des Engländers in der äußersten Stille seltsam bedrohlich an. Tief in seiner Kehle hielt es die ganze Zeit an, während er Thady umkreiste. Da nun jeder einen Wurf zu verzeichnen hatte, standen sie wieder gleich, hatten außer Händen und Füßen, außer ihrer Schnelligkeit und der Spannkraft ihrer Muskeln keine Waffen. Thady Boy, schneckengrau in der silbernen Wolke verstreuten

Zuckers, zeigte nun geschmeidige Härte. Der Engländer umkreiste ihn auf weichen Sohlen Runde für Runde, die rosa geränderten Augen abschätzend und aufmerksam wie die eines Schlächters auf sein Opfer gerichtet. Dann, mit einem plötzlichen doppelten Zischen heftig eingezogener Luft, fielen die beiden Männer übereinander her.

Als eine der ohnehin härtesten Sportarten konnte der Ringkampf dieser Kategorie äußerst brutal geführt werden, und der Mann aus Cornwall kannte jeden bösen Trick. Ein in das Auge seines Gegners rutschender Daumen war seine Reaktion auf eine flinke Kniefessel Thadys, und als der Ollave den Kopf zurückwarf, um sich zu schützen, schoß ein harter Fuß des Ringers hoch und stieß zu, seine Hände, tief in Thadys schwarzes Haar verkrallt, zerrten seinen Skalp unbarmherzig zu Boden. Lymonds blitzschnell ausgestreckte Hände berührten den Boden den Bruchteil einer Sekunde vor seinem Kopf und verhinderten das vernichtende Aufschlagen seines Schädels. Er schlug einen Salto, und seine bestrumpften, hochschnellenden Beine legten sich wie eine Schere um den Nacken des Engländers und schleuderten ihn rückwärts aus dem Gleichgewicht.

Es war ein gutes Ausweichmanöver, doch nicht mehr, da Thady als erster bäuchlings auf dem Boden landete und der Ringer auf ihm. Dann waren sie wieder auf den Beinen und hatten einander fest im Griff. Unter der dunklen Tönung war Francis Crawfords Haut bläulich verfärbt, sein Atem ging rasch und röchelnd. Der Mann aus Cornwall zog die Gelenke zusammen. Und dann kämpfte er drehend, reißend, zerrend und stoßend nur um eines – und schaffte es: Er legte Thady Boy in die Fessel einer totalen Umklammerung, und ohne den Versuch zu machen, ihn zu werfen, machte er sich unter monotonem Gegrunze daran, dem leichteren Mann die Rippen zu sprengen.

Der Druck verstärkte sich mehr und mehr. Thadys Kopf, fest gegen das heiße, muffige Leder gepreßt, schwoll tiefrot an. Seine Hände bewegten sich flatternd hinter dem Rücken des Engländers, bewegten sich, bis sie die fleischigen Rippenpolster fanden, packten dann zu und quetschten krallend durch Leder und Haut. Ins Wanken gebracht, stöhnte der Koloß auf – und in dieser Sekunde umschlang Lymond das innere Bein des Engländers mit seinem rechten. Für einen Wurf reichte dies nicht entfernt aus, aber es genügte, um die Intensität der Umklammerung zu mildern. Der Ringer besann sich anders. Er lockerte den Griff, drehte sich im Kreis, so daß Lymonds Bauch in die Höhe seines Kopfes geriet, und bereitete sich darauf vor, ihn über seinen Kopf hinweg auf den Boden zu schmettern.

Aus dieser Höhe konnte ein wuchtiger Wurf auf die Fliesen tödlich sein. Sobald sich der Griff des Engländers gelockert hatte, wechselte und verstärkte Lymond den seinen. Als der Ringer zum Hebelwurf ansetzte, begegnete ihm Thady mit einer Fessel, die nicht nur das Manöver vereitelte, sondern den Mann S-förmig krümmte und ihn langsam in die Knie gehen ließ. Der Griff unter seinen Armen verschob und verstärkte sich. Es folgte ein Stöhnen, eine flinke Drehung, ein tiefer, bebender Seufzer. Im nächsten Augenblick trafen und schlossen sich Lymonds Hände hinten am Hals des Engländers.

Seine Fingerknöchel traten weiß hervor, und auf der dunklen Haut über seiner Schläfe zeichnete sich eine rasch pulsierende Ader ab. Dann begann der schwartige, kahle Schädel des Engländers sich langsam zu senken, wurde tiefer und tiefer gepreßt und unerbittlich mit einem letzten mörderischen Hieb, der Knochen spalten konnte, gegen den mächtigen Brustkasten des Ringers gestoßen.

In diesem Augenblick geschah es – mitten im raschelnden Kreis des Publikums, dem Geschrei und Gemurmel, unter den gespannten, faszinierten Blicken des Hofs –, daß Thady Boy auf den Mann aus Cornwall einredete.

Was er sagte, verstanden die Zuschauer nicht. Doch der Ringer verstand ihn. Weiß stierten die geäderten Augen, fettig warm tropfte der Schweiß, während er zuhörte. Dann würgte er aus zusammengepreßter Brust und Kehle die Antwort hervor: »*Sie lügen. Ils mentirent, donc.*«

Wieder redete Thady Boy auf ihn ein. Unter den langen, unbarmherzigen Fingern sank der Kopf noch tiefer, verfärbte sich die sandfarbene Haut purpurrot. Wieder war die Antwort offenbar negativ.

Was dann geschah, war noch lange Gegenstand fruchtloser Erörterungen unter all denen, die zugesehen hatten. Der Ollave sprach erneut, und diesmal lockerte er den Griff leicht. Der Ringer antwortete mit erstickter, heiserer Stimme, und nach einem weiteren Wortwechsel schien Thady Boy befriedigt.

Er lockerte den Griff, verlagerte ihn, und als der Ringer aus Cornwall einen ersten bebenden Atemzug tat, schnellte Thadys Hand unter sein Kinn, griff zu und riß den Kopf hoch und dann nach hinten. Ein Knacken wurde laut, deutlich hörbar im ganzen Raum. Dann sank der Ringer mit weißen, aufgerissenen Augen, herabhängendem Unterkiefer und sonderbar verdrehtem Hals in sich zusammen, und der mächtige Körper glitt flach ausgestreckt auf die Fliesen.

Thady Boy wiegte sich auf den Hinterbacken, setzte sich auf den Boden, und in seinem Gesicht malten sich zugleich Befriedigung, Schrecken und Schuldbewußtsein. »Ach, ich bin wirklich ein Tölpel. Stellen Sie sich vor: Ich hab ihn mausetot gemacht.«

Es war köstlich, der Höhepunkt des Abends. Deutlich waren die allgemeine Befriedigung, das Ausbleiben jeglicher Überraschung zu spüren, als überschwengliches Gelächter und Beifallsrufe den Raum füllten. Sie hatten als selbstverständlich vorausgesetzt, daß ihre schwelgerische Drohne wieder einmal in angemessener Münze für ihr Wohlleben bezahlen würde.

Wie mit Reif bedeckt, in zuckrigem Glanz lag der Ringer wie das klebrige Zuckerwerk eines Kindes tot am Boden, und die Hunde leckten seine Augenlider.

Der Abend war bald vorüber. Der König brach mit seinem Gefolge auf, danach die Königin. Thady Boy Ballagh jedoch, alkoholisiert wie immer, absolvierte schwankend einen Kratzfuß nach dem anderen, um seinen Gönnern zu huldigen, und hielt sich an seine Flasche und an seine Freunde. Dann erhob sich auch Maria von Guise zum Gehen. Im selben Augenblick stand Thady auf und trippelte unsicher zum schottischen Hof hinüber.

Ungläubig sah Margaret Erskine, wie er herankam, wie er sie mit einem beschwipsten Lächeln beehrte und an ihr vorüberschlenderte, um Lord Culter am eleganten Ärmel zu zupfen. Richard Crawford blickte mit eisigem Gesicht hoch – und zu seinem Erstaunen direkt in die blauen Augen seines Bruders. Der Geruch von Schweiß, Wein und betrunkener Zutraulichkeit stieg ihm in die Nase.

Thady Boys Gezischel verriet nicht nur Vorsicht, sondern auch aufrichtige Herzlichkeit. »Komm mich besuchen, wenn du magst, mein Lieber. An einem der nächsten Tage, bevor du nach Amboise abreist.«

Margaret sah, wie Richards graue Augen flatterten und einen prüfenden Blick in die Runde warfen. Niemand in Hörweite – doch war für jedermann, der sich die Mühe machte, herzusehen, offenkundig, daß sich die beiden unterhielten. Vorsichtig sagte Richard: »Sieur d'Enghien beobachtet dich.«

»Er ist eifersüchtig«, meinte Thady Boy und machte unter listigem Gekicher Anstalten, sich zu entfernen.

Lächelnd sagte Culter mit derselben leisen, gelassenen Stimme: »Die Leute werden reden. Wie kann ich unbemerkt zu dir kommen?«

Ein langer, schmuddeliger Finger streichelte ihn unterm Kinn. »Wie *vorsichtig* du bist«, sagte Thady Boy klagend. »Die einzigen Leute, auf die es ankommt, wissen ohnehin genau, wer ich bin. Aber wenn du magst, kannst du ihnen ein paar tolle Listen vorführen. Schlaf wohl, mein Teurer, laß deine Träume maßvoll sein.«

Er zog sich zurück, keinen Augenblick zu früh, denn Madame Margarete näherte sich, um ihn mit Beschlag zu belegen, und dann brachte ihm d'Enghien frischen Wein. Margaret Erskine sah nicht, mit wem er nach Hause ging.

Am nächsten Morgen, als sich das Gefolge der Königinmutter von Schottland darauf vorbereitete, in ein neues Quartier in Amboise zu übersiedeln, zog Thady Boy, nicht ganz freiwillig, in leichter zugängliche Räume des nun verlassenen Flügels um.

Er war noch mit Packen beschäftigt, als Lord Culter am frühen Vormittag in seiner Tür erschien. Auf der Schwelle blieb er stehen. Lymond, dem es überlassen blieb, als erster zu sprechen, sagte liebenswürdig: »Ganz recht. Crawford von Lymond, der König der teuflischen Heerscharen, in seinem Sündenpfuhl. Komm herein. Ich bin bei Verstand, nüchtern und habe keinerlei Absichten auf deine Tugend.«

Richards Zurückhaltung, von seinem Bruder so rasch bemerkt, ließ nach und verschwand schließlich. Er erwiderte Lymonds Lächeln, schloß die Tür und ging auf seinen Bruder zu, um ihn zu umarmen. Unter seinen Händen fühlte er die Fleischpolster und war betroffen. Als seine Augen das spröde, geschwärzte Haar wahrnahmen, die schlaffe Haut, den verkürzten Blick aus weitsichtigen Augen, verkleinert und gerötet von langen Nächten und rauchgeschwängerten Räumen, sagte er: »Du *bist* ein Teufel, Francis.«

Richard hatte geglaubt, die Unterredung mit seinem Bruder werde schwierig sein, tatsächlich aber kamen sie leicht ins Gespräch. Er richtete die Grüße der Familie aus, beantwortete ein paar beiläufige Fragen und bemerkte schließlich, daß sich sein Bruder in Wirklichkeit sehr viel weniger für Richards neues Haus in Midculter als für politische Neuigkeiten interessierte.

Sie sprachen über die schottischen Angelegenheiten. Draußen war den ganzen Morgen Regen von einem düsteren Winterhimmel niedergegangen. Das fast ausgeräumte Zimmer wirkte unordentlich und dunkel, und auch das frisch entfachte Feuer im Kamin ließ es kaum freundlicher erscheinen. Lymonds Blick fiel auf die offene Kiste zu seinen Füßen. Er erhob sich, verschwand in dem kleinen Kabinett nebenan und kehrte nach einer Weile mit einem Handtuch und seinen Gepäckriemen zurück. Er fügte sie der allgemeinen Unordnung hinzu, schloß die nach wie vor leere Kiste, und während er sich darauf niederließ, fragte er: »Wie steht es mit dem Morton-Erbe? George Douglas ließe sich damit kaufen, wenn die Königinmutter ihn brauchen sollte. Im Augenblick strebt er zwar nach dem Botschafterposten hier in Frankreich, aber es wäre Wahnsinn, ihm diesen Wunsch zu erfüllen.«

Es gab drei Anwärter auf die schottische Grafenwürde von Morton, von denen nur zwei, Lord Maxwell und George Douglas' Sohn, wirklich zählten. »Wie ich höre, hat er gedroht, dich zu entlarven«, sagte Richard und bedauerte es sofort, da sein Bruder ihn überrascht ansah und meinte: »O Gott, das hat gar nichts zu bedeuten. Unfug.

Douglas ist übrigens der geniale Intrigant, der die Einladung für dich erwirkt hat, da bin ich ganz sicher. Er erweckt immer den Anschein, als ob er das Fundament eines ganzen Intrigengebäudes wäre, doch wenn man George Douglas entfernte, würde das Gebäude letzten Endes auch ohne ihn stehen – vielleicht sogar noch fester... Aber er würde sich auf die Seite der Königinwitwe stellen, wenn er das Morton-Erbe für seinen Sohn erhielte – und sie brauchte Maxwell deshalb nicht zu verlieren. Der hat genug Macht und wäre mit Geld völlig zufrieden. Die Königinwitwe wird alle Unterstützung brauchen, die sie bekommen kann, um die krasse Dummheit auszugleichen, die... Hast du von Jennys apartem Abenteuer gehört?«

Richards Mundwinkel zuckten. »Ganz Schottland hallt davon wider. Es muß hier allerhand Aufregung verursacht haben.«

Schwerfälliger in seinen Bewegungen, als er einst gewesen war, stand Lymond auf. »O ja. Die liebliche Diana, die Leuchte der Nacht, ward trüb und bleich. Der Konnetabel leistete Abbitte und ebenso der König. Und Katharina wartet auf ihre Chance, Jenny schlicht nach Hause zu schicken. Das alles kam uns natürlich äußerst gelegen.«

»Tom und Margaret haben getan, was sie konnten, um dem ein Ende zu machen. Und du auch, wie ich gehört habe.«

»O ja«, antwortete Lymond ironisch. »Sie war sehr geschmeichelt. Ich mußte tatsächlich meine Tugend verteidigen.«

Er begann wieder zu packen und sprach dabei mit Unterbrechungen weiter. Richard lauschte einer ruhigen, leidenschaftslosen Analyse der führenden Persönlichkeiten an König Heinrichs Hof. Sie war zugleich witzig und entlarvend genau und wirkte beunruhigend echt – so als ob man an einem Lesepult die Wachstafeln studierte, auf denen ein Engel Gottes die guten und bösen Taten der Menschen verzeichnete. Die Angelegenheit, deretwegen Lymond sich in Frankreich aufhielt, hatten sie noch mit keinem Wort erwähnt. Mitten in seiner Analyse sagte Lymond unvermittelt in demselben Plauderton: »Warte einen Augenblick, ja?« und verließ rasch das Zimmer durch dieselbe Tür wie zuvor.

Das Ausbleiben jeglichen Geräuschs täuschte eine Weile sogar Richard. Dann fiel sein Blick auf die noch immer ungepackten Habse-ligkeiten am Boden, und er begriff, daß er Francis seit fünf Minuten bei einem heimlichen Rückzugsgefecht zugesehen hatte. Mit zwei Schritten war er aus dem Sessel und im Nebenraum.

Diesmal war der Anfall schlimm gewesen. Lymond mußte gewußt haben, daß er ihn vor seinem Bruder nicht verbergen konnte. Sogar Culter, der auch stürmische Zeiten erlebt hatte, hatte noch nie einen Mann so qualvoll erbrechen sehen. Schwer atmend ließ er sich ne-ben seinem Bruder auf die Knie nieder und stützte ihn, bis es vor-über war. Dann hob er Francis mit sanfter Gewalt auf und trug ihn behutsam in seinen Armen hinüber zu dem phantastischen Schild-pattbett.

Lymonds Augen waren geschlossen. Wie blaue Leberflecken zeich-neten sich die Druckstellen, die er beim Ringkampf davongetragen hatte, auf seiner Haut ab. In dem langsam heller werdenden Licht sah sein Gesicht genauso aus, wie Margaret Erskine es Richard be-schrieben hatte. Gestern abend im weichen Kerzenschein war es noch möglich gewesen, sich damit zu beruhigen, daß Lymond ein nachgerade unverschämtes Talent zur Verstellung besaß. Als sich sein Bruder nach einer Weile rührte, beugte sich Richard über sein Bett und sagte beinahe feindselig: »Du verdammter Kindskopf! Na-türlich hast du bloß etwas Falsches gegessen, nicht wahr? Oder bist du, verdammt noch mal, vielleicht auch schwanger?«

Lymond wartete lange, offenbar widerstrebte es ihm, auch nur zu atmen. Dann ächzte er schließlich: »Richard, ich bin völlig ausge-dörrt... Bringst du mir bitte...?«

»Nein«, antwortete Richard mitleidlos.

»... nur einen winzigen Schluck Rotwein?« Einen Augenblick war hinter der forcierten Unverfrorenheit seines Blicks die heftige Gier sichtbar. Dann resignierte er unter dem festen grauen Blick seines Bruders und trank ohne ein weiteres Wort das Wasser, das Richard ihm reichte.

Nach einer Weile setzte er sich behutsam auf und umschlang mit den Armen ein geschnürtes Knie. »Verzeih mir. Meine Gedärme liegen frei, meine Muskeln sind erschlafft. Weiß Gott, es spricht jeder or-dentlichen Lebensweise hohn, aber es wird schon gehen.«

»Wann«, fragte Richard mit unverändertem Gesicht und unveränderter Stimme, »wann hast du zum letztenmal feste Nahrung angerührt?«

»Ich trinke«, antwortete Lymond. »Am besten gedeihe ich bei stark gegorenen Getränken. Zum Beispiel bei Safranmilch – wie die Elfen.« Er lachte ein wenig und wurde sogleich wieder ernst. »Ich werde nicht verhungern, das verspreche ich dir. Was Nikolaus der Eremit konnte, kann ich auch. Es dauert nicht mehr lange.«

»*Wie* lange?« Unbarmherzig verfolgte Richard die Ausflüchte seines Bruders. »Die Erskines glauben, du willst Stewarts Schuld beweisen, falls er zurückkommt.«

Lymonds Hände lagen ruhig auf seinen Knien. »Das stimmt zum Teil. Nur wäre der Beweis, den ich habe, vor Gericht hoffnungslos. Eine Hure aus Dieppe. Ein Schotte, der als Inder auftritt. Ein anderer Schotte, der einen Iren spielt. Wir brauchen etwas Besseres. Was aber Stewart betrifft... Ich glaube nicht, daß er zurückkommt.«

»In diesem Fall...« Mit einiger Mühe zügelte Richard seinen Ärger. »Beweismaterial zu beschaffen dürfte nicht besonders schwer sein. Überlaß das Erskine. Ich werde ihm helfen. Es ist überhaupt nicht notwendig, daß du noch bleibst. Wenn du deiner Sache sicher bist, werden wir mit Stewart schon fertig – wenn es sein muß, ohne Prozeß.«

»Meuchelmord? Nein, das wünsche ich nicht, Richard. Stewart wurde in Galle hineingeboren wie die Fliege im Eichbaum. Er hat sich ernstlich bemüht, freizukommen.«

»Wie der Ringer aus Cornwall?« fragte Richard sarkastisch.

Eine Weile war es still im Bett. Schließlich sagte Lymond: »O'LiamRoe war fast die ganze Zeit in Gefahr, bis er abreiste – hauptsächlich weil ihn irgend jemand für mich hielt. Du weißt über Abernaci Bescheid. Er hat Freunde, darunter einen Mann namens Tosh. Wohin O'LiamRoe auch ging, Tosh oder jemand anders oder mehrere von Abernacis Leuten folgten ihm. Sie mußten nur einmal eingreifen – bei einem nächtlichen Überfall hier in Blois. Der Ringer aus Cornwall gehörte zu der Bande, die O'LiamRoe überfallen hat. Er tötete zwei von Toshs Männern.«

»Ein bißchen gefährlich für den Mann, sich hier noch einmal zu zeigen«, warf Richard vorsichtig ein.

»Der einzige, der ihn erkannt hat, war ein Mann, der später starb. Der Ringer kam gestern hierher, um mich aus dem Weg zu räumen. Ich habe ihn nämlich keineswegs herausgefordert, wie man bei Hof kolportiert hat.«

Eine Sekunde lang begriff Richard nicht. Er blickte in Lymonds ruhiges Gesicht und fragte dann scharf: »Woher konnte er wissen, daß *du* in die Geschichte verwickelt bist?«

Sein Bruder lächelte. »Weil Robin Stewart herausbekommen hat, wer ich bin. Offenkundig. Warum hätte er mich sonst vergiften sollen?«

Offenkundig... Richard fragte ruhig: »Wie ist er darauf gekommen?«

»Stewart? Das ist eine lange Geschichte. Wir mußten es ihm zu guter Letzt leichtmachen. Er ist nicht sehr gescheit, verstehst du? Wenn es dich interessiert: Wir schickten Stewart unter einem Vorwand in Abernacis Quartier, wo Tosh sein argloses Vertrauen in mich erschütterte, indem er ihm enthüllte, daß Thady Boy auf den Galeeren gewesen sei. Das war zwar für sich allein genommen nicht verdächtig, paßte aber zu einem Vorfall in Aubigny, wo Seine Lordschaft in Stewarts Gegenwart den Junker von Culter taktvoll als ungehobelten Ex-Galeerensklaven bezeichnete. Ärgere dich nicht darüber, Richard, es ist schließlich wahr. Das war das eine. Außerdem sorgten wir dafür, daß Stewart ein Holzblock in die Hände geriet, auf den Abernaci das Wappen der Culters geschnitzt hatte. Ich hoffe, Freund Robin betrachtet ihn nur als Leihgabe... denn der Block hat eine gewisse primitive Wirkung. Du solltest Abernaci dazu überreden, ihn dir zu verkaufen.«

Richard hatte eine lange Reise hinter sich und in der letzten Nacht nicht sehr gut geschlafen. Er hob eine Hand und rieb sich die müden Augen. Dann ließ er sie sinken und fragte: »Du *wolltest*, daß Stewart herausbekam, wer du bist?«

»Zunächst schon«, antwortete Lymond mit einem Anflug von Ironie und hielt inne. Nach einer Weile fuhr er fort: »Ich wußte, daß er versucht hatte, Maria zu töten, und das mußte ein Ende haben. Freilich hatte ich mir vorgestellt, er würde zu mir kommen. Oder uns zu einem seiner Hintermänner führen. Oder schlimmstenfalls das

Land verlassen. Tatsächlich aber marschierte er geradenwegs zum Quartier des Wärters zurück, stahl das Gift und versuchte, seine Selbstachtung zu retten, indem er meinen Glühwein damit versetzte... Ich muß zugeben, daß ich mit tödlichem Nachtschatten nicht gerechnet hatte. Da habe ich ihn falsch eingeschätzt. Im Osten wie im Westen zur falschen Zeit gesät... Obwohl – um gerecht zu sein – Stewart noch einmal mit mir gesprochen hat, ehe er mir das Gift verabreichte, aber O'LiamRoe kam im falschen Augenblick dazu, und alles ging schief. O'LiamRoes Schuld war das nicht. Ich hatte meine fünf Sinne nicht beisammen, sonst hätte ich das vorausgesehen.«

Richard, sachlich und gründlich wie immer, wandte die Augen nicht vom Gesicht seines Bruders ab. »Du sagst, du *wußtest*, daß Stewart versuchte, der Königin Schaden zuzufügen?«

»Oh – nun«, sagte Lymond langsam, »verdächtigt habe ich ihn schon seit langem. Margaret Erskine wird dir von dem vergifteten Quittenbrot erzählt haben. Während ihrer wöchentlichen kleinen Eskapaden entließ Jenny ihre eigene Wache vor der Tür, die zum Zimmer der Königin führt. Jeder hätte in den sechs Wochen, die das Quittenbrot dort verwahrt wurde, hineingehen und das Arsen darüber schütten können. Niemand jedoch leichter als ein Bogenschütze aus der Leibwache des Königs. Das Arsen, Richard, wurde in St. Germain gestohlen. Abgesehen von der Königin und dem Dauphin, den wir ausschließen können, und Pellaquin, dem Abernaci absolut vertraut, wurden an jenem Morgen nur sechs Personen in die Menagerie eingelassen: Condé, St. André und seine Frau, Jenny und ihr Sohn und Sir George Douglas. Und – das vergaß Abernaci bei seiner Aufzählung – Stewart, der schon am Morgen hereingeschaut hatte, um Abernaci unseren Besuch anzukündigen.

Nun – der nächste echte Anschlag ereignete sich auf der Jagd mit dem Geparden... Ich nehme an, man hat dir auch davon erzählt. Das Lieblingshäschen der Königin wurde mit ins Revier getragen und während der letzten Hatz von einem Jagdteilnehmer freigelassen. Von allen Leuten, die ich erwähnt habe, waren nur Stewart und St. André sowohl in der Menagerie als auch auf der Jagd, und St. André war während der ganzen Jagdunterbrechung damit beschäftigt, einen Sattelgurt der Königin zu richten. Außerdem haben weder St. André noch seine Frau ein echtes Motiv. Es geht ihm unter dem gegenwärtigen Regime besser, als er es sich je von irgendeinem anderen erhoffen könnte – er hat nichts zu gewinnen.

Stewart konnte aber auch die Brandstiftung in dem Gasthaus in Dieppe, in dem wir logierten, organisiert haben. Er konnte das Arsen gestohlen haben. Nur Madame de Valentinois, ein paar Jäger und er wußten vor der Jagd, daß der Gepard eingesetzt werden würde. Ich habe mich umgehört und herausgefunden, daß Stewart – wie er in der Tat sogar angedeutet hat, dieser einfältige Bursche – selbst vorgeschlagen hatte, die Katze einzusetzen. Wer sonst also hätte Bescheid wissen können, um für diesen Tag auch den Hasen einzuplanen? Und schließlich, er war genau der Typ Mann, nach dem ich suchen mußte: Schwer arbeitend, ohne Freunde, unzufrieden, armselig, der sich nach den paradiesischen Gefilden von Macht und Anerkennung sehnt – und in seinem gegenwärtigen Dienst und von seinen Herren schlecht entlohnt wird. Die Information, die wir ihm neulich in Abernacis Quartier durch Tosh zukommen ließen, hätte für Stewart überhaupt keine Bedeutung gehabt, wenn er nicht bereits gewußt hätte, daß – und warum – sich ein Mann namens Francis Crawford heimlich in Frankreich aufhält. So hat er uns, indem er Tosh das Gift stahl, in der Tat den letzten Beweis seiner Schuld geliefert... Wie dem auch sei, er ist fort.«

Es blieb nur eine Schlußfolgerung, die sich Richard bereits seit einiger Zeit aufdrängte: »Wenn also«, sagte er langsam, »der Mann aus Cornwall dich wirklich umbringen wollte, muß ihn jemand anders geschickt haben.«

Lymond hatte beide Ellbogen auf die Knie gestützt und preßte die Stirn gegen die Handgelenke. Während er die Matratze studierte, meinte er: »Robin Stewart ist kein Anführer, er ist bloß ein Netz, das auf eine Spinne wartet. Er hat eine gefunden. Einen Mann, der Maria töten will und der geglaubt hat, O'LiamRoe wäre ich. Und dieser Mann weiß es nun besser. Noch wichtiger ist, daß er mit ein bißchen Glück erfahren hat, daß der Ringer mit mir gesprochen hat, bevor er starb.«

Es folgte eine Pause. »Er hat gesprochen – und wie«, fuhr Lymond fort. »Es blieb ihm nichts anderes übrig. Er dachte, ihm bräche das

Brustbein. Er sagte mir alles, was er wußte, damit ich ihn am Leben ließ.«

In Richards Ohren ertönte wieder das Klicken, dieses trockene Knacken von Knochen, als dem Mann aus Cornwall das Genick gebrochen wurde. »Ach, ich bin wirklich ein Tölpel«, hatte sein Bruder gesagt und gelacht. Gepreßt fragte Lord Culter: »Und was hast du erfahren?«

»Nichts«, antwortete Lymond und lachte unvorsichtig. Er hob den Kopf. »O Gott, mir wird schon wieder übel. Nichts. *Darum mußte ich ihn umbringen.*«

Es folgte ein langes Schweigen. Der Mann auf dem Bett hielt den Atem an. Der weggedrehte Kopf ruhte auf den gekreuzten Armen, die Muskeln waren verkrampft. Lymond hatte immer trinken können, ohne daß man ihm etwas anmerkte. Seine Eingeweide mußten total zersetzt sein... Richard wartete grimmig und rührte sich nicht. Wie oft hatte er diese Anfälle? Und wie konnte er in diesem Zustand seine Rolle bei Hofe überhaupt spielen?

Ohne sich zu bewegen, beantwortete Lymond diese unausgesprochenen Gedanken. »Es passiert meist nur nachts. Dann kommen mir die Fußsohlen hoch wie Empedokles' Sandalen – Eingeweide, sechs Shilling das Dutzend.« Er hatte sich nun offenbar wieder in der Gewalt.

Richard wartete einen Augenblick und sagte dann: »Du hast mir erzählt, daß Robin Stewart einen Auftraggeber hatte und dieser Auftraggeber jetzt annehmen muß, du hättest von dem Ringer aus Cornwall irgend etwas von Belang erfahren. Darum wird er wieder versuchen, dich umzubringen. Und daß du deshalb in Frankreich abwartest... Der Lockvogel auf dem Leim. Deine Lieblingsrolle.« Gegen seinen Willen ließ er sich seinen Zorn anmerken.

Der vortreffliche Spion der Königinwitwe antwortete sachlich, so wie er es die ganze Zeit getan hatte: »Zeig mir einen anderen Weg.«

In Lymonds linker Hand entdeckte Richard ein fest zusammengeknülltes Taschentuch, mit dem er seinen Husten erstickt hatte. Mit einer schroffen Bewegung entriß er es ihm und glättete es wortlos zwischen seinen kräftigen braunen Fingern. Das fleckige Leinen war steif von rotem Blut. »Lieber Gott, Francis...« sagte Richard Crawford mit einer Stimme, die plötzlich von der Qual in seiner Kehle erstickt wurde, »… lieber Gott, lieber Gott, was verlangst du von mir? Muß ich zwischen meinem eigenen Kind und dir wählen?«

Er hielt inne. Das Schweigen dehnte sich. Nach dem ersten Augenblick des Schocks war Lymonds Gesichtsausdruck nicht zu deuten. Doch als er endlich zu sprechen begann, klang seine Stimme bedächtig und ganz undramatisch: »Ich habe versprochen, heute in zwei Wochen am Fastnachtsdienstag in der Prozession mitzureiten. Am Tag danach kehre ich heim. Genügt das?«

Richard antwortete nicht gleich. Was immer er erwartet hatte – auf eine absolute Kapitulation dieser Art war er nicht gefaßt gewesen. Mit drei Sätzen hatte Francis seine Mission aufgegeben, seine Hoffnung, einen Mörder zu stellen, sein Rechtfertigung für den Mord an einem Mann, der Barmherzigkeit von ihm erwartet hatte. Es war ein grausames Zugeständnis – ein Versprechen freilich, das Lord Culter ohne Gewissensbisse anzunehmen gedachte.

Während er Lymond betrachtete, der nun in wortloser Kommunikation mit der Zimmerdecke flach ausgestreckt auf dem Bett lag, begann Richard zu sprechen. »Mein Lieber, du bist noch so jung. Du hast dein Leben noch vor dir.«

Sein Bruder auf dem Schildpattbett rührte sich nicht. Als er schließlich antwortete, war seine Stimme dieses eine Mal frei von Ironie. »O ja, ich weiß. Aber es bleibt die übliche Frage: Wofür?«

Am folgenden Tag – zwei Wochen vor Fastnacht – übersiedelte die Königinwitwe mit ihrem gesamten Gefolge nach Amboise. Kurz darauf überquerte auch Thady Boy, etwas weniger geräuschvoll als sonst, die Loire-Brücke, um Mistress Boyle und ihrer Nichte Oonagh in Neuvy einen Besuch abzustatten. Die Tante war nicht da, doch in den Zimmern wimmelte es wie üblich von Verwandten und Gästen des Hauses. Nachdem er den neuesten Klatsch aus Blois vor ihnen ausgebreitet, sich an einer angeregten, weinfeuchten Diskussion beteiligt hatte und geschickt einer Mahlzeit entronnen war, hatte er Oonagh O'Dwyer endlich für sich allein – oder sie hatte ihn.

»Nun?« fragte sie. Sie waren in der kleinen Kapelle des Châteaus.

Ihre Stimmen hallten von den behauenen Steinen wider, und ihre Kleider schimmerten in den Farben der schönen Glasfenster. Thady Boy sollte sich die Orgel ansehen.

»Eine wunderbare Dame«, sagte er beifällig – und meinte die Orgel. »Bedienen Sie den Blasebalg, während ich sie ausprobiere?«

Oonagh O'Dwyer rührte sich nicht. Sie war am Nachmittag ausgeritten, hatte ihr lockiges Haar, das offen und seidig schwingend über ihrem pelzbesetzten Brokat hing, dem zerrenden Wind überlassen. Sie sagte: »O'LiamRoe ist also fort. Sie hatten bei dem Burschen offenbar mehr Erfolg als ich.«

Thady Boy hob das Gesicht von den Tasten und blickte sie mit unschuldigen Augen an. »Mich mochte er noch weniger. Ziemlich eigensinnig, dieser O'LiamRoe... Unter uns: Vielleicht haben wir ihm sogar einen Gefallen getan, indem wir ihn beide vergrault haben. Soll ich ihm irgend etwas von Ihnen ausrichten?«

Ihre Lippen öffneten sich, doch sie sagte nichts. Statt dessen trat sie auf das Podium, nahm den Handblasebalg und blickte Thady Boy durch die blanken Orgelpfeifen hindurch an. »Sie kehren also heim?«

»Am Fastnachtsdienstag. Bis jetzt habe ich diese Neuigkeit freilich noch nicht überall herumposaunt. An einem offiziellen Abschied liegt mir nämlich nichts. Erklärungen bleiben besser unausgesprochen... Alle Wetter, Mädchen, das ist eine unvergleichliche Orgel. Ein bißchen Luft von Ihnen würde den Kirchenmäusen ein schönes Ständchen bescheren.« Und als sie gereizt den Blasebalg abrupt zusammenpreßte, legte er einen Finger hart auf die Tasten.

Ein durchdringendes, metallisches Summen, erbarmungslos lange gehalten, zerrte an ihren Nerven. Sie kauerte sich auf die Fersen nieder, der Blasebalg öffnete sich, während der Ton kühl verhauchte. Sie musterten einander. Thady, hutlos, in einem besudelten gelben Sammelsurium von Garderobe, ließ die Finger in einem tonlosen Arpeggio die Tasten hinauf und hinab gleiten und stürzte sich dann in eine gekonnte Parodie der verwaschenen Technik eines Kirchenorganisten. Nachdem sie ihm eine Weile kritisch zugesehen hatte, gab sie ihm Luft zum Spiel. Die Orgel tönte auf, und ihr Brausen füllte die Kapelle, während Oonaghs Blick seinen Händen auf den Tasten und den Registern folgte.

Sie hatte gewußt, daß er spielen konnte. Sie wußte auch – oder meinte zu wissen –, in welchem Maß er sich auf sein Spiel konzentrierte. Er ließ die Parodie fallen und glitt abwesend durch eine Reihe leiser Passagen, einige vertraut, andere nicht. Oonagh beobachtete ihn hinter der Bleischranke der Orgelpfeifen, während ihre Hände gleichgültig den Blasebalg bearbeiteten. »Was meinen Sie – wird Robin Stewart jemals zurückkommen?« fragte sie.

Gemächlich spielte Thady Boy zwei Takte einer Trauerklage. »Nein – bei dem Einfaltspinsel glaube ich das nicht. Ich hab ihm selbst gesagt, daß er allen Grund hätte, Frankreich zu verlassen.« Zwei erschöpfte blaue Augen blickten sie über die kleinsten Pfeifen hinweg an. »Sehnen Sie sich nach ihm?«

Die Luft aus dem Blasebalg verebbte. Schweigen breitete sich aus, in dem Unruhe und Zorn schwangen. Nach einer Weile pfiff Thady Boy tonlos die Melodie eines Bittgesangs und begleitete sich selbst auf den stummen Tasten, bis sie schließlich nachgab und wieder zu pumpen begann. »Ich dachte«, sagte er über sein Spiel hinweg, »daß ich, da O'LiamRoe nun fort ist, vielleicht hoffen dürfte.«

Die Melodie stockte, erreichte dann unvermittelt eine solche Fülle, daß die Kronleuchter klingelten. »Was Sie betrifft«, antwortete Oonagh O'Dwyer, »macht die Tatsache, daß O'LiamRoe fort ist, nicht den geringsten Unterschied.«

»Nein? Wirklich?« fragte Thady Boy unbeeindruckt. »Wie sonderbar, meine Liebe. Bin ich Ihnen nicht fein genug?«

Sie antwortete nicht. Eine Zeitlang spielte er, und sie pumpte in dem gedankenschweren Schweigen. Das kleine Gewölbe war verlassen, wenn auch jenseits der Sakristei und draußen auf den Fluren die üblichen Haushaltsgeräusche zu hören waren. Die kraftvollen Tonfolgen der Orgel ergossen sich durch die Kapelle, über das weiße Gemäuer, die flandrischen Wandteppiche und das polierte Holz und erstarben dann jäh. Oonagh bearbeitete den Blasebalg immer noch mechanisch, doch Thady Boy hatte die Hände von den Tasten genommen und beobachtete sie.

Ihre Arme schmerzten, und sie spürte, wie sie errötete, wie ihr das Blut unter der hellen Haut ins Gesicht stieg. Sie erhob sich, stand nun, den Vorteil des erhöhten Podiums nutzend, über ihm. »Wir sollen also auf den dampfenden Festschmaus Ihres Witzes verzichten? Warum sind Sie so erpicht darauf, uns zu verlassen?«

Thady Boy hatte sich auf seinem Hocker seitwärts gedreht und umschlang seine Knie. »Wie es in dem Lied heißt: ›Ein graues Auge blickt zurück nach Erin, ein graues Auge voller Tränen...‹ Es ist eine komische Sache, wenn man bedenkt, was für ein Einfaltspinsel dieser Robin Stewart ist – aber ich habe ein unwiderstehliches Verlangen, ihn noch einmal wiederzusehen. Am Aschermittwoch reise ich ab. Und bis dahin hat dieses große Land noch Zeit genug, sein Bestes zu geben, um mich zu beeindrucken. Meinen Sie«, fügte Thady Boy mit funkelnden Augen hinzu, »daß ich noch eine Chance habe, beeindruckt zu werden?«

Ihre Hände ruhten zu beiden Seiten auf den vergoldeten Säulen. Mit verschlossenem Gesicht blickte sie ihn an. »Das kann ich nicht sagen.«

»Das können Sie nicht?« fragte Thady Boy, langte nach oben und befreite ihre Spitzenmanschette, die sich im Schnitzwerk der Säule verfangen hatte. »Es lohnt sich nicht, nicht wahr? Wie schade.«

Sie entriß ihm ihre knabenhafte Hand und sprang ohne seine Hilfe vom Podium herab. Er erhob sich. »Ich habe es Ihnen bereits gesagt«, stieß sie hervor, »mit O'LiamRoe hat es nichts zu tun.« Rasch atmend von dem Sprung blickte sie ihn an. »Glauben Sie etwa, ich hätte nicht genug Verehrer, so daß ich nur zu wählen brauche? Wie ich höre, ist ein vornehmer schottischer Lord an den Hof gekommen, genauso reich wie alle anderen, um seinen kleinen Bruder heimzuholen. In Schottland müssen Kindermädchen heutzutage unerschwinglich sein.«

Thadys Hände auf der Tastatur rührten sich nicht. »Er wird es zweifellos schaffen«, sagte er mit einer Spur Belustigung in der Stimme. »Die Schotten sind unbestreitbar eine störrische Rasse, aber Seine Lordschaft ist ein ganz erträgliches Exemplar, mit einer Schwäche für Irinnen obendrein. Sie würden keinen Fehler machen, wenn Sie sich diesem Mann anvertrauten.«

Ihre Augen waren voller Verachtung. »Was für lächerliche Bräuche die Schotten doch haben«, spottete sie. »Wenn ein Lord Dunghill einen Erben hat, dann heißt er nicht einfach Billy Dunghill, sondern Junker von diesem und Junker von jenem. Lord Culters Erbe heißt,

glaube ich, Junker von Culter, aber er soll vor allem ein Junker Lie-
derlich sein.«

Francis Crawford, bis zur Geburt seines Neffen Junker von Culter,
dachte einen Augenblick über diese sarkastische Spitze nach.
Schließlich stimmte er ihr ernsthaft zu: »Wahrhaftig, ein Jammer
um diesen jungen Mann. Aber die Leute sind nachsichtig mit ihm.
Und im übrigen, meine Liebe, liegt der Junker von Culter in seiner
Wiege in Midculter. Er ist gerade sieben Wochen alt.«

Während er sprach, war er aufgestanden und schlenderte nun mit
einem liebenswürdigen Lächeln zur gewölbten, offenen Tür. »Was
immer Sie also tun«, erklärte Thady Boy bedächtig und lächelte en-
gelhaft unschuldig, »ein Schicksalsschlag für die Culters wäre das
nicht.« Und wandte sich um und ging.

Die Tür schloß sich. Mit angespanntem Gesicht beobachtete es Oonagh und hörte nichts, bis ein Schlag sie traf wie das Klatschen einer
Schaufel, erst auf die rechte Wange, dann auf die linke, und sie zwischen die vergoldeten Stühle zurücktaumeln ließ. »Du lüsternes,
hirnloses Luder!« keifte Mistress Boyle, die mit fleckigem Gesicht
und wildem Haar hinter ihr stand. »Habe ich dich hierhergebracht,
damit du auf der Stelle geil wirst, wenn dir ein Mann über den Weg
läuft?« Die betriebsame lustige Art, in der sie sich im »Porc-épic« in
Dieppe gegeben hatte, war verschwunden. Statt dessen sprühte Mistress Boyles Gesicht mit dem Pferdegebiß, der geröteten, wettergegerbten Haut, den starren Augen, dem grauen, borstigen Haar um
kräftige Kiefer dieselbe giftige Bosheit wie am Tag der Jagd mit dem
Geparden, als der kleine Hase starb.

Es war offenkundig ein Gefecht in einem schon lange dauernden
Krieg, in dem beide Seiten Wunden davongetragen hatten. Mit einer flinken Drehung ihres Körpers gewann Oonagh ihr Gleichgewicht zurück, legte eine Hand auf den Altar und hätte sicherlich hitzig mit einem der Kerzenleuchter zurückgeschlagen, wenn ihre
Tante sie nicht beim Handgelenk gepackt hätte. Mit einer seltsamen, dünnen metallischen Stimme sagte Oonagh: »Ich sollte vorsichtiger sein.« Nach einer Weile fügte sie hinzu: »Du hast das Hirn
einer Küchenschabe. Wenn wir jemals in die Klemme geraten, dann
durch deine Schuld, nicht durch meine. Ich habe dem Burschen

nichts gesagt. Du hättest es gehört, helf dir der Teufel, da du ja gelauscht hast.«

»Ich habe dich auch beobachtet«, gab Theresa Boyle zurück. »Und meine Augen haben allerlei zu sehen bekommen. Ein schöner Empfang nach der langen Reise, die ich hinter mir habe.«

Oonagh hatte sich losgemacht und gesetzt. Sie bemerkte, daß sie noch immer den Leuchter in der Hand hielt, und stellte ihn an seinen Platz zurück. »Du hast unseren ehrenwerten Freund aufgesucht?«

»Das habe ich.«

»Und er weiß, daß Ballagh Crawford von Lymond ist?«

»Natürlich weiß er das! Und ich soll dir etwas von ihm ausrichten.«

Oonaghs zusammengekniffene Augen waren auf den energischen Mund mit den zinnenartig aufragenden Zähnen gerichtet. »Warum mir?«

Mistress Boyle lachte – das ihrer Nichte so vertraute, erbitterte Kreischen. »Hast du dich mit dem Gedanken getröstet, daß ich alle Schuld auf mich nehme? ›Oonagh O'Dwyer hat mich getäuscht‹, sagt er. ›Oonagh O'Dwyer hat mich glauben lassen, daß Crawford von Lymond und Phelim O'LiamRoe ein und derselbe Mann sind. Sie hat mich unwissentlich getäuscht, behauptet sie. Dann soll sie es beweisen, bei Gott.‹«

Es folgte ein kurzes Schweigen. »Wie?« fragte Oonagh schließlich.

Lächelnd drehte sich Theresa Boyle um und schlug mit der kräftigen Hand auf das Holz der Orgel. Ein beklemmender Ton, dumpf und metallisch, war die Antwort. »Thady Boy Ballagh wird in zwei Wochen tot sein.«

»Es bleibt also bei dem Plan?« Oonaghs ovales, hellhäutiges Gesicht verriet nichts.

»Der Plan in bezug auf deinen musikalischen Freund wird ausgeführt. Und wenn du Magister Ballagh warnst oder vom Ort des Geschehens fernhältst, oder wenn er auf irgendeine Weise entkommt – ob mit deiner Hilfe oder nicht –, dann, Oonagh O'Dwyer, bist du verloren – und unsere Sache mit dir.«

Die breiten braunen Finger mit den rissigen Nägeln spreizten sich auf den Tasten. Oonagh blickte auf sie hinab. Dann erhob sie sich und wandte sich zur Tür. »Und was sind wir jetzt?« fragte sie bitter, als sie die Tür zu der warmen, geschäftigen Welt draußen öffnete, »wir und unsere Sache?«

ZWEITES KAPITEL

Bezeichnenderweise war der Plan, mit dem Lymond endgültig aus dem Weg geräumt werden sollte, so aufwendig, so verheerend und so barock, daß niemand ihn durchschaute oder voraussah. Und Francis Crawford selbst wurde weder gewarnt noch vom Ort des Geschehens ferngehalten.

Zweifellos hatte er seinem Bruder nicht alles erzählt, was er wußte, und Richard, der auf sein Versprechen baute, daß er in zwei Wochen heimkehren werde, bedrängte ihn nicht.

In Schottland war Lord Culter aus gutem Grund als rechtschaffener Mann bekannt, auf den man zählen konnte, wenn man in Schwierigkeiten war. Er übernahm von den erleichterten Erskines die schwere Aufgabe, die Königin zu beschützen, und ließ überdies jeden Schritt Lymonds überwachen.

Letzteres freilich war Lymond unbekannt. Die Brüder begegneten einander noch einmal kurz am Abend vor Richards Abreise nach Amboise, so daß Lymond im Vorbeigehen bemerken konnte: »Sei beruhigt, mein Lieber – bis heute kein *élixir à succession* in meiner Suppe.« Er wirkte auf bombastische Weise verrückt, in seinem eigenen Rollenbild gefangen wie ein bunt schimmernder Fisch, der sein eigenes Spiegelbild attackiert. Danach sahen sie einander zwei Wochen nicht.

Die angeordnete Übersiedlung der schottischen Königinwitwe nach Amboise, zusammen mit Sohn und Tochter, ihrem Gefolge und dem gärenden Haufen ihrer Barone, war ein Ausweg, der in der Hauptsache von der Königin von Frankreich und dem Konnetabel aus diversen triftigen Gründen ersonnen worden war: der erste darunter natürlich Jenny Flemings abnormes schwellendes Aussehen. Auf diese Weise wurde sie aus der unmittelbaren Nähe der königlichen Hofhaltung entfernt, wenn auch nicht aus ihren ergötzlichen Spekulationen.

Eine zweite Überlegung hatte direkt mit George Paris' Auftrag zu tun, Cormac O'Connor aus Irland abzuholen, ebenso mit dem leichten Unbehagen, das in Blois die undisziplinierten Adligen der schottischen Königinwitwe hervorriefen. Zu guter Letzt war Katharina von Medici, die Königin von Frankreich, nach einem Gespräch mit Richard Crawford, den sie kompromißlos, unkompliziert und persönlich angenehm fand, bereit, ihn mit seiner Königin und einem diskreten Beobachter zur Seite nach Amboise zu entlassen. Es empfahl sich zwar stets, einer anonymen Mitteilung nachzugehen, doch erschien es Katharina nun unwahrscheinlich, daß Lord Culters Anwesenheit in Frankreich der Krone Nutzen oder Schaden bringen würde. Der Brief, der zu seiner Einladung geführt hatte, war zweifellos irgendeiner privaten Gehässigkeit entsprungen.

Damit hatte Königin Katharina recht. Sie hatte auch recht mit der Annahme, daß diese Angelegenheit nun erledigt sei, wenn sie auch kaum wissen konnte, warum. Aus nur ihr bekannten Gründen war die Königinwitwe von Schottland Lymonds Ratschlag zuvorgekommen und hatte Sir George Douglas gewährt, was er haben wollte: die Grafenwürde von Morton für seinen Sohn. Sir George hatte sich darin gefallen, ihr in angemessenen Worten zu danken, die Entscheidung jedoch einstweilen noch nicht bekanntgemacht, nicht einmal seinem nächsten Verwandten in Frankreich, denn es machte ihm Spaß, Lord d'Aubigny in seinen gelegentlichen Anfällen leichter Hysterie über die Undankbarkeit der Fürsten zu bestärken. Es amüsierte ihn, mit anzuhören, wie Seine Lordschaft die Belohnungen, die ihm ein den Künsten geweihtes Leben eingebracht hatte, mit den üppigen Aufmerksamkeiten verglich, die der Hof von Frankreich auf das Haupt des hergelaufenen Thady Boy Ballagh herabregnen ließ.

Sir George hatte auch bemerkt, wie in all diesen ausgelassenen Wochen der Festlichkeiten zwischen Lichtmeß und Fastnacht – Lustbarkeiten, Umzüge, Maskeraden und Bälle, Hatzen, Turniere und Orangenschlachten – das zügellose, unverhüllt wollüstige Treiben in privaten Salons und bei abendlichen Festmählern die steife, gleisnerische Etikette aufzuweichen begann.

Der Vitzdom von Chartres kehrte heim, animiert von seinen Er-
oberungen in London, wo er – zeitweilig zusammen mit d'Enghien –
ein halbes Jahr zugebracht hatte: als nominelle Geisel bis zur endgültigen Bezahlung Boulognes an England. Auch d'Enghien und Aumale hatten formal ein paar Monate geopfert, hatten das Beste aus
den Festlichkeiten in London gemacht und waren dann heimge-
kehrt. Der Vitzdom aber war geblieben, um den kleinen König zu
bezaubern, die hübsche Frau des Marquis von Cumberland zu verführen, Hochzeiten beizuwohnen, Bankette zu geben und Schottland zu besuchen, ganz wie es ihm beliebte.
Der Vitzdom, ein Verbündeter der Königinwitwe von Schottland,
suchte Maria von Guise in Amboise und Châteaudun auf und unterhielt den Rest des Hofes mit Klatschgeschichten aus seinem Boudoir. Und er warf auch aus großen, erfahrenen braunen Augen einen
prüfenden Blick auf d'Enghiens neuen *ami* und machte sich liebenswürdig mit Mr. Ballagh bekannt.
So turbulent das lockere Treiben bei Hofe auch war – der alte König
hätte niemals geduldet, daß diese Zügellosigkeit auch die Politik be-
einflußte. Doch jetzt – unter dem schwächenden Einfluß Thady
Boys und den Zerstreuungen der Saison – mußten Geschäfte warten, die eigentlich nicht warten konnten oder die einzig durch das
Ausbleiben einer Entscheidung entschieden wurden. Der historische Sehfehler in Frankreichs schönen Augen, der politische Leichtsinn, hatte sich nahezu in Blindheit verwandelt.
Es war ein schlimmer Februar. Obwohl Richard Crawford keinen
Augenblick daran zweifelte, daß Lymond sein Wort halten würde,
hatte er gegenüber den Erskines, Lady Fleming oder der Königinwitwe nichts davon erwähnt. Das hatte er seinem Bruder versprechen müssen. Wenn Lymond fort war und auch Erskine in Kürze
heimreiste, würde Richard die Beschützerrolle übernehmen müssen – und er wußte sehr wohl, daß die Königinmutter auf seine bal-
dige Rückkehr nach Schottland ebenso großen Wert legte wie er
selbst. Es würde ihr sehr gegen den Strich gehen, ihn zu Marias
Schutz hier in Frankreich zurückzuhalten. Aber wem sonst konnte
sie vertrauen? Zudem machte er sich über die Gefahr, in der er selbst
schwebte, keine Illusionen. Der Mörder, sofern er noch auf der

Lauer lag, wußte genau, wer Thady Boy war. Er brauchte dann seine Attacken nur auf Thady Boys Bruder zu verlagern.

Richard war sich darüber klar, daß all dies Francis sogar noch deutlicher sein mußte. Deshalb die ständige Überwachung seines Bruders. Trotz seiner erklärten Bereitschaft zum Verzicht würde Lymond, das wußte Richard genau, jedes ihm zur Verfügung stehende Mittel benutzen, um in diesen beiden verbleibenden Wochen einen Anschlag gegen sich zu provozieren, während er seine bevorstehende Abreise allen, sogar seinen Gönnern, verschwieg.

Tatsächlich aber verstrichen die Tage ohne einen Anschlag auf Königin oder Ollave. Margarete von Frankreich, die beiden Bourbonen, St. André, der Vitzdom, die jungen Guisen mit ihren Frauen und die ruhmreiche Bruderschaft der Bogenschützen hätschelten Thady Boy – der mit seinem geschundenen, kranken Magen nur noch von seiner Substanz zehrte und zunehmend einer Flamme ohne Nahrung glich –, schalten ihn und stachelten ihn zu immer neuen Exzessen an. Dann kam, ohne Vorankündigung, die Botschaft, auf die er wartete.

Sie erreichte ihn am naßkalten Samstagabend vor Fastnacht, als er in der Aztekenmaske Lord d'Aubignys und einem Umhang aus grünen Federn mit einer Gesellschaft von »Azteken« und ebenso vielen »Türken«, die von Seiner Lordschaft angeführt wurden, zu einem Gasthaus auf der Isle d'Or außerhalb von Amboise ritt.

An diesem Tag war der Tjost früh beendet worden, weil der König von Zahnschmerzen heimgesucht wurde. Es war das einzige Leiden, das ihn je plagte, und er durchlitt es wie stets mit der ängstlichen Gereiztheit der physisch Robusten. Die für den Nachmittag vorgesehenen Lustbarkeiten wurden abgesagt, und zurück blieb ein in Turbane und Federn verkleidetes Gefolge mit einer geballten Ladung ungenutzten Tatendrangs.

Der Tag war einigermaßen freundlich gewesen. Auf ihren Pferden verschiedenster Rassen, über denen Umhänge flatterten, Federn wehten und Flaschen klirrten, preschten die beiden Tjostmannschaften, Türken und Azteken, lärmend die Straße nach Amboise entlang, sprangen, jagten und neckten einander, tauchten schlichte Bürger in der flachen Loire unter und trockneten sie mit Goldstükken. Es dämmerte, als sie den ersten Träger der Doppelbrücke über die Loire erreichten und zu der kleinen Insel in der Mitte hinüberritten, wo sie das »Sainte Barbe« stürmten und Essen und Wein verlangten. Höchlichst verwundert über die Kostüme, doch geschmeichelt von der Anwesenheit so vieler hochgeborener junger Herren, flog das Personal, um zu Diensten zu sein. Thady Boy warf seine Maske auf den Tisch, trank einen Krug schweren Wein auf einen Zug und dirigierte die Interpretation eines neuen Liedes, das er gerade ersonnen hatte. Als der Schmerz nicht nachlassen wollte, wartete er, bis die Augen aller auf den Vitzdom gerichtet waren, der sich – in exotischen Federn – an einem Holzschuhtanz versuchte, und schlenderte ruhelos ins Freie.

Es war ein stiller und sehr dunkler Abend. Grau stieg ein dünner, feuchter Nebel aus dem Fluß und vergilbte in dem Licht, das zur Rechten und Linken aus den Fenstern der beiden Brücken fiel. Hinter ihm erhob sich das schwarze Dach von St. Sauveur, und Licht fiel aus den Hütten, die sich um das Gasthaus drängten und hier und da den Blick auf den weißen Uferstreifen und das Wasser freigaben, das sanft, ölig und schwarz die Klippe der Insel umspülte.

Der Nebel verbarg das gegenüberliegende Ufer. Lymond konnte nur die Türme von St. Florentin und St. Denis erkennen, die Krone der Stadtmauer, die Wachtürme und den Glockenturm, dahinter das Gewirr der Kamine. Die Silhouette der Ziegeldächer senkte sich zum dunstigen Bett der Amasse hinab, setzte sich auf der anderen Seite als mächtiges felsiges Bollwerk fort, gesäumt, erdrückt und stufig überragt von den vielgliedrig verzweigten königlichen Schloßgebäuden von Amboise. Über dem Nebel waren die erleuchteten Fensterscheiben zu erkennen, und in den Bäumen des langgestreckten Gartens schimmerte Laternenlicht. Die Königinwitwe von Schottland residierte in Amboise.

Es war kalt. Lymond überlegte sachlich, ob er wohl gleich ohnmächtig werden würde, und fragte sich wieder einmal mit klinischem Interesse, ob sein Körper ihn im Stich lassen würde, ehe sein Versprechen oder der Mörder das Problem lösten. Ein metallisches Klirren schlug an sein Ohr und erweckte ihn wie ein Strahl kalten Wassers zu neuem Leben. Er trug wie immer seinen Degen bei sich.

Er zog ihn, glitt von der weißen Wand fort und spürte den Pferde-stall hart in seinem Rücken, als seitlich abermals ein Klirren ertönte, diesmal von Sporen. Er hatte die Hand auf der Stalltür, als vor ihm lauter Fechtlärm einsetzte.

Lymond hielt den Atem an. Irgendwo im Dunkeln war plötzlich der gespornte Unbekannte deutlich zu hören, als er mit einem schwir-renden Geräusch seinen Degen zog und an Lymond vorbeistürzte. Prasselnd schlugen seine Füße auf die kleinen Pflastersteine. Ein Mann schrie auf, erstickte den Schrei, und im Gasthaus öffnete je-mand einen Fensterladen. Ein vergittertes Trapez hellen Lichts löste das Rätsel augenblicklich. In einer Ecke des Stallhofs kämpfte ein kleiner Mann, dick vermummt und bis zur Hutkrempe mit Schmutz besprizt, gegen zwei andere um sein Leben. Einer von ihnen trug Sporen.

Dasselbe Licht fiel auch auf Thady Boy. Als die Gasthaustür aufge-rissen wurde und sein Schatten schwarz auf die Stalltür sprang, schrie der kleine Mann erneut. Die beiden Angreifer hatten ihn in-zwischen beim Kragen gepackt, sein Degen war verschwunden. Lymond erreichte sie lautlos in seinen weichen Lederstiefeln und schleuderte den gespornten Mann mit einem Schultergriff, der den Attackierten aufstöhnen ließ, zur Seite. Der zweite Mann wandte sich um, und in dieser sekundenlangen Gnadenfrist bückte sich der in die Enge Getriebene, wand sich aus dem Winkel und rannte los.

Die Angreifer machten einen Schritt, um ihn zu verfolgen, hielten jedoch inne, als ihnen Lymond mit nur eben hörbarer Stimme, je-doch schneidend befahl, stehenzubleiben. Von der Tür des Gast-hauses her wurden Stimmen laut. Jemand rief, jemand anderer ant-wortete. Eine Weile war es still, während sie in die schweigende Nacht hinaushorchten. Schließlich gingen die Leute, denen nicht daran gelegen war, sich unnötig in Schwierigkeiten zu bringen, wie-der hinein. Die Tür knallte zu, kurz darauf schlossen sich auch die Fensterläden und überließen den Hof der Dunkelheit.

»*Nun?*« sagte Lymond. »Jockie's Rob aus Hartree und Fishy James aus Tinto – ihr steht unter Lord Culters Befehl?«

Die plumpen Füße auf den Pflastersteinen rührten sich nicht, kleb-ten vielmehr fest am Boden. »Ja, Sir.«

»Glaubt ihr wirklich«, fuhr Francis Crawford von Lymond fort, »daß so ein Winzling von fünf Fuß mit seinem Rapier in meinen Eingeweiden herumstochern könnte?«

»Nein, Junker. Das heißt...« Jockie's Rob wollte hartnäckig auf einer Erklärung bestehen, sagte dann jedoch nur: »Nein, Sir.« Des warnenden Drucks von Fishy James auf seinem Arm bedurfte er nicht. Die leichte, gedämpfte Schärfe in der Stimme des verkleideten Mannes genügte, um ihn verstummen zu lassen. Dem jüngeren Culter war er daheim in Midculter kaum begegnet, aber er hatte viel über ihn gehört. Es verblüffte ihn, daß der Junker... daß der junge Crawford ihre Namen kannte.

»Nun«, fuhr Lymond freundlicher fort, »am besten treibt ihr ihn für mich auf.«

In der Dunkelheit sahen die beiden einander verständnislos an.

»Damit Sie ihn verhören können?« wagte Fishy James schließlich zu fragen.

»Damit ihr euch«, erwiderte Lymond ruhig, »bei ihm entschuldigen könnt. Und damit er mir, sofern sein Zustand es erlaubt, die Botschaft übermitteln kann, die abzuliefern er so eilig hierhergekommen ist.«

Sie fanden ihn in einer Pferdebox reglos unter dem Stroh verborgen. Er hatte eine dünne Schnittwunde an der Schulter. Lymond verband sie, während seine beiden Beschützer, wundersam gebändigt, Wache standen. Dann gab der Reisende – mit Verband und Goldstücken besänftigt, getröstet und entschädigt – seinen knappen Bericht.

»Sichere Landung in Dalkey, Sir. Der Fürst von Barrow reiste sofort weiter nach Hause. Mr. Stewart begleitete Mr. Paris zu Cormac O'Connor, aber O'Connor war nicht daheim. Sie trennten sich, um ihn zu suchen, und nach einer Weile kam Mr. Paris unverrichteter Dinge zurück. Er hatte erfahren, daß O'Connor oben im Norden war und nicht vor einer Woche zurückerwartet wurde. Mr. Stewart kam überhaupt nicht wieder.«

»Er suchte noch immer nach O'Connor?« fragte Lymond, obwohl er die Antwort schon ahnte.

»Nein. Er hatte ein Postpferd genommen und Platz auf einem Schiff gefunden. Mr. Paris dachte, er wollte vielleicht nach Schottland. Dann . . .«

»Dann . . .« fragte Lymond, und aus seiner Stimme war alle Schärfe verschwunden.

»Mr. Paris fand heraus, daß ein anderes Schiff eingelaufen war, diesmal direkt aus Dublin, und O'LiamRoe an Bord genommen hatte – unter gewaltigem Trompetengeschmetter, Mützenschwenken und Gejohle vom Achterdeck. Auf der Mole kam es zwischen den Soldaten, die den Fürsten begleitet hatten, zu einer Keilerei, und die Möwen versauten ihnen die Brustpanzer. Es war ein Skandal. Und der Fürst in seinem besten seidenen Anzug, ein geachteter Passagier . . .«

». . . auf dem Weg nach London«, unterbrach ihn Lymond plötzlich und vergnügt, und seine blauen Augen leuchteten in der Dunkelheit.

»Auf dem Weg nach London«, bestätigte Mr. Paris' Bote mürrisch.

Wie so oft in der letzten Zeit kehrte der Schmerz mit einer Heftigkeit zurück, die Lymond kaum ertragen konnte. Nur unter äußerster Willensanstrengung gelang es ihm, nachdem der Bote gegangen war und er die beiden Aufpasser seines Bruders entlassen hatte, ins Gasthaus zu seinem Wein zurückzukehren, der den Schmerz lindern und ihn weitermachen lassen würde. Als er – gewappnet gegen die schulterklopfende, lärmende Fröhlichkeit, mit der man seine Rückkehr begrüßen würde – die Gaststube betrat, stellte Francis Crawford fest, daß eine neue Idee bereits Feuer gefangen hatte.

St. André hatte den Prinzen Condé, der die Azteken gegen die Türken geführt hatte, herausgefordert, mit seiner Mannschaft zu Pferde von der Isle d'Or nach Amboise zu schwimmen: eine Herausforderung, die – wenn man die Strömungen unter der glatten Oberfläche des Flusses kannte – im Licht der Affäre zwischen Condé und St. Andrés Frau eine ziemlich pikante Note hatte.

Diesen Plan hatte Lord d'Aubigny, der der Anführer des Tages war, noch durch einige besondere Raffinessen erweitert: Die Route sollte umgekehrt werden. Azteken und Türken würden, angekündigt von einem beinahe nüchternen jungen Hauptmann mit lockigem Haar, im königlichen Schloß von Amboise Einlaß begehren, sich oben auf der Plattform des Tour des Minimes versammeln und zu Pferd die spiralige Transportrampe hinabjagen, für die der Turm berühmt war, würden über die Zugbrücke zum Ufer hinübersetzen und den nahen Fluß durchqueren, um das Rennen in der Mitte des Stroms auf der Isle d'Or, an der Stelle, wo sie sich jetzt befanden, zu beenden.

Der beinahe nüchterne junge Hauptmann, der sich bei der Königinwitwe und dem königlichen Schloßkommandanten einschmeicheln sollte, war bereits aufgebrochen, und um ihn auch beinahe nüchtern zu erhalten, hatte man ihm einen Bogenschützen namens André Spens mitgegeben.

In angemessener Frist folgte ihnen auch die groteske Gesellschaft über die zweite Brücke, in ihrer Mitte Thady Boy. Mittlerweile konnte er nicht mehr sehr klar denken. Ein Teil seines Gehirns war vage damit beschäftigt, die Bedeutung dessen zu analysieren, was er soeben von dem Boten erfahren hatte. Ein anderer Teil stellte fast gleichmütig fest, daß er sich möglicherweise schon mitten in der Krise befand, auf die er seit langem wartete – und daß er die Leute seines Bruders nach Hause geschickt hatte. Dem Rest war alles gleichgültig, denn Lymond war inzwischen segensreich stark betrunken.

Er ließ sich von Lord d'Aubigny seine Maske wiedergeben, dem offenbar daran lag, sie loszuwerden. Während sie jenseits der Brücke die Böschung hinauf und durch das Löwentor in das Schloß einritten, versuchte Lymond vergeblich, seine schweifenden Gedanken zu ordnen.

Unterdessen war der Nebel höher gestiegen, trieb trübe, wie hingebettete Gestalten über die dunkle Wasseroberfläche. Nebelmatten lagen rund um das Schloß, und hinter ihnen waren verschwommen die Laternen sichtbar, umgeben von blutigen Regenbögen, dunstig und rostfarben. Unten regte sich der Fluß schwarz und träge in der rauhen Nachtluft.

Doch niemand durchquerte in dieser Nacht schwimmend die Loire. Die Tragödie ereignete sich mitten im Schloß, wo sich der gesamte schottische Hof unter der großen Markise vor dem Logis du Roi versammelt hatte, um den Kapriolen der unbekümmerten Tunichtgute aus dem Gefolge des Königs von Frankreich zuzusehen.

Die beiden Prozessionstürme von Amboise konnten von Wagen und Lafetten befahren werden, die sich die steile gepflasterte Rampe, spiralig um die fast dreißig Fuß dicke Spindelsäule aufsteigend, zum Schloßhof hocharbeiten mußten. Auf den steilen Windungen der Rampe fanden vier Reiter nebeneinander Platz. In dieser Nacht war der eine der beiden Türme, der Tour des Minimes, leer. Dem Lauf der Rampe folgend ringelten sich vom Palast zum Loire-Ufer hinab die Ketten von Fackeln, die neben den hohen, schmalen Fenstern flackerten, nachtdunklen Schlitzen in zwölf Fuß dicken, mit Wandteppichen verhängten Mauern, und der Nebel, der vom Fluß aufstieg, am Kloster vorbeitrieb, den Schloßgraben füllte und wie Rauch durch die breite, geschnitzte Wappentür drang, tastete sich mit sanften Fingern die feuchten Wände empor.

Oben auf der Plattform drängten sich die Pferde, formierten sich in Reihen, die sich auflösten und neu ordneten. Das Laternenlicht ließ ihre Juwelen wie Glühwürmchen aufleuchten, Federmäntel flatterten rauschend wie schwere Vogelschwingen, ein Krummsäbel blitzte, ein Muschelhorn ertönte, und St. Andrés Kopf, mit Turban und Ohrringen geschmückt, dehnte sich in der seltsam schiefgeneigten Lichtbahn zu befremdlicher pilzhafter Vergrößerung und warf bizarre Schatten.

Richard, der schweigend, das Gesicht zu beherrschter Ruhe gezwungen, an der Seite der Königinmutter vor dem Logis du Roi stand, sah, wie der Vitzdom, fast zu betrunken zum Reiten, sich schwerfällig zusammenraffte. Er sah, wie Laurens de Genstan, stark parfümiert, in rotem Brokat, unsicher nach dem ihm entglittenen Zügel seines Wallachs tastete. Er sah Lord d'Aubigny, der sich halb anderswohin wünschte und halb entzückt war, seine edleren Neigungen zu erproben. Und er sah die schlaffe Silhouette seines Bruders, an seinem Sattelbaum eine sonderbare, schauerliche Maske, sah schließlich, wie sein Pferd nach vorn an die Seite des grüngefiederten Prinzen von Condé gestoßen wurde.

Ein Taschentuch wurde gehoben. Als es in die Höhe stieg, drehte Lymond sich um, blickte vage zu der gesichtslosen Gruppe von Schotten hinüber und hob die Hand zu einem mechanischen Winken. In dem trüben Licht wirkte sein Gesichtsausdruck beschwipst und verkrampft zugleich, so wie vor zwei Wochen auf seinem Zimmer. Er schien halb bewußtlos, doch Richard winkte impulsiv zurück. Dann fiel das weiße Leinen, und der schwankende Reiterhaufen stürzte zur Rampe des Tour des Minimes.

Wie Färsen, die beim Martinsfest im Lauf dahinpreschen, wie Delphine, die in fröhlichem Getümmel aus dem Wasser schnellen, so stoben die Azteken, die Türken, die reichen, ausgelassenen jungen Männer durch das breite Tor, stürmten mit wehenden Mähnen, Haaren, Mänteln über den Rand, um die steilen Windungen der Rampe hinabzujagen.

Von Pferdeflanken, Sätteln und Steigbügeln gestoßen, von der Steinmauer geschrammt, in der breiten Spirale von einem verrutschten Wandteppich zum anderen geworfen, flogen die Reiter schleudernd und zappelnd in einer Wolke von Dunst, Schmutz und Schweiß die Rampe hinab.

Und während über ihnen die weite Nacht leuchtete, während die dicken Mauern sich wanden und die hohe gewölbte Decke sich drehend von ihren Füßen zu ihren Köpfen hochschraubte, tötete der Lärm alles Denken.

Unbewußt schrie jeder einzelne Mann. Kandaren klirrten, Zaumzeug schrillte, Pferde wieherten, ausschlagende Hufe prallten auf Stein, Metall oder Fleisch und prasselten wie rasend auf das Steinpflaster, mit den Echos zum Netzwerk eines unerträglichen Lärms verknüpft, der zum Wahnsinn treiben konnte. An der Spitze lag ein Bogenschütze, gefolgt von Condé und de Genstan. Thady Boy, der sich in dieser stürzenden Lawine ganz seinem Instinkt überließ, kam als nächster, zusammen mit d'Enghien, der ihn beobachtet und sich an seine Seite geschoben hatte. Ihnen folgten der Vitzdom und St. André und ein Dutzend anderer Höflinge. D'Aubigny, dessen schönes Gesicht sehr konzentriert war, flog mit den übrigen hinterher.

Schon waren stolpernd, rutschend und ungestüm fast aus der Bahn geschleudert, einige Reiter nahezu unten. Auf den letzten Windungen der Rampe, gelb, dunstig von Nebel und Rauch, steiler und steiler, schneller und schneller, angetrieben von der aufgelockerten Schar der Verfolger und dem eigenen Schwung, flog die ausgelassene Jugend Frankreichs auf edlen Pferden hinab. Knapp im Zügel, die Zähne gebleckt, den Sattel hart im Rücken – so schossen die Pferde durch die Spirale des Turms. Hinter ihnen wirbelte der Dunst.

Das Seil war vor der letzten Biegung gespannt. Laurens de Genstan, der an erster Stelle ritt, konnte nicht mehr begriffen haben, warum er stürzte. Mit ausgestreckten Händen wurde er, einen Fuß noch im Steigbügel, zur Seite geschleudert und prallte mit einer Wucht, deren Heftigkeit in diesem Inferno des Lärms nur an seiner Bewegung abzulesen war, gegen die Mauer. Er starb auf der Stelle, funkelndes Blut im gepuderten Gesicht. Sein Pferd jedoch blieb am Leben, um den nächsten zu töten, der herabgaloppiert kam und in die mächtigen, sich aufbäumenden Schultern und eisernen Hufe schoß. Dann, wie ein Gebirgsstrom, der an einem Felsen aufschäumt, krachten die herabkommenden Pferde hochsteigend gegen die wogende Sperre der bereits Gefallenen und stürzten verletzt und hilflos rutschend die Rampe hinab.

Unter ihnen war auch Francis Crawford von Lymond, dessen Zügel heiß durch die zupackenden Hände d'Enghiens lief: Er prallte auf, überschlug sich, rutschte, blieb in zerbrochener Schlaffheit liegen, ein Bündel grüner und blutroter Federn, wie eine vergessene Jagdbeute in einem alptraumhaften spiraligen Stall.

In dem herabstürzenden Hagel von Pferden und Menschen waren die Fackeln in einer ganzen Windung der Rampe erloschen, hatten diese Passage der Nacht und dem weißen Nebel überlassen. In diesem Inferno zerstörter Menschenleiber über zerstörten Pferdeleibern, aufgeschichtet wie Marionetten, waren die Letzten die Glücklichsten – ausgenommen jene, die in der Finsternis noch weiter herabstürmten, sich über der dicken, zappelnden Masse überschlugen, dahinter weiter in die Tiefe rutschten und in jeder Biegung gegen die Mauern prallten. Die Trümmerstrecke von Menschen und Pferden zog sich weit nach unten hin.

Richard gehörte zu denen, die im flackernden, dunstigen Schein neuer Fackeln von oben und unten her das herzzerreißende Rettungswerk begannen. Richard sah, wie sie alle einer nach dem anderen aufgehoben, wie sie geschleift, getragen und auf improvisierte

Bahren gelegt wurden. St. André, der geliebte St. André, war weich gefallen, gepolstert von den grünen Federn eines Rivalen und dem Hinterteil eines toten Pferdes, und hatte nur eine Fleischwunde am Bein davongetragen, das war alles. Der stöhnende Vitzdom wurde halb bewußtlos mit gebrochenem Schlüsselbein und verstauchtem Knie fortgetragen. De Genstan war tot, d'Aubigny ohnmächtig. Seine Kleider waren voller Blut, doch sein Puls ging regelmäßig. D'Enghien war mit Prellungen und Quetschungen übersät, ansonsten aber unversehrt. Der Prinz von Condé war zwar einigermaßen geschickt gefallen, doch war zunächst sein eigenes und dann St. Andrés Pferd auf ihn gestürzt. Er hatte sich die Hüfte und einen Arm gebrochen, was sonst noch, war nicht auszumachen, da er jeden Versuch, ihm zu helfen, halb von Sinnen und schreiend abwehrte. Zwei weitere Männer wurden mit zugedeckten Gesichtern fortgetragen. Richard beugte sich über beide und hob die Tücher. Beide waren Fremde.

Irgendwann war Tom Erskine an Richards Seite aufgetaucht. Als man nacheinander die noch lebenden Pferde herauszerrte und tötete, als man die Reiter in ihren blutgetränkten Kostümierungen herauszog und fortschaffte, arbeiteten Richard und er unermüdlich, unausgesetzt auf der Suche nach einem einzigen Mann. Zusätzliche Fackeln wurden gebracht. Sie beleuchteten, was besser im Dunkel geblieben wäre: die mörderische Spur der Lawine, die Reiter, die die volle Wucht des Sturzes erdrückt hatte. Es war Richard, der niederkniete, die toten Hände in die seinen nahm – unbekannte Hände, eckig oder knochig oder plump, von den eigenen Juwelen zerschnitten – und sie jedesmal wieder sanft zurücklegte.

Das letzte Pferd war fortgeschafft. Männer mit Kerzen drehten die aufgetürmten Bündel von Stoff, Mänteln, Pferdegeschirren und Schabracken um, die schwarz und feucht von Blut die Windungen der Rampe bedeckten. Lakaien kamen heraus und sammelten sie auf, und der Tour des Minimes war leer – bis auf Blut und Nebel: Leer, obwohl sie ihn ungläubig ein zweites Mal durchsuchten, nachdem sie im Schloß die Reihen der Verletzten, der Sterbenden und der Toten gemustert hatten.

Schmutzig, blutbesudelt und erschöpft, begriffen sie und Thadys

wilde junge Anhängerschar am Ende nur eines: Thady Boy Ballagh, den die Hälfte der in seiner Nähe galoppierenden Reiter hatte stürzen und verletzt am Boden liegen sehen, war verschwunden.
Verschwunden war auch der Mann, der auf die herumliegenden Toten geblickt und in dem Chaos ungehört mit verächtlicher Stimme gemurmelt hatte: »... *ta sotte muse, avec ta rude Lyre!* Im Bett des Teufels liegst du richtig, Magister Thady Boy Ballagh!«

Jeder Arzt, jeder Apotheker von Amboise hatte in dieser Nacht im Schloß alle Hände voll zu tun, und am folgenden Tag traf auch der Konnetabel aus Blois ein; er hörte, die dickgeäderten Hände auf den gespreizten Knien, St. André zu, der mit blassen Lippen berichtete. Diesmal nämlich hatten die Attentäter einen Fehler gemacht: Der geplante Unfall, das perfekte Bild eines zufälligen Strauchelns mit verheerenden Folgen, war von vornherein durch die Tatsache verdorben, daß die Mörder – vermutlich selbst in Panik – das über die Rampe gespannte Seil zurückgelassen hatten.
Während sich Argwohn überall ausbreitete, vage, sich verdichtend wie der Flußnebel, suchten Richard und Tom Erskine vergebens nach irgendeiner Spur von Thady Boy. Richard, der die Rolle des eigentlich Unbetroffenen um jeden Preis aufrechterhalten mußte, begab sich mit unendlicher Vorsicht zum Mahaut Abernaci. Der Wärter war die ganze Nacht in Blois gewesen und wußte nichts.
Dann tauchte fünf Tage nach dem Unglück Tosh in Amboise auf und brachte seinen Esel und seine Seile mit. Eine Gruppe von Schotten, die das zum behelfsmäßigen Spiral umgerüstete Schloß gern hinter sich ließ, schlenderte zur Brücke hinunter, wo der Seiltänzer, von einer Menschenmenge umringt, das untere Ende seines Seils festmachte.
Richard war nicht unter ihnen. Nach einer Weile kehrte Sir George Douglas in sein Quartier im Schloß zurück und fing Richard ab, der gerade von einem seiner ermüdenden, geheimnisvollen Ausritte heimkam.
»Entspannen Sie sich, mein Lieber«, begrüßte ihn Sir George. »Wenn Sie sich weiter in dieser Weise verschleißen, werden Ihnen bald die Zähne klappern wie Kastagnetten. Geben Sie Ihre obskuren

Ausflüge auf und besuchen Sie lieber Ouschart. Er ist ein sehr bemerkenswerter Mann. Ihm würde die Maske gewiß besser stehen als seinem unglücklichen Esel. Quetzalcoatl, Herrscher der Tolteken.«

»Ein *Esel*, der eine Maske trägt?« Richard wußte, wie Sir George seine Informationen zu verpacken pflegte. Trotzdem spürte er, wie ihn der Schock erröten ließ. »Lieber Gott, eine aztekische Maske?«

Sir George lächelte. »Ein großes, grinsendes Mosaikding mit goldenen Ohren. Es hatte einmal ein eingelegtes Muster und allem Anschein nach auch Zähne, aber irgend jemand hat sich große Mühe gegeben, das Ding kurz und klein zu schlagen. Vielleicht der Esel. Gehen Sie hin und sehen Sie sich's an. Da gibt es etwas zu lachen.«

Richard eilte hin, doch schwerlich um zu lachen. Er drängte sich durch die Menge und erblickte das groteske Ding, marktschreierisch um den haarigen Kopf des Tieres gebunden, zerbeult und wie mit einer Politur fleckig geschwärzt. Es war die Maske, die Lymond beim Start jenes verhängnisvollen nächtlichen Rennens am Sattelbaum seines Pferdes mit sich geführt hatte.

Und die Nachricht, die ihm Tosh diskret übermittelte, war verzweiflungsvoll. Er selbst hatte die hier öffentlich herumgezeigte Maske an diesem Morgen erst gefunden – nicht im Schloß oder seiner Umgebung, überhaupt nicht in Amboise. Er hatte sie in Blois gefunden, unter den Füßen der Gaffer, die sich wie er selbst in dem überfüllten Hof von Anne und Hélie Moûtiers Haus gedrängt hatten. Und vor ihren Augen – so der Bericht von Tosh weiter – loderte eine brausende Fackel, brannte, eingehüllt in eine einzige vierzig Fuß hohe Flamme, das Hôtel Moûtier.

Wenn jemand in das leere Haus eingedrungen war, konnte er nicht mehr am Leben sein. Nachdem Tosh die Nachbarschaft vergeblich nach irgendwelchen Spuren von Thady Boy abgesucht hatte, schickte er eine Botschaft an Abernaci und machte sich selbst mit der Maske als düsterem Erkennungszeichen auf den Weg an den schottischen Hof in Amboise, um die Nachricht zu überbringen.

In dieser Nacht mußte Tom Erskine mit allen Mitteln, fast mit Gewalt, Richard davon abhalten, ungetarnt nach Blois zu reiten. Und er wachte an seiner Seite, als Lord Culter schlaflos vor dem lodernden Kaminfeuer seines schönen Gemachs saß und die Wahrheit zu ergründen suchte. Ein Zeuge nach dem anderen hatte berichtet, wie Thady Boy gestürzt und wie er verletzt worden war. Wie um alles in der Welt war er dann von Amboise nach Blois gekommen? War er dorthin geflohen, um sich zu verbergen? Wenn es so war, mußte man annehmen, daß er dort gestorben war – in diesem rätselhaften Brand des Hôtel Moûtier.

DRITTES KAPITEL

Von irgendwoher sprach eine Stimme. Es war nicht leicht, ihr zu folgen. Wirklich, dachte der Mann im Bett, es wäre auch töricht, es zu versuchen. Jenseits der Schranke des Verstehens gab es Wachsamkeit, Verkrampfung, sogar Schmerz – eine Welt, so weit weg wie die entfernte beharrliche Stimme, die sich ständig zu wiederholen schien.

Es war eine alles andere als tröstliche Stimme, eine ungeduldige, ja strenge Stimme. »Ihr Augen sind offen«, sagte sie scharf. »Sehen Sie mich an. Sie können sehen. Später können Sie wieder Opium haben, wenn Sie wollen...«

Das, dachte der Mann im Bett zynisch, war immerhin gütig. Sein Gedächtnis, vom Schmerz in Gang gesetzt, lieferte ihm plötzlich die lebhafte Erinnerung an das, was im Tour des Minimes geschehen war. Condés Pferd war auf ihn gestürzt, als er fiel – danach war dann eine Serie heftiger Stöße gefolgt und, wie er geglaubt hatte, der Tod.

Allem Anschein nach aber war er nicht tot. Sein Bein war geschient, beim Atmen freilich hatte er große Schmerzen, und er spürte Verbände um seine Rippen. Durch die Nachwirkungen starker Drogen hindurch spürte er eine lastende Lethargie als Folge hohen Blutverlustes. Gott! Richard oder Tom Erskine oder welche wachsgesichtige Helferin auch immer ihn diesmal wieder zusammenflicken würde – es würde ein schweres Stück Arbeit für seinen Pfleger sein ... Einzig sein Zorn, jäh und belebend, ließ ihn gegen seine Schwäche ankämpfen und sie besiegen. Aufbrausend wandte Francis Crawford von Lymond den Kopf.

Über ihm stand – verschwommen im grauen Tageslicht, das Haar wie ein Schleier, die Augen groß und starr auf ihn gerichtet – Oonagh O'Dwyer. Hätte er hingesehen, dann hätte er im Spiegel ihres Blicks sein eigenes erschreckendes Bild entdeckt. Die Stimme sprach nicht mehr. Einige Atemzüge lang war es still. Dann bewegte sie sich und gab den Blick auf eine bemalte Zimmerdecke frei. Nach einer Weile setzte sie irgendwo außerhalb seines Blickfelds ihre sanfte Wanderung und ihre unsanfte Ansprache fort.

»Wahrhaftig, ein Dickschädel sind Sie, der einfach nicht aufwachen will! Während ich es nicht abwarten kann, zu erfahren, wie Sie sich fühlen – elend, schwach und in meiner Schuld.«

Oonagh O'Dwyer. Und wie sie genau wußte, würde er einer Herausforderung dieser Art in jedem Zustand – sofern noch ein Funke Leben in ihm war – begegnen. Wenn er auch nicht laut sprechen konnte, so doch wenigstens deutlich. »Kräftig und gesund zu sein und in Ihrer ... Schuld, wäre angenehmer. Haben Sie mich hierhergebracht?«

Sie kam zu ihm zurück und blickte auf ihn herab. »Ich schätze es nicht, mich zu etwas zwingen zu lassen«, sagte sie kühl. »Darum habe ich beschlossen, Sie fortzuschaffen, falls Sie am Leben bleiben sollten. Sie hatten Glück, weil Sie beinahe am Fuß des Turms landeten und ich ein Boot im Nebel warten ließ – dazu zwei Männer, die mir halfen.«

»Wie lange ist das her?«

»Haben Sie wirklich keine Ahnung?« Sie lachte. »Sie sind seit fünf Tagen hilflos, Mr. Crawford!«

Fünf Tage! Sein Gehirn registrierte die Überraschung und erlahmte dann unter dem wütenden Ansturm des Schmerzes. Das Zimmer war wieder verschwunden, sonderbar losgelöst schwebte das Gesicht über ihm, die gemalten Blätter hingen in ihrem Haar. Doch er begegnete ihrem verächtlichen Blick, hielt ihm stand, so lange er es vermochte, bis er zu husten begann, metallener Geschmack in seiner Kehle hochstieg und die Dunkelheit rasch und kalt zurückkehrte.

Das nächste Mal erwachte er im Licht eines anderen Tages. Die Verbände waren immer noch da, doch diesmal gaben die geöffneten Fenster den Blick auf einen sonnigen Balkon frei, die noch beißend rauchenden Kerzen mußten eben erst gelöscht worden sein. Aus den hitzigen, paradiesischen Träumen, an die er sich erinnerte, und dem dumpfen, noch gedrosselten Gefühl beginnenden Schmerzes schloß er, daß die Räucherkerzen dazu gedient hatten, ihn schlafen zu lassen.

Die Ruhe, die sie ihm gebracht hatten, war möglicherweise die beste Behandlung für seinen geschundenen Körper, seine gebrochenen Knochen. Doch natürlich hatte sie das nur zu ihrem eigenen Vorteil getan. Nichts hatte Lymond jemals über Oonagh O'Dwyer täuschen können. Er beobachtete sie, ohne daß sie es bemerkte, während sie am Kamin saß, wo sie und O'LiamRoe in jener Nacht vor seiner unverzeihlichen Serenade miteinander geplaudert hatten. Er sah die umschatteten Wangenknochen, die hohe, gewölbte Stirn, die hell im klaren Licht schimmerte, die beiden dünnen Halbbögen der Übermüdung und der verhärteten Anspannung unter ihren Augen wie eine Spur im Schnee, die ausdrucksvollen, hart zusammengepreßten Lippen. Mit sorgsam gehüteter Stimme fragte er: »Auf wen warten Sie? Auf Ihre Tante?«

Ihre Hände legten sich zu einem Gitter aus weißen Fingern zusammen. Dann lehnte sie sich zurück und ließ den Blick auf dem niedrigen provisorischen Lager ruhen. Nur in der zerbrechlichen Linie ihres Kiefers war die Anspannung sichtbar. Von Einsamkeit, uneingestandenen Ängsten und Schlaflosigkeit zermürbt, war sie mehr denn je eine schöne Frau, die keine Zeit für ihre Schönheit hatte. Diesmal wählte sie ihre Worte mit kühler Bedachtsamkeit: »Wenn es so wäre, wären Sie tot.«

Kein Geräusch drang aus dem Innern des Hauses: kein Scheppern von Eimern, kein Küchengeschwätz, keine Schritte auf den Treppen. Das Haus war also leer, und ihre Tante wußte von nichts. Die Linie der Dächer jenseits des Balkons schien ihm vertraut. Er dachte an den Tour des Minimes und fragte sich, was die Verletzten wohl berichtet haben mochten, beschloß jedoch, sich nicht mit müßigen Fragen zu beschäftigen. »Sie und der Gentleman, der mich töten will, haben sich zerstritten?«

Oonagh lächelte. »Man könnte sagen, daß wir in einem unbedeutenden Punkt verschiedener Meinung waren«, sagte sie kühl. »Aber bilden Sie sich nicht ein, daß Sie freigelassen werden. Für seine Zwecke wie für meine sind Sie gefangen ebenso wertvoll wie tot, und was er nicht weiß, macht ihn nicht heiß.«

Lymond lag still, versuchte zu denken. Vor langer Zeit hatte ihm in Schottland seine Schwägerin Mariotta von Oonagh O'Dwyer erzählt. Schon vor Rouen und O'LiamRoes Schmach auf dem Tennisplatz hatte er sie wachsam beobachtet. Obwohl sie sich kaum die Mühe gemacht hatte, zu verbergen, daß sie wußte, wer Thady Boy war, hatte sie jedem Versuch widerstanden, sie aus der Reserve zu locken. Der Mann, den sie aus dem Weg wünschte, war O'LiamRoe. Robin Stewart und sein Auftraggeber hatten ebenfalls versucht, O'LiamRoe zu beseitigen, weil sie ihn für Lymond hielten. Oonagh wußte es besser, aber sie hatte die beiden nicht aufgeklärt.

Aber dann hatte man dafür gesorgt, daß Stewart Lymonds Identität entdeckte und sie, wie anzunehmen war, seinem Auftraggeber verriet. Das Ergebnis war das Unglück im Tour des Minimes gewesen. Und Oonagh, die Zwang nicht schätzte und deren doppeltes Spiel im Zusammenhang mit O'LiamRoe eben ans Licht gekommen war, hatte von dem Plan gewußt... Es war typisch für sie, daß sie im voraus beschlossen hatte, ihn nicht zu warnen, sondern ihn zu retten, falls er den Anschlag überlebte. So lag es auf der Hand, daß der Gentleman, dessen Forderungen Oonagh übelnahm, und Robin Stewarts Auftraggeber ein und derselbe Mann sein mußten.

Wer? Sie hatte es nicht gesagt. Noch einmal nachdenken. Ihre Tante wußte nichts von seiner Rettung. Wenn er hier, wie er vermutete, im verlassenen Hôtel Moûtier lag, konnte Oonagh kaum die Möglichkeit haben, oft zu kommen. Ihre einzigen persönlichen Dienstboten waren eine ältere Zofe und zwei Reitknechte. Sie hatte nicht die Absicht, seine Freilassung zu riskieren, doch wie konnte sie ihn jetzt, da er wach war, hier festhalten? Behutsam stellte er sie auf die Probe.

»Haben Sie keine Angst, daß Ihr Freund, der Gentleman, Ihr Werk der Barmherzigkeit entdecken, ja, uns beide hier aufspüren könnte? Mein Verschwinden aus Amboise muß ziemlich mysteriös gewirkt haben. Tote laufen nicht.«

»Und kranke Leute reden zuviel«, erwiderte Oonagh. »Dasselbe gilt
für gewohnheitsmäßige Trinker. Mein Freund, der Gentleman, wie
Sie ihn nennen, denkt in festumrissenen Kategorien. Er glaubt, wie
ich vermute, Sie seien verschwunden, weil Ihre eigenen Leute den
einen oder anderen Schritt unternommen haben, um sich vor Aufdeckung zu schützen. Er hält Ihr Verschwinden für ein Werk Gottes
zu seinen Gunsten.«

»Muß ich daraus entnehmen, daß er seine Aufmerksamkeit nun
meinem Bruder zuwendet?« Sehr listig ging er nicht eben vor.

Er bemerkte, wie sie kurz zögerte. Dann sagte sie: »Er wird kaum
etwas unternehmen, ehe er Robin Stewart aufgespürt hat.«

Und das hieß, daß Stewarts Verschwinden in Irland seinen eigenen
Auftraggeber überrascht hatte – überrascht und beunruhigt. Befürchtete er, daß Stewart ihn verraten würde? Oder hatte er sich
bloß darauf verlassen, daß er stets Stewart die Schuld geben konnte,
wenn irgendeiner seiner Pläne schiefging? Und wie hatte dieser
Gentleman – Gott, er mußte diese Frau anflehen, ihm seinen Namen
zu nennen – wie hatte er erfahren, daß Stewart verschwunden war?
Der Schmerz, der alle Kräfte zu einem neuen Ansturm sammelte,
begann sich in einer Art weißem Nebel zu verdichten. Hinterlistig
sagte er: »Aber Stewart müßte inzwischen doch zurück sein?« und
wußte, als er in ihrem Gesicht las, augenblicklich, wie ihre Antwort
ausfallen würde.

Sie lächelte kühl. »Oh, kommen Sie, mein Lieber. George Paris ist
jedem zu Diensten, der ihn bezahlt. Glaubten Sie etwa, Ihre kleine
Zusammenkunft mit seinem Boten auf der Isle d'Or sei sein einziger
Auftrag gewesen?«

Ihre Stimme hörte sich jetzt sehr dünn an, das Sonnenlicht
verfinsterte sich. Ihm blieb nicht mehr viel Zeit. Alles der Präzision
seiner Sätze opfernd, mit einer Stimme, die ihm spinnenhaft dünn
ins Ohr kroch, sagte Lymond: »Wenn dieser Mann entlarvt wird,
wird er Sie mit hineinziehen. Wenn nicht, wird er sich über kurz
oder lang gegen Sie wenden, um sich selbst zu schützen. Sagen Sie
mir seinen Namen und überlassen Sie den Mann mir. Dafür bin ich
ausgebildet, das ist mein Geschäft, niemand sonst wird es können.
Das versichere ich Ihnen. Verraten Sie mir Ihr Geheimnis. Alles

liegt einzig in Ihrer Macht: Sie können hier und jetzt etwas tun, was Ihnen die Nachwelt tausendfach danken wird. Ihre eigenen Ziele sind nichts dagegen... Wenn Sie zögern, werden Sie alles verlieren. Auch das versichere ich Ihnen. Und wenn Sie alles verlieren, was werden Sie dann sein?«

Während er sprach, hatte sie sich erhoben, einen brennenden Holzspan in der Hand. Sie beschirmte ihn mit der anderen, ging zu einer Seite seines Lagers, dann zur anderen hinüber und zündete mit anmutigen Bewegungen die Räucherkerzen an. Ein ekelhaft süßer Geruch verbreitete sich im Zimmer. Dann stand sie mit geneigtem Kopf über ihm, und das schwer fallende schwarze Haar schimmerte bronzen im Kerzenlicht. Sie blickte ihn an.

»Was ich dann sein werde? *Dasselbe wie Thady Boy Ballagh*«, sagte sie mit ihrer erschöpften, bitteren Stimme, und Francis Crawford, der mit offenen Augen reglos unter dem Rauch lag, antwortete nicht.

An der Tür drehte Oonagh sich um. »Ich würde eher Phelim O'LiamRoe ein Geheimnis anvertrauen als Ihnen. Sie werden hierbleiben, bis ich jemanden mitbringe, der Sie in Augenschein nimmt, und was immer er dann für richtig hält, das wird getan. Wenn Sie zu Ihren schottischen Freunden fliehen, werde ich dem französischen König mitteilen, wer Sie sind. Wenn Sie zu Ihren französischen Freunden fliehen, wenn man Sie draußen auf der Straße sieht, wenn Sie dieses Zimmer verlassen, wird man Sie der Ketzerei, des Diebstahls und des Hochverrats anklagen. Seit letzter Woche durchsuchen die Häscher des Königs ganz Amboise und Blois nach Ihnen. Jedes Boot, das nach Nantes abgeht, wird überprüft. Man hat unwiderlegliche Beweise dafür, daß das Unglück mit dem Seil im Tour des Minimes von Ihnen geplant wurde. Man hat in Ihrem Zimmer königliche Juwelen gefunden und zieht bereits Ihre Identität in Zweifel. Auch ohne weitere Beweise wird eine oberflächliche Überprüfung Ihrer Pässe ausreichen, um Sie als Spion an den Galgen zu bringen. Eine faszinierende Situation. Denken Sie darüber nach, wenn Sie wieder aufwachen... Gute Nacht. Schlafen Sie gut«, schloß Oonagh O'Dwyer.

Sie hatte sich in nur einem Punkt geirrt. Die Neuigkeit, die sie ihm enthüllte, hatte in ihm nicht mehr als ein Gefühl der Herausforderung und eine flüchtige, widerwillige Bewunderung geweckt. Doch was sie zuvor gesagt hatte, entfachte seinen kalten, jähen Zorn. Seine Beine und sein linker Arm waren am Bett festgebunden, doch sein rechter Arm, wegen des gebrochenen Schlüsselbeins und Handgelenks in einer Schlinge, war völlig frei. Ungestüm, den Schmerz sekundenlang aus seinem Bewußtsein verdrängend, zog er den Arm aus der Schlinge und schlug, so hart er konnte, nach dem seinem Bett am nächsten stehenden Leuchter.

Es glückte besser, als er zu hoffen gewagt hatte. Der Fußboden war mit einer dicken Binsenschicht bedeckt zurückgelassen worden. Die öligen Räucherkerzen verwandelten sie im Umfallen in einen rosigen Feuerteppich, der das helle, glänzende Holz ringsum beleuchtete. Die Verdrehung des gebrochenen Schlüsselbeins, das sich durch sein eigenes Gewicht senkte, warf Lymond in tiefe Finsternis. Oonagh, nicht mehr als zwei Schritte von der Tür entfernt, sah den dunklen Kopf im zerwühlten Leinen vergraben, die fallende, vom Feuer beleuchtete Hand. Dann schrie sie nach ihrem Reitknecht und stürzte ins Zimmer zurück.

Als sie die Riemen durchschnitten und ihn loszerrten, brachte ihn der lodernde Schmerz für einen Augenblick zur Besinnung. Er öffnete die Augen, erblickte ihr zorniges, erregtes Gesicht und lachte. Dann hatten sie ihn schon durch die Tür geschafft. Hinter ihnen leuchtete der Raum rotgolden, ein glühendes, eindrucksvolles Gemälde Ton in Ton, mit den Details von Bett und Stuhl und Tisch, von Wandteppichen und Balkenwerk in einem zarten, skelettartigen Netzwerk von Gold auf Gold, Rot auf Rot. Als sie die Treppe herunterkamen, begann das Feuer bereits durch die Decke nach unten zu dringen.

Das Haus war, wie viele in der Nachbarschaft, aus Holz gebaut. Schon wurde es in der Gasse lebendig – vom brennenden Balkon wälzte sich schwarzer Rauch über den Hof. Draußen zertrümmerte jemand das Schloß des Hoftors und rannte mit einem Eimer zum Brunnen.

Das Haus war zur Zeit angeblich unbewohnt. Man durfte Oonagh nicht mit Lymond hier finden. Wenn sie ihn trugen, konnten sie auch nicht unbeobachtet entkommen. Unter dem Schutz des dichter werdenden Rauches ließen sie ihn neben der Tür eines noch nicht vom Feuer erreichten Flügels unter Oonaghs Mantel zurück. Aufgehäuft, hingeschleudert, nachdem sie Lymond aus Amboise geholt hatte, lagen dort auch die Kleider, die er in jener Nacht getragen hatte. Einen Augenblick zögerte Oonagh, dann hob sie die aztekische Maske auf und schleuderte sie in den Hof hinaus, auf daß sie so oder so das Schicksal beeinflusse. Dann drehte sie sich atemlos um, und durch den dicken Rauch schlüpfend entkam sie mit ihrem Diener ungesehen, um sich unter die von den benachbarten Gassen her zusammenströmende Menschenmenge zu mischen.

Hinter ihr lag Lymond reglos am Boden. Seltsamerweise konnte er sehr gut hören: ein einziger wacher Sinn, der ihm geblieben war wie das fadenartige Glied einer unter einem Stein gefangenen Schnake. Während er auf den Steinfliesen lag, erreichte ihn jedes Geräusch vom Hof mit großer Deutlichkeit: leichtbeschuhte Füße, die über das Kopfsteinpflaster hasteten, das Quietschen des Flaschenzugs über dem Brunnen, das dünne, silbrige Geräusch verschütteten Wassers, das aus einem vollen Eimer schwappte. Rufende Stimmen. Knarrende Fenster. Das eilige Rumpeln eines Karrens, der zusätzliches Wasser heranbrachte. Hundegebell, sehr hoch und langgezogen wie ein Eulenschrei. Und ganz in seiner Nähe das dumpfe Brüllen des sich ausbreitenden Feuers, das in reichlicher Nahrung schwelgend und explodierend das Heim von Anne und Hélie Moûtier zerstörte.

Kurz bevor das Dach einstürzte, gelang es zwei Plünderern, die beherzter waren als die übrigen, von der Rückseite her ins Hôtel Moûtier einzudringen, und sie fanden einen leblosen Mann, den sie für einen weiteren, vom Rauch überwältigten Plünderer hielten. Als sie ihn aus simpler Neugier mit den Füßen wach stießen, machte ihnen der Fremde ein Angebot, das ihnen sehr verlockend erschien: eine große Geldsumme, wenn sie ihn heimlich mit ihrem Karren zu einer bestimmten Adresse beförderten.

Da sie nichts entdeckt hatten, was des Mitnehmens wert war, verloren die beiden Männer keine Zeit mit Debatten – was ihr Glück war. Zu zweit hatten sie keine Mühe, den Burschen in ihrem Karren unter Lumpen zu verbergen, und rumpelten die überfüllte Gasse hinab, weg vom Feuer, gerade als Tosh, ohne sie zu sehen, seinen Weg hinauf nahm.

Das Haus mit Namen Doubtance in der Rue des Papegaults trug kein Schild. Seinen Besitzer kannte jedermann.
Über dem Geldverleiher, der das Erdgeschoß bewohnte, lebte die Dame de Doubtance, deren Hüter oder, wie manche sagten, Besitzer er war – als ob sie zu den zahlreichen nicht ausgelösten Pfändern gehörte, die seine Räume füllten wie erlegte Mäuse das Nest eines Raubvogels.
Die Dame de Doubtance war sehr alt, doch lebte sie in einer Welt, die noch älter war: in der Welt Frankreichs vor dreihundert Jahren, als das Rittertum blühte und die Troubadoure sangen. In mittelalterlichen Gewändern bewegte sich die Dame de Doubtance zwischen Büchern, Laute und Malerei und tauchte niemals empor in das grelle Licht, das der Humanismus des 16. Jahrhunderts in Blois verbreitete. Aber viele Leute besuchten sie wegen der absonderlichen Dinge, die sie zu erzählen wußte, wenn sie wollte. Gelegentlich, wenn sie nicht wollte, kamen die Besucher mit einem zerkratzten Arm oder mit einer Schramme von einer nach ihnen geworfenen Vase auf der Wange die Treppe heruntergestolpert. Denn eine Maus war sie keineswegs, sondern ein halb gefiederter Raubvogel mit hellgefleckten, funkelnden Augen und tief zum Kiefer herabgezogenem Mund. Und sie hatte Temperament.
Den Geldverleiher Gaultier griff sie nie an. Dafür blieb er von gelegentlichen Attacken seiner Klienten nicht verschont, doch das war schließlich ein Risiko seines Geschäfts. Klein, starrsinnig und gerissen, war er nicht habgieriger als jeder andere Kaufmann in Blois und liebte den gnadenlosen Kampf ums Geld mit einer nachgerade südländischen Leidenschaft. Er besaß auch einen unfehlbaren Blick für Kunst, und eine schöne Skulptur, einmal in seinen Händen, ließ sich kaum jemals wieder auslösen.
Es waren natürlich seine Kunstschätze, deren Rettung ihm zuallererst in den Sinn kam, als an diesem grauen Februartag am oberen Ende der Gasse das Feuer ausbrach. Mit seinem Schreiber und einem Lehrbuben begann er seinen Schubkarren zu beladen, wobei er

häufig innehielt, um seinen Schreiber barsch über Kunst und Kosten zu belehren. Bald war der Karren voll und wurde die zum Fluß führende steile Gasse hinabgeschickt, die bereits mit Weibervolk und Besitztümern der reicheren und klügeren Anwohner verstopft war.

Der Wagen war sein einziges Gefährt, und bis er wiederkam, konnte er nichts tun. Maître Gaultier kehrte zu seinem Antiquitätennest zurück und begann mit brennenden Augen seine anderen Lieblinge auszusortieren. Als er zum sechstenmal auf der Schwelle auftauchte, diesmal eine seinem Herzen teure Uhr im Arm, sah er im Gewühl der Gasse ein Wunder in Gestalt eines Karrens auf sich zukommen: ein vierrädriger Handwagen, der von einem erhitzten Individuum geschoben und von einem anderen im Gleichgewicht gehalten wurde und das steile Gefälle der Gasse hinabholperte, direkt auf Doubtance zuhielt und dicht neben Meister Gaultiers Astrolabium-Uhr zum Stehen kam, als ob er seine Bestimmung gerochen hätte.

Fast ehe die Besitzer den Wagen in den Vorhof geschoben und den darin liegenden bewußtlosen Mann aufgedeckt und ihr Anliegen erklärt hatten, hatte Georges Gaultier den Wagen samt Inhalt gekauft und das zweifelhafte Paar fortgeschickt. Er hatte im Augenblick keine Zeit, über die Bedeutung dessen nachzudenken, was ihm die beiden erzählten, oder mehr zu tun, als das Gesicht des Mannes, den sie gebracht hatten, kurz mit der Beschreibung zu vergleichen, die ihm Archie Abernethy vor geraumer Zeit gegeben hatte. Der Geldverleiher war Gelegenheitskäufe gewöhnt. Ob der erworbene Mann betrunken war oder nicht – der weniger wichtige Artikel konnte warten. Mit einem raschen Griff entfernte Georges Gaultier den am Boden seines kostbaren Gefährts zusammengekrümmten Unbekannten und verstaute ihn unter der Treppe, wo er sich zunächst einmal erholen konnte.

Danach stapelte er den Handwagen voll und blickte sich von Zeit zu Zeit aufmerksam um: Wenigstens bekam er keinen Streit mit den Kumpanen dieses Mannes.

Einmal, als er hinter sich eine Bewegung ahnte, drehte er den Kopf über die Schulter und machte für den Fall, daß der Mann ihm zuhörte, den praktischen Vorschlag: »Mein Freund, Ihr Gesicht werden Sie schon instand setzen müssen, ehe Sie Ihrer Frau unter die Augen treten. Wenn Sie die Treppe hinaufgehen, wird Ihnen Madame den Rauch aus dem Kopf vertreiben. Das Feuer nimmt diesen Weg nur, falls der Wind umschlägt – und Menschen gehen allemal schneller als Uhren.«

Schließlich nahm er sich doch die Zeit, seine Arbeit zu unterbrechen und hineinzugehen, wo er den Mann am versengten staubigen Mantel packte und ihn sechs Stufen höher zum ersten Treppenabsatz beförderte. Der Bursche öffnete die Augen. Maître Gaultier grinste und wandte sich mit rasselnder Stimme an die Bewohnerin oben. »Madame! Ein Besucher!«

Es waren die ersten zusammenhängenden Worte, die Francis Crawford aufnahm, seit er das brennende Haus oben an der Gasse verlassen hatte. Verschwommen erinnerte er sich an die Plünderer, die ihn hinausgetragen hatten, an den Handel, den er in der Hoffnung abgeschlossen hatte, daß Gaultier, der seine Geschichte von Abernaci kannte, bezahlen würde. Danach die rumpelnde Fahrt im Wagen zu diesem Haus, dessen Adresse ihm Abernaci vor langer Zeit gegeben hatte. Und nun brüllte eine Stimme, rauh und ungezwungen: »Madame! Ein Besucher!«

Inzwischen hatte sich Lymond mit einer Art brutalen Hartnäckigkeit aufgerichtet. Seine gesunde, suchend tastende Hand fühlte das kühle Holz des Treppengeländers. Er stützte sich darauf, belastete das unversehrte Bein mit seinem ganzen Gewicht und blickte hoch – direkt in die Augen einer Frau, deren papierene Haut in sanften, lockeren Girlanden von hervorstehenden, zerbrechlichen Knochen herabhing. Zwei lange, dick geflochtene, unnatürlich goldene Zöpfe baumelten sanft aus einem gefältelten Kopfputz, der seit mindestens einem Jahrhundert aus der Mode war. Sie trug lange, schmale und fließende Gewänder ohne Reifrock, und die Nüstern über dem zerknitterten Mund waren breit und geschwungen.

Es folgte eine Pause, in der sich Lymond mit zurückgelegtem Kopf und sorgfältig kontrolliertem Atem mühevoll darauf konzentrierte, aufrecht und ruhig stehen zu bleiben. Das gotische Gesicht im Halbdunkel hoch über ihm schien zu lächeln. »*Aucassin, damoisiax, sire!«* begrüßte ihn die Dame de Doubtance temperamentvoll mit einem mittelalterlichen Zitat. *Jesus!* dachte Lymond, den dieses Willkommen in einen Zustand leichter Hysterie versetzte. Und verschwommen suchte er nach einem passenden Zitat als Erwiderung.

An den folgenden Dialog konnte er sich später, außer in Alpträumen, nie genau erinnern – die Ballade *Aucassin und Nicolette* flößte ihm freilich seit diesem Tag ein gewisses Unbehagen ein. Irgendwann trieb ihn äußerste Not dazu, zu stammeln: »Hé Dieus, *douce créature...* Wenn ich falle, holdes Wesen, brech ich mir den Hals, und wenn ich hier verweile, schleppt man mich zum Scheiterhaufen.«

Worauf sie nach einer Weile mit leicht herrischer Stimme bemerkte: »Aucassin: *le beau, le blond...* Sie sind verletzt: *Le sang vous coule des bras...* Aus fünfzig Wunden bluten Sie...« Und endlich raffte sie mit ruhiger Bedachtsamkeit ihre Röcke und begann die Treppe hinab auf ihn zuzuschreiten, während er noch sprach:

> *»Douce suer, com me plairoit*
> *Se monter povie droit*
> *Que que fust du recaoir*
> *Que fuisse lassus o toi!*
>
> ... Wie gern ich dort oben wäre,
> dort oben bei dir!«

Später erinnerte er sich daran, wie er sie hatte herabkommen sehen, den schleppenden Saum ihres Brokatgewandes am Arm festgehakt, den alten knöchernen Fuß im Schnabelschuh zwei Stufen über ihm. Sogar in diesem Augenblick vage amüsiert von der verrückten Parallele zwischen seiner Situation und der Ballade, bemühte er sich angestrengt, wie er sich später erinnerte, ihr, ehe er vollends in Ohnmacht fiel, die allfällige Anerkennung auszusprechen: »Und so der *Pilger ward geheilt.«* Er brachte das Zitat noch zu Ende, und das war alles. An die letzte Reise die Treppe hinauf ins Bett der Dame de Doubtance erinnerte er sich nicht.

Er erwachte zweimal: Das erste Mal aus einem fiebrigen Traum beim Klang von Spinettmusik. Da war er in ihrem Zimmer, einer dunklen Höhle mit dicken Wänden, voller alter Bücher und Stickereien, und betrachtete ihr gelbliches Profil mit der edlen Nase, während sie spielte. Offenbar hatte man ihn wieder geschient. Der Schmerz unter den Bandagen hatte deutlich nachgelassen. Er sah, wie sie ihr Spiel beendete, sich erhob und zu ihm herüberkam. Eine Sterndeuterin, hatte Abernaci gesagt. Nebelhaft fielen ihm andere Dinge ein, die man über die Dame de Doubtance hörte. Ungeheuer vielseitig gebildet, grenzenlos wißbegierig und ungewöhnlich vorurteilsfrei, sagte man. Zu ihrer Zeit war sie der Schwarzen Kunst verdächtigt und angeklagt worden, doch hatte man ihr nie etwas beweisen können... Zweifellos war sie an Reichtum und Einfluß nicht interessiert. Ihre Horoskopkarten waren ihre Kinder, ihr Leben der Aufgabe geweiht, die Fakten zu sammeln, aus denen sie sie zusammenstellte. Durch nichts zu erschüttern, alt an Jahren und an Weisheit, wurde ihre Lebensphilosophie von Gerechtigkeit geprägt, sagte man über sie, einer grausamen Gerechtigkeit freilich. Alle menschlichen Leiden waren in ihrer Vorstellung letzten Endes nur Linien auf einer Karte.

Als sie nahe genug herangekommen war, sprach Lymond einen Satz des Dankes, dann ein paar Worte, mit denen er sie bat, Abernaci seinen Aufenthaltsort mitzuteilen.

Törichterweise hatte er Englisch gesprochen. Das alte Gesicht über dem langen, dürren Hals war aufmerksam, die dicken Zöpfe bewegten sich nicht. Dann berührte ihre gewölbte rechte Hand, an der seltsame Ringe funkelten, seine Lippen, schloß ihm den Mund. »*Or se chante*«, sagte sie. »Gerüchte gehen um. Sie durchsuchen Haus für Haus. Sprechen Sie nur mit mir oder Gaultier in Ihrer Sprache, wenn es sein muß, aber mit niemand sonst... Nennen Sie mir Tag und Stunde Ihrer Geburt.«

Sie sprach das grobe, nachlässige Englisch eines Menschen, der sich viele Sprachen angeeignet hat – und von allen nur das wesentliche. Lymond fiel auf, daß sie ihn nicht nach seinem Geburtsjahr gefragt hatte. Als er ihr sagte, was sie wissen wollte, sah sie ihn mit ihrem intensiven, blinzelnden Blick lange an, und es ging ihm plötzlich auf, daß sie sein Geburtsdatum bereits kannte. Als ihm dieser Gedanke kam, lächelte sie mit breitem, herrischem, festem Mund, wobei die schmalen, elastischen Wangen auseinanderglitten. »Sie haben Einfühlungsvermögen«, sagte sie. »Ich habe Ihren Großvater gekannt. Manchmal spricht er noch zu mir.«

»Er ist tot«, antwortete Lymond. Das stimmte natürlich. Der erste Lord Culter, sein berühmter Großvater, vielgeliebt in Schottland wie in Frankreich, nach dem man Lymond getauft hatte, war vor vielen Jahren gestorben. Nur, ihr gegenüber ausgesprochen, wirkten die Worte, die er wie zu seinem Schutz hervorgestoßen hatte, töricht. Irgendwie, begriff er, hatte sie seinen Großvater gekannt. Sicherlich wußte sie auch, daß er tot war. Was sie sonst noch wußte, ahnte er nicht. Doch in der Stille spürte er ihren beharrlichen, starken, bizarren Geist, der die Schutzmauern des seinen zu durchbrechen versuchte.

Er wußte nicht, wie lange das Schweigen andauerte, in dem ihrer beider Willen miteinander rangen. Aber irgendwann atmete jemand lang, langsam, fast unhörbar aus, und die grauen, beringten Finger ruhten wieder einen Augenblick auf seiner Stirn. »Sie hüten Ihre Geheimnisse gut«, sagte sie. »Empfehlen Sie mich Sybilla.« Dann, wie von einer Fessel befreit, verlor er alles Bewußtsein für sie und seine Umgebung.

Das nächste Mal erwachte er nur kurz. Er lag nicht im Bett, sondern frierend unter ein paar Säcken, teilte ein winziges Kabinett mit einem kleinen Schatz wertvoller Gegenstände – während der Raum vor dem Kabinett durchsucht wurde.

Er hörte linkische Fragen und ungewöhnliche Artigkeiten: Den Soldaten und ihrem Leutnant flößte die Dame de Doubtance offenbar höllischen Respekt ein. Ein Guckloch, durch das er aus Schwäche nicht hindurchsehen konnte, warf einen einzelnen Strahl blauen Lichts. Mit müßigen Fingern berührte Lymond das Perlmutt, die Bronzen, die kleinen Lackarbeiten und die Armreifen dicht neben seinem Kopf.

Dann waren die Häscher, offenbar befriedigt, wieder gegangen, die Tür der kleinen Schatzkammer öffnete sich, und er wurde aus seinem Versteck zurück ins Bett getragen. Einen Augenblick hatte er die Illusion, es sei Oonagh O'Dwyer, die sich über ihn beugte, mit widersinnig altem Haar. Dann erkannte er, daß es die Dame de Doubtance war, neben ihrer Schulter der Kopf des kleinen Geldverleihers – und dahinter unter einem Turban das lächelnde Gesicht Abernacis.

Und jetzt war alles ganz einfach. Er brauchte nur die Anweisung, die seit seinem Erwachen fest in seinem Gehirn verankert war, in Worte zu fassen, in die fünf Worte, die er seither ständig für sich wiederholt hatte.

Gehemmt von Gott weiß welchen Spannungen, von Fieber und Drogen, einer Erschöpfung des Geistes und des Körpers, wollte seine Stimme ihm nicht gehorchen. Für einen Augenblick schwand ihm unter der Anspannung auch das Sehvermögen, und stumm und blind fiel er ins Leere, unfähig, irgend etwas mitzuteilen.

Aber er mußte, er würde es mitteilen.

Mit geschlossenen Augen lag Lymond da und zwang die Panik aus seinem Gehirn, befreite seinen Geist und fand einen Bereich klaren, unberührten Denkens, der ruhig auf seine Botschaft wartete.

Die Pause erschien den drei Beobachtern am Bett endlos. Schließlich wandte sich die Dame de Doubtance mit einem sonderbaren Funkeln in den fahlen Augen von dem stillen Bett ab und sagte in raschem Französisch zum Mahaut: »Bringen Sie ihn nach Sevigny.«

Als am nächsten Tag die Trümmer des Hôtel Moûtier niedergerissen wurden, fand man auf den Steinfliesen die besudelten Kleider und den ruinierten Federmantel. Der Rest des Hauses war zerstört, und wenn Thady Boy – wie das Gerücht besagte – in seiner Asche gestorben war, gab es keine weitere Spur.

Eineinhalb Tage lang glaubten sein Bruder, seine Königin, Lady Fleming wie alle anderen, Lymond sei tot, und Tom Erskine, selbst über die Maßen bekümmert, fürchtete sich vor dem, was hinter der bleichen Starre in Richards Gesicht heranwuchs. Dann kam Abernacis Nachricht mit dem knappen Befehl. Lymond sei in seinem Haus in Sevigny, und niemand – weder Richard noch die Erskines oder ihre Freunde – solle sich ihm nähern.

Der Februar ging in den März über, und die Wochen verstrichen, doch es kam keine neue Nachricht. Richard ritt einmal an Sevigny

vorbei, als die Bäume zu knospen begannen, sah die weißen Türme
über dem Schleier von dunklem Rosa und silbrigem Grau, doch waren die Mauern zu hoch, die mit Bäumen bestandenen Gärten zu
groß, um mehr Einblick zu gewähren. Richard hatte gar nicht gewußt, daß das Haus existierte. Am folgenden Tag, als er in einem
grenzenlosen, ziellosen Gefühl der Leere trieb, ging er mit einer
ausgelassenen Gruppe von Höflingen zu einem Sterndeuter in einem wunderlichen Haus mit Namen Doubtance. Wie sich herausstellte, war der Sterndeuter eine Frau. Sie berechnete sein Horoskop
und gab ihm nur einen einzigen Rat. Mit einer irritierenden Herab-
lassung, die sogar noch aus den geschwungenen Nasenflügeln
sprach, musterte sie ihn und sagte: »Der Frühling ist schön in Frankreich. Sie sollten bleiben.«
Tom Erskine sollte am Ende des Monats heimreisen. Und es sah
ganz so aus, als ob auch – trotz ihrer Zuversicht – Jenny Fleming
nach Schottland würde zurückkehren müssen. Sie und Tom wollten
ihre Reise in Paris unterbrechen und dann den Kanal nach England
überqueren, wo Erskine kurz verweilen würde, um dem jungen
Monarchen seine Aufwartung zu machen, bevor er nach Norden
ging. Jennys Reise – ob zur See oder mit der Sänfte – würde freilich
ohne weitere Zwischenstationen vonstatten gehen.
Richard überlegte, ob er sich ihnen anschließen sollte. Bis jetzt hatte
er noch kein Verlangen danach gehabt. Er hatte, wie ihm bewußt
wurde, auch kein Verlangen danach, Sybilla wiederzusehen, ohne
ihr etwas Neues berichten zu können. Dabei war er jeder möglichen
Spur zu diesem Geheimnis nachgegangen.
Er hatte den Schutz der kleinen Königin übernommen, aber seit
Wochen war nichts mehr geschehen. Lymond war nicht tot, konnte
nicht tot sein, denn zumindest das hätte ihnen Abernaci mitgeteilt.
Aber wie schrecklich verstümmelt mußte er sein, daß er sich zu dieser Isolation, diesem entnervenden Schweigen zwang. Das war der
Gedanke, den Richard voller Verzweiflung Tag und Nacht mit sich
herumtrug. Und jedes Wiederauftauchen Lymonds war durch die
neueste Attacke unmöglich geworden: die überall verbreiteten, un-
begreiflichen Enthüllungen über Thady Boy Ballagh, die bis in die
letzten Einzelheiten Diebstahl und Verrat bewiesen.

Für Richard hatte diese offiziöse Verdammung, so überraschend sie auch war, in gewisser Weise zumindest eine Erleichterung bedeutet. In einer Beziehung war Francis nun sicher – wenn auch nur vor sich selbst. Und die Enthüllung war ein unwiderleglicher Beweis dessen, was er und Erskine mitunter bezweifelt hatten: Stewarts Auftraggeber befand sich nicht im Ausland. Stewart hatte auch nicht allein gearbeitet in der Hoffnung, seine unerbetenen Dienste verkaufen zu können. Es war der Beweis dafür, daß es hier in Frankreich hinter Stewart einen Kopf gab, den Urheber der Intrige.

Gemeinsam mit Erskine war Richard jeder denkbaren Spur gefolgt. Sie ritten nach Neuvy, um Oonagh O'Dwyer aufzusuchen, der Thady Boy Ballagh in dem auf so rätselhafte Weise abgebrannten Haus sein Ständchen gebracht hatte. Sie trafen sie nicht an. Sie sei zu Besuch bei den Moûtiers in deren Haus im Süden, erklärte ihre Tante und weigerte sich hartnäckig, ihnen die Adresse zu geben. »Ist es nicht genug, daß man die Moûtiers bedauern muß, weil vagabundierende Gaukler ihnen das Haus über dem Kopf angezündet haben?«

Sie und Oonagh hatten sich während des Unglücks im Tour des Minimes und auch in den Tagen danach in Neuvy aufgehalten. Die Moûtiers, das ergab sich aus den Auskünften der Nachbarn, waren jedermann bekannt und eindeutig harmlos. Nach allem, was sie herausfanden, malte sich Richard mit Bitterkeit aus, daß Lymond sich vielleicht allein dorthingeschleppt hatte, weil er wußte, daß das Haus verlassen war, und aus irgendeinem Grunde ahnte, daß er entlarvt und verleumdet werden sollte. Ihre Unwissenheit lähmte sie, und genau das mußte Lymond bezweckt haben. Denn in ihrer Unwissenheit lag auch ihre Sicherheit.

Unterdessen machte die Königinmutter keine Pläne, nach Schottland zurückzukehren, und mit undurchsichtigem Charme fuhr der französische Hof fort, ihr den an bösen Zwischenfällen reichen Aufenthalt noch so angenehm wie möglich zu gestalten.

Es war nicht mehr das glänzende Vergnügen von einst. Niemand mehr setzte die Huren von Blois auf Kühe und trieb sie durch die Stadt. Die Fastenzeit ging in Blois und Amboise zu Ende, still, verdrossen und matt, ohne Gelächter, Spottverse und improvisierten possenhaften Gesang. Thady Boy war tot, und das war gut für ihn. Doch er fehlte bei jeder Gelegenheit.

Was immer jetzt getan wurde, trug ein anderes Gesicht. Was bei Thady Boy auf vulgäre Weise geistreich gewesen war, wirkte im Licht bloßer Nachahmung abstoßend gemein. Was impulsiv gewesen war, geriet nun ordinär. Was witzig gewesen war, wirkte abgedroschen. Was spontan gewesen war, glitt ins Unverschämte ab. Die Etikette – die verdrängte Etikette – stellte sich drückend wieder ein. Schlagfertige Erwiderungen gerieten allzu witzig, die Antworten darauf allzu unfreundlich. Das Gefühl eines akuten geistigen Unbehagens lastete auf der Blüte Frankreichs, Nachwirkungen des flammenden Ausbruchs von Zügellosigkeit. Wäre Thady Boy jetzt zurückgekehrt – auch wenn er vom Verdacht des Verrats freigesprochen worden wäre –, man hätte ihn von den Dienern aus dem Schloß prügeln lassen.

VIERTES KAPITEL

Wie der heilige Patrick, der von Gott Schutz gegen den Zauberbann von Frauen, Druiden und Schmieden erflehte, fand O'LiamRoe alsbald ein Heilmittel für seine Leiden. Nachdem er den grausamen Gefilden Frankreichs entflohen war, hatte er sich nach Hause zurückgezogen, wo er jedoch nur einen stummen Spiegel für seine so tief verletzte Selbstachtung fand. Das Angebot des englischen Vizekönigs kam ihm gerade recht: England lud ihn »mit Freuden« nach London ein – zumal Gerüchte über eine französische Invasion Irlands wieder einmal einen Höhepunkt erreicht hatten. Der Fürst empfand es – mit einem Anflug von Zynismus – zunächst als eine Art Triumph, sich mit seiner angeschlagenen Selbstachtung in das politische Leben der Gegenseite zu mischen.

Anfangs war er von England begeistert gewesen. Die Engländer, so fand er, unterschieden sich auffallend von den Franzosen. Hier war der König ein Knabe. Die Atmosphäre bei Hofe wurde weniger von persönlichen Rivalitäten kühl berechnender Karrieristen bestimmt als vielmehr von dem Umstand, daß es unter den Baronen einander bekämpfende Parteiungen gab: Sie agierten zwar nicht weniger ehrgeizig als die französischen Höflinge, ihre Ambitionen jedoch wurden von einem mehr oder weniger aufrichtigen Engagement für ihr Land, ihr Volk und ihre Religion getragen.

Es verblüffte und belustigte ihn immer noch, daß er ausgerechnet im Haus des Grafen und der Gräfin von Lennox in Hackney wohnte. Da er mit dem Gefolge des Hofs zwischen Whitehall und Holborn, Greenwich und Hampton Court hin und her pendelte, war O'LiamRoe dem bleichen schottischen Grafen von Lennox mit den Tränensäcken, dem blonden Haar und dem ständigen Ausdruck leicht verwirrten Mißtrauens mehr als einmal begegnet. Ein wenig später hatte er auch Lennox' Frau Margaret kennengelernt, und sie war es, die ihn eingeladen hatte, doch eine Weile als Gast in ihr Haus zu ziehen.

Im Hintergrund seines Gedächtnisses schlummerte etwas, was er einmal über seinen ehemaligen Ollave und Margaret Douglas, die Gräfin von Lennox, gehört hatte. Er bemühte sich nicht, dem nachzugehen, denn zusammen mit Frankreich hatte er auch Thady Boy und dessen Angelegenheiten ein für allemal hinter sich gelassen.

Sein Gedächtnis lieferte ihm jedoch noch eine andere lebhafte Erinnerung. Matthew Stewart, der Graf von Lennox, war der ältere Bruder von John Stewart Lord d'Aubigny. Und so würde er, wie er meinte – aus zweiter oder dritter Hand – Neues über die einzige Person am ganzen Hof von Frankreich erfahren können, für die er aufrichtige Zuneigung empfand: das bedrohte Mädchen, die kleine Königin Maria. Deshalb war er zu den Lennox nach Hackney gezogen.

Doch seine Gastgeber hatten ihn enttäuscht. Die Lennox waren oft abwesend. Wie er selbst wurden sie regelmäßig an den Hof berufen – trotz ihrer Religion, die, wie er vermutete, standhaft papistisch war. Margaret war eine leibliche Kusine des jungen Königs Eduard von England, und wäre sie nicht früher von ihrem Onkel König Heinrich VIII. von der Erbfolge ausgeschlossen worden, hätte sie in der Tat einen gewichtigen Anspruch nicht nur auf den Thron Englands gehabt, sondern auch auf den Schottlands, wo ihre Mutter Königin gewesen war und wo überdies der Urgroßvater ihres Gatten als König regiert hatte.

Es gab manches, was O'LiamRoes Begeisterung für England allmählich abkühlen ließ. Die geschäftigen Barone bei Hofe begegneten ihm zwar mit Höflichkeit, hatten jedoch keine Zeit für ihn. Die
Iren, die er in London kennenlernte, hatten nur ihre Pensionen und
Pachtgelder im Kopf, und er war es auch leid, sich die Zeit mit geschwätzig politisierenden Engländern zu vertreiben, die doch nur
Vorurteile anzubieten hatten.

Auch jetzt, als er durch Cheapside in Richtung Themse-Ufer ritt,
fühlte er sich sonderbar unglücklich, weil sich in der lärmenden,
feilschenden, hastenden Menge nicht ein einziger Kopf nach ihm
umdrehte. Für England hatte er auf sein Safranwams und den
Friesmantel verzichtet, und damit schien ihm irgendwie auch seine
ungehobelte, sympathische Überlegenheit abhanden gekommen zu
sein. Jetzt war es zu spät, sich als Ersatz die überlegene Arroganz der
Reichen und Mächtigen zuzulegen, die er sein Leben lang fleißig
verspottet hatte. In seinem sanften Körper unter der sandfarbenen
Haut schien ihm, schreckenerregend, farblos wie eine Qualle, eine
fade, mittelmäßige Persönlichkeit zu lauern, mit der er vielleicht bis
ans Ende seiner Tage leben mußte. O'LiamRoe hatte Francis Crawford von sich abgestreift, doch glücklich fühlte er sich nicht in seiner
neuen Haut.

Zwischen den prächtigen Häusern, deren Rückfronten und Gärten
am Themse-Ufer lagen, befand sich auch das kleine Haus, in dem
Michel Hérissons jüngerer Bruder Brice Harisson zur Miete wohnte. Es hatte eine elegante Tür, große verglaste Fenster und eindrucksvolle Räume, die die nüchterne Eleganz und die Kälte eines
Hauses ausstrahlten, das zur Repräsentation und nicht zum Wohnen eingerichtet worden war.

Zu diesem Haus ritt der Fürst von Barrow in Begleitung Piedar
Doolys, um einen letzten Versuch zu machen, in dieser berühmten
Stadt London einen herzlichen, aufrichtigen, freundschaftlichen
Menschen zu finden. Bei sich trug er einen Brief des stattlichen
Bildhauers Michel Hérisson.

Als Fürst und Diener das Haus erreichten, war er zunächst von dem
Unterschied zwischen Brice Harissons Lebensstil und der freigebigen
Sorglosigkeit des Bildhauers mit seinem lärmenden inoffiziellen Klub

und seiner illegalen Druckerei belustigt und keineswegs entmutigt. Piedar Dooly wurde mit den beiden Pferden rasch und schweigend zu einem hübschen kleinen Pferdestall geführt. O'LiamRoe selbst, von einem livrierten Diener zum anderen weitergereicht, fand sich schließlich in einem mit Leder ausgeschlagenen Salon wieder, wo er auf den Hausherrn wartete.

Das Wenige, das O'LiamRoe von Michels einzigem Bruder wußte, schien ihm verheißungsvoll: Gebürtiger Schotte, unverheiratet, unternehmungslustig, war Brice wie Michel in Frankreich aufgewachsen und hatte wie Michel keine andere Philosophie als die Pflege seiner Talente und Ansichten auf einem Boden, auf dem sie am besten gedeihen konnten.

Brices besonderes Talent war ein Ohr für Sprachen. Er konnte alles nachahmen, sich einen Dialekt einprägen wie Musik, eine Spracheigentümlichkeit wie das Stück einer Melodie. Er hatte Edward Seymor, den Herzog von Somerset und späteren Lord-Protektor von England, kennengelernt, als dieser noch mit der englischen Armee an der Nordküste Frankreichs stationiert war. Und als Somerset nach London zurückkehrte, um England in den ersten Jahren der Regierung des Knabenkönigs Eduard zu führen, begleitete ihn Harisson als Dolmetscher und fähiges, wenngleich noch recht junges Mitglied seines Sekretariats.

Jetzt war Somersets Macht im Schwinden. Er hatte die Herrschaft über den Staat an den Grafen von Warwick abtreten müssen. Deshalb hoffte O'LiamRoe, daß Brice Harisson, der es zu einigem Vermögen gebracht hatte und dessen Haus in der Nähe von Somersets Palast lag, Zeit und Muße haben würde, den Fürsten von Barrow in die privaten Kreise der Londoner Gesellschaft einzuführen.

Und so beschäftigte den Fürsten, als sich die Tür öffnete, Brice Harisson eintrat und O'LiamRoe sich mit dem Empfehlungsbrief Michel Hérissons in der Hand erhob, einzig die Frage, ob er ihm die Hand schütteln oder ihn umarmen sollte, so wie es Michel zu tun pflegte. Der Hausherr verharrte in der offenen Tür, klein, dunkel, mager und dünnbeinig. Er war ganz in Schwarz gekleidet, und die hohe Halskrause reichte ihm bis zu den Ohren – weit abstehenden Ohren, von denen wenigstens eines von herabfallendem, dichtem, glanzlosem grauem Haar verdeckt wurde.

»Der Fürst von Barrow, nehme ich an?« sagte Brice Harisson mit einer Stimme, in der Zweifel und Langeweile miteinander kämpften. »Ich fürchte, mein Bruder überschätzt wie üblich die Zeit, die man an einem so geschäftigen Hof wie dem unseren erübrigen kann. Ich habe gleich eine Verabredung. Kann ich Ihnen vorher zu Diensten sein?«

Es mußte irgend etwas geschehen sein, was ihn in schlechte Laune versetzt hatte. O'LiamRoe hatte auch Michel schon mit diesem geröteten Gesicht, freilich wesentlich unbeherrschter erlebt, wenn seine Pläne vereitelt worden waren. Friedfertig entgegnete er: »Es besteht kein Anlaß, Sie ausgerechnet zu diesem Zeitpunkt zu stören. Ich komme ein andermal wieder, und dann können wir einen Abend miteinander plaudern. Oben an der Straße gibt es eine Schenke, wo wir zusammen einen Schluck trinken könnten.«

Die Tür stand weit offen, und Harisson machte weder Anstalten, sie zu schließen noch ins Zimmer zu treten. Trotzdem war O'LiamRoe auf die unhöfliche Entgegnung des Hausherrn nicht gefaßt. »Wenn Sie meinem Butler Ihr Anliegen genau erklären, wird er Ihnen morgen eine Antwort zukommen lassen«, sagte Harisson. »Eine Einführung beim Herzog von Somerset kann ich Ihnen leider nicht vermitteln. Irische Häute schätzt er nicht, und irischen Käse findet er viel zu derb... Roberts!«

Es folgte eine Pause. Als er die Schritte des sich nähernden Butlers vernahm, sagte O'LiamRoe, die Vokale ungewöhnlich sorgfältig rundend: »Der Schotte, wie er leibt und lebt: Bei jedem neuen Bekannten muß man darauf gefaßt sein, daß er auf irgendein lohnendes Geschäft aus ist – wie die Nixe zum Heringsfischer sagte... Ich bin aus Freundschaft zu Ihnen gekommen – und ich habe Nachrichten von Ihrem Bruder. Das ist alles.«

Der Butler stand nun neben Harisson. Sein Herr schickte ihn nicht fort. Harissons braune Augen blickten O'LiamRoe unter hochgezogenen, kurzen, buschigen Brauen eulenhaft an. »Ich habe auch kein Geld zu verleihen«, sagte er schroff. »Entschuldigen Sie mich. Meine Verabredung ist dringend. Roberts?«

Der Butler an seiner Seite schnippte mit den Fingern. Ein Diener brachte Degen, Mantel und Handschuhe. Harisson hatte bereits

Stiefel an, und auf seinem glatten Haar saß ein schlichter Hut mit einer Feder. Zum Ausgehen angekleidet, trat Harisson beiseite und gab O'LiamRoe die Tür frei. »Ich werde mir selbst die Tasche aus dem Studierzimmer holen, Roberts. Es tut mir leid, Fürst, daß ich Sie enttäuschen muß. Bedauerlicherweise haben mein Bruder und ich uns schon lange auseinandergelebt, und auch vorher schon hat er meine Geduld mit Scharen von Bittstellern strapaziert. Ich hoffe, Ihr Aufenthalt in London bringt Ihnen einigen Nutzen.«

»Ach, Gott steh Ihnen bei, ich ziehe jeden Nutzen aus den Erfahrungen, die mir hier zuteil werden«, erwiderte O'LiamRoe. »Der große stolze Michel hätte mir den Schädel eingeschlagen, wenn ich nicht die Gastfreundschaft seines gescheiten kleinen Bruders gekostet hätte, der so viele Sprachen spricht. Aber hol's der Teufel, ich würde sagen, Sie benutzen Ihre eigene höchst befremdlich. So habe ich einmal in Dublin eine ehemalige Hure reden hören, die ihre Tugend verteidigte.«

O'LiamRoe öffnete seinen Geldbeutel, entnahm ihm einen Écu und drückte ihn an der Tür Brice Harisson in die gepflegte Hand. »Trinken Sie auf dem Weg zu Ihrer Verabredung einen Krug auf mein Wohl«, sagte er. »Jawohl, unsere Häute stinken, und unser Käse ist nicht edel, aber unsere Herzen sind aufrichtig, stark und leuchten wie Hahnenklee im Torfmoor. Und Sie, kleiner Mann, sehen sehr einsam aus.« Erst als er die Ställe erreichte und merkte, daß er die Hände zu Fäusten geballt hatte, wurde O'LiamRoe bewußt, daß er tatsächlich auf einen körperlichen Angriff gefaßt gewesen war.

Piedar Dooly hatte nach ihm Ausschau gehalten. Als O'LiamRoe in die tröstliche, nach Pferdedung riechende Wärme des Stalls trat, krallte Dooly eine sehnige Hand in den zerknitterten Seidenärmel seines Herrn und zerrte ihn unter heiserem Geflüster beiseite. O'LiamRoe, der es eilig hatte, Brice Harissons Grundstück zu verlassen, ehe dieser selbst den Hof betrat, schnitt ihm in knappem Gälisch das Wort ab.

Dann blickte er in die Richtung, in die Piedar Doolys Hand gewiesen hatte, und die Bedeutung dessen, was er sah, teilte sich seinem Gehirn mit. Vier Tiere standen im Stall: sein eigenes, ein Maultier, eine schöne Stute, die Harissons Farben trug, und ein Gebrauchs-

pferd, dessen geflicktes Zaum- und Sattelzeug für Feldzüge ausgerüstet und O'LiamRoe so vertraut war wie sein eigenes. Hinter diesem Zaumzeug war er von Dieppe nach Blois geritten, hatte es angestarrt, als es während der Schiffsreise die Seine und die Loire hinab
neben dem seinen an Bord glitt, hatte es auf der unseligen Jagd mit
dem Geparden im Auge gehabt und war an seiner Seite nach Aubigny und wieder zurück nach Blois geritten. Das Zaumzeug und der
Sattel gehörten Robin Stewart.

O'LiamRoe lehnte selten einen Menschen ab, der ihm auf die eine
oder andere Weise Belustigung verschaffte, doch war es ihm – schon
vor der Geschichte mit Luadhas – ungewohnt schwergefallen, die
ebenso gehemmte wie lästige Art des Bogenschützen zu ertragen.
Erregt wie er im Augenblick war, hätte er das Anwesen Harrisons
auf der Stelle verlassen, wenn ihm nicht ein paar Gedanken durch
den Kopf geschossen wären.

Zum einen erinnerte ihn die abstoßende Szene in Harissons Haus an
jene andere vor über zwei Monaten im übel zugerichteten Zimmer
des Ollave in Blois. Zu Oonagh O'Dwyer hatte er einmal gesagt, daß
Autorität die Menschen zu Ungeheuern mache, doch am Beispiel
Thady Boys hatte er gesehen, was aus einem Menschen werden
konnte, der seine Autorität verschleuderte.

Robin Stewart war mit George Paris nach Irland geschickt worden,
um Cormac O'Connor abzuholen und nach Frankreich zu bringen.
Statt dessen aber hielt er sich hier in London bei einem von Somersets Männern auf, der sich überdies die größte Mühe gab, Stewarts
Anwesenheit zu verbergen. England und Frankreich befanden sich
zwar nicht miteinander im Krieg, waren aber auch nicht eben gute
Freunde – und ganz gewiß nicht so gute Freunde, daß sich ein ver-
traulicher Kontakt zwischen einem Bogenschützen aus der Leibwache des französischen Königs und einem englischen Hofbeamten
rechtfertigen ließ, auch wenn dieser gegenwärtig ein wenig aus der
Mode war. Harisson war wie Stewart Schotte, und er zählte, wie
O'LiamRoe einfiel, zu Stewarts alten Freunden. Aber, so überlegte
er weiter, welche Rolle spielte O'Connor dabei, den doch Stewart
weisungsgemäß aus Irland abholen und nach Frankreich bringen
sollte?

Am Ende war es diese letzte faszinierende Frage, die Phelim O'LiamRoe, Fürst von Barrow – ein Mann, der nie auf seine Würde bedacht war und sich stets auf seine Redegewandtheit verließ, wenn es galt, seine mitunter sonderbaren Wege zu ebnen – dazu veranlaßte, geräuschvoll aus dem Hof zu reiten, Piedar Dooly und den stechenden Blick des Butlers im Rücken ein Stück die Straße hinabzureiten, dann abzusitzen und seinen Diener bei den Pferden zurückzulassen – während er selbst über zwei Mauern kletterte, durch eine Allee schlich, einen neugierigen Hund beschwichtigte und schließlich in den Garten hinter Brice Harissons stilvollem Haus schlüpfte.

Dort machte er mit Hilfe seiner vagen Kenntnis des Hauses das Fenster des Studierzimmers ausfindig. Es war geöffnet, und genau darunter befand sich das Dach einer Veranda. In der purpurnen Düsternis, die einen kräftigen Märzschauer ankündigte, packte O'LiamRoe ein Regenrohr, umschlang es mit Händen und Füßen und kletterte hoch, wobei er sich die Strümpfe zerriß, die Kniehosen aufschlitzte und mit dem Ellbogen säuberlich einen eng anliegenden Seidenärmel durchbohrte. Oben angekommen, bereitete er sich darauf vor, zu lauschen.

Sie sprachen Gälisch. Stewart, der dem Fenster am nächsten saß, beherrschte es nicht besonders gut. Mehr als einmal geriet er ins Stocken und ergänzte seine Rede auf französisch oder englisch. Harissons Gälisch dagegen war makellos. O'LiamRoe hörte ihn leise fragen, kommentieren, gelegentlich widersprechen. Er gab sich jetzt – in verblüffendem Gegensatz zu dem Empfang, den er dem Fürsten von Barrow bereitet hatte – ruhig, vertraulich, verständnisvoll, und die Geschicklichkeit, mit der er Robin Stewarts Verschrobenheiten begegnete, verriet in der Tat eine sehr lange Freundschaft. Sein singendes Gälisch drang melancholisch an O'LiamRoes lauschende Ohren, als er sagte: »Trotzdem, Robin, warum das Boot? Die Themse ist für einen Mann wie Warwick ein öffentlicher Platz, der sich für eine solche Unterredung wirklich nicht eignet. Es war klar, daß er sich weigern würde, dich anzuhören.«

Stewart fluchte. »Habe ich nicht jede andere Möglichkeit versucht? Meine Botschaften haben ihn nie erreicht. Ich wußte, daß er an diesem Tag nach Greenwich segeln würde. Alles übrige war einfach.«

Harissons Stimme war immer noch liebenswürdig. »Bist du ihm gegenüber deutlich geworden?«

»Ich sagte ihm, ich hätte Neuigkeiten für ihn, die für England von großem Nutzen sein könnten. Sie wären aber geheim, und darum müßte ich ihn allein sprechen.«

»Und?«

»Er sagte, er dächte nicht daran, sich durch meine Aufdringlichkeit zu einer Unterredung zwingen zu lassen. Ich könnte froh sein, daß man mich nicht in den Fluß werfe und bis nach Newgate schwimmen lasse. Und wenn ich ihm irgend etwas zu sagen hätte, dann hätte ich ihm schreiben müssen, wie sich das gehört. Aber interessiert war er schon.«

»Das hört sich aber nicht so an.«

Stewarts sonst so aggressive Stimme war glatt vor Selbstzufriedenheit. »Doch, er war's. Ich habe eine Ecke meines Mantels zurückgeschlagen und ihm das Emblem der Bogenschützen gezeigt.«

Zum erstenmal wurde Harissons Stimme scharf. »Wer hat es außer ihm gesehen?«

»Niemand. Lieber Gott, ich bin doch nicht dumm! Das Boot war voller Diener und Beamten – weit und breit keiner, der mich kannte. Dann winkten sie einer Fähre und setzten mich aus. Aber den nächsten Brief, den ich ihm schreibe, bei Gott, den wird er lesen!« Vor Erregung war seine Stimme schrill geworden. »Diesmal wird es klappen. Eine neue Botschaft, Brice. Wir werden ihn bitten, mit uns zu sprechen. Und wenn er das nicht will, werden wir Zeit und Ort für ein Treffen vorschlagen, zu dem er einen Mann seiner Wahl schicken kann. Er kann es nicht ablehnen. Und wenn er erst einmal weiß, was wir anzubieten haben, ist unser Glück gemacht. Sobald dieses Balg Maria mit dem Dauphin verheiratet ist, bedeutet sie eine ständige Bedrohung der schottischen Grenze. Wenn sie aber tot ist, wird wahrscheinlich Arran König von Schottland, und Arran begünstigt die Engländer und ist für ein paar Groschen zu haben. Warwick könnte die Schotten vielleicht sogar dazu bringen, Lennox regieren zu lassen – immerhin hat er einen Anspruch auf den schottischen Thron.

365

Und wie die Dinge liegen –« hämmerte Stewarts Stimme heiser vor
Begeisterung weiter – »wie die Dinge liegen, ist Maria sogar eine regelrechte Bedrohung für den englischen Thron. Wenn in England
die Katholiken wieder an die Macht kommen, könnte Frankreich sie
dazu anstacheln, ihre Ansprüche auf die englische Krone durchzusetzen. Schließlich ist Maria eine Enkelin von König Heinrichs
Schwester. Und wenn man bedenkt, was aus seinen Ehen so herausgekommen ist, könnte man sagen, daß ihr Anspruch ebenso berechtigt ist wie der seiner Tochter Maria Tudor.«

»Oder der des Grafen und der Gräfin von Lennox?« warf Harisson
nachdenklich ein. »Ich dachte, ihnen hättest du dein Angebot zuerst
unterbreitet.«

»Nun ja«, sagte Stewart. Es folgte eine lange Pause, in der der Fürst
von Barrow Zeit hatte, zu bedenken, daß die Dachziegel unter seinen Füßen sicherlich bald zu scheppern anfangen würden – so sehr
schlug sein Herz. Drinnen sagte Stewart beklommen und abwehrend: »Wenn ich mich richtig erinnere, hab ich mal was gesagt. Aber
ich habe für diese Familie wirklich nichts übrig – das ist die Wahrheit.«

»Oh, da stimme ich dir zu.« Und mit unverändert freundlicher
Stimme bedachte er die Lennox mit einem Ausdruck, den O'Liam-
Roe aus den Gossen von Dublin kannte. Ohne Pause fügte Harisson
hinzu: »Wir werden also einen Brief an Warwick schreiben – auch da
stimme ich dir zu. Wir werden ihm Bedenkzeit geben und einen
Treffpunkt vorschlagen. Eine Buchhandlung eignet sich besonders
gut. In einem Wirtshaus gibt es zu viele Ohren… Was hältst du davon, wenn ich selbst hingehe? Ich habe, sehr zu meinem Leidwesen,
an diesem Hof schon eine lange Erfahrung, und ich glaube, mir
würde man Gehör schenken. Natürlich würde niemand deinen
Rang in Frage stellen, aber dein Name ist nicht so ohne weiteres geläufig.«

»Ich wollte gerade dasselbe vorschlagen«, meinte Stewart, und in
seiner Kapitulation erkannte O'LiamRoe die als vernünftige Einsicht getarnte Erleichterung. Dann erörterten die beiden Verschwörer Zeit und Ort des geplanten Treffens, und nachdem dies erledigt
war, rüstete Stewart zum Aufbruch.

Und in eben diesem Augenblick, als auch O'LiamRoe auf dem Dach sich darauf vorbereitete, den Rückzug anzutreten, hörte er, wie sein Name fiel. Harisson beantwortete gerade eine Frage Stewarts: »Ich sagte dir ja, O'LiamRoe ist wieder gegangen. Und er wird kaum noch einmal hierher kommen. Dafür habe ich gesorgt. Er konnte gar nicht wissen, daß du hier bist. Es war reiner Zufall: Mein Bruder, dieser Schwachkopf, hat ihn mir auf den Hals geschickt.«

Stewarts Stimme war dumpf vor Besorgnis. »Ich verstehe das einfach nicht. Ich habe ihn doch in Irland zurückgelassen.«

»Mein lieber Robin«, meinte Harisson trocken, »er wäre nicht der erste, der den Herrn zu wechseln wünscht. Wenn freilich dieser andere Bursche, den du Thady Boy nennst, noch am Leben wäre und hier in London auftauchte, dann hättest du allen Grund zur Sorge.«

»Nun, das wird er nicht«, sagte Stewart rasch auf englisch, und seine jäh aufgerauhte Stimme hämmerte dem lauschenden O'Liam-Roe wie eine gefürchtete, im Wind nur halb vernommene Folge von Glockenschlägen ihre Botschaft in den Kopf: »Wie oft soll ich es dir noch sagen? Ich habe ihm am Abend meiner Abreise so viel Nachtschatten eingeholfen, daß er davon einfach sterben *mußte*. Leute wie er sind mir zuwider... Sie gehen durch das Leben, wissen alles besser und mischen sich dauernd in die Angelegenheiten anderer Leute ein. Warum können sie unsereinen nicht in Ruhe lassen? Niemand hat ihn gebeten, sich einzumischen. Er besaß Land und Vermögen – alles war leicht für ihn vom Tag seiner Geburt an, als man ihm vorm Kaminfeuer in seidene Windeln wickelte. Warum mußte er sich in mein Leben einmischen?«

»Das hast du mir schon einmal gesagt. Man könnte fast meinen, Robin, er wäre der erste Mann, den du getötet hast. Vergiß ihn! Du hast recht getan, und es ist vorbei. Und nun...«

Die Unterredung ging zu Ende. O'LiamRoe glitt vom Dach und floh auf die Straße, wo Piedar Dooly auf ihn wartete. Ihn fröstelte, und sein Magen zog sich zusammen bei der Erinnerung an einen sich erbrechenden Mann, der sich mit geweiteten Augen und irrem Gelächter unter Sturzbächen von Wasser am Boden gekrümmt hatte.

Es war ein langer Ritt zurück nach Hackney, und O'LiamRoe begab sich nicht geradenwegs dorthin. Er kehrte in einem Wirtshaus ein, das ein gutes Stück vom Themse-Ufer entfernt lag. Und in der Einsamkeit des Schankraums am frühen Vormittag, während der Regen gegen das geölte Fensterleinen schlug und O'LiamRoe einen tröstlichen Krug nach dem anderen leerte, umkreisten seine Gedanken den entscheidenden Punkt, den er – wie er in seinem Innersten wußte – erreichen würde, kamen ihm näher und näher.

Und er fand ihn, fand zu der unausweichlichen Schlußfolgerung, die ihm ins Gesicht starrte. Seine blauen Augen waren leer von einsamem Nachdenken und Trinken, als er sich rebellisch vergegenwärtigte, was ihn ursprünglich dazu bewogen hatte, noch einmal zu Harissons Haus zurückzukehren. »Bei Bridget und Dagda – Cormac O'Connor, du hast eine Macht, für die du Verantwortung trägst«, murmelte Phelim O'LiamRoe vor sich hin. Er stand auf, machte Piedar Dooly ausfindig und traf in zwei Stunden schwerer Arbeit alle notwendigen Vorkehrungen, um seinen Diener auf der Stelle per Schiff nach Frankreich zu schicken, wo er die schottische Königinwitwe davon in Kenntnis setzen sollte, daß der Bogenschütze Robin Stewart – der mutmaßliche Urheber aller Anschläge auf ihre Tochter und überdies der Mörder Francis Crawfords – jetzt in London englische Unterstützung für einen weiteren Anschlag auf die Königin von Schottland suche.

Er verkaufte Piedar Doolys und sein eigenes Pferd, um Dooly mit Reisegeld zu versorgen, und begleitete ihn zum Postpferd, das ihn nach Portsmouth bringen sollte. Dann machte er sich selbst auf den langen, feuchten Fußweg nach Hackney. Als er nach Hause kam, lief er Lady Lennox über den Weg, die sich sogleich in zweideutigen, amüsierten Anspielungen auf seinen Zustand erging. Er machte nur ein paar Ausflüchte und begab sich geradenwegs in sein Zimmer, wo er genug Geld verwahrte, um ein neues Pferd kaufen zu können. Die Verschwörerrolle war ihm so fremd, daß er es im Augenblick nicht wagte, den beiden Lennox, über die Robin Stewart und sein Freund so verächtlich gesprochen hatten, unbefangen ins Gesicht zu sehen.

Margaret Douglas, Gräfin von Lennox, die hochgewachsene, schöne Nichte König Heinrichs mit dem lohfarbenen Haar, die ihr

Leben lang Verschwörerin gewesen war, blickte der beschmutzten Gestalt nach, der heute kein Bediensteter folgte und kein Pferd zur Verfügung stand, wandte sich in die andere Richtung und begab sich in ihr Boudoir. Dort ließ sie Graham Douglas zu sich kommen, der ihr seit ihrer Geburt diente, für sie spionierte und für sie tötete, und befahl ihm liebenswürdig, O'LiamRoe auf Schritt und Tritt zu folgen.

Drei Wochen später verließ der Fürst von Barrow eine langweilige Zeremonie bei Hof in Whitehall, ritt durch das rote Ziegeltor, am Turnierplatz vorbei, bog bei Charing Cross ab und erreichte den vornehmen Bezirk, in dem Durham House lag, die offizielle Residenz Raoul de Chémaults, des französischen Botschafters am Hof König Eduards. O'LiamRoe hatte sich beim Botschafter angemeldet.

In Anbetracht der Tatsache, daß er seinerzeit beinahe aus Frankreich verjagt worden war und seither in recht unziemlicher Eile die französische Gastfreundschaft mit der englischen vertauscht hatte, erforderte dieser Besuch beträchtlichen moralischen Mut.

Im stillen hatte O'LiamRoe schlicht darauf gehofft, der Botschafter werde sich weigern, ihn zu empfangen. Doch diese Hoffnung hatte getrogen. Monsieur de Chémault, ein dicker, olivenhäutiger Romane aus Südfrankreich mit schwarzem Haar und kurzen Beinen, war vor lauter taktischer Vorsicht nicht imstande, unter seinen Besuchern eine Auswahl zu treffen, und empfing jedermann, sogar bei Nacht. O'LiamRoe wurde in einen dieser dumpfen englischen Räume geführt, der freilich ausschließlich mit Möbeln aus Frankreich eingerichtet war und den Fürsten an einen plumpen Lederkoffer voller bunter Schmetterlinge denken ließ. Und wie eine Raupe, die ihre Metamorphose nicht vollenden kann, streckte der französische Botschafter einen kurzen, uneleganten Arm aus und ließ ihn Platz nehmen. Dann sprach er ausführlich übers Wetter.

Zu guter Letzt blieb O'LiamRoe, der selbst mehr Geschichten übers Wetter zu erzählen wußte als jeder Ire südlich von Antrim, nichts anderes übrig, als den Botschafter zu unterbrechen. »Mein Anliegen ist für einen Iren vielleicht ein wenig sonderbar«, begann er. »Aber es läßt mir keine Ruhe, ehe ich nicht mit Ihnen gesprochen habe. Es handelt sich um einen Mann, den ich aus Frankreich kenne, einen schottischen Bogenschützen namens Robin Stewart: Er hält sich augenblicklich in England auf und bietet an, die schottische Königin zu beseitigen, sobald er wieder in Frankreich ist – was nicht sein erster Anschlag auf die Königin wäre. Und der Graf von Warwick, der gerissene Kerl, ist im Begriff, das Angebot anzunehmen.«

Der Fürst von Barrow hatte seit eh und je eine schlechte Meinung über alle Beamten und war darauf gefaßt gewesen, daß man ihm keinen Glauben schenken oder ihm mit oberflächlicher Höflichkeit die Tür weisen würde. Doch Raoul de Chémault verdankte seine übertriebene Vorsicht einer lebenslangen Erfahrung in Ämtern, Vertretungen und Gesandtschaften in ganz Europa und kannte sich viel zu gut aus, als daß er eine Information, aus welch unerwarteter Quelle auch immer, nicht ernst genommen hätte. So wurde die Tür des Zimmers geschlossen, in dem sich nur er, O'LiamRoe und der Sekretär des Botschafters befanden, und der Fürst schilderte in ungewohnter, bewundernswerter Knappheit die von ihm belauschte Unterredung zwischen Robin Stewart und Brice Harisson, berichtete von dem Brief, der nach Harissons Vorschlag an Warwick geschrieben werden sollte – und von der Zusammenkunft, die der Brief zur Folge gehabt hatte. Bei diesem Treffen, das am Tag zuvor im »Red Lion« in St. Paul's Churchyard stattgefunden hatte, war ein Agent Warwicks mit Harisson zusammengetroffen, der den Vorschlag des Bogenschützen unterbreitet hatte. Und Warwicks Agent, alles andere als uninteressiert, hatte Warwicks Befehl überbracht, daß sowohl Stewart als auch Brice Harisson vor ihm erscheinen sollten, um ihren Plan näher zu erläutern.

Um dieses Gespräch belauschen zu können, hatte O'LiamRoe seine ganze Erfindungsgabe genutzt. Das fragwürdige Vergnügen, das ihm sein Erfolg dabei bescherte, mischte sich nach wie vor mit einem beklemmenden Gefühl: Von Zeit zu Zeit wanderten O'LiamRoes reinliche Finger über sein Gesicht. Die kindlich glatte Haut auf Kinn, Wange und Oberlippe war nackt... Wäre Brice Harisson etwa beim Herumschnüffeln in dem mit Büchern vollgestopften Winkel des »Red Lion« dem Fürsten von Barrow von Angesicht zu

Angesicht gegenübergetreten, hätte er ihn schwerlich wiedererkannt, denn O'LiamRoes wallender Vollbart war verschwunden.
Diesem Umstand, der langen Robe und dem bis über die Ohren rei-
chenden Professorenhut, den er sich vergnügt bei einem Arzt in
Hackney ausgeliehen hatte, verdankte O'LiamRoe seinen Triumph
als Spion.

Er hatte das Gespräch zwischen Brice Harisson und Warwicks
Agent mit angehört und sich alles Wesentliche gemerkt. Dann hatte
er beobachtet, wie die beiden das »Red Lion« getrennt verließen,
und war kurz darauf selbst gegangen – und von dem atemlosen La-
denbesitzer verfolgt worden, der energisch Anspruch auf das neue
Buch erhob, das O'LiamRoe sich abwesend unter den Arm ge-
klemmt hatte.

Diesen ganzen Bericht hörte sich der Botschafter schweigend an. Zu
guter Letzt dankte er O'LiamRoe in seinem guten Englisch, das eine
unerwartete Denkfähigkeit verriet, und machte ihm Komplimente.
»All dies wird meinem Herrn und König zur Kenntnis gebracht
werden, der seinen Dank gewiß besser auszudrücken versteht als
ich.« Er zögerte und wechselte mit seinem Sekretär einen kaum
wahrnehmbaren Blick. Dann fügte der Botschafter hinzu: »Sie werden unser Interesse richtig einschätzen, Monseigneur, wenn ich Ihnen sage, daß Monsieur Brice Harisson uns bereits mit seinem Besuch beehrt hat.«

Die sandfarbenen Augenbrauen des Fürsten glitten in die Höhe.
»Brice Harisson ist *hier* gewesen?«

»Ja. Er suchte meine Hilfe und bat mich, meinen Einfluß bei der
Königinwitwe von Schottland geltend zu machen, damit er seinen
englischen Dienst aufgeben und auf einen gut dotierten Posten in
Schottland oder Frankreich zurückkehren könne. Aus dem, was er
nicht sagte, schloß ich, daß er mit Somersets Sturz rechnet. Als Gegenleistung«, fuhr de Chémault fort und blickte auf seinen Sekretär,
der den Stapel Papiere ordnete, auf denen O'LiamRoes Aussage
niedergeschrieben war, »hat er sich erboten, mir ein einstweilen
nicht näher erläutertes politisches Geheimnis von einiger Bedeutung
zu verraten.«

»Mit anderen Worten«, sagte O'LiamRoe, und ungewöhnlicher Abscheu sprach aus seiner Stimme, »er hat die Absicht, Robin Stewart an die Franzosen zu verraten.«

»Nach dem, was Sie uns berichten, sieht es ganz so aus. Ich habe ihm gesagt, ich brauchte Zeit, um Erkundigungen einzuziehen. Er möge zu einem späteren Zeitpunkt wiederkommen. Jetzt, da ich weiß, was hinter seinem Angebot steckt, werde ich es ihm so leicht wie möglich machen. Auf diese Weise wird sich die Angelegenheit von selbst regeln. Sobald Harisson uns einen unwiderleglichen Beweis dafür liefert, was dieser Stewart getan hat, kann der Bogenschütze verhaftet werden.« Er erhob sich. »Sie bleiben noch eine Weile in England, Monseigneur?«

Da man offenbar von O'LiamRoe erwartete, daß er sich weiterhin zur Verfügung hielt, kam er dem Botschafter höflich zuvor. Er erwähnte, daß er bei dem Grafen und der Gräfin von Lennox zu Gast sei und dort mindestens so lange bleiben werde, bis die Angelegenheit erledigt sei. Falls man ihn als Zeugen benötige, brauche Monsieur de Chémault ihn nur rufen zu lassen.

Monsieur de Chémault sagte nichts dazu. An der Tür nahm er feierlich Abschied und legte dem Iren die breite braune Hand auf den Arm. »Sie können Ihre Situation selbst gewiß am besten beurteilen. Aber sollten Sie den Wunsch haben, nach Frankreich zurückzukehren, wird es dort viele Menschen geben, die Sie um Ihrer selbst willen willkommen heißen. Und wie immer Ihre Verpflichtungen und Ihre politische Einstellung auch aussehen mögen, die Freundschaft des französischen Hofs ist Ihnen gewiß.«

»Ach nein«, sagte O'LiamRoe lächelnd. »Wissen Sie, der Umgang mit Gespenstern ist mir nie leichtgefallen, und in Frankreich wimmelt es nur so von Geistern. Ich werde niemals dorthin zurückkehren – Gott bewahre mich, nein... Es könnte sein, daß mir dort der Schatten O'LiamRoes entgegentritt.«

An diesem Nachmittag kam Piedar Dooly aus Frankreich zurück. Es war ihm unter einigen Mühen gelungen, der schottischen Königinwitwe die Botschaft seines Herrn zu übermitteln, und man hatte ihn mit mehr als genug Geld für die Kosten der Hin- und Rückfahrt und einem verklausulierten Dankschreiben der Königinwitwe zurückgeschickt.

Er brachte auch Neuigkeiten mit. Stewarts Anschlag auf Thady Boy war fehlgeschlagen... doch hatte ein Unfall wenig später Ballagh das Leben gekostet. Auf gälisch – mit allen farbigen Einzelheiten – erzählte Piedar Dooly seinem Herrn die dramatische Geschichte vom Tour des Minimes in Amboise, von Lord Culters Nachforschungen und dem Brand im Hôtel Moûtier, in dem Ballagh umgekommen war.

An diesem Abend fanden die Lennox, während sie sich scherzend durch die Gänge des Nachtmahls plauderten, das auf schwerem, mit Kronen verziertem goldenem Tafelgeschirr serviert wurde, den Fürsten sehr in sich gekehrt: Er reagierte auf keine einzige geistreiche Bemerkung. Unter gehobenen dunklen Brauen wechselte Margaret Douglas über den so aufsehenerregend gestutzten seidigen Kopf des Fürsten hinweg mehr als einen Blick mit ihrem Gatten und verdoppelte nach dem Essen ihre besorgte Anteilnahme, die in der Kühle ihrer Stimme zum Ausdruck kam. Es war dies eine Kühle, mit der Margaret Lennox ihre Gefühle stets kaschierte: Sie wirkte eisfrisch und blutig wie eben gefangener Fisch. Aber die Dame des Hauses erreichte wenig. O'LiamRoe hatte unverkennbar andere Dinge im Kopf.

Robin Stewart, der sich niemandem zu zeigen wagte – keinem Schotten, keinem Franzosen, keinem Londoner –, hielt sich in den Ziegeleien von Islington versteckt und ließ sich nur selten bei Harisson sehen. Er ahnte nicht, daß am Morgen vor der entscheidenden Unterredung mit Lord Warwick sein treuer Freund Brice nach Durham House ritt, die mit jungem Grün verschleierten Höfe durchquerte und zehn Minuten später mit dem französischen Botschafter zu einer geheimen Besprechung zusammentraf.

»Monsieur de Chémault, ich hoffe, Sie haben Neuigkeiten für mich«, eröffnete er das Gespräch in fließendem Französisch. »Ich komme, um Ihnen zu sagen, daß ich morgen in der Lage sein werde, Ihnen eine Information von beträchtlichem Wert zu geben.«

Diesmal befanden sich drei Männer im Raum: de Chémault selbst, der an seinem eleganten Schreibtisch saß, ein Untersekretär und ein Herold, der mit den beiden anderen in eine Unterhaltung vertieft war. Sie alle sprachen Französisch. Beflissen tat Harisson es auch.

Monsieur de Chémault ließ ihn ausreden. Am Ende sagte er: »Wir haben uns beeilt, alles in unserer Macht Stehende zu tun, um Ihnen zu helfen, Sir. Der Herr neben mir ist Monsieur Vervassal, Herold der Fürstin Maria von Guise, der Königinmutter von Schottland. Legen Sie ihm Ihre Wünsche dar. Was die anderen von Ihnen soeben erwähnten Angelegenheiten betrifft, so wären wir natürlich interessiert, mehr zu hören.«

Das wollte Harisson ihnen gern glauben. Doch zunächst galt es herauszufinden, was sie zahlen würden. Er verbeugte sich. Der Mann namens Vervassal lächelte, griff nach einem eleganten leichten Stock, durchquerte den Raum und nahm neben Harisson Platz. Die Besprechung begann.

Sie unterhielten sich auf französisch. Brice Harisson brauchte nicht lange, um seine Forderungen vorzutragen, da sie sich auf so schlichte Dinge wie Landbesitz, Geld, Garantien und einen sicheren Zufluchtsort in Schottland beschränkten. Der Herold, der sie Punkt für Punkt abhandelte, erwies sich als gewandt, präzise und einsichtig – und seine Verhandlungsvollmachten schienen unbegrenzt. Harisson war keineswegs ein Neuling in derlei Geschäften und konnte nicht umhin, seine Geschicklichkeit zu bewundern, wenngleich ihn irgend etwas hinter den Worten des Herolds beunruhigte.

Zweimal ertappte er sich bei läppischen grammatikalischen Fehlern. Für Harisson war das so schockierend, als hätte man ihn halb ausgezogen. In der Tat fühlte er sich – sonst stets adrett wie ein Pinguin – fast unordentlich neben der gepflegten Eleganz dieses Mannes, der vom blonden Haar bis zum hellen spielenden Feuer seiner Diamantringe so makellos wirkte wie ein unter warmem Wasser geschälter Fächerstab. Harisson sah ihm nicht in die Augen.

Er handelte sein Geschäft aus, das darin bestand, daß ihm die Königinwitwe von Schottland die verbindliche Zusage einer angemessenen Belohnung gab, wofür er sich seinerseits verpflichtete, am nächsten Tag um Mitternacht eine Information von äußerster Wichtigkeit für die französische wie die schottische Krone zu liefern. Mehr zu sagen, weigerte er sich entschieden, obwohl de Chémault ihm hartnäckig zusetzte. Und bis morgen um Mitternacht, dachte Brice

Harisson, würde er den Beweis haben – wenn alles gutging, sogar den schriftlichen Beweis –, der Robin Stewart endgültig beseitigen und ihm selbst eine einträgliche Pfründe in Perth einbringen sollte. Die Sache war ganz nach seinen Wünschen verlaufen. Trotzdem hatte er das Bedürfnis, sich mit seinem makellosen Taschentuch die Stirn zu wischen, ehe er sein Pferd bestieg und das Themse-Ufer hinauf heimwärts trabte.

In Durham House blickten sie ihm von den hohen Fenstern der Bibliothek de Chémaults nach.

»Alekto, Tisiphone und Megära mögen sich deiner annehmen. Mit den Gedärmen einer Zibetratte sollte man dich einbalsamieren«, sagte der Mann namens Vervassal liebenswürdig auf englisch. Er entfernte sich vom Fenster und öffnete eine Tür. Wenn er den Stock benutzte, fiel das leichte Hinken in seinem Gang kaum auf. »Kommen Sie herein, Tom. Harisson propissimus, honestissimus et eruditissimus ist fort.«

Und dann gesellte sich der Junker von Erskine zu ihnen. In seinem Gesicht zeigte sich der Abscheu, den sie alle empfanden, doch sein nüchterner, praktischer Sinn besiegte ihn rasch. »Sinnlos, den Mann zu verfluchen. Sie werden ihn bezahlen und benutzen müssen. Ohne ihn finden wir Stewart nicht, und ohne seinen Beweis können wir Stewart nicht verhaften lassen. Offiziell wissen wir nichts von Warwicks Anteil an der Intrige, und um des Friedens willen wollen wir davon auch nichts wissen. Lassen Sie Harisson morgen nacht herkommen und zehnmal seine Partner verraten. Worauf es ankommt, ist, daß wir Stewart erwischen und ihn unauffällig nach Frankreich schaffen, um ihn mit Harissons unerschütterlichem Zeugnis zu überführen. Damit ist Ihre Aufgabe erfüllt, Francis.«

Monsieur de Chémault fühlte sich etwas unbehaglich. Diese Angelegenheit hatte höchste Eile erfordert. Nach Harissons erstem Schritt hatte der Botschafter sogleich an seinen schottischen Kollegen Panter in Paris geschrieben. Seine Antwort war noch nicht eingetroffen, als Erskine, der Erste Geheime Rat und Sonderbotschafter, auf seiner Heimreise von Frankreich in London eintraf, und de Chémault hatte sich erleichtert an ihn gewandt.

Erskine hatte rasch und wirksam geholfen. Botschaften gingen über den Kanal hin und her. Innerhalb weniger Tage war der schottische Herold Mr. Crawford eingetroffen, mit allen notwendigen Dokumenten beim Hof der Königinwitwe von Schottland akkreditiert und mit unbeschränkter Verhandlungsvollmacht ausgestattet.

Es war eine unschätzbare Hilfe, die Monsieur de Chémault unter anderen Voraussetzungen mit überraschter Erleichterung angenommen hätte. Aber Stewart war Bogenschütze in der Truppe von John Stewart Lord d'Aubigny, und Lord d'Aubigny und seine Frau Anne waren über Jahre hin die engsten Freunde der Chémaults gewesen.

Daher beobachtete der Botschafter, während er an einem Biskuit kaute und für sich selbst, seinen Sekretär und seine beiden dynamischen Gäste Wein einschenkte, mit gemischten Gefühlen, wie die Last von seinen Schultern genommen wurde – und beobachtete im besonderen Mr. Crawford, den Herold Vervassal, der gerade mit Erskine sprach. »Verlassen Sie sich nicht zu sehr auf diesen säuberlichen Abschluß, Tom. Stewart ist ein jämmerlicher Verschwörer und Harisson ein Tölpel. Sein Auftauchen hier bei hellichtem Tage würde jedem erfahrenen Spion einen Schauer über den Rücken jagen.«

Doch der Erste Geheime Rat wiegelte ab. »Harisson ist ein Mann des Herzogs von Somerset und hat überall Zutritt... Mein Gott«, sagte der Junker von Erskine, »warum muß ich ausgerechnet jetzt nach Schottland zurück? Ich würde etwas darum geben, Robin Stewarts Gesicht zu sehen, wenn er entdeckt, daß Sie nicht –«

Crawford jedoch erhob sich, die Knöchel der Hand auf dem Stockknauf traten scharf hervor, während er Erskine liebenswürdig und ohne Hast unterbrach. »Erwartet man Sie nicht in Holborn, wenn Sie heute noch nach Norden abreisen?«

An seine eigenen Angelegenheiten erinnert, verabschiedete sich Tom Erskine eilig vom Botschafter. Vervassal, der in Durham House logierte, trat mit ihm in den Hof hinaus. Dort wandte sich der Erste Geheime Rat seinem Begleiter zu und blickte in die ruhigen Augen des Mannes, der einst Thady Boy Ballagh gewesen war und jetzt offen als der Herold Francis Crawford auftrat: eine so überraschend einfache Lösung, daß nur Francis Crawford selbst darauf gekommen sein konnte. »Glauben Sie, daß Sie Stewart zum Reden bringen?« fragte Tom rasch.

»Ja«, antwortete Lymond in unverändert liebenswürdigem Ton.

»Wenn nicht«, gab Erskine zu bedenken, »muß die Angelegenheit in Frankreich erledigt werden, gleichgültig mit welchen Mitteln. Wer immer Robin Stewart zuerst eingesetzt hat – er muß nach wie vor in Frankreich sein, und mit ihm haben Sie eine Rechnung zu begleichen. Ich verstehe das. Kehren Sie nach Frankreich zurück, sobald Stewart verhaftet ist, wenn Sie müssen... Sie können ganz offen als Crawford von Lymond, Herold der Königinwitwe, zurückkehren. Niemand wird Sie mit Ballagh in Verbindung bringen – außer denen, die von Ihrer früheren Rolle ohnehin schon wissen. Und wenn Sie nicht zurückkehren wollen, können Sie sich darauf verlassen, daß Ihr Bruder das Richtige tun wird. Er wird bei der Königinwitwe bleiben, bis alles vorüber ist... Eigentlich müßten Sie«, fügte Tom Erskine hinzu, »mit O'LiamRoe recht zufrieden sein.«

»Nun. Ja. Er hat sich am Ende doch am Palmwein der Macht berauscht«, sagte Lymond trocken. »Das überrascht mich nicht. Aber ich war derjenige, der aus dem Baum purzelte.«

Um zwölf Uhr in der folgenden Nacht, der Nacht zum Montag, dem 19. April, wartete der französische Botschafter hinter den geschlossenen Läden der hohen Fenster von Durham House erneut auf Brice Harisson und seinen angekündigten Verrat. Bei ihm waren Lymond, seine ranghöchsten Beamten und sein Sekretariat.

Sie warteten vergeblich. Eine halbe Stunde des neuen Tages verstrich, dann eine Stunde – und kein Harisson erschien. Um drei Uhr morgens ging de Chémault das Risiko ein, einen rangniedrigeren Beamten zu Fuß zum Themse-Ufer zu schicken. Im Morgengrauen kehrte er nach Durham House zurück, wo nun Francis Crawford und der Botschafter, denen Augen, Kehle und Kopf vom endlosen Herumrätseln und der verzehrenden Hitze des Feuers schmerzten, allein unter den schief heruntergebrannten Kerzen in der Bibliothek warteten. Der Mann brachte ihnen die Nachricht, daß Brice Harisson am Vorabend um halb zwölf auf Warwicks Befehl festgenommen worden war.

Bis Mittag erfuhren sie, daß Harisson zusammen mit zwei Dienern der privaten Obhut von Sir John Atkinson, einem der beiden Sheriffs von London, unterstellt worden war, ein Zeichen der Rücksichtnahme weniger auf den Gefangenen als vielmehr seinen nominellen Dienstherrn, den Herzog von Somerset. Bis zum frühen Nachmittag erfuhren sie den angeblichen Grund: Drei Briefe, die Harisson an die Königinwitwe von Schottland und zwei ihrer Lords geschrieben hatte, waren abgefangen und beschlagnahmt worden. In ihnen hatte Harisson der Königinwitwe seinen Dank für ihre Zusage ausgesprochen, ihn in ihre Dienste zu nehmen, und sie wie auch die Lords gebeten, fürderhin ihren Einfluß geltend zu machen, damit er, wenn er England verlasse (wo er vom König beträchtlich profitiert habe), über die entsprechenden Mittel verfüge, um im Dienst seiner huldvollen Königin sein Auskommen zu finden.

Eine weitere Einzelheit zeichnete sich ab: Der Mann, der die belastenden Briefe abgefangen und Warwick übergeben hatte, gehörte zu den Leuten des Grafen von Lennox.

FÜNFTES KAPITEL

Harisson hätte nicht verwirrter sein können, wenn er einem auf allen vieren tapsenden Bauern in einem Ziegenfell in die Falle gegangen wäre. Sinnlose Sprachfetzen im Kopf, verbrachte er die ersten Tage der honorigen Gefangenschaft in Sir John Atkinsons bestem Zimmer und wurde von wütender Angst gepeinigt, die fast ebenso groß war wie sein glühender Zorn auf die Lennox.

Matthew Lennox hatte er nie gemocht. Somerset hatte dem Grafen mißtraut und es ihn auch spüren lassen. Margaret Lennox war dem Herzog von Somerset immer wieder in die Quere gekommen, und an der Mauer der Feindseligkeit, die sich nun zwischen den beiden Parteien auftürmte, hatte auch Harisson fleißig mitgebaut.

Aber wer hätte damit gerechnet, daß Lennox diese verfluchten Briefe abfangen und ihn in dieser Art und Weise an Warwick verraten würde? Und, dachte Brice Harisson, während er zwischen den dichtgedrängten Möbeln auf Sir Johns poliertem Fußboden herum-

wanderte, wie konnte er darauf hoffen, Warwick davon zu überzeugen, daß der Briefwechsel mit den Schotten nur Mißtrauen zerstreuen sollte? Lange bevor die Lehrlingsglocke früh am Morgen
läutete, hörten die beiden livrierten Diener vor Sir Johns Salontür
den Sekretär drinnen sorgenvoll hin und her gehen.

Als sich spät am Nachmittag die Tür öffnete und Sir John Atkinson
in Begleitung des Herolds Vervassal eintrat, erstarrte Harisson so
panisch zu Eis, daß man ihn in Stücke hacken und aus einer Tonne
Pfund für Pfund hätte verkaufen können. Er wagte es nicht einmal,
unter den kalten Augen des Sheriffs in Gegenanklagen auszubrechen.

John Atkinson war Tuchhändler und Zunftmeister und verstand
Stoffe und Menschen zu beurteilen. Es war im Grunde Lymonds
Garderobe, wenngleich der Sheriff sich dessen nicht bewußt sein
mochte, die ihn nach einem kurzen Hin und Her dazu bewogen hatte, dem Herold ein Gespräch unter vier Augen mit dem Gefangenen
zu gestatten.

Heute trug Lymond den seinem Amt gebührenden Heroldsrock.
Angesichts der heraldischen Pracht in Blau und Rot und Goldgewebe wurde sich Harisson zum zweitenmal seines eigenen unvoll-
kommenen Zustandes bewußt: das sonst stets makellose Haar war
ungekämmt, die Wäsche nicht gewechselt. Das Barett in der Hand,
versicherte der Herold dem Sheriff, daß er bei der Aufdeckung dieses bedauerlichen und von Schottland nicht provozierten Treue-
bruchs mit der Hilfe seines Landes rechnen könne. Als der Sheriff
ging, setzte Vervassal das karmesinrote Barett mit hochgeschlage-
nem Hermelinfutter wieder auf, schloß die Tür mit seinem Stock
und begann mit der kühlen Gewandtheit zu sprechen, die Harisson
schon bei ihrer ersten Unterredung beeindruckt hatte.

»Da keiner von uns hier der Gastgeber ist, setzen wir uns am besten
beide zugleich. Verschonen Sie mich mit Ihrem Zorn. Ich weiß, ich
habe Ihre Verteidigung zunichte gemacht, aber wenigstens Ihre
Haut gerettet. Lord Warwick weiß genau, daß Sie versprochen haben, ihn an den französischen Botschafter zu verraten, und der französische Botschafter weiß genau, daß das Geheimnis, das Sie ihm
verkaufen wollten, Robin Stewarts Komplott betraf. Die abgefan-

genen Briefe waren nur ein Vorwand. Warwick wünscht Sie hinter Schloß und Riegel, bis er herausgefunden hat, wieviel de Chémault weiß.«

Vervassal machte eine Pause. Er hatte Englisch gesprochen, und es war ebenso hervorragend wie sein Französisch. Während seine Gedanken zwischen den Ecken und Kanten dieser neuen Lage hin und her schnellten, begriff Harisson, daß dieser Mann, dessen wahren Namen er nicht kannte, kein Franzose, sondern Schotte war. Er setzte sich.

»Schon besser«, sagte Francis Crawford, wählte selbst einen hohen Stuhl und nahm gelassen Platz. Die Glieder seiner breiten Heroldskette klirrten leise. Ein Gedanke löste sich aus dem Chaos in Harissons Gehirn. »*Lennox!*« stieß er hervor. »Lennox hat das alles Warwick erzählt?« Und als Vervassal den Kopf neigte, fügte er hinzu: »Aber wie zum Teufel konnte er das wissen?«

»Das ist eine lange Geschichte«, antwortete der Herold ruhig. »Aber wie es scheint, versteht der Fürst von Barrow Gälisch, und der Graf von Lennox mißtraut seinem Gast immerhin so sehr, daß er ihn überwachen läßt. O'LiamRoe war im ›Red Lion‹.«

Er wartete, bis Harisson mit Fluchen fertig war, und sagte dann: »Nun wohl. Es bleibt die Tatsache, daß Warwick nach dem, was er weiß, Sie bloß aus dem Weg zu räumen braucht und dann seinen Plan allein durchführen kann, da weder der französische Botschafter noch irgend jemand sonst weiß, welches Geheimnis Sie ihm anvertrauen wollten. Die Rechtfertigung für ein Todesurteil oder lebenslängliche Kerkerhaft wird nicht schwer zu finden sein. In der Tat hat er sie bereits gefunden.«

Das alles kam für Harisson zu schnell. Er spürte Kälte in allen Gliedern, und aus Gesicht und Körperhaltung sprach unverhüllte Angst. »Aber Sie sagten doch, daß de Chémault es *weiß*.«

»Nur inoffiziell.«

»Warwick wird seine Beteiligung abstreiten. Er wird lügen.«

»Natürlich.«

»Wie konnte er es dann wagen, mich anzurühren?« rief Brice Harisson, dem dieser klarsehende Schicksalsbote unbarmherzig die Augen geöffnet hatte. »Mit einer falschen Anklage würde er nur seine Schuld eingestehen. Er müßte *mich* bitten, ihn zu schützen.«

»Aus diesem Grunde«, sagte Lymond sanft, »sind Sie hier und nicht in Newgate. Er wartet ab, um herauszufinden, wieviel de Chémault weiß. Es liegt an Ihnen, hier und jetzt zu bezeugen, daß der französische Botschafter alles weiß und Warwick davon Kenntnis hat, daß er es weiß. Lassen Sie mich Atkinson hereinrufen – und Sie erzählen uns beiden die ganze Geschichte von Robin Stewart. Bis morgen früh werden Sie frei sein.«

Die Vorstellung, vor einem Sheriff öffentlich zu bekennen, daß er Frankreich die vertraulichsten Einzelheiten über einen von England angestifteten Giftanschlag auf die künftige Königin von Frankreich hatte verkaufen wollen, verwarf Harisson augenblicklich und packte einen anderen Dämon beim Hinterbein, um ihn dem Schicksal entgegenzuschleudern, das nach seinen Fersen schnappte. »Frei, damit mir Robin Stewart ein Messer in den Rücken jagt! Was glauben Sie, wie lange ich noch lebe, wenn er erfährt, daß ich ihn an Frankreich verraten habe? De Chémault hätte Stewart hinter Schloß und Riegel gehabt, ehe er sich's versah, wenn das hier nicht passiert wäre.«

»Der Botschafter kann ihn immer noch hinter Schloß und Riegel bringen«, entgegnete Vervassal, »wenn Sie mir sagen, wo er ist.«

Es war still. Harisson fühlte sich plötzlich erschöpft, physisch zerschlagen wie nach einem Kampf. Seine Hände zwischen den Oberschenkeln waren verkrampft, bereit auszuholen, auf den Tisch zu schlagen oder das graue Haar zu raufen, wenn neue Übel auftauchten. Er brauchte Hilfe und wußte nicht, wo er sie suchen sollte. Der Herzog von Somerset wandelte selbst im Schatten des Richtblocks und konnte ihn nicht schützen. »Holen Sie mich hier heraus, und ich werde es Ihnen sagen«, verlangte Brice Harisson.

Vervassal antwortete völlig ungerührt: »Ich kann nichts tun, was meine Herrin in den Verdacht bringt, an diesen Machenschaften beteiligt zu sein. Nur Warwick kann Sie befreien. Und nur dann, wenn Sie öffentlich gestehen.«

Das war denn doch zuviel. »Wenn er mich festgenommen hat, weil er mich verdächtigte, bei de Chémault gewesen zu sein«, sagte Harisson sarkastisch, »dann wird ihm verdammt nichts anderes übrigbleiben, als mich freizulassen, wenn er erst erfährt, warum... Irgendwie werde ich da herauskommen.«

»Meinen Sie?« fragte Vervassal. »Dann sind Sie freilich nicht sehr schnell von Begriff. Ich habe Ihnen den einzigen Weg gezeigt. Warwick wird sich kaum rühren, ehe er herausgefunden zu haben glaubt, wieviel de Chémault weiß. Es bleibt Ihnen eine Frist von einem Tag, vielleicht zweien. Denken Sie über alles nach, was ich Ihnen gesagt habe, und schicken Sie nach mir. Einstweilen mache ich Ihnen folgendes Angebot: Ihre Freilassung kann ich nicht bewerkstelligen. Doch werden der Botschafter und ich unsere ganze Macht einsetzen, um Ihr Vergehen in bezug auf diese Briefe abzumildern, und überdies versuchen, Warwick daran zu hindern, daß er irgendwelche gewichtigeren Anklagen gegen Sie vorbringt. Dafür müssen wir die Möglichkeit haben, zu verhindern, daß Warwick sich weiterhin an dem Komplott gegen die schottische Königin beteiligt. *Sagen Sie mir, wo Stewart ist.*«

Dunkelheit verbreitete sich in dem behaglichen Raum, legte sich auf Holz, Leder und Wandteppiche. Im funkelnden Feuerschein schimmerte matt das Goldgewebe des Herolds, und die schottischen Leoparden auf ihren seidenen Triften stiegen mager aus der Dunkelheit und boten Lenden, Kopf und Tatzen dem Glühen dar.

»Nein«, sagte Harisson.

»Sie wollen, daß Stewart und Lord Warwick diesen Plan zu ihrem gemeinsamen Vorteil weiterverfolgen?« ließ sich die unverändert sanfte, ironische Stimme aus dem Halbdunkel vernehmen.

Der Ausdruck, mit dem Harisson seinen Freund Stewart bedachte, entfuhr seinem bedrängten Hirn unbeabsichtigt, und es war kein gälischer. In der Tat verließ ihn in diesem Augenblick nicht nur seine Logik, sondern auch die dünne Tünche von Kultiviertheit, die so nobel einen alles andere als noblen Charakter verdeckt hatte, blätterte ab. »Zur Hölle mit Robin Stewart!« stieß er wütend hervor, und seine geschmeidige Stimme schraubte sich hysterisch in die Höhe. »Ich will hier lebendig raus – das ist alles, was ich will!« Und in die Richtung, aus der die sachliche, ironische Stimme zu ihm drang, wiederholte er einfältig, höher und schriller: »*Nein! Nein! Nein! Nein!*«

Vervassal wartete nicht länger. Er erhob sich, undeutlich in der dichter werdenden Dunkelheit, beugte sich zum Feuer und entzündete einen Wachsstock, den er behutsam zu einem Wandleuchter neben der Tür trug. Ein Zweig silberner Kerzenhalter blitzte auf, warf funkelndes Licht auf seinen Heroldsrock und auf das goldene Haar, das unter dem roten Samtbarett hervorsah. Schatten spielten auf seinem Gesicht. »Ich werde in zwei Tagen wiederkommen«, sagte der Herold. »Benachrichtigen Sie de Chémault, wenn Sie mich brauchen.«

Wie Vogelkrallen umschlossen Harissons Hände den Stuhl, und Ohren und Schädel malten einen lächerlichen Schattenklecks auf die hohe Lehne. »Ich brauche Sie nicht«, stieß er hervor. »Ich brauche Sie nicht! Sie Teufel, wer immer Sie sind, ich brauche Sie nicht!«

Unter dem goldenen Licht schimmerte das Gesicht des Herolds hell wie Alabaster. »Du liebe Zeit, Sie sind erschreckend uninformiert. Haben Sie das denn noch nicht herausgefunden?« fragte der Herold sanft. »Der Botschafter weiß es – es ist kein Geheimnis, versichere ich Ihnen. Mein Name ist Francis Crawford von Lymond. Mein Bruder ist der Baron von Culter. Ich bin selbstverständlich kein Beamter des schottischen Hofs, doch in Ermangelung eines Besseren vorübergehend Herold der erhabenen und mächtigen Fürstin Maria, Königinwitwe von Schottland.«

Auf Harissons Stuhl hatten sich die kralligen kleinen Hände abrupt geöffnet, die runden, verzweifelten Augen blickten angestrengt in die Dunkelheit. »Das ist doch der Mann –« Er stockte und gab dann ein abgehacktes, schrilles Gelächter von sich. *»Sie* sind Lymond? Mein Gott, hat er das etwa auch verpfuscht? *Sie sind der Mann, den Robin Stewart ermordet zu haben glaubt!«*

»Keiner seiner rühmlichsten Erfolge, wie wir mit Freuden zugeben. Sie verstehen deshalb, warum mir daran liegt, ihn zu treffen. Sie sollten ferner wissen, daß mir der Graf von Lennox ein alter und lieber Feind ist und inzwischen sicherlich weiß, wo ich bin. Was wiederum bedeutet, daß er alles tun wird, um Warwick darin zu bestärken, daß er Stewart schützt und den Botschafter und mich behindert. Durchdenken Sie alles, was ich Ihnen gesagt habe, mein lieber Harisson. Sie haben nur eine Wahl: Frankreich – oder Warwick, Lennox und den Tod.«

Einen Augenblick noch verweilte Vervassal – den Kopf leicht geneigt, einen Ausdruck der Strenge im Gesicht, als ob er selbst die dramatische Härte seiner Ansprache mißbillige – in der Tür. Dann öffnete er sie mit einem Schulterzucken, aus dem Unwille und Abscheu sprachen, und ging hinaus. Die Wachen draußen schlossen die Tür und Harisson sank in sich zusammen, zwang sich dazu, den Kopf nicht in den Händen zu vergraben, damit seine Haare nicht noch mehr in Unordnung gerieten.

Der Botschafter de Chémault war verwirrt, als Lymond ihm von seinem Gespräch mit Harisson berichtete, denn der Herold sagte nur: »Es tut mir leid. Wir haben ihn verloren. Ich glaube fast, ich bin falsch vorgegangen. Ich hatte mit einem harten Kern gerechnet, wie bei seinem Bruder, aber er fiel zusammen wie faules Obst. Er wird genau das tun, was Warwick ihm sagt.«
Bei seiner Rückkehr hatte er den prächtigen Waffenrock abgelegt. Als er jetzt auf einen Stuhl zuging, bemerkte de Chémault, daß das Zögern in seinem Gang letzten Endes doch ein ziemlich bedenkliches Hinken war. »Es wäre sehr dienlich gewesen, wenn wir sein Geständnis bekommen hätten«, sagte der Botschafter, »aber es wird uns kein großer Schaden aus seiner Weigerung erwachsen. Wir brauchen Warwick bloß einen Wink zu geben, daß wir über das Komplott unterrichtet sind. Sicher, wir haben keinen direkten Beweis, nur einen aus zweiter Hand, aber ein Hinweis wird genügen, ihn abzuschrecken. Davon bin ich überzeugt.«
»O Gott, das bin ich auch«, entgegnete Lymond, und zum erstenmal bemerkte de Chémault eine Spur Ungeduld in der Stimme des Herolds. »Sogar Harisson hätte das begriffen, wenn er nur zwei Minuten seinen Verstand beisammen gehabt hätte. Dieser ekelhafte kleine Mistwurm kann gestehen oder den Mund halten, ganz wie er will. Ich muß Stewart erwischen, ehe mir jemand zuvorkommt. Das ist alles.«

Brice Harisson schickte nicht nach Vervassal. Doch als ihn Lymond, wie er versprochen hatte, zwei Tage später aufsuchte, um seine Antwort zu hören, begrüßte ihn Harisson mit aalglatter Freundlichkeit und erging sich in endlosen Reden, verschlungen wie

Stuckgirlanden und mit Deutsch und Spanisch durchwirkt, um den Herold davon in Kenntnis zu setzen, daß er nach reiflicher Überlegung gestanden habe.

Um es zu beweisen, gestand er dem Herold, dem Sheriff und jedem, der zuhören wollte, die ganze Geschichte gleich noch einmal: das Komplott mit Stewart, die Verbindung mit Warwick und seinen Versuch, Stewart an Frankreich zu verraten. Er erzählte sie ruhig, furchtlos und mit einem masochistischen Vergnügen, das den Sheriff – dem der plötzliche Eifer Harissons, sich als Verräter zu brandmarken, kaum verständlich sein konnte – deutlich verwirrte. In der Tat wirkte das Ganze so glatt, daß Lymond in seinem Mißtrauen noch bestärkt wurde. Am Ende hatte er nur fünf Minuten allein mit diesem so bedenklich reumütigen Prediger. Er brauchte nicht zu sprechen. Harisson übernahm das allein.

»Ich fürchte«, sagte Brice Harisson, »Sie müssen mich für sehr beschränkt halten. Der Sinn dessen, was Sie mir sagten, ging mir auf, gleich nachdem Sie gegangen waren.« Er lachte sein unvermitteltes, hohes Lachen. »Ich glaube, der arme Sheriff war ziemlich verdutzt, als ich mit meinem Geständnis anfing. Es ist bereits an Warwick gegangen, und inzwischen wird er auch wissen, daß ich mit Ihnen gesprochen habe. Es wird alles ganz einfach sein... Ich sollte Ihnen von Stewart erzählen?«

»Ja.« Lymonds linker Arm, mit dem er sich auf den Stock stützte, mußte stets einen Teil seines Körpergewichts tragen. Er trat ein Stück zurück, um sich gegen die Wand zu lehnen.

»Er hält sich in den Ziegeleien von Islington auf. Sie gehen zu einer bestimmten Stelle und pfeifen, und ein Junge wird ihn holen.« Anschaulich beschrieb ihm Harisson den Ort. Es gab nichts weiter zu tun, als sich diese Angaben zu merken und aufzubrechen.

Lymond begab sich allein nach Islington, zu Pferd – obwohl ihm das Reiten noch nicht leichtfiel. Aber als er pfiff, ließ sich kein Junge blicken, und als er suchte, war Robin Stewart unauffindbar.

Die kahlen Felder, die Brennöfen, der Morast und das Bruchgestein von Islington hatten Robin Stewart in all diesen Wochen geprägt, so wie eine alte Landschaft ihre Fossilien formt und hegt. In verbitter-

tem Abscheu über Thady Boys Falschheit wieder in die Dienst-
pflicht des sarkastischen Lord d'Aubigny zurückgeworfen, hatte
Stewart den verhaßten Auftrag, nach Irland zu reisen, angenommen
und war mit Seiner Lordschaft zu der stillschweigenden Übereinkunft gelangt, daß er nach seiner Rückkehr in der Nähe Seiner Lordschaft geduldet werden würde.

Doch schon an Bord des Schiffes verlor diese Übereinkunft für ihn
bald allen Reiz. Auf der ganzen Reise nach Irland hatte er unter der
höflichen Selbstsicherheit von George Paris gelitten. Stewart kam
zu dem Schluß, daß es für ihn in den Diensten Lord d'Aubignys
keine Zukunft gebe. Er vermochte für sich überhaupt keine Zukunft
bei einem dieser hochgeborenen Herren abzusehen, denen er diente,
die er beneidete und die er so erbittert kritisierte. Was er zu verkaufen hatte, das würde er in England auf den Markt bringen.

Die Heftigkeit dieses Entschlusses war in sich schon eine Befreiung.
Und er hatte daran festgehalten durch alle Schwierigkeiten hin-
durch, die ihm die Reise nach London bereitete: der zweirädrige
Karren, das Fischerboot nach Schottland, das Pferd, von dem Gold
erworben, das das Königreich Frankreich für die Bezahlung der
Reise von Cormac O'Connor vorgesehen hatte.

In London hatte er sogleich Harisson ausfindig gemacht – und nun
war er nicht mehr allein. Das Ränkeschmieden mit seinem Freund
hatte er regelrecht genossen. So etwas hatte er schon immer, seit seinen frühesten Versuchen in Frankreich, als befriedigend empfun-
den – von den Belohnungen, auf die er dabei hoffte, ganz abgesehen.
Als er damals in Dieppe an Land gegangen war und Destaiz ihm die
Nachricht gebracht hatte, daß O'LiamRoe eine Bedrohung für sie
sei und beseitigt werden müsse, hatte er sich für eine ganz beiläufige
Aktion entschieden, die so aufsehenerregend sein sollte wie Thady
Boys Kletterei in der Takelage, und zusammen mit Destaiz hatte er
das Feuer im Gasthof geplant.

Das war fehlgeschlagen. Dann hatte jemand anderer O'LiamRoes
Begegnung mit dem König dazu benutzt, den Fürsten in Schwierigkeiten zu bringen. Aus der Elefantengeschichte hatte sich Stewart
herausgehalten. Die Jagd auf den Hasen der Königin freilich hatte
ihm Spaß gemacht. Er sah noch immer O'LiamRoes Gesicht vor

sich, als diese Oonagh O'Dwyer aufgetaucht war und ihm nichts anderes übrigblieb, als ihr den Hund gleich zu schenken. Und als er die Jagdkatze erblickte! Die Bestie ins Spiel zu bringen, das war nicht schwer zu arrangieren gewesen: Ein respektvoller Vorschlag in Gegenwart von Madame de Valentinois hatte die Erlaubnis bewirkt.

Da hatte er sich also eine sehr gute Chance geschaffen, sowohl dem Kind Maria als auch O'LiamRoe Schaden zuzufügen. Seine einzige Sorge war, zu verhindern, daß die Hunde das Häschen vorzeitig witterten, das er bei sich trug. Wie konnte er ahnen, daß ausgerechnet O'LiamRoes Hündin die Jagdkatze angreifen würde?

Danach war er zu der Überzeugung gelangt, daß er allein mehr Erfolg haben würde. Er hatte immer noch das Arsen, das er in St. Germain gestohlen hatte – davon hatte er Harisson erzählt. Er hatte auch erwähnt, daß der Zugang zu Marias Vorzimmer, wo sich das Quittenbrot befand, gelegentlich unbewacht war. Es konnte nicht schaden, wenn Harisson und Warwick von seinen besonderen Möglichkeiten und von seiner besonderen Findigkeit Kenntnis hatten. Daß er seine Medizin bereits einmal verabreicht hatte, verschwieg er freilich ebenso taktvoll wie die Entdeckung, die er kurz vor seiner Abreise gemacht hatte – daß nämlich das ganze vergiftete Zuckerwerk verschwunden war. Erst jetzt begann sich Stewart im Rückblick bruchstückhaft über die Rolle klarzuwerden, die Lymond gespielt hatte.

Er konnte es kaum über sich bringen, den Namen Thady Boy Ballagh auszusprechen. Auch hatte er, mit verspäteter Einsicht, taktvoll die Tatsache verschwiegen, daß nahezu alles, was er getan hatte, auf Befehl eines anderen geschehen war. Er wollte, daß Harisson seine Tüchtigkeit bewunderte. Zudem spürte er, seit sein gesunder Menschenverstand sich schwerfällig durch die Trümmer seiner Besessenheit kämpfte, daß Brice, sein liebevoller Freund, ihn bei der Suche nach einem neuen Gönner wohl kaum unterstützen würde, wenn er erführe, daß es in Frankreich bereits einen Auftraggeber gab, den Stewart im Stich gelassen hatte.

All das schob er von sich weg. Es würde natürlich nicht leicht sein, zu erklären, warum er Cormac O'Connor in Irland zurückgelassen

hatte. Vielleicht würde er auch inkognito nach Frankreich zurückkehren und heimlich vorgehen müssen, Leute bestechen. Aber das
würde leicht sein. Warwick würde ihn mit Geld versorgen, und er
kannte ja alle schwachen Glieder, von den verantwortungslosen
Wachen bis hin zu den käuflichen Küchenmädchen. Und wenn er
die Sache dann erledigt hätte, würde er Frankreich für immer verlassen und an Warwicks glänzendem englischen Hof Ansehen, Reichtum und Sicherheit finden.

Niemand verdächtigte ihn. Lymond wäre ihm vielleicht auf die
Spur gekommen – die abnorme Geschicklichkeit dieses Mannes
mußte er widerwillig anerkennen. Doch Lymond war vergiftet, war
tot. Die Ankunft O'LiamRoes in London freilich, den er sicher in Ir-
land wähnte, hatte ihn aufgeschreckt, hatte sein schwankendes
Selbstvertrauen zunächst erschüttert. Aber es war am Ende nichts
Verdächtiges daran: das typische Narrenstück eines närrischen
Mannes.

Stewart drängte diese Gedanken zurück und lächelte. Es konnte
immerhin passieren, daß noch vor ihm jemand einen Anschlag auf
die kleine Königin verüben würde. Das wäre dann sogar noch lustiger. Denn Warwick würde ein Attentat natürlich ihm zuschreiben,
und alles käme auf dasselbe hinaus. Niemand anderer würde sich
der Tat bezichtigen, soviel war sicher.

In den Wochen, die er allein in Islington verbrachte, oder während
der seltenen Besuche bei Harisson nahm das Bild Marias, des lebendigen Kindes, das er ermorden wollte, in Stewarts Vorstellung niemals Gestalt an. Seine halb entwickelten, verletzlichen Gefühle, so
früh und so grausam mit Füßen getreten, waren zu einem Käfig geworden, an dessen Wänden Spiegel hingen, in denen er Tag und
Nacht das schrumpfende Bild seiner selbst besichtigen konnte. Und
die Menschen, mit denen er durch das Gitter in Berührung kam, die
auf ihn einredeten, ihn stießen, ihn gängelten, ihn drillten, waren
seine Nahrung.

In seiner merkwürdigen Art mußte Harisson vieles davon begriffen
haben. Vor langer Zeit, damals in Schottland, hatte er Stewarts Ag-
gressionen ohne Heftigkeit und Ungeduld ertragen: Eine so be-
schränkte Natur wie die des Bogenschützen, fand Harisson, konnte

ihre Pfeile kaum ins Ziel bringen. Überdies gefiel sich Harisson aus Eitelkeit von Zeit zu Zeit darin, Stewart gegenüber seinen adretten Charme spielen zu lassen. Das Wiedersehen mit Harisson war für Stewart wie eine Rückkehr auf ein moosiges Plateau gewesen, nachdem er endlos durch die Tücken eines verseuchten Sumpfes gewatet war.

Wenn Harisson eine Unterredung mit Warwick vereinbart hatte, sollte er nach dem Bogenschützen schicken. Und die Aufforderung kam: Das Treffen sollte nicht in Harissons Haus stattfinden, sondern in Cheapside. Im Bewußtsein seiner entschlossenen, zielbewußten Tüchtigkeit zog sich Stewart die Mütze tief in das lange, hagere Gesicht und machte sich auf den Weg.

Gleich hinter dem High Cross of Cheap, neben den prächtigen Giebeln der Goldsmiths' Row, wo die Sonne heiter auf dem feinen Schnitzwerk, den bemalten Balkons und den vergoldeten Statuen glänzte, lag das Haus, das Harisson ihm bezeichnet hatte. In Cheapside wimmelte es von Menschen. Die funkelnden Springbrunnen, die Kirchtürme, die Wirtshäuser, das Marktgeschrei der Lehrbuben (»Was darf es sein?«), das geschäftige Gedränge von fröhlichen, lärmenden, ordentlich gekleideten Männern und Frauen – all das freute Stewarts Augen: ein glückliches Vorzeichen, das ihm die Wonnen künftigen Müßiggangs verhieß. Am Tor saß er ab. Ein Junge rannte herbei, um ihm das Pferd abzunehmen, und Stewart wurde sogleich in das sonnige Empfangszimmer geführt, das Aussicht auf den Garten gewährte und wo Harisson auf ihn wartete.

Die zurückliegenden Aufregungen, die Anspannung und schließlich die Erleichterung hatten in Harissons Gesicht, dem gescheiten Gesicht eines Mannes in mittleren Jahren, keinerlei Spuren hinterlassen. Wie immer war er sorgfältig gekleidet, trug ein mit Tressen besetztes Wams mit Stulpenmanschetten und einem Rüschenstreifen über den zierlichen Händen. Auf dem gebürsteten Haar saß ein gebauschtes Barett, die flächigen Wangen und die schmale Nase glänzten.

Für Stewart verkörperte er Erfolg, Freundschaft, Auftrieb und eine Zuflucht nach der Einsamkeit in den Ziegeleien von Islington. Er grinste Brice an, wobei sich sein Adamsapfel häßlich zuckend bewegte. Erst jetzt bemerkte er, daß Brice nicht allein war. Neben ihm stand in schwarzer und purpurroter Robe, auf der die Amtskette schimmerte, ein Sheriff der Stadt London mit einem Gerichtsdiener und einem Schreiber.

Bei Gott, dachte der Bogenschütze und hielt inne, um sich seine Freude nicht anmerken zu lassen. Bei Gott, Warwick ist auf unserer Seite. Wir haben sogar einen Sheriff, der die Sache in die Hand nimmt. Das nächste Mal kommen noch Bürgermeister, Stadtrat und Stadtrichter dazu... Aber natürlich wird er es nicht riskieren, öffentlich die ganze Ratsversammlung mit hineinzuziehen. Der Sheriff trat wohl eher als eine Art Vermittler auf... Und was für ein schönes Haus zum Konspirieren, dachte Stewart, während er sich anerkennend umsah. An der Tür standen zwei Männer.

»Das ist der Mann«, sagte Brice mit sonderbar klangloser Stimme, ohne sich die Zeit zu nehmen, Stewarts Grinsen zu erwidern. Stewart blickte sich um, doch außer ihm war niemand hereingekommen. Statt dessen entrollte nun der Sheriff, ein beleibter Mann mit bräunlich-rot geädertem Gesicht, ein Papier, senkte wie zur Einleitung die feste rosige Unterlippe und las: »Robin Stewart, vormals Mitglied der Königlichen Garde der Schottischen Bogenschützen in Frankreich, gegenwärtig in London, Wohnung unbekannt: Nehmen Sie zur Kenntnis, daß ich, John Atkinson, Sheriff der Stadt London, ersucht und ermächtigt worden bin, Sie festzunehmen und in Gewahrsam zu halten unter der Beschuldigung der Verschwörung gegen Person und Leben der erhabenen und mächtigen Prinzessin Maria, durch Gottes Gnaden Königin unseres teuren Schwesterkönigreichs Schottland, gegenwärtig unter dem Dach und in der Obhut des Allerchristlichsten Königs und unseres teuren Verbündeten Heinrichs II. von Frankreich. Bis wir aus Frankreich oder Schottland Ihre Auslieferung betreffende Anweisungen erhalten, habe ich den Befehl, Sie von diesem Tage an im königlichen Tower von London in Gewahrsam zu halten. *Ergreift ihn.*«

Zwei Soldaten waren neben Stewart getreten. Er beachtete sie nicht. Sein hageres Gesicht war gelb geworden, und das zurückweichende Blut enthüllte die Körnigkeit seiner Haut. Mit leerem Blick starrte er den Sheriff an. Dann drehte er den zerzausten Kopf auf dem langen Hals mit einem Ruck Harisson zu.

Kein Soldat stand neben Brice – und Brice äußerte in keiner seiner Sprachen ein einziges Wort.

»Ich danke Gott«, sagte Sir John Atkinson, während er das Pergament zusammenrollte und es dem Schreiber reichte, »daß Master Harisson einen Vertreter der französischen Botschaft vor dem schändlichen Komplott warnte, so daß es rechtzeitig vereitelt werden konnte. Über Ihr Schicksal habe ich keinen Zweifel. Der König von Frankreich wird bei geplantem Mord und Hochverrat kurzen Prozeß machen.«

Stewart vernahm die erste Hälfte von all dem und stellte dann bewußt alles Denken ein, stand da mit leerem Kopf. Ein verzerrtes Bild schob sich aus dem Nichts beharrlich in seinen leeren Geist, zeigte ihm Tosh, der zwischen Holzspänen und einem Block aus Birnenholz mit dem Wappen der Culters freundlich plauderte.

Dann verschwand Toshs asthmatisches Gesicht in dem flächigen, bleichen Harissons, und dessen Stimme, höher als sonst, sagte: »Das ist wohl alles. Das ist doch alles, nicht wahr? Ich nehme an, ich kann jetzt gehen. Es wäre besser, man schaffte ihn fort, ehe Crawford zurückkommt.«

Stewart überhörte das. Da sein Denkvermögen erst jetzt – wie das Blut, das quälend in ein lange erstarrtes Glied zurückfließt – benommen in sein Hirn zurückkehrte, überhörte er es und keifte mit atemlos verkrampfter Stimme: *»Du hast es verraten!«*

Harissons Blick ging rasch zwischen ihm und dem Sheriff hin und her. Er sagte nichts.

Diesmal schepperte Stewarts Stimme noch lauter. »Du bist zum *Botschafter* gegangen. Du hast ihnen gesagt, was wir vorhatten. Du hast gerade nach mir geschickt! Du hast vorgegeben, daß du mit Warwick verhandelst, und die ganze Zeit…« Eine unfaßbare Wahrheit, eine schreckliche Gewißheit brach über Robin Stewart herein, dessen Assoziationen jetzt wie rasend zwischen Harissons jüngsten Kontakten herumschwirrten. »Ah, zur Hölle mit dir, du dreckiger, klatschmäuliger Zwerg – *du bist mit O'LiamRoe im Bunde!«*

»Ich muß Sie wirklich bitten, ihn fortzuschaffen«, stieß Brice Harisson aufgebracht hervor. Er wandte sich Stewart zu. Die Adern auf der dunklen Stirn traten hervor, die Hände waren hinter dem flachen Rücken verklammert. »Niemand hätte so weitermachen können, sage ich dir. Mein Gott, eher könnte man mit einem Elefanten konspirieren als mit dir! Bei hellichtem Tage einfach in Boote zu stolpern und dein Pferd in meinen Stall zu stellen! In deinem ganzen Leben hast du noch nie etwas richtig gemacht – Jesus, nicht einmal der Mord an dem Burschen, von dem du mir erzählt hast, ist dir geglückt. Nicht O'LiamRoe hat mich davon überzeugt, es offen zu gestehen, Stewart. Ein einziger Mann hat das getan – versuchte mich zu zwingen, daß ich dem Botschafter das ganze Unternehmen meldete, und verlangte von mir, daß ich dich verrate. Nicht O'Liam-Roe, du Dummkopf, du beschränkter, hirnloser Narr! *Sondern dein Freund Francis Crawford von Lymond!* «

Ein unheimliches Schweigen breitete sich aus. Wenn man ihn am wenigsten erwartet, fällt der unfehlbare, vernichtende Hieb. »Er ist tot«, sagte Stewart mit einer Stimme, aus der alle Farbe gewichen war.

»Vor ein paar Stunden war er hier in diesem Raum. Und *lachte*«, gab Brice Harisson gehässig zurück. »Du mit deinen armseligen Intrigen und deinem tödlichen Nachtschatten! Mittlerweile wird man sich im Loire-Tal über dich totgelacht haben. Hochverrat! Du jämmerlicher, kotzender Tölpel«, stieß Harisson hervor, den seine nervöse Hysterie in bubenhaften, verschreckten Trotz zurückfallen ließ, »du bist nicht einmal imstande, eine Butterblume zu köpfen!«

Stewarts gelähmte Nerven wurden jäh lebendig. Das Blut in seinen Adern kochte. Kopf und Herz waren, wie der feste Kern der Erde, voll geballter Energie. Zu beiden Seiten Stewarts standen noch immer die beiden Soldaten, doch sie behinderten ihn nicht. Unvorsichtigerweise hatten sie ihm seinen Degen noch nicht abgenommen. Stewart überlegte nicht einmal. Während Harisson noch sprach, riß der Bogenschütze die Klinge heraus und machte einen Ausfallschritt.

Harisson wich zurück, seine Stimme erstarb würgend in der Luft. Stewart attackierte noch einmal. Harisson schrie auf, ein plötzlicher

trockener, langgezogener Ton. Er stand nun gegen das Fenster ge-
preßt, war so weit zurückgewichen, wie er konnte. Durch das Fen-
ster flatterten dünn die Rufe der Lehrlinge aus der Goldsmiths'
Row. »Haltet ihn zurück!« befahl der Sheriff mit lauter Stimme.
Der Schreiber und der Gerichtsdiener aber zögerten, und die beiden
Wachen stürzten unsicher nach vorn.

Doch es war viel zu spät. Stewart starrte hinab auf das fahle Gesicht,
das graue, wilde Haar, die verrutschten Schultertressen – »Dann ist
es wohl Zeit, daß ich es probiere, nicht wahr? Zur Hölle mit dir, wo
du hingehörst«, keuchte Robin Stewart mit rasselndem Atem und
starren Augen wie ein Mann unter Drogeneinwirkung. Und er hob
beide Hände, darinnen den langen Degen, und wie eine Axt in eine
Fleischbank ließ er die Klinge in den bebenden Körper sausen.

Am selben Donnerstag abend kehrte Lymond von seinem vergeblichen Ausflug nach Islington zurück, kleidete sich um und begab
sich, ausgestattet mit der Vollmacht de Chémaults und den ein-
drucksvollen Insignien seines Amtes, geradenwegs zu Warwick, um
sein formales Interesse an der aufgedeckten Verschwörung zu be-
kunden, um darum zu ersuchen, daß dem in das Komplott verwik-
kelten und von Warwick festgenommenen Schotten Brice Harisson
gestattet werde, vor de Chémault auszusagen – und ferner, um englische Unterstützung beim Aufspüren und bei der Gefangennahme
von Harissons Komplizen, dem Schotten Stewart, zu erbitten.

Es war die routinemäßige Eröffnung eines Spiels, das beiden Seiten
auferlegt war: Jeder Zug mußte öffentlich getan werden, und der
vorherbestimmte Verlauf war klar. Der französische Botschafter
zweifelte nicht, daß der Herold Vervassal diese Affäre geschickt regeln würde.

Von diesem Verhandlungsgeschick abgesehen schien der Herold
einen Einblick in die unsichtbaren Gegenströmungen der Affäre zu
besitzen, der tiefer ging als der des Botschafters. Als de Chémault
einmal in Gegenwart des Herolds unbedacht zu seiner Frau über
Stewart gesprochen und sie daraufhin ausgerufen hatte: »Ein Mörder! Ach, doch nicht in Johns und Annes eigener Truppe! Wie ihn
das treffen wird!« – da hatte er, ohne es zu sehen, gespürt, wie Ly-

monds Aufmerksamkeit aufflackerte. Er wußte, daß Crawford, der sich von irgendeiner Verletzung erholte, diese Aufgabe auf dringendes Ersuchen der Königinwitwe übernommen hatte, da kein anderer verläßlicher Kurier zur Verfügung stand – nichts Ungewöhnliches für einen jüngeren Sohn vornehmer Herkunft. De Chémault wußte auch einiges über seine Vergangenheit, denn Tom Erskine war ein alter Bekannter des Botschafters. Er hätte gern mehr gewußt. Jehanne, seine Frau, so vermutete de Chémault, fürchtete sich vor dem seltsamen geschmeidigen jungen Mann mit dem Krückstock.

Als Lymond zurückkam, waren sie bereits beim Abendessen, das heute privat in der Wohnung des Botschafters serviert wurde. Schweigend hantierten die Diener, deren Livreemützen säuberlich aufgereiht auf der Kredenz lagen, mit Hammelfleisch und Wachteln. Auf dem schweren bestickten Tischtuch glänzte Jehannes Silber in der späten Aprilsonne.

Jehanne war es, die Lymond an der Tür vorübergehen hörte und ihrem Hausfraueninstinkt gehorchend aufstand, um ihn hereinzubitten. Lymond wandte sich um, als sie ihm nachrief: »Mr. Crawford, wir haben Ihnen Abendessen aufgehoben!« Er kam herein, doch obwohl er höflich an ihrem Tisch Platz nahm und gewandt mit ihnen plauderte, krümelte er sich abwesend und von ihrer Kochkunst unbeeindruckt durch das Essen, sichtlich nur daran interessiert, rasch fertig zu werden und Raoul mit Geschäften zu belästigen.

Tatsächlich fing er damit an, noch ehe sie fertig waren und bevor Jehanne ihre hübscheste Geschichte von der Balgerei des Babys mit der Katze zu Ende erzählt hatte. Zwar lächelte der Herold sie an und sagte etwas, was sie sich merken wollte, damit sie es im nächsten Brief an Maman schreiben konnte. Doch dann wandte er sich ohne jede Entschuldigung ihrem Gatten zu und berichtete ihm von seiner Unterredung mit Warwick, Haushofmeister Seiner Königlichen Majestät Höchst Ehrenwerter Hofhaltung.

Natürlich verstand sie nicht alle Einzelheiten. Statt dessen beobachtete sie, wie er abwesend mit einem silbernen Becher spielte, der bis zum Rand mit ihrem besten Wein gefüllt war. »Genau das Märchen, das man von Warwick und seinen Freunden erwarten mußte. Wie er behauptet, hat sich Stewart vor drei Wochen mit seinem Angebot an ihn gewandt, doch war Lord Warwick bis zum heutigen Tag unbekannt, um was es sich handelte. Er ist empört, entsetzt, von Abscheu erfüllt und wird tun, was in seiner Macht steht, um uns zu helfen.«

Raoul schien es nicht zu ärgern, daß er bei seinem Lieblingsessen gestört wurde. Seine Stimme klang sogar weniger verdrießlich als sonst häufig am Ende eines langen Arbeitstages. »Und Stewart und Harisson?«

»Harisson wurde natürlich aus Gründen verhaftet, die mit dieser Angelegenheit nicht das Geringste zu tun haben. Die Briefe an die Königinmutter. Das ist Warwicks Geschichte, an der er festhalten muß.« Der Herold machte eine Pause. Unter seinen schlanken Fingern schwappte der verschmähte Wein über den Becherrand, und Jehanne erstarrte in ihrem Stuhl. Das Tischtuch war sehr kostbar.

Dann fuhr Vervassal fort: »Ich brauchte ihn nicht darum zu bitten, uns bei der Suche nach Stewart zu helfen. Mein Gespräch mit Harisson hatte offenbar einige Wirkung, wenn auch nicht ganz die, die ich beabsichtigte. In seinen reichlich verspäteten Bemühungen, Warwick zu besänftigen, verriet Harisson den Bogenschützen an ihn statt an uns. Mit anderen Worten: Harisson gestand dem Sheriff, daß Stewart ihn gebeten habe, bei einem Plan, Maria von Schottland zu vergiften, als Mittelsmann zu fungieren, und daß er, Harisson, die Verschwörung dem französischen Botschafter verraten habe, der alles wisse. Der Sheriff berichtete dies Warwick, der natürlich alles über Stewart und das Komplott wußte – jedoch nicht, daß Sie davon Kenntnis hatten. Von diesem Augenblick an mußte er, um der Beziehungen zu Frankreich willen, alle Verbindungen zu der Verschwörung abbrechen. Als Gegenleistung für Gott weiß welche Versprechungen wurde Harisson über den Sheriff angewiesen, nach Stewart zu schicken, der dann heute nachmittag gefangengenommen und ohne viel Federlesens zum Ely Palace geschafft wurde, wo er ein vollständiges Geständnis ablegte – der arme Trottel dachte offenbar, er könne noch immer Warwicks Unterstützung gewinnen, und zählte noch einmal voller Stolz seine Fähigkeiten zum gedungenen Meuchelmörder auf. Und das war, wie Warwick jetzt natürlich behauptet, das erste Mal, daß er von dem Komplott hörte...

... Ich kann mir Stewarts Gefühle vorstellen«, fuhr Lymond fort, »als Seine Lordschaft, statt ihm die Arme zu öffnen, nach jeder verfügbaren Palastwache schrie. Stewart ist jetzt im Tower. Warwick hat zugesagt, Stewarts Geständnis abschreiben und uns schicken zu lassen, und Stewart will er entweder Ihnen oder direkt nach Frankreich zur Bestrafung ausliefern. Er wird das selbst mit Ihnen regeln.«

»Die Entscheidung liegt beim König. Ich werde ihm noch heute abend schreiben. Und Harisson?« fragte Raoul.

»Harisson?« sagte Crawford, während er sich – was für ein empörender Fauxpas – mit jenem seltsamen Ruck erhob, der verdecken sollte, was immer mit seinem Bein nicht in Ordnung war. »Er und Stewart wurden im Haus des Sheriffs zur Identifizierung einander gegenübergestellt, und Stewart tötete ihn. Offenbar besaß keiner soviel Courage, ihm ins Schwert zu fallen. Es läuft also darauf hinaus, daß es keinen Zeugen gegen Warwick gibt, und außer Warwick und O'LiamRoe keine Zeugen gegen Stewart. Sie müssen Stewarts Geständnis in die Hand bekommen. Sonst können wir kaum etwas unternehmen.«

Jehannes Gatte fügte der Unhöflichkeit ihres Gastes eine weitere hinzu, indem er sich ebenfalls erhob.

»Ich werde Stewart in meinen Gewahrsam nehmen. Er wird dann eben noch einmal gestehen.«

Nach einem kaum wahrnehmbaren Zögern sagte Crawford ruhig: »Ich glaube, nicht. Ich gebe Ihnen im Gegenteil den Rat, darauf zu bestehen, daß Warwick Stewart in Gewahrsam behält und die volle Verantwortung für seine Auslieferung an Frankreich übernimmt. England ist sehr daran gelegen, jeden Zwischenfall zu vermeiden. Soviel ist bereits klar. Der sicherste Weg, Stewart lebendig an Frankreich auszuliefern, ist, es Warwick selbst tun zu lassen.«

Man hätte meinen können, es sei etwas Verhängnisvolles ausgesprochen worden. Dann stieß Raoul hervor: »Nichts würde ihm hier zustoßen«, und Crawford am Arm packend fügte er noch lauter hinzu: »Gehen Sie! Gehen Sie. Gehen Sie. Sie *wollten* doch gehen. Ich hätte Sie nicht aufhalten sollen.«

Bestürzt erhob sich nun auch Jehanne und blickte zuerst Crawford und dann ihren Gatten verständnislos an. Lymond, der sich in Wirklichkeit gar nicht bewegt hatte, fuhr fort, als ob nichts geschehen wäre: »Wenn Stewart etwas zustieße, könnten Sie es nicht verhindern. Sie begreifen, warum wir sein Geständnis haben müssen: Es ist eine Waffe, die wir werden einsetzen müssen. Er hat einen unbekannten Auftraggeber, der noch immer in Frankreich lebt. Sie müssen Warwick dazu bringen, daß er Stewart nach Calais schickt, und ihm außerdem mit jedem Quentchen Ihrer Macht das schriftliche Geständnis abringen. Er mag sich zwar hilfsbereit geben, aber in Wirklichkeit wird er es nicht herausrücken wollen. In Calais wird Stewart von einer französischen Wache übernommen, die ihn zurück an die Loire bringt. Dort werde ich mich selbst mit ihm befassen.«

Von seinem Gesicht las Jehanne mit unbarmherziger Genugtuung ab, daß ihm diese Aussicht alles andere als angenehm war. Raoul hatte die Tür aufgerissen. »Ich verstehe. Wir werden morgen früh noch einmal darüber sprechen. Bedenken Sie aber, daß die Dringlichkeit all dieser Dinge bloß relativ ist.«

Lymond stand, das Gewicht auf dem Stock, mit dem Gesicht zur Tür. *»Je vous remercie«*, war alles, was er sagte, doch Jehanne konnte sehen, wie ihr Gatte vor Erleichterung übertrieben herzlich lächelte. Dann besann sich der Herold zu guter Letzt doch noch auf seine Höflichkeitspflicht, wandte sich zu ihr um, fand einige Worte der Entschuldigung und zog sich zurück. Durch die nur halb geschlossene Tür sah sie, daß er geradenwegs in sein Zimmer ging.

Alles was recht ist – das war ein Gentleman, fand die Dame des Hauses, der ihnen mitten ins Abendessen platzte, Raoul mit einem Schreibtisch voller Arbeit zurückließ, um dann selbst einfach schlafen zu gehen. O Gott, dachte Jehanne de Chémault und sprach es auch grimmig aus, je früher er Durham House verläßt, desto entzückter werde ich sein.

Zwar verließ Lymond Durham House am folgenden Tag, jedoch nur, um den Grafen und die Gräfin von Lennox aufzusuchen, aus deren Haus er Phelim O'LiamRoe zu entfernen gedachte.

Wie ein Kind mit einem Eichhörnchen spielen mag, so spielte Margaret Lennox mit O'LiamRoe in den drei Wochen nach seinem ersten entscheidenden Besuch in Brice Harissons Haus, seinem wagemutigen Einsatz im »Red Lion« und seinem Besuch bei de Chémault, der seiner Beteiligung an der Affäre ein Ende machte.

Sie spielte oberflächlich mit ihm, sanft und erfahren, und er durchschaute es. Wenn auch träge bis ins Mark, so war O'LiamRoe doch scharfsinnig. Vor wenigen Wochen noch hätte er sich an dieser Situation weidlich ergötzt und sich beim ersten Anzeichen kommenden Unbehagens davongemacht. Diesmal jedoch tat er, obwohl innerlich fluchend, sein möglichstes, um den Ball zurückzuschlagen.

Er war nicht noch einmal zu de Chémault gegangen. Lennox, dessen gefälliger, matter Charme dem Fürsten nicht behagte, kam eines Nachmittags in das große Empfangszimmer gerauscht, schleuderte seinen Hut in einen Sessel und sagteß »Nun, sie haben ihn. Sie haben sie beide. Jetzt soll er endlich seinen verdammten Fuß von meinem Nachen nehmen...«

Lady Lennox war ihm dann ins Studierzimmer gefolgt, und sie hatten alles übrige allein besprochen. Am Abend aber, als Phelim sich wortreich in einer seiner Lieblingsgeschichten erging – der Geschichte von den beiden kleinen Hunden mit der Eierschale –, gesellte sich die Gräfin von Lennox zu ihm. Der Stoff ihres Gewandes glänzte im Feuerschein so makellos, als ob er eben blütenfrisch vom Webstuhl gegriffen worden sei, und milchig schimmerten die Perlen in ihrem grünlich-blonden Haar. »Ich habe heute abend eine Neuigkeit für Sie, die interessanter ist als Ihre beiden Hunde mit der Eierschale. Sie sollten gelegentlich nach Cheapside gehen, Fürst. Bei uns geht es beinahe ebenso aufregend zu wie in Dublin.«

»Wie das?« fragte O'LiamRoe eifrig interessiert.

»Der Bogenschütze, der Sie nach Irland begleitete, ist heute abend in Cheapside verhaftet worden und hat gestanden, daß er einen Mordanschlag auf Schottlands Königin Maria plante.«

»Was Sie nicht sagen!« O'LiamRoes Augen waren rund geworden.

»Und ich habe mit ihm ganz arglos an Deck gesessen, nur einen Fuß von der Reling entfernt – dabei hätte er mich im Nu hinüberstoßen können. Stewart ein möglicher Meuchelmörder?«

»Ein wirklicher Mörder«, sagte die Gräfin. Vom Kamin her fiel milderndes Licht auf ihre harten, ebenmäßigen Gesichtszüge. »Als er gefaßt wurde, durchbohrte er seinen Verräter mit dem Degen – einen gewissen Harisson, der sein Freund gewesen war.«

»Ach, zum Teufel«, sagte der Fürst. »Da haben Sie die Franzosen! Dieser Harisson hat ihnen geholfen. Und man sollte doch meinen, daß sie ihn wenigstens hätten schützen können.«

Sie schwiegen beide. In Margarets schönen Augen, die auf die seinen geheftet waren, lag ein Funken Belustigung. »Wie kommen Sie nur darauf, daß der Bogenschütze den Franzosen gestanden hat? Die Engländer haben ihn verhaftet. Seit heute abend ist er im Tower.«

Er hörte sich die ganze Geschichte an und dachte vage darüber nach, was da wohl schiefgegangen sein mochte. Doch darauf kam es letzten Endes kaum an. Robin Stewart hatte gestanden, und nun konnte die Gerechtigkeit ihren Lauf nehmen. Den Namen des Herolds Vervassal hatte Margaret Lennox nur kurz erwähnt. Er sagte ihm nichts, doch als er später darüber nachdachte, fragte er sich, ob das wohl der Mann sei, den die Königinwitwe nach dem Empfang seiner – O'LiamRoes – Botschaft nach London geschickt hatte. In dieser Nacht verbrachte der Fürst einige Zeit damit, über Margaret Lennox nachzudenken...

Sie hatte ihn natürlich über seinen Aufenthalt in Frankreich ausgefragt. Dieses Interesse war er gewöhnt, seit Paget und die anderen mit höflichen Fragen herauszufinden versuchten, was man ihm in Frankreich angeboten hatte und was er wußte. Das Gerücht vom Januar hatte lange nicht verstummen wollen – das Gerücht, daß eine riesige französische Flotte eine Invasion Irlands vorbereite, um die Engländer mit Sack und Pack zu vertreiben. O'LiamRoe hätte ihnen freilich sagen können, daß Frankreich, seit es Boulogne wieder in Besitz genommen hatte, untätig zusah, wie Croft und all die anderen Günstlinge des Englischen Rats in Irland blinden Alarm schlugen. Doch er sagte es nicht. O'LiamRoe war sich letztlich selbst nicht im klaren, wie er die Lage einzuschätzen hatte.

Viele seiner Landsleute hatten von England beträchtlich profitiert. Vor langer Zeit war Irland von englischen Bevollmächtigten regiert worden, doch dann wurde Irland vor nunmehr sechzig Jahren die Selbstverwaltung durch die großen adligen Familien zugestanden, und diese großen adligen Familien hatten sich ihre Nester ausgepolstert wie Eiderenten im Schneesturm. Sie, die Ormond, Desmond und Kildare, hatten regiert wie Könige, hatten Staatsämter unter ihre Familienmitglieder verteilt und staatliche Gelder selber eingestrichen.

Der alte König Heinrich VIII. hatte sich das nicht gefallen lassen. Wieder wurden englische Vizekönige, die sogenannten Lord Deputies, eingesetzt, und nach einer verheerenden Rebellion, in deren Verlauf sich ein O'Neill in Tara zum König krönen ließ und zu guter Letzt die gesamte Korona der irischen Adligen getötet oder mit Versprechungen und Bestechungen auf die englische Seite gezogen wurde. Der zehnjährige Gerald von Kildare, dessen Familienanspruch auf die Herrschaft in Irland die Familie Kildare endgültig zugrunde richtete, floh nach Italien, und der Aufstand war so gut wie erloschen.

Dann wurden englische Grafentitel ausgestreut wie Hühnerfutter. Vierzig irische Clan-Chiefs und Lords unterwarfen sich und erhielten ihre englischen Adelsprädikate, schworen dem Papst ab und versprachen, den jeweiligen Vizekönig zu unterstützen. Sie erhielten in der Gegend von Dublin Haus und Land, wo sie ihre Pferde und Gefolgsleute unterbringen konnten, wenn sie sich im Parlament versammelten, und ihre Söhne schickten sie zur Erziehung nach England oder ins Pale.

Und nun, da der ganze irische Aufstand abbröckelnd in sich zusammenfiel und Ruhe einzukehren begann, gab es unter den nicht begnadigten Rebellen nur noch einen herausragenden Namen. Brian O'Connor, Lord von Offaly, Schwager von Silken Thomas, der später nach der berüchtigten Amnestie von Maynooth als mächtigster Anhänger des jungen Kildare hingerichtet wurde, war enteignet und in den Tower geworfen worden. Sein Sohn Cormac aber war frei, besitzlos und unbegnadigt – und schwor Rache.

O'LiamRoe dachte darüber nach, und er erinnerte sich auch an den

Eid, den der Exrebell Conn O'Neill, einst in Tara zum König gekrönt, geschworen hatte, als er vor dem König von England niederkniete, der ihm den Titel eines Grafen von Tyrone verlieh: »... *daß
ich dem Namen O'Neill für immer entsagen werde. Daß ich und meine Erben
englische Sitten annehmen werden. Daß ich dem Gesetz des Königs gehorsam
sein werde. Und daß ich den Feinden des Königs, Verrätern oder Rebellen weder Unterstützung noch Hilfe gewähre...«*

Und er dachte auch an den Hund Luadhas...

Und als er darauf eines Nachmittags Margaret Lennox, die mit
ihren Damen nähend beisammensaß, Gesellschaft leistete und sie
ihn wieder einmal über seinen Aufenthalt in Frankreich auszufragen
versuchte, sagte er ihr nicht, daß er, auch wenn ihm der König von
Frankreich zehntausend Mann und dazu den Ring des Gyges angeboten hätte, immer noch mit dem Kopf geschüttelt, die Geschichte
von den beiden Hunden mit der Eierschale erzählt und sich eigensinnig nach Hause getrollt hätte.

Statt dessen erzählte er ihr von Thady Boy Ballagh, dem vortrefflichen Ollave, der ihn nach Frankreich begleitet hatte: Wie Thady
Boy in St. Germain die Stechpuppe mit heißem Wasser gefüllt, in
Rouen den Festzug der Schiffe auf der Seine mit einer Elefanten-
herde gesprengt, die Akrobatenpyramide zum Einsturz gebracht, in
einem Keller einen Krawall ausgelöst und bei einem Hindernisrennen den Turm von St. Lomer erklettert hatte.

Er merkte, daß seine sonst so gewandte Zunge hier und da ins Stok-
ken geriet, denn das Erzählen fiel ihm ausnahmsweise nicht leicht.
Doch ihre Fragen nahmen kein Ende, und ihre Damen kicherten.
Schließlich sagte sie: »Und Ihr vortrefflicher Thady Boy – was ist
aus ihm geworden? Wie Sie sagten, haben Sie ihn in Frankreich zurückgelassen.«

Helle Röte stieg O'LiamRoe in das glattrasierte Gesicht. Abwesend
fuhr er sich durch das kurze seidige Haar, das sich nicht in Unordnung bringen lassen wollte, klopfte sich auf die wattierte Seiden-
brust und antwortete: »Nein... Das war eine traurige Geschichte.
Um die Wahrheit zu sagen, die arme Seele ist tot.«

Sekundenlang weiteten sich ihre Augen, dann senkte sie die Wimpern. Ihre kräftigen Finger, einen Augenblick untätig, fuhren durch

die Nähseide in ihrem Alabasterkästchen. »Das haben Sie mir bisher nicht erzählt. Woran ist er denn gestorben?«

»Ich habe davon erst kürzlich erfahren.« Wieder stieg ihm eine hellrote Welle ins Gesicht. »Er war ein verrückter Bursche, vom Teufel besessen, und ging auf verrückte Weise ins Grab.«

Ein seltsamer Ausdruck zeigte sich in Lady Lennox' Gesicht: ein Ausdruck des Erstaunens, gemischt mit einer Art Befriedigung, so als ob er ihr etwas bestätigt habe, was sie bereits vermutet hatte. Während O'LiamRoe sein plötzliches Unbehagen zu begreifen versuchte, rückte unversehens ein Erinnerungsfetzen an die richtige Stelle. Früher einmal hatte zwischen Lymond und Margaret Lennox eine Liebschaft bestanden, und sie hatte ihn verraten, was ihn beinahe das Leben gekostet hätte. Nachdem Lymond sich aus der Sklaverei freigekauft hatte, hatte er sie seinerseits getäuscht und ihr Schaden zugefügt. George Douglas war der Onkel dieser Frau. Und George Douglas wußte, daß Thady Boy und Lymond ein und derselbe Mann waren. Lady Lennox hatte sich absichtlich ihren ehemaligen Liebhaber durch seine, O'LiamRoes, Augen schildern lassen.

Und ebendiese Augen verstanden es meisterhaft, zu verbergen, was O'LiamRoe soeben entdeckt hatte. Er unterbrach das kurze Schweigen nicht, das sich auf ihn und Margaret Lennox herabsenkte. Die Damen tuschelten, der Silberstaub der Seidenstoffe trieb und tanzte im Sonnenlicht, und der Affe der Gräfin streifte seine Leine ab, floh von einem schimmernden Tisch zum anderen die lange mit Seide bespannte Wand entlang, und als er das Ende erreichte, hängte er sich an ein Gemälde, von dem er mit ausgestreckten rosa Fingern auf den Stuck-Architrav über der weißen Flügeltür sprang. Dort hockte er noch mit blanken Augen und klingelnder Goldkette, als sich die Türflügel öffneten und der Herold Vervassal angekündigt wurde.

Sie hatte ihre Damen hinausgeschickt. Nur O'LiamRoe saß an Lady Lennox' Seite, als sich die Türen öffneten und ein Mann im Schatten sichtbar wurde, blond, schlank gewachsen, matt funkelnd wie ein im Dunkel nur halb sichtbarer Kristall, hinter ihm ein junger Page, der seinen Heroldsstab trug. Dann trat der Herold in das elegante

Gemach, und der Affe sprang mit einem Satz auf das Tuch des schweren goldenen Wappenrocks, der aufblitzte wie Sonnenlicht auf dem Meer. »Hallo! Was für ein vertrauliches Willkommen«, sagte Lymond kalt. »Sehr freundlich, Lady Lennox.«

O'LiamRoe betrachtete die kühle Ausgewogenheit der Szene mit amüsiertem Staunen. Nach seiner Erfahrung pflegten Herolde Damen königlichen Geblüts selten so nonchalant anzureden. Er blickte die Gräfin an. Ihre ungewöhnliche bleiche Schönheit, die er einen Augenblick zuvor noch bewundert hatte, wurde jetzt durch eine jäh aufwallende Röte noch gesteigert. Sie atmete tief und schwankend ein. Die Atmosphäre im Raum, die eben noch von ungezwungen geistreichem Geplauder geknistert hatte, war plötzlich wie tot. O'LiamRoe, der dies auf einer ihm eigenen rätselhaften keltischen Wellenlänge wahrnahm, fühlte, wie seine Haut prickelte. Er wandte den Blick von Margaret ab und musterte den Herold Vervassal noch einmal.

Das Temperament, auf das man nach diesem Auftakt hätte schließen können, existierte in Wirklichkeit nicht, vielmehr strahlte der Herold eine eisige Härte aus, klar wie geblasenes Glas. O'LiamRoe wurde sich bewußt, daß der Besucher ihn anblickte, und sah rasch weg. Der Blick des Herolds wandte sich Lady Lennox zu, die – was O'LiamRoe nicht wissen konnte – von alldem nichts wahrnahm. Sie sah vielmehr ein offenes Jünglingsgesicht, das sie vor acht Jahren gekannt hatte, dann ein anderes, späteres, das deutliche Spuren einer nun herrischen Natur aufwies. Und jetzt blickte sie in ein Gesicht, das sie noch nie wirklich gesehen hatte: Ereignisse, von denen sie nichts wußte, ein Geist, den sie wiedererkannte, eine Krankheit, die er kaum verbergen konnte, waren zu einer Überlegenheit des Ausdrucks zuammengepreßt und eingefroren, die so abweisend und eisig wirkte, wie das Auftreten O'LiamRoes entgegenkommend und gewinnend war.

Deshalb und weil sie in den zurückliegenden Jahren das Wirken eines blinden Gefühls in sich unterdrückt und abgetötet hatte, erwiderte Margaret Lennox den eisigen Blick Lymonds und schwieg. Neugierig sah O'LiamRoe die beiden abwechselnd an, begegnete wieder diesem sonderbaren direkten Blick des Herolds, fühlte sich von dem, was er wahrnahm, zugleich beeindruckt und vage beunruhigt. Er lächelte.

Vervassals blaue Augen funkelten. Während er den Affen sanft auf seinen Arm herabzog, sagte der Herold: »*La guerre a ses douceurs, l'hymen a ses alarmes.* Vor lauter Aufregung vergessen Sie Ihre Pflichten, Margaret. Wollen Sie mich nicht vorstellen?«

Es war die Klangfarbe dieser Stimme – ein Timbre, das sie auch in sinnloser Trunkenheit beibehalten hatte –, die O'LiamRoe wie gelähmt an der Stelle festhielt, wo er stand. Sein Herz tat einen einzigen lauten Schlag, der ihm direkt in den Magen fuhr, und er spürte, wie sich sein ganzes friedliches Inneres zusammenzog und seine unbedeckten Hautpartien empfindlich und kalt wurden.

Wie durch Magie gaben Lymonds Worte Margaret das Gleichgewicht zurück. Ihre käftige, gelassene Stimme wie eine Waffe einsetzend, sagte sie. »Mr. Francis Crawford – O'LiamRoe, Fürst von Barrow und Lord von Slieve Bloom.«

»Ich fühle mich sehr geehrt«, sagte dieser fremde, wieder auferstandene Thady Boy Ballagh mit vollendeter Höflichkeit, den Blick auf das Tier in seinem Arm gesenkt. »Aber bei Gott, das ist ein verdammt komplizierter Name für ein kleines Äffchen.«

Und dann war O'LiamRoe, wie ihm verschwommen klarwurde, außer als erster Prellbock für das bevorstehende Wortgefecht vergessen.

Während er der Gräfin in seinem Stuhl aufrecht gegenübersaß, sah Phelim, wie der blonde Gast, unter dessen streichelnden Fingern der Affe wie ein Ball auf und ab hüpfte, Platz nahm, und zum erstenmal bemerkte er die schlaffe rechte Hand. Seine besorgten Spekulationen über Lymonds Verletzungen wurden von der spöttischen Stimme Margarets unterbrochen. »Bitte, Fürst, lassen Sie sich von dem Schock nicht verwirren«, sagte sie. »Öffentliche Wiederauferstehungen sind seit jeher ein ermüdender Zeitvertreib von Francis. Wenn ich gewußt hätte, daß er hier auftauchen würde, hätte ich unsere private Farce nicht aufzuführen brauchen.«

»Meine Liebe, der Schock ist ganz auf meiner Seite. *De par cinq cent mille millions de charretées de diables*«, sagte Lymond. Er packte den Affen, der auf seinem Knie hockte, bei den Kinnhaaren und blickte in blanker Neugier von ihm zu O'LiamRoe. »*Le cancre vous est venu au moustaches.* Ihr Bart, Phelim! Hat Ihr plötzlicher Abscheu Sie zu einer allgemeinen Reinigung getrieben?«

Die Gräfin griff gelassen nach ihrer Näharbeit und glättete sie auf dem Knie. »Strengen Sie sich nicht so an, Francis... Das ›Red Lion‹. Er mußte sich den Bart abnehmen lassen, damit er inkognito dorthin gehen konnte.«

Es gab für O'LiamRoe nur eine Methode, die Situation zu meistern – nämlich, sich den Anschein zu geben, als sei diese Tatsache die ganze Zeit allgemein bekannt gewesen. Während er das tat, spürte O'LiamRoe, dessen Empfindungen in Richtung Lymond so wund waren wie die Haut eines verbrannten Mannes, daß Lady Lennox auf irgendeine Weise Pluspunkte gesammelt hatte. In der sekundenlangen Pause, ehe Lymond antwortete, sagte der Fürst von Barrow entschuldigend: »Es hat mich allerhand Mühe gekostet, wie ein Engländer auszusehen – eine ansehnliche Rasse, diese Briten, aber ihr Haarwuchs würde bei einem Iren aus Meath allenfalls für die Wimpern ausreichen.«

»Gott ja«, meinte Lymond, »aber ob sich die Engländer einen solchen Haarwuchs wünschen würden? Allen Burschen aus Meath, die ich kennengelernt habe, waren die Augen zugewachsen wie von Rettichen. Man hätte sich die Füße an den Wuscheln abtreten können, und sie hätten nicht einmal gezwinkert. Wie auch immer. *Tu ne fais pas miracles, mais merveilles.*«

»Er versteht kein Französisch«, sagte Margaret Lennox und nahm das kleine, kostbare Kästchen mit der Nähseide in die Hand. »Erinnern Sie sich nicht? Obwohl nach allem, was ich über Ihr Benehmen in Frankreich gehört habe, Ihr Gedächtnis völlig blank sein muß. Jemand hat Ihnen einen dürftigen Vorwand zum Trinken gegeben, und Sie haben sich wie toll in die Gosse getrunken. Bis zu dem Grad des Stumpfsinns, an dem Sie die einfachsten Vorsichtsmaßnahmen versäumten. Das sieht Ihnen ähnlich, Francis. Und nun, nachdem Sie zweifellos von jemand anderem unter beträchtlicher Gefahr gerettet worden sind, schmücken Sie sich mit Diamanten, führen die aufgeweichten Relikte Ihres Gehirns spazieren und tragen Ihre mitleiderregenden Blessuren seelenvoll wie ein Kreuz. Sagen Sie, sind

Sie überhaupt wirklich verletzt? Oder hinken Sie bloß einer Wette wegen?«

Von seinem Stuhl aus sah O'LiamRoe fassungslos, wie das Alabasterkästchen aus ihren Händen flog, mit lässiger Genauigkeit so geschleudert, daß es Lymonds Beine treffen mußte, die wegen des kurzen Wappenrocks ungeschützt waren. Ein normal reagierender Mann hätte es mit der rechten Hand fangen können. Lymond aber streckte bloß die Linke aus, um den Hieb abzumildern – doch es war O'LiamRoes Arm, der vorschnellte und das Kästchen ablenkte. Dabei rutschte er in die Knie und stieß im Fallen gegen Lymonds Stuhl. Das schwere Kästchen, von seiner Hand aus der Bahn gebracht, trudelte mit halbgeöffnetem Alabastermaul zur Seite und traf den Affen hart im Genick.

Der Hieb war tödlich. Lautlos sank das pelzige Wesen in sich zusammen, und O'LiamRoe, der auf dem Boden kauerte, fing es weich mit den Händen auf und legte es auf den Boden. Die blinkende Kette klingelte. Über ihm beugte sich Lymond mit maskenhaftem Gesicht vor, doch blickte er weder O'LiamRoe noch den Affen an. Während der Fürst von Barrow noch hilfsbereit am Boden kauerte, musterte er nach einem raschen, neugierigen Blick auf Lymond die bleiche Schönheit Margarets und mußte in diesem Moment an ein anderes Tier und einen anderen Tod denken.

»Er stank«, sagte die Gräfin, lehnte sich zurück und sah zu, wie O'LiamRoe seinen Platz wieder einnahm. Lymond hob den toten Affen auf und legte ihn neben sich auf den Tisch. »Aber immerhin, mein Lieber«, fuhr Margaret Lennox fort, »haben wir damit das herzzerreißende Schauspiel Ihrer Schwäche genossen. Was wollen Sie von mir? Geld? Oder Arbeit?«

»Ich bin` – einstweilen – gekommen«, sagte Lymond sanft, »um Ihnen die Mühe zu ersparen, den Fürsten selbst aus Ihrem Haus zu bitten... Ich bin gekommen, um O'LiamRoe abzuholen.« Und der Fürst von Barrow, der in angestrengtes Nachdenken versunken war, registrierte, daß sein ehemaliger Ollave zu ihm sprach. »Wollen Sie mit mir nach Durham House kommen? Ich kann draußen warten, während Piedar packt.«

Man wollte ihn in etwas Tückisches und Gefährliches hineinziehen, etwas, was nicht seine Sache war, was ihn nicht das Geringste anging. O'LiamRoe hatte nicht die Absicht, jetzt noch eine Minute länger als nötig in Hackney zu bleiben. Doch ebenso war er fest entschlossen, Francis Crawfords Angelegenheiten aus seinem Leben auszuschließen. Es zog ihn nicht nach Durham House. Er würde in ein Gasthaus ziehen. Letzteres deutete er kurz an.

Margaret bedachte sie beide mit einem Lächeln. Schlaff lagen ihre mit Borten besetzten Ärmel in ihrem Schoß. »Mein lieber Fürst, Ihr charmanter Zauberkünstler, unser Abdallah al Kaddah, wird Ihnen das nicht gestatten. Er will, daß Sie ihm helfen, Robin Stewart zurück nach Frankreich zu schaffen.« Und den Blick des Herolds mit dem ihren festhaltend, lachte sie.

Lymond, dessen blonder Kopf auf der Stuhllehne ruhte, musterte sie gelassen. »Wollen Sie mit mir wetten, daß es mir gelingt?«

»Wetten Sie mit *mir*«, ließ sich eine neue Stimme, ein knarrender Tenor, von der offenen Tür her vernehmen. O'LiamRoe drehte sich um, als Matthew Lennox ins Zimmer trat. Seine Augen über den Tränensäcken blitzten, in den weißen Händen drehte er etwas Langes, Schwarz-Goldenes. »Ihr Page, Crawford, zeigte wenig Neigung, ihn herzugeben, aber ich dachte, Sie brauchten vielleicht seinen Beistand.« Mit einer flinken Bewegung warf er Lymond den Heroldsstab zu, und der Herold fing ihn auf.

»Wetten Sie mit mir«, wiederholte Matthew Stewart, Graf von Lennox, der nun mit gefalteten Händen vor dem Feuer stand und den hellen, starren Blick auf sie alle richtete. »Ich habe mehr zu verlieren als Sie.«

Dann machte er sich mit der Verbindlichkeit des Gastgebers daran, ihnen neuen Wein einzuschenken. »Wenn Sie Ihren Fuß auf französischen Boden setzen, werden Sie als der vormalige Magister Ballagh festgenommen, der das niederträchtige Unglück im Schloß von Amboise geplant hat. Wissen Sie, George Douglas liebt Sie nicht gerade.«

»George hat bekommen, was er wollte: Die Frau seines Sohns ist jetzt Erbin von Morton«, erwiderte Francis Crawford. »Und sosehr jemand auch argwöhnen mag, daß Thady Boy Ballagh und ich ein und derselbe Mann sind – beweisen kann es niemand.«

»Verzeihen Sie«, ließ sich O'LiamRoe vernehmen. Sie sahen ihn alle an, und er spielte mit seinen Fingern. »Ich bin wahrhaftig allzu neugierig, das weiß ich – aber sagen Sie mir eines: Warum sollte eigentlich einer von uns Robin Stewart nach Frankreich begleiten? Hat er denn nicht gestanden?«

Lennox lächelte, und nach einer Weile räumte Lymond ein: »Ja, doch. Jetzt ist es aus mit dem kleinen Staatsgeheimnis, *que Dieus assoille...* Er hat gestanden, Phelim, aber es sieht nicht so aus, als ob Warwick uns eine Abschrift des Geständnisses zur Verfügung stellen wird, nicht einmal eine zu seinen Gunsten gereinigte Fassung. Es wäre schließlich der einzige Beweis gegen Stewart, und wenn Warwick es zurückhält, könnte Stewart vielleicht dazu bewogen werden, über Seine Lordschaft ganz zu schweigen. Ohne dieses Geständnis jedenfalls, mein Lieber, wird es sich wahrscheinlich als schwer erweisen, Stewart zu überführen. Darum brauchen wir Ihr Zeugnis.«

»Das ist wahrhaftig schade«, entgegnete O'LiamRoe sanft und wandte das glatte Gesicht der Sonne zu, deren Licht auch auf seinen Ellbogen schimmerte, als er sich mit beiden Händen durchs Haar fuhr. »So ein Pech. Aber ich werde in diesem Sommer in Slieve Bloom gebraucht und habe leider keine Zeit, nach Frankreich zu reisen.«

»Sie werden sich nicht bemühen müssen«, mischte sich Matthew Lennox ein. »Man wird Sie nicht brauchen. Denn Stewart wird den Tower ohnehin nicht lebend verlassen.«

O'LiamRoe war es leid, sich für dumm verkaufen zu lassen. »Meinen Sie? So wie ich die Dinge sehe, würde ich sagen: Warwicks Ansehen hängt davon ab, daß Stewart Frankreich lebend erreicht.«

Es war die Gräfin, die in das spröde Schweigen hinein, das ihr Gatte stets so geschickt auszulösen verstand, antwortete: »Natürlich will Lord Warwick, daß Stewart am Leben bleibt«, sagte sie. »Niemand ist daran so interessiert wie Seine Lordschaft. Aber Stewart, verstehen Sie, hat schon zwei Selbstmordversuche hinter sich und ist eben jetzt dabei, sich zu Tode zu fasten.« Sie erhob sich gemessen – eine glänzende, hochgewachsene Erscheinung. »Matthew, der Fürst verläßt uns... Meine Herren, entschuldigen Sie mich, ich habe noch zu tun.«

Da das weiträumige Haus von Dienstboten nur so wimmelte, gab es für sie gewiß keinen Grund, zu gehen. »Sie brauchen nicht zu flüchten, Gräfin«, sagte Lymond mit liebenswürdiger Stimme. »Niemand belästigt Sie.«

Mit erhobenem Kopf blieb sie stehen, doch ihr Gatte schaltete sich rasch ein. »Wohin gehen Sie, Fürst? In ein Gasthaus?«

»Der Junker von Culter wird mir vielleicht einen Rat geben«, sagte O'LiamRoe, dem bei diesem Hin und Her von Titelanreden plötzlich Lymonds Titel wieder eingefallen war.

»*Wer?*« fragte Lady Lennox. Dann brach sie in Gelächter aus, ein Gelächter freimütiger und echter Belustigung, und ihre Augen waren nicht O'LiamRoe, sondern Lymond zugewandt, der mit zurückgeworfenem Kopf und völlig unbewegtem Blick in seinem Sessel saß.

»Fürst, Sie werden noch viel lernen müssen. Haben Sie etwa geglaubt, er sei der Erbe eines Edelmannes – mit seinem geliehenen Wappenrock und seinen Juwelen? Irland hat triumphiert, O'LiamRoe: Mariotta, Richard Culters Frau, hat einen Sohn geboren, mein Lieber. *Wessen* freilich...«

Einen winzigen Augenblick war es still. Dann sah O'LiamRoe, wie sie rasch einatmete und ihr Blick zu Francis Crawford flog, doch Crawford blickte sie nicht an. Zwischen Lennox und Lymond ereignete sich etwas Unausgesprochenes: ein einziges weißglühendes, fühlbares Aufblitzen von Haß. Dann erhob sich Lymond mit einer seltsam glatt wirkenden Drehung. »Sind derlei Dinge von Bedeutung?« fragte er.

»*Dhia*, für die Glücklichen schon«, meinte O'LiamRoe beschwichtigend. »Zum Beispiel Lady Fleming. Die Nachricht kam erst gestern aus Schottland, und der ganze Hof stürzte sich drauf. Ein Junge. Ein hübscher Bastard für den erhabenen König von Frankreich.«

Es war gut gemeint, doch obwohl O'LiamRoe viel Erfahrung besaß, verwirrte ihn die Reaktion. Lymond stand immer noch an seiner Seite, und sein Wappenrock glühte in der Abendsonne. Die Augen gegen das blendende Licht halb geschlossen, legte er ohne Hast den Heroldsstab nieder und stand nun mit leeren Händen vor der Gräfin. Sie lachte noch immer, bleich im Gesicht, mit funkelnden

Augen. »*Die Flemings? Die Frauen dieser Familie sind Huren – eine wie die andere!*« sagte sie.

Ihr Gatte, bemerkte O'LiamRoe, hatte sich entfernt. Francis Crawford schwieg. Sein Blick aber, gelassen und kalt, hielt den ihren fest, bis die Augen der Frau ihm schließlich auswichen.

»Manche lieben ein Leben lang«, sagte Lymond. »Und manche töten.« Und mit den juwelengeschmückten Händen hob er den toten Affen auf, legte ihn ihr wie einen Täufling in die Arme und verbeugte sich mit einer anmutigen Neigung des blonden Kopfes.

Am Ende brachen sie gemeinsam auf. O'LiamRoe, äußerlich ruhig trotz aller unbehaglichen Empfindungen, konnte es nicht erwarten, von diesem vielgestaltigen und unheilvollen Auferstandenen loszukommen, an den er sich, zumindest im Augenblick, durch die Bürde eines nebelhaften, ihm selbst unerklärlichen Schuldgefühls gekettet fühlte. Auf der Gasse sagte Lymond, der seinen Pagen fortgeschickt hatte: »Nicht weit von hier ist ein Gasthaus. Ich schlage Ihnen nicht vor, dort Quartier zu nehmen, aber wir könnten dort für eine Stunde ein Zimmer mieten und miteinander reden. Es tut mir leid, daß Sie Zeuge dieser privaten Unerquicklichkeiten und meiner plötzlichen Wiederauferstehung waren. Ich hätte wissen müssen, daß die Gräfin Ihnen nichts davon gesagt hat.«

Er hielt inne und fügte hinzu: »Falls Sie Ihren Aufenthalt bei den Lennox genossen haben, muß ich Sie noch einmal um Entschuldigung bitten. Aber die beiden haben sich mit Warwick überworfen und es wohl auch selbst für unklug gehalten, Sie noch länger als Gast in ihrem Haus zu haben. Doch wahrscheinlich haben Sie selbst schon ein wenig von alldem herausgefunden.«

»Ein wenig«, sagte O'LiamRoe. Und nach einer Weile fragte er: »Ist es weit bis zu diesem Gasthaus?« Als Lymond nicht antwortete, fügte er hinzu: »Geben Sie mir Ihren Zügel.« Doch bei der Berührung seiner Hand zuckte Lymond jäh zurück: »Lieber Himmel, nein. Es ist nicht weit. Die Kamine da drüben, hinter den Bäumen.« Danach ritten sie hintereinander in tiefem Schweigen weiter.

Es war O'LiamRoe, der im »Swan« nach Speisen und Wein schickte und während des Essens in ihrem privaten Raum – um seiner Beklommenheit Herr zu werden – seine literarischen Causerien zu höchster Kunstfertigkeit trieb und sich über nahezu jedes Thema zwischen Himmel und Erde erging, über das ein gebildeter Kelte zu reden imstande war. Zwischen den einzelnen Gängen blickte er Piedar Dooly grollend an, der seinerseits beim Servieren dem ausgebleichten und wieder auferstandenen Ollave grollende Blicke zuwarf. Der funkelte jetzt nur so vor unverdienten Reichtümern, die sogar den Papst geblendet hätten. Ohne Wappenrock lag er, den Kopf in ein Kissen gebettet, auf dem Rücken vor dem züngelnden Kaminfeuer und jonglierte gedankenverloren einhändig immer wieder mit einer Krone und ein paar Shillingstücken.

O'LiamRoe hatte zunächst geglaubt, mit Lymond leichter ins Gespräch zu kommen, wenn er wie ein Schuljunge flach ausgestreckt zu seinen Füßen lag, begriff aber gegen Ende seiner Mahlzeit, daß Lymond nur darauf gewartet hatte, daß er mit dem Essen fertig werden würde. Der Fürst von Barrow erhob sich und sagte beiläufig: »Piedar Dooly, such dir unten irgendwo ein Mädchen, dem du dein brummiges Gesicht zeigen kannst.« Als die Tür hinter seinem Diener laut ins Schloß fiel, kauerte er sich schwerfällig an der Stirnseite des Kamins zusammen.

»Reden Sie«, sagte er, »solange nur eines klar ist: Am Donnerstag in einer Woche reise ich nach Slieve Bloom. Ich finde, weder England noch Frankreich sind so recht nach meinem Geschmack.«

Die kleinen Münzen schwirrten weiter durch Lymonds schlanke Finger. Er erwischte das Kronenstück und schnippte es seitwärts ins Feuer. Einen Arm unter dem Kopf, lag er da und beobachtete, wie das Silber zerrann, wie das Gesicht des Königs über dem Harnisch kläglich zusammenschrumpfte, bis es sich mit dem Roß vermischte.

»Was hat man Ihnen hier für Ihren guten Willen und Ihr Pferd, für Ihre Bauern und Ihre Soldaten geboten?«

»Genug«, antwortete O'LiamRoe. »Oder sogar zuviel. Das hängt ganz davon ab, wie man es betrachtet. Ich mochte nichts dagegen sagen, daß die Leute, mit denen ich hier zu tun hatte, allesamt aussahen wie bei uns die milchbärtigen Edelknaben. Ich gebe zu, Slieve Bloom liegt zwar nicht gerade in Sibirien, aber es ist trotzdem lächerlich und abstrus, sich solche jämmerlichen ausländischen Kreaturen an meinem Feuer und an meinem Tisch vorzustellen.« Er hielt inne und sagte nach einer Weile: »Über diesen Stewart sind die Engländer ja in eine absonderliche Verlegenheit geraten. Warum sollte Warwick denn verhindern wollen, daß er an Frankreich ausgeliefert wird?«

Lymond, der sich ihm zugewandt hatte, richtete den Blick wieder auf das Feuer. »Weil Warwick sich um ein engeres Bündnis mit Frankreich bemüht und weil er Stewarts Angebot, Maria für Geld, Warwicks Gunst und ein hübsches kleines Lehensgut aus dem Weg zu räumen, mit mehr Begeisterung begrüßt hat, als irgend jemand erfahren darf. Über kurz oder lang wird er ihn an Frankreich ausliefern müssen. Aber Warwick hat Stewart wahrscheinlich versprochen, alle englischen Beweise zurückzuhalten, wenn Stewart den Mund hält. Es gibt keinen weiteren Beweis, der der Rede wert wäre – und Stewart kann immer behaupten, Harisson sei verrückt gewesen. Er könnte eine Chance haben.«

»Nun, Gott helfe Ihnen. Ob die Franzosen ihn überführen können oder nicht, sie werden ihn nicht aus den Augen lassen«, meinte O'LiamRoe unbekümmert. »Sie brauchen sich deshalb den Mund nicht fusselig zu reden – es sei denn, Sie wären wie der Racheengel mit dem Flammenschwert hinter ihm her. Haben Sie Stewart denn schon damals in Frankreich verdächtigt? Hat er Sie deshalb vergiftet?«

Ein sonderbarer Ausdruck, halb einsichtig, halb reumütig, zeigte sich sekundenlang in Lymonds Gesicht. Dann sagte er: »Ja, das habe ich, aber er hat nicht deshalb versucht, mich zu töten.«

»Warum sonst?« O'LiamRoe sah plötzlich Stewart vor sich, so wie er damals in ihrem Schlafzimmer in Blois vor Thady Boy auf den Knien gelegen hatte.

»Er hatte herausgefunden, wer ich war. Verstehen Sie, er wußte die ganze Zeit, daß einer von uns beiden Lymond war. Er tippte zunächst auf den falschen... Aber das wußten Sie doch, Phelim.«

Natürlich hatte er es gewußt. Vom Kamin her starrte er zu der leeren verputzten Wand, und vor seinen weit geöffneten Augen tauchten die brennenden Bettvorhänge im »Porc-épic« auf, der Tennisplatz, die drohend aufragende Galeasse, die behelmten Sraßenräuber, die sich aus dem Dunkel einer Gasse in Blois auf ihn stürzten. Doch sein eben erwachtes Begreifen zeigte ihm auch den Zipfel von etwas anderem, das er umhertastend zu fassen versuchte. Sein Gesicht wurde so leer wie die Wand. Rasch sagte Lymond: »Das Entscheidende ist, daß die Anschläge nicht aufhörten, nachdem Sie und Robin Stewart abgereist waren. Von dem Tag an richteten sie sich schlicht gegen mich...

Da man mich zu guter Letzt für tot hielt, ließ ich es eben so aussehen, als sei ich wirklich tot. Und um ganz sicherzustellen, daß ich wirklich keine Unannehmlichkeiten mehr machen würde, wurde von meinen Feinden das Gerücht in Umlauf gesetzt, ich sei der Urheber des Unglücks im Schloß von Amboise gewesen. Daher Lennox' freundlicher Hinweis, daß ich in Schwierigkeiten geraten würde, sobald ich französischen Boden betrete. Nun, wir werden sehen. Tatsächlich weiß, außer den Erskines, der Königinwitwe, meinem Bruder und ein paar Bundesgenossen, nur eine einzige Person in Frankreich genau, daß ich nicht tot bin.«

Er sprach – zum Feuer hingewandt – so logisch, wie ihn O'LiamRoe in früheren Tagen gelegentlich ein verrücktes Argument Michel Hérissons hatte zerpflücken hören. Trotzdem spürte er, während sich seine Hände auf den Knien verkrampften, wie seine angespannten Nerven mit seinem Atem zu spielen begannen. Er bemühte sich, alles beiseite zu schieben, und fragte: »Sie sagen also, daß es außer Robin Stewart noch einen anderen Mann gibt, der den Tod der kleinen Königin wünscht?«

»Es tut mir leid«, erwiderte Francis Crawford, wandte den Kopf und blickte mit nachdenklichen Augen in das errötete helle Gesicht des Fürsten. »Ich gebe zu, daß ich Ihnen allen Grund gegeben habe, in mir nur einen Mann zu sehen, der einzig auf sein Vergnügen – oder seine Rache versessen ist. Doch die Tatsachen sind folgende: Robin Stewart hatte in Frankreich einen Auftraggeber. Ich hoffte, Stewart auf meine Seite zu ziehen, aber es ist mir nicht gelungen. Ob aus eigenem Antrieb oder weil die beiden sich überworfen haben – Stewart trennte sich jedenfalls von seinem Auftraggeber und verließ Frankreich, um seine Dienste anderswo zu verkaufen. Was immer mit Stewart geschieht – irgendwo in Frankreich lebt nach wie vor ein

Mann, der entschlossen ist, die kleine Königin zu beseitigen. Stewart weiß, wer er ist. Und das gilt auch für eine andere Person, die vielleicht reden würde. Ich muß wählen, wen ich... überzeuge.«

O'LiamRoe spürte nicht, daß sein Gesicht erblaßt war. Heftig sagte er: »Dieser lange, einfältige Bursche wäre doch Wachs in Ihren Händen. Da sitzt er im Tower, und Sie haben als Herold Macht und Einfluß. Was hindert Sie daran, ihn zu besuchen?«

Lymond schwieg. Dann richtete er sich auf, atmete tief ein und entspannte sich. »Ich war im Tower, Phelim«, sagte er. »Aber Stewart will mich nicht sehen. Und obendrein fastet er sich zu Tode.«

»Soll ihn doch der Teufel erwürgen«, erklärte O'LiamRoe bedächtig. »*Ich* gehe nicht nach Frankreich.«

Es war ein Eingeständnis, und er erkannte es, sobald er die Worte ausgesprochen hatte. Doch Lymond ging nicht weiter darauf ein. Immer noch ins Feuer starrend, sagte er nur: »Ich bitte Sie darum auch nicht. Ich bitte Sie nur, Robin Stewart im Tower zu besuchen und ihm entweder den Namen seines Auftraggebers zu entringen oder ihn irgendwie dazu zu bringen, daß er mich empfängt.«

Von den Bedrohungen verstört, die sich rings um ihn zusammenballten, zog sich O'LiamRoe heftig zurück. »Ich danke Ihnen herzlich, aber ich habe von Geheimnissen wahrhaftig genug. Mit der Macht Ihrer alten Königin hinter sich und Warwick, der kaum mit heiler Haut davonkommt, wenn der arme Wicht im Tower stirbt, werden Sie Ihr Ziel gewiß erreichen.«

»Ich glaube, nicht«, sagte Lymond. O'LiamRoe hörte ihn keuchend ausatmen. Dann drehte sich Lymond zu seinen Füßen mit einer Bewegung, die ganz mühelos wirkte, um und blieb still liegen, den Kopf unter den langen, schmalen Händen vergraben. »Sagen Sie mir nur eines: Warum wollen Sie nicht nach Frankreich zurück?« fragte er.

So also kam es zur Sprache. Mit einer Härte, die für ihn selbst ganz neu war, stieß O'LiamRoe hervor: »Schweigen Sie! Es gibt nichts mehr zu sagen.«

»Wir werden nicht mehr als das unbedingt Notwendige erörtern«, sagte Lymond ruhig. »Warum wollen Sie nicht zurück? Sie wissen doch, daß sie versucht hat, Sie zu schützen. Sie versuchte, Sie in jener Nacht davon abzuhalten, daß Sie ins Schloß zurückkehrten. Und Sie hätten von ihr... fast alles haben können, was Sie sich wünschten, nehme ich an, wenn Sie nach Irland zurückgegangen wären. Es war nicht schwer, das zu erraten, als sie aus Neuvy zurückkamen.«

Der Name Oonagh O'Dwyer, der seit zehn Minuten wie ein verborgenes Feuer hinter ihrer beider Worte schwelte, war bis jetzt nicht ausgesprochen worden. Es war auch nicht notwendig. Begreifen und Verzweiflung im Herzen, fragte O'LiamRoe: »Nach dem Unglück... sie hat auch Ihnen geholfen?«

Der Kopf zu seinen Füßen, im Feuerschein bronzen wie ein Penny, bewegte sich zustimmend. Dann sagte Lymond, ohne hochzublicken: »Sie weiß, für wen Robin Stewart gearbeitet hat – sie arbeitet mit demselben Mann zusammen. Wenn Stewart stirbt, müssen Sie oder ich nach Frankreich zurückkehren und sie zwingen, uns den Namen zu sagen.«

»*Nein!*« erwiderte O'LiamRoe heftig.

Lymond löste die geöffneten Hände von seinem Gesicht und starrte auf den Kaminvorleger. »Nein? Warum nicht? Sie mag Sie doch. Wir müssen in Erfahrung bringen, was sie weiß. Oder das Kind stirbt.«

»Ich habe es Ihnen bereits gesagt«, antwortete O'LiamRoe mit klangloser Stimme. »Ich werde nicht nach Frankreich zurückgehen.«

»*Warum*, Phelim? *Warum? Warum? Warum?*«

Lymonds Augen, flammend, blau, wie zwei lebendige Geschöpfe in dem bleichen Gesicht, wandten sich ihm zu: »*Warum?*«

»Weil«, antwortete O'LiamRoe geradeheraus und schrecklich, »sie die Geliebte von Cormac O'Connor ist.«

In dem Gesicht zu seinen Füßen erloschen langsam Zorn und Licht. Andere Verwandlungen kamen hinzu, doch in den wachsenden Schatten konnte O'LiamRoe sie nicht erkennen, nur den Scheitel von Lymonds Kopf, der in seiner Hand ruhte. Dann begann Lymond zu sprechen, ohne Frohlocken, ja ohne alle Empfindung. »Ich habe nicht gewußt«, sagte er, »daß Sie es wußten.«

Der Kreis war geschlossen. Der ganze Aufruhr seiner Gefühle, gesät von dieser Kreatur zu seinen Füßen, wallte auf und sprudelte in einem Schwall hellen, kochenden Zorns aus ihm hervor: der Zorn mißbrauchter Arglosigkeit, verletzten Stolzes und hartnäckiger Verblendung, die vor der Erkenntnis zurückzuckte. O'LiamRoe streckte einen gestiefelten Fuß aus, und mit einem Stoß, der ihn beinahe selbst umwarf, schleuderte er Lymonds Kopf und Schultern zurück ins Licht. »Sie sind ja so verdammt gescheit«, stieß Phelim hervor. »Sie wissen alles! Und wir sind nur Ihre Marionetten – nicht nur die alte Königin, sondern alle anderen auch, Mann, Frau und Kind, die größten Narren der Welt!«

»Die ich nicht geschaffen habe«, sagte Lymond. Im hellen Licht glänzten seine Augen wie die eines Tiers.

»Ach nein, Sie feiner, tüchtiger Bursche. Aber Sie haben sie alle an den Schnüren, aufgehängt an Ihrem kleinen Finger, und wenn Sie sie herumschwenken, kümmert es Sie wenig, wen Sie zutiefst verletzen. Francis Crawford weiß alles über Oonagh, nicht wahr? Oder wenigstens genug, um sie eine Weile an ihrem dünnen Schwindelfaden baumeln zu lassen, während er die anderen hin und her schiebt?

Sie haben mir leid getan wegen der barbarischen Vergiftung und der lahmen Hand, die Ihnen Ihre Aufgabe eingebracht hat. Wann aber haben *Sie* beschlossen, mich zu bemitleiden? Als Sie sogar die kleine Königin benutzten, um Robin Stewart oder den arglosen O'Liam-Roe dazu zu treiben, daß sie wie Schafe in die von Ihnen gewünschte Richtung stolperten? Ich würde mich gar nicht wundern«, fuhr O'LiamRoe fort, und seine Stimme ertrank in Bitterkeit, »wenn Robin Stewart sich Ihretwegen heute oder morgen umbrächte. Sie haben Ihre schönen Worte vor ihm aufgetürmt wie ein König, und dabei sind Sie selber nur ein kleiner Fußsoldat auf dem Gipfel seiner jugendlichen Torheit – freilich mit einer Eloquenz, die Knochen zum Bluten bringt... Sie hat Sie gut gepflegt, nicht wahr?« Der intimste Grund seiner Verzweiflung brach nun unbewußt hervor: »Habt ihr beide über eure gemeinsamen Heimlichkeiten gelacht?«

»Sie hat mich gefesselt und betäubt im Hôtel Moûtier gefangengehalten. Cormac O'Connor sollte über mein Schicksal entscheiden.

Nur mit Gewalt könnte man Oonagh O'Dwyer dazu bringen, über ihren oder seinen Anteil an der Intrige zu reden.« Tief atmend lag Lymond noch immer mit abgewandtem Gesicht auf der Seite. Er hatte sich nicht gerührt.

»Und da Sie mir die Rolle des Liebhabers nicht zuweisen können, haben Sie vor, Gewalt anzuwenden?«

Es folgte eine Pause. Dann sagte Lymond mit einer Stimme, die kaum noch Ähnlichkeit mit der hatte, die O'LiamRoe kannte: »Ich habe meine Pflicht.«

O'LiamRoe fluchte. Fluchend und stolpernd kam er auf die Beine, durchquerte mit langen Schritten das Zimmer, nahm Hut und Mantel auf und den Reisesack, den Piedar Dooly noch nicht ausgepackt hatte, warf ein paar Münzen auf den Tisch und kehrte noch einmal zum Kamin zurück, stand breitbeinig über dem goldenen Kopf, dem losen Leinenhemd, dem langen Trikot. Der Herold lag immer noch reglos da, musterte seine im Licht frostig schimmernden Fingerringe und wandte dann O'LiamRoe das gepflegte und ausdruckslose Gesicht zu, das von den kostbaren Juwelen an seinen Ohren umspielt wurde.

»Robin Stewart war mir nie eine Freude – und sich selbst wohl auch nicht, glaube ich«, sagte O'LiamRoe. »Aber ich habe nicht das Herz, mit anzusehen, wie er fischkalt und nach Luft schnappend in dem allmächtigen Strom von Francis Crawfords Pflichten mitgerissen wird. Ich gehe zu ihm in den Tower... Dort auf dem Tisch liegt Geld«, fügte O'LiamRoe in einer der seltenen, absichtlich verletzenden Attacken seines Lebens hinzu, »damit können Sie für heute abend Kost und Logis bezahlen. Mehr als einen Abend mit Ihnen kann ich mir leider nicht leisten.«

SIEBENTES KAPITEL

Man hatte Stewart in einem der großen Türme untergebracht, in einer Zelle, deren Steinboden mit Fliesen ausgelegt war, in der es ein Feuer und ein Fenster gab – denn es handelte sich ja immerhin um einen Bogenschützen aus der Leibwache des französischen Königs, einen politischen Gefangenen und Untertanen einer befreundeten Regierung.

Für O'LiamRoe, der mit Markham, dem Kommandanten des Towers, die abgewetzten Stufen hinaufstieg, roch der Ort weniger nach Verzweiflung als nach einer Art schäbigen Eitelkeit – ein rosaroter Puder lag gleichsam über dem Schmutz. Markham murrte über die Haftbedingungen: »Es besteht die Gefahr, daß er Selbstmord begeht. Wie kann man da von mir verlangen, daß ich ihn in diesem Boudoir unterbringe? Ich mußte einen meiner besten Leute zu ihm sperren, der doch bloß seine Zeit vergeudet.« Und als O'LiamRoe schwieg, fügte der Kommandant gereizt hinzu: »Ich hoffe wenigstens, daß Sie mehr Erfolg haben als der Mann, den sie zuletzt geschickt haben. Als wir zu ihm hineingingen, hatte sich der Gefangene gerade die Pulsadern aufgeschnitten. Überall Blut. Der Besucher mußte gehen, ohne ihn überhaupt zu Gesicht bekommen zu haben, und wir hatten die ganze Bescherung zu beseitigen.«

Das hatte Lymond ihm nicht erzählt. Bedrückt fragte sich O'LiamRoe, in dem alle Unbeschwertheit erloschen war, wie er nur hatte hoffen können, Stewart aus dem egoistischen Schatten Francis Crawfords zu retten, wenn gerade die Enttäuschung über Lymond der Grund für Stewarts Verzweiflung war... Dann blieb Markham vor einer Tür stehen und steckte seinen Schlüssel ins Schloß.

Stewart hatte die Stimmen gehört, halb traumhaft, wie ein Kind im Bett die älteren Kinder draußen im Freien noch sprechen und lachen hört. Er erkannte O'LiamRoes Stimme – aber er war jetzt so müde. Seit drei Tagen verweigerte er die Nahrung, und am Freitag war er halb verblutet. Jetzt hatte er keine Kraft mehr für das leidenschaftliche Aufbegehren, mit dem er auf den sanften Tonfall von Thady Boy Ballaghs Stimme vor seiner Tür reagiert hatte. Auch ohne den irischen Akzent hätte er sie noch am anderen Ende der Welt wiedererkannt. Nachdem er Harisson getötet hatte, war ihm bisweilen der Gedanke gekommen, daß dieser elende Verräter gelogen habe. Denn Ballagh – Lymond – war auf jeden Fall tot.

Doch er war es nicht, und das war die Wahrheit. Später, als man ihm die Handgelenke verbunden und eine Wache in seine Zelle gebracht hatte, die ihn verdrossen von der Tür her im Auge behielt, hatte er im Fenster gelegen und beobachtet, wie die beiden dort unten den Turm verließen. Zuerst war Markham herausgekommen, halb abgewandt und aufgeregt schwatzend, dann ein Mann mit silbrigem Haar, den er nicht kannte. Zusammen waren sie unter den Bäumen davongegangen: Markham und sein schlanker Begleiter – der sich auf einen Stock stützte, wie Stewart auffiel. Dann hatte sich die lahmende Gestalt plötzlich umgedreht, und in dem emporgewandten Gesicht, dem der weite fahle Himmel alle Farbe entzog, hatte er den Geist Thady Boy Ballaghs erblickt. Einen Augenblick bildete sich Stewart ein, daß die forschenden Augen direkt in die seinen blickten. Doch dann hatte sich der blonde Kopf sogleich wieder abgewandt, und der Mann, den er, Stewart, vergiftet hatte, war gelassen davongeschritten.

Jetzt hatte er O'LiamRoe zu ihm geschickt, wahrscheinlich, damit er sich an seiner Lage weidete oder ihn dazu überredete, die Sache zu verraten, für deren Geheimhaltung ihn Warwick am Leben zu lassen versprochen hatte... Vielleicht, weil er ihn zum Leben zwingen wollte, bis er in Frankreich zur Befriedigung aller bestraft werden konnte.

Warwicks Angebot, sein Geständnis zurückzuhalten, war Stewart gleichgültig: Er würde ohnehin sterben. Doch sah er keinen Grund, O'LiamRoe einen Gefallen zu tun.

So spürte O'LiamRoe, als er den kleinen, wohnlichen Raum mit dem schweren Tisch, den Stühlen und Truhen, dem in einer Ecke aufgeschlagenen Feldbett, dem vergitterten, von der Sonne erleuchteten Fenster und dem fahlen Feuer betrat, den erschöpften, unerbittlichen Haß Robin Stewarts, noch ehe die Tür hinter ihm fest geschlossen wurde und sie beide miteinander allein waren. Doch er sprach unbeirrt – nur die Vokale waren vielleicht eine Nuance runder als sonst. »Ich brauche Ihre Hilfe«, sagte O'LiamRoe, »um einen herzlosen Teufel zurechtzustutzen, bis ich in seiner Seele eine menschliche Stelle finde, die Barmherzigkeit verdient.«

Das war natürlich eine List, dachte Stewart. Im Sessel zusammengesunken, die Augen tief eingesunken in den knochigen Höhlen, düstere Falten im eingefallenen Gesicht, lag Stewart schweigend da, während die irischen Silben in seinen Ohren summten wie Bienen, die emsig einen Bienenstock umschwirren.

Lange Zeit hörte er gar nicht zu. Die Stimme schaukelte hin und her wie Treibholz auf dem Meer, ohne ihn zu erreichen, während er selbst in der Finsternis herumgestoßen wurde und in dem endlosen schiebenden Geröll seiner Mißerfolge erstickte. Robin Stewart hatte sein Leben lang daran getragen, daß er, ausgerechnet er, immer wieder betrogen wurde, daß er sich für das Wenige, das er besaß, schwer hatte abrackern müssen, ohne ein einziges Mal die·magische Gunst des Zufalls oder des Glücks zu erfahren, die ihm hätte den Weg ebnen können.

Dreimal hatte er aus dieser unverschuldeten Isolierung heraus einen Mann gefunden, der ihm die Bresche in die goldene Welt des angenehmen Lebens und der leichten Freundschaften schlagen sollte, und dreimal war er fallen gelassen und verraten worden. Und jetzt war er sich mit nüchterner Endgültigkeit darüber klar, daß ihm das nicht deshalb widerfuhr, weil er dies oder jenes *nicht* war, sondern weil er so war, wie er war. Ein fleißiger Dummkopf war er, mit nicht einmal durchschnittlichen Fähigkeiten, dem man die Überzeugung eingetrichtert hatte, daß man mit angestrengter Arbeit alles erreichen könnte, was man sich wünschte.

Das konnte man, ja – wenn man ein normal veranlagter, liebenswerter Mensch war, dessen Begabungen sich entfalten durften. Die seinen aber lagen in ihm eingesperrt, armselig, unveränderbar, unformbar, und würden sich, so lange er lebte, nicht entfalten. Ihm lag nichts mehr am Leben...

Während irgendwo im Raum O'LiamRoes Stimme freundlich und geduldig weiterschabte, begriff Stewart plötzlich, daß der Fürst von Barrow langsam, klar und ausdruckslos die ganze Geschichte von Lymonds Mission in Frankreich erzählte, soweit sie ihm bekannt war. Und mit dem ersten dumpfen Erwachen seines Denkens kam Stewart nach und nach zu der Erkenntnis, daß der Fürst ein Opfer Lymonds war wie er selbst.

O'LiamRoe erzählte ihm alles, was er wußte, alles, was das quälende Nachdenken einer Nacht ihm offenbart hatte. Lymond hatte ihn benutzt und sich dann, als es mit seiner Nützlichkeit vorbei war, in seiner anmaßenden Art seiner entledigt, hatte ihm, als er ging, im Vorbeigehen noch einen aufmunternden Tritt verpaßt. Alles hatte er mit Beschlag belegt und benutzt, sogar seine Freundschaft mit Oonagh O'Dwyer.

O'LiamRoe brachte ihren Namen mit klangloser Stimme hervor. Diese Geschichte einem Mann zu erzählen, der ihn im Grunde gar nichts anging, in persönliche Details einzudringen war das Schwerste – vielleicht das einzig Schwere überhaupt –, was er je in seinem Leben getan hatte.

Beim Zuhören spürte Stewart – wie in den alten beschwerlichen Tagen – in seinem Innern die Flamme der Anklage und der Eifersucht knistern. Er sagte: »Mann, Sie waren ganz schön aus dem Häuschen wegen dieser gefühllosen Katze, wie? Mein Gott...« Und er spürte wieder die starken Hände Thady Boys, die ihn in jener bewegten, glorreichen Nacht über den Dächern von Blois festgehalten hatten. »Sie und ich – wir waren beide verdammte Trottel. Sie ist O'Connors Hure... sie hat versucht, Sie zu töten. Wissen Sie das?«

O'LiamRoe beherrschte sein schutzloses Kindergesicht und antwortete nur: »Sie hat mich für einen Rivalen O'Connors gehalten. Deshalb versuchte sie, mich zu töten.«

»Sie hätten sie verprügeln sollen«, sagte Robin Stewart mit matter, träger Verachtung. »Verprügeln und beides nehmen: die Frau und O'Connors Platz. Sie haben doch Gefolgsleute und Land und einen Namen. Sie taugen ebenso dazu, Irland zu regieren, wie Cormac O'Connor, wenn Sie es müssen.« Von der düsteren Schwelle her, die er bald überschreiten würde, waren Ratschläge einfach und Probleme ohne Bedeutung.

»Ich habe kein Verlangen danach, Irland zu regieren«, entgegnete O'LiamRoe mit überraschender Vehemenz, die äußerste Ehrlichkeit verriet. »Heute will ich nur diesen Teufel loswerden, der mir im Nacken sitzt.«

Die fahle, grobporige Haut im Gesicht des hungernden Mannes zuckte, die Lider hoben sich, der Adamsapfel bewegte sich krampfhaft, und die trockenen Lippen öffneten sich. Robin Stewart lachte. »Ihnen saugt er auch das Blut aus, dieser Bastard, wie? Was wollen Sie von mir hören? Ich gebe einen schlechten Lehrer ab, wenn's darum geht, wie man mit Crawford von Lymond fertig wird. Ein leerer Sack steht nicht, Mann! Ich bin leer, ausgebrannt, ausgeplündert und weggeworfen. Wissen Sie, wie man auf diesen Weg gerät? Der ist leicht genommen: Setzen Sie Ihr Vertrauen in einen Mann von Crawfords Schlag – oder auch zwei – und Sie enden hier.«

»Sie haben schließlich Harisson umgebracht«, sagte O'LiamRoe. Stewarts Augen in den verdunkelten Höhlen wurden noch bitterer.

»Weil sie es so wollten. Sie standen daneben, Warwicks Männer, und ließen es geschehen. So daß Harisson mitsamt seinem Beweis Warwick jetzt nicht mehr zu beunruhigen braucht. Glauben Sie etwa, ich hätte nicht genug Zeit gehabt, das zu begreifen?«

»Aber Sie haben wenigstens Ihre Rechnung mit Harisson beglichen«, sagte O'LiamRoe. »Wenn Sie das auch mit den anderen getan hätten, von denen Sie verraten und fallengelassen wurden, brauchten Sie sich jetzt nicht zu beklagen.«

»Es wäre wahrhaftig großartig, wenn das so einfach wäre«, antwortete Stewart schwerfällig. »Bei mir, wissen Sie, ist nie etwas einfach. Immer wenn ich einen Mann zur Hölle schicken will, ist sofort ein anderer da, der an meiner Stelle den Rahm von der Milch schöpft. Nein, soll Gott ihn darben lassen... Mein Fluch für Francis Crawford ist mein Schweigen.«

O'LiamRoes blaue Augen verrieten nichts. »Es tut mir leid«, sagte er. »Ich bin gekommen, um Sie um Ihr Zeugnis zu bitten. Ich habe das Gefühl, wenn Sie und ich gemeinsam nach Frankreich zurückkehren, könnte es zum Entsetzen einer Menge Leute ans Licht kommen, daß der vornehme Herold Francis Crawford der Bursche ist, der den ganzen Hof von Frankreich als Thady Boy Ballagh zum Narren gehalten hat.«

In dem erloschenen Geist flackerte etwas auf. »Ihn entlarven?«

»Warum nicht? Er wird in Frankreich auf Sie warten... Und der große Meister müßte endlich einmal über sich selbst nachdenken statt über die moralischen Eigenschaften seiner Mitmenschen.«

Mit einer jähen Anstrengung kämpfte sich die ausgemergelte Gestalt, die einmal Robin Stewart, Bogenschütze in der Schottischen Leibwache des Allerchristlichsten Herrschers von Frankreich gewesen war, in ihrem Sessel hoch. »Wer würde mir denn glauben? Wenn Sie nicht selbst... Würden Sie meine Aussage bestätigen?« fragte er.

»Mit Herz und Seele«, antwortete O'LiamRoe. »*Vorausgesetzt, Sie* *zeigen auch den Namen des Mannes an, für den Sie in Frankreich gearbeitet* *haben.*«

Stewart sagte lange nichts. »Welcher Mann?« fragte er schließlich.

»Vater im Himmel, wie soll ich das wissen? Aber es ist ein offenes Geheimnis, soviel darf ich Ihnen immerhin verraten, daß es einen solchen Mann gibt, und ich wage zu behaupten, daß Sie und er sich einander bald einen bösen Streich spielen werden. Mir liegt daran, die kleine Königin in Sicherheit zu sehen, und sie wird es nicht sein, solange noch ein Verschwörer aus Ihrem abenteuerlichen Komplott frei herumläuft. Ich frage Sie nicht nach seinem Namen. Aber zeigen Sie ihn an, erzählen Sie alles, was Sie wissen, und ich werde alles, was Sie über Thady Boy Ballagh aussagen, bestätigen.«

Schon im Verlauf seiner eindringlichen Rede wußte O'LiamRoe, daß er gewonnen hatte.

»Jesus«, murmelte Stewart. »Jesus...« Seine knochig umschatteten Augen funkelten, die magere Brust hob und senkte sich, während er hinter den steinernen Mauern seines Kerkers etwas sah, das die Falten und Höhlen des Hungers in seinem Gesicht erhellte und die trüben Augen glänzen ließ. »Ich könnte sie beide ans Messer liefern, zuerst den einen, und dann den anderen. Jesus, jetzt krieg ich sie beide!«

Die hohlen, unsteten Augen fanden das vergitterte sonnige Fenster, durch das die Gerüche von Staub, Laub und Pferden, ein Hauch des Lebens in diesem mächtigen Fort, vom Wind sanft hereingetrieben wurden. Dann wandte Stewart den Kopf, und sein Blick heftete sich in neuer Klarheit auf O'LiamRoes blasses, ruhiges Gesicht. »Um alles in der Welt«, stieß der Bogenschütze hervor und starrte ihn an. »Was haben Sie mit Ihrem Bart gemacht? Mann, Sie würden einem frisch geschorenen Mutterschaf das Herz brechen!«

Zurück in seinem Gasthaus, wo er auf unbestimmte Zeit ein Zimmer gemietet hatte, schrieb O'LiamRoe eine kurze Mitteilung an Francis Crawford in Durham House. Sie lautete schlicht: »Er wird nach Frankreich reisen und hat zugestimmt, gegen seinen Auftraggeber auszusagen, dessen Namen er aber einstweilen nicht nennen will. Seine einzige Bedingung ist, daß Sie nicht mit ihm reisen, Sie und ich aber, wenn er sich vor dem französischen König wegen der offiziellen Anklagepunkte verantworten muß, zur Verfügung stehen, nach Möglichkeit anwesend sind. Das habe ich versprochen. Sie werden dafür Sorge tragen müssen, daß diese Bedingung erfüllt wird. Mich können Sie, wenn die Zeit zur Abreise gekommen ist, unter der angegebenen Adresse erreichen.«

Dann richtete er sich darauf ein, zu warten. Schließlich kam die Aufforderung, doch erst nach drei Wochen – Wochen, in denen sich Stewart mit Hilfe seiner Kerkermeister gesund pflegte, während der französische Botschafter und Lymond auf Anweisungen aus Frankreich warteten. Am 7. Mai trafen sie ein. Eingebettet zwischen Wendungen überschwenglicher Freude und bewundernden Beifalls ob der auf diese Weise offenbar gewordenen englischen Redlichkeit war die Forderung König Heinrichs, das Individuum Stewart solle unverzüglich (auf Kosten Englands) über den Kanal geschickt werden, und mit ihm ein unterschriebenes Geständnis.

Der englische König wie der englische Rat, die wiederholt ihren Abscheu über die ganze Affäre zum Ausdruck brachten und für die strengste Bestrafung als Exempel und Abschreckung plädierten, waren der Meinung, daß der französische Botschafter die Verantwortung für die Überfahrt übernehmen solle. Monsieur de Chémault äußerte Bedenken. Der englische Rat erhob Einwände. Es gab einen höflichen Disput, der mit der Vereinbarung endete, daß Stewart unter starker englischer Bewachung nach Calais gebracht und dort der Verantwortung Frankreichs übergeben werden sollte. England würde auch ein Geständnis beschaffen und an Frankreich aushändigen.

Das schriftliche Geständnis jedoch kam nie an. Zweimal im Namen de Chémaults darauf angesprochen, zeigte sich Warwick redlich und aufrichtig bekümmert, erging sich jedoch nur in Versprechungen. Schließlich, an einem windigen, grauen Morgen Mitte Mai, begab sich der Botschafter selbst nach Holborn, um Seine Lordschaft aufzusuchen. Später am selben Tag erhielt O'LiamRoe Lymonds Aufforderung, sich in Durham House einzufinden.

Der Krückstock war unterdessen überflüssig geworden – und mit ihm auch jede Notwendigkeit, Lymond Menschlichkeit zu beweisen. »Ich habe Ihre Nachricht erhalten«, begrüßte ihn Lymond von der Tür her, neigte den blonden Kopf und näherte sich geschmeidig dem Kamin des Studierzimmers, wo O'LiamRoe auf ihn wartete. »Wie haben Sie Stewart überredet? Ein gegen mich gerichteter Widerstandspakt?«

»Mehr oder weniger«, entgegnete O'LiamRoe unbewegt.

»Natürlich.« Die stählerne, rastlose Gestalt ließ sich in einen Sessel fallen. »Nun, Sie sollten zweimal nachdenken, ehe Sie etwas Pikantes unternehmen. Irland und Schottland sind für Verletzungen überaus anfällig – ich persönlich aber nicht. Ihnen ist natürlich klar, daß O'Connor in Frankreich sein wird?«

Kein Lächeln zeigte sich in O'LiamRoes Gesicht. »Natürlich.«

»Man hat mir berichtet, daß er um eine fünftausend Mann starke Armee gebeten hat, um ganz Irland und sogar Wales in Aufruhr zu bringen. Die Königinwitwe und mein Freund, der Vitzdom, glauben, daß er sie bekommen könnte. Der Konnetabel freilich ist nicht so sicher.«

»Die Königinwitwe hält sich immer noch in Frankreich auf?« fragte O'LiamRoe.

Lymond betrachtete eingehend seine eleganten Finger. »Ihre Abreise ist, wie man munkelt, durch die Vorliebe des Königs für eine Dame aus ihrem Gefolge verzögert worden... Inzwischen haben die ersten Gerüchte über Stewart die Loire erreicht. Die Königinwitwe wird zumindest so lange in Frankreich bleiben, bis das erledigt ist. In Wahrheit befindet sie sich, wie ich vermute, noch in einer anderen Verlegenheit – aber dies nur nebenbei. Wir beide, mein lieber Phelim, werden mit der Vorhut einer großen englischen Gesandtschaft in Frankreich eintreffen, die den edlen und gnädigen König Heinrich für seine und unsere Sünden mit den ritterlichen Insignien des Hosenbandordens belohnen wird.«

»Lieber Gott!« entfuhr es dem überraschten O'LiamRoe.

»Allerdings. Angeführt wird die Mission von unserem rechtschaffenen Marquis von Northampton. Und in dem großen, prächtigen Gefolge werden auch der Graf und die Gräfin von Lennox reisen. Die Mission soll am 19. Juni in Châteaubriant eintreffen und wird noch vor dem Ende ihres Aufenthalts für den König von England um die Hand von Maria von Schottland anhalten...

... Da aber«, fuhr die helle Stimme fort, O'LiamRoes verblüfftem Einwurf zuvorkommend, »da aber Maria bereits mit dem Dauphin von Frankreich verlobt ist und sich keine der französischen Parteiungen als stark genug erwiesen hat, dieses Verlöbnis rückgängig zu machen, wird der König von Frankreich mit Bedauern ablehnen und statt dessen die Hand seiner Tochter Élisabeth anbieten. Es ist für Sie von Vorteil«, betonte Lymond, »dies alles klar zu sehen. Denn die Ermordung Marias würde, wenn auch nur ein einziger Hinweis auf eine Beteiligung von englischer Seite ruchbar würde, all diese schönen Vorspiele zu einem Bündnis zwischen England und Frankreich zerplatzen lassen. Man könnte sogar darauf gefaßt sein, daß Frankreich, wenn es hinreichend gereizt wird, bereit wäre, in Irland erneut Unruhe zu stiften. In welchem Falle Cormac O'Connor vermutlich seine fünftausend Mann und den französischen Segen bekommen wird, die Engländer aus Ihrer Heimat zu vertreiben.«

O'LiamRoe setzte sich. »Inzwischen«, fuhr Lymond fort, ohne ihn zu beachten, »hat Robin Stewart vor Warwick ein Geständnis abgelegt, und Warwick hat de Chémault die Namen der anderen in die Verschwörung verwickelten Männer genannt. Einer von ihnen ist Lennox, was der Graf indessen energisch bestreitet. Der andere ist der Mann, hinter dem wir her sind. Ich kenne den Namen seit langem, alles deutete auf ihn, aber ich muß Stewarts Zeugnis haben. Es ist noch nicht niedergeschrieben, aber sobald er in Frankreich ist...«

Lymond hielt inne und beäugte die Zimmerdecke. »Stewart wird natürlich nie und nimmer Thady Boy Ballagh oder einem seiner Verbündeten die Chance geben, sich mit Ruhm zu bedecken. Daraus schließe ich, daß er schon jetzt für seine Rückkehr nach Frankreich auf fürchterliche Rache sinnt. Daher dieses Ausstreuen beiläufiger Gefälligkeiten. Lennox wird seinen Mitverschwörer natürlich warnen. Und Stewart, dieser Bastard, wettet vermutlich mit sich selber«, sagte Lymond, und in seinen Augen funkelte ein Lachen, »wer wen umbringen wird. Finden Sie das etwa anständig?«

O'LiamRoe räusperte sich. »Sie sind ein bißchen zu schnell für mich. Stewart hat zwei Männer genannt. Der eine ist Lennox, und der hat es bestritten. Wer ist der andere?«

Lymond erhob sich, und O'LiamRoe sah ihn mit ernstem Gesicht über den schimmernden Fußboden herankommen, geschmeidig wie eine Katze, die Hände gefaltet, den blonden Kopf leicht geneigt. Nicht die Spur eines Hinkens war in seinem Gang mehr zu entdecken, dafür ein Abgrund von Schalkhaftigkeit in seinen Augen. »Oh, nicht doch, Phelim«, sagte er. »Sie haben mit Stewart gesprochen. Wenn er Ihnen zuliebe nach Frankreich geht, dann hat er Ihnen gewiß auch eines seiner pikanteren Geheimnisse anvertraut.«

Und der Fürst von Barrow schwieg, denn Lymond hatte vollkommen recht. Er wußte, wußte es, seit er den Tower verlassen hatte, daß der Mann hinter der Verschwörung John Stewart Lord d'Aubigny war, Robin Stewarts eigener Hauptmann – dieser alberne Weichling, der einst in den Kerker geworfen und dann nur unzureichend entschädigt worden war, der Mann, mit dem sich Robin Stewart entzweit hatte und durch dessen klügere, raffiniertere, talentiertere englische Verwandtschaft das ganze verheerende Komplott vermutlich in Gang gesetzt worden war.

IV. TEIL

Abrechnungen

Am Freitag dem 14. Mai schifften sich Francis Crawford und Phelim O'LiamRoe, Fürst von Barrow, zum zweitenmal gemeinsam nach Dieppe ein. Unter dem weichen graugrünen Wind aus Westen raschelte das Meer wie Seide, hob und senkte sich das Spantenwerk, und die weizenfarbenen, üppig gebauschten Segel warfen kühle Luft in die Achterhütte, wo O'LiamRoe saß und nieste.

Schicksalhafte Ahnungen hatten den Fürsten von Barrow bis zuletzt heimgesucht. Es gab eine Frau, die er nicht wiedersehen wollte, einen Heuchler, den er geläutert, und einen herrschsüchtigen Höfling, den er bestraft sehen wollte. Ergrimmt von seiner Wankelmütigkeit, fühlte O'LiamRoe sich im stillen dazu gedrängt, zu leugnen, daß er nach Frankreich zurückkehrte, weil sein Fatum – wie die Zähne im Räderwerk einer Uhr – mit dem Geschick dieser Menschen eng verbunden war.

Lymond, dem der Wind den eleganten Schopf zerwühlte, durchstreifte das Schiff, und ihm schien eher nach Singen zumute zu sein (»Les Dames de Dieppe font Confrairies qui belles sont«). Vermutlich wußte er genau, was ihn am französischen Hof erwartete. Keine Gewalttaten mehr – dafür würde d'Aubignys Schuld schon sorgen. Sondern ein genüßliches Herunterreißen der Masken und die Zerstörung falschen Glanzes: die schreckliche Entlarvung des vornehmen Herolds, der kein anderer war als der alte Saufkumpan Thady Boy.

Natürlich würde er in der Lage sein, zu seiner Verteidigung all das als Beweis anzuführen, was er getan hatte, um Robin Stewart aufzuspüren und Lord d'Aubigny zu entlarven, dachte O'LiamRoe. Reine Wortverschwendung. Denn der verlegene Zorn seiner ehemaligen Gebieter und Anbeter würde diesen Schutzwall einreißen, malte sich O'LiamRoe lyrisch aus, und jedem Sporn aus falschem Gold den Glanz nehmen.

Auf der Reise von Portsmouth nach Dieppe kam es zwischen O'LiamRoe und seinem ehemaligen Ollave zu keinem Gespräch mehr. In der Stadt der Linden würden der Fürst von Barrow und Piedar Dooly Pferde nehmen und ins Loire-Tal weiterreisen, um dort die Gastfreundschaft der schottischen Königinnen wie des französischen Königs zu genießen, bis Robin Stewart zur großen Abrechnung eintraf.

Francis Crawford reiste nicht mit ihnen. Lymond hatte, so schien es, noch Geschäfte in Dieppe. Er erwähnte einmal beiläufig, daß der Name seiner Geschäfte Martine laute.

»Emsiger Bursche«, sagte O'LiamRoe, und aus seiner Stimme sprach der herbe Spott ihrer ersten Bekanntschaft. »Übernehmen Sie sich nur nicht beim Ränkeschmieden, Sie könnten Ihren Charme einbüßen.«

In Dieppe trennten sie sich mit trockener Sachlichkeit auf dem Kai. Und bis zum Nachmittag war O'LiamRoe auf dem Weg nach Süden.

La Belle Veuve, deren richtiger Name Martine lautete, schnappte nach Luft, was die beiden Grübchen in ihren Wangen wie Fingerabdrücke aussehen ließ, und schloß die Tür halb vor der prächtigen dunkelblauen Seidengestalt auf der Schwelle. »Warten Sie, Monsieur. Kenne ich Sie?«

»Das sollten wir herausfinden«, schlug Lymond hilfsbereit vor. Sie hatte vergessen, wie flink er sich bewegte. »So, jetzt kennst du mich wieder, deinen fahrenden Sänger.«

Seine Demonstration war kurz, aber überwältigend wirkungsvoll. Sie entwand sich ihm mit glänzenden Augen, um ihn in den Salon zu führen, und sagte: »Nun, Dionysos? Du bist wieder ganz der alte.«

Er zeigte sich wenig mitteilsam. »Über Nacht in einen Bottich frischer Milch gebadet. Glaub bitte nicht, ich sei naheliegender Wohltaten wegen gekommen. Mir steht der Sinn einzig nach Geschäften.«

»Mir auch«, erwiderte La Belle Veuve gelassen. Sie war eine gescheite, schlanke, nicht mehr ganz junge Frau, die in den Tagen des alten Königs *gouvernante* der *filles publiques* gewesen war, zu einer Zeit, da ein reisendes Heer von jungen, zum Teil berühmten Prostituierten keineswegs leicht zu lenken war. »Aber bitte, nimm trotzdem Platz. Wir dachten, du wärest verschmort.«

»Ein bißchen versengt, muß ich zugeben«, sagte Lymond und fuhr fort: »Du hättest einen Hellseher fragen sollen, was aus mir geworden ist... Ist sie eingelaufen?«

»Ja, aber leider eine Woche zu früh.«

Erklärungen waren nicht notwendig. Die flämische Galeasse »Gouden Roos«, die im September die »Sauvée« gerammt hatte, war in ihrem Heimathafen repariert und dann ins Ausland geschickt worden. Martine spionierte dem Schiff seit Monaten nach, und sie hatte auch den abgemusterten Matrosen aufgespürt, von dem sie erfahren hatte, was sie bis jetzt über die »Gouden Roos« wußten. Martine hörte sich die farbigen Verwünschungen an, die Lymond ausstieß, weil er die Ankunft des Schiffs verpaßt hatte, und fragte: »Ist das denn jetzt noch von so großer Bedeutung?«

Sein Ärger verflog. Er lachte und betrachtete die schönen Ringe an ihrer Hand. »Ist Mathhias bei dir gewesen?«

Mathhias war der Kapitän der »Gouden Roos«, die den Befehl gehabt hatte, die »Sauvée« zu rammen und O'LiamRoe zu ertränken. Martine blickte Lymond unter langen Wimpern an. »Nein. Ich bin zu ihm gegangen«, sagte sie. Er hielt es nicht für notwendig, das Ausmaß ihrer Dienstbereitschaft zu würdigen. »Die ›Roos‹ wurde von Antonius Beck in Rouen bezahlt.«

»Ein französischer Kaufmann, der ein flämisches Handelsschiff kontrolliert?« fragte Lymond.

»Sein Vater stammt aus Brügge. Er hat mit Schmuggel ein Vermögen gemacht und ein zweites mit Freibeuterei. Das hat Mathhias für mich herausgefunden. Die spanischen Schatzschiffe nehmen vor den Piraten erst Reißaus, wenn sie die Kanonen auf sich gerichtet sehen. Becks Adresse in Rouen... Warum lachst du? Francis«, sagte Martine, die auf ihre Weise eine Frau von Bedeutung und Einfluß war, »du bist der Apoll der Hölle!«

»Ich bin Quetzalcoatl«, stieß Lymond lachend hervor, schloß die Augen und krächzte wie ein Satan. »Ma belle, ma belle, du hast die Mauern Roms wieder aufgebaut.« Und fröhlich machte er sich daran, ihre Wünsche zu erfüllen – und wollte ihr nichts mehr erklären.

Aus Rouen schickte er ihr ein vergoldetes Fäßchen, das eine Kette aus zwölfkarätigen Perlen enthielt. Daraus schloß sie, daß Lymond die Lagerhäuser von Monsieur Antonius Beck ausfindig gemacht hatte.

Die Druckerpressen schwiegen, und kein Gast belebte das Haus, als Lymond im Hôtel Hérisson vorsprach, denn der Bildhauer war bei der Arbeit. Melodisch wie die Klänge einer Zimbel schwebte das Hämmern des Meißels über dem polternden Generalbaß von Flüchen.

Der Name Crawford von Lymond sagte Michel Hérisson nichts. Das Hämmern des Meißels erstarb, und der Besucher, der vor der Kellertür wartete, lauschte mit Entzücken einem lästerlichen Wortwechsel zwischen Michel Hérisson und dem Butler, der ihn angemeldet hatte. Nach einer Weile stieß Lymond unaufgefordert die Tür auf und schlenderte die Kellertreppe hinab.

Hérisson arbeitete an der Skulptur des gefällten und gemarterten Riesen Tityos, dem ein Geier auf der Brust saß. Lymond hatte das Werk im Herbst gesehen, die Details der Marter erst halb ausgehauen, als die Gicht wie eine klassische Heimsuchung den Bildhauer gezwungen hatte, die Arbeit einzustellen. An der Gicht litt er augenscheinlich noch immer. Trotzdem arbeitete er. Die geschwollenen, knotigen Unterarme sahen aus dem Barchentkittel hervor, auf dem Kopf trug er eine alte, unter dem Kinn geknöpfte Staubmütze, und die Furchen in dem breiten, hochroten Gesicht waren feucht und von Staub verklebt. Um den Hals geschlungen, halb in den Kragen gestopft, trug er einen traurigen Fetzen, den Lymond – als sich Hérisson zu ihm umdrehte – als den verschwitzten Rest von Brice Harissons adrettem Tressenwams wiedererkannte. Ruhig sagte er: »Ich bringe Ihnen Nachricht vom Fürsten von Barrow, Monsieur Hérisson. Ich werde Ihre Zeit nicht lange in Anspruch nehmen.«

Unter den buschigen Brauen, die denen seines Bruders glichen, musterten ihn Michel Hérissons lebhafte runde Augen, wanderten von dem gebürsteten blonden Haar zu den dunkel glühenden Juwelen und den mit Sorgfalt gewählten Kleidern. »Mein Gott, ein Fatimide«, sagte er ohne sonderliches Interesse und schickte den Butler mit einer Bewegung des Daumens hinaus. Francis Crawfords Augen ruhten auf dem Tityos. Dort, in der staubigen Höhle des Mundes, den gewölbten Rippen, den gespreizten Händen und den steinernen Vertiefungen der Eingeweide, fand er alles, was man über den Geist Hérissons wissen mußte, dessen verblichener Bruder seinem Land mutig gedient hatte, indem er Robin Stewarts Falschheit den Franzosen enthüllte.

»Zum Kuckuck«, sagte Lymond liebenswürdig. »Ich rotiere wie die Tretkurbel eines Schmelzofens. Sehen Sie mich noch einmal an.«

In dem großen, schmutzigen Gesicht flackerte es plötzlich ungeduldig. »Jesus...«

Durch den Dunst trafen sich ihre Blicke und hielten einander fest. »Jesus...« wiederholte der Bildhauer in völlig anderem Tonfall. »Thady Boy Ballagh!« Und mit einem Gebrüll freudigen Wiedererkennens stürzte Michel Hérisson vor, um Lymond zu umarmen.

Illegale Aktivitäten hatten Hérissons Leben von jeher bestimmt. Ihm genügte es, daß Lymond ihm von seiner Mission in Frankreich erzählte, von seinen diversen Eskapaden und der einfallsreichen Verrücktheit seiner Maskerade, über die sich der Bildhauer vor Lachen ausschüttete, ohne Aufklärung darüber zu verlagen, für wen Lymond dies alles tat. Es hatte sich gelohnt, daß Lymond das Risiko des Besuchs eingegangen war. Michel Hérissons Moral war eine im höchsten Grade persönliche und basierte auf grimmig und leidenschaftlich verteidigten Überzeugungen. Jeden Mann, der – aus welchen Gründen auch immer – ein Kind ermorden wollte, hätte er wegen seiner Herzlosigkeit, wegen seines gemeinen Denkens bis ans Ende der Welt gehetzt. Für Robin Stewart und seine unstete, wirrköpfige, berechnende Art empfand er nur gleichgültige Verachtung, die freilich durch ein weitgehend zutreffendes Verständnis dieses deformierten Charakters gemildert wurde. In dem gefällten Riesen und dem Geier kam alles zum Ausdruck, was er je über den Schwerthieb sagen würde, mit dem Robin Stewart seinen Bruder getötet hatte.

Durch Gerüchte hatte Michel Hérisson erfahren, was bereits ganz Frankreich wußte, daß nämlich der Bogenschütze auf dem Weg an den Hof war. Die traurige Sendung aus London mit Brices Habseligkeiten hatte ihm einen Teil dieser Geschichte erzählt. Jetzt erfuhr er zum erstenmal von Lord d'Aubignys Anteil daran, und sein eigener Schmerz explodierte in Raserei gegen Robin Stewarts verderbten Herrn. Lymond schürte seinen Zorn und ließ zu guter Letzt behutsam den Namen Antonius Beck einfließen.

»Dieser verfilzte Rübenstrunk!« stieß Michel Hérisson hervor, freudig in schottische Mundart überwechselnd. »Versorgt Seine Lordschaft mit gestohlenem Silber zum halben Marktpreis. Hat zeitweilig auch von mir gekauft, bis ich dahinterkam, was er so treibt. Bei Gott, ich könnte Ihnen erzählen...«

»Tun Sie das«, sagte Lymond, und nachdem ihn Hérisson mit einigem Sarkasmus über Monsieur Beck aufgeklärt hatte, berichtete Lymond, was er selbst über ihn wußte. »Ich brauche seine Aussage, Michel, daß er im vorigen Jahr den Zusammenstoß der ›Gouden Roos‹ mit der ›Sauvée‹ im Auftrag d'Aubignys arrangiert hat.«

Der Bildhauer hatte sich auf einer Kiste ausgestreckt und die geschwollenen Beine auf einem Bock hochgelagert. Er blickte Lymond unter buschigen Augenbrauen aufmerksam an. »Stewart wird alles über d'Aubigny aussagen, nicht wahr? Glauben Sie, daß Seine Lordschaft sich herauswinden wird?«

»Ja«, antwortete Lymond seelenruhig.

Die runden Augen starrten ihn immer noch an. »Ich verstehe. Haben Sie mit Beck gesprochen?«

»Ich habe ihn nicht angetroffen. Es ist mir in drei ziemlich harten Tagen nicht gelungen, ihn aufzuspüren. Aber ich kann es mir nicht leisten, noch länger in Rouen zu bleiben.«

»Haben Sie noch irgendeine andere Beweisquelle, Mann?«

»Eine – und nur als letzte Möglichkeit.«

»In diesem beklagenswerten Durcheinander«, erwiderte Michel Hérisson sarkastisch, »darf nichts die letzte Möglichkeit sein. Wenn Sie noch eine weitere Beweisquelle haben, dann nutzen Sie sie. Ich werde mich um Beck kümmern. Ich weiß genug über ihn, um ihm den Skalp büschelweise freizulegen. Er wird gestehen – vorausgesetzt, ich finde ihn. Aber wenn ich Sie wäre, würde ich mich dieses anderen Zeugen vergewissern und ihm gehörig zusetzen.«

»Mit einem verdammt großen Meißel«, sagte Lymond grimmig.

Ein Zucken ging bei dieser Ausdrucksweise Lymonds über das Gesicht des Bildhauers. »Eine Frau, wie? Warum denn so zimperlich? Die weibliche Alchimie mag zwar anders sein als die männliche, aber die Klauen sind die gleichen.«

»In diesem Fall«, sagte Lymond amüsiert, »bin ich mit der Alchimie nicht zurechtgekommen. Aber die Klauen hat sie mich spüren lassen. Gerade so fuhr die Viper aus einem kleinen Heidebusch und biß den Ritter in den Fuß... Sie, mein lieber Michel, beschränken sich darauf, unseren so unfaßbaren Monsieur Beck zu fassen und ihm die Wahrheit büschelweise zu entreißen.«

Hérisson stand auf. »Jesus, es wird mir ein Vergnügen sein. Wollen wir zusammen essen? Mann, ich hätte Sie nicht wiedererkannt. Sie haben...«

»Ich habe mich vor allem an meinem Bruder, diesem Esel, versündigt. Ich hoffe, daß ich die Herren Frankreichs ebenso täuschen kann. Mein Bruder wartet in Orléans mit Nachrichten vom Hof auf mich. O'LiamRoe sollte das arrangieren.«

»Sie glauben, Sie können den Hof ein zweites Mal täuschen?« Michel Hérisson, der sich hinkend auf Lymonds Schulter stützte, blickte skeptisch drein. »Lieber Gott, ich bin froh, daß ich nicht Ihr Bruder bin. Wenn die herausfinden, daß Sie Thady Boy Ballagh sind, und wenn d'Aubigny dann noch in der Gunst des Königs steht, dann...«

»Dann können wir uns glücklich preisen«, schloß Lymond liebenswürdig, »Monsieur Becks Geständnis zu haben.«

In Orléans wartete Richard Culter, den Hérisson nicht beneidete, im Gasthaus »Der kleine Gott der Liebe« auf seinen Bruder, eine Ortswahl, die Lymond wegen des verheißungsvollen Namens ermutigend fand. Irgendwo im Gasthaus warteten auch der größte Teil von Vervassals stattlichem Gepäck, sein Page, sein Diener, sein Trompeter, seine drei Soldaten und sein Reitknecht, von der Königinmutter zur Verfügung gestellt und nach Orléans geschickt, um dort die Ankunft des Herolds abzuwarten.

Richard war von der Königinwitwe erst spät ins Vertrauen gezogen worden und verdankte den größeren Teil seiner Kenntnisse O'LiamRoe. Doch vermochte er in dem Bild, das der Fürst ihm von seinem Bruder entworfen hatte, nichts zu entdecken, was der Läuterung bedurft hätte – denn O'LiamRoe hatte es nicht über sich gebracht, in seinem Bericht auch Oonagh O'Dwyer zu erwähnen.

Darum hatte Richard an der Seite der Königinwitwe die Ankunft eines anderen Iren, der von George Paris an den gastlichen Hof von Frankreich gebracht worden war, nur mit leichter Neugier – und mehr nicht – zur Kenntnis genommen: Cormac O'Connor, ein beleibter Mann von stattlichem Wuchs, mit nußbraunen Wangen, schwarzen Brauen und kelchförmig in die Stirn frisiertem seidig schwarzem Haar. Nach seiner offiziellen Einführung bei Hofe hielt er sich in Neuvy bei Oonagh O'Dwyer auf, die Richard bereits kennengelernt hatte. Man hatte O'Connor diesen Rückzug vom Hof nahegelegt, da er keinem Streit auswich – ein Zeitvertreib, der auch den aufmüpfigen Schotten im Gefolge der Königinwitwe zusagte.

Die Königinwitwe zeigte sich angetan von Cormac O'Connor, nicht so jedoch der Fürst von Barrow. Richard war bei der seines Wissens einzigen Begegnung zwischen O'LiamRoe und Cormac O'Connor zugegen gewesen. Von seiner fleischigen Höhe herab hatte O'Connor, dessen glänzendes Gesicht so braun war wie Horn, auf die adrette rosige Gestalt herabgeblickt und gesagt: »Meiner Treu, die Leute in Slieve Bloom tun sich wohl schwer, ihren Fürsten zu ernähren! Sind Sie wenigstens in London gut durchgefüttert worden?«

»Fast so gut«, entgegnete O'LiamRoe freundlich, »wie in dem einen Jahr von sechs, in dem kein *bodach* Slieve Bloom mit seinen Heldenspuren verwüstet hat.«

»Dann wünsche ich Ihnen gutes Wetter«, sagte der Rebellenführer und gab so etwas wie ein Lachen von sich, »wenn Ihnen Knechtschaft mit vollem Magen zusagt. Sie werden verzeihen, aber Ihr Leben ist nichts für Cormac O'Connor.«

»Ach, Sie alberner Bursche«, hatte O'LiamRoe erwidert und die hellen Augen unter dem seidig in die Stirn fallenden Haar weit aufgerissen. »Was sollte denn ich je in meinem Leben mit Cormac O'Connor anfangen, mit seinen Besitztümern, seinem Ehrgeiz oder irgend etwas, was er zu besitzen glaubt, obwohl es ihm keineswegs gehört?«

Und der dicke Ire hatte darauf mit dem blanken braunen Handrükken ausgeholt, als ob er seinen Landsmann schlagen wolle. Doch Richard war einen Schritt vorgetreten, und Cormac hatte sich abrupt umgedreht und war wortlos davongestampft.

»Ah, diese ritterlichen Crawfords«, hatte der Fürst von Barrow mit einem sonderbaren, angespannten Ausdruck in dem hellhäutigen Gesicht gesagt. »Stets als wackere Streiter zur Stelle... Wenn Ihnen übrigens ein Mädchen namens Martine über den Weg läuft, könnten Sie ihr vielleicht sagen, sie solle allmählich zum Ende kommen, weil die Situation hier zu brodeln anfängt.«

Francis kam gerade zur rechten Zeit. In dem privaten Raum, den Richard im Gasthaus gemietet hatte, begrüßte Lord Culter seinen Bruder, ohne ein Wort über dessen Krankheit und Genesung zu verlieren. »Du unverschämter Lügner«, sagte er ruhig. »Du hattest versprochen, bis Aschermittwoch außer Landes zu sein.«

»Sofern nicht ein *damnum fatale* eintreten würde. Ich hatte ein *damnum fatale*«, entgegnete Lymond, der sich in einem Wams, so anschmiegsam wie ein Handschuh, genüßlich in einem Sessel ausstreckte. »Eines Tages werde ich dich nach Sevigny mitnehmen. Nick Applegarth bewirtschaftet es für mich – er hat auf einem unserer zahllosen Schlachtfelder ein Bein verloren... Wie steht es mit unserem konfusen Stewart?«

»Er ist auf dem Weg nach Angers, soviel ich weiß«, antwortete Richard. »Spuckt Geständnisse aus, wie ein Reibholz Funken sprüht. Das beste hat er in Calais abgelegt, habe ich gehört. Eine Abschrift für den König ist gerade unterwegs.«

Lymond hatte sich neuerdings einen starren, direkten Blick ange-wöhnt, den sein Bruder vage beunruhigend fand. »Wir werden also O'LiamRoes Zeugnis nicht brauchen«, meinte Francis. »Und wo stößt der Fürst von Barrow im Augenblick gerade zum Kern der Weisheit vor?«

»Er ist ebenfalls auf dem Weg nach Angers. Man hat ihn bei Hofe formlos, aber nicht unfreundlich empfangen. Er und Piedar Dooly sind nicht im Schloß einquartiert, kommen aber sehr häufig an den Hof.« Und dann berichtete er von der Konfrontation zwischen O'LiamRoe und Cormac O'Connor.

»O Gott«, lachte Lymond. »Wenn das so weitergeht, wird O'Con-nor den armen Phelim mit einer Hand von Neuvy bis nach Tír-Tairngiri schleudern... Und die kleine Königin? D'Aubigny wird natürlich im Augenblick nichts gegen sie unternehmen. Wahr-scheinlich sitzt er zu Hause und schwitzt vor Angst, daß Stewart ihn denunzieren könnte.«

»Ich dachte, das hätte er bereits getan«, sagte Lord Culter beunru-higt.

»Er hat Warwick gegenüber einige Andeutungen gemacht. Und es sieht leider nicht so aus, als ob er die noch weiter ausschmücken wird. Er würde nichts dadurch gewinnen. Sterben muß er ohnehin. Und wie dir bekannt sein dürfte, wird der König, wenn es um seinen geliebten d'Aubigny geht, ohne Beweis nichts glauben. Und ich bin allein deshalb zurückgekommen, um den Beweis für d'Aubignys Schuld zu erbringen... Immerhin haben noch andere Personen für d'Aubigny gearbeitet. Einer von ihnen hoffe ich auf der Spur zu sein. In Dieppe hat jemand für mich eine Verbindung zwischen d'Aubigny und dem Eigentümer der Galeasse aufgespürt, die O'LiamRoe und mich bei unserer Ankunft im September beinahe versenkt hätte. Es handelt sich um einen Mann namens Antonius Beck, der vermutlich auf die eine oder andere Weise eine Menge für d'Aubigny getan hat. Ich habe einen Freund in Rouen, der glaubt, Monsieur Beck ohne Mühe aufspüren zu können, und der sicher ist, daß er ihn zu einem Geständnis bringen kann. Überdies«, fügte Lymond gewissenhaft hinzu, »gibt es eine Frau, die über d'Aubigny und die Intrige mindestens soviel weiß wie Stewart. Ich werde mich selbst mit ihr beschäftigen.«

Wissende Belustigung leuchtete in Richards Augen auf. »Gerüchte über den neuen Herold sind bereits aus London an den Hof gedrungen. Von den Chémaults, glaube ich«, bemerkte Lord Culter boshaft. »Du darfst den Hof nicht enttäuschen.«

Lymond lächelte. Dann sagte er: »Ich habe etwas für dich, das du mit nach Hause nehmen sollst. Du kehrst doch jetzt heim, nehme ich an?«

Richards Gefühl der Zufriedenheit wuchs. Er hatte sich bereits gesagt, daß er seinen Pflichtaufenthalt in Frankreich nun, da Francis zurück und augenscheinlich ganz wiederhergestellt war, beenden konnte. Auch die Königinwitwe würde es sehr beruhigen, ihn wieder in Schottland zu wissen. Und ihn zog es jetzt vor allem nach Hause.

Daher war er in Gedanken schon bei Schiffen und Packpferden, als er den Kasten, den Lymond ihm reichte, entgegennahm. Auf dem Deckel stand der Name *Kevin*. Richard fiel ein, wie Margaret Erskine ihn deswegen geneckt hatte. »Ein irischer Name für einen Crawford! Was sagt denn Sybilla dazu?«

Was Sybilla bei der Namenswahl für ihren Enkel gesagt hatte, war ein entschiedenes Nein zu seinem ersten Vorschlag gewesen: Nein zu Francis, Nein zu Gavin. »Der Kleine ist wie schwarzer Bernstein, Junge«, hatte sie gesagt. »Gib ihm einen Namen aus Mariottas Familie.« Und nun trug sein Erbe den Namen Kevin Crawford. Mit gesenktem Kopf öffnete Richard den Kasten.

Darinnen lag ein silberner Rosenbusch, knapp sechs Zoll hoch. An seinem starren blättrigen Stamm blühte eine einzige nachtschwarze Rose, halb geöffnet in Marmor gemeißelt. Im Sockel war in Blau und Silber das Wappen der Crawfords eingelassen. Während sein Bruder das Geschenk betrachtete, sagte Lymond: »Ich hoffe, es gefällt dir. Schick mir den Jungen, wenn er achtzehn ist und Geld braucht. Ich werde ihn dann an einen gewissen Gaultier verweisen, der einen guten Preis dafür bezahlt...«

An diesem Abend nahmen sie Abschied voneinander – endgültig, denn Richard war plötzlich zu dem Schluß gekommen, daß er Frankreich nicht schnell genug verlassen könne. Lymond sollte sich dem Hof anschließen, der unterwegs nach Châteaubriant war, um die englische Gesandtschaft zu empfangen. Lord Culter aber würde nach Norden reiten.

In den wenigen Stunden, die ihnen gemeinsam noch blieben, vermieden sie es, das Gespräch auf Dinge von Belang zu lenken, und Lymond bemühte sich auf andere Weise, dem Abend Würze zu verleihen. Der »Kleine Gott der Liebe«, der noch nie ein Würfelspiel um Pfänder in Form von Kleidungsstücken miterlebt hatte, mußte beinahe die Wache rufen, und die Gaststuben hallten wider von selbstgeschmiedeten Versen und Gesängen. Schließlich sammelte Lymond, völlig nüchtern und trotzdem nachgerade beängstigend ausgelassen, sein grinsendes Gefolge ein und ritt unter feierlichen Deklamationen davon.

Die sich trauervoll entfernende Stimme seines Bruders tönte Richard Culter noch lange, nachdem die übermütige Gesellschaft aufgebrochen war, in den Ohren. Er wandte sich von den entschwundenen Schatten und dem dunstigen Fluß ab, ging still hinein, setzte sich und betrachtete den silbernen Rosenbusch in seiner Handfläche.

ZWEITES KAPITEL

»Noch ein Schotte! *Tête Dieu*, die breiten sich ja aus wie Mehltau«, bemerkte Louis de Bourbon, Erster Prinz von Condé. Er entblößte die weißen Zähne und verkündete in grotesker Nachahmung des Schottischen: »Ein Karolus – wissen Sie, was der wert ist, Mann? Fünf Pennies ist der heutzutage in Schottland noch wert, mehr nicht. Und ein halber Karolus zwei Pennies und 'nen halben. Korruption und Diebstahl, Mann! Schändliche Korruption und verbrecherischer Diebstahl an den Schotten, den armen unglücklichen Kindern der Königin.«

Condé und sein attraktiver Bruder d'Enghien, die sich in der Gran' Salle von Schloß Chinon die Zeit mit Backgammon vertrieben, brachen in unbändiges Gelächter aus, und ein großer, beleibter Mann mit schwarzem Haar, der unruhig hinter d'Enghiens vergoldetem Stuhl herumlungerte, dröhnte: »Ah, warten Sie nur, bis wir an Englands Türen klopfen, Sie und ich, und hinter uns dreißigtausend

Iren, und sich dann die Wahre Kirche erhebt und ihren Peinigern ins Gesicht schlägt! Dann werden die greinenden Schotten, die in ihren Hinterhöfen ihre Schwerter schonen, sehen, was Heldentum ist, und über ihre Schande nachdenken... Ist er ein Mann der alten Königinwitwe? Ich dachte, die Dame sollte längst wieder zu Hause sein.«

D'Enghien, der rasch einen vortrefflichen Zug machte, streckte zerstreut einen Arm aus und tätschelte dem dicken Iren die Hand. »Wie unbedacht Sie sind, O'Connor! Brauchen Sie Geld? Lästern Sie nicht über die Königinwitwe, *mon cher*. Sie ist eine verläßliche Fürsprecherin Ihrer Pläne. Sie bleibt nur noch, bis der Mörder Stewart in Angers gehängt worden und die englische Gesandtschaft ohne irgendeinen heimlichen Pakt in bezug auf sie und das Kind wieder abgereist ist. Seien Sie sicher, danach wird sie unverzüglich nach Hause eilen. Throne erkalten rasch... Zwanzig Kronen?«

»Meiner Treu«, sagte der dicke Ire und legte Jean de Bourbon, Sieur d'Enghien die breite Hand auf die Seidenschulter. »Auf irischem Boden und darunter gibt es keinen vornehmeren Edelmann als Sie. Wenn Sie dreißig Kronen im Geldbeutel hätten, könnte ich damit meine Ehre von der schweren Kränkung einer Schuld befreien... Und er ist beim Konnetabel, sagen Sie?«

»Wer?« fragte Condé, dessen Spiel gerade schlecht stand und der deshalb die Aufmerksamkeit seines Bruders ablenken wollte.

»Der Herold. Crawford von Lymond. Der Schotte, von dem Sie eben sprachen.«

»Oh.« D'Enghien prüfte den Inhalt seines Geldbeutels. »Ich glaube, ja. Er überbringt Botschaften aus London.«

Der Prinz von Condé, der auf dem einzigen Stuhl mit einer Rückenlehne saß, lehnte sich zurück und lachte. »Bitten Sie meinen Bruder um vierzig Kronen, mein Lieber. Und dann fragen Sie ihn, was de Chémaults Sekretär unter den Bericht gekritzelt hat, der in der vorigen Woche ankam: *C'est une belle, mais frigide*. Une belle, vois-tu!«

Eine Sekunde lang glitten die zusammengekniffenen Augen des Iren in unverhüllter Verachtung über die leichtfertigen, geschminkten Gesichter. Dann sagte er mit mühsam beherrschter Stimme: »Sicherlich so ein verweichlichter Milchbart, der in Edinburgh von ei-

nem Schulmeister erzogen worden ist und von einem Becher Birnensaft einen Rausch kriegt. Im schottischen Tiefland gibt es weit
und breit kein gestandenes Mannsbild mehr.«

»Mein Bruder«, erwiderte der Prinz von Condé maliziös, »hat,
glaube ich, an gestandenen Mannsbildern schon viel Freude gehabt.
Verlangen Sie ruhig fünfzig Kronen, mein Lieber.« Condé hatte das
Spiel am Ende doch gewonnen.

» – keine Zwietracht, meine Herren, ich bitte Sie«, ließ sich eine unangemeldete Stimme in heiterstem Tadel vernehmen. »Mutter Kirche hat genug zu tragen. *Faut-il que Père Eternel gagne Pater Noster, et
Haile Carolus suit Ave Maria quandmême?*«

Von der Tür her lächelte ein vornehmer und schöner Edelmann
d'Enghien an, und d'Enghien spürte zu seinem Entzücken, daß er
errötete. Mr. Crawford, der Herold, war eingetroffen.

Das Schicksal und Francis Crawford hatten in umsichtigem Zusammenwirken dafür gesorgt, daß sich der Wiederauftritt von
Thady Boy Ballagh in zwei Schritten vollzog.

Zunächst mußte er de Chémaults Botschaften in Chinon abliefern,
der felsigen Festung südlich der Loire, wo König Heinrich und seine
Günstlinge jagend durch die Wälder und Weinberge des Chinonais
galoppierten. Das bedeutete, daß Lymond in neuer Gewandung
und neuen Farben, mit neuem Namen und neuem Akzent dem König und dem Konnetabel, dem Vitzdom und St. André, Condé,
d'Enghien und den anderen auch auf einem neuen Schauplatz wiederbegegnen würde.

Danach sollte er den Hof westwärts die Loire entlang nach Angers
begleiten, wo der schottische Hof und die übrigen französischen
Höflinge mit Königin Katharina warteten. Denn Angers war die
letzte Station auf der höfischen Pilgerreise, ehe man im nächsten
Monat in der Nähe von Nantes mit der englischen Gesandtschaft zusammentreffen würde. In Angers befand sich auch der Kerker, in
dem Robin Stewart am Ende seiner erbärmlichen Reise aus London
untergebracht werden sollte. Was bedeutete, daß auch O'LiamRoe
dort sein würde.

Als Lymond in Chinon ankam und das massig in den Himmel ragende Mauerwerk Heinrichs II. Plantagenet erblickte, zeigte er kei

nerlei Besorgnis, und sein Gefolge, das von seiner kürzlichen Wiederauferstehung und Verwandlung natürlich nichts ahnte, erwartete gewiß keinerlei Unheil. Nachdem sie die steilen Gassen zum
Schanzwerk hinauf erklommen hatten, wurde Lymond im Schloß
höflich empfangen und sogleich zum Grand Logis geführt, wo der
Konnetabel ihn erwartete. Der König befand sich auf der Jagd.

Die Rehbock-Saison hatte Ostern begonnen – ebenso die politische
Saison, in der die aktuellen Verschiebungen weltlicher wie kirchli-
cher Macht in den reicheren Regionen Europas sowie die Chancen,
davon zu profitieren, kritisch eingeschätzt wurden. Es näherte sich
die Zeit, da die Wohlgenährten, die gut Ausgeruhten, die von Sport
und Jagd Wohltrainierten agil werden würden, um ihre Ambitionen
zu befriedigen. Und alte Männer gruben alte Zwistigkeiten aus wie
Trüffel und schmückten sie mit dem falschen Glanz neuen Wage-
muts.

Es kam auch die Zeit heran, da die wachsam schnüffelnden alten
Kriegshunde von England und Frankreich das gegenseitige Umkreisen aufgeben und sich einander nähern sollten. Die Sondermission,
die jetzt in London aufbrach, sollte mehr tun, als den französischen
König mit dem höchsten englischen Orden der Ritterlichkeit auszu-
zeichnen. Und eine ähnliche Gesandtschaft, die bald unter dem
Marschall de St. André von der Loire nach London reisen sollte,
würde mehr nach England mitbringen als nur den französischen
St. Michaels-Orden. Ein Freundschaftspakt war in Vorbereitung,
ein politisches und militärisches Bündnis. Und ein stillschweigen-
des Übereinkommen des Inhalts: Sollte Mylord Warwick, der
Großzeremonienmeister von England, es für nötig befinden, den
Herzog von Somerset, den vom englischen König ernannten Lord-
Protektor hart anzufassen, dann würde sich Heinrich von Frank-
reich nicht betroffen fühlen.

Auf Anne de Montmorency, dem Konnetabel von Frankreich, lag
die ganze Bürde dieser eben aufblühenden, noch unsicheren
Freundschaft. Allein mit Mr. Crawford und einem Sekretär, brach
er das Siegel und las de Chémaults an den König adressierten, gereinigten Bericht über die Geschehnisse in London. Dann nahm er mit
einem scharfen Blick einen zweiten Bericht de Chémaults entgegen

und las auch ihn. Er war ausdrücklich an den Konnetabel gerichtet und enthielt die nur für den Konnetabel bestimmte Aussage Stewarts, daß der Graf von Lennox und sein Bruder Lord d'Aubigny in die Verschwörung verwickelt seien. In diesem Brief lag, wie de Chémault und Lymond beide wußten, die explosive Krux der Affäre. Denn der Seigneur von Aubigny, vornehmer Abkunft, gehörte zur unantastbaren Bruderschaft der intimen Freunde Heinrichs II. und durfte auch von einem aus ihrem Kreis nur auf eigene Gefahr angerührt werden. Der Konnetabel las den Bericht zu Ende, wobei er sich zerstreut in der Nase bohrte, legte ihn dann vor sich auf den Tisch und bedeckte die Blätter mit der breiten Kriegerhand.

»Ja. Monsieur de Chémault hat recht gehandelt. Eine solche Anklage darf dem König erst zu Gehör gebracht werden, wenn sie hieb- und stichfest ist. Die Beschuldigung gegen Lord d'Aubigny ist hier bereits bekannt geworden. Der Bogenschütze Stewart wurde in Calais verhört und hat ein schriftliches Geständnis abgelegt, in dem er Seine Lordschaft belastet. Es wurde mit einem Kurier vorausgeschickt. Der König weiß von der Anschuldigung gegen Seine Lordschaft.«

Der Herold auf der anderen Seite des Schreibtischs zeigte keine Überraschung. »Können Monseigneur sagen, ob Lord d'Aubigny sich zu der Anschuldigung geäußert hat?«

Zerstreut gab der Konnetabel einen kurzen Kraftausdruck von sich. »Wie Sie sich denken können, Mr. Crawford, bestreitet Lord d'Aubigny dies entschieden, und Seine Majestät der König schenkt ihm vollen Glauben. Wenn dieser Stewart keinen konkreten Beweis von Lord d'Aubignys Schuld beibringt, bleibt der Seigneur unbehelligt.«

»Wenn Mr. Stewart im Besitz eines solchen Beweises wäre, hätte er ihn schon früher erbracht, glaube ich«, sagte der Herold. »Wenn aber nun meine Herrin, die Königinwitwe, einen Beweis gegen Seine Lordschaft erlangen sollte – unabhängig oder im Zusammenhang mit Stewart –, könnte sie dann mit Monseigneurs Hilfe und Unterstützung rechnen?«

Des Konnetabels Antwort darauf war überaus herzlich. Nichts an der gutgeölten Präzision dieses Mannes vor ihm rief die Erinnerung an eine arg mitgenommene Gestalt wach, mit der er vor vielen Monaten an einem Wegrand in Rouen gesprochen hatte.

Lymond hatte unterdessen, während er vor der Tür zur Gran' Salle mit dem Konnetabel plauderte, Zeit gefunden, mitten in dem geordneten Strom seiner Gedanken zu registrieren, daß da drinnen der Prinz von Condé und sein Bruder d'Enghien und noch jemand anderer in eine interessante Diskussion vertieft waren. Aus dem irischen Akzent schloß er alsbald, daß der Dritte Cormac O'Connor sein mußte. Das war der Zeitpunkt, zu dem er den Konnetabel bewog, die Tür zu öffnen.

Während der Konnetabel die Herren miteinander bekannt machte, ließ d'Enghiens Blick Lymond nicht los: Langsam glitt er über das schimmernde Haar, das beherrschte Gesicht, die betörend schönen Gliedmaßen. Noch lange Zeit starrte er, ohne sich dessen bewußt zu sein, Mr. Crawford in das feingeschnittene Gesicht, bis etwas, was der Herold sagte – allein durch die Gewandtheit, mit der es dargeboten wurde –, seinen Gedankengang unterbrach.

»Monsieur O'Cluricaun, sagten Sie?«

»Mr. O'Connor.« Der Konnetabel hatte sich Lymonds wegen mit der Vorstellung große Mühe gegeben und fragte sich, warum der stattliche Ire errötet war. »Cormac O'Connor, der Sohn des Lords von Offaly«, wiederholte der Konnetabel.

»Natürlich – ich hab's«, entgegnete der Herold reuig. »Ist Cluricaun nicht das süße Bürschchen, das sich im Keller feiner Herren berauscht? Vielleicht mit Birnensaft?«

Ein Leuchten trat in d'Enghiens erlauchte Augen, ein vertrautes Leuchten, ein Leuchten, das der Prinz von Condé bemerkte und zu deuten wußte.

»*Une belle*«, murmelte Jean de Bourbon, Sieur d'Enghien, in halblautem Entzücken vor sich hin. »*Une belle, mais pas frigide! Pas frigide du tout!*«

Am selben Abend traf Lymond mit dem König zusammen und erörterte mit ihm de Chémaults Bericht. Der Name d'Aubigny wurde nicht erwähnt, und alles, was sich in dem königlichen schwarzbärtigen Gesicht regte, war hartnäckig aufrechterhaltene Arroganz. Auf jede seiner Fragen antwortete der Herold sachlich, taktvoll und korrekt – und so benahm er sich auch während seines Aufenthalts in Chinon, im Palast Montpensiers in Champigny, in Schloß Saumur und bei der von Trompetengeschmetter begleiteten Ankunft in Angers.

In der Lehensfestung mit den siebzehn geringelten Rundtürmen aus schwarzem Trélazé wartete Königin Katharina mit ihren Gästen, den beiden schottischen Königinnen, in deren Gefolge sich auch Margaret Erskine befand. Robin Stewart saß in der steinernen Zelle des Westturms. Und in der engen, bunt bemalten Stadt – Stein, Schnitzwerk, Schieferplatten, wohin das Auge blickte – wohnten die schottischen Adligen, unter ihnen Sir George Douglas. In der Stadt befand sich auch das bescheidene Quartier des Fürsten von Barrow und seines Dieners Dooly – sowie die Unterkunft der vitalen Mistress Boyle und ihrer schönen Nichte Oonagh.

All das hatte Lymond vom Vitzdom und aus dem schonungslosen Geschwätz der beiden Bourbonen erfahren. Und während er in seiner flammenden Heroldstracht – Blau, Rot und Quasten aus Gold –, mit seinem Seidenbanner und seinem Gefolge über die Maine ritt, vorbei an den monolithischen Bollwerken, in denen ein Turm nach dem anderen zweihundert Fuß hoch über seinem Kopf aufragte, hätte er es beinahe zugelassen, daß Cormac O'Connor zu guter Letzt doch noch einen Streit mit ihm anfing.

Denn als Lymond sich seinen Freunden, dem schottischen Hof und all den wissenden Augen näherte, die ihn als den früheren Thady Boy Ballagh kannten, empfand er vor allem Zorn: einen hellen, hilflosen Zorn, weil er, aufgeputzt wie ein Kuchenbäcker bei einem Tanzvergnügen, sich selbst zu dieser albernen Verwandlung verurteilt hatte, die seine Jugend unterstrich, in der er wie ein Abtrünniger wirken würde – so wie O'LiamRoe mit seinen Seidengewändern und dem glattrasierten Kinn.

Während er so über die Nordbrücke in das Schloß einritt, wandte er sich in halblauter Erbitterung an seine abwesenden Freunde: »Zeigt eure Genugtuung nicht zu deutlich. Wehe, ihr lächelt oder signalisiert mir eure Glückwünsche. Sonst, bei Gott, ihr Damen und Herren, kehrt Thady Boy Ballagh ins Leben zurück!«

Es war Samstag, der 6. Juni, und am 19. Juni sollten die Engländer eintreffen. An diesem Nachmittag wurde Robin Stewart vor dem Großen Rat des Königs in Angers verhört. Lymond war nicht anwesend, da er eine wichtige Unterredung mit der Königinwitwe hatte, doch O'LiamRoe und Lord d'Aubigny wohnten der Verhandlung bei. Alles, was dabei ans Licht kam und was die Schar der zugezogenen Rechtsgelehrten und Gerichtsschreiber daraus abzuleiten vermochte, war eine Kette vernichtender Beweise für die bereits eingestandene Schuld Stewarts und eine völlig unhaltbare Beschuldigung Lord d'Aubignys, gegen die sich Seine Lordschaft, hochrot im Gesicht und gereizt, energisch verwahrte.

O'LiamRoe, dessen Zeugnis nicht verlangt wurde, schwieg während des ganzen Verhörs. Wenn er später an dieses unerfreuliche Erlebnis zurückdachte, erinnerte er sich vor allem an das kurze Schweigen nach Stewarts Schmährede gegen seinen ehemaligen Hauptmann. Leidenschaftlich hatten sich die Augen in dem mageren, eingefallenen Gesicht des Bogenschützen ihm zugewandt. In diesem Blick hatte ein furchtbarer Triumph gelegen – und eine Anklage. Stewart hatte seinen Teil ihrer Abmachung erfüllt. Nun war es an O'LiamRoe, ihn bei der anderen Hälfte zu unterstützen, wenn er sich bei der Entlarvung Francis Crawfords auf ihn berief.

O'LiamRoe würde auch jene andere Szene nach der Urteilsverkündung nicht vergessen. Man hatte sich keinen raschen oder gnädigen Tod für Stewart ausgedacht – aber das hatte er wohl auch nicht anders erwartet. Was er sichtlich nicht erwartet hatte, war die glatte Erledigung des Falles d'Aubigny. Da begann er zu brüllen, und man schaffte ihn fort. O'LiamRoe, dessen rundes Gesicht erbleicht war, wollte gehen, doch er mußte warten, bis sich der König erhob. Die Verhandlung war kurz gewesen, da im Schloßgraben eine Bärenhetze stattfinden sollte. Stewart hatte am Ende nicht einmal mehr Zeit gehabt, Lymond zu erwähnen. O'LiamRoe kam der Gedanke, daß Stewart dies, wenn irgend möglich, ohnehin nur in Lymonds Gegenwart und vor einem möglichst großen Publikum tun würde. In diesem Augenblick hörte er, wie d'Aubigny Seiner Gnaden dem König lachend zu verstehen gab, daß in Anbetracht der Unannehmlichkeiten, die er persönlich habe erdulden müssen, der Hof Anspruch auf ein wenig Vergnügen, wenn nicht gar Rache habe. Er schlug vor, man solle doch Stewart zur Bärenhetze im Burggraben aussetzen, und der Vorschlag wurde unter einigen witzigen Bemerkungen angenommen.

Nun erhob sich auch das Gefolge. O'LiamRoe entfernte sich mit grimmigem Blick, um Lymond zu suchen, hatte jedoch keinen Erfolg und kam gerade noch rechtzeitig, um seinen Platz bei der Bärenhetze einzunehmen.

Von alters her wurden solche Darbietungen in dem Graben veranstaltet, der, hundert Fuß breit und vierzig Fuß tief, die Festung umgab. Das zahme Wild hatte man entfernt, da Abernaci und seine Leute für die Dauer des königlichen Besuchs die Zeit des alten Königs zu neuem Leben erweckt hatten: damals hatten vom Flußufer her Löwen gebrüllt, Schwäne, Enten und Wildgänse den Teich bevölkert, und im Schloßgraben hatte es Strauße und Esel, Dromedare und Steinböcke sowie Gehege mit Bären, Schafen, Rotwild und Stachelschweinen gegeben.

Irgendwo hatte eine gemischte Kapelle zu spielen begonnen, und Brusquet, der Narr des Königs, kletterte über eine Leiter in den Schloßgraben hinab, wo er pantomimisch die Begegnung zwischen einer sehr schüchternen Ziegendame und ihrem Freier zum besten gab und beide Rollen abwechselnd spielte. Die Stadtbewohner, die von der anderen Seite des Grabens her zusahen, gerieten vor Entzücken an den Rand der Hysterie. Brusquet merkte, daß er sein Programm ein bißchen zu früh begonnen hatte, und setzte seine Bockssprünge mit säuerlichem Lächeln fort, derweil der königliche Platz oben immer noch leer blieb.

Dann aber übertönte Trompetengeschmetter den Klang der Violen – doch nur für den Einzug der Königinwitwe von Schottland mit ihren Damen und Adligen. Zwischen den Flügeln des Schloßtors hervor zog der schottische Hof auf die überdachte Zugbrücke, wo die goldenen Fransen im Wind flatterten und die Seidenkissen auf den säuberlich aufgereihten vergoldeten Stühlen bereits mit Staub und Grassamen bedeckt waren. Dicke Wolken wälzten sich über den Himmel und warfen Schattenstreifen hierhin und dorthin. Margaret Erskine, die zwischen der Königinwitwe und der kleinen Königin ging, bemühte sich, ihren Blick von dem neuen Gesicht in der vertrauten farbenglühenden Menge fernzuhalten.

Reserviert und korrekt war der Herold heute morgen eingetroffen. Sie alle hatten gesehen, wie er das Kabinett der Königinwitwe betreten und wieder verlassen hatte. Die Gesellschaft seiner Freunde hatte er seitdem nicht gesucht. Margaret Erskine sah, daß George Douglas jäh stehenblieb, und schloß daraus, daß Lymonds Ankunft ihn überraschte. Nach einer Sekunde, in der es Sir George nicht gelingen wollte, Vervassals Blick auf sich zu ziehen, drehte er sich um und warf einen betont fragenden Blick in Margarets Richtung, der schwindelndes Erstaunen und eine Spur Bosheit verriet.

Margaret wandte sich ab. Maria hatte Gott sei Dank nichts bemerkt. Und die Königinwitwe, wenn auch leicht errötet, gehörte zu jener Sorte hervorragender Politiker, denen Verstellung zur zweiten Natur geworden ist. Ihre Brüder, die an ihrer anderen Seite gingen, hatten den Herold, wenn überhaupt, nur flüchtig kennengelernt und waren völlig über ihn hinweggegangen. Lymond, der wie blankes Eis wirkte, hatte bis jetzt nicht einen einzigen falschen Schritt getan – er hatte auch Margaret nicht angesehen. Sie merkte, daß sie ihn, ohne sich dessen bewußt zu sein, schon wieder beobachtete, und nahm hastig ihren Platz am Geländer der Zugbrücke ein. Auch vor zwei Jahren hatte Lymond nicht so ausgesehen.

Dann brach erneutes Fanfarengeschmetter aus, und die langgestreckte Galerie, die an der Stirnseite des Schlosses im rechten Winkel zu der auf der Brücke lag, füllte sich. Heinrich. Katharina. Der Konnetabel. Diana. Die Höflinge. Die Gesandten, der Bürgermeister und die Schöffen, der Festungskommandant und die Gäste. An der einen Seite saß auf seinem bescheidenen Platz O'LiamRoe. Auf der anderen, viel weiter vorn, dieser Ire O'Connor. Und neben O'Connor saß John Stewart, Lord d'Aubigny.

Er war immer noch schön, ja prächtig in seinem gebauschten und geschlitzten Wams mit den blitzenden Schulterschnüren. Die Juwelen auf dem schrägsitzenden Barett flammten auf, wenn die Sonne ihren Weg durch die flatternde Markise fand. Er nahm sich nicht die Zeit, in die Arena hinabzublicken. Statt dessen richtete er, die

Hände im Schoß geballt, die schöngeschnittenen Augen mit den langen Wimpern auf die überfüllte Zugbrücke.

Margaret Erskine nahm die Sekunde wahr, in der er fand, was er suchte. Seine Lordschaft holte tief Luft. Was immer er nach der Warnung seine Bruders Lennox erwartet haben mochte – das augenscheinlich ganz und gar nicht. Langsam kehrte die Farbe in sein Gesicht zurück, während er Lymond immer noch anstarrte, und Margaret begriff, daß sie Zeugin einer unverhüllten Herausforderung war. D'Aubigny hatte es darauf abgesehen, Lymonds Blick aufzufangen. Dann, plötzlich, hatte er ihn. Von Galerie zu Galerie sahen die beiden Männer einander stumm in die Augen und tauschten – nicht ein Ultimatum, sondern ein Urteil aus. Dann wurden unten der erste Bär und die Hunde eingelassen.

Es war ein alter Sport, mittlerweile ein wenig heruntergekommen, populär seit den Tagen der Dreifachen Göttin, als in den Arenen von Rom Löwen zu Hunderten, Elefanten, Stiere und Giraffen in mörderischem Kampf getötet wurden. Heutzutage war es freilich nicht ganz einfach, neue und interessante Kombinationen zu finden. Der alte König hatte den Hof einmal vierzehn Tage lang damit ergötzt, daß er à la Heliogabalus seine betrunkenen Abendgäste in das Löwenhaus schaffen und dann ein altes, zahnloses Tier hineinschicken ließ, das die ahnungslosen Männer aus ihrem Rausch aufschreckte. Das Spiel wurde nicht wiederholt, denn wenig später siechte der Löwe dahin. Moderne Hatzen waren vergleichsweise bescheiden: Kämpfe zwischen Bär und Bär, Eber und Bulldoggen, Stier und Löwe – selten zwischen Tier und Mensch. Die Tiere wurden in Wagen bis an das Tor der Arena transportiert und dann eingelassen. Draußen warteten Abernaci und seine Leute mit Degen, Speeren und brennenden Fackeln, um bei einem Zwischenfall eingreifen zu können.

Sie wurden nicht gebraucht. Die ersten beiden Kämpfe nahmen ihren Lauf. Der Bär, massig, mit flachen Tatzen und einem durch Krankheit kahlen Hinterteil, schaffte es immer noch, eine der beiden Bulldoggen, die man gegen ihn eingesetzt hatte, zu erwürgen und der anderen das Genick zu brechen. Als der Bär nach dem Kampf fortgeführt wurde, bewarf das Publikum sein blutendes Maul mit Blumen.

Der Eber war da schon etwas anderes. Der massige Koloß aus Fett und Muskeln, mit Stacheln gepanzert, sauste unter den Strohpuppen, die man in Kopfhöhe aufgehängt hatte, um ihn zu reizen, auf den mit Schaumfetzen besprühten Kampfplatz. Das war kein Eber, sondern ein frischgefangener wilder Keiler im dritten Jahr. Die Hauer der Zähne, die tropfend aus seinem Maul ragten, waren fast zwei Finger dick, und in dem plumpen Kopf, eingebettet in das feste Fleisch der Schultern, wirkten die roten Augen klein wie Stecknadelköpfe.

Er war gereizt, erregt und verschreckt. Und als er die grotesken, vom Wind geschüttelten Strohpuppen wahrnahm, raste er auf sie zu und schlitzte sie mit seinen Hauern auf. Beifall wurde laut, und aufstiebende Spreu wischte über erlauchte Gesichter. Die beiden größeren Eckzähne des Keilers waren, ganz im Gegensatz zu ihrem Aussehen, harmlos – sie dienten nur dazu, die beiden unteren zu wetzen. Mit ihnen tötete er. Grunzend wandte sich der Eber auf seinen kurzen Läufen um und stürzte sich auf die nächste Strohpuppe.

Inmitten der beifallspendenden Menge hatte sich Sir George Douglas bis zur goldschimmernden Schulter des Herolds vorgearbeitet. Einen Augenblick musterte er die gesenkten Wimpern und die Miene gesitteter Ehrerbietung, die dieses Harlekinsgesicht offenbar mühelos durchhielt. Dann wandte er den Blick dem Eber zu und sagte, gerade laut genug, damit Lymond es hören konnte: »Der Eber ist ein kühnes Tier, hitzig und gefährlich, und es ist schon vorgekommen, daß er einen Mann vom Knie bis zur Brust aufgeschlitzt hat, so daß er für immer stumm blieb... Sie wissen, daß Robin Stewart gleich zum Kampf antritt?«

Damit hatte er Lymonds Aufmerksamkeit gewonnen, seine volle Aufmerksamkeit, wenn man davon absah, daß seine Augen kühl durch Sir George hindurchblickten. »Lieber Himmel, tatsächlich? Ich frage mich, warum?«

Die Frage war leicht zu beantworten: Dem Hof ging es um das sportliche Vergnügen. Natürlich würde man nicht zulassen, daß Stewart ernsthaft zu Schaden kam. Er konnte sogar, wenn er geschickt war, das Tier töten und unverletzt davonkommen – bis zu seiner Hinrichtung. Sir George war nicht so dumm, Lymond diese naheliegende

Antwort zu geben. Er wartete in gespannter Neugier, und nach einer Weile sagte der Herold nachdenklich: »Gewiß, ein bißchen öffentliche Gehässigkeit wird Stewart nicht schaden.« Dann, als sei er befriedigt, wandte er sich wieder dem Graben zu. Resigniert nahm Sir George wieder Platz, um zuzusehen.

Hinter dem Tor hatten die Wärter mit dem *agere aprum* begonnen, dem Gebrüll und Hörnerklang, mit dem das Tier gereizt und in Raserei versetzt werden sollte. Die dritte Strohpuppe zerplatzte auf den feuchten Hauern, flatterte und rollte über das Gras. Der Eber senkte den Kopf, und mit einem Rascheln segelte die Attrappe wie ein fliegender Teppich aus Stroh und Flitter in die Menge. Der König warf Lord d'Aubigny einen raschen Blick zu, beugte sich vor und hob seinen Stab. Als sich der Eber mit tropfendem Maul umdrehte, öffnete sich das Tor, und Robin Stewart wurde hereingerufen.

Die Bogenschützen, die die Galerien und die Durchgänge säumten, erstarrten in Schweigen. Aus der Menge der Stadtbewohner auf der anderen Seite des Grabens – seit langem schon gerüchteweise mit Schauergeschichten gefüttert, die alles übertrafen, was Stewart je getan hatte – stieg Lärm auf, Gejohle, Zischen, höhnische Drohungen. Stewart war für sie die vierte Strohpuppe. Was er getan hatte, kümmerte sie im Grunde wenig, wenn er ihnen nur hinreichenden Anlaß zu Klatsch und Aufregungen bot. Die höfischen Zuschauer zeigten – je nach Rang und Mentalität – Zorn, Abscheu oder ganz gewöhnliche gespannte Erwartung. Die Gesichtszüge der Königinwitwe hatten sich zu äußerster Strenge verhärtet – immerhin waren die Blicke vieler Menschen auf sie gerichtet. Ein Trompetensignal erklang.

Der Eber verläßt sich auf seine Kraft und auf seine Hauer, nicht aber auf seine Läufe, die relativ langsam und alles andere als geschmeidig sind. Um ihn zu töten, braucht ein Mann einen Speer von außergewöhnlicher Stärke, messerscharf, mit einem widerstandsfähigen Querholz, das verhindern soll, daß der Speer beim Einstich zu tief eindringt und der Mann in die Reichweite der letzten gewaltigen Attacke des Ebers gerät.

Robin Stewart trug einen solchen Speer, und in der anderen Hand ein Schwert. Überdies besaß er die Erfahrung langer Berufsjahre, in denen er zwischen Weihnachten und Lichtmeß in einer ausgewählten Eskorte von Bogenschützen dem König geholfen hatte, seinen Eber zu hetzen, zu stellen und zu speeren. Und schwerer noch als das wog der leidenschaftliche Zorn, der sogar die Angst vertrieb: Der Zorn über das Schicksal, das ihm einen würdigen Tod – und das Vergnügen der Denunziation auf einen Schlag rauben konnte.

Er glaubte nicht, daß man ihn absichtlich sterben lassen würde. Irgend jemand würde zu guter Letzt eingreifen – wenn es möglich war. Doch man erwartete eine sportliche Leistung von ihm: gegen ein Tier, das überaus stark gewappnet ist und einen Menschen schneller töten kann als jedes andere... Doch in der äußersten Not hing das Leben eines Menschen immer von ihm selbst ab. Und Stewart wollte überleben, denn Thady Boy – Lymond – war, wo immer er sich auch gerade aufhielt, noch immer unbehelligt, noch immer gefeiert, noch immer frei...

Ein Windstoß schüttelte die letzte Strohpuppe. Der Eber hörte das Rascheln, fuhr herum, blieb reglos stehen. Der plumpe Kopf drehte sich erneut, und die kleinen, dick geäderten Augen suchten angestrengt nach der Menschenpuppe, die seine empfindliche Nase gewittert hatte. Der junge Eber, königliches Wappentier und stinkende Bestie zugleich, wich zur Seite, hielt inne, zog die Lenden zusammen, schüttelte die ledrige Haut, den Panzer, die mit Stroh durchsetzten Stacheln und ging in direktem Angriff auf den Bogenschützen los.

Als ob Beelzebub, der Gott von Ekron, sie an den Haaren gezogen hätte, sah Margaret Erskine sich um. Sie begegnete erneut dem beunruhigend direkten Blick Sir Georges, der diesmal die Brauen noch nachdrücklicher fragend hob als zuvor. Ein Platz in seiner Nähe war leer. Vorsichtig, alle ihre Impulse beherrschend, suchte sie mit den Augen die Menge ab und erfaßte alsbald, daß die Königinwitwe ihren Herold um einen Dienst ersucht und an ihrer Seite behalten hatte. Lymond saß in anmutiger Haltung neben Maria von Guise, Gegenstand der Aufmerksamkeit etlicher Damen in seiner Nähe, während er selbst sich nach der Unterbrechung bereits wieder dem Geschehen im Graben zugewandt hatte, wo Robin Stewart gerade dem ersten Ansturm des Ebers auswich.

Robin Stewart, dessen Sicht ebenso unbehindert war wie die Lymonds, blickte hoch, keuchte vor Anstrengung, nachdem er den stachligen Panzer des Ebers aufgeschlitzt, aber nicht durchbohrt hatte – und er entdeckte, daß sein Heliogabalus, Lord d'Aubigny, schön, exquisit und nach wie vor unbehelligt, in goldenem Tuch in der ersten Reihe saß und sich an seinem Anblick weidete. Wutentbrannt ging Stewart auf den Eber los, und der Eber wich zurück.

Dann kämpfte Robin Stewart, von seinem Zorn gleichsam veredelt, und er kämpfte gut: so gut, daß Gelächter und Schmähungen in Erregung umschlugen. Einen entscheidenden Treffer konnte er nicht anbringen. Doch nach einiger Zeit verriet das schwarze Geschmier zwischen den Stacheln des Ebers, wie nahe er seinem Ziel immerhin gekommen war. Und Stewarts aufgeschlitzter linker Arm, das befleckte Wams und das zerbrochene Schwert im Gras ließen eine Beharrlichkeit ahnen, die schon immer in ihm gewesen war, sich jedoch selten anders als in ewiger Nörgelei und Niedertracht geäußert hatte.

Mann und Tier waren mittlerweile erschöpft, mitgenommen von Anstrengungen und Blutverlust. Der Eber, jetzt mehr noch als Stewart von dickköpfiger Wut angetrieben, schlitterte und hämmerte über den grasigen Untergrund, drehte sich um und senkte erneut den Kopf.

Jetzt, wenn überhaupt, mußte der König dem Kampf ein Ende machen, mußte den Stab senken und den Bogenschützen die Tage des Wartens bis zu seiner Hinrichtung mit ehrenvollen Wunden hinbringen lassen. Doch Lord d'Aubignys Hand, die die des Königs zurückhielt, und Heinrichs eigene Begeisterung für den sportlichen Kampf ließen den Stab ruhen. Denn eben jetzt kniete Stewart mit dem Rücken zur Schloßmauer und wartete, den Speerschaft fest in beiden Händen, Auge in Auge mit dem Eber, auf einen neuen Angriff. Und in dem sekundenlangen Wimpernschlag, während das schwerfällig heranrumpelnde Tier sein Tempo beschleunigte, richtete Stewart den Blick suchend auf die zusammengedrängten Gesichter über seinem Kopf. Denn einige seiner Zuschauer hatten sich in diesem entscheidenden Augenblick mit gereckten Hälsen erhoben – und unter ihnen entdeckte er plötzlich den Herold Vervassal.

Etwas ereignete sich in Stewarts Gesicht – ein tiefer Atemzug, eine Fratze des Hasses, sogar der Ansatz eines Lächelns. Dann gehörte seine flammende Aufmerksamkeit einzig dem Eber.

Es war des Ebers eigene Schwäche, die ihn in der letzten schwindelnden Sekunde vor dem Speer taumeln ließ. Die Spitze traf, doch nicht in das weiche Fleisch, sondern neben den Rüssel, wo ihn der Hauer abgleiten ließ, so daß der massige, seitwärts wankende Körper den Speer schräg in die Schulter bekam und den Schaft taumelnd den feuchten Händen Stewarts entwand. Der geifernde Koloß riß ihn zu Boden, sein stinkender Atem schlug Stewart ins Gesicht, und dann war er auch schon wieder auf den Beinen, unbewaffnet, während der Eber taumelnd ein Stück die Schloßmauer entlangschrammte, sich zu ihm umdrehte: Seine Hauer schepperten wie Glas, der Speer vibrierte im Wind.

Die Königinmutter von Schottland ließ ihren Schal fallen.

Eine Bö wischte ihn in die Arena, wo er am Boden hingeschlängelt zitternd liegenblieb. Silberne Stickerei funkelte an seinem Saum. »Holen Sie ihn mir, Mr. Crawford?«

Einen endlosen Augenblick rührte Lymond sich nicht. Die Leiter, die Brusquet benutzt hatte, um in den Graben hinabzusteigen, lag zu seinen Füßen. So kapriziös, so unsinnig ein solcher Befehl auch sein mochte – es war ein königlicher Befehl, eine befohlene Übung der Ritterlichkeit, und kein Mann hätte es gewagt, sie öffentlich zu verweigern. Länger durfte der Herold der Königinwitwe von Schottland nicht zögern. Er drehte sich um und verneigte sich. Maria von Guise lächelte, als sie dem kühlen Blick unter den hochgezogenen Brauen begegnete. Dann schwang sich der Herold über das Geländer und glitt flink die hastig in den Graben gelassene Leiter hinab. Dort stand er, die Hände auf den Sprossen, während der ahnungslose Stewart sich ihm rückwärts näherte. Auf der anderen Seite des Grabens stampfte der Eber den Boden.

Anders als der von seinen Verletzungen benommene Stewart, der Lymond nicht bemerkte, hatte der Eber den Neuankömmling gesehen und gewittert. Das Tier kam langsam heran, näherte sich dem Bogenschützen in kurzen Laufschritten und blieb stehen, als sich der Speer knirschend in seinem Körper bewegte. Stewart wartete mit gespreizten Händen, blind für alles außer den Hauern, den kleinen Augen und den zitternden Schaft des Speers. Alle Kraft dieses so unvorteilhaft gebauten Körpers, all die widerwillig und qualvoll erworbenen Fähigkeiten vereinigten sich nun in Stewarts Fingerspitzen. Er wartete – ein Verräter, ein Verschwörer, nach eigenem Eingeständnis ein Mörder – in diesem einzigen Augenblick einer mutigen Leistung, die allein ihm gehörte.

Mit dem für seine Gattung typischen, tiefen, schnarchenden Stöhnen griff der Eber an. Wütend stürmte er, das Gewicht auf die Seite verlagernd, heran, stampfte über den zerwühlten Boden, spie im Rennen Blut und Schaum, und der Speer wippte in seiner Seite. Er stürmte an Stewart vorbei, vorbei an seinen ausgestreckten Händen, die den Speer packen wollten, vorbei an der bestickten Florschlange, die still im Schmutz lag, geradenwegs auf die Leiter zu. Lymond verließ sie erst in letzter Sekunde und sprang zur Seite, als der Eber mit seinen Hauern die unteren Sprossen der Leiter glatt durchhieb, wo soeben der Herold noch gestanden hatte. Lymond ließ ihn passieren, tat nur einen einzigen Schritt. Mit beiden Händen packte er den Speer, der in der Schulter des Tiers steckte, und zog mit einem gewaltigen Ruck. Das raubte dem sich halb aufbäumenden Tier das Gleichgewicht. Quiekend torkelte, taumelte und schwankte der Eber rückwärts zwischen die Trümmer der Leiter, als Lymond den Speer aus der Wunde riß.

Sein Wappenrock war vom Blut des Ebers durchtränkt, als der Herold wie eine Katze wieder hochschnellte und, geschmeidig und wachsam, den roten Speer in der Hand, dem tropfenden Tier entgegentrat. Als im nächsten Augenblick der Eber schwerfällig zum letztenmal angriff, stieß Lymond den Speer mit beiden Händen senkrecht zwischen die beiden Schultern. Das Tier kreischte auf, und seine nackten, gerundeten Knie erzitterten. Dann fiel es plump und leblos wie ein Sack voll feuchten Torfs auf die Seite, die Hauer schlitzten die Grasnarbe.

Über den unförmigen Haufen hinweg, durch wallenden und langsam sinkenden Staub blickte Robin Stewart, schwankend und blutend, seinem Dämon ins Gesicht. Schon begannen Blumen herabzuregnen, die am feuchten Wappenrock des Herolds hängenblieben. Lymond fing eine auf und schritt langsam an dem toten Tier vorbei. Stewarts breites Schwert, zu Beginn des Kampfes zerbrochen, lag zu seinen Füßen. Francis Crawford hob es auf, spießte den Blütenzweig auf die zersplitterte Spitze, und das Schwert in beiden Handflächen balancierend, schritt er auf Robin Stewart zu.

Die zerrissenen Kleider des Bogenschützen waren blutverkrustet, das klägliche Haar klebte ihm an den Wangen, seine zerbissenen Lippen, seine Augen schmerzten, und sein Kopf drohte zu zerspringen. Stewart starrte auf diese anmutige Geste, diesen kühlen Glanz, starrte diesem unbekümmerten Dieb seines Erfolgs entgegen – und er packte das Schwert beim Knauf und zielte Thady Boy Ballagh ins Gesicht.

Lymond war noch frisch und wußte überdies genau, was er zu tun hatte. Die Botschaft, die er Robin Stewart hatte übermitteln wollen, als er ihm ruhig entgegenschritt, war eine Warnung vor eben diesem Unterfangen gewesen. Er duckte sich und holte in derselben fließenden, geübten Bewegung mit dem Fuß aus, und Stewart, zu Fall gebracht, stieß mit dem Schwert in den Boden, wo er sich blutend und zerbeult einmal um sich selbst drehte und liegenblieb.

Für den unbefangenen Zuschauer hatte sich nichts weiter ereignet als Stewarts Zusammenbruch. Schon rannten die Wärter herbei und mit ihnen einige Bogenschützen, deren Aufsicht Stewart nominell unterstand. Der allgemeine Beifall – ausgenommen der der Stadtbewohner – verebbte: Übertreibung, in welcher Form auch immer, ziemte sich nicht, und überdies hatte man einen Anlaß zu gemeinsamem Spekulieren. Der Herold der Königinmutter, der lässig über das Gras schritt, um Ihrer Majestät Schal zu apportieren, wurde benotet wie ein Windhund – und wußte es sicherlich auch. Wenn Lymond gehofft hatte, seinen zweiten Auftritt in Frankreich in diskreter Anonymität absolvieren zu können, so war diese Hoffnung nun endgültig dahin. Sein zweites Entrée hatte sich in seiner Weise genauso spektakulär gestaltet wie das erste.

Als Stewart wieder gehen konnte, wurde er auf eigenen Wunsch vor den König gebracht. Derweil traten unten im Graben zwei Akrobaten mit einer Ziege auf. Von der Höhe des königlichen Platzes aus konnte Stewart ungehindert zur Zugbrücke hinübersehen, wo die

Sonne eine Traube bewundernd zusammengedrängter Köpfe be-
schien. Der in der Mitte war goldblond.

Jetzt hatte Stewart endlich des Königs Ohr. Wenn auch schmutzig,
wenn auch Gefangener – er hatte gut gekämpft. Und die Königin,
die Herzogin, der Vitzdom, der ganze Hof würde ihn ansehen und
ihm zuhören. Allein Lord d'Aubigny hatte sich kurz zuvor erhoben
und entfernt.

Robin Stewart hob die Stimme, sprach in Richtung des Königs und
O'LiamRoes, der auf der anderen Seite der Galerie saß. *»Es handelt
sich um den Mann, der sich Crawford von Lymond nennt«*, sagte Stewart
laut und deutlich, und das Zucken seiner Gesichtsmuskeln ließ frisches Blut aus den Schrammen auf Kinn und Wangen quellen. *»Es
gibt etwas, was dieser Hof wissen sollte. Der Fürst von Barrow wird es bezeugen.«*

Endlich hatte er ihre Aufmerksamkeit. So weit seine Stimme reichte, verebbte das Geplauder. Eine Sekunde lang herrschte Schweigen, das der Konnetabel schneidend brach: »Sie erdreisten sich, Sir!
Der Herr ist Herold Ihrer Gnaden der Königinwitwe von Schottland und geht Sie nichts an.«

»Geht mich nichts an? Geht mich nichts an? Aber Sie geht er etwas
an, Monseigneur, und den König, und jeden, der keine Lust hat,
sich zum Narren halten zu lassen – egal, ob er ein Liebling der Guisen oder ein verkleideter Gaukler ist, der reden kann wie ein Hausie-
rer ... Fragen Sie O'LiamRoe! Hören Sie, was der Fürst von Barrow
dazu zu sagen hat!« schrie Stewart, dessen Stimme sich zu unbe-
herrschtem Gebrüll gesteigert hatte. »Hören Sie gut zu!«

Rätselhaft, wie ein Schachtelmännchen, tauchte das freundliche,
ovale Gesicht O'LiamRoes neben ihm auf. Sein Blick wanderte über
den Kampfplatz, ehe er sagte: »Tod und Teufel! Was soll ich zu sagen haben? Die einzige Person, über die ich je etwas wußte, war
Thady Boy Ballagh, und der gehört wegen Massenmord auf den
Richtblock – nachdem unser anderer Verdächtiger sich als rein und
weiß wie frisch gefallener Schnee erwiesen hat. Lymond? Ich bin
ihm in London begegnet. Ansonsten weiß ich über diesen Burschen
nichts.«

Dieser Strom sorgfältig gerundeter irischer Vokale hatte Stewarts einzige süße Hoffnung auf Rache ausgelöscht. Einen Augenblick, während er benommen in O'LiamRoes unerschütterliches feuerrotes Gesicht starrte, war er nahe daran, Lymond trotz O'LiamRoes vernichtender Weigerung zu denunzieren. Schwer atmend kämpfte er mit sich, während O'LiamRoes Worte übersetzt wurden und er selbst spürte, wie das Interesse des Hofs erlahmte. Der König, dessen Blick ungeduldig zu der Ziege im Graben wanderte, sagte: »Eh bien, Monsieur?«

Stewart öffnete den Mund.

»Meiner Seel, schafft ihn fort«, sagte der Konnetabel kurz. »Der Mann ist doch halb wahnsinnig! Wer sonst würde das Schwert gegen jemand erheben, der ihm soeben das Leben gerettet hat?«

»Hat er das getan?« fragte der König im selben Augenblick, da Stewart schrie: »Ich wäre mit dem Vieh allein fertig geworden. Hol mich der Teufel, ich brauchte diesen affigen Betrüger nicht...«

Die königliche Stirn glättete sich. »Hat Ihnen das Publikum gestohlen, wie? Und bekommt dafür eine hübsche Belohnung, ich verstehe. *Hinweg!*«

Er brüllte, als man ihn fortschaffte. Aus zwei Gründen hatte Stewart es zugelassen, daß man ihn nach Frankreich brachte: Um Lord d'Aubigny anzuklagen und um Lymond als Thady Boy Ballagh zu entlarven. Weil der König ihm nicht glaubte, war Lord d'Aubigny immer noch frei. Und deshalb hatte er seinen einzigen Zeugen verloren, der bestätigen konnte, daß der Herold der Königinwitwe von Schottland der verbrecherische Thady Boy Ballagh war.

O'LiamRoe wollte Lymond entlarvt und gedemütigt sehen, aber offenbar war er zu sanften Gemüts, um Lymond für das Verbrechen eines anderen leiden zu lassen. Robin Stewart kannte solche Skrupel nicht. Er würde die Hände nicht schicksalsergeben in den Schoß legen. Ehe er selbst starb, würde er dafür sorgen, daß Thady Boy Ballagh um Robin Stewarts willen – wenn schon für niemand sonst – leiden würde.

Als blankäugig und lächelnd präsentierter Klatsch wurde Lymond die Geschichte von Stewarts hysterischem Auftritt später am Nachmittag zugetragen. Der Schwätzer mußte sich freilich zu guter

Letzt entfernen, ohne von Lymond auch nur das Geringste erfahren zu haben. Der endgültige Urteilsspruch über Robin Stewart war Lymond bereits bekannt. Er bedeutete, daß die Affäre im Tour des Minimes und die vorgetäuschten Diebstähle nach wie vor mit dem Namen Thady Boy Ballagh verknüpft waren, und Lymond wurde allmählich bewußt, daß trotz all seiner Bemühungen, Stewart und d'Aubigny zu überführen, die gefälschten Beweise gegen Thady Boy Ballagh in ihrer unbestimmt vernichtenden Art sehr schwer zu widerlegen waren. Wenn ihn dies wirklich beunruhigte, so merkten seine Gefährten dieses Nachmittags freilich nichts davon. In seiner Unterkunft, die er mit zwei anderen teilte, empfing er Besucher und ließ seinen undurchsichtigen Charme spielen.

Er konnte nichts anderes tun. Als die Königinwitwe so beiläufig ihre Perlen vor das wütende Schwein geworfen hatte, hatte sie nicht nur sein Leben aufs Spiel gesetzt. Sie selbst nahm seine Zeit nicht weiter in Anspruch, er war frei und trug nach der Besudelung seines Wappenrocks gewöhnliche Kleider. Doch hatte die Königinwitwe so erfolgreich die allgemeine Aufmerksamkeit auf ihn gelenkt, daß er es nicht wagen konnte, Abernaci, den er seit seiner Rückkehr nicht getroffen, oder O'LiamRoe, den er zuletzt in Dieppe gesehen hatte, vor Einbruch der Dunkelheit aufzusuchen.

Im schwarzen Angers, von dem aus einst ganz England regiert worden war, drängten sich der französische Hof und seine berittenen Begleiter, die Schotten, Iren, Italiener, ausgesuchte Botschafter, Beamte, Kuriere, Jäger, Wagenmeister, Spezialisten der Nahrungssuche und des Requirierens, Prälaten, Ärzte, Juristen, Bogenschützen und Hellebardiere, Bedienstete des Gefolges, königliche Diener, Musikanten, Pagen, Zeremonienmeister, Sekretäre, Falkner, Spaßmacher, Prostituierte und Offiziere des Heroldsamts. Und inmitten dieses Gedränges bemühten sich die geplagten Bürger von Angers, aus der Situation soviel Gewinn zu ziehen, wie sie nur konnten – bis die Nahrungsmittelvorräte zu Ende gingen und der Hof sich von dieser Weide zur nächsten begab.

Es war eine dunkle Nacht, und die engen, überfüllten Gassen wurden nur hier und da von Laternen erleuchtet. Ein umsichtiger Mann, der darauf achtete, daß er den Fackeln tragenden livrierten

Dienern aus dem Weg ging, hatte jede Chance, unbemerkt zu bleiben. Lymond erreichte so ohne Zwischenfall das kleine Logis, wo O'LiamRoe ein Zimmer genommen hatte, fand den Hintereingang, folgte der Stimme O'LiamRoes, die auf gälisch mit einer anderen Stimme – ziemlich unverkennbar der Abernacis – über die Gewohnheiten von Elefanten diskutierte. Ohne anzuklopfen, öffnete er die Tür und trat ein.

O'LiamRoe hielt mitten im Satz inne, und Archie Abernethy, inkognito ohne Turban und orientalische Seidengewänder, faltete sein dunkles, vertrocknetes Narbengesicht zu einem Grinsen. »Ich dachte mir, daß Sie herkommen würden. Mann«, staunte Abernaci, »Sie sehen aber zehnmal besser aus als das letzte Mal, wo ich Sie gesehen hab... Und dem Schwein haben Sie wahrhaftig einen prächtigen Stoß verpaßt... Ich nehm an, es geht darum, einen Beweis gegen diesen Bastard d'Aubigny zu finden, stimmt's?«

»Ja, bravo, Archie. Ich wollte mit dir sprechen, und ich sage dir auch gleich, warum. Phelim –«

»Glauben Sie«, unterbrach ihn Abernaci, der sich über einen Punkt Klarheit verschaffen wollte, »glauben Sie, er würde es wirklich noch einmal versuchen, der Kleinen was anzutun? Er müßte verrückt sein.«

»Die passende Antwort darauf«, erklärte Lymond geduldig, »lautet, daß wir wohl alle ein bißchen verrückt sind. Tatsächlich aber sind Männer, die ganze Schiffe versenken, Elefanten durchgehen lassen und Kavalkaden von Reitern vernichten, verrückter als alle anderen. Lord d'Aubigny ist – falls du noch nicht darauf gekommen bist – ein leicht beschränkter Mann, freilich hochgebildet, der jahrelang vom Fett des Ruhms seiner Vorfahren gezehrt hat. Bis vor kurzem hat er geglaubt, daß man als teurer Freund des Königs von Frankreich selbstverständlich Marschall von Frankreich wird wie Bernard, oder Regent von Schottland wie Stewart, der Herzog von Albany. Als Heinrich ihn nach seiner Thronbesteigung aus dem Kerker holte, fühlte sich d'Aubigny dazu ausersehen, die historische Rolle des Mannes hinter, neben oder beinahe auf dem Thron von Frankreich zu übernehmen. Statt dessen mußte er feststellen, daß er bloß als Gründungsmitglied zur alten *compère*-Runde der Valois gehörte, zum Kreis der alten teuren Freunde, die Heinrich vor dem Verdruß seines Vaters gerettet hatte. Die Macht aber teilten sich in einem exklusiven Zirkel um den König seine Geliebte Diana, die Königin, der Konnetabel, die Guisen und St. André. Lord d'Aubigny sollte keineswegs der große Mann Europas werden.«

»So daß er sich nach einer Weile einen anderen Thron suchte, dem er sich unentbehrlich machen wollte«, mutmaßte O'LiamRoe, ganz gegen seinen Willen, mit ernsthafter Stimme.

»Natürlich. Lennox, sein Bruder, hat einen Anspruch auf den schottischen Thron, und durch seine Frau sogar auf den englischen. Marias Tod würde Lennox zumindest eine Chance in der schottischen Thronfolge geben. Und wenn der englische König sterben sollte, würde mit seiner Schwester Maria Tudor auch der Katholizismus zurückkehren – oder sogar früher, falls es zu einer katholischen Erneuerung käme. Die Lennox sind teure Freunde der Prinzessin Maria Tudor. Es ist also leicht abzusehen – oder Lord d'Aubigny sah es zumindest so –, daß der Mann, der das alles in Gang setzen würde, indem er nämlich Maria von Schottland beseitigte – daß dieser Mann damit rechnen könnte, Lordkanzler zu werden. Er würde als Bruder des Königshauses eine neue Karriere machen – und es würde mich nicht überraschen, wenn die erste Anregung dazu sogar vom Grafen von Lennox selbst gekommen wäre. Also ging Lord d'Aubigny ans Werk, Maria von Schottland zu beseitigen. Das war natürlich sein oberstes Ziel, aber er wollte auch dem Hof von Frankreich, den er damit kompromittieren würde, eine Lektion erteilen. Er ersann seine Mordanschläge wie ein Maskenspiel...

D'Aubigny ist in meinen Augen ein klägliches, pervertiertes Gefäß des Genies seiner Ahnen. Und ich glaube, er wird Marias Leben in Kürze mit angemessenem Aufwand ein Ende machen wollen, da ihm gerade jetzt eine so vortreffliche Bühne dafür zur Verfügung steht. Wahrscheinlich hofft er, daß er sie während des Besuchs der englischen Gesandtschaft töten kann – vor den Augen seines Bruders Lennox. Ein wahrer Triumph.«

Lymonds sanfte, gleichmäßige Stimme hielt einen Augenblick inne, um dieser Prophezeiung Nachdruck zu verleihen, und fuhr dann unverändert fort: »Der eingekerkerte Robin Stewart ist ihm ziemlich peinlich. Ein toter Robin Stewart wäre ihm – wie wir heute gesehen haben – lieber. Am besten aber wäre für ihn ein Robin Stewart in Freiheit... Phelim, haben Sie mit Stewart gesprochen?«

»Nach dem Kampf mit dem Eber? Nein«, antwortete O'LiamRoe höflich. »Sie schaffen ihn morgen nach Plessis-Macé.«

»Haben Sie vielleicht versucht, mit ihm zu sprechen?« fragte Lymond nun direkt.

O'LiamRoe errötete. Dann sagte er: »Nun ja, das habe ich. Er ist im Augenblick im Nordturm und wird von einer Schar junger Männer bewacht. Niemand wird zu ihm durchgelassen.« Er hielt inne, preßte die Lippen fest zusammen, damit sie sich nicht ironisch kräuselten. »Sie können ruhig wissen, daß Stewart und ich...«

»Oh, Ihr Pakt«, unterbrach ihn Lymond kurz und verächtlich. »Mein Gott, haben Sie etwa geglaubt, daß das für mich etwas Neues wäre? Und jetzt kehren Sie heim, nicht wahr?«

»Da haben Sie ganz recht.« Es war amüsant, festzustellen, sagte sich der Fürst, daß ihm wahrhaftig keiner seiner menschenfreundlichen Impulse, die ihn heute nachmittag geleitet hatten, gedankt wurde.

»Nach Stewarts Hinrichtung kehre ich heim«, fuhr O'LiamRoe fort und ignorierte Abernacis überraschtes Auffahren. »Ich bin es dem Burschen schuldig, wenigstens so lange zu bleiben.« Er fügte nicht hinzu: *Man kann siebzig Stunden auf dem Rad leben.*

»Und die Frau?«

Das hatte O'LiamRoe erwartet. Als es Stewart nicht gelungen war, d'Aubigny zu denunzieren, hatte O'LiamRoe gewußt, daß sich Lymonds skrupellose Intelligenz nun auf Oonagh konzentrieren würde. »Die Frau geht mich nichts an«, sagte er. »Und Sie auch nichts, wenn Sie klug sind.«

»Wenn Sie sie nicht aufsuchen, mein Lieber«, entgegnete Lymond, ohne O'LiamRoes Drohung zur Kenntnis zu nehmen, »dürfen Sie sicher sein, daß ich es tun werde. Haben Sie nicht mit Cormac O'Connor gesprochen?«

»Ich habe mehr als das getan«, antwortete O'LiamRoe mit veränderter Stimme. »Ich habe Oonagh O'Dwyer aufgesucht, und ich habe ihr einen Brief geschrieben und sie gebeten, Ihnen überhaupt nichts zu sagen – weder über d'Aubigny noch über sich selbst.«

»Wie hochherzig von Ihnen«, sagte Lymond ironisch. »Und Seine Lordschaft kann jetzt tun, was ihm beliebt?«

»Ich bin sicher«, erwiderte O'LiamRoe mit einem tiefen Atemzug, »daß Sie oder irgendein anderer emsiger Bursche einen Weg finden werden, ihn daran zu hindern. Gehen Sie hin und zeigen Sie Seiner Lordschaft Ihre kleinen scharfen Zähne. Vielleicht gesteht er vor Schreck auf der Stelle.«

»Oonagh O'Dwyer kannte den Plan vom Anschlag im Tour des Minimes«, sagte Lymond. »Und wenn sie den Namen eines einzigen Mannes nennt, der das Unglück im Turm mit d'Aubigny in Verbindung bringt, ist das schon genug. Haben Sie denn von O'Connor eine so hohe Meinung, daß Sie ihm bereitwillig die Dame Ihres Herzens und das Geschick Ihres Vaterlandes überlassen? Oder haben Sie Angst, daß Sie, sobald Sie Oonagh O'Dwyer für sich gewonnen haben, sie nicht halten können – so daß Sie lieber gleich resignieren? Wenn sie der Abfall irgendeines beliebigen Mannes wäre, hätten Sie vielleicht recht.«

O'LiamRoe war mit einem Satz auf den Beinen. Seine hellen Augen funkelten. »Für einen bezahlten Schnüffler, der an Stuhlbeinen schnuppert und in Fußspuren sabbert, drücken Sie sich über eine Dame sehr taktvoll aus.«

»Verdammt bildhaft«, gab Lymond erbittert zurück, »aber es ändert nichts an den Tatsachen. Entspricht dieser täppische, demütige Bursche etwa Ihrer Vorstellung von einem Fürsten und einem Liebhaber? Und wenn ich von ihr abgewiesen werde – was beabsichtigen Sie dann zu tun? Auf Stewarts Hinrichtung warten und dann nach Irland abreisen? ›Ich bin es dem Burschen schuldig!‹« Diese Nachahmung geriet Lymond erbarmungslos treffend. »Und was sind Sie Irland schuldig? Sich selbst? Und Oonagh O'Dwyer?«

Der Fürst von Barrow, der unbeugsam und reglos vor ihm stand, hob das glatte Kinn. »Den Anstand, sie in Ruhe zu lassen, Sie blinder und tauber Apostel rücksichtsloser Betriebsamkeit! Sie in Ruhe zu lassen in dem Leben, das sie sich gewählt hat, sie in Ruhe zu lassen *mit ihrem übel zugerichteten Gesicht und den roten und weißen Striemen auf ihren Armen!*«

Das hatte getroffen. Er sah es – Nahrung für sein verschmachtetes

Ego – an dem Flackern in Lymonds Augen. Er ließ das Schweigen sich dehnen und fügte dann hinzu: »Besuchen Sie sie nur. Die beiden wohnen ganz in der Nähe. Schließlich können Sie keinen Pudding anrühren, ohne...«

»O'Connor prügelt sie – *und Sie haben sie bei ihm gelassen?*« fragte Lymond.

»Sie hat nicht den Wunsch, ihn zu verlassen«, antwortete O'Liam-Roe schlicht. »Was immer er für richtig hält, das akzeptiert sie.«

»Genauso wie O'LiamRoe.« Einen langen Augenblick starrte Lymond ihn an, erhob sich dann und legte mit einer harten, erbitterten Gebärde beide Fäuste auf den Kaminsims. »Phelim, Phelim – ein normaler Mensch würde hingehen und O'Connors Knochen zu Messergriffen verarbeiten.«

»Und aus ihr einen wehklagenden Vampir am Grab eines Märtyrers machen«, entgegnete O'LiamRoe bleichen Gesichts. »Oder den Abfall irgendeines beliebigen Mannes, wie Sie sich auszudrücken belieben.« Seine Lider senkten sich. »Ich habe noch etwas zu erledigen«, fügte der Fürst hinzu. »Bleiben Sie und widmen Sie sich Ihrer Unterredung mit Abernaci, wenn Sie wollen. Ich überlasse es Ihnen, Ihre Werkzeuge zu wetzen, das Unkraut auszureißen und den Baum des Irrtums zu fällen.« Er starrte sie beide noch einen Augenblick lang an und verließ dann mit Dooly, der ihm wie ein Schatten folgte, sein Zimmer.

Lymond legte die Stirn auf die Arme und blickte unverwandt in das Kaminfeuer hinab. Nach einer Weile sagte Abernaci nicht ohne Mitgefühl: »Der ist aber arg verschossen in diese Frau, dieser Hinterwäldler«, und fügte hinzu: »Es würd' mich gar nicht wundern, wenn es Sie auch ein bißchen erwischt hätte.«

»Vielleicht.« Doch es war nicht die Stimme eines verliebten Mannes.

»Sie war die Geliebte von O'Connors Vater, bevor sie seine wurde. Darum wird sie ihn nie verlassen«, bemerkte Abernaci.

»Ich weiß. Aber wenn wir sie aufgeben«, sagte Lymond und richtete sich auf, das bleiche Gesicht voller Spott, »würden wir auf die wichtigste Morgengabe verzichten, die je eine Frau nach der Hochzeitsnacht zu bieten hatte.« Er lächelte charmant und sah Abernaci in die

Augen. »Was würdest du dafür geben, wenn du mit mir tauschen könntest?«

»Eine Nacht im Käfig meiner Löwinnen«, antwortete Abernaci gelassen. »Robin Stewart lassen Sie also ungeschoren, aber das Mädchen soll leiden?«

»Ich habe noch eine Karte im Ärmel«, sagte Francis Crawford. »Für den Notfall. Und wenn du die beiden schon miteinander vergleichst: Robin Stewart habe ich heute keinen Gefallen getan – und werde vermutlich auch Oonagh O'Dwyer heute abend keinen erweisen. So verteile ich meine Gunst durchaus gerecht.« Wenig später ging er, und nach einer angemessenen Frist brach auch der Wärter auf.

O'LiamRoe kehrte erst sehr spät und ziemlich betrunken in seine Unterkunft zurück. Am nächsten Morgen, als er sich mit dickem Schädel im Schloß einfand, war der Hof mit der Vorbereitung eines neuerlichen majestätischen Umzugs beschäftigt. Robin Stewart befand sich unter starker Bewachung bereits auf dem Weg zu seinem letzten Kerker in Plessis-Macé, wo an diesem Tag auch der König eintreffen sollte.

Die Neuigkeit erfuhr er von einem Bogenschützen. Während O'LiamRoe noch unschlüssig vor der Wachstube verweilte und den Blick über die blauen Dächer der Stadt, die sanft dahinfließende Maine zu seiner Linken und den vor ihm aufragenden Turm der Kathedrale wandern ließ, vernahm er den Hufschlag eines hart gerittenen Pferdes auf dem Kopfsteinpflaster. Intuitiv auf die Bedeutung dieses Eilritts wartend, stand er immer noch da, als der Reiter absaß und in die Wachstube stürzte, um zu melden, daß Robin Stewart entkommen sei.

Zuneigung oder Sympathie hatte O'LiamRoe für diesen schwierigen Mann nie empfinden können. Aber er vermochte sich zumindest vorzustellen, wie sehr Stewart unter dem häßlichen Striemen litt, den ihm Lymond mit gleichgültiger Hand zugefügt hatte. Seine erste Reaktion auf die Nachricht von seiner Flucht war Erleichterung, sogar Mitleid: Robin Stewart blieb nun kein anderes Leben mehr als das eines Ausgestoßenen, eines Vogelfreien. Dann erkannte er – mit einem leichten Schauer im Magen – die eine, die unausweichliche

Folge, das Damoklesschwert: Robin Stewart auf freiem Fuß bedeutete, daß die potentiellen Mörder Marias nun über eine *carte blanche* verfügten, mit der sie ihr Werk vollenden konnten.

DRITTES KAPITEL

Unterdessen war die dreihundert Köpfe zählende englische Sondermission mit politischem Takt und ächzenden Verdauungsorganen, mit ihren Cliquen, ihren Amateuren, ihren Professionellen – und dem Grafen und der Gräfin von Lennox – bereits bis nach Orléans gelangt, nicht viel mehr als zweihundert Meilen von Angers entfernt.

Die Lennox ausgenommen, bestand die Gesandtschaft vollständig aus Anhängern Warwicks. Den meisten war Frankreich vertraut, weil unter Heinrich VIII. und Eduard jeder englische Soldat oder Staatsmann zu irgendeinem Zeitpunkt seiner Laufbahn an einer Belagerung oder einer Konferenz in Frankreich teilgenommen hatte. Aus demselben Grunde war den meisten von ihnen auch Schottland vertraut.

Es sah aber keineswegs so aus, als ob irgendeine dieser Reminiszenzen die Gesandtschaft in Verlegenheit bringen würde – auch nicht ihren vortrefflichen Führer und Sprecher William Parr von Kendall, Marquis von Northampton und Großkämmerer von England, Bruder der letzten Frau des verblichenen Königs, ein großer Herr mit begrenzten Talenten, dessen militärische Fehler während der jüngsten Rebellion noch nicht in Vergessenheit geraten waren.

Bis jetzt war alles glattgegangen. Vor einer Woche waren sie in Boulogne von einem charmanten und tüchtigen königlichen Kammerherrn empfangen worden, der sie mitsamt ihrem Troß von Pferden und Maultieren, ihren Wagengespannen, ihren Wachhunden und ihrem unübersehbaren Gepäck nach Paris und dann weiter nach Süden begleitete.

Man hatte sie gefeiert. Man hatte sie gastlich bewirtet. In jeder Stadt auf ihrer Route hatten Bürgermeister und Richter ihre Willkommensreden gehalten. Geschenke waren ausgetauscht worden. Die

467

politischen Parteiungen in der Mission hielten sich zurück, die Diplomaten gaben sich diplomatisch, die Debatten verliefen friedlich.

Mylord Northampton hoffte zu Gott, daß es so bleiben würde. Sie waren freilich zu früh dran. Erst in vierzehn Tagen sollte die Gesandtschaft in Châteaubriant eintreffen, und vor ihnen lag nur noch eine unproblematische Schiffsreise die Loire abwärts.

In Châteaubriant wurden sie zur symbolischen Zeremonie der Ordensverleihung erwartet, doch auch zur Regelung anderer, gewichtigerer Angelegenheiten: um einen engen Bündnis- und Verteidigungsvertrag zwischen England und Frankreich auszuhandeln, um die Eheschließung zwischen der Königin von Schottland und dem König von England zu verlangen oder sich im Falle einer Weigerung um die Hand Elisabeths, der Tochter König Heinrichs, zu bemühen. Ferner erwartete man von ihnen, daß sie Bevollmächtigte ernannten, die Schottland besuchen sollten, um dort alle noch nicht im Friedensvertrag zwischen England und Schottland erfaßten strittigen Punkte zu klären. Und schließlich erwartete man von ihnen, daß sie Sir William Pickering, den neuen englischen Botschafter in Frankreich, vorstellten.

Und jetzt schrieb der scheidende Botschafter Sir James Mason besorgt aus Angers und empfahl ihnen Aufschub. Der Marschall von St. André war noch nicht einmal zu seinem Gegenbesuch nach London aufgebrochen, und auch die umfangreichen Vorbereitungen für den Empfang der Gesandtschaft in Châteaubriant waren noch nicht abgeschlossen.

Leicht echauffiert las der Marquis von Northampton die Eilbotschaft Masons und stieß dann und wann ein paar ärgerliche Worte hervor. Der schottische Bogenschütze, den man des versuchten Mordes an der kleinen Königin beschuldigte, befand sich in Angers und war bereits verurteilt worden. Der Marquis wußte genug, um dankbar zu sein, daß die Affäre ihrem Ende entgegenging – ohne daß es zu irgendwelchen peinlichen Enthüllungen kam, die den Grafen von Warwick mit der Verschwörung in engere Verbindung brachten. Der Graf und die Gräfin von Lennox, von denen Northampton sich tunlichst fernhielt, waren, wie er sehr wohl wußte, vorsorglich

468

der Mission zugeteilt worden für den Fall, daß etwas dergleichen geschehen würde. Wenn nämlich England von Stewart oder sonst jemand beschuldigt werden sollte, Stewarts Mordanschläge geduldet oder gar unterstützt zu haben, hatte Northampton den Befehl, die Lennox mit der Schuld zu belasten. Lennox selbst war sich vermutlich über die Situation im klaren, jedoch nicht in der Lage, dagegen zu protestieren.

Natürlich würden sie die kleine Königin für Eduard nicht bekommen. Oder wenn man sie ihnen überhaupt anböte, dann wahrscheinlich zu so ruinösen Bedingungen, daß man nicht akzeptieren könnte. Aber immerhin, die Königinwitwe von Schottland konnte über ein Bündnis zwischen ihrem Feind England und Frankreich nicht sonderlich entzückt sein, nicht einmal über ein Bündnis, das nur auf dem Papier bestand und so unsicher sein würde wie dieses. Freilich stellten sie und ihre Familie in Frankreich eine Macht dar, mit der man rechnen mußte. Die Guisen konnten darauf verweisen, daß König Eduard von England ein Ketzer sei, exkommuniziert und daher kein angemessener Bräutigam für Maria oder Elisabeth. Und sie könnten jeden Vorwand, jeden falschen Schritt Warwicks nutzen, um den französischen König zu überzeugen, daß er besser täte, die Bündnisverhandlungen abzubrechen.

Andererseits hatte der Marquis von Botschafter Mason, dem getreuen Mason, erfahren, daß Schottland unter dem Joch Frankreichs allmählich nervös wurde, daß die Schotten den von den Franzosen betriebenen Wiederaufbau ihrer Festungen in Schottland mit Mißtrauen beobachteten, da sie eines Tages weniger ihrer Verteidigung als ihrer Unterdrückung dienen konnten. Und die Guisen hatten Feinde in Frankreich. Bekanntermaßen wünschte der Konnetabel, daß die geplante Eheschließung zwischen Maria und dem Dauphin zurückgestellt würde, und sogar dem König hatte es widerstrebt, der Königinwitwe ihre jährliche Pension von 50000 Francs, die sie in hartem Gold nach Schottland mitnehmen wollte, auf einmal auszuhändigen. Der Steuereinnehmer der Bretagne hatte sich gerade im vergangenen Monat, wie Northampton wußte, sehr kritisch über die zwei Millionen Francs geäußert, die die Krone bis jetzt schon für die Königinmutter ausgegeben hatte, und hinzugefügt, er wünschte, Schottland läge in einem Fischtümpel. Northampton, nervös wegen der auf ihm lastenden Verantwortungen und der Verzögerung, wünschte das nämliche.

Sir Gilbert Dethick, alias Erster Wappenherold Englands, dagegen wagte weder an Fischtümpel noch an Flüsse zu denken. Für zwanzig Shilling am Tag hatte er die beiden Truhen mit der Ordensrobe und den Insignien – eingehüllt in weißes Linnen, dazwischen Duftkissen aus Taft – zu befördern und Seiner Majestät von Frankreich zu überbringen. Zwar waren sie unversehrt über den Kanal gelangt, doch konnte er nur bangen Herzens daran denken, daß er sie für zwei lange, träge sich hinschleppende Wochen der Loire anvertrauen mußte.

In Angers und Châteaubriant, wo man seit sechs Wochen Zeremonien, Tribünen und provisorische Unterkünfte vorbereitete, sahen der französische und der schottische Hof den englischen Gästen in Muße entgegen, nachdem man – auf Kosten der Gesandtschaft – höchst erfreut Zeit gewonnen hatte.

Das Gefolge der Königinwitwe – wenn auch nicht Maria von Guise und ihre Tochter persönlich – verbrachte zwei Nächte auf den Feldern außerhalb von Candé. Während der halbe Kronrat bereits nach Schottland zurückgekehrt war, pflegten die übrigen schottischen Lords im Garten Frankreichs unter dem milden Junihimmel der Ruhe, schliefen, aßen, plauderten, widmeten sich dann und wann, wenn auch unmethodisch, der Falkenbeize, lästerten mit einiger Gründlichkeit über ihre Gastgeber und die Engländer und verschwanden nicht selten in charmanter Begleitung. Unter freiem Himmel ließ das Gezänk nach und erstarb schließlich ganz.

Nichts hätte Robin Stewart gelegener kommen können. Am zweiten Tag, als er lautlos von Deckung zu Deckung glitt, machte er das kleine Zelt ausfindig, das Lymond mit einigen anderen Schotten teilte. Jetzt, da er Lymond in Muße beobachten konnte, stellte Stewart fest, wie unbarmherzig zutreffend der schwindlige Eindruck in der Arena, der verzerrte undeutliche Anblick vom Tower gewesen waren. Unter der anständigen Schale Thady Boys steckte ein affektierter Galan, der im Grunde nichts mit dem temperamentvollen, einfallsreichen Kumpan der Jagd und des Hindernisrennens gemein hatte. Das machte es in gewisser Weise ganz leicht, den einen zu töten, ohne das Bild des anderen auch nur anzurühren.

Thady Boy – Lymond – war zu einer Gruppe seiner Landsleute herübergerufen worden. Stewart sah, daß er von ihnen mit einer lässigen Vertrautheit behandelt wurde, die einzig seinem Rang galt, und mit einem gewissen vorsichtigen Respekt. Was Lymond mit sich selbst und seinen Talenten anfing, betraf diese Männer im Grunde mehr als irgend jemand sonst, dachte Stewart. Von Chinon bis Candé würde man sich über seine einzigartige, wenn auch vorübergehende Verwandlung im Dienst der Königinmutter von Schottland den Mund zerreißen…

Viele von ihnen hatten Francis Crawford von Lymond offenbar erst bei dieser Gelegenheit kennengelernt. Aus dem aufgesetzten würdevollen Ausdruck in seinem Gesicht schloß Stewart, daß er mit ihnen spielte. Er bemerkte auch George Douglas im Gespräch, höflich, ironisch, mit dem Gebaren eines Schauspielers. Alle seine Attitüden fielen jedoch in sich zusammen, als er sich einmal mit seinen Argumenten unversehens in Widersprüche verwickelte, aus denen er sich nun herauszuarbeiten hatte, ohne allzuviel von seiner Würde einzubüßen. Lymond war heute abend offenbar nicht sehr tolerant.

Der Tag war heiß gewesen. Während Stewart zwischen den lauwarmen Gräsern lag und in der sinkenden Dämmerung seinen Hunger unterdrückte, beobachtete er die Kegel der Zelte, die der Kerzenschein seidig gelb aus dem Dämmer hob. Dahinter leuchteten hingetupft die Fenster von Candé, das Dorf und das Schloß in hellem Gefunkel. Über den Wiesen lag noch immer ein ganzer Teppich von Geräuschen, die mit der Entfernung schwächer wurden: Männer sprachen und lachten, Eimer schepperten, Hunde und Pferde antworteten, und mit dem leichten Wind voll sanftem abendlichem Vogelgezwitscher änderten die gezackten Banner die Richtung. Eine Amsel sang.

Als das Tageslicht vollends geschwunden war und die Feuer ihm rot und golden vor den Augen glühten wie Edelsteine in einer Ikone, hielt Stewart mit der einen freien Hand den gestohlenen Mantel fest an der Kehle zusammen und trat unter den Bäumen hervor.

Irgendwo verabschiedete sich eine Gesellschaft. Ein Zeltvorhang rührte sich: Gastgeber und Gäste kamen gebückt heraus, umrahmt und getupft von unruhigem Licht. Worte und Gelächter wurden nun nicht mehr von der Leinwand gedämpft. Die klare, liebenswürdige Stimme, die die angebotene Begleitung ablehnte, erkannte Stewart sofort, obwohl sie ohne irischen Akzent sprach. Jemand machte eine leicht boshafte Anspielung, und Lymond sagte: »...*Le monde est ennuyé de moy, Et moy pareillement de lui*. Wenn Sie gestatten, führe ich meine schlechte Laune allein spazieren.«

Und mit silbern gesäumtem Haar und leicht amüsiertem Gesicht wie ein Professor, der einer langweiligen Schulklasse entrinnt, wandte sich Francis Crawford ab und schritt ruhig über das mit Zelten bestandene Gras zur offenen Flanke der Wiese hinüber. Lange Zeit stand er dort allein mit dem Rücken zu Stewart, die Augen auf die nun lichtlosen, verschwommenen Zeltreihen gerichtet. Und in den entfernten Schatten wartete Stewart, beobachtete ihn mit verengter Kehle, geblendet, emporgehoben von dem unvergleichlichen Augenblick des Triumphs.

Dann hob er den Langbogen, der kühl und schwer in seiner Hand ruhte. Er legte den messerscharfen Pfeil ein, spürte die Glätte des Espenholzes und die grauen Gänsefedern. Lautlos spannte Robin Stewart die Sehne bis zum Ohr. Das herrliche Instrument zielte genau. In jedem Fingerpolster spürte er den gleichmäßigen Druck der Sehnenspannung, jeder Muskel reagierte instinktiv auf diese eine wichtigste Kunstfertigkeit, die er hatte erwerben müssen. Er zielte und schoß.

Das Schwirren des leichten Pfeils war nicht lauter als ein Atemzug in der Nacht, das Huschen, mit dem er sich senkte, so sanft wie die Schwingung einer Harfensaite. Vibrierend drang der Pfeil einen Schritt von Lymonds rechter Hand in den Boden, und Lymond selbst, plötzlich wachsam wie ein Tier, wandte den Kopf.

Auf der breiten, dunklen Wiese war er allein: Keine Wache hatte etwas gesehen. Ein wenig Staub aufwirbelnd landete der zweite Pfeil, diesmal zu seiner Linken. Er hätte schreien, rennen oder seinen Degen ziehen oder alle drei Dinge auf einmal tun können – alles gleichermaßen sinnlos. In freiem Gelände ist man einem Bogenschützen in Deckung schutzlos ausgeliefert. Lymond aber gab kein Geräusch von sich, wenn sich auch sein Gesicht, fahl im Mondschein, den Bäumen zuwandte, aus denen der zweite Pfeil gekommen war. Er zog auch keine Waffe. Statt dessen begann er direkt auf die Quelle der Pfeile zuzurennen.

Robin Stewarts Mund war papiertrocken. Irgendwo begannen – zum erstenmal – seine zerrütteten Nerven zu zucken. Doch er hob den Bogen ein drittes Mal, legte den Pfeil ein, stand hoch aufgerichtet da, hager, ruhig, zielte und ließ den Pfeil gegen Lymonds Brust fliegen.

Der Pfeil traf genau, mitten ins Brustbein – und fiel zu Boden. Einen kurzen Augenblick hielt der auf Stewart zurennende Mann inne. Dann, eine Hand fest auf der Scheide, um das Klirren zu ersticken und den hinderlichen Degen aus dem Weg zu halten, kam Lymond unaufhaltsam heran. Was nur durch eine einzige, vernichtende Tatsache erklärt werden konnte: Er trug ein Panzerhemd. Und er näherte sich jetzt so schnell, daß Stewart, vom Schock wie gelähmt, keine Zeit zum Zielen mehr blieb. Als Lymond sich in den Wald warf, ließ der Bogenschütze den nutzlosen Bogen fallen, riß den Degen mit singendem Geräusch aus der Scheide, stolperte unter den Bäumen vorwärts – um seinen Degen in die ungeschützten bleichen Flecken von Gesicht und Händen zu stoßen.

Lymond hatte seinen Degen nicht gezogen. Einen Augenblick standen sie einander gegenüber, und schon fuhr Stewarts Klinge hernieder. Lymond wich mit einer flinken Bewegung zur Seite, Stahl knirschte auf seiner gepanzerten Schulter, und Funken sprühten aus dem metallenen Geflecht. Lymond machte eine Finte, rannte von Stewart fort ins Dunkel, tiefer und tiefer in den Wald hinein.

Er hatte keine Chance, zu entkommen. Hinter ihm stampften die langen Beine des Bogenschützen, blieben dann und wann zurück, aufgehalten von den gestaffelt stehenden Bäumen, wurden jedoch immer geleitet vom Knacken und Tappen der leichten Schritte Lymonds. Dann, weit vom Lager entfernt, außerhalb seiner Hörweite, wo die Bäume weniger dicht standen und das Mondlicht wie Reif auf dem Gras lag, holte Stewart ihn ein, und Lymond drehte sich um, hatte – endlich gestellt – seinen Degen gezogen. Einen Augenblick glühte der Stahl, eingefangen in dem seltsamen opalenen Licht, wie grünes Feuer. Dann hob Stewart seinen Degen und griff an.

Sie keuchten beide wie Tiere. Schweiß strömte Stewart über das Gesicht, das kurz zuvor noch so trocken und kalt gewesen war. Von Anfang an hatten sie kein Wort gesprochen. Worte brauchten sie auch nicht. Lymond hatte ihn im Lager erwartet – das wußte Stewart jetzt. Und Lymond schien auch zu begreifen, daß dies das Ende war. Er mußte wissen, daß es einem Mann, der nichts mehr zu verlieren hatte, nichts ausmachte, einen königlichen Herold zu töten. Und er würde ihn töten: Der Kettenpanzer schützte schließlich nicht die Beine. Er schützte die Hände nicht, nicht den Kopf, nicht die Augen. Er schützte auch den Nacken nicht. Alle trügerischen Schatten nutzend, die schwankenden Buchenäste und das bleiern hingegossene Mondlicht, kreuzte Robin Stewart, hager und unbesiegbar, endlich die Klinge mit seinem persönlichen Teufel.

Er war niemals ein brillanter Fechter gewesen, doch in einer harten Schule gründlich trainiert worden. Er kannte das Frohlocken, wenn das erste melodische Klingen der Berührung einem das Format des Gegners verriet. Es gab einen langen, hitzigen Schlagaustausch, der rote Funken in die Dunkelheit sprühen ließ. Eine Pause – dann eine kürzere Folge von Hieben. Stewart fintierte. Zäh klebte ihm der getrocknete Speichel um den verzerrten Mund. Sie waren einander ebenbürtig. Aber er, der nichts auf dieser Welt mehr zu fürchten hatte, besaß den stärkeren Willen. Ein unfreiwilliges frohlockendes Schnauben, das ihm die Kehle verschloß, ließ ihn innehalten, er schluckte, umklammerte den Degengriff noch fester und begann raffiniert nur noch um eines zu fechten: die helle Haut im Gesicht seines Feindes.

Und das behagte seinem Gegner eindeutig ganz und gar nicht. Mit einer vortrefflichen Parade bewahrte er seine dichten Wimpern vor dem Hieb, der ihm das Nasenbein gespalten hätte. Dann fuhr Lymonds Klinge hinab, um den Degenhieb abzuwehren, der seiner Achillessehne zugedacht war. Und triumphierend registrierte Stewart, daß in diesem verzweifelten Kampf die verhaßte goldene Stimme schwieg.

Sie schwieg, weil – was Stewart freilich nicht wissen konnte – Francis Crawford inmitten dieser sehr realen Schwierigkeiten auch gegen ein dringendes Lachbedürfnis ankämpfte.

Ein Schwertkampf auf einer waldigen Lichtung bei Nacht hat seine besonderen Tücken: Man muß die Augen sowohl nach unten als auch nach oben richten, damit die vernichtende Klinge nicht unversehens tief in einen schwankenden Ast fährt. Allerlei Schlupflöcher lauern, ein aufgescheuchter Vogel huscht davon, und frostig sträuben sich einem die Haare auf der Haut.

So umtänzelten sie einander auf dem dicht bewachsenen Waldboden wie aufgezogene Kobolde, ihr Atem rasselte in der Dunkelheit, und beide keuchten unterdrückt. Stewarts Klinge hatte zu Anfang einmal getroffen, und ein schwärzlicher Faden ringelte sich aus einer Schramme unter Lymonds blondem Haar hervor. Stewart selbst war unverletzt.

Farn und Wurzelgeflecht zerrten an ihren Füßen und ließen sie nun rasch ermüden. Zwischen Stewart, der noch die Spuren der Eber-Attacken auf der Haut trug, und Lymond, der lange krank gewesen war, gab es keinen nennenswerten physischen Unterschied. Das Ohr wurde so wichtig wie das angespannt lauernde Auge: Wo der Blick des Gegners keine Warnung lieferte, ließen sich aus dem Rascheln der Gewichtsverlagerung Hinweise gewinnen.

Stewart, dessen Körper sich unter dem Wams schlüpfrig anfühlte, hatte den Eindruck, daß sein Gegner plötzlich besonders beweglich wurde, doch ihm war nicht zum Lachen zumute. Nach oben, unten, nach der einen Seite und nach der anderen krachten und schmetterten die breiten Klingen und verdrehten ihm den Arm. Mit grimmiger Verzückung zielte er seine bedächtigen, brutalen Hiebe und ließ den Gegner springen. Funken erblühten jäh und leuchtend wie in einer Schmiede, als er Lymonds Panzerhemd – und beinahe seinen Nacken traf. Lymond atmete hastig ein und fintierte. Unbändigen Triumph in den Augen, trat Stewart zurück. Er empfand seine Hingabe als etwas Heiliges… Von jenseits der Lichtung ließ sich eine hohe, zittrige Mädchenstimme vernehmen: »*Georges! Qu'est-ce que c'est? Ah, non, ne me laisses pas!*«

Eine schockierte Pause. Dann teilte sich das Gebüsch. Und heraus stürzte ein nur halb bekleideter, halb betrunkener und äußerst an-

griffslustiger junger Mann, den Stewart mit einem einzigen haßer-
füllten Blick als einen der Schotten wiedererkannte, die mit Lymond
das Zelt teilten. »Was geht hier vor?... Crawford!«
Denn Lymond war mit wenigen behenden Schritten unter Stewarts
erhobener, mitten im Hieb aufgehaltener Klinge hindurch auf die
Lichtung geglitten und keuchte: »Gott sei Dank, George. Haben Sie
ihn gesehen? Er ist dort hinüber gelaufen.« Und deutete mit dem
Degen auf die Bäume direkt gegenüber den Schatten, die Stewart
verbargen.
Stewart, gewappnet mit der Kraft seiner Muskeln und der krankhaf-
ten Entschlossenheit, statt eines Mannes eben deren zwei zu bekämpfen und zu töten, blieb schwer atmend am Rand der Lichtung
stehen. Der junge Mann fragte heftig »Wer?«, und Lymond antwortete: »Einer von den *venturieri* – ein Räuber. Glaube ich wenigstens.
Als er Sie hörte, rannte er weg.«
»Aïe! Bertrand!« schrillte die Stimme des Mädchens durrh die Stille. Es war unterdessen am Rand der Lichtung aufgetaucht, wie Stewart sehen konnte, offenbar ein Mädchen aus dem Dorf, dessen
Haare völlig in Unordnung geraten waren. Ein langes Kleid über
weiten Unterröcken, ländlicher Stil. Anders als die feinen Damen,
die sich mit dem Schnürkorsett halb umbrachten, war sie unge-
schnürt. Weder sie noch sonst jemand hatte einen Blick hinter Lymonds Rücken geworfen, wo das Gebüsch beruhigend dicht war.
Der Bogenschütze zögerte und glitt geschmeidig hinein.
»War es ein dicker Mann?« Die Erkundigungen des ungestümen
Liebhabers hatten plötzlich erheblich an Zusammenhang gewon-
nen. »Mit schwarzem Bart und einem stinkenden, halb geräucher-
ten Wams?«
»Jesus, ja«, sagte Lymond nach der kürzest möglichen Pause. Seine
Stimme klang sonderbar. »Ohne den Wohlgeruch dessen, der auf
den Pfaden Gottes wandelt... Ihr Bruder?«
»*Mon mari*«, stöhnte die junge Frau. »Er wird dir folgen, Georges.
Er wird dich töten. Rasch!« Sie zerrte an ihm. »Lauf weg!«
»Nehmen Sie den Weg dort«, empfahl Lymond und deutete mit
dem Degen in die Richtung, aus der er mit Stewart gekommen war.
»Der bringt sie am schnellsten ins Lager zurück.« Er hielt inne. »Sie
Narr! Sie sind ohne Degen?«

Der leicht schwankende George geriet in Hitze. »Ich werde ihn mit meinen bloßen...«

»Sie haben keine Chance gegen ihn. Hier, nehmen Sie meinen.«

Der junge Fähnrich streckte die Hand aus und zog sie wieder zurück. »Aber was ist mit...«

»Er wird mich nicht wieder belästigen. Er hat meinen Stahl bereits zu spüren bekommen. Überdies hat er inzwischen begriffen, daß er einen Fehler gemacht hat. Beeilen Sie sich, Sie Schwachkopf! Viel Glück.«

Von der Dame seines Herzens am Ärmel gezerrt, zögerte George nicht länger. Mit der einen Hand packte er die Waffe, mit der anderen das Mädchen und verschwand im Unterholz – und Lymond, allein im Mondenschein, ließ sich atemlos, hilflos vor Lachen ins Farnkraut fallen. »Der nächste Akt: Ein paar lebhafte, vergnügliche Dialoge...« stieß er hervor und setzte sich schließlich auf. »Ehe du mir die Kehle durchschneidest, lieber Robin – wollen wir uns nicht ein wenig unterhalten?«

Viel später erst begriff Stewart, daß sich sein Schicksal an diesem Abend nach einem schöpferischen Plan gewandelt hatte. Im Augenblick aber, während er sich auf die blinden Pfade seines Ingrimms zurückzutasten suchte, begriff er nur, daß Lymond die Chance, selbst zu fliehen oder ihn zu verraten, nicht genutzt hatte – vielmehr hatte er Stewart einen überzeugenden Beweis seiner Neutralität gegeben: Er hatte sich selbst entwaffnet.

Der Bogenschütze blickte auf Lymonds entblößte Kehle hinab. »Warum haben Sie das getan?« stieß er wütend hervor. »Sie wollen was von mir, wie? Etwas, ohne das sie nicht leben können. Das will ich hoffen! Denn Sie werden drauf verzichten müssen – und auf Ihr Leben, denn aus diesem Wald kommen Sie nicht lebend heraus!«

»Aufgespießt auf der Klinge deines Stolzes, ich weiß. Das kenne ich bereits. Wie hat dir Lord d'Aubigny zur Flucht verholfen?«

»Lord d'Aubigny!« Nach einer Sekunde der Verblüffung sowohl über diese Vermutung als auch über das völlig unerwartete Gesprächsthema rief Stewart: »Niemand hat mir zur Flucht verholfen, vielen Dank! Haben Sie den Verstand verloren? Seine Lordschaft hat, wie Sie genau wissen, mehr Grund, meine Hinrichtung zu wünschen als irgend jemand sonst.«

»Warum sollte er? Deine Kanone hat schließlich das letzte Mal danebengeschossen, mein Lieber. Auf freiem Fuß wirst du ihm sehr nützlich sein.«

»Ach ja?« Seine Stimme war heiser vor Verachtung.

»Zum einen, indem du mich tötest«, sagte Lymond sanft. »Und zum zweiten, indem du für ihn den Sündenbock spielst, wenn er die Königin tötet. Später wird man dann deine Leiche finden.« Er machte eine Pause. »Irgend jemand in der Eskorte hatte Mitleid mit dir – war es nicht so? Und sorgte dafür, daß du wußtest, wo du ihn nach deiner Flucht erreichen konntest? Jemand übrigens, der sehr geschickt vorgegangen sein muß, denn einer meiner Männer, der ganz dicht hinter dir geritten ist, hat nicht das Geringste bemerkt.«

Niemand hatte Stewart zur Flucht verholfen... Fluchend beteuerte er es noch einmal, denn André Spens' Adresse brannte ihm in der Tasche, und am Waldrand lag André Spens' Bogen. Der Mann war hilfsbereit gewesen, ja. Daß er freilich seiner Flucht regelrecht Vorschub geleistet hatte...

Während er über diesen Punkt nachdachte, mußte sein Gesichtsausdruck seine eigene Geschichte erzählt haben, denn Lymond sagte ruhig: »Ich dachte, du würdest vielleicht gern Bescheid wissen. Durch Marias Tod könnte Lord d'Aubigny zu einer sehr hochgestellten Persönlichkeit avancieren. Willst du wirklich, daß er die Königin tötet?«

Erfolg war das letzte, was Stewart diesem Lackaffen wünschte. Aber wie konnte man Seiner Lordschaft schon beikommen? Grob stieß Stewart hervor: »Ach, das hätt ich beinahe vergessen – Sie sind ja von Zauberern großgezogen worden: Ein paar Tricks hier und ein Staubwölkchen da, und schon verschwindet Seine Lordschaft in einer Flasche – wenn ich Sie verschone.«

»Ich bin keineswegs unersetzlich«, entgegnete Lymond zu seiner Überraschung. »Und für dich sowieso nicht. Wenn du mich umbringen willst, werde ich dich kaum daran hindern können... Nein. Es gibt nur einen einzigen sicheren Weg, d'Aubigny in Verlegenheit zu bringen – indem du dich stellst.« Und als Stewarts ungläubiges Schnauben zu einem einzigen empörten Gelächter anschwoll, fügte

478

Lymond kühl hinzu: »Warum nicht? Wozu in Gottes Namen bist du sonst geflohen? Du behauptest doch, du willst nicht mehr leben.«

Der Bogenschütze dachte angestrengt nach. »Warum haben Sie dann diesen albernen Kerl nicht mitgebracht, damit er Ihnen hilft, mich zu schnappen? Ah, natürlich! Sie wollen was von mir, geben Sie's doch zu! Ein Zeuge gegen Seine Lordschaft gesucht! Sie dachten, aus Dankbarkeit würd' ich Ihnen den Beweis bringen, daß Lord d'Aubigny mir zur Flucht verholfen hat.«

»Vielleicht«, sagte Francis Crawford. Während dieser ganzen Auseinandersetzung war er sitzen geblieben, das Gewicht zurück auf die Hände gestützt. Sein Gesicht war in der Dunkelheit nur verschwommen zu sehen, wie durch einen Schleier. »Es ist sehr gut möglich, daß der Mann, der angestiftet wurde, dich entkommen zu lassen, auch zu einem Mordanschlag benutzt worden ist oder noch benutzt werden wird. Du könntest d'Aubigny schaden – und mir nutzen –, wenn du mir sagst, wer dieser Mann ist. Der einzige Weg, uns beiden, mir und d'Aubigny, zu schaden, ist, mich jetzt zu töten und dich unverzüglich dem Konnetabel zu stellen, dem du die Umstände deiner Flucht genauestens unterbreitest. Wenn du wieder im Gefängnis bist, wird d'Aubigny zunächst kaum einen neuen Anschlag wagen. Und in der Zwischenzeit ergibt sich vielleicht durch den Mann, der dir zur Flucht verholfen hat, ein Beweis gegen ihn.«

Nachdem er so seinen Standpunkt dargelegt hatte, holte Lymond ein Leinentuch hervor, entfaltete es und entfernte sorgfältig tupfend die Blutspur aus seinem Gesicht.

In dem milchigen Licht starrte Stewart die von sanftem, reglosem Laub umgebene Gestalt an, lauschte diesen logischen Ausführungen, die ihm noch vor einer halben Stunde in seinem Blutrausch nicht das Geringste gesagt hätten. Er konnte nicht umhin, das Geschick zu bewundern, mit dem Lymond sie ihm unterbreitet hatte – und er konnte auch nicht umhin, zu sagen: »Wenn Sie und der andere mich vorhin in die Mitte genommen und abgeführt hätten, hätt ich sehr wahrscheinlich d'Aubigny doch noch vernichtet, indem ich, wie Sie das nennen, über die Umstände meiner Flucht ausgesagt hätte.« Doch ganz konnte er Lymond immer noch nicht folgen.

»Warum haben Sie die beiden weggeschickt?«

»Ich bin dir ein bißchen Entscheidungsfreiheit schuldig«, antwortete Lymond kurz. »Die Wegkreuzung, an der du jetzt angekommen bist, hast du dir vielleicht nicht selbst ausgesucht, aber der Weg, den du nun einschlägst, wird dein eigener sein.«

Stewart näherte sich ihm. Es war unmöglich, das Gesicht seines Gegenübers zu erkennen. Er blieb vor Lymond stehen, so daß sein Degen einen Schatten über die weiße Kehle warf, und sagte: »Dann ziehen Sie das Panzerhemd aus.«

Das Schweigen dehnte sich. Nach einer Weile öffnete Lymond wortlos sein Wams, zog es aus und legte den Panzer ab. Er raschelte metallisch wie eine weit entfernte Schellentrommel, wie eine weit entfernte Ankerkette, die melodisch in die Klüse gleitet: Welcher letzte Anker war da gelichtet worden? Lymond sagte: »Ich habe es ausgezogen. Bist du nun zufrieden?«

Alltägliche Worte, zu welchem Ende auch immer. Stewart hatte indessen, angestrengt spähend, das Gesicht seines Feindes gemustert. Es zeigte keine Furcht. Aus den Zügen dieses schmalen, zartknochigen Gesichts sprach nur Nachdenklichkeit, und zwischen den verschatteten Augen zeichnete sich eine dünne Linie ab. All das verriet deutlich, daß Lymond nicht wußte, was er – Stewart – tun würde, und daß er ihm Zeit ließ, sich zu entscheiden.

Das bloße Gewicht der Klinge in seiner Hand brachte den Bogenschützen zu sich. Er packte den Griff fester und hob sie erneut. Das milde Licht tropfte wie eine Kette von Ziermünzen vom Rand der Schneide. »Bist du zufrieden?« wiederholte Lymond unpersönlich, und in Stewarts Brust wuchs das bleischwere Knäul, zu dem sich jeder Zügel seines Körpers verknotet hatte, wuchs, bis sich seine Kehle mit den derben Sehnen und dem komischen Adamsapfel fest schloß. Vergessen fiel der Degen in das dunkle Gras, und Stewart sank auf die Knie. Und die knochigen Hände gegen das geschlagene Gesicht pressend, weinte er.

Francis Crawford rührte sich nicht. *»Je t'en ferai si grant venjance Qu'on le savra par tote France«*, hatte jemand einst geschrieben. »Solche Rache werd ich nehmen, daß ganz Frankreich sie erfahren wird.«

Nichts Edles ging von dieser schlaksigen, mitgenommenen Gestalt aus, die da zu seinen Füßen heiser schluchzte. Nach diesem reinigenden Gefühlsausbruch würde Stewart sich besser fühlen. Schon begann er, indes er sich mit der Hand das verschmierte Gesicht abwischte und die Augen öffnete, wieder Atem zu schöpfen, um zu sprechen.

Es würde sentimental werden – soviel verriet schon der Zug um seinen Mund. Dieser verdammte Idiot vermochte nicht einmal jetzt zu begreifen, daß ein so geübter Fechter wie Lymond ihn hätte ausmanövrieren, entwaffnen und ihn hemdlos, schwertlos – ohne das Eingreifen eines halbnackten Schwachkopfs und seines Mädchens – ins Lager hätte zurückschaffen können.

Der Bogenschütze hob das zerfurchte Gesicht und setzte zum Sprechen an, doch Lymond kam ihm zuvor. »Wirklich, uneheliche Herkunft ist keine Entschuldigung für alles, was du getan hast. Denk an Bayard. Und wer war *dein* Vater? Der letzte Lord von Aubigny? Der alte Robert?«

Das Gesicht des Bogenschützen blieb unverwandt zu ihm emporgerichtet, der Mund war halb geöffnet. Die Ähnlichkeit mit d'Aubigny war nicht eben auffallend – aber damit ließe sich alles erklären. D'Aubignys Großonkel Robert, dessen Erbe John Stewart von Aubigny angetreten hatte, war ein vitaler alter Mann gewesen... Stewart schluckte. Dann sagte er zögernd: »Ich kann's nicht beweisen. Jedenfalls, meine Mutter arbeitete im Backhaus. Er hat sie nicht geheiratet. Wenn er sie geheiratet hätte...«

»Wärest du der Herr von Aubigny geworden. Wirklich kein sonderlich seltenes Mißgeschick, scheint mir. Glaubst du, du hättest einen guten Edelmann abgegeben?«

Stewart, immer noch auf allen vieren, kroch zu einem Baumstamm und setzte sich. Heftig sagte er: »So gut wie er bestimmt.«

»Meinst du?« fragte Lymond träge. »Vielleicht hättest du die Protestanten auf deiner Besitzung verfolgt – ja –, aber hättest du dich auch um deine schönen Schlösser gekümmert, sie mit Kunstwerken ausgeschmückt? Hättest du dein Geld für Juwelen und elegante Kleider, für Musik und Wandteppiche ausgegeben? Einer wie du kann nicht führen. Einer wie du kennt nur den barbarischen Erfolg des

Waffenhandwerks. Und wenn man sich schon nicht nützlich machen kann, muß man sich eben den angenehmen Künsten der Muße widmen.«

»Und wovon leben?« Heftig lebten Zorn und Vorurteil wieder auf, und der Bogenschütze verhärtete sich. »Weil seine Eltern einen Trauschein hatten, lebt John Stewart von Aubigny alle Tage von Kuchen und Wein – genauso wie Sie. Sie tun so – Sie und Ihresgleichen –, als ob das Leben ein Turnierplatz wäre. *Die angenehmen Künste der Muße!* Wenn man mit einem Holzlöffel im Mund geboren wird, wenn der Mundvoll Essen, der einzige Fetzen auf dem Leibe und das bißchen Stroh auf dem Dach mit dem eigenen blutigen Schweiß erkauft sind, reicht's nicht zu Ihren hübschen Mußestunden, das kann ich Ihnen sagen!«

»Mit anderen Worten«, sagte die Stimme in der Dunkelheit völlig ungerührt, »das dir auferlegte Metier war praktische Arbeit. Sehr gut. Als du mit mir das Hindernisrennen über die Dächer gelaufen bist, hattest du beim Start einen durchlöcherten Strumpf, an deinem Wams war eine Goldborte abgerissen, und deine Haare waren lange nicht geschnitten. Deine Manieren, privat und in Gesellschaft, stammen direkt aus dem Backhaus. Wann immer ich deine diversen Unterkünfte gesehen habe, waren sie unordentlich und unsauber. Beim Fechten vorhin hast du durchweg nach links geschlagen, eine so auffallende Angewohnheit, daß man dich immer wieder darauf hingewiesen haben muß. Du kannst keinen Coup de Jarnac parieren. Ich habe dich dreimal mit derselben Finte auf die Probe gestellt ... Das sind professionelle Dinge, Robin. Erfolg, wie du ihn dir wünschst, erlangst du nur durch Präzision, durch Perfektion und Präzision in allem, was du tust. Du kannst es dir nicht leisten, nach Privilegien zu schmachten und andere Leute um ihre Talente zu beneiden. Fehlendes Genie hat noch niemanden daran gehindert, etwas zu leisten«, sagte Lymond, »wohl aber Tagträumerei und Zeitvergeudung. Als Bogenschütze hast du weder die Kräfte deines Geistes noch die deines Körpers je voll eingesetzt und bist am Ende weder Soldat noch Gentleman, sondern bloß ein vertrocknetes Bündel Neid.«

Wieder hielt er inne und ließ den Blick über die erstarrte, vernichtete

Gestalt auf dem Baumstamm gleiten. »Ich wollte«, sagte Lymond mit derselben drastischen Schärfe, »ich wollte, du wärest vor fünf Jahren zu mir gekommen. Du hättest mich zwar gehaßt, so wie jetzt, aber die Stewarts hätten eines Tages vielleicht doch noch einen Mann in ihrer Familie gehabt.«

»Der *Ihre* Kreatur gewesen wäre!« Stewart erhob sich, und sein Kopf verdeckte den Mond.

Zynische Bescheidenheit sprach aus Lymonds Stimme. »Man muß nicht in allem unübertrefflich sein, um jemandem etwas beibringen zu können.«

»Außer in Heuchelei«, sagte Stewart. »Sie haben mir beigebracht, Sie zu achten – dabei waren Sie ein Spion. Was haben Sie denn O'LiamRoe beigebracht?« Er lachte schrill. »Mir ist aufgefallen, daß er jetzt glatt rasiert ist. Den Eid, den er mir geschworen hat, hat er an dem Tag ohne mit der Wimper zu zucken gebrochen, als Sie ihn wieder auf Ihre Seite gezogen hatten. Er ist auch weder ein Gentleman noch einer, der nützliche Arbeit leistet, wie?«

»Im Gegenteil«, erwiderte Lymond, »er ist so ziemlich beides.«

»Aber wenn Francis Crawford mit ihm fertig ist, wird er keins von beidem sein. Dann wird er jammernd zu Ihren Füßen herumrutschen, genauso wie ich.« Seine heisere Stimme erstickte vor Selbstekel. Wieder zu Atem gekommen, fügte Stewart hinzu: »Bastarde tun Ihnen nicht leid, Mann, wie? Sie gehören zu denen, die unsereinen auf sauberen Fußböden herumkriechen lassen, bis wir bessere Manieren haben. Was sagt denn Richard Culter dazu?«

Schweigen. Dann fragte Lymond ruhig: »Wozu?«

»Zu den Angewohnheiten seines Großvaters, zum Beispiel. Nach allem, was man so hört, ein großartiger Familienvater, wenn's ihm auch ein bißchen gleichgültig war, in welchem Bett er schlief. Wie gefallen denn Seiner Lordschaft die Gerüchte, die man so hört?«

Lymond erhob sich. Mit schneidender Stimme fragte er: »Welche Gerüchte, Stewart?«

Höhnisch lachend, antwortete der Bogenschütze nicht direkt. »Der neue Erbe des Titels heißt Kevin, stimmt's? Hab gehört, wie die Erskine mal drüber gesprochen hat. Ihre alte Dame wollte nicht, daß er Francis heißt, und nach Ihrem Papa sollte er auch nicht getauft werden. Sie wissen genau, was ich meine.«

Er sah nicht, wie Lymonds rechter Arm ausholte. Er spürte nur das heftige Knacken in den kantigen Knochen seines Gesichts. Der Mond löste sich in Planetenstaub auf, und die Luft strich ihm kühl über die Wange, als er fiel.

Als er wieder zu sich kam, war er tief im Gebüsch allein, neben ihm lagen sein Degen und sein Bogen. Es mußte einige Zeit und Mühe gekostet haben, den Bogen zu finden.

Robin Stewart rollte sich herum, preßte die Fäuste gegen das Gesicht und verfluchte Francis Crawford mit einer Stimme, die zwischen Haß und Schmerz schwankte.

Es war heiß. In Châteaubriant, im neuen Palast und in der alten Festung mit den Gärten und Parks, wo die Geliebte des alten Königs gelebt hatte, bis ihr Gatte ihr die Pulsadern geöffnet hatte, wo die Gedichte, die die beiden einander geschrieben hatten, noch in der Luft hingen, verwelkten die Girlanden, und die frischen Farben verkochten zu zitternden Blasen. Hier, in einem der prunkvollen Schlösser des Konnetabels, sollte sich der Hof versammeln, und hier würden auch die führenden Mitglieder der englischen Sondermission Quartier nehmen. In Halle, Audienzraum und Säulengang, draußen auf dem neuen Turnierplatz und am Ufer des neuen künstlichen Sees herrschte eine Atmosphäre ernsthafter Geschäftigkeit und Phantasie, die freilich von Tradition und Etikette in ein steifes Korsett gezwängt, mitunter gar mühselig hineingepfercht wurden. Der Marschall von St. André, auf dem Weg nach London mit einem siebenhundert Köpfe zählenden Gefolge, etlichen Schiffsladungen Weizen, einem aus den besten Musikanten des Königs zusammengestellten Orchester, einem Küchenstab von gewaltigen Dimensionen (und dem neuen französischen Botschafter, der hundert Fässer französischen Weins für seinen eigenen Bedarf mit sich führte), machte einen Besuch beim Konnetabel und wurde festlich bewirtet, ehe er seine Reise gemächlich fortsetzte, um Seiner Majestät von England den St. Michaels-Orden und eine Reihe interessanter Vorschläge zu präsentieren.

Wenn St. André es bedauerte, seinen eben geborenen Sohn zu verlassen, so zeigte er dies nicht. Und wenn der Konnetabel für den

Rückruf de Chémaults noch andere Gründe als die offiziell angegebenen hatte, so legte er sie nicht dar. Der Marschall de St. André
ging seines Wegs und suchte auf der Durchreise in Saumur die englische Botschaft auf. Sir James Mason sah dem Augenblick, da sein
Jahr als Botschafter in Frankreich endete und er seinem glücklichen
Nachfolger die 2700 Unzen silbernen und goldenen Tafelgeschirrs
übergeben konnte, mit Erleichterung entgegen. Er brach seinerseits
auf, um sich seinen Landsleuten auf ihrer gemächlichen Reise nach
Nantes anzuschließen.

In Châteaubriant gingen die Vorbereitungen ihrer Vollendung entgegen. Das war es, worauf sich Frankreich am besten verstand. Die
Gäste auf seinem Boden, die freiwilligen wie die unfreiwilligen,
konnten nicht anders, als diese glänzende, kostspielige Maschinerie
zu bewundern, die da so reibungslos funktionierte. O'LiamRoe
durchstreifte ruhelos Châteaubriant, heimgesucht von bedrücken-
den Ängsten.

Er war im Grunde – trotz aller anderslautenden Beteuerungen – wegen der kleinen Königin geblieben. Stewart befand sich noch immer
auf freiem Fuß. Seit der Jagd mit dem Geparden war O'LiamRoe am
kleinen Hof der Königinwitwe liebenswürdig empfangen worden,
doch hielt er die Verbindung jetzt nur sehr vorsichtig aufrecht, um
Lymond nicht zu gefährden. Seine Gefühle für Francis Crawford
grenzten nach wie vor an Erbitterung, doch wollte er nicht dazu bei-
tragen, daß man Lymond eines Verbrechens beschuldigte, das er
nicht begangen hatte. Überdies mußte er einsehen, daß dieser
Mann, so gottlos, so tyrannisch, so skrupellos er auch sein mochte,
die größte Hoffnung für die Sicherheit der kleinen Königin darstellte. Und mit einem Schmerz in der Brust, der mit jedem verstrei-
chenden Tag zunahm, mußte er auch einsehen, daß Lymond das sicherste Mittel, Maria zu schützen, in der Person von Oonagh
O'Dwyer zur Verfügung stand.

Aus naheliegenden Gründen der Diplomatie – von denen der Fürst
in seinem Status offiziell erklärter Neutralität nicht betroffen war –
sollte Cormac O'Connor während des Besuchs der englischen Gesandtschaft nicht im Schloß wohnen. Desgleichen Mistress Boyle
und ihre Nichte, denen als harmlosen in Frankreich ansässigen Irin-

nen immerhin gestattet worden war, beim Besuch der englischen Mission anwesend zu sein. So hatten sie in der Stadt eine Unterkunft gemietet, die zweifellos auch O'Connor bewohnen würde, bis die Gesandtschaft auf ihrem beschwerlichen Weg weitergezogen war. Noch war sie nicht eingetroffen, wohl aber das Gefolge der Königinwitwe. Mit der Erlaubnis von Madame de Paroy – Madame Françoise d'Estamville, Dame de Paroy, der unansehnlichen Zuchtmeisterin, die Jenny Fleming für das Fünffache von deren (angeblichem) Gehalt abgelöst hatte – machte sich O'LiamRoe alsbald auf, um die kleine Königin Maria zu besuchen. Hinter der Tür vernahm er eine vertraute, fröhliche Stimme.

»Königspaar von Cantelon, wie viele Meilen nach Babylon?«

Eine Kinderstimme lachte. »Jetzt sind Sie an der Reihe«, sagte Lymond, und die kindliche Stimme fuhr gehorsam in lautem Französisch fort:

»*Acht und acht und noch mal acht* – Nicht«, sagte die Kinderstimme warnend. »Bitten Sie mich, das auszurechnen.«

»Das brauche ich nicht«, erwiderte Lymond gekränkt. »Das kann ich selber.«

Es folgte eine lange Pause. »Sie brauchen aber lange«, tadelte Maria schließlich.

»Sie dürfen mich nicht drängen.«

»Ich kann das viel schneller«, sagte sie. »Das Ergebnis ist vierundzwanzig.«

»Unfair! Unfair! Dumm und ungebildet, wie ich bin«, rief Lymond mit einer Stimme, die wie eine Hochzeitsglocke läutete, »kann ich nur mit meinen zehn Fingern und zehn Zehen rechnen, und bei allem, was darüber hinausgeht, bin ich auf meine gütige und großmütige Prinzessin Maria angewiesen. Noch einmal?«

»Noch einmal.«

»Königspaar von Cantelon, wie viele Meilen nach Babylon?«

»*Acht und acht und noch mal acht.*«

»Erreich ich es in einer Nacht?«

»*Wenn gut dein Pferd und hell dein Sporn.*«

»Wie viele Männer dienen dir?«

»*Mair nor ye daur – zähl sie hier.*«

Und beide Stimmen brachen in Gelächter aus.

Dann öffnete ein Page die Tür.

Als Lymond dem Fürsten von Barrow in der offenen Tür begegnete, sagte er: »Hallo – schweißbedeckte Minerva! Kein Anschlag bis jetzt, wie Sie sehen. Lächeln Sie, Phelim. Ich habe die Dame Ihres Herzens aufgesucht, doch leider war sie nicht daheim.«

Mit einem tiefen, gequälten Atemzug fragte O'LiamRoe: »Was kann ich nur tun, um Sie daran zu hindern?«

Lymonds Gesicht verschloß sich und wurde hart. »Gehen Sie hinein«, sagte er, die Hand an der Tür. »Und dann fragen Sie mich noch einmal.«

O'LiamRoe senkte den hellen Blick nicht. Statt dessen fragte er: »Und Robin Stewart? Irgendwelche Neuigkeiten?«

»Das hängt davon ab«, antwortete Lymond gelassen, »was Sie unter Neuigkeiten verstehen. Ich habe gestern mit ihm gesprochen... Die Unterhaltung verlief interessant, aber unentschieden.«

»Meiner Treu«, sagte O'LiamRoe fassungslos. »Er hat mit Ihnen *gesprochen*?« Und fügte rasch hinzu: »Wie ist es ausgegangen? Wo ist er jetzt? Ist er wieder entkommen?«

Lymond antwortete nicht gleich. Dann sagte er mit einem nachdenklichen Blick in O'LiamRoes erregtes Gesicht: »Die Unterhaltung endete damit, daß ich ihn bewußtlos schlug und mich davonmachte. Er ist immer noch frei, soviel ich weiß.«

»Aber –« begann O'LiamRoe lautstark und dämpfte dann hastig die Stimme. »Aber damit ist das Kind noch immer d'Aubigny ausgeliefert... oder haben Sie einen wirklichen Beweis gegen ihn gefunden?«

Lymond schüttelte den blonden Kopf. »Ich habe es Ihnen bereits gesagt. Unsere gemeinsame Freundin ist übrigens schwer aufzuspüren. Mistress Boyles Werk, vermute ich. Aber sie wird zum großen englischen Luperkalienfest bei Hof erscheinen müssen.«

In dem einzigen Augenblick, in dem O'LiamRoe mit ihr allein gewesen war, hatte Oonagh O'Dwyer den Kopf zurückgeworfen, hatte ihm dann das Gesicht mit der gelblichen Prellung unter der straffen weißen Haut voll zugewandt und gesagt: »Welche Hilfe sind Sie Crawford schuldig, Phelim O'LiamRoe? Sind Sie nicht bei Trost?«

Und später: »Gut. Ich verspreche es Ihnen, er ist vor mir sicher. Wenn ich ihn als Thady Boy Ballagh entlarvte, müßte ich selbst die eine oder andere Frage beantworten. Aber sollte er auch nur einen einzigen Versuch machen, mir Zügel anzulegen, dann werde ich ihn hohnlachend aus Frankreich vertreiben.«

Und jetzt erzählte ihm Lymond, daß er den Bogenschützen auf Oonaghs Kosten verschont hatte. »Diese plötzliche Rücksichtnahme auf den unglückseligen Robin«, sagte O'LiamRoe, »macht Sie beinahe zum Heiligen. Sie ziehen es vor, Oonagh zu opfern?«

»Ich hoffe«, erwiderte Lymond mit Nachdruck, »daß ich niemanden opfern werde. Was Stewart angeht, so habe ich es lediglich vorgezogen, den Baumstamm nicht in der Sägegrube abzuliefern, das ist alles.«

»Und Oonagh?«

»Mein lieber Phelim«, sagte Lymond und wandte sich zum Gehen. »Hören Sie endlich auf, sich so viele Gedanken zu machen. Sie kennen meine Grundsätze: Der Geist ist die Quelle allen Seins. Der Geist ist der Schöpfer. Der Geist ist die Ursache.«

»Versuchen Sie«, erwiderte O'LiamRoe grimmig, »das Cormac O'Connor klarzumachen.«

Der Hof wartete ab. Während dieser ganzen Zeit hatte die Hofgesellschaft ihr Verhalten Lord d'Aubigny gegenüber nicht geändert. Die Anschuldigungen gegen ihn waren freilich für den Fall künftiger Unbesonnenheiten Seiner Lordschaft in den Köpfen aller registriert, und jegliche Artigkeit, die man ihm erwies, trug unsichtbar einen schwarzen Rand. D'Aubigny überraschte dies nicht. Trotz der taktvollen Aufmerksamkeiten Heinrichs, der zusätzlichen Beweise seiner Herzlichkeit, reiste Lord d'Aubigny in kindischer Hektik von Angers nach Châteaubriant und ritt an seinem ersten dienstfreien Tag nach Nantes, von wo er einige sehr schöne Rauchkristalle und eine als echt beglaubigte, achtzehn Zoll hohe Statue von Phidias mitbrachte.

Als er seinen Gefährten bei Hofe die strenge Figur aus Elfenbein und Gold vorführte, lobten sie das Kunstwerk höflich, doch bedurfte Seine Lordschaft einer intensiveren Anteilnahme. Es war

Francis Crawford, der Herold der Königinmutter, der sich über das herrliche Schnitzwerk beugte und sagte: »Es gibt in Rom eine ganz ähnliche Statue. Aber ich habe niemals eine schönere gesehen... Sehen Sie nur, das da – und das...« Und Lymond erging sich in lyrischer Lobpreisung, während Seiner Lordschaft nichts anderes übrigblieb, als sich widerwillig an diesen vergifteten Leckerbissen zu laben.

Freilich wäre es niemandem – weder jetzt noch bei anderen Gelegenheiten – aufgefallen, daß sie Feinde waren. Seit einer Woche spielte der Herold den Jünger Seiner Lordschaft von Aubigny, saß zu seinen Füßen – ein Landsmann, ein Bewunderer. Es kam zwar oft vor – nachts oder wenn d'Aubigny Dienst hatte –, daß er und sein Begleitstern sich trennen mußten. Doch war es erstaunlich, wie oft John Stewart in der übrigen Zeit, wenn er von einem Becher, einer Gemme oder einem Manuskript aufblickte, den lässigen, elegant gekleideten Herold der Königinmutter in seiner unmittelbaren Nähe gewahrte. Sogar Lord d'Aubigny, dessen Sinn für das Komische nicht sonderlich ausgeprägt war, empfand dies als peinlich, doch tat er sein Möglichstes, um kühl und gelassen zu erscheinen. Schließlich würde es ohnehin nicht mehr lange dauern.

In der Zwischenzeit, wenn Lymond unbeschäftigt war, sah Margaret Erskine ihn gelegentlich. Richard hatte sie vor seiner Abreise auf Lymonds Rückkehr vorbereitet. Francis selbst hatte ihr bald nach der Episode mit dem Eber O'LiamRoes kurzen Flirt mit der angelsächsischen Kultur geschildert, bis sie vor Lachen kein Wort mehr herausbrachte, war ansonsten jedoch wenig mitteilsam gewesen. Seine Augen waren klar, er bewegte sich mit der Elastizität einer Rute. Was seine gebrochenen Knochen geheilt hatte, mußte offenbar auch die Folgen seiner Ausschweifungen beseitigt haben. Doch er sprach mit keinem Wort darüber.

An dem Freitag, an dem der Marquis von Northampton mit seinem Gefolge eintraf, streifte Lymond durch die leeren Gemächer der Königinmutter und begrüßte Margaret mit leichtfertigem Übermut: »Mein Schatz, in der Stadt hängen die englischen Wimpel wie Putzlumpen herunter, und das Volk *kritzelt Sonette auf die Statuen*. Was meinen Sie, wird das kühle englische Temperament davon entzückt sein?«

»O'LiamRoe«, meinte Margaret gelassen, »hat mir erzählt, daß in Westminster jeder Statuensockel mit Schmähversen bedeckt ist.«

»Aber die Franzosen, meine Liebe, *unterschreiben* sie auch«, lachte Lymond. Er kam geradenwegs aus irgend jemandes Parfumkammer, schwebte in einer Wolke von Rosenduft und funkelte im Glanz exquisiter Goldschmiedearbeit. Offenkundig war er auf dem Weg zum Ball. Sir George Douglas lächelte, als er vorüberkam. »Welches Feuer, mein Lieber«, sagte er. »Lady Lennox wird Sie anbeten.«

Doch es war der Graf von Lennox, den Lymond als ersten bei der zeremoniellen Begegnung zwischen Northampton und den beiden schottischen Königinnen erblickte. Mit überirdisch feierlichem Gesicht stand Lymond dabei, als Maria von Guise, mit Juwelen bestückt wie eine Hafenmauer mit Muscheln, die dreifache Verbeugung erwiderte und die kleine Königin dem Marquis die Fingerspitzen reichte. Unter der eleganten Perlenkappe war das Gesicht des Kindes scharlachrot, weniger wegen des lateinischen Satzes, den es hersagen sollte, sondern weil es, wie die erwachsenen Damen auch, in Schnürtaille, Strümpfen mit Strumpfbändern, langen Ärmeln, Seidenkopfputz und bodenlangen *soieries de luxe* fast erstickte.

Die Herren in Chemise, Kamisol und Wams, in geschnürtem Waffenrock, kurzen Pluderhosen mit eingezwängter Taille waren keineswegs besser dran. Sogar der Herzog von Guise, göttlich in seiner Ruhe, hinterließ dunkle Fingerabdrücke auf seiner Degenscheide, und die Spitzen von Sir George Douglas' gekräuseltem Schnurrbart hingen traurig herab. Später, als die beiden Königinnen die wenigen Auserwählten begrüßten, die zu ihnen auf die Estrade geführt wurden, schlenderte der Graf von Lennox zum Onkel seiner Frau hinüber.

Matthew Stewart, Graf von Lennox, war hier zu Hause, so wie George Douglas hier zu Hause war. Denn er hatte elf Jahre in Frankreich gelebt und gekämpft und es erst vor acht Jahren verlassen, um üppigere Weiden aufzusuchen. Wegen seines Übertritts nach England hatte ihn der alte König verabscheut und deshalb seinen Bruder d'Aubigny ins Gefängnis geworfen. Aber das war vorbei. England und Frankreich waren im Begriff, Verbündete zu werden. D'Aubigny zählte zu den teuersten Freunden des jetzigen Königs. Und wenn auch Warwick, der sich so eilig zur neuen Religion bekehrt hatte, den beiden Lennox im Augenblick nicht besonders wohlgesonnen sein mochte, so könnte trotzdem alles in Ordnung gehen, wenn nur Margaret bei ihren Begegnungen mit diesem raffinierten Gentleman Crawford von Lymond vorsichtig sein würde – und wenn der kleinen Königin von Schottland nichts Mißliches widerführe – oder zumindest nichts Böses, so lauteten die Gebete des Grafen, was sich mit Matthew Stewart von Lennox in Verbindung bringen ließ. Denn seit jener lange zurückliegenden ersten Unterhaltung mit seinem Bruder John über die kleine Königin hatte er mit Entsetzen beobachtet, wie die Funken der brüderlichen Aktivitäten in Frankreich immer wieder bis nach London zu den Lennox flogen. Was immer auch geschehen würde – er wollte nichts damit zu tun haben. Das Leben war für ihn und Margaret als Katholiken im reformierten England riskant genug.

Doch ungeachtet dieser schauerlichen Schatten prunkte Matthew Stewart heute in all seinen beweglichen Reichtümern. Sir George Douglas, den Goldtressen so leicht nicht zu beeindrucken vermochten, beobachtete amüsiert, wie Lennox gravitätisch herannahte. Als er in Hörweite war, sagte Sir George: »Was für eine überraschende Begegnung! Ist dieser Besuch in Frankreich auch klug, Matthew? Ich dachte, die Franzosen hätten etwas gegen Sie.«

Die verwaschenen, fast schon erschlafften Augen blickten ihn ärgerlich an. »Ihrer Definition von Klugheit schließe ich mich *selbstverständlich* an. Aber es bekäme unserer Gesandtschaft nicht schlecht, wenn man diesen fanatischen Lutheranern ein kleines Gärmittel in ihre Spatzenhirne praktizierte. Gewiß haben Sie von dem Vorfall in Saumur gehört, wo sich keiner meiner reformierten Kollegen vor dem Tabernakel verbeugen wollte. In Orléans haben sie geweihtes Brot unter den Pöbel verteilt, und in Angers wäre die ganze Delegation massakriert worden, wenn der Marquis sich nicht ins Mittel gelegt hätte.«

»Davon habe ich nichts gehört«, sagte Douglas interessiert. »Was haben sie denn angestellt?«

»Aus der Kirche eine Heiligenfigur entwendet«, antwortete Lord Lennox barsch, »und sie mit einem Hut auf dem Kopf durch die Gassen getragen.«

Sir George lachte.

»Zu dem Zeitpunkt war das durchaus nicht erheiternd«, wies ihn Lord Lennox zurecht. »In Nantes mußten die Bürger die Heiligenfiguren vor unseren Abgesandten, die natürlich während der ganzen Reise Fleisch gegessen hatten, in ihren Häusern verstecken. Es ist wahrhaftig nicht der richtige Augenblick«, ereiferte sich Lennox, auf dessen vertrockneten Wangen sich rote Flecken abzeichneten, »zu erproben, wie weit die französische Geduld reicht. Witze über den Heiligen Vater finden hier nicht immer Anklang.«

»Dann machen Sie lieber Witze über Mylord Warwick«, empfahl Sir George und steuerte nun direkt auf sein Thema zu. »Wie gut, daß wenigstens dieser Robin Stewart aus dem Weg ist. Ihr Bruder hat übrigens seit Ihrer Ankunft ziemlich hartnäckig nach Ihnen Ausschau gehalten. Haben Sie schon mit ihm gesprochen?«

»Nein«, erwiderte Matthew Stewart kurz angebunden. »Ich finde Sir Johns Passionen ein wenig ermüdend.«

»Ach nein, *wirklich*?« fragte Sir George, und seine Augen weiteten sich in entzücktem Staunen. »Sie sind unserem teuren d'Aubigny nicht besonders gewogen, nicht wahr? Und wie stehen Sie zur Königinmutter? Die Lady trägt Ihnen übrigens nichts nach. Schließlich hat sie Bothwells Heiratsantrag ebenso abgelehnt wie seinerzeit den Ihren. Und sie hat einen charmanten Herold. Sie sollten ihn unbedingt kennenlernen.«

Doch die verwaschenen blauen Augen hatten, wie Sir George sehr wohl wußte, den Saal schon lange durchforscht. Der Graf von Lennox wandte dem überaus präsentablen Hof der kleinen Königin Maria von Schottland, in dessen Mitte der nun wiederhergestellte Wappenrock des Herolds blau, rot und golden flimmerte, den Rücken zu und sagte wegwerfend: »Wenn Sie Lymond meinen – ich bin bereits in London mit ihm zusammengetroffen. Das Leben solcher Männer ist sehr kurz. An Ihrer Stelle, Douglas, würde ich mein Vertrauen nicht in einen so flatterhaften Gentleman setzen, der für jeden den Ziegelträger spielt, sofern er nur dafür bezahlt wird.«

»Und nach meiner Erfahrung mit eben diesen Ziegeln seine angeblichen Gönner einzuschüchtern pflegt«, meinte Sir George. »Und flatterhaft? Flatterhaft sind wir doch alle, die wir hier mit einem gol-

denen Becher in der Hand bettelnd herumlungern. Aber zweifelsohne brennt unser Freund vor Anmaßung und Stolz wie eine Strohpuppe. Und ich für mein Teil werde seinem ersten schweren Fehler
applaudieren. Margaret gewiß auch. Ich würde ihr sogar zutrauen,
daß sie ein bißchen nachhilft, damit er einen Fehler macht.«

Lennox' schweifender Blick sprang wie ein Ball vom Rakett in Sir
Georges liebenswürdiges Gesicht. »In welchem Falle«, fügte Sir
George mit einem noch breiteren Lächeln hinzu, »ich sagen würde:
Viel Erfolg!«

In dieser letzten Äußerung war ein Zögern zwischen den einzelnen
Worten kaum wahrnehmbar. Doch genügte es, das bleiche Gesicht
des Grafen noch bleicher werden zu lassen, als er dem sich entfer-
nenden Sprecher nachstarrte – und es ließ die informierteren unter
den Umstehenden zusammenzucken.

Sir George aber, der seinen Sohn mit der Erbin von Morton verheiratet hatte, war die Gelassenheit selbst.

Auf den Empfang folgte das Bankett, auf das Bankett die Maskerade, auf die Maskerade der Ball im großen Innenhof. In dem neuen
Springbrunnen plätscherte Roséwein, in dem ertrunkene Insekten
schwammen, und von dem Gitterwerk zwischen Tänzern und Ster-
nenhimmel hingen Muskatellertrauben herab.

Die gemessene Musik zu Branle und Galliarde, Charconne und Al-
lemande, Pavane und Spanischem Menuett trieb durch die Pfirsich-
bäume, wurde hier und da übertönt vom schwerfällig rollenden
Französisch aus englischen Kehlen und dem kultivierten, eleganten
Französisch der kultiviertesten Höflinge Europas. Von dem langen
Bogengang her, der an das Château Neuf grenzte, sah Königin Katharina mit ihren Begleiterinnen zu, darunter auch Margaret Lennox, und zwischen ihnen schossen dienstfertige Pagen wie Rotfe-
dern hin und her.

In gebauschtem Satin und schwerem Samt, in juwelenbestickter
Seide, Silberspitze und Goldbrokat, unter Straußenfedern, die die
herabhängenden Trauben streiften – die Herren mit gebleichten
Händen, langbeinig, breitschultrig, lächelnd und gleichgültig, die
Damen mit juwelenbedeckten Brüsten und geschwungenen, ge-

zupften Brauen, schimmernden langen Ärmeln und leicht gehobe-
ner Schleppe, so daß die venezianischen Seidenschuhe und ein Zoll
der kostbaren Strümpfe zu sehen waren – so bewegten sich die
Hochgeborenen dreier Nationen paarweise im Tanz, verneigten
sich, schritten aufeinander zu, blieben stehen, zerstreuten sich,
formierten sich neu – und die Zeit verrann.

Cupidos überschwemmten die freigemachte Tanzfläche und tanzten
eine Moresca mit Fackeln. Verschleierte Damen sangen schmei-
chelnde Verse, maskierte Ritter deklamierten. Heute nacht gab es
keine Riesenpasteten, keine Löwen, keine lebenden Statuen... die
Phantasie würde an einem anderen Tag zum Zuge kommen. Statt
dessen trugen Pagen Blumengirlanden herbei, Wein und Weiden-
körbe voller Katzenmasken.

Sie waren sehr eindrucksvoll. Oonagh O'Dwyer trug Goldnetz und
Juwelen im schwarzen Haar, und steifer Damast bedeckte ihre langen, schlanken Arme. Sie war mit der aschgrauen Fellmaske einer
Perserkatze maskiert, deren smaragdene Augen im Feuer der ihren
flammten. Die schmalen, lächelnden Katzenlippen mit dem un-
scharfen Dreieck darunter fesselten die Aufmerksamkeit Black Tom
Butlers, des Zehnten Grafen von Ormond. Er war einer jener
milchbärtigen irischen Jünglinge, die O'LiamRoe in London gastlich aufgenommen hatten, und Mitglied der englischen Gesandtschaft. Ormond war zusammen mit dem Prinzen Eduard erzogen
worden, kannte kein anderes Land als England und hatte einstweilen auch nicht den Wunsch, in einem anderen zu leben.

Oonagh, die durch ihre Maske hindurch beobachtete, wie er gemächlich ihren Körper studierte, fuhr mit der schelmischen, leicht
boshaften Geschichte fort, mit der sie vor einer Weile begonnen hatte. Wie Tante Theresa gesagt hatte, war der Junge leicht zu fesseln.
Und Cormac, dem die Freude des Planens in den Augen funkelte,
hatte hinzugefügt: »Aber wirst du ihn auch halten können? Das ist
eine Herausforderung, mein kühler, schwarzer, altersloser Schatz.
Du wirst mehr als einen Zauber brauchen, meine kühle, schwarze,
alterslose Meermaid, jeden Zauber, um diesen flatterhaften, glatten
Grünschnabel, der da den Kopf aus dem englischen Nest streckt, an
dich zu binden.« Und mit einem trägen Finger hatte er die zarte Li-

494

nie ihres Kiefers nachgezogen, über dem sich die Haut straff spannte, hatte ihn hinauf zu den düsteren Augen gleiten lassen, unter denen sich Schlaflosigkeit eingenistet hatte wie ein Vogel. »Aber mir
zuliebe wirst du es tun. Es wird schwer sein, aber du wirst es tun,
mein Herz.«

So hatte sie die Spuren von Cormacs Mißhandlung unter der Maske
verborgen, um mit dem Zehnten Grafen von Ormond zu tanzen –
und war sich beim Tanz unausgesetzt dessen bewußt, daß sich irgendwo unter diesem Dach, in dieser warmen Nacht voller Wohlgerüche auch der Mann befand, der einzig deshalb nach Frankreich
gekommen war, um sie herauszufordern. Sie tanzte und vergaß einen Augenblick, daß er da sein mußte – unter den Tanzenden, in der
schimmernden Dunkelheit der Gärten, im weichen Licht von Säulengang und Schloß. Sie nahm ihn nicht einmal wahr, als sie mit ihrem Partner in der Reihe der Tanzenden aufrückte – bis sie dicht an
ihrem Ohr eine Stimme von frischem Schmelz vernahm. Mit den
Bewegungen des Tanzes entfernte sie sich, verebbte, kehrte zurück,
kam aus einer anderen Richtung, schwebte jedoch stets eben hörbar
über Musik und Geplauder.

Dann wandte sie sich – wider alle Tanzsitten – um und erblickte ihn.
Er trug nicht einmal eine Maske, dieser Mann, den sie als ihren betäubten und verbundenen Gefangenen in Blois in Erinnerung hatte.
Und von all den wissenden Augen, die auf ihn gerichtet waren,
blickten allein die ihren unverändert. Als sie sich umwandte, hörte
eben die Musik auf, der Tanz verebbte, und auch Oonaghs Partner
blickte sich um, sah sich Francis Crawford gegenüber, der weiter-
sprach, als sei nichts geschehen. In seinen blauen Augen funkelte
unaufrichtige Freude. »C'est Belaud, mon petit chat gris. C'est Belaud, la
mort aux rats... Petit museau, petits dents.«

Butler, der kein Französisch sprach, fragte mit dem ihm eigenen hohen, faden englischen Lispeln: »Verzeihen Sie. Sind Sie der Herold,
Sir?«

»Herold der rechtmäßigen, edlen und erlauchten Fürstin, der Königinwitwe von Schottland. Mein Name, Mylord, ist Crawford, und
ich bitte Sie um die Erlaubnis, die Dame zu meiner Königin führen
zu dürfen.«

Eine kleine Pause folgte. Dann fragte die hohe Stimme verärgert:
»Die Königinwitwe wünscht Mistress O'Dwyer zu sprechen?«
»Wenn es Ihnen genehm ist – und ihr selbst natürlich.«
»Jetzt gleich?«
»Sobald ich sie zu ihr führen kann.«
Mißvergnügt meinte der Ire, der den größten Teil seines Lebens als Page in London verbracht hatte: »Der Augenblick ist nicht eben passend, aber natürlich...«
»Natürlich«, sagte Lymond gelassen und bot der Dame den Arm. Sie nahm ihn – nicht weil sie auch nur eine Sekunde lang geglaubt hätte, daß die Königinwitwe sie zu sprechen wünschte, sondern weil sie kaum etwas anderes tun konnte. Die schöne Frau und der blonde Mann an ihrer Seite schritten davon – unter Zurücklassung des Grafen von Ormond, der unschlüssig mitten auf der Tanzfläche stehenblieb, und Mistress Boyles, die wütend aus dem fernen Bogengang hervorschoß, wo mit ausdruckslosem Gesicht Margaret Lennox saß und das Geschehen beobachtete. Dann setzte die Musik wieder ein, die Tanzenden faßten sich bei den Händen, und fünfzig Paare, die sich langsam im Zickzack einer Pavane bewegten, versperrten der aufgebrachten Tante Theresa den Weg.
Bis sie durch das Gras des von Menschen wimmelnden Gartens gestolpert war, waren Lymond und ihre Nichte längst verschwunden.

Er mußte das Personal sehr großzügig bestochen haben – jedenfalls stand vor der Tür des unbeleuchteten Raums, zu dem er sie geführt hatte, weder eine Wache, noch schien es überhaupt bewohnt zu sein, obwohl seine Fenster auf den Hof hinausführten, wo unter dem traubenbehangenen Gitterwerk der Ball seinen Fortgang nahm. Es war ein Schlafzimmer, klein und ordentlich, in dem ein schwerer, kaum identifizierbarer Duft hing.
Morgen würde sie blaue Flecken am Arm haben – an der Stelle, an der er sie festgehalten hatte, als er sie plaudernd und lächelnd, aber energisch durch das Gedränge geschoben hatte. Wie sie beide sehr wohl wußten, konnte Oonagh sich eine Szene nicht leisten. Sie war in die Falle gegangen und reagierte hinter der weichen Maske auf die Herausforderung wie ein gefangenes Tier: Ihre Augen waren ge-

fährlich geweitet, ihr Atem ging rasch und heftig. In diesem dunklen Raum des Château Neuf versuchte sie sich nun einzig auf das zu konzentrieren, was zu tun sie sich vor langer Zeit vorgenommen hatte. Wie ihr Gesicht hinter der Maske war das seine im Dunkel unsichtbar. Auf seiner Haut und seinen funkelnden Kleidern spielten die Schatten der Fontänentropfen, die gegen das Fenster geweht worden waren. Sobald Lymond das Zimmer betreten hatte, hatte er Oonaghs Arm losgelassen und war neben der Tür stehengeblieben. Sie hatte sich augenblicklich von ihm entfernt und war ans Fenster getreten. Zwischen den galant plaudernden Gästen tauchte für einen Moment Mistress Boyles grauer Kopf auf, der sich zielstrebig in Richtung Schloß bewegte. Aber man würde sie nicht einlassen, und selbst wenn – für eine Durchsuchung war es zu groß, und überdies hatte Lymond die Tür abgeschlossen.

Unter den Tanzenden hatte der Graf von Ormond eine neue Partnerin gefunden und lächelte wieder sein glattes englisches Lächeln. Auch diese ihr von Cormac gestellte Aufgabe mußte sie einstweilen fallen lassen. Doch mit Cormacs Wut würde sie schon fertig werden. Als letztes Mittel würde er vielleicht seine Faust einsetzen – aber nur weil sein Verstand es mit dem ihren nicht aufnehmen konnte. Wie immer auch – auf diese Auseinandersetzung war sie mit jeder Zelle ihres Hirns vorbereitet... Im schwachen Licht des Fensters trat Oonagh beiseite, hob die Hände und nahm die Maske von ihrem geschundenen Gesicht.

Im Schatten neben der Tür nur undeutlich auszumachen, zeigte Lymond weder Bestürzung noch Überraschung, sondern sagte zynisch: »Sie bezahlen es teuer, meine Liebe, Irlands Jeanne d'Arc zu sein. Offenbar gibt es für eine Frau noch Schlimmeres, als von einer schweißigen Hand zur anderen zu wandern, und schon diese Aussicht scheint Sie zu schrecken.«

Sie gab ihm nicht die typisch weibliche Antwort: »Wer hat Ihnen das gesagt... Martine in Dieppe?« Statt dessen sagte sie: »Ehe Sie sich die Mühe machen, mich von meinen Fesseln zu befreien, sollten Sie herausfinden, wie sie beschaffen sind. Ich habe noch niemals etwas aus Angst getan... nicht einmal aus Angst vor ganz gewöhnlicher Hurerei, Francis Grawford. O'LiamRoe ist ein sentimentaler

Mann. Wenn er Ihnen erzählt hat, daß mich einzig die Angst vor der Zukunft an Cormacs Seite festhält, dann täuscht er sich.«

»Ach ja? Wie war Cormac eigentlich als junger Edelmann, Oonagh – Feuer und Flamme für ein Irland unter Gerald von Kildare? Den Glanz muß er gehabt haben.«

»Der junge Mann ist immer noch in ihm lebendig«, erwiderte sie und fuhr rasch fort: »Was sollte er Ihrer Meinung nach denn sein – ein unbeteiligter Zuschauer – oder ein Spion?«

»Ein Mann«, antwortete die freundliche Stimme unbewegt, »der keiner Frau bedarf, die ihn lenkt.«

Ohne sich dessen bewußt zu sein, betastete sie mit zwei Fingern die gelbliche Schwellung auf ihrer Wange. Sie ließ die Hand sinken und fragte mit sanfter Bitterkeit: »Glauben Sie etwa, es geht mir um Macht?«

»Ich will Ihnen sagen, was ich glaube: Sie haben Ihr Leben auf Cormac O'Connor gesetzt«, sagte Lymond. »Und haben versucht, seine junge Liebe und seinen jungen Eifer unter dem Eis lebendig zu erhalten, während Ihnen die Realität längst davongelaufen ist. Cormac O'Connors Ehrgeiz gilt nicht Irland, sondern einzig Cormac O'Connor. Er mag zwar Ihren Körper noch lieben, aber er behält Sie nur wegen Ihres Verstandes.«

Ihre Kehle verengte sich, doch es gelang ihr, den Zorn, der donnergleich in ihrem Kopf anschwoll, zu zügeln. »Und wofür würden *Sie* mich behalten? Die Friedhöfe und Gefängnisse Europas wimmeln von schwankenden Seelen, die an Francis Crawford, an Einsamkeit und an Gott verzweifelt und zerbrochen sind.«

»Ich habe Ihnen nicht vorgeschlagen, meine Liebe, Sie auszuhalten«, erwiderte er trocken, »oder Sie zur Belohnung auch nur zu verführen. Ich biete Ihnen lediglich die Chance, Ihre Ideale zu definieren und zu revidieren. Wäre es denn so unmöglich, daß sie mit den meinen übereinstimmen?«

»Ein ungemein großzügiges Angebot, wenn auch ein bißchen obskur«, sagte Oonagh O'Dwyer. »Wenn ich als Patriotin das Komplott meines Partners verrate, werden Sie natürlich leichten Herzens von handfesteren Beweisen Ihrer Anerkennung dafür absehen können. Sie kehren triumphierend nach Schottland zurück, ein

Grünschnabel, der Glück gehabt hat – während Cormac O'Connor in einem französischen Gefängnis schmachtet, weil er einem irischen Rivalen in Frankreich nach dem Leben trachtete. Und ich, die ich meine Augen von diesem unwürdigen Messias abgewendet habe, werde in eine langweilige, wenn auch vielleicht gesündere Leere geworfen.«

»Das wäre immer noch besser als Ihre Beteiligung an dem Anschlag im Tour des Minimes«, erwiderte Lymond. »Welche Seite von Cormacs ungehobeltem Charme hat dieses Experiment für Sie nur der Mühe wert gemacht? Vielleicht hatte Lord d'Aubigny in Erfahrung gebracht, daß O'LiamRoe nicht Francis Crawford war, und verdächtigte Sie nun, Sie hätten ihn zu Ihrem eigenen Vorteil dazu gebracht, Anschläge auf den falschen Mann zu arrangieren?« Und als sie zusammenzuckte, fügte Lymond gelassen hinzu: »O ja, wir wissen, daß d'Aubigny der Schurke ist. Auf diesen Punkt wollen wir jetzt nicht näher eingehen. Als Stewart ihm erzählte, wer Thady Boy war, erkannte Seine Lordschaft also, daß Sie ihn getäuscht hatten?«

»Trauen Sie mir doch ein bißchen Verstand zu«, sagte sie kurz. »Ich hatte schon vor langer Zeit herausgefunden, daß O'LiamRoe kein Rivale war, den Cormac hätte fürchten müssen.« Als er schwieg, fügte sie hinzu: »Ich habe meine Sicherheit aufs Spiel gesetzt, als ich Sie in jener Nacht aus dem Turm zog. Mehr sind Sie wahrhaftig nicht wert. Für mich hieß es: Entweder Cormac oder Sie alle.«

»Cormac oder wir alle«, ließ sich die Stimme aus der Dunkelheit vernehmen. »Cormacs Ambitionen, Irlands Zukunft, bezahlt mit unser aller Leben und dem Leben der kleinen Königin Maria. Sie wissen, daß Lord d'Aubigny sie umbringen lassen will? Aber natürlich wissen Sie das. Er genießt seit langem Ihr Vertrauen und ebenso das Ihrer Tante, nehme ich an. Er versuchte, auch mich zu töten, weil man mich bewogen hatte, nach Frankreich zu kommen, um Maria zu beschützen ... Ich frage mich nur, woher Seine Lordschaft das wußte! Vielleicht von jemandem in Schottland, der seit langem die Königinwitwe wegen irgendwelcher Vergünstigungen belästigte – und sie nicht bekam, jemand, der einerseits ein übermäßiges Interesse an den Culters und andererseits Verwandte sowohl in

London als auch in Frankreich hat... jemand wie d'Aubignys Verwandter Sir George Douglas?«

Diesmal rührte sie sich nicht – und fragte sich sogleich, ob sie sich nicht durch ebendiese Reglosigkeit verraten habe, denn er lachte auf und fuhr fort: »Und Sie wußten natürlich von George Paris, daß die Königinwitwe gerade zu diesem Zeitpunkt den Besuch des allenthalben unbekannten und unbedeutenden O'LiamRoe in Frankreich vorgeschlagen hatte. Es blieb keine Zeit mehr, ihn in Irland anzugreifen, aber es schien leicht, einen Unfall auf See vorzutäuschen. Dann ermunterte Robin Stewart diesen Destaiz zu einer kleinen Brandstiftung im ›Porc-épic‹ – ein unüberlegter Schritt, der keineswegs leicht als Unfall zu erklären war und für den ihn d'Aubigny gehörig auszankte. Und den nächsten Versuch, O'LiamRoe zu vertreiben, machten Sie in Rouen, als Sie dafür sorgten, daß O'LiamRoe sich auf dem Tennisplatz zum Narren machte und beinahe nach Hause geschickt worden wäre... Doch inzwischen hatten Sie die Wahrheit schon erraten... Was übrigens hat Thady Boys Identität verraten? frage ich mich. Schlechte Schauspielerei oder schlechte Grammatik – oder eine gewisse Aura, die weder Fisch noch Fleisch war?«

»Ein Mann aus Appin hat Ihnen vor langer Zeit Gälisch beigebracht, und ein Mann aus Leinster hat es vor kurzem aufgefrischt. Aber Sie vergessen gelegentlich noch immer, statt der zweiten Silbe die erste zu betonen. So etwas fällt einem Schotten nicht auf.«

»Stewart und Seine Lordschaft glaubten also weiterhin, O'LiamRoe sei das richtige Opfer, und Sie beließen sie in diesem Glauben... D'Aubigny brachte die arme Jenny Fleming ins ›Croix d'Or‹ und stellte die beiden einander gegenüber. Er muß eine hohe Meinung von ihrer Verstellungskunst gehabt haben. Wie lächerlich er sich wohl vorgekommen ist, als er dann den wahren Sachverhalt erfuhr. Und wie erbost wird er erst sein, meine Liebe, wenn er jemals herausfindet, daß Sie die Wahrheit die ganze Zeit über gewußt haben.«

»Es ist *mein* Leben«, sagte sie mit einer Stimme, die ihr selbst dünn in den Ohren klang. »Bei unserer letzten Begegnung baten Sie mich, Ihnen den Mann zu überlassen, damit Sie ihn erledigen könnten... Was hindert Sie? Erledigen Sie ihn!«

»Sie wissen, was ich will«, erwiderte er mit ruhiger Stimme. »Beweise gegen Lord d'Aubigny. Destaiz ist tot. Außer Stewart muß ihm zeitweilig noch jemand anders geholfen haben. D'Aubigny hat das Seil im Tour des Minimes nicht selbst gespannt. Ein Name würde genügen.«

Ihre Hände umklammerten die Fensterbank, die weichen, munteren Lichter spielten auf ihrem geschundenen Gesicht. Sie dachte nach. Sie dachte an die Orgel in Neuvy, die nicht den Allmächtigen preisen, sondern den Schlag ihres Herzens und ihre Ängste preisgeben sollte. Sie dachte an die demütigende Serenade im Hôtel Moûtier, die mit unbarmherziger Genauigkeit auf eben den Zeitraum abgestimmt worden war, als sie d'Aubigny hatte erreichen wollen, um ihm Cormacs bevorstehende Ankunft mitzuteilen. Zwei Tage lang hatte sie in Blois auf die Rückkehr des Hofs gewartet, um d'Aubigny wissen zu lassen, daß O'Connor eintreffen würde und es nun an der Zeit sei, sein Versprechen einzulösen und den König zugunsten Cormacs zu beeinflussen. Und Lymond, das begriff sie jetzt, hatte ebenfalls gewartet – hatte er sie beobachtet? –, um festzustellen, ob ihre plötzliche Abreise aus Neuvy etwas mit Cormac zu tun hatte, und wenn ja, wen sie treffen wollte, wenn der Hof nach Blois zurückkehrte – denn falls sie überhaupt jemand treffen wollte, dann nur in dieser Nacht. Am nächsten Tag wollten die Moûtiers abreisen, und sie mußte nach Neuvy zurückkehren.

Und verdammt, er hatte nicht nur gewartet. Den halben Hof hatte er zu ihr gebracht. Auf dem Balkon festgehalten, den Blicken aller ausgesetzt, war ihr nichts anderes übriggeblieben, als O'LiamRoe um Hilfe zu bitten. Piedar Dooly, von niemandem beachtet, hatte sich zum Schloß geschlichen, und als Antwort auf ihre Mitteilung war Stewart erschienen, um ihre Nachricht in Empfang zu nehmen und sie d'Aubigny zu überbringen. Sogar das hatte Lymond in die Hände gespielt, denn die Folge war, daß der Bogenschütze mit ihm über die Dächer von Blois gerannt war und beinahe abtrünnig geworden wäre. Sie fragte sich kurz, ob O'LiamRoe damals wohl erwähnt hatte, daß er in jener Nacht Piedar Dooly an sie ausgeliehen hatte – doch dann verbannte sie diesen Gedanken aus ihrem Kopf.

»Ich kann nichts tun«, sagte sie endlich.

Die ganze Breite des Raumes lag zwischen ihnen, und es war still. Dann sagte Lymond sehr ruhig: »Versuchen wir es also mit ein bißchen Gefühl. Königin Maria ist acht Jahre alt.«

»Sie ist acht, hat zu essen, ein weiches Bett, eine Kinderfrau, die sie ankleidet, und eine große Kassette für ihren Juwelenschatz. Für ein irisches Kind ist schon eine Handvoll Mehl ein Schatz.«

»Und eine Rebellion unter Cormac wird die irischen Kinder satt machen?«

»Sie wird ihnen Freiheit bringen. Alles andere kommt dann von selbst.«

»Sie reden, als ob es nur um Maria ginge«, sagte Lymond. »Ihr Tod wird in Schottland Bruder gegen Bruder aufbringen, genau wie in Irland. Sind Sie denn nicht fähig, mehr zu sehen als nur ein Land und einen Mann?«

»Sie kennen mich nicht«, antwortete sie nur.

»Ich kenne Ihren Stolz. Als Ihr Liebhaber an Format einbüßte, mußte eben seine Sache wachsen. Eine weniger stolze Frau hätte ihn erdolcht.«

Sie starrte auf den blassen Fleck, zu dem sein Gesicht in der flimmernden Dunkelheit verschwamm, und ihr Zorn sprengte ihre selbstauferlegten Fesseln. »Damit stehe ich nicht allein da«, erwiderte sie hart. »Ein weniger eitler Mann würde ihn töten, ehe sie es tun muß.«

»Als ob einzig der Tod Sie von Cormac trennen könnte. Ich vermag mir nicht vorzustellen, daß ich Sie jemals so beleidigen würde«, sagte Lymond. »Jedenfalls geht es Ihnen um die Sache, nicht wahr? Sie brauchen nur einen anderen Messias. Den Fürsten von Barrow vielleicht?«

»Vielleicht.« Unter dem schweren Damast spürte sie den Schweiß kalt auf ihrer Haut. Ihre Augen, weit geöffnet in der duftenden Dunkelheit, schmerzten von der Anstrengung dieses Ringens, und ihre Wimpern zerrten wie Feuer an ihren Wurzeln.

Denn es war ein Ringen. Sie gab sich keinen Illusionen hin. Er war entschlossen, sich ihre Hilfe zu sichern. Rücksicht schuldete er anderen Frauen, nicht ihr, und irgendwann würde er alle Rücksicht fallen lassen... Zwischen diesen stählernen Hebeln eingezwängt, angewiesen auf ihren Verstand, mußte sie jede Waffe einsetzen, die

ihr zur Verfügung stand. Ihre Worte sorgfältig abwägend, sagte sie:
»... Nur würden Sie O'LiamRoe diese Messias-Rolle vergällen.
Aber das wäre unwichtig. Ehrgeizige Fürsten gibt es in Irland wie
Sand am Meer. Jeder von ihnen kommt in Frage.«

In ihrem tiefsten Innern hatte sie dieses unvermeidliche Duell geplant. Schwer pochte das Blut in ihren Adern, während sie auf seine
Antwort wartete. Das Schweigen dehnte sich, überflutete das
seichte Murmeln von Geplauder und Gelächter, die entfernten
Rhythmen der Musik draußen. Schließlich sagte Lymond: »Sie haben also nie geliebt.«

»Und Sie?« fragte Oonagh.

Er antwortete nicht darauf. Statt dessen sagte er mit einer Stimme,
deren Klang tieferes Atmen verriet, so daß sich ihre Hände jäh
schlossen: »Der Mann in O'LiamRoe ist bereits halb erwacht. Ich
würde Sie nicht hindern. Wie könnte ich?«

Sie ließ ihn die Verachtung in ihrer Stimme hören: »Und in den lau-
schigen Alkoven Frankreichs soll ich den Totenschädel einer Nation
fallenlassen und zusehen, wie er ins Unkraut rollt? Zeigen Sie mir
den Mann, halb oder ganz erwacht, dessen Lippen mich lehren
könnten, das zu tun!«

Die Worte dröhnten ihr im Kopf. Sie hörten sich nicht überzeugend
an, diese Worte, die doch überzeugen sollten, so wie ein Spaten tiefen Boden bewegt. Sie stand in diesem dunklen Zimmer, setzte Verstand und Körper gegen diese sanfte, körperlose Stimme ein und begann trotz aller Härte, mit der sie sich gewappnet hatte, zu zittern.
Sie mußte ihr Geheimnis, ihre Identität, ihren Stolz unversehrt aus
diesem Kampf retten, in dem es einzig darum ging, Cormacs künftige Sicherheit zu erkaufen. O Gott... dachte sie zornig, zitternd.
Ist er etwa frigid? Heilige Jungfrau, wie lange mußte sie noch her-
umbuhlen?

Sie hatte geglaubt, für jede Bewegung seines Körpers empfänglich
zu sein wie ein Resonanzboden. Sie hatte den Blick nicht von seinem
matt schimmernden, juwelenbestickten Wappenrock gewandt,
doch blind vor Anspannung entging ihr die Bewegung, mit der er
sich endlich lautlos rührte. Sie nahm nur sein Parfum hinter ihrem
Rücken wahr und zwei sanfte Hände unter ihrer Kehle. Und seine

Stimme an ihrem Ohr sagte: »Ich habe Ihnen vorhin mein Wort gegeben, daß ich keusch sein würde... aber könnte es sein, daß du,
mein grünhaariger Morgen, mich mit deinem Gesang zu verführen
versuchst?«

Vor ihr auf den nackten Fliesen lag sein Schatten über den ihren ge-
breitet. Sein Atem war frisch, seine lächelnden Lippen berührten
ihr Haar. Sie hob das Kinn. Mit weit geöffneten Augen starrte sie in
die Dunkelheit und fragte: »Haben Sie Angst?« Sie hob die Arme,
schob seine leichten Hände auseinander und drehte sich um.

Sie hatte damals sein schlafendes Gesicht, unter der Färbung
schutzlos preisgegeben, erforscht. Doch den Lymond, der seine Talente voll entfaltete, den hatte sie noch nie so unmittelbar erlebt.
Ohne sie zu berühren, war er so nah, daß sie die Wärme seiner Haut
spürte. Der vom Garten heraufdringende Laternenschein entfachte
unter seinen Wimpern ein jähes intensives Blau. In dem gebrochenen Licht umschloß das kurze Haar den Kopf wie schimmerndes
Silber. Wieder sprach er mit beherrschter Stimme, doch sie konnte
hören, daß er – endlich – seinen Atem zügeln mußte.

»Hell war der Stern von Gormluba. Weiß leuchteten die Zähne unter ihren Lippen, und sanft wie eine Bergwiese war ihre Haut unter
dem neuen Gewand. Wie Hügel unter schneeweißen Vliesen hoben
sich ihre liebenden Brüste. Süß wie Musik war ihre Stimme. Neben
ihren Lippen war die Rose nicht rot, und neben ihrer Hand der
Schaum der Bäche nicht weiß. Ihre Augen waren hell wie die Strahlen der Sonne, und ganz und gar vollkommen war die Gestalt der
Schönen... Mädchen von Gormluba, wer kann deine Schönheit beschreiben!«

Das gälische Timbre erinnerte an seine Begabung, an seine Hände
auf den Saiten, an die Gedankenschwere seiner Musik. Sie antwortete ihm in derselben Sprache, in derselben Weise. Ihr Körper, von seiner Stimme besungen, ihr schimmerndes Gesicht, ihre
Schultern und ihre Brüste spiegelten sich klein und tief in seinen
Augen.

Ohne den Blick von ihr abzuwenden, streckte er die Hand aus und
zog langsam den großen Fensterladen zu. Hinter ihr schrumpfte das
erleuchtete Viereck auf den schönen Fliesen und verschwand. Der

letzte Lichtstrahl flammte in seinen Augen und erlosch. In der milden Dunkelheit fand er ihre Hände und hob sie unter den seinen hoch, ehe er sie zum Kuß an sich zog.

In ihrem knabenhaften Körper und der abwehrbereiten Leidenschaftlichkeit ihrer Seele wuchs eine Reaktion, die stärker war als ihr Wille: eine Welle des Triumphs, so mächtig, daß sie ihm Einhalt geboten hätte, wenn sie in diesem Augenblick, ehe das Frohlocken getrübt werden konnte, stark genug gewesen wäre. Dann fühlte sie sich in einem jähen Wirbel gepackt, wie plötzlich gefesselt, als ob eine eiserne Tür vor einem Feuer geschlossen würde. Aufmerksam erforschten seine Lippen ihre Haut, suchten den Weg zu ihrem trokkenen Mund und fanden ihn.

Er sprach am Ende, als er die Lippen von den ihren hob, doch sie hörte ihn nicht. Wie ein Holzspan in dem Feuer verzehrt, das sie selbst entfacht hatte, wie ein vertrockneter Wechselbalg auf dem weißen Bett seiner Hitze geboren, war sie durch diesen einen Kuß allen Worten verschlossen. Als sie wieder zu sich kam, fand sie ihn kniend und sich selbst erstarrt in seinen Händen. »Meine Liebe, du weinst«, sagte er. »Willkommen mit Oboe, Clarine und Trompete, edle Dame. Willkommen im Kreise derer, die verletzlich sind.«

Sie hatte eine Tatsache erraten und auf sie gesetzt: daß Francis Crawfords letzter Einsatz in diesem Kampf, den sie beide nicht gesucht hatten, der gleiche sein würde wie der ihre. Und in diesem Einsatz war sie ihm gewachsen, glaubte ihm sogar überlegen zu sein. Sie hatte O'LiamRoe wegen seiner Unschuld beinahe geliebt. Sie war heute abend hierher gekommen, sicher, daß Lymond am Ende gegen ihren Verstand kämpfen würde, indem er ihren Körper zu gewinnen versuchte. Und finster, eisig, war sie entschlossen gewesen, diesem eitlen Schürzenjäger, zehn Jahre jünger als sie, einen Schimmer dessen zu zeigen, was er noch nie erlebt hatte. Sie war gekommen, bereit, ihn gut zu bedienen, ihren Zorn zu verbergen, so daß er am Morgen ohne Worte begreifen würde, daß er die Münze nicht besaß, mit der er bieten könnte. Und dann würde er vielleicht sie und Cormac in Ruhe lassen.

Aber ihr Plan war zu Asche geworden. Gewappnet gegen einen feurigen oder phantasievollen Liebhaber, war sie statt dessen auf eine ruhige und sichere Stärke gestoßen, unbefangen in ihrem Vorgehen und beherrscht – *a mhuire*, warum war sie darauf nicht gefaßt gewesen? Sie hatte es gewußt – lange vor diesem blendenden, schrecklichen Kuß, als seine Hände sie berührten, sie beherrschten wie jedes andere Instrument, das er mit leichter Hand gespielt hatte. Es war letzten Endes so wenig, was sie über ihn wußte, und noch weniger über sich selbst. Und langsam suchten sich die Tränen ihren Weg über ihre Wangen, als sie sagte: »Mein Herz ist ausgebrannt.«

Er war sehr still geworden. Die von ihm ausgehende Wärme war wie der Duft einer Mahlzeit an einem frostigen Tag, am Ende eines harten Ritts. »Diesmal muß dein Herz nicht vorausgehen. Wir gehen Seite an Seite«, sagte er. »Ruh dich von deinen Reisen aus.« Dann verschloß ihr die weiche Seide seiner Schulter die Augen. Er liebkoste sie, streifte Bänder und Schnallen ab, so daß ihr Körper ungehindert seine Hände erfuhr, und redete sanft auf sie ein, bis ihr Denken betäubt zusammensank, die Spannungen im Raum, in ihr und in ihm ihr den Atem nahmen.

Seine Hände erforschten sie, berührten die schwachen Stellen eine nach der anderen und schufen mit den Fingern, die so manches Instrument zum Klingen zu bringen vermochten, einen anschwellenden, mächtigen Akkord. Mit einer Beherrschtheit, über die nachzudenken sie nicht ertragen konnte, zog er in ihr alle Sekunden ihrer schlaflosen Nächte zusammen und vereinte sie zu einem einzigen schönen Hymnus. Ihr ganzes Leben zwischen seinen Handflächen, ließ er die Hände weit auseinandergleiten, hob sie rasch auf, trug sie schwankend und legte sie auf das dunkle Bett.

Draußen wurde nicht mehr getanzt. Eine Zeitlang beleidigten noch Stimmen die Nachtluft, tönten zusammen, vereinzelten sich und verbanden sich scheppernd erneut zu weinseligem Gelächter. Dann zerstreuten sie sich, und man hörte nur noch die Füße von Dienern herumtappen, die sich nach dem Bett sehnten, das Klingeln von Gläsern auf Tabletts, das gepeinigte Aufwimmern angestoßener Lauten, das Kratzen von Besen, und schließlich im dunklen Château Neuf und Château Vieux nur noch den Harfenfall der Fontänen – und Stille.

Hinter mehr als einem Fenster lagen Seidengewänder im Mondlicht verstreut, und schlaflos verging die Nacht, der Liebe hingegeben. Für einen Menschen nur dauerte die Musik die ganze Nacht, ohne ihre Herrlichkeit einzubüßen. Oonagh wußte weder, wo sie war, noch mit wem sie zusammen war, denn Lymond hatte ihr das größte Geschenk gemacht, das er zu vergeben hatte. Für eine Nacht hatte er Oonagh O'Dwyers Seele von ihrem Verstand getrennt, für eine einzige Nacht war sie frei.

Es war das erste Mal – und das letzte. Sie kannten einander nicht, als es begann, und als es vorüber war, wußten sie noch immer nichts, denn sie umarmten Visionen, nicht Fleisch – sein Blick war nachdenklich ferneren Horizonten zugewandt, und ihre Seele, der warmen Erde und ihren Ernten fremd, darauf konzentriert, ihre Stunde zu ergreifen.

Oonagh erwachte bald nach Tagesanbruch, hörte die Amseln laut in den Orangebäumen und drehte, ohne Erinnerung, den Kopf unter der schwarzen Fülle ihres Haars. Es war nicht Cormacs Kopf, der dort besänftigt neben ihr auf dem Kissen ruhte. Francis Crawford, das Bettuch von den Schultern geschoben, das Kinn auf den gekreuzten Armen, betrachtete sie. Er sah aus, als habe er schon lange so in stillem Nachdenken, ohne Schlaf gelegen. Er lächelte augenblicklich, ein strahlendes, flüchtiges Lächeln, übermütig und freundschaftlich, und sagte in ihrer Sprache: »Du bist superb, meine Liebe, und was für eine Liebesnacht haben wir gefeiert, du und ich. Wenn du aber jetzt von mir verlangst, daß ich auch nur eine einzige Silbe richtig betone, werde ich Gott um Kraft bitten müssen.«

Sie sah die Hand mit den langen Fingernägeln, die entspannt unter dem gesenkten Kinn lag, das helle zerzauste Haar, das feinknochige Gesicht mit dem tief eingegrabenen Ernst, der seine Worte Lügen strafte. Und im Frieden des Dämmerlichts, beim Streifen der wie vergrabene Schätze ungehobenen Erinnerungen an die Nacht fiel ihr ein, warum es geschehen war.

Sie hatte ihm zeigen wollen, daß er ihr nichts zu bieten habe. Statt dessen hatte er ihr etwas gegeben, das den Preis ihres Geheimnisses, ihres Stolzes und ihrer selbst um ein Vielfaches überstieg. Und alle Gesetze der Menschlichkeit – die Gesetze der Gastfreundschaft, der Menschenliebe, die Gesetze ihres Volkes – mißachtend, mußte sie, so wie sie nun einmal beschaffen war, ihm sein Geschenk ins Gesicht schleudern. Sie sah ihn an, und einen langen Augenblick erwiderte er ihren Blick, ehe er die Augen abwandte. Er vergrub die Ellbogen im Kissen, barg die Stirn in den Händen und schloß die Augen. »Nun, Oonagh?«

Mit sanfter Strenge richtete sie sich auf, und das schwere seidige Haar fiel glatt über ihre glatten Arme. »Es war einmal ein König namens Cormac«, sagte sie mit klangloser Stimme, »der die Frauen kannte. Unzuverlässig in der Liebe, nannte er sie. Nicht vertrauenswürdig. Stets zu Ausreden bereit. Schlampig bei der Arbeit. Schwach im Kampf. Unbeherrscht im Streit. Taub allen Belehrungen. Oberflächlich in Gesellschaft. Stumm in wichtigen Angelegenheiten. Geschwätzig in Nichtigkeiten. Man muß sie fürchten wie wilde Tiere. Man muß sie peitschen, statt ihnen zu schmeicheln, sie vernichten, statt sie zu lieben, sagte er.« Sie hielt inne und fuhr dann ruhig fort: »Wahre Worte, die in meinen Mund besser passen als deine Poesie. Aber es ist nicht in Ordnung so. Und es wird nicht in Ordnung sein, solange es für uns keinen Ort gibt, wo wir in Freiheit leben können.«

Sein zerzauster Kopf rührte sich nicht, doch ein Zucken durchlief sein Profil, als ob sich seine geschlossenen Augen plötzlich zusammengezogen hätten. Es war die erwartete Antwort, die auch die blumige Verkleidung des Trotzes nicht versüßen konnte. Ohne zu verurteilen, was sie gesagt oder getan hatte, sagte er nur: »Ich bin also gescheitert. Ich dachte es mir.« Seine Stimme war unbewegt.

Sie wandte ihm das Gesicht zu und umschlang die Knie mit den Armen. Leise erwiderte sie: »Wir handeln beide mit Schnee. Das ist unsere Art, Francis.« Seine Mutter hatte diese Worte einmal ihr gegenüber gebraucht. Sie sagte es ihm nicht. Und sie sagte ihm auch die andere Kleinigkeit nicht, die ihm unbekannt war... Mit einer raschen Bewegung drehte er sich auf den Rücken und blickte sie nachdenklich an. Auf der braunen Haut konnte sie die Narben vom Tour des Minimes erkennen. »Ich fühle mich nicht wie Diogenes«, sagte er.

»Und ich fühle mich nicht wie –« Sie brach ab, ihre Stimme versagte. Und sich für diese Schwäche geißelnd, sagte sie einen Augenblick später böse mit einer Stimme, aus der alle Farbe gewichen war: »Ich verkaufe dir die Information, die du haben willst, für fünftausend Franzosen, die die Königinwitwe von Schottland nach Irland verlegen soll.«

Er schwieg so lange, daß sie glaubte, er werde überhaupt nicht antworten. Dann fragte er, nicht ganz in seiner üblichen Tonlage: »Und wenn ich dich und Cormac in Mißkredit bringe, indem ich d'Aubigny entlarve – wer wird dann deine großartige Armee führen?«

»Sei unbesorgt. Ich würde O'LiamRoe nicht bitten, sich auf dem kahlen Felsen meiner geringen Zuneigung zu ruinieren. Ich würde einen anderen Mann finden.« Sie drehte sich um. »Würde die Königinwitwe das nicht einrichten, um ihre Tochter zu retten? Ganz Schottland und halb Frankreich wünschen, daß sich die Franzosen aus Schottland zurückziehen. Oder liegt dir soviel daran, zu den neuen gut gefütterten Hündchen der Königinwitwe zu gehören, die ihr nicht zu widersprechen wagen?«

»Sei still«, sagte er, legte ihr beide Hände auf die Arme und drückte sie ins Kissen. Dunkle Ringe unter den Augen, lag sie dort, bleich und rasch atmend. »Sei still. Ich bin ihr nicht zu Gehorsam verpflichtet. Ich habe keinen Ehrgeiz, aber was du verlangst, ist unmöglich. Der Thron ist zu unsicher. Ohne das Ansehen der Königinwitwe hier und in Schottland würde er stürzen, und Maria könnte ebensogut gleich sterben.« Heftig wandte sie den Kopf und sah die bittere Belustigung in seinen Augen. Er versuchte nicht, sie zu verbergen. »Hör auf, den Morgen zu quälen. Bleib noch ein wenig bei mir und sei still«, sagte er. »Mein Bett ist kein Marktplatz, was du auch von mir denken magst. Ich hatte dir außer ein bißchen Selbsterkenntnis nichts anzubieten. Wenn du dafür nicht sprechen willst, habe ich nichts mehr zu verkaufen.«

Und sonderbarerweise war es diese ruhige, ganz undramatische Darlegung der Wahrheit, die Oonagh O'Dwyer die Haltung verlieren ließ. Sie wandte den schwarzen, erschöpften Kopf in seinen Arm, schloß die grünen Augen und weinte, und er schenkte ihr seinen Trost, denn wie Luadhas war sie in einen Kampf verstrickt, der zu wild für ihre Art war.

Er ließ sie noch eine weitere Hürde überqueren. Auf ihrem Rückweg durch Hinter- und Seitentüren, den Lymond mit so erfahrener
Umsicht geplant hatte, daß er zu einem anderen Zeitpunkt sicherlich ihr ironisches Lächeln provoziert hätte, blieb Lymond vor einer
massiven Tür stehen, drehte sich um und sagte: »Ich möchte dich
nicht quälen. Aber du bist es deinem Kreuzzug schuldig, dir die
Menschen anzusehen, die du opferst. Willst du mit mir kommen?«
Da begriff sie, daß er sie zu Maria führte. Die hilflose Kindkönigin
sollte seine letzte Waffe sein. Das Mittel kam ihr so abgedroschen
vor, daß sie Lymond mit neuen Augen sah. Sie verstand ihn nicht.
Dabei hatte sie geglaubt, er habe sie überraschend gut verstanden.
Sie mußten an drei Türen vorbei, vor denen jeweils ein unauffällig
bewaffneter Diener stand. Der letzte – bemerkte sie – war kein Diener, sondern der junge Lord Fleming mit dem Pagen Melville an seiner Seite. Drinnen empfing sie Margaret Erskine, die, äußerlich ruhig, die Situation intuitiv zu erfassen versuchte. In dem frühen Licht
meinte sie in Lymonds Gesicht so etwas wie eine rasche Zusiche-
rung zu lesen. Seine Stimme und seine Haltung strahlten einen ungewöhnlichen Glanz aus. Die Irin an seiner Seite erkannte sie sehr
deutlich als die Frau wieder, die zu Beginn der Gepardenjagd mit
den Fingern nach O'LiamRoes schönem Hund geschnippt hatte. Sie
wirkte ganz anders als Lymond. Unter dem langen Mantel trug sie,
deutlich sichtbar, das Damastgewand des vorigen Abends. Trotzig
hatte sie beim Eintreten die Kapuze von dem schweren unfrisierten
Haar zurückgeworfen. Die Augen darunter blickten halb betäubt.
Als Lymond zu sprechen begann, senkte Margaret den Blick, um
ihre Gereiztheit zu verbergen. *Ihr Närrinnen – warum laßt ihr euch mit
ihm ein?* dachte sie. Noch eine Lektion, noch ein Experiment, noch
ein angeschlagenes Gefäß, das zerbrechen würde.
Lymond sagte gerade: »In der Nacht ist sie sicher, und einen Teil
des Tages auch. In der Öffentlichkeit freilich können wir sie nicht
total bewachen. Heute braucht sie bis zum Nachmittag nicht auszu-
gehen und ist also bis dahin nicht in Gefahr. Am Nachmittag geht
sie mit ihrem Gefolge und dem ihrer Mutter zu den Bretonischen
Spielen und zum Tjost auf den Turnierplatz. Alle Leute, denen wir
vertrauen können, werden um sie sein, aber da sie sich nun einmal in

der Öffentlichkeit zeigt, ist sie auch gefährdet. Abends wird sie un-
wohl sein. Auf diese Weise bleibt ihr die Jagd bei Fackellicht und das
Diner im Freien erspart. Morgen –«

»Morgen ist sie den ganzen Tag zur Besichtigung freigegeben – eine
Höflichkeitsgeste für die Engländer. Der König hat es befohlen. Sie
können nichts dagegen tun«, sagte Margaret müde, »ohne Aufmerksamkeit zu erregen. Wollen Sie sie jetzt sehen?«

»Wenn Janet es gestattet«, antwortete Lymond, und Oonagh dachte: Jetzt kommt es. Die rundliche Wange in die Kinderhand geschmiegt, das rotgoldene Haar auf dem Kissen. Der rührende Appell an das Gemüt...

»*Warten Sie.*« Das war wieder Lymonds Stimme, diesmal scharf.
»Sie schläft nicht?« Und als Margaret nickte: »Oh, um Christi willen! Das Kind ist doch keine Rübe. Wir sind nicht gekommen, um
uns an ihrem Lever zu ergötzen.«

Und er meinte, was er sagte. Als sie sich schließlich dem Kind Maria
von Angesicht zu Angesicht gegenübersahen, saß sie fast vollständig
angekleidet vor ihrer Kinderfrau und nörgelte wie ein altes Weib dagegen an, sich die verzottelten roten Haare kämmen zu lassen. Janet
Sinclair, verärgert wegen der Unterbrechung, sackte in einem kurzen Knicks zusammen und trat zurück. Zwei Ehrenmädchen, eines
von ihnen Margarets Schwester, wurden mit einem Diener vor die
Tür geschickt. Lymond sagte: »Euer Gnaden, das ist Mistress Oonagh O'Dwyer aus Irland, der Sie vielleicht schon einmal begegnet
sind. Mylady, Ihre königliche Mutter, kennt sie sehr gut.«

Die haselnußbraunen Augen unter der erzürnten Stirn hellten sich
auf. Zwischen der Kindkönigin und dem Herold bestand sichtlich
ein freundschaftliches Einvernehmen, das in ein leicht feierliches
Gebaren gekleidet war.

Ungläubig hörte Oonagh zu, wie Lymond sich ein zweites Mal an
seine Herrin wandte. »Die Dame möchte die Engländer aus Irland
vertreiben und schlägt vor, daß Euer großmütige Gnaden ihr dabei
vielleicht helfen, indem Sie alle französischen Truppen aus Schottland abziehen und sie einem irischen Rebellenkommando unterstel-
len. Würden Sie dem zustimmen?«

Gereizt dachte Oonagh: Das Kind ist doch erst acht, Gott bewahre uns. Er hat mir gesagt – und der Himmel weiß, daß ich es vorher wußte –, die Königinwitwe würde niemals zustimmen.

Das kindliche Gesicht war, wie sie sah, feuerrot geworden. Mit erhobenem Kopf bot ihr das Kind die Stirn. »Meine Franzosen beschützen meine Krongüter vor den Engländern.«

»Ich sehe nicht ein, aus welchem Grund«, antwortete Oonagh, »da Sie doch mit den Engländern Frieden geschlossen haben.« Es war sinnlos, mit dem Kind darüber zu reden. »Der Vertrag sollte vor einer Woche unterzeichnet werden. England ist jetzt die schwächere Partei und unter Lord Warwick keine Bedrohung.«

»Sie haben doch auch Frieden in Irland, nicht wahr? Und meine Franzosen sorgen dafür, daß meine Lords die Gesetze halten, denn viele zänkische Adlige schwächen eine Nation.«

»Wir sind ein besetztes Land«, entgegnete Oonagh. Sie empfand die Situation nun nicht mehr als ganz so lächerlich. »Wir wollen die Eindringlinge vertreiben. Und auch Sie sollten den Wunsch haben, daß die Fremden Ihr Land verlassen.«

»Sie sind die Leute meiner Mutter. Und meine«, erwiderte das Mädchen.

»Das trifft voll und ganz zu«, bestätigte Lymond unparteiisch und mischte sich damit zum erstenmal in das Gespräch ein. »Ihre normannischen Herren, Oonagh, die ersten Eindringlinge, sind in Irland so heimisch geworden, daß sie für die Engländer das heikelste Problem darstellten. Warten wir doch ab, was unsere Normannen-Schotten tun werden.«

Über den Kopf des Kindes hinweg blickten Oonaghs grüngraue Augen in die seinen. »Kinder sterben. Die Freiheit wird erdrosselt, während dieses Kind sich auf fremdem Boden an Luxus klammert wie eine frierende Krähe an den wärmenden Rücken eines Mutterschafs.«

»Sie ist unverschämt«, sagte das Kind und wandte Oonagh den geraden Rücken zu. »Sagen Sie ihr, Mr. Crawford, daß ich hierhergekommen bin, um Schutz vor den Engländern zu finden.«

»Herrgott, Kind«, stieß Oonagh hervor, die plötzlich ihren Rang vergaß, »die Engländer sind in Frankreich, jetzt, in diesem Augenblick, in einer ehrwürdigen Gesandtschaft, um für ihren König um Ihre Hand anzuhalten.«

Maria drehte sich heftig um, ihre milchige Haut war erhitzt, und ihre Augen funkelten zornig. »Weil sie mich nicht entführen und mit Gewalt verheiraten können, wie sie's schon so oft versucht haben! Wir sind zu stark, wir und unsere Franzosen!«

»Und wir sind schwach«, erwiderte Oonagh und hielt jäh inne. Wie hatte sie sich nur innerhalb von fünf Minuten von Zorn aufs Bitten verlegen können?

Maria beobachtete sie und dachte sichtlich angestrengt nach. Ihr Gesicht war ernst. »Aber meine Mutter wünscht, daß Ihnen geholfen wird. Sie bittet immer wieder den König, meinen Vater, den Iren zu helfen. Aber nicht mit Truppen aus Schottland. Das hieße –«

»Eine Brandungsmauer abtragen, um einen Kuhstall zu bauen«, warf Francis Crawford trocken ein. »Sie werden die Dame nicht überzeugen, Euer Gnaden. Sie würde sogar Ihr Leben für wertlos erachten.«

Maria, die in ihrem dunklen Kleid und den wirren, über die Ohren fallenden Haaren wie jedes andere brave kleine Mädchen aussah, hörte Lymond zu, den Blick unverwandt auf Oonagh gerichtet. Dann rundeten sich ihre Wangen zu einem überwältigenden Lächeln.

»Hat sie Ihnen das gesagt?«

»Ja.«

Das sprühende Lächeln wurde noch intensiver. »Glauben Sie, daß sie einen Dolch bei sich hat? Was meinen Sie? Würden Sie sie fragen, Monsieur Francis? Denn«, sagte die sehr erhabene und mächtige Prinzessin Maria Stuart, Königin von Schottland, bückte sich, wühlte ungestüm unter Bergen von schwerem rotem Samt, enthüllte Unterrock, Strümpfe und Strumpfbänder, Schuhe, Knie und das lange, zerfetzte Ende von etwas unlängst Abgerissenem und förderte in der fest geschlossenen Faust einen kurzen, blitzenden Gegenstand ans Licht, »denn *ich* habe einen.«

Und atemlos, den Kopf in den Nacken werfend, das kleine Messer wie einen Federkiel vor sich haltend, ermunterte sie ihre Besucherin: »Versuchen Sie, mich zu erdolchen!«

Ein sonderbares Schweigen breitete sich aus, in dem die Augen Oonagh O'Dwyers und ihrer Liebe für eine Nacht aufeinandertrafen und sich verbanden wie Eisen und Magnet. Das Kind wartete einen Augenblick und bot dann mit einer Stimme, in der noch immer der übermütige Trotz läutete, erneut ihren Dolch an. »Versuchen Sie, mich zu erdolchen... Kommen Sie nur – und ich steche Sie tot!«

Mit trockener Kehle begann Oonagh zu sprechen. »Bewahren Sie Ihren Stahl für die auf, denen Sie vertrauen. Denn die werden Ihre Totenbahre tragen. Männer, die nicht hassen und nicht lieben können. Sie sollten sich Ihrer kalten, gefühllosen Diener entledigen.«

Der rote Mund hatte sich ein wenig geöffnet, vergessen hing der Dolch in ihrer Hand. »Das würde ich gewiß tun«, sagte Maria überrascht. »Aber ich kenne keinen solchen Diener.« Und besorgt ihre Ansicht demonstrierend, griff sie nach Lymonds Hand.

Zwischen Oonaghs geschlossenen Lippen drängte sich ein Laut hervor – ob es ein Schluchzen, ein Keuchen oder ein Lachen war, niemand im Zimmer hätte es sagen können. Sie erstickte ihn mit zusammengebissenen Zähnen, drehte sich abrupt um und entferte sich mit raschen Schritten. Die Tür öffnete und schloß sich. Sie war fort.

»*Quoi?*« fragte Maria mit gerunzelter Stirn und blickte über ihre ineinander geschlungenen Hände empor in Lymonds unbewegtes Gesicht.

»Vortrefflich«, sagte er ruhig. »Die Dame gerät leicht aus der Fassung. Aber war es nötig, meine Königin, auf der Stelle zu beweisen, daß zumindest ich warmes Blut in den Adern habe?«

Der Schnitt, den sie ihm in ihrer Unachtsamkeit zugefügt hatte, war klein, doch das Kind, plötzlich ganz Zerknirschung, stürzte davon, um Verbände zu suchen. Schweigend hielt Margaret Erskine die Tür auf. Lymonds Augenbrauen schnellten in die Höhe. »Meine Liebe, haben Sie doch Geduld. Meine Wunden müssen gesalbt werden.«

»Gehen Sie und bluten Sie sich von mir aus zu Tode«, sagte seine einstige Retterin heftig. »Im Interesse des weiblichen Geschlechts wäre ich imstande, jede Verletzung an Ihnen mit Freuden zu begrüßen.«

Das Lachen schwand aus seinen Augen. »Es war notwendig.«

»Aber es ist fehlgeschlagen«, erwiderte sie. *»Oder etwa nicht?*
Manchmal glaube ich, Sie würden der Königin mehr von Nutzen
sein, wenn sie langweilig, mißgestaltet oder gar absichtlich boshaft
wären. Gehen Sie... Gehen Sie. Ich brauche Sie hier nicht.«
Und derweil er der Irin nachfolgte, ergriff Margaret Erskine, die
vernünftigste aller Frauen, eine Palissy-Vase, betrachtete sie ernsthaft und schmetterte sie mit Bedacht auf den Fußboden.

VIERTES KAPITEL

Von da an ließ sich die Veränderung der Atmosphäre, wie Lymond
sarkastisch bemerkte, am periodischen Glockenläuten und der
wachsenden Verdüsterung O'LiamRoes verfolgen.
Von seinem Gewissen daran gehindert, Thady Boy zu denunzieren,
der dann für d'Aubignys Verbrechen bezahlen müßte, empfand der
Fürst seinen Aufenthalt in Frankreich, in derselben Stadt wie Cormac und Oonagh, die zu sehen er sich verboten hatte, als sinnlos.
Sogar auf seinen Gefährten im Unglück, den Bogenschützen Stewart, mußte er verzichten.
Es war Piedar Dooly, der ihn – in Angelegenheiten des Herzens
ohne jedes Zartgefühl – davon in Kenntnis setzte, daß Oonagh
O'Dwyer die ganze Nacht im Château gewesen sei und ihre Tante
jeden Augenblick vor Wut schwarz werden und zerplatzen könne.
Châteaubriant war ein kleiner Ort. Als der Fürst von Barrow davon-
stürzte, um Balsam für seine wunde Seele zu suchen, stieß er auf
Lymond, der soeben seine nächtliche Gefährtin heimgeleitet hatte.
Das schöne, liebenswürdige Gesicht und der gediegene Reichtum
seiner Kleider brachten den Fürsten so in Wallung, daß er auf offe-
ner Straße alle Vorsicht vergaß. »Nun – hat sie Ihnen widerstanden?« stieß er hervor. »Oder verdient sie die Prügel, die ihr Liebhaber ihr heute morgen verabreichen wird?«
Er erwartete einen Schlag, sehnte einen Kampf herbei. Doch nach
einer Sekunde des Zögerns sagte der andere nur: »Sie hat mir nichts
gesagt. Leider. Phelim, gehen Sie und betrinken Sie sich.«
Und er tat es.

Zum selben Zweck hielt sich im »Cher Saincte« eine ganze Schar anderer Leute auf. Die Räume dort, öffentliche wie private, wimmelten von Engländern, die der entnervenden pflichtgemäßen Sittsamkeit im offiziellen Umkreis der Gesandtschaft entflohen waren. Die gerade dienstfreien Bogenschützen, deren es freilich nicht viele gab, sahen sich gar gezwungen, mit der dienstfreien Schweizer Garde ein und dieselbe Gaststube zu teilen, was bereits zu einer gewissen Lärmentfaltung geführt hatte.

Eben von einem Auftrag aus Nantes zurückgekehrt und keineswegs der leiseste in der Gesellschaft, bemerkte Leutnant André Spens den Betteljungen an seiner Seite zunächst gar nicht. Erst als die so bedeutsamen Worte durch den Lärm zu ihm drangen, fuhr er ein wenig in die Höhe, dachte nach, und nachdem er sich mit einigen passenden Flüchen und überzeugenden Ausreden entschuldigt hatte, folgte er dem Kind aus dem Gasthaus.

Eine halbe Stunde später sah er sich in einer baufälligen Hütte außerhalb der Stadt Auge in Auge mit Robin Stewart, mit dem er sich befehlsgemäß angefreundet, mit dem er Kontakt gehalten hatte – und den er am Ende töten sollte. Die Freude in André Spens' sorgfältig rasiertem Gesicht konnte es mit dem Vergnügen im Gesicht Stewarts aufnehmen – denn er war im Begriff, ihm zuvorzukommen.

Es war – sogar zu diesem Zeitpunkt – typisch für Robin Stewarts konfuses und einfallsloses Vorgehen, daß etwa zwei Stunden später derselbe Betteljunge mit derselben Botschaft in das von Menschen wimmelnde »Cher Saincte« zurückkehrte. Da er den Fürsten von Barrow sinnlos betrunken vorfand, überredete er an seiner Statt Piedar Dooly, ihn zu begleiten.

Für sein letztes dramatisches Eingreifen in irdische Angelegenheiten hatte sich Stewart in einem Gebäude aus Stein und Grassoden etabliert, das er auf einer Waldlichtung ein wenig nordöstlich vor Châteaubriant entdeckt hatte. Dort lebte er seit zehn Tagen – unbehelligt von mönchischen Geistern, Drachen oder Nymphen – von dem, was ihm sein Bogen einbrachte. Die Jagd machte ihm keine Mühe, sondern verlieh, wie Knoblauch einem Suppentopf, seinem gegenwärtigen relativen Überfluß zusätzliche Würze.

Für den düsteren, schweigsamen Piedar Dooly jedoch mit seinem hitzigen Temperament war der Weg unter den lauen sommerlichen Bäumen, die nach Markttag rochen, etwas, das er rasch hinter sich bringen mußte, damit er dorthin zurückkehren konnte, wo sein Herr wie ein Pergamentregister zusammengerollt auf einem gemieteten Tisch lag, den man in einen Schrank geschoben hatte. Mit hilflosen vornehmen Herrschaften machte man im »Cher Saincte« keine großen Umstände.

Dooly starrte säuerlich auf die sich lichtenden Bäume, den Flecken Himmel, den Zaun und die verfallende Hütte, die vor Ewigkeiten für einen Eremiten oder Viehhirten gebaut worden war. Und als Stewart an die Tür kam, fiel ihm nichts Besonderes an ihm auf, auch nicht an dem Raum, in den ihn der Bogenschütze führte, nachdem er den Betteljungen fortgeschickt hatte.

»Für einen toten Mann lebst du ganz gemütlich«, sagte Dooly, »und gibst bestimmt eine schöne Leiche ab. Er ist beschäftigt.«

Behutsam verstaute Stewart seine langen, schlaksigen Glieder auf der tiefen Fensterbank. »Er ist bis obenhin voll, hat mir der Junge gesagt«, erwiderte der Bogenschütze ohne Erbitterung, doch mit einem unverhohlen verächtlichen Unterton. »Darüber braucht man sich nicht zu wundern. Aber du bist mir auch recht. Ich komm nicht an Mr. Crawford ran... der Thady Boy gewesen ist, verstehst du? Er. Im Schloß ist er nicht. Und ich hab eine Nachricht für ihn wegen der Königin.«

Der kleine Ire hörte kaum bis zu Ende zu und sprang auf. »Bin ich vielleicht ein Laufbursche? Der Mann erfährt sie von wem anders oder überhaupt nicht.«

»Willst du denn nicht endlich wieder nach Hause?« fragte Stewart rasch. Und als der Diener stehenblieb und ihn lauernd anblickte, fuhr Stewart fort: »Er bleibt doch bloß wegen diesem Balg da, oder? Dann wird er's bestimmt wissen wollen: Morgen ist alles vorbei. Sie wollen sie auf dem See erledigen, wenn alle noch bei dem Ordens-Mummenschanz sind.«

»Was?« sagte Dooly, Wachsamkeit in den schwarzen Augen. »Hast du in dieser Welt davon erfahren oder in der nächsten?«

»Ich hab's von einem Bogenschützen, einem Burschen, der mir zur

Flucht verholfen hat. Es hat sich gezeigt, daß er d'Aubignys Mann
ist. Oder war.«
»Ein Wunder!« höhnte Dooly. »Hat der arme Mann dir das alles erzählt und ist dann einfach gestorben?« Obwohl es erst kurz nach
Mittag war, schimmerte sein Bart bereits wieder schwarz durch
seine Haut. Bis Mai hatte er, wie sein Herr, einen Bart getragen.
»Unglücklicherweise. Von hinten erdolcht, glaub ich«, sagte Stewart zufrieden. »Wenigstens liegt er mausetot mit einem Messer im
Rücken ziemlich weit weg von hier... Die kleine Königin soll von
dem Mann getötet werden, der auch das Unglück im Tour des Minimes arrangiert hat. D'Aubigny ist so gut wie überführt. Der Mann
kann auf frischer Tat geschnappt werden. Die Zeremonie fängt
morgen früh um zehn an. Gleich danach wird das Kind auf den See
hinausrudern wollen. D'Aubigny selbst wird dafür sorgen, daß sie
auf die Idee kommt. Vorausgesetzt, das Boot ist sicher – und das
wird es sein –, und sie ist von Freunden umgeben – und das wird sie
sein –, werden sie es für ungefährlich halten und es ihr erlauben. Der
See wird ihnen vielleicht sogar besonders sicher vorkommen, weil
sie bestimmt an den See von Menteith denken, wo sie sie vor vier
Jahren vor den Engländern versteckt haben.«
»Ich versteh nicht«, sagte Piedar Dooly, »was dieses Geschwätz
soll. Wenn der See so sicher ist, wie soll sie dann umgebracht werden? Es sind bloß kleine Boote auf dem See mit den Knallern für
morgen.«
»Eben«, bestätigte Stewart fröhlich. »Knallfrösche, Schwärmer,
Feuerpfeile und eine schwimmende Ladung Schießpulver, die vier-
undzwanzig Stunden vorher in eins der Boote gepackt wurde. Die
Kleine wird hochgehen wie ein schwirrendes Feuerrad auf dem
Jahrmarkt. Ein bißchen verschwenderisch, aber hübsch anzusehen.
Es braucht Farbe und Verputz und vielleicht noch ein paar lateini-
sche Verse, damit Seine Lordschaft Spaß an einem Mord hat.«
Die Wangen braun wie ungegerbtes Leder, die Augen hohl, der
Mund dünn wie ein Zweig, hörte sich Dooly alles an, was ihm Ste-
wart zu sagen hatte und was er um der Klarheit willen endlos wie-
derholte. Und während er sprach, stellte sich Stewart vor, wie die
Nachricht Thady Boy-Lymond erreichen würde, Lymonds rasches

Begreifen, seine heimliche Verwunderung, seine Anerkennung, weil er – Stewart – etwas überaus Wichtiges gut gemacht hatte. Er bezweifelte, daß Dooly Englisch lesen könne, hatte aber trotzdem alles aufgeschrieben: die Zeiten, die Orte, die Namen. Erst als er überzeugt war, daß der Ire wirklich alles begriffen hatte, kam er zum wichtigsten Punkt.

»Du mußt ihm sagen«, erklärte er mit Nachdruck, »ich vertraute bei der Weitergabe dieser Information darauf, daß Mr. Ballagh – Mr. Crawford – sieht, daß ich an all dem keinen Anteil und keine Schuld habe. Ich werde mich stellen müssen, und zwar *bevor* die Explosion stattfindet. Mr. Crawford soll hierherkommen, mit einer regulären Wache und einem Offizier, und ich werde mich in ihre Hände geben. Wenn er nicht mitkommt – aber das brauche ich ihm gar nicht zu sagen –, werden sie mich erschießen, sobald sie mich zu Gesicht kriegen... Ich werde hier morgen früh um neun Uhr warten. Sag ihm, daß ich ihn dann hier erwarte, um mein Brot mit ihm zu teilen. Er wird von meinem Tisch nicht enttäuscht sein.« Auch das hatte er aufgeschrieben, am Ende seiner Botschaft. Und er hatte hinzugefügt: »Ich bin nicht weniger unfair gewesen als Sie, das sehe ich jetzt ein. Wie ein Gentleman dem anderen biete ich Ihnen mit meinem Brot meine Entschuldigung an.«

Nicht Verständnis sprach aus Doolys Augen, sondern nur Verachtung. »Ich werd's ihm sagen«, knurrte er. »Wenn er von seinem Liebeslager aufgestanden ist.«

Plötzlich war Stewart ganz still. »Die O'Dwyer? Was hat sie gesagt?«

Ein Glucksen, quietschend und unheimlich, drang aus der Kehle dieses schwarzen Kobolds. »Ein süßes Teufelchen hat die im Leib – sie hat alles genommen und nichts gegeben. Sie wollte nicht reden.«

Die harten Kiefersehnen entspannten sich, Falten gruben sich in die hageren Wangen, und Stewart lächelte. »Frauen... wenn er so weitermacht, werden sie ihn aufreiben wie ein schäbiges Tuch – an Körper und Seele. Bring ihm die Nachricht.«

»Es gibt im ganzen Land keinen Ausrufer, der es mit mir aufnehmen kann«, sagte Piedar Dooly und spuckte aus.

Als er ins »Cher Saincte« zurückkehrte, gab O'LiamRoe bereits ein Stöhnen von sich. Man brauchte den Tisch für einen anderen Gentleman und war froh, als Dooly seinen torkelnden Herrn in ihre Unterkunft schleifte, wo er ihn nach und nach mit diversen ernüchternden Mitteln traktierte. Alsbald fragte O'LiamRoe und hielt sich mit beiden Händen den durchweichten seidigen Kopf, wie spät es sei. Es war drei Uhr, und er rappelte sich undeutlich fluchend auf. Ihn – und nicht Cormac O'Connor – hatte man mit einer offiziellen Einladung zum Turnier am Nachmittag bedacht.

»Ich muß stundenlang in diesem verdammten Wirtshaus geschlafen haben... Heilige Jungfrau, mein Kopf! Und du behauptest, du hättest die ganze Zeit neben mir gesessen und dich nicht weggerührt? Und bist nicht auf die Idee gekommen, mich wenigstens auf eine Matratze zu packen? Meine Sitzfläche ist von sämtlichen Astknorren in der Tischplanke gezeichnet.«

»Es war ein langes und durstiges Warten – ungelogen«, antwortete Piedar Dooly, die schwarzen Augen starr auf den goldenen Kopf gerichtet. »Für meine Geduld werde ich wohl erst im Himmel belohnt werden, da man sie mir auf Erden nicht dankt... Sie werden sich nicht an den Hof begeben, in dem Zustand. Legen Sie sich hin, so, und schlafen Sie's aus. Ich glaub nicht, daß man Sie vermissen wird.«

»Nein!« Wie ein Besucher am Krankenbett mußte er dort sein. Dabei wußte O'LiamRoe, daß er unter Lymonds sarkastischen blauen Augen seine hartnäckig verteidigte Objektivität als hoffnungslos dumm und verstaubt empfinden würde – wie eine ausgestopfte Eule, die mit ihren Glasaugen töricht vor sich hin starrt. »Nein. Der Morgen ist für uns schon verloren, so laß uns zum Teufel wenigstens mit dem Nachmittag etwas anfangen.«

Dooly versuchte nicht noch einmal, ihn zurückzuhalten. Es würde nicht schaden. Bis morgen war die schottische Königin tot und O'LiamRoe auf dem Weg nach Hause, wo er hingehörte, zu den purpurnen Heidehügeln von Slieve Bloom, wo er wieder ungestört und emsig wie ein Eichhörnchen Wissen horten würde.

An Stewart und Lymond verschwendete Piedar Dooly keinen Gedanken mehr. Er konnte beide nicht leiden und lebte nachgerade

auf, als er heimlich nebenbei – während er O'LiamRoe für den Hof
ankleidete – die lange Botschaft des Bogenschützen zerriß und die
Fetzen in seinem Reisesack versteckte. O'LiamRoe, der seinen sonst
stets verdrossenen Diener leicht aufgehellt fand, schrieb dies einer
willigen Hure im »Cher Saincte« zu, und als er später dort vorüberging, empfand er eine Spur vagen Neides.

Der französische Hof war unterdessen – wie stets bei solchen Anläs-
sen – in einen Wettstreit der Höflichkeiten, der Etikette, der Reichtümer, der Intelligenz, der Talente, der ritterlichen Spiele, des
Sports und der geistigen Übungen eingetreten. Der König, sorglos
inmitten des diplomatischen Trubels, verließ sich wie stets auf seine
teuren *confrères* und *amies*: den Konnetabel, die Guisen, seine vortreffliche Mätresse, seine schwangere Königin und seine geliebte
Schwester von Schottland, deren Besuch sich nun ohne Zweifel seinem Ende näherte.
Wenn auch der König sie alle dann und wann als unerträglich empfand, war er doch ein Mann, dessen Liebe tief wurzelte. Keiner seiner teuersten Busenfreunde hätte in einer Denunzierung Lord
d'Aubignys oder eines anderen aus diesem vertrauten Kreis etwas
anderes gesehen als Selbstmord – gesellschaftlichen, finanziellen
und sehr wahrscheinlich auch physischen Selbstmord.
Sir George Douglas, bei dem die Lennox wohnten, erkannte das Dilemma sehr gut, und es amüsierte ihn nicht wenig – den Kreis um die
Königinwitwe freilich ganz und gar nicht.
Maria von Guise hatte in den letzten Tagen keine Unterredung mehr
mit Lymond gehabt – soviel wußte Margaret Erskine. Was im Kopf
ihrer Herrin vorging, ahnte sie nicht. Mehr denn je vermißte sie
Toms gescheite Analysen. Er war jetzt unterwegs zur englischen
Grenze, um den formalen Friedensvertrag zwischen England und
Schottland abzuschließen und all die verwickelten und komplizier-
ten Probleme zu lösen, die der Kontrakt mit sich brachte.
Die morgige Konferenz, in der über Marias Verheiratung verhandelt werden sollte, erschien nach außen hin als das schwierigste Problem des Besuchs – das und dazu die versprochenen Gelder aus der
französischen Schatzkammer, mit denen die Sicherheit Schottlands

bezahlt werden sollte und um die nach wie vor täglich gefeilscht wurde.

Einmal hatte die Königinwitwe, während sie die Ringe von ihren geschwollenen Fingern drehte, zu ihrer diensttuenden Hofdame gesagt: »Warum glaubt Mr. Crawford, daß der Anschlag so bald stattfinden wird? Die Bewachung für Sonntag ist ungewöhnlich stark.« Und ohne Margaret Erskines Antwort anzuhören, fügte sie hinzu: »Wenn das Kind stirbt, war jede Stunde auf französischem Boden eine Torheit und jede Verhandlung umsonst.«

Die tragende Stimme, in der das französische Element gerade im Schottischen besonders deutlich zum Ausdruck kam, verriet Erschöpfung und dunkle Vorahnung. Ihre mütterliche Liebe zu Maria war nicht eben stark ausgeprägt, um so mehr jedoch ihre Geschicklichkeit beim Ausnutzen vorhandener verwandtschaftlicher Beziehungen: Mutter–Tochter, Mutter–Sohn. Die Zärtlichkeit, die sie einst für das Kleinkind gehegt hatte, lag lange zurück, und die Königinmutter hatte beim Wiedersehen mit ihrer Tochter keinen Strom von wiederbelebter Innigkeit verspürt, der eher störend gewesen wäre. In Frankreich überhäuften die Fürsten die Kindkönigin mit Geschenken. Ihre Mutter dagegen hatte kein Verlangen danach, sie zu verwöhnen. »Eine Torheit«, sagte sie und runzelte naserümpfend die Stirn. Dann sprach sie sarkastisch von etwas anderem.

Die Engländer genossen ihren Aufenthalt am französischen Hof beinahe noch mehr, als sie erwartet hatten. Die Spielregeln und Abläufe entsprachen so ziemlich denen in England, wenn auch hier der Monarch ein reiferer Mann war: Gleichwohl hatte man seine Spielzeuge und Vorlieben zu respektieren. Und schließlich: Das Essen war gut.

Am Samstagnachmittag, als sich O'LiamRoe – mit rötlicher Nase und den halb erstarrten Augenlidern einer Boa – an den Hof begab, war die übliche Entfaltung von Geschicklichkeit, Gewandtheit und Muskelkraft bereits in vollem Gange. Wie ein Mann, der dem rhythmischen Ruf einer Trommel folgt, stampfte er, begleitet von Piedar Dooly, zum Turnierplatz, der am großen See in den Gärten von Châteaubriant angelegt worden war. Unbeholfen zwängte er sich durch die Reihen, um sich dem schottischen Hof unter der bewimpelten Markise anzuschließen.

Um seinen reservierten Platz zu erreichen, mußte er George Douglas passieren. »Lächeln Sie, mein Fürst«, sagte der mit träger Stimme. »Sie haben den besseren Teil erwischt. *Samson en perdit ses lunettes; Bien heureux est qui riens n'y a!* « Hinter ihm lachte eine Frau. O'LiamRoe brauchte sich nicht mit seinem kümmerlichen Französisch abzuquälen, um die Bedeutung dieses Witzes zu erraten.

Die Frau war Margaret Lennox. Als er an ihr vorüberging, verneigte er sich ohne jeden Ausdruck im ovalen Gesicht. Beim Kreuze Christi, wie wurden derlei Dinge bekannt? Margaret Lennox trug ein leichtes, wehendes Gewand in Weiß. Von der Sonne vergoldet, wirkte sie prunkvoller denn je. »Samson ist dort unten –« ihre heitere, jugendliche Stimme folgte seinem polternden Degen –, »falls Sie ihn zu sprechen wünschen. *Seine* Wünsche sind heute freilich bescheiden, habe ich gehört.« Während dieser ganzen absurden Reise hatte sie Zeit genug gehabt, ihr Verhalten Francis Crawford wie O'LiamRoe gegenüber sorgfältig zu planen.

Der Fürst wandte ihr das Gesicht zu. »Es gibt eine Zeit für Gelächter und eine Zeit für Gespräche. Was mich betrifft, so begnüge ich mich zur Stunde mit bloßem Atmen.« Sie lachte wieder, doch ihre Augen lachten nicht mit.

Als er keine sechs Reihen hinter der Königinwitwe, die zwischen ihrer Tochter und Margaret Erskine saß, Platz nahm, entdeckte er ein bißchen weiter unten zu seiner Rechten den leichtfertigen gelben Kopf, und aus allen vergifteten Fasern seiner betäubten Empfindungen quoll rauchend der Widerwille.

Francis Crawfords wegen war er hier, eine Zielscheibe des Witzes, hatte sich seinetwegen zum Narren gemacht. Während er geistesabwesend dem Zusammenprall stählerner Ungetüme in der Arena zusah, die in Helmzier und Panzerhandschuhen auf verhüllten Pferden an den farbigen Schranken entlangflogen, fragte sich O'LiamRoe, was Lymond in diesem Augenblick wohl denken mochte. Der kleine gefiederte Hut, der sich zur Linken der Königinwitwe hin und her bewegte, war von einem Dickicht Flemingscher Köpfe umgeben, und hinter den Damen drängte sich das Gefolge der Königinwitwe noch dichter. Die kleine Königin war gut bewacht.

In George Douglas' Stimme hatte ein Ton mitgeschwungen, der zum Spott seiner Worte nicht passen wollte. Und in den Worten von Lady Lennox ein Anflug von Spannung. Irgendwie lag Angst in der Luft: Angst nicht vor etwas so Greifbarem wie dem Mord an einem einzelnen Menschen, sondern die beinahe wohlig genossene Angst, daß sich irgendwo, heute oder morgen, eine mutwillige Hand ausstrecken und das ganze dünne Netz von Verträgen, Abmachungen und kluger Berechnung, in das die deutschen und italienischen Mächte, England, Schottland, Irland und das in Parteiungen zersplitterte Frankreich verwoben waren, zerreißen und zu Boden sinken lassen würde.

Wenn ihn auch sein Abscheu voll und ganz beherrschte, vermochte O'LiamRoe dieses Kernproblem doch zu erfassen, und durch das Turniergeschehen hindurch waren seine Augen auf den Mann gerichtet, auf dessen Schultern die schwerste Bürde lag. Lymond saß halb abgewandt auf seinem Platz, das Handgelenk auf dem Geländer, und lauschte dem englischen Herold Will Flower, der sich kommentierend zu ihm hinüberbeugte. Flowers Yorkshire-Akzent drang bis zu O'LiamRoe. Lymond sagte etwas, und der Herold lachte. Auf dem Turnierplatz gab es gerade einen englischen Sieg: Sir John Perrott, der streitsüchtige Bastard Heinrichs VIII., warf sein Helmvisier zurück und setzte grinsend, in gespieltem Heldenpathos, den Fuß auf den gefällten Gegner, während die Franzosen höflich applaudierten. Er gestattete einem Pagen, ihm den Helm abzunehmen, so daß der leichte Wind in seinem stoppeligen kastanienbraunen Haar spielte, und schritt dann mit Triumphgebrüll davon: ganz das Abbild des gutmütig-polternden alten Königs Heinrich, der pro Tag zehn Pferde müde zu reiten imstande war.

Einer der Herren des französischen Hofs verließ die königlichen Bänke, schlängelte sich an den dichtbesetzten Plätzen vorbei und wandte sich an die Königinwitwe. Der König wünsche, daß nun ihre schottischen Lords ihr Können gegen die Engländer unter Beweis stellten. »Ihm ist zu Ohren gekommen«, sagte der Höfling liebenswürdig, »daß Ihr Herold Mr. Crawford ein hervorragender Kriegsmann ist, und möchte ihn gern auf dem Platz sehen. Wenn Sie gestatten, an der Stechpuppe.«

Wieder war Flowers Gelächter zu hören. Der gerade Rücken Margaret Erskines erstarrte, und O'LiamRoe, dessen Aufmerksamkeit jäh wachgerüttelt war, dachte zurück an eine dicke schwarze Gestalt in St. Germain, die wie eine Hexe auf einem Besenstiel mit eingelegter Lanze auf ein Faß voll heißen Wassers zuflog. Sie hatten damals Thady Boys Technik gesehen – und wie oft noch seither? »Bitte sagen Sie seiner Gnaden«, antwortete Maria von Guise liebenswürdig, »daß unser Herold in mancherlei Dingen vortrefflich ist, doch nicht als Akteur auf dem Turnierfeld. Wenn Seine Gnaden es gestatten, werden wir einen anderen auswählen.«

Mit beneidenswerter Glätte verbarg der Bote seine Überraschung. »So zeichnet er sich vielleicht eher in den Sportarten Ihres Landes aus? Der König wäre geneigt, mit anzusehen, wie er sich im Kampf mit Stein und Eisenstange mißt.«

Eine lange Hand berührte den Abgesandten des Königs an der vorgebeugten Schulter. »Meine Herrin und Königin ist gewiß der Ansicht, daß sie den Mut ihres Herolds bereits beim Kampf mit dem Eber in Angers hinreichend auf die Probe gestellt hat. Gestatten Sie mir daher, seinen Platz einzunehmen.« Und Sir George Douglas verneigte sich vor der Königinwitwe und dem Boten und schlenderte auf das Feld. Seine Gefolgsleute drängten ihm nach.

Will Flower kam offenbar zum Ende seiner Geschichte, lachte erneut, klopfte dem schottischen Herold auf die Schulter und wandte sich ab. Lymond, der sich mit schwungvoller Bewegung zurechtsetzte, fing den Blick Sir Georges auf und verneigte sich mit vollendeter Ungezwungenheit. Douglas, gut gebaut, ansehnlich, ein vortrefflicher Ritter zu seiner Zeit, erwiderte das Lächeln spöttisch und entfernte sich, um der Königin die freiwillig übernommene Schuld zu bezahlen.

Andere gesellten sich zu ihm. Mit Unbehagen folgte O'LiamRoe dem wilden Spiel mit Lanze, Speer und stumpfem Schwert, mit Eisen und Stein zwischen den berühmten Häusern Schottlands und den Krieger-Diplomaten, den Krieger-Gelehrten und den Rittern Englands: Dethick, der mit Somerset zum blutigen Massaker von Pinkie und Throckmorton marschiert und geadelt worden war, weil er dem König die Siegesnachricht überbracht hatte; Rutland, der die

Mauern von Haddington geschleift, und Sir Thomas Smith, der mit der Stimme des Historikers dazu beigetragen hatte, die englischen Ansprüche auf die Lehensherrschaft über Schottland zu formulieren; Essex, dessen Sohn in den schottischen Kriegen getötet worden war. Die Schläge waren hart und wurden von lautem Gelächter begleitet, doch nichts Unziemliches geschah. Maria von Guise war augenscheinlich stark genug, ihre Lords hart in den Zügel zu nehmen. Und Lymond, ungezwungen in ein ernsthaftes Gespräch mit seinen Nachbarn vertieft, sah kaum hin.

Die Kämpfe waren fast vorüber, als vor der Brüstung der schottischen Tribüne das kaltäugige Gesicht von Sir John Perrott höchstpersönlich auftauchte und sich Crawford von Lymond zuwandte. »Sir, man hat mir gesagt, daß Sie ringen, und ich verfüge über einiges Geschick in dieser Kunst und beträchtliche überschüssige Energie. Wenn Ihre Herrin es gestattet – wollen Sie einen Gang mit mir versuchen?«

Der Herold unter der Markise erhob sich gelassen. Ritterliche Übungen gehörten zu den Pflichten eines Herolds, auch wenn seine Berufung nur von kurzer Dauer war. Weder er noch die Königinwitwe konnten eine Aufforderung zum Kampf zweimal ignorieren. Einen flüchtigen Augenblick sah O'LiamRoe, wie sich der blonde Kopf zu den königlichen Plätzen hob, wo König Heinrich mit seiner Königin, seiner Geliebten und den Freunden seines Herzens wartete – und an seiner Seite Lord d'Aubigny, schön, zurückhaltend, gleichgültig.

Dann sagte Lymond: »Mit Vergnügen – wenn meine Herrin es gestattet?« Und die Königinwitwe, den Blick nicht auf ihn, sondern auf irgend etwas Ärgerliches hinter seinem Rücken gerichtet, stimmte mit einem zögernden Nicken zu. Ihn durch ihre Ablehnung zu schützen, hieße ihre geheime Komplizenschaft offenkundig zu machen. Und wie die Dinge nun einmal lagen, hatte Lymond akzeptiert, um ihr ebendies zu ersparen. Denn so klar und leuchtend wie die weiße Sonne im Purpur-Blau des Sees, wie das grüne Gras, der rote Staub und die tanzenden Farben der Schilde und Standarten, der Wimpel, Stander und Baldachine, wie die Gewänder des Hofs, dicht an dicht, leuchtend wie die Polster auf dem prächtigen Liebeslager eines Sultans – so sprang allen Eingeweihten die Wahrheit ins Auge, daß Lord d'Aubigny sich entschlossen hatte, heute – hier und jetzt – seinen Krieg, seine Angriffsserie zu eröffnen, die offenbaren würde, daß Francis Crawford und Thady Boy Ballagh ein und derselbe Mann waren.

Ohne Rock im Sonnenlicht rührte der Herold der Königin keine Saite der Erinnerung an den fleischigen Ollave. Nicht ein Hauch von Thadys anmaßender Deftigkeit war in dieser bleichen Präzision auszumachen. Doch in der Sicht von O'LiamRoe, dem das Herz brodelnd in der rosigen Brust schlug, bot sich kein Ausweg aus diesem Dilemma. Kämpfte Lymond gut, so würde er mit jeder seiner geschulten Bewegungen den Vergleich mit den identischen Bewegungen Thady Boys herausfordern. Kämpfte er schlecht, machte er die Königin lächerlich, forderte Mißtrauen heraus und setzte sich überdies der Gefahr einer Verletzung aus. Und in seiner Freiheit und seiner Unversehrtheit lag ihrer aller letzte Hoffnung.

Lymond hatte sich rasch entkleidet. Während man auf Perrott wartete, jubelten die Trompeten auf, Geplauder und Gelächter flog um den Platz. Es war der letzte Kampf des Tages, und schon drängten die Vergnügungen des Abends: die Rotwildjagd bei Fackellicht und das mitternächtliche Diner. In einem der Durchgänge entstand eine Welle von Bewegung, eine Hofdame beugte sich vor und sprach zu Sir John Perrotts Pagen, der davontrottete. Einen Augenblick später tauchte Perrott selbst wieder auf, dem von den englischen Plätzen verhaltener Enthusiasmus entgegenschlug.

»Ein beneidenswerter Mensch«, bemerkte Sir George, der, den Blick auf Lymond gerichtet, den Halsbund dunkel von Schweiß, auf den leeren Platz neben O'LiamRoe glitt. Er hatte seine Lanze mehr als hinreichend eingesetzt, ausreichend jedenfalls, um es mit jedem der illegitimen Söhne des verstorbenen Königs Heinrich aufnehmen zu können. »Ein beneidenswerter Mensch, stets zur Wollust berechtigt, vom Räderwerk seiner Pflichten in Sünde und Genuß getrieben... Und hier braucht er nichts anderes tun, als zu versagen.«

»Nach dem Kampf mit dem Eber?« fragte O'LiamRoe zynisch. Doch unterdessen waren die beiden Männer auf dem Platz handgemein geworden, und Sir George, der unbewußt mit beiden Händen seinen Stuhl fest umklammerte, sagte überhaupt nichts, bis er nach einigen langen Minuten gepreßt ausatmete und bemerkte: »Nun, Fürst – wenn er klug ist, läßt er sich so rasch wie möglich werfen. Ich vermute, man hat Sir John einen kleinen Rat gegeben. Er geht genauso vor wie seinerzeit unser Freund, der Ringer aus Cornwall.«

Wenn Lymond derselbe Gedanke gekommen war, so zeichnete sich deutlich ab, daß er, sofern er sich nicht selbst schmählich auf den Rücken werfen wollte, Perrott ohnehin nicht von seiner Strategie abbringen konnte. Sir John war genauso massig gebaut wie sein Vater, und zu seinem Gewicht kamen noch seine Übung und sein Temperament hinzu. Perrott war wütend, war darauf aus, Unheil anzurichten, und hütete sich sichtlich, seinen Gegner allzu früh zu werfen.

Das zwang Lymond zu einer Reihe von Verteidigungen, die ungefährlich, unspektakulär und seinen gewohnten Reaktionen auf durchschaute Angriffsmanöver ganz unähnlich sein mußten.

Es gibt nicht viele Möglichkeiten, die Attacke eines plötzlichen Hebelgriffs zu parieren, besonders wenn man derlei Angriffen in einer im voraus festgelegten Reihenfolge ausgesetzt ist. Der Engländer, dessen Kiefer und bärtiges Kinn kantig wie ein Steinquader waren, packte zu, hievte, hakelte und stieß mit Knie und Fuß und wurde von Lymond mit zweckdienlichen Mitteln, wenn auch ohne Verve pariert.

Nachdem sich dies eine Weile hingezogen hatte und beide Männer mit blauen Flecken bedeckt, ansonsten jedoch nach wie vor unbeschädigt waren, gab Perrott den Herold der Königinwitwe frei und rasselte: »Nun, Sir, sie haben etwas gegen Bastarde, wie ich höre. Hier ist einer, der sich die Hände an *Ihnen* schmutzig machen will«, und er öffnete seine behaarten Pranken.

Eine Sekunde lang nicht bei der Sache – ob in Bewunderung für Lord d'Aubignys intrigante Erfindungsgabe oder in eine Art stumme Verwunderung angesichts der von ihm erwarteten Taten versunken, ein Zustand, zu dem Lymond, wie O'LiamRoe fand, ohnehin neigte – war Francis Crawford im entscheidenden Augenblick nicht auf der Hut.

Unter der Markise, wo die allgemeine Aufmerksamkeit nach den

Bretonischen Spielen, dem Turnier und dem Lanzenstechen bereits erlahmt war, schenkte man dem Kampf, dem nur die ganz vorn plazierten Zuschauer folgen konnten und der für alle anderen auf dem großen Platz nur wie ein spinnenhaftes Gezappel wirkte, keine Aufmerksamkeit. Man ging herum, man plauderte. Obwohl sich niemand entfernen durfte, ehe sich der König erhob, waren doch die meisten Zuschauer im Geiste bereits wieder im Schloß und beim nächsten Garderobenwechsel.

Daher vielleicht sahen nur diejenigen, die Lord d'Aubignys Anspielung auf Francis Crawfords angebliches Vorurteil gegen Bastarde gehört hatten, diejenigen, die nolens volens des Königs diplomatisches Engagement teilten, und jene schließlich, die über Thady Boy Bescheid wußten, die rasche Folge von Bewegungen, die Lymond zu Boden gehen ließ, von Perrotts Hüfte, Knie und Wade in eine Umklammerung gezwängt, mit der der Brite ihn zermalmen wollte.

Für einen beweglichen Mann gab es nur eine mögliche Reaktion: das Manöver, das den Nacken des Ringers aus Cornwall unter Thady Boys Hände gebracht und ihm am Ende das Genick gebrochen hatte. O'LiamRoe, der die beiden unbeweglichen, angespannten Gestalten beobachtete, sprang in seiner besorgten Ahnungslosigkeit auf, als er Sir George Douglas fluchen hörte. »Er kann wählen«, belehrte ihn Sir George, »zwischen einem gebrochenen Bein und dem Eingeständnis, Thady Boy Ballagh zu sein. Äußerst interessant, nicht wahr?«

In den Reihen um die kleine Königin und die Königinwitwe war es totenstill geworden. Jenseits des Durchgangs hatten sich die Gesichter unter dem königlichen Baldachin ebenfalls dem breiten Rücken des Engländers zugewandt, der sich rosig unter dem geölten Gewebe seines Hemdes spannte, auf seinen struppigen rostbraunen Schopf, die fetten Hüften, die sich unter dem Stoff wölbten – und auf die Zickzacklinie von Becken, Ellbogen und Kehle, die dem Herold der Königinwitwe gehörten und fest unter ihm zusammengepreßt waren. Und Lymond machte keine Bewegung, denn die einzige, die er hätte machen können, hätte ihn als Thady Boy Ballagh entlarvt.

Vom Rand des Platzes her näherte sich eine Gestalt in den Farben der Guisen. Ein Mann beugte sich über den König. Dann blies plötzlich eine Trompete, und der Lärm der Unterhaltung stockte und brach ab. Des Königs Stab senkte sich und erhob sich erneut. Der König stand auf. Der Kampf war beendet worden.

Sir John Perrott schien es nicht bemerkt – oder aber beschlossen zu haben, den königlichen Befehl zu ignorieren. Er hob den Körper ein wenig und gab einen kurzen Blick frei auf seine gerötete, perlende Haut, die prachtvollen, vor Eifer und Anstrengung entblößten Zähne. Auf Lymonds Widerstand leistenden Händen zeichneten sich weiß die Knöchel ab. »Heilige Mutter Gottes«, stieß O'LiamRoe hervor, »sein Bein –« und hielt inne.

Weiter vorn drehte sich der Herold Will Flower zu ihnen um. Sein unauffälliges Yorkshire-Gesicht strahlte vor Mitteilsamkeit: »Ein vortrefflicher Bursche ist das! Seine eigenen Leute haben gebeten, dem ein Ende zu machen, und ich kann nicht behaupten, daß ich das bedaure. Er hat irgendeine Verletzung aus dem Krieg, sagen sie, und ist immer noch nicht ganz wiederhergestellt. Und Sie müßten wahrhaftig in bester Verfassung sein, auf mein Wort, das müßten Sie, um sich gegen Perrott behaupten zu können. Ein mutiger Versuch, würde ich sagen, und keine Schande für den Burschen, überhaupt keine Schande!«

In das Schweigen hinein sagte Sir George lakonisch: »Keine Schande für ihn, aber ein großer Jammer. Da er schon einmal dabei war, hätte er Sir John Perrott ebensogut den Hals brechen können.«

Er hatte recht. Während O'LiamRoe beobachtete, wie die Offiziere des Konnetabels die Kämpfer mit ruhiger Bestimmtheit voneinander trennten, begriff er, daß in dieser Eröffnungsrunde Lord d'Aubigny gewonnen hatte. Denn trotz aller Vorsicht, mit der Francis Crawford vorgegangen war, mußte allein der Hinweis auf eine unlängst erlittene Verletzung im Zusammenhang mit Lymond einen mißtrauischen Mann stutzig machen. Die Königinwitwe hatte Lymond gerettet – und damit eine gefährliche Bresche geöffnet.

Auf den Tribünen hatten sich alle erhoben, schüttelten und glätteten die Röcke, fanden sich in Gruppen zusammen, umarmten einander. Nachdem man Perrott auf die Füße gezerrt hatte, war er grußlos über das sich leerende Turnierfeld davongestampft. Lymond wartete einen Augenblick, ehe er sich mit einer einzigen geschmeidigen Bewegung erhob. Dann stand er allein auf dem Platz und blickte mit äußerster Konzentration zur Bank des Königs empor.

Dort, zwischen den sich leerenden Plätzen, stand ein anderer im Sonnenlicht, das durch einen Spalt in der Markise hereinfiel und das Blau seiner Gewandung – die Farbe des Tages für den Hofstaat – aufleuchten ließ. Lymond hob die linke Hand und entbot John Seigneur d'Aubigny seinen förmlichen Gruß. Dann wandte er sich gelassen ab und verließ ruhigen Schrittes den Platz.

Maria war immer noch unversehrt.

Sie kehrten ins Château zurück. Und Maria war immer noch unversehrt. Sie blickte aus dem Fenster, als in der Dämmerung der lange Reiterzug, apfelgrün unter einem apfelgrünen Himmel, davonritt, um im Wald Rotwild zu jagen. Die Fackeln im Zug leuchteten wie glühende Kohlen.

Es war kaum möglich, daß ein Mann, der beim Turnier unter Hunderten herausgehoben worden war, nicht auch während der Jagd die Aufmerksamkeit des französischen Hofs auf sich gezogen hätte. Schließlich gelang es Lymond doch, unauffällig zurückzubleiben, und er verschmolz mit der Dunkelheit, bereit, jeden Augenblick so schnell wie möglich ins Schloß zurückzukehren. Doch plötzlich versperrten ihm d'Aubignys Bogenschützen den Weg: Der König wünsche ihn mit der Königinwitwe beim Diner zu sehen. Douglas, der sich die ganze Zeit in seiner Nähe aufgehalten hatte, berührte Lymond an der Schulter. »Jesus, verschwinden Sie, Mann! Täuschen Sie Krankheit vor. Sie dürfen nicht einmal daran denken, hinzugehen. Man wird Ihre Asche in einem Sack aus Tigerfell wegtragen.«

Die Stimme, die ihm antwortete, hatte Sir George schon einmal hinter der Maske Quetzalcoatls vernommen. »Nur ruhig! Nur ruhig!« sagte Francis Crawford beschwichtigend. »Um Zweifel und Irrtum zu zerstreuen, muß man das Licht höchster Weisheit leuchten lassen. Wenn Seine Lordschaft wirklich entschlossen ist, mich heute nacht als Thady Boy Ballagh zu entlarven, kann ich ihn nicht daran hindern.«

»Sie könnten fliehen«, erwiderte Douglas.

»Und was könnte ich dann wohl noch ausrichten?« In der von Fakkeln erhellten Dunkelheit unter grünen und schwarzen Bäumen funkelten die Juwelen in Lymonds Ohren. Er lachte. »Maria wird so gut bewacht, wie nur Liebe und Pflicht es vermögen. Die Information, die sie retten wird, rettet auch mich. Drei Menschen können sie und mich retten – Oonagh O'Dwyer, Robin Stewart und Michel Hérisson aus Rouen. Vielleicht wird man für mich, der auf seiner Kerkerpritsche schmachtet, das tun, was man mir in meinem...«

»Sie sind ein boshafter, kaltblütiger Teufel – wie Jerobeam, Sohn Nebats, der Israel in Sünde fallen ließ«, stellte Sir George leidenschaftslos fest. »Und Sie wissen genau, was geschieht, wenn man Sie als Ballagh wiedererkennt und Ihnen das Unglück im Tour des Minimes und die anderen Vergehen anlastet: Man wird ein großes Feuer anzünden und Sie auf einer Mistgabel braun rösten.« Neugierig musterte er im Fackelschein diesen jungen Mann, dessen heitere Gemütsruhe nichts verriet. »Warum tun Sie das alles? Was erhoffen Sie sich, da Sie doch alles besitzen? Was sehen Sie in dem Mädchen?«

Lymond schwieg eine Weile. »Ein jungfräuliches Publikum für meine Rätsel vielleicht«, antwortete er schließlich gedankenvoll. »Aber das wirft zweifellos eine ungalante Frage auf... Wollen wir uns nicht zu Seiner Gnaden Diner begeben?«

Und nach einem Ritt durch die langen Reihen der noch warmen Jagdstrecke erreichte Lymond die Waldlichtung, wo man sich zum Diner zusammengefunden hatte und warmer Feuerschein auf Seide und Juwelen spielte. Später, als die Klänge von Laute, Rubebe und Gitarre wie die Stimmen der Ungeborenen durch die Bäume flatterten, tanzten vergoldete Pan-Kinder, die ihm parfümierte Orangen zuwarfen. Ungeschickt ließ er sie fallen oder schleuderte sie fort, damit seine langen, schmalen Hände nicht ihre Geschicklichkeit im Jonglieren verrieten. Und doch blickte der Vitzdom von dem Augenblick an, da die erste leuchtende Frucht aus der Hand des Herolds fiel, von seinem Platz im Gras aus nicht mehr in Lymonds Richtung, sondern nur noch auf die Profile über ihm. Die Herzogin von Valentinois unterbrach sich mehrmals, um Lymond zu beobachten,

und der Prinz von Condé und sein Bruder wechselten Blicke miteinander.

Es war die Prinzessin de la Roche-sur-Yon – dem Konnetabel nicht
eben wohlgesonnen, da er sich ihr Schloß Châteaubriant unter den
Nagel gerissen hatte –, die sich schließlich vorbeugte und Lymond
eine Laute in den Schoß legte. »Monsieur Crawford, Sie können
nicht leugnen, daß Sie spielen. Geben Sie uns die Ehre.«

Man hatte Wandteppiche zwischen den Bäumen aufgehängt und
Samt über die vertrockneten Wurzeln und Biberfurchen gelegt. In
der abgeflauten Hitze um Mitternacht hatte man die Waldlichtung
mit den üblichen kunstvollen Dekorationen geschmückt. Von ihren
bekränzten Tischen rückten die Engländer in träger Behaglichkeit
näher. Sie spürten die Veränderung der Atmosphäre, und witternd
suchten sie das Opfer aufzuspüren.

O'LiamRoe, der die Szene beobachtete, dachte flüchtig darüber
nach, ob Lymond, da er der Entlarvung nun kaum noch entgehen
konnte, es nicht vorgezogen hätte, seine Bildung hervorzukehren
und sich durch einen gelehrten Disput mit Pickering oder Smith
oder Thomas entlarven zu lassen, statt als Gaukler, Hanswurst und
Sänger bloßgestellt zu werden.

Lymonds Gesicht verriet nichts. Er ergriff die Laute und berührte
gedankenverloren die Saiten. O'LiamRoe nahm war, daß viele Augen auf ihn gerichtet waren: die Augen Katharinas, der Königinwitwe, ihrer Brüder, des Kardinals und des Herzogs, des Konnetabels. Inzwischen wußten sie es alle oder hatten es erraten. Eine Weigerung hätte jetzt zwangsläufig ein Eingeständnis bedeutet.

Hingekauert zwischen den Fackeln, die man ihm gebracht hatte,
den Kopf über die dunkle Laute auf seinem Knie geneigt, schlug
Lymond einen vereinzelten Akkord. Allein der Klang ließ so manchen Blick aufmerksam werden, und Stille breitete sich aus. Die erste Phrase mit dem unveränderten Aufbau gab den Namen des Mu-
sizierenden preis und hätte einem Blinden die Konturen seines Gesichts beschrieben.

»Erwach, du meine Laute! Klinge
Zum letzten Lied, das wir verschwenden,

Begleite diesen letzten Hauch
Des Liedes, das ich endend singe.
Dann schweige, Laute, wie ich auch...«

Leicht und schillernd vor Ironie stieg die Stimme empor und senkte sich, und die Laute wiegte sie wie plätscherndes Wasser.

Träge nach der Jagd, erhitzt unter den lauen Bäumen, ein wenig angerührt von dem Zauber und der Illuminierung, lagen die englischen Diplomaten lauschend und lächelnd am Boden und beobachteten den jungen Mann, der Sir John Perrott einen schlechten Kampf geliefert hatte, jedoch von der schottischen Königinwitwe offenkundig ganz anderer Talente wegen ausgewählt worden war.

Lord Lennox hörte der Einleitung zu und fand dann mit seinem Nachbarn Wichtigeres zu erörtern. Neben ihm lösten sich die Augen seiner Frau von dem Sänger und wanderten über die auf Kissen und Teppichen sitzenden Gruppen, über die Gesichter, die sich beim Zuhören wie Blätter in leichtem Wind bewegten. Unvermittelt drehte sich Lady Lennox, von einem anderen Blick angezogen, um und begegnete der stummen Herausforderung in Margaret Erskines direktem starrem Blick, als Lymond sein Lied beendete.

»Nun schweige, Laute. Dies das Ende
Der Mühe, die wir hier verschwenden.
Verklungen ist der letzte Hauch,
Den dir entlockten meine Hände.
So schweige, Laute, wie ich auch.«

Er ließ es nicht zu, daß sie ihm applaudierten. Als die Lautenklänge verebbten, trieb er seinen Daumen über die Saiten, dann noch einmal, und noch einmal, entfesselte eine Raserei von Tönen und stürzte sich, wie ein Krieger in die Schlacht, in eines der größten irischen Epen, vielleicht das größte überhaupt, das er ihnen – von seiner Zügellosigkeit unbeeinträchtigt – immer wieder gesungen hatte. Betrunken hatte O'LiamRoe dem betrunkenen Thady Boy gelauscht, der diese Leidensgeschichte zum Leben erweckte, hatte geweint, unbewußt schnaufend, das ovale Gesicht voller Tränen. Und er hatte auch über sich selbst geweint, über des Menschen

Schmerz, Tapferkeit und Leid, um die er wußte und die er in diesem Lied wiederfand. Diesmal weinte er nicht, sondern preßte mit einem hartnäckigen Schmerz in der Kehle die Lippen auf die geballten Hände, denn nie hatte er dieses Epos in der nüchternen Strenge gehört, mit der Lymond es jetzt vortrug. Und um ihn herum straffte sich unwillkürlich, wie auf die Musik eingestimmt, jeder Zuhörer. Dem doppelten Appell an Gefühl und Geist, der die kleine Welt des Individuums universalen Herausforderungen aussetzte, vermochte sich niemand zu entziehen. Die Königinwitwe von Schottland blickte weg. George Douglas studierte mit hochgezogenen Brauen seine Knie. Und Margaret Lennox, die den Sänger mit weit geöffneten Augen anstarrte, preßte die Zähne auf die Unterlippe.

Lymond aber schleuderte seinen Gesang dorthin, wo John Stewart von Aubigny, dekorativ wie eine vollkommene ionische Säule, breit und reglos lauernd hinter dem König stand.

Der Triumphgesang endete, verebbte, bis ihn das Wehen der Blätter im Wald zudeckte. Eine leere Stille breitete sich aus, in die all ihre aufgerührten Gefühle einmündeten und zusammenflossen, sie nach und nach mit Ausrufen, mit der Unruhe wiedererwachter Bewegung und der ansteigenden Welle des Beifalls füllten. Lächelnd trat Lord d'Aubigny einen Schritt vor und kniete vor dem König nieder. Vom schottischen Hof hörte niemand, was er sagte, doch wurde er von der Hand des Königs unterbrochen, die nach dem Sänger winkte.

Nur Margaret Erskine, die Lymond ganz nahe war, sah, daß er bebte. Er wartete eine Sekunde, bis die von ihm selbst entfachte Glut ihn verließ. Dann erhob er sich mit sparsamer Bewegung, legte sorgfältig die Laute nieder und schritt über die sanften Wölbungen des Teppichs. Die Fackelknaben, deren Schatten sich in dem vielfachen Lichtschein vermehrten und kreuzten, folgten dem Heroldsrock, der so hell schimmerte wie eine sich brechende Woge bei Nacht. Lymond kniete vor dem König nieder.

Für Northampton und sein Gefolge sah es so aus, als sei er lediglich zur Entgegennahme des königlichen Lobes zitiert worden. König Heinrich, der seiner Stimme einen sachlichen Ton gab, erhielt diese Illusion aufrecht. »Monsieur. Wie heißen Sie?«

»Mein Name ist Francis Crawford von Lymond, Euer Gnaden.«
Die Antwort war so nüchtern wie die Frage. »Ich vertraue mich Ihrer Gerechtigkeit an.«

»Francis Crawford von Lymond. Sie sind auch als Thady Boy Ballagh bekannt?«

»Das war ich«, sagte Lymond. Neben dem König blickte Sieur
d'Enghien plötzlich auf und sah sogleich wieder weg. Die Schwester
des Königs hatte ihn indessen unverwandt angestarrt. D'Aubigny
lächelte.

Das bärtige, feingeschnittene Gesicht des Königs musterte den
Mann zu seinen Füßen, und aus Heinrichs verhärteten Muskeln,
den gepreßten Nasenflügeln sprach unverhüllt der Zorn, dem er
nicht nachzugeben gedachte. »Das ist ein Fall für die Richter«, sagte
er. »Meine Bogenschützen werden Sie heute nacht vor mich bringen. Gehen Sie.«

Und John Stewart von Aubigny beugte sich vor, hob den vormali-
gen Thady Boy Ballagh von den Knien auf und zerrte ihn mit einem
absichtlich brutalen, lähmenden Griff zwischen die Wachen. Lymond ertrug ihn hellen Auges, während neuer Beifall ausbrach und
ihm jemand über den Teppich hinweg die Laute hinhielt. Doch
Heinrich deutete mit knappem Lächeln an, daß das Intermezzo beendet sei. Es war Zeit, sich zu rühren, die Nacht hinter sich zu lassen
und heimzukehren.

Francis Crawford drehte seinen Kopf Lord d'Aubignys Schulter zu
und blickte zu ihm auf. Sein rechter Arm hing schlaff herunter, und
aus seinem Gesicht sprach unverkennbar die morastige Ironie
Thady Boy Ballaghs. »Ein Bulle für die Kühe zur Zeit des Deckens
und ein Hengst für die Stuten. Ein Eber für die Säue zur Zeit ihrer
Hitze. Und ein Fuß für einen Fuß, ein Auge für ein Auge, ein Leben
für ein Leben«, sagte Francis Crawford. »So steht es im irischen
›Senchus Mor‹ geschrieben, Teuerster. Und Robin Stewart ist immer noch frei und brennt auf Rache.«

Piedar Dooly hörte es und spuckte grinsend aus, als der blonde Kopf
in einem Gewirr von Bogenschützen zu den Pferden trieb. Weit entfernt, am anderen Ende des Waldes, an der Flanke, die nach Béré
führte, wartete Stewart geduldig auf seinen morgigen Gast... Auch

der angestrengt nachdenkende O'LiamRoe hörte Lymonds Worte. Als Thady Boys Herr würde er dem König einiges zu erklären haben. Aber nicht soviel – Jesus! – wie Lymond. Auf der feierlichen Prozession heim ins Schloß hatte der König Zeit genug, seinen ätzenden Gedanken nachzuhängen, und er und seine Freunde – die vollkommene Verkörperung von Bildung und Ritterlichkeit – würden nicht ruhen, ehe dieser kleine faulige Pfahl aus ihrem Fleische entfernt war.

Es geschah in dieser Nacht im Studierzimmer des Königs in Châteaubriant.
Als man O'LiamRoe in den hell erleuchteten Raum voller bitterböser Nachtgesichter führte, schäumten auf der Zunge des Fürsten von Barrow bereits die bissigen Bemerkungen und Beleidigungen, die er den Hauptfiguren entgegenschleudern würde:
...Natürlich habe er gewußt, daß Thady Boy kein Ollave war, na und? würde er sagen. Thady Boy existierte nur, weil die Königinwitwe von Schottland es wünschte. Lymond habe sein Leben riskiert, um in Frankreich bleiben zu können, um das Kind zu beschützen und seine Feinde abzulenken, damit die französisch-schottischen Gespräche unbeeinträchtigt weitergehen und kein unseliger Thronwechsel oder eine voreilige Anklage sie zunichte machen würde.
Daß Thady Boy nun, da er sich selbst entlarvt habe, an seiner Aufgabe gescheitert sei, könnten sie sich gewiß vorstellen. Und wenn er schon keinen handfesten Beweis für die Schuld eines anderen habe, so könne er indirekt doch seine Unschuld beweisen: die Elefanten in Rouen, seine eindrucksvolle Leistung in London, die Verletzungen, die er im Turm von Amboise erlitten hatte. Jennys Sohn konnte von dem Arsen im Quittenbrot erzählen... Aber nein, Jennys Sohn hielt man lieber heraus. Und Abernaci – wenn man ihn vorlüde, würde ihn das vielleicht Lohn und Brot kosten. Und Tosh als Zeugen zu zitieren, würde heißen, seine Sicherheit zu gefährden. Und Oonagh...
Er schob den Gedanken an sie von sich und begann mit frischen Waffen von neuem. Auslachen würden sie die alte Dame, die Königinwitwe – er und Lymond. Er und Lymond, zusammen außerhalb

des Zauns, wo sie sich mit einem Achselzucken von allen Verwick-
lungen, all dem Gift befreien würden...

Dann wurde Phelim O'LiamRoe, Fürst von Barrow, in das kleine
Studierzimmer geführt, wo ihn Hitze und schleppende Stimmen
einhüllten, wo er Lymond aufrecht stehend vorfand: Ohne Heroldsrock; das Haar hing ihm in die Augen, die zerschundenen Hände
waren auf den Rücken gefesselt. Und O'LiamRoe kam sich plötzlich
töricht vor, als ihm bewußt wurde, daß es Situationen gibt, in denen
man kaum in provozierendem Witz brillieren kann. »*Et dis-donc*«,
sagte der König mit vor Abscheu klangloser Stimme, »wem dienen
Sie?«

Mit träger, einstudierter Hartnäckigkeit schüttelte Crawford von
Lymond den Kopf. Hell glitzerten seine Augen in dem bleichen Gesicht, wanderten über O'LiamRoe hinweg, ignorierten ihn, ruhten
eine Sekunde lang auf der Königinwitwe und flackerten wieder zurück. Welche Botschaft er empfangen oder übermittelt hatte, vermochte O'LiamRoe nicht zu sagen. »Ich verkaufe Erfahrung... und
erwerbe Erfahrung – und bezahle, wie Sie sehen, sogar die allfälli-
gen Steuern für diesen Handel. Ich diene meinen eigenen Launen,
das ist alles.«

»Sie sind«, fuhr die schleppende Stimme fort, »als akkreditierter
Herold von Madame ma bonne sœur, der Königinwitwe von Schottland in Frankreich. Wir könnten den Eindruck haben, daß Sie im
Auftrag von Madame, meiner Schwester handelten und der Fürst
von Barrow Ihr eingeweihter Komplize war.«

Niemand sprach. In den Winkeln dieses Schweigens drängten sich
die beschwerlichen Wochen dieses Aufenthalts in Frankreich zusammen: die beinahe fest zugesagten Gelder, der beinahe bestätigte
Ehekontrakt, die beinahe errungene Regentschaft. Darinnen zusammengerollt lag auch die nicht vorhandene Macht Cormac
O'Connors, der lockende Ruhm und Reichtum der italienischen
Kriege, die freundliche Nachgiebigkeit Englands, Balsam für die
von den Schotten gereizten Gemüter.

Lord d'Aubigny hatte weniger Geduld als die anderen. Er streckte
die gepflegte Hand aus, nahm dem Wachtmeister an seiner Seite die
Peitsche ab und ließ sie wie ein Löwenbändiger mit lässigem Knallen

über Lymonds geraden Rücken fahren. Lymond fuhr zu ihm herum, so schnell, daß ihn der letzte Hieb beinahe im Gesicht traf und Lord d'Aubigny überrascht zurücktrat. »Wenn Sie einen Beweis haben, legen Sie ihn vor«, sagte Lymond. »Wenn Sie Fragen haben, stellen Sie sie. Es mag zwar fesselnd sein, mich mit der Peitsche gefügig zu machen, doch würde Sie das mehr Zeit kosten, als Sie erübrigen können!«

Wieder knallte eine Peitsche, eine kleine, messerscharfe Peitsche diesmal, die ihm über die Beine fuhr. Einer von Katharinas Zwergen hopste kichernd zurück. »Ich empfehle Ihnen Höflichkeit in dieser Versammlung«, sagte Katharina von Medici kühl in ihrem italienisch gefärbten Französisch, das sie so schnell nach ihrer Hochzeit hatte lernen müssen – ebenso wie die Kunst der Geduld, die sie freilich erst nach langer Zeit beherrscht hatte. »Sie können uns nicht täuschen. Die Königin, Ihre Herrin, ist hier.«

Die Königinwitwe hatte das lange Kinn auf die Brust gesenkt. Mit eleganter Bewegung schüttelte sie nun einen Ärmel zurecht und ließ ein Handgelenk aufs Knie sinken. Der Blick unter den stark betonten Augenbrauen richtete sich zunächst auf Katharina, dann auf den König. Und O'LiamRoe hörte in seinem Innern seine eigene Stimme: »*Die mächtige alte Dame wird das in Ordnung bringen*«, und sein Gedächtnis lieferte ihm auch Lymonds Antwort: »*Die mächtige alte Dame ist erst fünfunddreißig und wird in dieser Angelegenheit keinen Finger rühren. Ich selbst bin durchaus nicht sicher, ob ich mich in ihre Belange einmischen will.*« Nachdenklich ließ d'Aubigny die Peitsche knallen.

»Ich liebe tapfere Männer«, ließ sich die Königinwitwe von Schottland vernehmen. »Und die Crawfords sind tapfere Männer, die mir in der Vergangenheit gut gedient haben. Doch ein durchtriebener, aufgeblasener Maulheld ist mir zuwider. Hätte ich gewußt, daß einer meiner Schotten in diesen Mummenschanz verwickelt ist, hätte ich Ihnen seine Hände und seine Zunge geschickt. Wie die Dinge liegen, stelle ich Ihnen anheim, sich von ihm nach Belieben Genugtuung zu verschaffen. Ich glaube nicht, daß er des Diebstahls und des Massenmords schuldig ist. Ich stelle jedoch fest, daß er Sie und mich, edler Bruder, lächerlich gemacht hat, indem er uns nicht nur einmal, sondern zweimal auf diese Weise getäuscht hat. Verfahren Sie mit ihm, wie es Ihnen beliebt.«

Sie hatte ihn verleugnet... Die noch ungesprochenen Worte quollen O'LiamRoe im Mund. In Lymonds Gesicht zeigte sich nicht die leiseste Spur von Zorn oder Überraschung. Sogar jetzt, staubig und zerzaust, brachte er es fertig, eine strenge Gefaßtheit an den Tag zu legen. Durch halb geschlossene schlaffe Lider hindurch starrte er Maria von Guise an und sagte: »Madame, für welchen König hätte ich in Schottland spielen sollen? Dort ist sogar der Kronherold ein alter Mann.«

Sie hatte ihn verleugnet, und er akzeptierte es. O'LiamRoe holte tief Luft und öffnete den Mund, spürte im selben Augenblick den warnenden Druck auf seinem Arm. Margaret Erskine war zu ihm aufgerückt. Eisig antwortete die Königinwitwe: »Wären Sie als Francis Crawford gekommen, dann hätten Sie Ihrem Land Ehre gemacht, statt ganz Irland in den Mund zu nehmen und uns vor die Füße zu speien.«

»Aber Francis Crawford«, entgegnete Lymond schlicht, »war nicht eingeladen.«

»Zudem ist Francis Crawford ein bekannter Mann«, ergriff Lord d'Aubigny das Wort. Die späte Stunde hatte keine Furchen in sein so anziehendes Gesicht gegraben, wenn auch die Röte vom Kinn bis zur Stirn eine gewisse Unregelmäßigkeit aufwies. Immerhin zerbrach er hier ein Gefäß, an dem er unter anderen Voraussetzungen seine helle Freude gehabt hätte.

»Vergessen wir nicht die Juwelen, die er zum Mitnehmen in seinem Zimmer parat hatte«, fuhr er fort, »auch nicht das Seil, das man dort fand, und seine Freundschaft mit diesem niederträchtigen, mir unterstellten Bogenschützen Stewart. Robin rettete ihm beim Klettern das Leben – viele von Ihnen haben das gesehen. Die beiden haben auch bei dem vorgetäuschten Jagdunfall Hand in Hand gearbeitet. Und im Turm von Amboise ritt er nur deshalb in der ersten Reihe, weil Monsieur d'Enghien sein Pferd am Zügel hielt – dabei hatte er die Absicht, da bin ich ganz sicher, ungefährdet ganz hinten zu reiten. Und Crawford und sein Freund O'LiamRoe retteten Stewart gemeinsam ein zweites Mal – diesmal im Tower von London – vor dem sicheren Tod und überzeugten ihn, daß er besser am Leben bleiben und nach Frankreich zurückkehren solle. Und unerklärlicherweise entkommt Stewart, sobald er die Loire erreicht hat. Und selbst wenn Crawfords irische Verkleidung nur eine unschickliche und törichte Maskerade war«, fuhr d'Aubigny mit leicht erhobener Stimme fort, »warum hat dann Lord Culter, sein Bruder, Mitglied dieser tapferen und so dienstbaren Familie, es unterlassen, diesen Exzessen ein Ende zu machen oder wenigstens der Königin, seiner Herrin, den richtigen Namen Ballaghs mitzuteilen?«

Die vorstehenden braunen Augen Königin Katharinas, die sich tief gerändert von der übernächtigten weißen Haut abhoben, lösten sich von d'Aubigny, um die Königinwitwe anzustarren. »In der Tat, warum? Geben Sie acht auf Ihre Lords, meine Schwester. Diese Familie scheint weniger verläßlich zu sein, als Sie dachten.«

Diese alten Frauen! Zum zweitenmal öffnete O'LiamRoe den Mund. Zu seiner Linken regte sich Piedar Dooly mit zusammenge-kniffenen, wachsamen Augen. Zu seiner Rechten trat Margaret Erskine einen Schritt vor und versperrte O'LiamRoe die Sicht auf den König. Ihre Augen waren fast auf derselben Höhe wie die sei-nen. »Er will es nicht«, sagte sie zum Fürsten mit einer Stimme, die nur bis zu ihm trug. »Er will es nicht. Wie wollen Sie ihm helfen, wenn man auch Sie gefangensetzt?«

Lymond lachte. Das durch den Raum flatternde Gelächter hörte sich sonderbar anstößig an, und er sagte: »Der ehrenwerte Fürst von Barrow verließ Frankreich an dem Tag, da er meine Identität ent-deckte, und versucht seither unausgesetzt, mich zu läutern. Glau-ben Sie, daß irgendein Komplize von mir die Verbannung aus Frankreich riskiert hätte, wie er es in der ersten Woche unseres Auf-enthalts getan hat? Monsieur O'LiamRoe verachtet Diplomatie, wie Sie selbst feststellen durften, macht sich über Politik lustig, findet Ehrgeiz lächerlich und lästert über Reichtum. Sie ahnten nicht, wel-ches Juwel Sie in Ihrer Mitte hatten. Einen Mann, der sich von Ih-nen nicht mehr erhoffte als Nahrung für seinen Witz. *Phelim, will-kommen*, hätten Sie sagen müssen...« Und die leichtfertige Stimme schwelgte in dreister Parodie:

> *»Phelim, willkommen,*
> *Phelim, Sohn Liams,*
> *Wo Helden wohnen.*

Herz aus Eis,
Schwanenschwanz,
Wagenlenker in der Schlacht,
Wütender Ozean,
Herrlicher, hitziger Bulle,
Phelim, Sohn Liams...

Herrlicher, hitziger Bulle«, wiederholte Lymond gedehnt, diesmal auf irisch. O'LiamRoe, dem diese Mischung aus Schmutz und Gold die Gehirnwindungen blockierte, räusperte sich umständlich und sagte: »Hol Sie der Teufel! Und was ist mit Ihnen? Sie haben große Musik in sich – das sage ich Ihnen jetzt. Ein eben geschaffener Engel würde sich neben Ihnen wie ein rostiger Nagel anhören, der auf Glas herumkratzt... Welchen Grund hatten Sie, sich als Ire auszugeben und bei der ersten Gelegenheit Ihre Talente durch Saufen und Ausschweifungen zu ruinieren?«

Die unschuldigen, trügerischen Augen wandten sich dem Fürsten zu: »Kunst kann nicht leben ohne Freiheit.«

Einen Augenblick war es still. O'LiamRoe begriff, daß dem grausamen Spiel von Verhör und Auspeitschung nun ein anderes folgte, das der Hof stillschweigend zu dulden bereit war. Er zögerte nur einen Augenblick, ehe er seine abgedroschenen Theorien ein letztes Mal abspulte. »Ah ja, mein feiner *gean-canach*, aber *wieviel* Freiheit? Die Kunst eines Mannes ist nur so gut wie seine Leber. Wer entscheidet, wann er aufhören muß?«

»Der Künstler.« Lymonds Stimme war ernst, doch sein Blick unverhüllt spöttisch.

»Er weiß, was er zu seiner Inspiration braucht, um schöpferische Einfälle zu haben, aber danach muß man seinen kleinen Ausschweifungen Einhalt gebieten. Beim lebendigen Tod, Sie wissen genau, was ich meine. Sonst produziert er nichts weiter als schlechte Kunst und noch schlechtere Manieren und kann von jedem Handwerker nachgeahmt werden, der mit Pinsel und Farbe umzugehen oder ein Kneipenpamphlet zusammenzuschustern versteht.«

»Und das stört Sie?« erwiderte Lymond. »Die Nachwelt stört es nicht. *Nous devons à la Mort et nous et nos ouvrages*, wie Sie wissen. Wir schulden dem Tod unser Leben und unsere Werke. Wenn ihr uns nüchtern macht, uns in sittsame Lämmer verwandelt und uns unserer Bella Simonettas und Vittoria Colonnas beraubt, wird es keine künstlerische Inspiration und keine Kunstwerke mehr zu überliefern geben.«

»Nicht jeder Künstler braucht den Rausch oder obskure Leidenschaften, um sein schöpferisches Gleichgewicht zu finden.«

»Und was ist mit denen, die sie brauchen? Soll man sie hindern? Soll die Nachwelt im Namen einer zum Schlechten neigenden Gegenwart büßen?«

O'LiamRoe schwieg. Hier lag der Kern der ganzen Angelegenheit. Die Anklagen wegen Diebstahl und Verrat, die Lord d'Aubigny vorgebracht hatte, entbehrten jeder Grundlage. So begierig sie der Hof auch aufgegriffen hatte, um seinen verletzten Stolz zu besänftigen – man würde Lymond nicht dieser Anklagepunkte wegen verurteilen.

Man würde ihn vernichten wegen des Streichs, den er ihnen gespielt, wegen der Macht, die er über sie gehabt, und wegen der Zuneigung, die er in ihnen erweckt hatte. Da er weder die Königinwitwe noch O'LiamRoe belasten wollte, versuchte Lymond jetzt ihren verletzten Stolz zu besänftigen, um seine Haut zu retten. Darum führte er O'LiamRoe gegenüber alle Argumente ins Feld, mit denen der Fürst selbst einst den Hof überzeugt hatte, sich in einem neuen Licht zu sehen: nicht als Thady Boys Gefährten, als seine Opfer in einer Art Kostprobe sittlichen Verfalls, sondern als Diener seiner Kunst. Und während er mit Lymond rechtete, seine Rolle spielte, vernahm O'LiamRoe aus dem Mund des anderen seine eigene Philosophie und fand sie jämmerlich. »...Das Gefühl«, sagte Lymond jetzt und beendete damit seine Ausführungen über Ausschweifungen und das Ignorieren aller Konventionen, »das Gefühl braucht Phasen einer Unabhängigkeit vom Denken, und danach lebt auch das Denken erquickt wieder auf.«

»Ja, Monsieur Crawford«, ließ sich Katharina vernehmen, die mit zierlich gekreuzten Fesseln und reglosen beringten Händen dasaß. »Aber ein solches Vorbild kann auch vernichten – und das Vorbild des Genies schneller als alle anderen.«

»Und zu ihnen gehört auch der Künstler«, fügte O'LiamRoe hinzu. »Die Massenvernichtung im Tour des Minimes, die Ihnen beinahe sämtliche Knochen aus dem Leibe geschüttelt hat, war Ihre Rettung, und Sie wissen es. Als Sie alle Selbstkontrolle hatten fahren lassen, fuhr Ihre Kunst hinterdrein.«

»Ich bin nach Frankreich gekommen, um Freiheit zu finden«, sagte Lymond. Die Bogenschützen zu seinen Seiten waren zurückgewichen, und er stand nun allein dort, die Arme von der Fessel auf den Rücken gekrümmt. Die Empörung war aus seinem Gesicht geschwunden. In dem weichen Licht wirkte er munter und wachsam.

»Und Sie haben einen Kerker gefunden, wie es scheint«, nahm der König wieder das Wort und ließ den Blick kurz auf dem unbewegten Gesicht des Konnetabels ruhen, seines alten *compère*. Dann tat er einen tiefen Atemzug, der in dem stillen Raum wie ein Seufzer klang. »Ist es nicht so, daß man ein Talent, das nur in völliger Freiheit arbeiten will, einsperren muß? Daß nur aus Unglück, Krankheit, Armut und Verfolgung die Disziplin erwächst, die für ein vollkommenes Werk unabdingbar ist...? Und doch«, seine Stimme wurde nachdenklich, »scheinen Sie kein Mann zu sein, dem es an Selbstkontrolle mangelt. Vielleicht ist er ein Mann, der andere Menschen studiert und sich selbst in seiner Beziehung zu anderen Menschen? Ein Mann, der sich nicht den Regeln angemessenen Verhaltens zu unterwerfen vermag? Ein Mann, der die Verformungen und sonderbaren Eigenschaften der Seele bloßlegt und sie Konflikten aussetzt? Ein Mann, der sich eine Menagerie absonderlicher Kreaturen hält?« Er hielt inne. »Entweder haben Sie diese Maskerade aufgeführt, um Diebstahl und schlimmere Verbrechen zu begehen, und dafür gebührt Ihnen der Tod. Oder Sie haben es getan, einzig zu dem Zweck, Unheil anzurichten, wozu Sie der Teufel angestiftet haben mag. Ich müßte Sie verurteilen, wenn Sie sich mit Bierjungen auf diese Weise eingelassen hätten. Vielleicht befriedigt Sie der Gedanke, daß es Ihnen, wären Sie bei Ihren Machenschaften nicht selbst zu Schaden gekommen, gelungen wäre, das Gebäude einer Nation zum Einsturz zu bringen und unsere eigene Großmütigkeit gegen uns zu wenden. Ich bedauere«, sagte Heinrich von Frankreich, und seine dunklen Augen sahen die Königinwitwe an, wanderten über seine Gemahlin, den Konnetabel, die stummen Gesichter der Höflinge und den bleichen Grimm O'LiamRoes, während seine Worte dem ihnen allen gegenwärtigen Thady Boy Ballagh galten, der ihr Liebling gewesen war. »Ich bedauere – doch Kunst ohne Gewissen ist wie eine Jagdkatze, die zu zähmen kein Tierbändiger auf dieser Welt wagen kann. An einem festgesetzten Ort wird man Sie vernichten – und mit Ihnen Ihre Musik.«

Einzig zu dem Zweck, Unheil anzurichten! »Heilige Mutter Gottes!« stieß O'LiamRoe grimmig hervor und näherte sich mit drei heftigen Schritten Maria von Guise. Das unbeteiligte flächige Gesicht wandte sich ihm nicht einmal zu.

»Mein lieber Phelim«, ließ sich Lymond mit trockener Stimme vernehmen, und in seinem Gesicht lag eine Spur Verärgerung, vermischt mit einem anderen, schwer deutbaren Ausdruck. »Es scheint, man hält mich in Gewahrsam – wenn auch Sie wohl davon verschont bleiben. Da Sie die Dinge nicht ändern können, gestatten Sie mir wenigstens, das zu ernten, was ich gesät habe. Gehen Sie und betrinken Sie sich.«

Er sagte das ganz freundlich. Phelim O'LiamRoe und sein Ollave tauschten einen langen Blick, blaue Augen starrten in blaue. Dann wandte sich der Fürst von Barrow ab, und ungestüm, ohne sich darum zu kümmern, wen er anrempelte, verließ er mit langen Schritten das Zimmer.

Piedar Dooly wurde von dem plötzlichen Aufbruch überrascht. Hastig rappelte er sich auf und setzte lautlos pfeifend seinem Herrn nach. »Der Himmel bewahr uns, diese Leute sind gar nicht so dumm«, meinte O'LiamRoes Vertrauter, während er eilig hinter ihm drein trippelte. »Und wohin jetzt, Fürst von Barrow?«

Das Gesicht, das sich ihm zuwandte, erkannte er kaum als das Phelim O'LiamRoes, Häuptling seines Geschlechts – so kantig war es vor Entschlossenheit und einer Art verbissenen, elenden Zorns. »Was dich betrifft, du Glückspilz, du kannst nach Hause und ins Bett gehen«, sagte er.

Einen Augenblick verhielt Dooly vor Überraschung den Schritt. Dann holte er seinen Herrn wieder ein und fragte vorsichtig: »Und Sie selbst, Fürst? Wohin gehen Sie?«

»Zum Haus von Cormac O'Connor, Bursche. Wohin sonst?« erwiderte O'LiamRoe, der Lebenskünstler, das Urbild und der Inbegriff der Unparteilichkeit.

Es war bereits Sonntag, der 20. Juni. Bald würde das erste grau verschleierte Licht die Bäume im Park von Châteaubriant umspielen und sich auf die dunklen Ränder des Sees legen.

FÜNFTES KAPITEL

Man wollte ihn nicht einlassen: Wer öffnet schon um halb vier Uhr morgens einem törichten Iren, einem verrückten Landsmann die Tür? Mistress Boyles hohlwangiger Verwalter knallte das Türgitter wieder zu – und O'LiamRoe kletterte über zwei Mauern, brach einen Fensterladen auf und purzelte in den Salon. Inmitten verstreuter Asche lag dort schnarchend Cormac O'Connor, hingefällt, wo er am Abend zuvor betrunken vom Tisch gerutscht war. O'LiamRoe betrachtete ihn interessiert. Dann trat er über das dicke Hinterteil hinweg und riß die nächstgelegene Tür auf.

Grünliches Mondlicht beleuchtete ein schmuckloses Schlafgemach, die verstreuten Kleider einer Frau. Nicht Parfumdüfte füllten den Raum, sondern der Pflanzengeruch eines frisch geputzten Schulzimmers. Ohne zu zögern, ging O'LiamRoe mit langen Schritten zu der schwach erhellten Reisepritsche in der Ecke, auf der, zusammengekrümmt unter der dünnen Bettdecke, vom schwarzen Flor ihres Haars verschleiert, Oonagh O'Dwyer schlief.

Nebenan flackerte noch eine Kerze. Mit einem flink entzündeten Wachsstock schritt O'LiamRoe in Schlafraum und Salon von Wandleuchter zu Wandleuchter, von Lampe zu Torchère, und reihte Licht an Licht, bis die Luft in einer sengenden Lichtflut zitterte und funkelte – und Oonagh O'Dwyer aus dem Schlaf auffuhr. Verwirrt stützte sie einen Ellbogen in das weiße Kissen, und ihr Gesicht, umrahmt vom langen schwarzen Haar, war so weiß wie das Kissen. Ihre geweiteten Augen leuchteten wie Blumen in dem totenblassen Gesicht, als sie heftig fragte: »Ist er tot?«

»*Tres vidit et unum adoravit.* Er liegt vor dem Kamin wie ein sauer

gewordener Pudding, meine Liebe… falls Sie den da drüben meinen.« Und seine großen, hellen, unschuldigen Augen forderten sie
heraus, das abzustreiten.

Sie tat ihm den Gefallen, unzweideutig, heftig, ohne eine Sekunde
zu überlegen. »Sie wissen genau, wen ich meine. Warum sind Sie
sonst hier? Ist die Königin ermordet worden? Warum hat er Sie geschickt?«

»Tauben haben Sie im Kopf, wonnige dicke Tauben«, antwortete
O'LiamRoe fröhlich. »Niemand schickt mich, und die Königin ist
noch nicht ermordet worden. Aber Thady Boy Ballagh, *ochone*, wird
auf königlichen Befehl als Sündenbock des reingewaschenen Aubigny hingerichtet, und nur Sie und ich, mein Schatz, können das
Kind jetzt noch retten.«

Der Nebel des Schlafs wich allmählich aus ihrem Gesicht, Stirn und
Wangen färbten sich, und die schmalen Lippen, die er nicht vergessen konnte, fanden zu ihrer Bestimmtheit zurück. Sie warf sich einen Morgenmantel über die verhüllten Schultern und blickte an ihm
vorbei. »Heilige Jungfrau… Machen Sie die Lichter aus! Das Kind
ist mir gleichgültig und wird im Grab seine Ruhe haben.«

»Die Lichter habe ich angezündet«, erklärte O'LiamRoe liebenswürdig. »Und ich möchte, daß uns Cormac O'Connor mit seinem
vortrefflichen Verstand dabei hilft, Lord d'Aubignys königlichen
Gönner davon zu überzeugen, daß dieser noble Herr ein potentieller
Mörder und – darauf wette ich – halb wahnsinnig ist.«

Sehr langsam fragte Oonagh: »Lord d'Aubigny hat Lymond als
Thady Boy Ballagh entlarvt?«

»Ja.«

»Dann retten wir ihn nicht mit einer Anklage gegen d'Aubigny.
Lymonds Vergehen als Thady Boy Ballagh reichen aus, ihn zu vernichten. Das wissen Sie genau.«

»Nicht, wenn er beweisen könnte, daß seine Maskerade dazu diente,
die kleine Königin zu beschützen«, erwiderte O'LiamRoe.

»Dann gehen Sie zur Königinwitwe«, sagte Oonagh. »Oder hat sie
ihn verleugnet?« Und als ihr O'LiamRoes Schweigen antwortete,
weiteten sich ihre sonderbaren Augen, und sie lächelte. »Und genau
das tue ich auch. Er ist ein Pechvogel, unser Liebhaber, unser geliebter Ollave!«

»Das hätten Sie nicht sagen sollen«, tadelte O'LiamRoe sie sanft, und sie errötete jäh. »In einigen Dingen hat er Pech gehabt, ja. Er wird die Königinwitwe nicht bitten, zuzugeben, daß sie ihn selbst nach Frankreich berufen hat, damit er die kleine Königin beschützt. Er wird auch mich nicht bitten, zuzugeben, daß ich wußte, warum er sich in Frankreich aufhielt. Da stünde nur ein Wort gegen das andere. Er kann auch nicht geltend machen, er sei als sein eigener Herr nach Frankreich gekommen, um diese Aufgabe zu übernehmen. Auch dann müßte er d'Aubigny anklagen, und er hat nicht mehr Beweise gegen d'Aubigny als d'Aubigny gegen ihn. Darum wird die Aussage, die ich von Ihnen und Ihrem Freund bekommen werde, Seine Lordschaft vernichten, das Kind retten und unseren geliebten Ollave, wie Sie ihn nennen, befreien – alles auf einmal. Die sauberste Lösung, die ich mir denken kann.«

»Und seit wann«, fragte Oonagh, noch immer im Bett, »sind Sie Francis Crawford so innig zugetan?«

»Das habe ich mich auch gefragt.« O'LiamRoe antwortete sehr ruhig. »Ich glaube fast, als mir aufging, daß dieser schwarze, wüste Ire, den wir kannten, zur Hälfte nur der Schauspieler in Francis Crawford war. Die andere Hälfte war das abscheuliche Tier, das sich eben jetzt als menschlich erwiesen hat.«

»Glauben Sie?« Einen Augenblick musterten ihn die gleichgültigen grünen Augen neugierig.

»Ich glaube, das Seil im Tour des Minimes – und Ihr Eingreifen – hat ihn vor sich selbst gerettet. Sie haben uns beide beschützt, wenn Sie uns auch hassen mögen. Aber eines bleibt Ihnen noch zu tun.«

»Ich hasse Sie nicht. Und ich gebe mich auch nicht der Täuschung hin, in Francis' Herzen lesen zu können – sei es nun menschlich oder sonstwie beschaffen... Gehen Sie«, sagte Oonagh mit klarer, leiser Stimme, aus der O'LiamRoe den plötzlichen verzweifelten Zorn heraushörte. »Gehen Sie! *Gehen Sie nach Hause!* Was immer mir mein Körper bedeuten mag – meine Seele gehört mir! Soll er Ihre Seele tätscheln oder quälen, wie es ihm beliebt. *Mich soll er nicht anrühren!* «

Gereizt hob O'LiamRoe die Stimme. »Er hat gar nicht den Wunsch, Sie hineinzuziehen!«

»Er zieht mich hinein, in dieser Minute, Sie Narr! Warum sonst sind

Sie frei? *A mhuire!*« stieß sie hervor, und die tränenlosen Augen weiteten sich vor Bitterkeit. »*Dacent crathur*, kehren Sie heim nach Irland. Sie sind ihm nicht gewachsen, unserem geliebten Ollave, dessen Herz Platz hat für die Liebe jedes Mädchens... Wir sind die Narren, wir, die wir kämpfen, planen, an fremden Türen betteln, mit unserem schwindenden Vorrat an Kraft und Hingabe und Leidenschaft Feiglinge nähren müssen, während Sie sich um ein fremdes Balg bemühen und lateinische Verse schnitzen.«

Sie hielt inne, und eine Weile blickte O'LiamRoe sie schweigend an. Dann sagte er ruhig: »Warten Sie. Da Sie im Austeilen von Schlägen so tüchtig sind, nehmen Sie von mir wenigstens einen kleinen Klaps entgegen. Sie schwelgen im Unglück. Doch mir ist aufgegangen, daß es mir überhaupt nicht gefallen würde, von einem König Cormac regiert zu werden.«

Sie blickte ihn an, von seinen Worten nur wenig beeindruckt. »Ihr Herrscher wäre der König von Frankreich.«

»Meisterhaft«, entgegnete O'LiamRoe herzlich. »Und sobald Cormac O'Connor die Engländer aus Irland vertrieben hat, wird er die Franzosen vertreiben, die ihm dabei geholfen haben. Teufel auch, wenn schon England beinahe in die eleganten Knie geht, was kann sich dann Frankreich von Irland erhoffen – Frankreich, das Schottland am Hals hat und an dessen verlockenden Grenzen der Papst und der Kaiser herumknabbern?«

»Ihnen sind die Engländer lieber?« fragte Oonagh voller Verachtung. »Oder möchten Sie gar selbst regieren?«

»*Beim Kreuze Christi!*« ließ sich dröhnend eine Stimme vernehmen, die Stimme eines dickbäuchigen öffentlichen Redners, nur ein wenig heiser vom Trinken. O'LiamRoe wich zurück. Der Schläfer war endlich aufgewacht. In der Tür lehnte leicht schwankend Cormac O'Connor. Seine kleinen Augen funkelten, und das schmuddelige Hemdtuch gab den Blick auf dickgeäderte Muskeln frei.

»Beim Kreuze Christi... Wir haben Gäste, Mädchen, und mir sagt man nichts davon? Haben Sie mein Herzblatt zufriedengestellt, Phelim O'LiamRoe? Sie ist schwer zufriedenzustellen, aber der Kern ist süß – wie andere bestätigen können... Ah!« stieß Cormac hervor und näherte sich der Frau, die starr aufgerichtet im Bett saß.

Der klassische, eigensinnige Kiefer war vom Kinn zum Ohr glatt und fest wie eine Melone. »Ah, deinen alten Morgenmantel hast du an... Hältst es wohl nicht für nötig, uns zu gefallen... uns deine schönen weißen Juwelen zu zeigen?« Und er beugte sich vor und riß mit einem einzigen Ruck Morgenmantel und Nachthemd auseinander, entblößte sie mit beiden Fäusten von Ellbogen zu Ellbogen.

Sie war zart und weiß – der grünhaarige Morgen, wie Lymond sie genannt hatte. Die Spuren der Mißhandlung auf der geäderten Haut waren gelblich verblaßt. »Was für ein Engel du bist«, sagte Cormac leichthin und drehte sich um. »*A mhuire!... Sieh dir nur sein Gesicht an!* Natürlich, ich bin zu früh aufgewacht. Haben Sie noch nicht aus diesem Sahnetopf gelöffelt, Fürst?... Hab ich Ihnen Appetit gemacht?« Und während sein Blick von O'LiamRoes verdutztem Gesicht zu dem versteinerten Gesicht der Frau wanderte, schüttelte er sich vor Lachen.

Sie rührte sich nicht, auch dann nicht, als er die beiden zerfetzten Hälften ihres Nachtgewandes wieder über ihre Schultern zerrte und übereinanderlegte, sich auf einen Stuhl neben ihrem Bett lümmelte und den Kopf gegen ihren Oberschenkel lehnte. Sein krauser Bart sträubte sich himmelwärts. Mit immer noch lachender Stimme sagte er: »Oder warten Sie auf ein Einhorn?« Und er drehte sich herum, zwinkerte Oonagh zu, ehe er sich erneut an O'LiamRoe wandte.

»Sie hat mir geschrieben – wußten Sie das, edler Fürst? –, um mich von allen Sorgen zu befreien: ›Cormac, Liebster‹« – er zog ihren fügsamen Arm über seine Schulter und bettete seine feuchte, bärtige Wange in ihre Handfläche – »›Cormac, Liebster, das Leben ist voller Illusionen. Der große Lord von Slieve Bloom ist eine schüchterne kleine Jungfrau, einer, den die Natur ausgesperrt hat. Du hast keinen Nebenbuhler zu fürchten.‹«

»Meiner Treu, was für ein beschränkter Mann Sie sind«, entgegnete O'LiamRoe ruhig. Er warf sein zerbeultes Barett auf eine Truhe und verschränkte die Arme. Gemütlich lehnte er sich mit den Schultern gegen die Wand und blickte die beiden fest an. »Bilden Sie sich ein, daß man mit den Fäusten besser predigen kann als mit der Stimme? Wir sind zwei vernünftige Männer – und wenn Sie mit Ihren Ansichten recht haben, kann ich Sie nur bitten, mich zu überzeugen.« Ruhig stand er da, der hohe Kragen verbarg das Auf und Ab seines Adamsapfels, die verschränkten Arme das Beben seines Brustkorbs. »Ein Mann, der die sechs irischen Herrschertitel für sich beansprucht, muß sehr kühn sein, nicht wahr?«

Wie ein Trompetenstoß entfuhr O'Connors entblößter Kehle ein höhnisches Schnauben. Der Bart senkte sich, und die beiden schlauen Augen musterten O'LiamRoe. »Vor zehn Jahren rief sich Heinrich zum König von Irland aus und verleibte uns der englischen Krone ein wie einen Handschuh – ›*Von nun an seien die Iren nicht mehr Feinde, sondern Untertanen.*‹« Cormac fluchte und lachte erneut, den Blick auf O'LiamRoe gerichtet. »Es bringt Ihr träges Blut kaum in Wallung, nicht wahr, und läßt Sie kaum die Nase aus Ihrem Moor heben, daß der englische Vizekönig in Kilmainham Befehle ausspuckt und die gekauften Grafen in der Halle von Schloß Dublin lammfromm gehorchen?«

»Dreihundert Jahre unter englischer Herrschaft sind eine lange Zeit«, erwiderte O'LiamRoe. »Auch eine französische Invasion wäre, mit Verlaub, nur eine alte Melodie in neuer Tonart. Desmond versuchte schon vor dreißig Jahren, die Franzosen ins Land zu holen, armes, törichtes Irland, um Heinrich VIII. zu bekriegen, und Kildare selbst prahlte, er würde mit zwölftausend Spaniern hinter sich dasselbe tun. Nun, der große Graf von Kildare ist tot, seine Familie hingerichtet, sein Erbe ein Kind, das seit zehn Jahren in Florenz lebt und Irisch mit italienischem Akzent spricht. Gewiß, Ihre eigene Mutter war eine Tochter des Neunten Grafen von Kildare, Ihre Güter sind eingezogen, Ihr Vater sitzt im Tower, Ihre zehn Brüder und Schwestern sind heimatlos und leben auf fremdem Boden. Aber es ist immerhin fünfzehn Jahre her, daß die Engländer Kildares Sohn Tómas in Schloß Maynooth ergriffen und das Ehrenwort brachen, das sie ihm gegeben hatten... Und dreihundertfünfzig Jahre ist es her, daß ein O'Connor Hochkönig von Irland war.«

Cormac O'Connor hatte den Kopf gehoben und dem Fürsten von Barrow das struppige Gesicht zugewandt. »So spricht ein kriechender Wurm aus dem Moor! Fünfzehn Jahre, seit Tómas an tSioda, der Bruder meiner eigenen Mutter, und fünf Onkel Geralds von Kildare von den Engländern in Tyburne ermordet wurden! Dabei hatten sie sich in Maynooth auf Treu und Glauben unterworfen! Und der Erbe ganz Irlands flüchtete sich wie ein schmutziges Rinnsal ins Meer. Einen Thron für den rechtmäßigen Erben, den jungen Gerald von Kildare, wollen diese Frau und ich errichten.«

»Spricht er Englisch?« erkundigte sich O'Liam Roe schlagfertig.

Ein unwilliges Knurren drang aus O'Connors Kehle, doch hinter ihm erhob Oonagh zum erstenmal, seit ihr Liebhaber eingetreten war, die kalte Stimme. »Genauso gut wie das Kind Maria«, sagte sie.

»Und wird genauso selbständig herrschen, schätze ich«, erwiderte O'LiamRoe. »Wir sind eine Nation von Onkeln geworden. Ganz Europa ist eine Wiege voll nackter kleiner Herrscher, die von Reiterstiefeln geschaukelt wird. Warwick und Somerset in England, Arran und die Guisen in Schottland, und bei uns der letzte Gerald-Anhänger. Meiner Treu, zwei Grafen von Kildare waren von England eingesetzte Vizekönige, und üble Amtswalter waren sie, für Irland wie für England. ›Ganz Irland kann diesen Grafen nicht im Zaum halten‹, teilten die Iren dem englischen Kronrat mit. ›Dann soll auf Treu und Glauben der Graf ganz Irland im Zaum halten‹, antwortete der Kronrat. Wenn es Ihnen gelänge, die Engländer zu vertreiben und den jungen Kildare zum König zu machen, wäre er binnen zwei Wochen vom Thron – und dann käme irgendeiner von der großen *buailim-sciath* Ihres Schlages. Und wir würden geradenwegs zurück in die Anarchie gestoßen. Unsere königliche Tradition ist vernichtet. In unseren Adern fließt nichts Großes mehr. Wir haben nichts weiter geerbt, besitzen nichts mehr als unser vom Wind gesätes Leben. Können Sie denn nicht endlich Ruhe geben«, sagte O'LiamRoe, dessen ovales Gesicht feucht und rosig schimmerte, »damit das Korn seinem eigenen Wachsen lauschen kann?«

Wie ein Schwert, das Glas durchschneidet, ertönte eine Stimme, schrill und stählern: »Er liebt die Engländer, diese Höllenbrut!«

In zerknautschte Leinenschichten gewickelt, einem Kohlkopf ähnlich, das drahtige Haar zu zwei steifen Flechten zusammengedreht, stand Mistress Boyle breitbeinig auf der Türschwelle, und ihre auf O'LiamRoe gerichteten Augen funkelten vor Wut und Haß. »Er würde wie ein Hündchen in seinem Korb neben dem Kamin eines englischen Lords hocken und um ein freundliches Wort und einen

Scherz betteln. Er würde auch den Purpurstoff und die silbernen Becher annehmen, mit denen sie uns umbuhlen, als wären wir Wilde, würde den lächerlichen alten Tand des Antichrist, wie die Engländer den Katholizismus zu nennen belieben, mit Füßen treten, heimtückische Gedanken in seinem Herzen ausbrüten, sich über sechshundert Jahre alte Gesetze und elfhundert Jahre alte Sitten hinwegsetzen...«

»Wäre ich elfhundert Jahre alt, würde ich ihnen folgen«, sagte O'LiamRoe. »Heute würde ich nur dem Mann folgen, der gute Herden aufzieht und gute Ernten einbringt, der Wege anlegt und Straßen baut, der Moor und Morast begehbar macht und Wälder rodet. Ich würde dem Mann folgen, der die Wolle seiner Schafe zu gutem Tuch verarbeitet, Flachs anbaut, Färbemittel herstellt, dem Mann, der gute Gesetze und gute Arzneien macht, der lateinische Verse schreibt und die Männer alt werden läßt: Männer, die in Freundschaft mit ihren Nachbarn leben, ob keltisch, irisch-normannisch oder irisch-keltisch, ob in den Seehäfen oder im Pale. Wir sind eine Million Menschen, von der Geburt bis zum Tode so unbeständig wie der Schaum auf der See, und mehr hinterlassen wir auch nicht... Greifen Sie zur Streitaxt, O'Connor, führen Sie die Mac-Sheehys in den Kampf«, sagte Phelim O'LiamRoe, Fürst von Barrow entschlossen, »hetzen Sie Bauer gegen Bauer, Fußsoldat gegen Fußsoldat, leben Sie in der Vergangenheit und morden Sie die Zukunft – und ich prophezeie Ihnen eines: Wenn Sie in Ihrem beleidigten Stolz und Ihrer barbarischen Leichtfertigkeit auf Ihre Kosten gekommen sind, dann spazieren die Franzosen oder die Engländer oder Kaiser Karl pfeifend über unsere kahlen Felder und stoßen mit den Füßen nach den Steinen – denn mehr wird uns nicht geblieben sein.«

»Ein großartiges Gedicht, fürwahr«, stieß Mistress Boyle hervor. »Und Sie selbst, Fürst, haben Sie sich Ihren schönen Bart abgeschabt, um Bogensehnen draus zu machen? Sie wollen sich uns entgegenstellen, Sie Habenichts?«

»Er läßt uns im Stich. Welch ein Verlust!« sagte Oonagh kalt. »Er ist nämlich Francis Crawfords neuester Verehrer.«

O'LiamRoe sah sie nicht einmal an. Sein sanftes Gesicht war sehr ruhig, als er Mistress Boyles Frage beantwortete: »Ja, ich stelle mich Ihnen entgegen!«

»Womit denn, in Gottes Namen?« fragte Cormac höhnisch und wandte sich mit bellendem Gelächter Oonagh zu.

»Mit Gewalt«, erklärte O'LiamRoe sanft. »Ich habe heute eine Nachricht nach Slieve Bloom geschickt. Wenn Sie an Land gehen, ob mit Ihren französischen Truppen oder ohne, dann wird man Sie mit einem Hieb empfangen, nach dem Sie ganz gewiß keinen weiteren benötigen.«

Niemand lachte mehr. In dem weißen, grellen Licht, in der aufgeheizten Luft atmete Mistress Boyle scharf ein. Cormac, dessen dicke Handgelenke auf der Bettdecke ruhten, erstarb das Grinsen auf den Lippen, und Oonagh hinter ihm erhob sich auf die Knie, wobei sich ihr Morgenmantel im Bettzeug verwickelte. »Phelim«, sagte sie, befreite zerrend den schweren Stoff, glitt ganz unerwartet aus dem Bett, war mit wenigen Schritten bei ihm und faßte ihn bei der Schulter.

Er fuhr herum und blickte auf sie hinab, in die klaren, graugrünen Augen, die die seinen suchten. »Aber Phelim – die markigen Keulenschwinger, die granteln und prügeln, während die Vernünftigen lächelnd abseits stehen und warten, bis ihre Zeit gekommen ist... Die bescheidenen, ruhigen Männer, die abwarten und nachdenken, bis die Welt gerecht unter sie verteilt wird...?« Sie zitierte seine eigenen Worte. »Ist das Francis' Werk?«

»Ebenso werde ich mich der Königinwitwe von Schottland widersetzen«, erwiderte O'LiamRoe unbeirrt, »sollte sie ihre Hand auf Irland legen. Auch wenn ich Francis Crawford helfe, ihre Tochter zu retten... Übel, übel ergeht es den Widerspenstigen. Im Alter von vier Jahren war ich das widerspenstigste Kind der Welt, wie man mir erzählt hat. Und ich habe eines lernen müssen: So wie ein Garten voller Anemonen ohne den Wind verödet, so kann der Mensch nicht leben ohne das vernünftige Gespräch. Aber das gute Gespräch hat seine Wurzeln in der Erde. Wie eine Rübe treibt es seine Wurzeln, wächst heran, reift, wird geerntet... Ich, ein irregeleiteter Wanderer, bin bereit, diesen Acker umzupflügen.«

Sie hatte die Hand sinken lassen, doch ihre Augen hielten seinen Blick fest. »Sie könnten dort den Tod finden«, sagte Oonagh.

O'LiamRoe lächelte. »Der Tod hat mich begleitet, seit die ›Sauvé‹ aus Irland abgesegelt ist – Befürchtungen, die sich bewahrheiten können, das ist alles. «

»Er könnte den Tod finden. Da hat sie recht! « Die mißtönende Stimme Mistress Boyles sprach nicht zu Oonagh, sondern zu Cormac. »Möge Gott Ihnen Ihre Pflicht zeigen. «

»Da die ergebene Dienerin unseres Philosophen dabei zusehen wird, ist es mir keine Pflicht, sondern ein Vergnügen«, knurrte Cormac O'Connor und stand auf.

»Zurück, Phelim! « stieß Oonagh hervor.

O'LiamRoe rührte sich nicht. »Vielleicht ist es am besten so. Mein Vetter ist mein gewählter Nachfolger, und er wird tun, was ich getan hätte. Sie können dem König von Frankreich mitteilen, daß Irland für ihn verloren ist. «

Oonagh hatte O'LiamRoe den Rücken zugewandt und blickte Cormac entgegen, der sich ihr vom Bett her näherte. Ihre Tante stand noch immer in der Tür gegenüber.

»Fliehen Sie, solange noch Zeit dazu ist. Er wird Sie töten«, sagte Oonagh.

»Vielleicht«, entgegnete O'LiamRoe ungerührt.

Sie stand dicht vor ihm, und ihre Stimme klang eigentümlich schroff. »Francis Crawford ist auf Ihre Hilfe angewiesen. «

»Nichts für ungut«, sagte O'LiamRoe, »aber er ist auf Sie angewiesen, nicht auf mich. Ich bin am Ende angelangt. Wollen Sie jetzt aus dem Weg gehen? «

Cormac trat lächelnd einen weiteren Schritt vor. »Ja, aus dem Weg, kleine Schlampe«, knurrte er. »Gott segne dich in seiner Güte, meine schöne schwarze Hexe, die bereit ist, mit jeder süßen Oase ihres Körpers den durstigen Wanderer zu laben. Aus dem Weg, du köstliche Hure, damit ich ihn töten kann! « Der Stahl war bereits aus der Scheide, doch O'LiamRoe hatte seinen Degen nicht gezogen – die von ihm so schlecht behandelte und so schlecht geführte Klinge, mit der er niemals hatte umgehen können, noch hatte umgehen wollen.

»Cormac, wozu soll das gut sein? « fragte Oonagh. Ihr Gesicht war eingefallen, grau wie Töpferware im Brennofen, ihre klare Stimme leblos. »Du rettest nichts und machst dir den König zum Feind. «

Cormac war indes so dicht herangekommen, daß er sie berühren konnte, und blieb stehen. Die roten Lippen in dem gebräunten rissigen Gesicht öffneten sich und lächelten. Mit beiden Händen hob er die Klinge und hielt inne.

»Töten Sie ihn!« keifte Mistress Boyle von der Tür her, und die grauen Flechten ruckten hin und her wie ausschwingende Glockenstränge. »Töten Sie ihn und sie! Das ist etwas, was die Franzosen verstehen werden.«

Oonagh hatte sich ein wenig gegen den Fürsten von Barrow gelehnt, ihr schwarzes Haar fiel auf sein Hemd, das weiche Gewand streifte seine Füße. Bei den Worten Mistress Boyles riß sie den Arm hoch, beherrschte sich jedoch, trat einen Schritt vor und blickte dem großen schwarzen, bulligen O'Connor ins Gesicht – ihrem Stolz, ihrem König, ihrem Liebhaber. »Gib Ruhe, Cormac. Laß ihn gehen...«

Ihre Stimme war jetzt fest und ruhig, doch der Degen zerschnitt ihren Klang wie ein Schlachtruf, als Cormac O'Connor die Klinge hob, hoch und unfehlbar, um durch Oonagh hindurch O'LiamRoes Herz zu treffen.

O'LiamRoe war ein ziemlich ungewandter Mann mit schwerfälligen Gelenken, unbeholfenen Gliedern und mangelhafter Beweglichkeit. Doch er besaß Verstand, und Cormacs Attacke hatte er kommen sehen. Als der Degen aufblitzte, gab er Oonagh einen heftigen Stoß, und als sie auf den Boden schlug und dort ein Stück weiterrollte, warf er sich selbst zur Seite, so daß Cormac mit der Wucht seines Ausfalls und der ins Leere stoßenden Klinge an seinem Ziel vorbei und dicht neben Mistress Boyle stolperte. Dann, als O'LiamRoe wieder auf den Beinen war, stürzte Cormac O'Connor erneut vor.

O'LiamRoe floh. Er tat es hastig und entfaltete in seinem ungelenken Ungestüm seine eigene Art von Behendigkeit. Stühle schwankten und purzelten Cormac vor die Füße. Die Bettvorhänge zerrissen, sanken herab und hüllten Cormac ein, als er dem anderen über das Bett nachsetzte. Von O'LiamRoes Füßen traktierte Kissen ließen ihn straucheln. Das nachschleifende Ende von O'LiamRoes Degenscheide traf den massigen Mann irgendwo und brachte ihn beinahe zu Fall. Oonagh kauerte in einem Winkel, und Mistress Boyle, die in den Salon zurückgewichen war, beobachtete von dort aus die Szene mit irren Augen. Keine der beiden Frauen versuchte Hilfe zu holen. Wenn dies ein *crime passionnel* – ein Verbrechen aus Leidenschaft – werden sollte, war es besser, möglichst wenig Zeugen zu haben. Und von den Dienern, die Mistress Boyle und O'Connor nur allzu gut kannten, würde ohnehin keiner einzugreifen wagen.

In dem beengten Raum war das Schwert nicht leicht zu handhaben. Es wurde von der Täfelung aufgehalten oder behinderte Cormac durch sein Gewicht. O'LiamRoe sprang auf einen schönen Intarsientisch, der ihm sogleich von Cormacs Stiefel unter den Füßen weggeschlagen wurde, und fand im Hinstürzen nur durch Zufall Deckung, während Cormacs Klinge tief ins Holz fuhr. Cormac ließ sie dort stecken und warf sich auf den sich überschlagenden Körper des Fürsten. Als er landete, schnellte durch den Aufprall O'LiamRoes Arm zu Seite, fand den Schürhaken im fast erloschenen Kaminfeuer, schwenkte ihn über den Rücken des dicken Iren und brandmarkte ihn wie eine Färse. Aufbrüllend riß sich O'Connor los, und mit dem beißenden Gestank verbrannter Wolle und verbrannter Haut mischten sich seine Flüche.

Nun riß O'LiamRoe seinen Degen aus der Scheide und rappelte sich auf, während sein Gegner ebenfalls auf die Beine kam, die Fäuste krampfhaft öffnete und schloß und ihn anstierte. Aus dem Salon war ein kurzes, durchdringendes Krachen zu hören. Eine Sekunde lang ließ Cormac sein Opfer aus den Augen, lange genug, um das diamantenhelle Glas mit abgeschlagenem Hals zu fangen, das Mistress Boyle ihm zuschleuderte. Er hielt es vor sich in der ausgestreckten Hand, leuchtend, unschuldig rein wie ein Brautstrauß, fintierte plötzlich und geschickt und beugte sich vor, um O'LiamRoe das gezackte Glas ins Gesicht zu stoßen.

O'LiamRoe sah nicht einmal hin. Sein freundliches Gesicht, auf dem sich Staunen und Widerwille malten, war Theresa Boyle zugewandt. Er öffnete den Mund, verlagerte das Gewicht – und setzte sich schlicht und einfach hin, gerade als das Glas sich in hohem Bogen seinem Gesicht näherte. Es ging über seinen Kopf hinweg, streifte nur eben das honigfarbene Haar, und Oonagh, vor Erregung am Ende ihrer eisernen Selbstbeherrschung, gab ein hohes, durchdringendes Gelächter von sich.

O'LiamRoe hatte sein Schwert fallenlassen. Auf allen vieren fummelte er täppisch herum, um es aufzuheben, als mit einem Rauschen Mistress Boyle durch die Tür fegte und sich bückte, um es an sich zu reißen.

»O nein«, sagte Oonagh O'Dwyer. »O nein, du irrsinnige alte Vettel, dich können wir heute nacht nicht brauchen!« Und mit beiden Händen packte sie die drahtigen grauen Flechten und zerrte die alte Frau wie eine Ertrinkende hoch.

In diesem Augenblick zielte das leuchtende Glas zum zweitenmal auf den noch immer am Boden kauernden O'LiamRoe. Grausam wie die Schere der Schicksalsgöttin fuhr die scharfgezackte Kante herab, zerschnitt die dicke Flechte mit einem säuberlichen Hieb zwischen Hand und Kopfhaut und fraß sich in Theresa Boyles Nacken.

Ihr Schrei war wie der eines Mannes, heiser, unmenschlich, und sämtliche Falten des Kohlbündels, das da unförmig am Boden zuckte, waren mit Blut überströmt. Offenen Mundes, die wieder hochgerissene Flasche noch immer fest in der Hand, beugte sich Cormac O'Connor über die Frau, während sich O'LiamRoe mit elendem Gesicht erhob und zurückwich.

Er drehte sich um und floh.

Er hatte den Salon erreicht, als Cormac O'Connor wieder zu sich kam. Er sagte nichts. Die Schwere des Schocks hatte alle seine Flüche und Drohungen erstickt. Doch dann verfiel er jäh in Raserei. Wie ein Besessener, wie einer, der die Symbole einer Teufelsmesse erblickt hat, streckte er die Hand aus, griff nach seinem schweren Degen, riß ihn aus der tiefen Kerbe im Holz des Tisches, als steckte er in Papier, und richtete ihn über die ganze Breite des Raums auf O'LiamRoes wehrlosen Körper.

Oonagh O'Dwyer sah es. Mit versteinertem Gesicht erhob sie sich von der Seite der am Boden liegenden Frau, stürzte sich auf Cormac O'Connor und packte ihn mit beiden Händen am Arm. Ohne hinzusehen, schleuderte er sie wie einen lästigen Köter von sich. Als sie Halt suchend gegen die Wand taumelte, bewegten sich O'LiamRoes Hände.

Es war nur eine kleine Schleuder, und auch der Stein war klein, rund und silbrig, von seiner Rocktasche angewärmt. Schleudern war eine alte Kunst, ein vergessener Brauch, ein Stück angelesenen und nutzlosen Wissens, und nur einem Sonderling wie O'LiamRoe konnte es einfallen, sich damit zu befassen und eine so abwegige Kunst zu erlernen. Mit den geschmeidigen, von keinem Handwerk vergröberten Fingern legte der Fürst von Barrow rasch den kleinen Stein ein, hob die Schleuder und schoß.

Der erste Stein traf O'Connor in den Mund – zerschmetterte die fleischige Lippe und schleifte ihm die Zähne wie die Mauern eines zerstörten Forums. Der zweite schlug mitten auf die feuchte Stirn und fällte den Mann wie einen Baum, der langsam, Gesträuch, Schößlinge und Unterholz streifend, zu Boden geht. Fest an die Wand gepreßt, beobachtete ihn Oonagh.

Über das rauhe Stöhnen der alten Frau hinweg sagte O'LiamRoe atemlos: »Keine Angst.« Er räusperte sich, keuchte und fuhr sich mit einer schmutzigen Hand durchs Haar, während er schwerfällig näherkam. »Er ist nicht tot.«

In Oonaghs weißem Gesicht wirkten die fahlen Augen fast schwarz. »Und wenn er es wäre?«

Immer noch atemlos, wechselte O'LiamRoe das Thema. »Die Frau wird Hilfe brauchen.«

Wieder blickte sie ihn an, ohne sich zu rühren. »Ihr kann niemand mehr helfen.«

»Es mußte sein...« sagte O'LiamRoe, »und doch weiß ich in dieser Minute nicht, ob damit alles vorbei ist.«

»Es ist vorbei«, antwortete Oonagh O'Dwyer. Die Alte stöhnte noch einmal auf und verstummte.

Kein Lächeln war mehr in O'LiamRoes Gesicht. »Zwanzig Jahre meines Lebens als denkender Mensch mußten ihn verfluchen. Doch auch er hat gewonnen, auf seine Weise. Es ist ein Triumph der Barbarei über die Kultur, der Kraft des Körpers über die Kraft des Geistes... Ich bin an dem Scheideweg angekommen, den Sie fürchteten, und ich habe ihn überschritten. Es mag der rechte Weg sein – vielleicht aber erwarten mich auch all die verlockenden, bequemen Abzweigungen, die am Ende in den Abgrund führen.«

»Vielleicht. Das weiß keiner von uns bis zum jüngsten Tag.« Sie schritt an ihm vorüber, fern und fremd, wie sie es immer gewesen war, eine Traumgestalt mit dem weißen Gesicht, dem fließenden Schleier des schwarzen Haars, dem fleckigen, über den Boden schleppenden Gewand. An der Tür wandte sie sich um und blickte ihn an. »Die Hintertür läßt sich leise aufriegeln. Niemand kann Sie dort sehen. Gehen Sie, rasch! Es wird bald hell.«

Er trat neben sie, doch nicht näher. »Ich will Sie nicht bei ihnen lassen.«

Sie wandte den Kopf. Ungeschlacht, zerzaust, steif wie ein Ochse auf dem Spieß, lag O'Connor in dem verwüsteten Raum, und zu seinen Füßen die reglose Frau, deren fleischige Hände sich in den Nakken gekrampft hatten. »Es ist Zeit«, sagte Oonagh. »Auch ich muß meinen Weg gehen. Von jetzt an werden Sie nichts mehr von mir hören, und Sie werden nichts tun, um mich ausfindig zu machen. Das ist mein Preis.«

Er antwortete nicht gleich. Dann fragte er beherrscht: »Wofür, *mo chiall – a chiall mo chridhe?*«

Doch er wußte bereits, wofür er bezahlen würde: für den Namen, den er hatte erfahren wollen, den Namen des Mannes, der Lord d'Aubigny diente – den Namen, der Lymond und die Königin retten sollte.

Als sie ihm den Namen nannte, waren ihre Augen voller Mitleid. »Lassen Sie mich in Freundschaft gehen«, sagte sie. »Mein Körper will Sie nicht verlassen, und meine Gedanken werden Ihnen gehören... Vor Ihnen liegt ein schwerer Weg, und wegen einer gewaltsam geöffneten Tür sollten Sie sich nicht schämen. Nur Gewalt konnte diesen Mann und mich auseinanderreißen, und die Gewalt, die uns beide nun getrennt hat, war die neugeborene Kraft Ihres Herzens, nicht das rohe Werk, dem Sie heute nacht Ihren Arm leihen mußten. Sie werden sie edleren Aufgaben widmen.«

Ihre Hände lagen kalt in den seinen. Er versuchte, in ihrem leeren Gesicht zu lesen, und fragte dann: »Werden wir einander begegnen?«

»Bei Anbruch der Nacht, auf der anderen Seite des Nordwinds«, sagte sie. »Lieben Sie mich.«

»Bis ans Ende meiner Tage«, antwortete Phelim O'LiamRoe, Fürst

von Barrow, und in der Sprache seiner Heimat fügte er hinzu:
»Liebe Unbekannte, liebe Gefährtin meiner Seele: Bis ans Ende
meiner Tage.«
Und er wandte das Gesicht ab, stumm und blind, ließ ihre Hände
sinken und ging.

»Sein Name ist Artus Cholet, und er ist Lord d'Aubignys zweiter
Gefolgsmann«, hatte Oonagh O'Dwyer gesagt. »Er ist aus der Gegend hier, ein Meisterschütze, der zu seiner Zeit für jeden gut zah-
lenden Hauptmann gekämpft hat. Er wird sich in Châteaubriant
nicht sehen lassen, aber wenn er einen Auftrag übernommen hat,
kann er nicht weit sein. Nehmen Sie die Straße nach Angers und
fragen Sie in der › Auberge des Trois Mariés ‹ nach Georges Gaultier.
Er wird Ihnen sagen, was Sie wissen wollen.«
In der Dämmerung des dunstigen Junimorgens war es still in Châteaubriant. Durch die bemalten Fensterläden drang der ferne, auf
Kopfsteinpflaster prasselnde Hufschlag eines Pferdes. Dann war es
wieder still.
Niemand sah O'LiamRoe das Haus verlassen. Er hatte sich nicht die
Zeit genommen, Dooly zu suchen, der zusammengerollt im Stroh
seines dunklen Quartiers lag und den heller werdenden Himmel beobachtete. In einer anderen Gasse schlief in seiner noblen Unterkunft Lord d'Aubigny, der bald frisch und munter erwachen würde,
um endlich seine Ernte einzubringen. Die Engländer – Abgesandte
und Diener – schliefen von Hitze und Diplomatie erschöpft in gemieteten Zimmern und Logierhäusern, Herbergen und Scheunen
überall in der Stadt. Im Château Neuf schlief, wohlig gebettet und
zufrieden, Northampton unter den drei Fahnen von Frankreich,
England und Schottland. Für den Hof von Frankreich – den König
und die Königin, den Konnetabel, die Guisen, Diana – waren die
dem Zeremoniell abgerungenen Stunden des Schlummers Teil der
früh erlernten, gewohnten höfischen Routine, der man mit der Präzision eines Automaten folgte.
Auch die Königin von Schottland schlief – ein wirrer Haufen roten
Haars in einem makellosen Kissen. Doch im Gemach ihrer Mutter
brannte und tropfte eine Kerze neben dem ausgestreckten Arm einer

Schläferin, die bis vor kurzem die Nachtstunden gezählt hatte. Auf der anderen Seite lag Margaret Erskine noch immer mit wachen Augen.

Im Vieux Château verbrachten unterdessen die beiden Wachen Lymonds, Männer des Konnetabels, eine kurzweilige Nacht. Der größere von ihnen war leichter zu beeindrucken als sein Gefährte.

»Das war ein gutes Lied«, lobte er, während er den Würfelbecher schüttelte.

»Das nächste ist noch besser«, verkündete Lymond und sang es ihnen vor, und vor Lachen wimmernd lauschten sie seinen schlüpfrigen Versen. Als Francis Crawford, der zusammengekauert auf seiner Pritsche saß, geendet hatte, fragte er leichthin: »Was meint ihr – warum verläßt ein Mann wohl seine Geliebte?«

»Weil er eine andere liebt«, antwortete der große Wärter prompt und würfelte.

»Oder *sie* liebt einen anderen«, mischte sich der kleinere Mann ein. »Oder sie wird fett und häßlich oder liegt ihm in den Ohren, daß er sie heiraten soll.«

»Oder sie hat zu viele Kinder«, meinte der Große düster. Lymonds Gesicht blieb ernst. »Und was meint ihr – warum trennt sich eine Frau von ihrem Liebhaber?«

»Ist das Ihre Geschichte?« fragte der Große und hörte auf zu würfeln.

Lymond schüttelte den Kopf. »Die eines anderen.«

»Sie verläßt ihn wegen eines besseren Liebhabers«, knurrte der Kleine.

»Nein«, versicherte Lymond ernsthaft. »Das ist probiert worden.« Neugierig musterten die Augen des großen Wachmanns Lymonds gelassenes Gesicht. »Wegen Geld also? Oder Heirat? Einer gesellschaftlichen Position?«

»Auch das ist versucht worden.«

»Dann ist sie keine Geliebte, sondern ein Blutsauger«, brummte der Kleine und griff zum Würfelbecher.

»Die Frau, von der ich rede«, erklärte Lymond, »liebte den Mann, weil er wie ein Kind war. Er schwebte über den Wolken, und sie glaubte wohl, aus dieser Höhe sähe er weiter als andere Männer. Doch mit der Zeit –«

» – stellt sie fest, daß seine Augen in Wirklichkeit geschlossen sind«, warf der Kleine ein und würfelte.

»Oder daß sie für ihn so lange unsichtbar gewesen ist, daß er sie vergessen hat«, fuhr Lymond fort. »Der klare Himmel über den Wolken fasziniert sie nicht mehr. Sie sucht nach einem Mann mit einer göttlichen, einer großen Berufung, der entweder sie über die Berufung stellt – oder die Berufung ihretwegen wechselt.«

»Und wenn sie ihn gefunden hat, verläßt sie ihren ersten Liebhaber. Das kommt mir aber unwahrscheinlich vor«, sagte der Große und würfelte seinerseits.

»Auch mir kommt es allmählich unwahrscheinlich vor«, meinte Francis Crawford nach einigem Nachdenken. »Wollt ihr noch ein Lied hören?«

Viel später, als der kleine Wachmann schlief und Lymond bäuchlings ausgestreckt mit offenen Augen geistesabwesend auf seiner Pritsche lag, wippte der Große mit seinem Stuhl und fragte: »Aber wäre sie mit ihm glücklich?«

Der blonde, blutbefleckte Kopf fuhr herum. »*Wie?* Wer glücklich mit wem?«

»Mit dem anderen. Wenn er seine Ideale änderte – würde die Frau dann überhaupt bei ihm bleiben?«

»Jesus«, sagte Lymond. »Du milder und beredter Baldur, die Frau würde nicht einen Gedanken an ihn verschwenden. Er hat nur die Aufgabe, sie von dem ersten loszureißen. Weder er noch irgendein anderer Mann hat die Macht, mehr zu tun als das.«

»Und seine Belohnung?« fragte er und begann erneut zu schaukeln.

»Rund wie das ›O‹ in ›Giotto‹. Null. Nichts«, sagte Francis Crawford. »Seine goldene Belohnung wiegt nicht mehr als sein abrasierter Bart: Die Dame hat ihn nicht akzeptiert.«

»Ist sie häßlich?«

»Sie ist schön wie die Gezeiten der See«, antwortete die heitere Stimme vom Bett her. »Leidenschaftlich, zart und unergründlich – und mit Geheimnissen vertraut.«

»Das sind sie alle, die Weibsbilder«, sagte der Große und schaukelte langsam, in Schweigen versunken weiter.

Im Gasthaus »Trois Mariés«, außerhalb von St. Julien-de-Vouvantes und neun Meilen von Châteaubriant entfernt, befand sich Maître Gaultier seinen Klienten bei Hofe so nahe, wie dies die Quartierprobleme eben zuließen. Daß er nicht in Châteaubriant wohnte, beunruhigte ihn keineswegs, denn er verließ sich darauf, daß ein Edelmann in Geldnöten einen Geldverleiher instinktiv aufzuspüren vermag, so wie die Bulldoggen auf Rhodos dem Vernehmen nach Türken und Christen an ihrem Geruch voneinander zu unterscheiden vermochten.

Als O'LiamRoe mit dem ersten Sonnenlicht bei ihm eindrang, schenkte er ihm Gehör, ohne Fragen zu stellen, wirkte jedoch sonderbar abwesend. Er hörte den Fürsten von Barrow bis zum Ende an, summte einen Vers aus irgendeinem düsteren Klagelied, während sich seine stoppeligen Augenbrauen immer höher schoben. Dann verschwand er ohne Entschuldigung.

Zehn Minuten später sah sich O'LiamRoe der hochgewachsenen, brütenden Gestalt und dem Adlergesicht der Dame de Doubtance gegenüber, die an ihrem kleinen Spinett saß und mit einer hageren Klaue nach dem Gehör die Melodie eines überraschend unflätigen Liedes spielte. O'LiamRoe nahm zu ihren Gunsten an, daß sie den Text nie gehört hatte. Offenbar hatte Gaultier ihr bereits alles Wissenswerte mitgeteilt. Die dünnen, herabgezogenen Lippen strafften sich, bewegten sich schließlich, als sie sich umdrehte, um O'LiamRoes Verbeugung entgegenzunehmen. »Diese Frau ist eine Närrin«, sagte sie zur Begrüßung.

Seine Kleider waren weiß von Staub, und Staub bedeckte sein zerzaustes goldenes Haar. Trotzig bot er ihr die Stirn. »Sie ist die tapferste Frau, die ich kenne.«

»Und auch Sie sind ein Narr«, erwiderte sie scharf. »Eine Frau mit ihren Gaben – wirft sich weg wie verdorbenes Fleisch, nur um ihrem Stolz zu schmeicheln.«

»Sie hat ihn verlassen.« Sein Gesicht war eingefallen vor Erschöpfung, doch es gelang ihm, ruhig zu bleiben.

Ihn verlassen? Schwachkopf! Schulbub! Sie ungesäuertes Brot! Glauben Sie etwa, ich spreche von Cormac O'Connor?« Erhobenen Hauptes, zu ihrer vollen Größe aufgerichtet, spähte sie aus ihrem altertümlichen Kopfputz, der die goldenen Flechten auf ihre Brust baumeln ließ, zu ihm herab. »Ah, Sie sind ein lustiger Mann«, sagte sie nach einer Weile. »Mancher darbende Mann wird zu Ihnen kommen und Sie selbst darben und trotzdem lachen sehen. Sie wirken so lustig wie versinkende Blätter in einem Teich.«

O'LiamRoes Zorn war verflogen. »Lymond hat mir bewiesen, daß...«

»Er hat sich selbst bewiesen, das allein zählt«, unterbrach ihn die Dame de Doubtance. »Artus Cholet lebt mit einer Frau zusammen in St. Julien. Das Haus hat ein Strohdach und über der Tür ein Bild des heiligen Johannes.«

Noch während sie sprach, nahm sie mit schleppendem Gewand wieder Platz und legte die Hände auf die Tasten des Spinetts.

Mit steifem Rücken stand O'LiamRoe da und betrachtete sie. »Wenn es menschenmöglich ist, werde ich sie beide retten.«

»Dann eilen Sie«, trieb sie ihn an. »Tun Sie, was Sie können. Ich hätte das schon früher gesagt... Ich hätte es früher sagen sollen, aber Artus Cholet ist der Sohn meiner Schwester, wenn auch ein Narr. Sie können ihn töten. Er ist am Ende angelangt.«

Das Raubvogelgesicht wandte sich ab, und O'LiamRoe warf einen letzten unbehaglichen Blick auf die spielenden Hände. Als er die Tür schloß, hörte er noch, wie die Dame de Doubtance wunderlich mit ihren eigenen Fingern redete.

Hinaus aus dem Gasthaus, durch das geschäftige Treiben einer Landstraße, durch die unverschlossene Tür einer Hütte mit dem Bild des heiligen Johannes über der Schwelle.

Berthe, dick, verschreckt, mißtrauisch, behauptete, allein geschlafen zu haben, obwohl zu erkennen war, daß ein zweiter Kopf irgendwann in der Nacht die Kissen zerdrückt hatte und draußen vor kurzem ein Pferd getränkt und gefüttert worden war. O'LiamRoe mußte sie bedrohen und war froh, daß seine heisere Stimme und seine nervöse Anspannung seinen Mangel an Erfahrung in derartigem Auftreten kaschierten. Endlich redete sie.

Artus war früh nach Châteaubriant aufgebrochen. Wo und zu welchem Zweck er sich dort aufhielt, wußte sie nicht. Sie wußte, wie es schien, überhaupt nichts Brauchbares, nur, wie er aussah, und unterwürfig beschrieb sie ihn schließlich.

In dem schlampigen Stall stand eine zweite Stute. O'LiamRoe tauschte die Sättel aus und machte sich mit dem frischen Pferd auf den Rückweg. Er hatte Berthe am Ende sogar schlagen müssen – doch sie wußte wirklich nicht mehr, als sie ihm gesagt hatte. Nach all seinen Bemühungen, nach dem Albtraum in Mistress Boyles Haus, nach dem langen Ritt zum Gasthaus und dann nach St. Julien war er immer noch nicht weiter. Der Mann, den er suchte, war in Châteaubriant untergetaucht, und bis er zu seiner Berthe zurückkehrte, würde es wahrscheinlich zu spät sein.

Während er in der Wärme des Morgens über die Straße dahinflog und seiner ersten nächtlichen Spur im Staub eine zweite hinzufügte, befand O'LiamRoe, daß seine Aufgabe von einem Mann allein jetzt nicht mehr zu lösen sei. Ohne Rücksicht auf Lord d'Aubigny, ohne Rücksicht auf die englischen Gäste, ohne Rücksicht auf die Königinwitwe und das so empfindliche politische Gleichgewicht, um dessentwillen sie Lymond verleugnet hatte, blieb dem Fürsten von Barrow angesichts der tückischen Kompliziertheit dieser Situation keine andere Wahl: Er mußte die Trommel rühren, den Dschungel aufscheuchen, Freund und Feind ins Licht der Öffentlichkeit lokken.

Seine Glieder schmerzten unter der stechenden Sonne. Und wenn ihm Fuhrmänner ihre Flüche nachschickten, drehte er sich nicht einmal um.

Auf dem neuen See bewegten sich die buntbemalten Boote träge wie Luftspiegelungen und furchten das seidige Wasser mit kristallhellen Streifen. Maria, rund und rosig vor Hitze, wurde inmitten eines Reigens von dienstbaren Geistern – Kinderfrau, Erzieherin, Ehrendamen, *femmes de chambre*, Diener, Pagen – angekleidet, dem sich am Ende gar noch ein Trommler hinzugesellen wollte. Maria hatte sich am Abend zuvor in ihn verliebt und unter lautstarkem Gezeter darauf beharrt, daß er ihr bei Tagesanbruch seine Aufwartung mache. Taktvoll, aber rasch wimmelte ihn Margaret Erskine an der äußersten Tür der Suite ab. Heute waren in diesen Räumen nur vertraute Gesichter zugelassen. Weder Speisen noch Trank passierten die Lippen der kleinen Königin, die nicht von einem von ihnen vorgeko-

stet worden wären, und nur Freunde und Diener würden sie umgeben, wenn sie ausging.

Die Königinwitwe kam herein, begleitet von ihrem Bruder, dem
kühlen und makellosen Kardinal, küßte das Kind und ging. An diesem Morgen blieb ihr nichts weiter zu tun, als zu warten.

In der Dunkelheit des Château Vieux wartete auch Lymond mit
müder Geduld. Wie durch ein Wunder schlief er endlich doch ein.
Bekleidet mit einem Hemd aus grober Wolle, das man ihm immerhin gebracht hatte, den Kopf in den nackten Armen vergraben,
schlief er fest, als die Gräfin von Lennox zu ihm vordrang. Sie hatte
damit gerechnet, für das zehnminütige Vergnügen mit einer stattlichen Bestechungssumme bezahlen zu müssen, doch erwies sich
der große Gefängniswärter als überraschend bescheiden. Überdies
machte sie sein Lächeln stutzig.

Dann wurde hinter ihr die Zellentür geschlossen und verriegelt, und
sie betrachtete den Schlafenden. Sie vermochte nicht genau zu sagen, in welcher Sekunde er erwacht war, denn nach einer Weile hob
er träge den Kopf und sagte sogleich: »Willkommen, Gräfin«, und
fügte, indem er sich mit Anmut von der Pritsche schwang, rasch
hinzu: »Lady, das ist äußerst unklug. Wie Sie wissen, sieht Warwicks teuflisches Auge alles.«

»Die Gesandtschaft versammelt sich gerade für die Zeremonie«,
entgegnete die Gräfin. Lymond wirkte weder besorgt noch wütend
– zum Teufel mit seiner verdammten Eisvogelseele! »Ich fürchtete,
wir würden einander nicht mehr begegnen, bevor Sie endlich für
Ihre Verbrechen büßen.« Sie setzte sich auf das schäbige Bett, das er
frei gemacht hatte, und ordnete ihr Kleid. »Sie sehen, was passiert,
wenn Sie den Kopf verlieren.«

»Gewiß, Sie haben mich gewarnt.« Er verneigte sich zustimmend.
Das komische Hemd über den Kniehosen ließ sie unwillkürlich an
das goldene Tuch seines Wappenrocks denken, den er in Hackney
getragen hatte. Trocken sagte er: »Sehen Sie mich nicht so erstaunt
an. *Coronez est à tort*, zugegeben – aber ich wäre nicht der erste auf
der Welt, der unschuldig hingerichtet wird. Wir wollen darüber
doch keinen Klagegesang anstimmen.« Er stellte einen Hocker auf

die Beine, setzte sich darauf und umschlang gelassen die Knie mit den Armen. »Nun? Über welche Aspekte unserer unbesonnenen Taten wollen wir einander Strafpredigten halten? Ich selbst habe sehr wenig zu sagen. Wenn ich mich recht erinnere, habe ich das Thema bereits bei verschiedenen früheren Gelegenheiten erschöpfend behandelt.«

»Aber diese gottähnliche Großmut ist neu an Ihnen.« Margaret Lennox' Augen unter dem hochfrisierten grünlich-blonden Haar musterten ihn neugierig. »Diese Schonung, wenn man bedenkt, daß die Königin Sie im Stich gelassen hat.«

»Vielleicht erklären Sie mir, von welcher Königin Sie sprechen«, erwiderte Lymond kühl. »Sie vergessen, daß es hier von Königinnen wimmelt. Sollten Sie die Witwe meinen...«

»Natürlich meine ich die Witwe«, sagte Margaret.

»Sie ist eine unnachgiebige, nicht zu erweichende Dame. Matthew wird Ihnen das bestätigen. Jenny Flemings Stiefvater auch. Und König Heinrich von England...«

»Ich habe nicht angenommen, daß Sie um ihre Hand anhalten«, unterbrach ihn Margaret Lennox sarkastisch. »Ich kenne schließlich Ihre Praktiken.«

Abrupt stand Lymond auf. »O nein. Nicht das. Nicht noch einmal. Wenn Sie unbedingt mit mir diskutieren wollen, dann bitte über gegenwärtige Probleme: Rom und Maria Tudor zum Beispiel, Luthertum und Schottland, Spanien und die deutschen Fürsten, Frankreich und Suleimans neues Reich, die reiche Neue Welt und das hungernde Irland, die Kriege mit den neuen Feuerwaffen. Das sind doch die Ereignisse, die Sie und Matthew bewegen. Aber ich will gar nicht wissen, wie winzig die Triebfeder ist, die Sie in Ihrem Handeln vorantreibt.«

Sie hatte sich ebenfalls erhoben. »Sie hätten aber gut daran getan, es herauszufinden. Denn deshalb sind Sie hier, mein Lieber: Weil Sie nicht begreifen wollen, daß jeder von uns nur eine einzige Triebfeder hat – das eine schlichte Wort ›Ich‹.«

Im schwachen Licht maßen sie einander mit den Augen. »Gott steh uns bei«, sagte Lymond mit hartem Mund und festem Blick. »Sollten wir beide am Leben bleiben, dann werde ich Ihnen eines Tages ein ganzes Heer von Seelen zuführen, die Ihre Worte Lügen strafen.«

Wie es schien, fand er seine gute Laune rasch wieder, denn als sie ging, hörte sie seine Stimme hinter dem Sprechgitter der Zellentür unbeschwert ein spanisches Weihnachtslied singen: *Ninguno cierre las puertas*...

Durch das helle Vogelgezwitscher ertönte dumpf das Terzläuten der Glocken von Châteaubriant. Robin Stewart hörte es an der Tür seiner Hütte. Das grüne Licht sprenkelte sein gestriegeltes Haar, das makellose Weiß seines Hemdes, und im hohen Gras glänzten nußbraun seine Schuhe, denen er gleicherweise eine gründliche Behandlung hatte angedeihen lassen.

In der Hütte war es nicht anders: Harte Arbeit hatte ein elendes Loch in das Quartier eines Soldaten verwandelt, blitzsauber und ordentlich. Der einzige Stuhl war repariert, die Bettdecke akkurat zusammengefaltet, der gescheuerte Tisch mit dem besten Essen gedeckt, das er hatte kaufen oder stehlen können: Bauernbutter und Milch in einem irdenen Topf, ein frischer Käse, ein Brett mit Pasteten und ein schwerer Krug Wein. In einem Winkel lag seine Segeltuchtasche, so sorgfältig gepackt wie die eines Arztes, und daneben glänzten seine Sporen und sein Degen wie reines Silber. Stolz, Zuversicht und ruhige Erwartung gingen von der langen, schlaksigen Gestalt aus, die wartend auf der Türschwelle stand. Die geschrubbten Hände hingen ruhig herab, und die sonst so mürrischen Augen, tief eingesunken in dem von harter Arbeit und strenger Entschlossenheit dunkler getönten Gesicht, blickten heiter.

Die kleine Königin sollte während der Ordensverleihung, die um zehn begann, getötet werden. Eine Stunde vorher, so hatte Stewart verlangt, sollte Lymond die Soldaten des Königs zu ihm geleiten, damit sie ihn in Gewahrsam nahmen, was aller Welt beweisen würde, daß er zumindest an diesem Anschlag unschuldig war. Und auf Grund seiner Information würde man Artus Cholet auf frischer Tat ertappen, d'Aubigny anklagen – und Lymond wäre von Thady Boys Schuld reingewaschen.

Er würde vielleicht ein Dutzend Bogenschützen mitbringen, oder vielleicht auch nur ein paar von den Männern des Konnetabels aus dem Schloß unter der Führung eines Offiziers. Ein Offizier mußte dabei sein, damit der Beweis auch wirklich unantastbar war. Er würde sie kommen hören: zuerst den lärmenden Aufruhr der Vögel, dann das Trommeln und Rascheln der Hufe auf dem Waldboden, und dann würden sich die Zweige über den behelmten Köpfen heben, schwanken und sich neigen und wieder heben, bis sie alle auf der Lichtung waren. Dann würden Francis Crawford und der Offizier absitzen und auf ihn zugehen, und er würde sie zum Essen einladen.

Er würde nichts sagen, aber sein Freund Thady Boy mit dem neuen Gesicht würde alles sehen: das saubere Hemd, die Arbeit, die er sich gemacht hatte. Und wenn sie dann aufbrachen, würden sie Schulter an Schulter gehen, einander vertrauend wie damals auf dem Turm von St. Lomer.

Das Terzläuten verebbte, doch Stewart blieb neben der Tür stehen und hielt Ausschau.

Sir Gilbert Dethik, der Erste Wappenherold Englands, tobte. Der Konnetabel hörte das undeutliche holländisch gefärbte Französisch im Kabinett des Königs und bahnte sich mit der blau gewandeten, kräftigen Schulter polternd den Weg durch die Trommler und Pfeifer, die mit Äxten bewehrten Leibgardisten in Silberlamé, den *Audiencier* und den *Commis du Controlleur de l'Audience* in schwarzem Samt, die Reihe der strammstehenden Wappenherolde in Seide und *Fleurs de lis*, den Haufen der Bogenschützen in silbernen Röcken und die Scharen gleichgewandeter Pagen zum Kabinett des Königs.

Er war noch nicht da. Der Erste Wappenherold Englands, dem der Bart so schlapp herunterhing wie einem kraftlosen Schoßhündchen die Vorderpfote, hatte seine Krone aus der Stirn geschoben und verlangte lautstark nach einem Zimmerdekorateur. Die französischen Herolde zögerten beklommen, bis schließlich der englische Herold Will Flower verlegen hinausging, um Hilfe zu holen. Wie der Konnetabel mit einem Blick feststellte, standen statt drei Tischen nur zwei im Raum, und der Teppich war noch nicht ausgerollt. Wenn auch seine Höflichkeiten ein wenig verspätet kamen, gelang es dem

Konnetabel doch, Dethick zu beruhigen – und einen Tisch ließ er auch herbeischaffen.

In einer halben Stunde sollte die Ordensverleihung beginnen. Er öffnete die Tür zum französischen Ankleideraum... Die Ordensroben waren überwältigend, ebenso der Duft. Drei Ritter des St. Michael-Ordens in weißem Samt und Perlmutt standen schwatzend beieinander. Der Konnetabel vermißte den roten Samthut des Kanzlers und entfernte sich verstimmt. Seine weißen Straußenfedern schwankten heftig, und die dreißig Unzen Gold um seinen Hals klirrten Glied für Glied, als er mit langen Schritten davonmarschierte.

Die englische Sondermission wartete ähnlich gekleidet und ziemlich schweigsam in einem nahegelegenen Raum. Anne, Herzog von Montmorency und Konnetabel von Frankreich, beauftragte einen Pagen, den Trommlern zu sagen, daß sie anfangen könnten – und trat beinahe auf den jungen Herzog de Longueville, Maria von Guises französischen Sohn, der ihm Außerordentliches mitzuteilen hatte.

»Wir haben also einen unwiderleglichen Beweis gegen d'Aubigny in Aussicht«, sagte er zehn Minuten später, bereits wieder auf den Beinen, und raffte seine Robe zum Aufbruch. »Und dieser Cholet wird, wenn wir ihn aufspüren, zweifellos zu einem Geständnis gebracht werden können. Doch vergessen Sie nicht, daß bis zu diesem Augenblick d'Aubignys Schuld am Unglück im Tour des Minimes nicht nachgewiesen werden kann. Ich kann Crawford ohne klaren Beweis seiner Unschuld nicht freilassen. Wie die Dinge liegen, erfordert die Affäre d'Aubigny zweifellos diskreteste Aufmerksamkeit... Madame, ich muß leider gehen.«

Er hegte keine besondere Vorliebe für die Königinwitwe von Schottland, doch ihr Verhandlungsgeschick mußte er bewundern. Stets wußte sie auch ihre Handlungen genau aufeinander abzustimmen. Von ihrem Sohn, den sie ausgesandt hatte, zur Eile getrieben, hatte er sie in Gegenwart einer ihrer Damen angetroffen – und bei ihr außerdem diesen verrückten Iren, der damals den König beleidigt hatte, und einen stattlichen Mann, den er vage als einen Bildhauer aus Rouen wiedererkannte.

Während er sich die brisanten Neuigkeiten anhörte, begriff er, daß es nicht schlimmer hätte kommen können. Der Bildhauer Hérisson hatte sich offenbar eines Mannes namens Beck versichert, eines flämischen Kaufmannes, der in Rouen d'Aubignys Schuld beschwören würde. Und obendrein war soeben dieser Ire aufgetaucht und hatte von einem Mann berichtet, der sich gegenwärtig mit der Absicht, der kleinen Königin Schaden zuzufügen, in Châteaubriant herumtrieb. Würde er gefaßt, dann müßte man wohl den so bequemen Sündenbock im Vieux Château freilassen und den König mit aller Behutsamkeit dazu überreden, daß er sich von d'Aubigny lossagte. Wenn auch sein Herz nichts Besseres wünschen konnte, wußte der Konnetabel doch, daß es ihm für diese heikle diplomatische Aufgabe womöglich an Fingerspitzengefühl gebrach. Den Blick auf Maria von Guise gerichtet, sagte er: »Wir können nichts tun, solange die Gesandtschaft hier ist… *corbleu!* Sich vorzustellen, daß die englischen Abgesandten, die um die Hand unserer Prinzessin anhalten sollen, mit ansehen, wie die Gegend nach einem französischen Meuchelmörder durchsucht wird, der darauf versessen ist, das Mädchen umzubringen… besonders, wenn der Mörder von irgendeiner englischen Minderheit angestiftet worden sein sollte!« Er wandte sich an O'LiamRoe. »Haben Sie irgendeinen Grund zu der Annahme, daß der Anschlag heute stattfinden wird?«

»Nur den, daß der Mann heute nacht nach Châteaubriant aufgebrochen ist. Und es ist sehr wahrscheinlich, daß der Anschlag stattfinden soll, solange sich Robin Stewart noch auf freiem Fuß befindet und d'Aubigny öffentlich Dienst tut. Eine Durchsuchung von Haus zu Haus…«

»Nein! Undenkbar«, schnitt ihm der Konnetabel das Wort ab. »Nein. Ich muß gehen – auch Sie, Monsieur le duc. Ich danke Ihnen, Monsieur Hérisson, und Ihnen, Mylord von Salif Blum. Meine Offiziere werden Sie nach der Ordensverleihung aufsuchen, und Monsieur Beck wird *au secret* verhaftet. Einstweilen muß das Kind doppelt bewacht werden. Mein Leutnant wird sich Ihnen zur Verfügung stellen. Nehmen Sie so viele Männer, wie Sie brauchen. Das Kind wird nicht erschreckt werden – die Männer tragen ihre Waffen verborgen. Sie werden meinem Leutnant auch die Beschreibung

Cholets geben. Man wird zwar nicht nach ihm suchen, aber alle Männer werden die Augen offenhalten. Zwischen Bankett und Konferenz werde ich mich, sofern ich kann, erneut mit der Angelegenheit beschäftigen. Madame... messieurs.«

Der eindrucksvolle *rabroueur* war fort. Phelim O'LiamRoe, der nach der langen Nacht ohne Schlaf ein Bild des Jammers mit strähnig gesträubtem Goldhaar und hohlen Augen bot, hieb krachend die Fäuste gegeneinander und fluchte. Die Königinwitwe schien sich seiner Gegenwart kaum bewußt zu sein. In Gedanken verloren stand sie hoch aufgerichtet am Fenster, und Margaret Erskine beobachtete sie mit geweiteten Augen. Michel Hérisson, der O'LiamRoe so überraschend auf den Fersen gefolgt war, fuhr sich mit den narbigen, gichtigen Händen durch das wirre weiße Haar und knurrte durch die Zähne: »*Liam abú*, mein Sohn, *Liam abú!* Mein Gälisch ist so abgewetzt wie meine Sitzfläche nach dem langen Ritt hierher, aber ich hoffe, daß Sie dasselbe sagen wie ich: *Liam abú*, mein Sohn, Liam zum Sieg!«

Auf dem See hatte sich der Dunst der Frühe verflüchtigt, und die kleinen Boote waren in die Mitte gerudert worden. Auf einem blumengeschmückten Floß bewegten sich geschmeidig wie Austernfischer in der reglosen Luft behutsam ein paar Musikanten, die Rubebe, Laute und Viole für eine Probe stimmten. Überall, am Ufer, auf dem Turnierplatz, um Tribünen und Zelte herum, wurde noch emsig gearbeitet.

Eine prächtige Szenerie, wenn auch nicht neu. Thema und Kostüme des Tages waren zuvor schon verwendet worden, doch würden sie der englischen Gesandtschaft hinreichend Ehre erweisen. Am Rande des Turnierfeldes wurden Sibec de Carpis antike Tribünen mit Weingirlanden und Büsten, Kartuschen und geflügelten Genien, die die drei königlichen Fahnen trugen, neu dekoriert, denn nach der Verleihungszeremonie, nach dem Bankett, nach der Konferenz sollte am Abend turniert werden.

Noch später sollte den Engländern ein Wasserspektakel geboten werden. Um den See herum hatte man Gärten angelegt, an jedem Ende eine Fontäne errichtet und einen Pavillon gebaut, der mit blendendem Goldstoff drapiert und mit Lampen und Fackelhaltern ausgestattet war. Von hier aus, wo jetzt noch mit entblößtem Oberkörper die Maler arbeiteten, würde sich der Hof nach dem Diner am Auftritt von Ida, *la bergère phrygienne*, ergötzen, die in einem von Gänsen, Nymphen und Satyrn gezogenen Wagen, von Panen und Kentauren umtanzt, um den See fahren würde. Von der Sonne angelockt und ihren Rollen entsprechend leicht geschürzt, hatten sich einige der Akteure bereits eingefunden und im Gras niedergelassen: Eine Victoria mit goldenen Flügeln saß unter einem Birnbaum und blies auf einer Pfeife. Zwei Priesterinnen mit Schlangenkronen neckten einen purpurnen Bacchus, der mit gespreizten Knien auf der steinernen Ufereinfassung saß und die Füße in das kühle grüne Wasser baumeln ließ.

Hinter den Gärten hatte man die Requisiten gelagert: die mit Leopardenfell bezogene Flasche, aus der ein Halbgott die Wege mit billigem Wein besprengen sollte, die Triumphwagen, die von Elefanten, Straußen und Hirschen gezogen werden würden, eine Fortuna mit Rad und Apfel in den Händen, die eigens aus Angers geschickt worden war, und weitere Wagen, vollgepackt mit Standbildern von Königen und Göttern. Von einer Gruppe von Waldesnymphen umringt, begutachtete gerade Diana, Madame de Valentinois höchstselbst, die Requisiten. Sie trug ein schwarzes, golddurchwirktes Gewand, das mit silbernen Sternen bestickt und erstaunlich kurz war, wenn auch nicht so kurz wie die bis zur Mitte der Oberschenkel geschürzten Kleider der Nymphen. Ihre Bogen und Pfeile aus geschnitztem und vergoldetem Hartholz waren zwischen Kronen, Fackeln und Taubenkäfigen gestapelt. Dianas Damen in veilchenblauem Glanztaft schienen erhitzt und vergnügt: Die Arbeiter waren mit ihren Sprüchen nicht eben zimperlich.

»Die alte Königin«, sagte der Wärter der Königlichen Menagerien, und das maskenhafte Gesicht unter dem Turban starrte zum jenseitigen Seeufer hinüber. Hughie, der Elefant, der bereits zur Hälfte mit kostbarem Zaumzeug dekoriert war, gab gelassen einen volltönenden Rülpser von sich, und Piedar Dooly, dessen in schwarzem Barchent steckende Dackelbeine den Boden haßten, auf dem sie standen, sagte kalt: »Brauchst du drei Augen, um zu sehen, daß das die Frau des Königs ist...? Aber wenn er nicht hier ist, wo ist er dann?«

Die Gestalt in Brokat, die mit gekreuzten Beinen vor dem größten Zelt saß, beobachtete die zwischen Zelten und Käfigen hin und her eilenden Wärter und Stalljungen, lauschte auf die gedämpften Tierlaute und atmete durch bohnengroße Nasenlöcher das Geruchsgemisch ein, das die gut geführte Menagerie verrät. Ohne den Kopf zu wenden, sagte Abernaci: »Wenn du nicht weißt, wo er ist, solltest du's wohl auch nicht wissen.« Das Kamel, das den Weihrauch tragen sollte, hatte in der Nacht einen Anfall gehabt. Man würde die Maultiere nehmen müssen... Das Gras raschelte unter sich nähernden Füßen, und eine weitere Gestalt rutschte auf dem Hosenboden an seine Seite. »Wenn du den Fürsten von Barrow meinst, der ist im Schloß«, beantwortete Tosh endlich Piedar Doolys Frage. »Jesus, Archie, woran erinnert dich das alles hier?«

»Paris. Lyon. Rouen. Dieppe. Amboise. Angers«, sagte Abernaci. »Irgendwie ist es überall dasselbe. Bloß daß wir diesmal unseren eigenen Geldbeutel aufmachen müssen und deshalb ein bißchen knapp mit Heu sind. Weißt du noch, wie Hughie dieses Durcheinander... Nein, du warst ja in Rouen nicht dabei.«

»Wie Götter spielen die sich auf«, grollte Piedar Dooly und spuckte aus. »Die Franzosen wie die Engländer. Höllengötter möcht man sagen, die aus grünem Land Tennisplätze machen und ihre Schoßhündchen mit Schätzen behängen, von denen halb Irland ein Jahr lang ins Brot gesetzt werden könnte.«

Tosh ließ sich auf den Rücken sinken und verschränkte die Arme unter dem Kopf. »Du solltest die Franzosen nicht schmähen. Immerhin haben *sie* es geschafft, die Engländer aus ihrem Land zu vertreiben.«

Mit zwei langen Schritten war Dooly bei dem Seiltänzer und blickte drohend auf ihn herab. »Mit achttausend Iren, die ihnen geholfen haben!« ereiferte er sich. »Willst du etwa behaupten, daß Irland die Engländer nicht mit einem Schlag von seinen Ufern vertreiben könnte, so daß dieses verfettete Volk nicht weiß, wie ihm geschieht? Und die Schotten genauso? Als ob nicht jedermann wüßte, daß das große schottische Volk zu einem Volk von Memmen geworden ist, das sich von Franzosen verteidigen lassen muß! Weiber, von Weibern regiert... und da ist er ja auch schon, euer oberster großer Kriegsherr – in Unterröcken und kaum von der Brust ihrer Amme weg –, um die Waffenschau anzuführen!«

Abernaci, der beobachtet hatte, daß die Kindkönigin in der Tat am jenseitigen Seeufer erschienen war, sprang auf. Breitbeinig stand er da und beschattete das braune, rissige Gesicht mit der Hand. »Jesus! Die Erzieherin. Die Erskine. Der Fleming-Sohn. Zwei von den Kindern und sechs Soldaten. Sie untersuchen das Boot, als ob sie's mit einem aussätzigen Bettler zu tun hätten. Sie steigen ein.«

»Wenn das Boot in Ordnung ist, sind sie mitten auf dem See genauso sicher wie überall sonst«, meinte Tosh. »Und wie steht's mit dem Rest der Armada?« Zwölf kleine Boote schaukelten in der Mitte des Sees. Sie waren miteinander vertäut und zusammen an einer Boje festgemacht: Gondeln, Brigantinen und Galeeren en miniature.

»Nichts, was sie gefährden könnte«, sagte Abernaci. »Brigantinen für die Schlachtposse, die Prunkbarke und die Boote mit den Feuerwerkskörpern, Feuerpfeilen und *moulins à feu*. Auch wenn sie alle auf einmal losgehen, können sie niemand verletzen. Und sie können gar nicht von selber losgehen. Brennende Fackeln in der Nähe des Sees sind heut verboten. Du wirst gehört haben... Mann«, er unterbrach sich und wandte sich Piedar Dooly zu, der mit gerecktem Hals neben ihm stand. »Meinst du nicht, daß du jetzt zu O'LiamRoe gehen solltest – da du ja jetzt weißt, wo er ist?«

»Ah, gib Ruhe«, antwortete der Ire verächtlich und wandte dem Wasser den Rücken zu. »Ich war dabei, wie sie den Ollave ins Gefängnis geworfen haben, und was Besseres konnten diese Dummköpfe nicht tun. Für mich ist das keine Neuigkeit.«

Zum zweitenmal wechselten die beiden anderen einen Blick. »Für mich auch nicht«, sagte Tosh kurz. »Ich habe übrigens auch gehört, daß Cormac O'Connor krank ist.«

Piedar Dooly ließ sich ins Gras fallen. »O'LiamRoe – hättet ihr das gedacht?« sagte er. »Ich sag euch, wenn ich nicht wär und ihm nicht ab und an mal die Winde rausließe, würden wir Slieve Bloom überhaupt nicht mehr wiedersehen.« Und Selbstzufriedenheit im rauhen Gesicht, umschlang er die Knie mit den Armen.

Es war Abernaci, daran gewöhnt, sprachlose Kreaturen zu verstehen, der starr wie ein Götzenbild die ersten Signale von Gefahr witterte. Wie eine zustoßende Schlange fuhr sein Arm ins Gras, und seine Hand riß Piedar Dooly in die Höhe. Tosh, mit einem Satz auf den Beinen, blickte nur kurz zu Abernaci und packte dann, eine Frage im breiten Gesicht, Doolys anderen Arm. »Würdest du sagen«, fragte Abernaci freundlich, »daß der Fürst auf irgend etwas gewartet hat?«

Piedar Dooly war zu klug, um zu brüllen, und zu dumm, um den Mund wenigstens ganz zu halten. »*Stad thusa ort!* Es ist sowieso zu spät«, antwortete er grinsend und spuckte aus.

Über seinen Kopf hinweg blickte der Wärter des Königs Thomas Ouschart an und sagte dann leise etwas in urdu. Und schweigend schleppten die beiden den kleinen schwarzen Iren ins Zelt.

Um fünf Minuten vor zehn betrat der König, hutlos, ganz in Weiß, das Privatkabinett, und die Bogenschützen der Garde, die Edelleute und Prinzen, die an der Wand aufgereiht standen, entblößten die Köpfe und verneigten sich. Die Musik verstummte.

Schon zehn Minuten zuvor hatten sich vor der gegenüberliegenden Tür, leise plaudernd und in ihren Samtroben schwitzend, die Teilnehmer der Hosenband-Prozession formiert. Der Konnetabel, ein Fremdling unter all diesen englischen Gesichtern, hatte sich ein wenig spät eingefunden, um seinen Platz neben Mason einzunehmen. Vor ihm wartete Sir Thomas Smith, Bischof und Erster Zeremonienmeister des Hosenbandordens, und in der Mitte sprach Northampton beruhigend auf den noch immer erregten Dethik ein, für alle Beteiligten ein Werk der Nächstenliebe. Vorn zog sich die Reihe der Diener bis zur Tür hin. Ihre Hälse waren sauber.

Die Trompeten bliesen, und der Einzug begann.

Man mußte zugeben, daß sie ihre Sache gut machten. Wie eine Maschine näherte sich der Stab des Sonderbotschafters mit gleichmäßigem Schritt dem König von Frankreich, bewegte sich geradenwegs auf den Tisch zu, damit auch die Letzten in der Schlange der Gesandtschaft eintreten konnten. Die Tür schloß sich, es folgten die drei Reverenzen, und als die Trompeten erneut in eine Phantasie von Tönen ausbrachen, teilten sich die beiden Reihen und gaben den Blick auf die Herolde frei: auf Flower, der in seinem glitzernden Heroldsmantel gemessen voranschritt und in den ausgestreckten Armen einen Berg kostbarer Stoffe balancierte, und auf Dethik, den Ersten Wappenherold, mit sorgfältig gekämmtem Bart, tadellos sitzender Krone, mit pelzbesetzter Robe und rotem Wappenrock darüber, auf dem goldene Löwen und *Fleurs de lis* schimmerten. Dethik trug das purpurne Samtkissen mit Goldquasten, auf dem der Hosenbandorden, die Ordenskette, das Statuten-Buch, in Samt und Goldlitze gebunden, und die aufgerollte Verleihungsurkunde prangten. Das alles mußte mit Nadeln penibel auf dem Kissen befestigt sein, denn nichts verrutschte oder bewegte sich auch nur.

Mit einer vollendeten Verbeugung zum Thron des Königs hin plazierte Dethick die Insignien auf dem langen Tisch neben Mantel, Wappenrock, Kapuze und Hut und machte dann Northampton Platz. Die feierliche Ansprache begann. Die Verleihungsurkunde wurde Heinrich überreicht und von seinem Sekretär laut verlesen: »Eduard VI., von Gottes Gnaden König von England und Herr von Irland, Verteidiger des Glaubens, Souverän Unseres Höchst Edlen Hosenbandordens, geben Unserem wahrhaft und aufrichtig geliebten Cousin, dem Marquis von Northampton... und ermächtigen Euch... in den genannten Orden aufzunehmen und seinen Eid zu empfangen...«

Erstaunlich, wie gut ihnen die Ordensroben standen. Northampton, der auf dem Schlachtfeld nicht einmal den Verstand eines Trompeters besaß, konnte hier gut als König durchgehen. Dort drüben stand d'Aubigny. Heinrich wirkte nervös. Zum Teufel mit den Guisen, dachte der Konnetabel. Das Gesicht von Maria von Guise würde er gern sehen, wenn Eduard am Ende gar einwilligte, Calais gegen die Hand ihrer Tochter herauszugeben, egal, ob man sie entschädigte oder nicht...

Der Konnetabel unterdrückte einen Seufzer. Dazu würde es wahrscheinlich nicht kommen... Nur eine interessante Eröffnung, mehr nicht. Aber es war ein Triumph für seine Partei, daß man diesen Verhandlungspunkt immerhin akzeptiert hatte. Er, der Konnetabel, hoffte, daß St. André in London behutsam vorgehen würde.

Die letzte Gesandtschaft, die noch zu Lebzeiten des alten Königs Heinrich zu Eheverhandlungen nach London geschickt worden war, hatte ihre Mission beinahe schon zuschanden gemacht, bevor man überhaupt zur Sache gekommen war... weil nämlich die Abgesandten ihren Gastgebern den Inhalt ihres Reisegepäcks zu Schleuderpreisen verkauft hatten. Die Tailors' Hall hatte wie eine Marktbude ausgesehen, und die Gilden waren in Waffen aufmarschiert – völlig zu Recht. Doch St. André konnte man vertrauen... Nicht so den Guisen. Pasque-Dieu, der Herzog war nicht da. Doch, da war er, später hereingekommen... Gott, war das heiß.

Es war der kleine Wachmann, der im Laufschritt herankam, die Tür aufriegelte und aufriß. Die Männer hinter ihm waren Leute des Herzogs von Guise. In Sekundenschnelle war Lymond bei ihnen und legte O'LiamRoe, der bleich und atemlos an ihrer Spitze stand, die Hand auf die Schulter. »... Sie hat Ihnen den Namen gesagt?«
»Robin Stewart hat eine Nachricht geschickt, die von Dooly zurückgehalten worden ist. Wir haben sie eben erst erfahren. Der Anschlag erfolgt jetzt – auf dem See.«
Der Fürst von Barrow und Lymond rannten los, die bewaffneten Männer schepperten hinterdrein. Im Laufen gelang es O'LiamRoe, das Wichtigste mitzuteilen. »Wir dürfen nicht auffallen... Ihre Freilassung ist rechtswidrig. Es gibt immer noch keinen Beweis, und der König würde niemals zustimmen... Tosh hat Piedar zu mir gebracht, Abernaci ist wieder zurück zum See... Die kleine Königin ist auf dem See, aber selbst wenn wirklich Schießpulver da ist, hat dieser Cholet keine Möglichkeit, es zu zünden«, keuchte der Fürst von Barrow, der in einer schwankenden Welt benommen nach einem festen Halt suchte. »Und hören Sie – Stewart wartet auf Sie. Er wollte, daß Sie ihn heute morgen um neun Uhr festnehmen lassen, damit er für all das nicht verantwortlich gemacht werden kann... Er hat eine Nachricht geschrieben.«
»Oh – Stewart«, antwortete Lymond, »der wird mit einem Messer angestürzt kommen, eine Tirade auf den Lippen – beides höchst überflüssig –, wenn alles vorbei ist... Zum See! Zum See – komm mit, der du mit uns im Bunde bist...«

Sie stürmten am Turnierplatz vorbei, und der Schweiß tropfte ihnen vom Kinn. »Michel Hérisson ist da«, japste O'LiamRoe. »Sie haben Beck... Der Mann, nach dem wir suchen, ist um die Vierzig, klein, dick, schwarzhaarig, mit einem Ingwerbart...«

»Gott!« stieß Lymond hervor und lachte keuchend. O'LiamRoe hatte den Eindruck, daß er vor Lebendigkeit geradezu sprühte. Er rannte leichtfüßig wie ein Tänzer, so daß der erschöpfte Ire mit seinen stolpernden Füßen und die Soldaten in ihren schweren Lederkollern kaum nachkamen. Am See aber blieb Lymond abrupt stehen. »Mein Gott, was tun sie denn? *Sie sind immer noch da!* Sehen Sie sich das an!«

Auch die anderen verhielten. Es stimmte. Die Barke der Königin, lustig bemalt, mit Kindern und Soldaten voll beladen, war zusammen mit den zwölf kleinen, längsseits liegenden Schiffen an der Boje in der Mitte des Sees festgemacht.

»Keine Boote am Ufer«, sagte O'LiamRoe. »Das letzte haben sie für die Königin genommen. Und die Musikanten übertönen alles Schreien.«

»Wenn eine Lunte gelegt worden ist...«

»Nein«, fiel ihm O'LiamRoe ins Wort. »Abernaci schwört, daß sich seit gestern abend niemand mehr den Booten genähert hat. Es gibt auf der ganzen Welt keinen Schützen, der auf diese Entfernung eine Lunte treffen kann.«

»Dann nimmt er einen Feuerpfeil«, sagte Lymond, ohne offenbar auch nur eine Sekunde lang überlegen zu müssen. »Sind alle Fremden aus der Menagerie?«

»Darauf können wir uns verlassen.«

»Dann kommt der Pfeil entweder vom Pavillon oder vom anderen Ende des Sees, wo die Wagen stehen. Sie sehen, dieses Ende ist leer. Nehmen Sie drei Männer und durchsuchen Sie die Wagen. Ich werde den –«

Es war Michel Hérisson, der ihn ohne jede Begrüßung unterbrach. »Thady, neben dem Pavillon habe ich Dianas Bogen und Feuersteine entdeckt –«

»Suchen Sie die Fontänen und stellen Sie sie an. Können Sie schwimmen? Nein? Phelim? Lieber Gott – nein, sehen Sie – Aber-

naci ist schon im Wasser.« Die Reihe der rennenden Männer zog
sich auseinander und begann sich über die Buchsbaumpfade zu verteilen. Lymond stürzte mit Hérisson auf den Pavillon zu, wo Gold-
draperien in der Sonne glänzten und die Arbeiter auf dem Dach gerade eine Pause machten, ihnen entgegenstarrten. Einer von ihnen
begann, davonzurennen.

Lymond pfiff. Dieses Signal ließ O'LiamRoe auf halbem Weg zu den
Wagen innehalten. Die Männer des Herzogs von Guise unten blieben stehen und blickten hoch. Jetzt hatten auch die Soldaten im Boot
der Königin den Aufruhr bemerkt. Argwöhnisch starrten die son-
nengeröteten Gesichter zum Ufer. Sie hatten die Schilde zu einer
Art Barriere erhoben, hinter der nicht einmal Marias roter Schopf zu
sehen war. Natürlich mußten sie glauben, daß ihr auf dem See nichts
zustoßen könne. Sie machten keinerlei Anstalten, an Land zu rudern.

Der Mann auf dem Dach verschwand. Doch die kleine tonnige Figur
und das rötliche Gewächs am Kinn hatten sie eben noch erkennen
können. Es war Cholet. Lymond umklammerte einen römischen
Stützpfeiler und begann wie eine Gemse daran hochzuklettern. Vor
O'LiamRoes Auge tauchte der Ollave auf, wie er in seinem flatternden Mantel und mit einem Messer zwischen den Zähnen den Mast
der »Sauvée« hinaufhastete. Diesmal hatte er kein Messer. Um die
Arme ganz frei zu haben, hatte er sogar das weiße Leinenhemd abgestreift. Gegen den braunen, narbigen Rücken wirkte sein Haar weniger blond als silbern.

Mit einem Bogen in der Hand tauchte Cholet auf der breiten Kartu-
sche wieder auf, die die Vorderseite des Pavillons krönte. Vor der
hellen Sonnenscheibe war die Flamme so farblos wie die Luft, doch
sie konnten den Rauch sehen, der dünn und kräuselnd von dem
flammenden Pfeil aufstieg, als Cholet ihn in den Bogen legte.

Drei Feuerpfeile schoß er in rascher Folge ab. Der erste landete zischend im Wasser. Der zweite und dritte aber bohrten sich tief in das
Holz des neunten Schiffchens im See, der kleinen Galeere neben der
Prunkbarke, die mit einem Baldachin überdacht war. Dann warf
Artus Cholet Bogen und brennenden Kienspan auf das flache Dach
zu seinen Füßen. Das gefirnißte Holz und die gebauschte Golddrapierung empfingen die Flamme wie ein Mönch sein Martyrium und

ließen zwischen Cholet und Francis Crawford, der ihm entgegenha-
stete, eine jäh aufschießende, lodernde Feuerwand emporsteigen.

Das Latein war vorbei, Gott sei Dank, und damit das Schlimmste
der ganzen Angelegenheit: Dieser anglikanische Bischof mit seiner
verdammten, langatmigen Ansprache und die Erwiderung des Herzogs von Guise, der im Seidenglanz von rotem Kamelott wie ein
Ausländer wirkte – ja, wie ein Engländer sah er aus, dachte der
Konnetabel. Und jetzt Heinrich: gut aussehend, mit schimmern-
dem schwarzem Haar, in schlichtem, mit silbernen *aiglettes* bestick-
tem Weiß. Er berührte das Statuten-Buch, küßte das Kreuz und leistete den Eid.
Es ging also doch alles glatt. Der Erste Wappenherold, ganz in seinem Element, nahm das blauseidene Hosenband mit den goldenen
Buchstaben und der goldenen Schnalle vom Kissen, küßte es und
reichte es Northampton. Seinen Umhang zurückwerfend, nahm es
der Marquis entgegen, kniete nieder und legte es dem König um das
muskulöse Bein, wobei er Ehrerbietung und Geschicklichkeit in einer Weise miteinander verband, als sei er bei einem königlichen
Stallmeister in die Lehre gegangen.
D'Aubigny sah schmuck aus. Warum nur – dachte der Konnetabel –
hatte sich François de Guise verspätet? Dieser Bursche, der den Ollave gespielt hatte, war der Spion seiner Schwester gewesen – soviel
ließ sich mit Gewißheit sagen. Und ihre Schauspielerei bei dem
Kampf mit dem Eber war typisch *à deux visages* gewesen – zunächst
ein Hintanstellen des eigenen Interesses, aber später eine Entschuldigung für ihre eigene Nachsicht, wenn sie eine brauchte. Und am
Ende hatte sie sich des Mannes ziemlich brüsk entledigt. Erstaun-
lich, daß er das hinnahm. Nicht daß man sie dafür tadeln könnte.
Wie der Verlauf der Ereignisse bewies, hatte sie recht gehabt. Man
konnte sich auch das Spiel vorstellen, das sie nach ihrer Rückkehr in
Schottland spielen würde. Eine Guise Regentin in Schottland, ein
Guise Papst in Rom, ein Guise faktisch König von Frankreich...
Nun gut. Man würde sich darum noch kümmern. Aber mit diesem
Burschen hinter ihrem Rücken...?
Nun gut, auch darum würde man sich kümmern. Der König hatte

ihn gemocht – und es würde nichts schaden, auch den Medicis etwas zum Nachdenken zu geben.

Capito vestem hanc purpuream . . . Gott, war das heiß.

Die neunte Galeere brannte. Auch auf Marias Boot hatten sie es bemerkt. Über dem Schandeck tauchten Kopf und Schultern eines Mannes auf, der Taue durchhackte. Plötzlich wankte das ganze Geschwader der miteinander verbundenen Schiffe und begann langsam vorwärts zu treiben. In seiner Hast hatte der Helfer das Tau gekappt, mit dem alle Boote an der Boje festgemacht waren, und das Dutzend aneinandergetäuter Boote trieb immer noch Seite an Seite – und mit ihnen die brennende Galeere.

Auf der anderen Seite des Pavillondachs begann sich Cholet zum Erdboden herabzulassen, und drüben kam O'LiamRoe mit seinen drei Soldaten zurückgerannt. Lymond rief ihm etwas zu. Dann machte er kehrt, ließ sich selbst vom Dach herabgleiten und rannte auf den See zu. Die Fontänen sprangen an, zwei anmutige Lichtkaskaden zu beiden Seiten des Sees.

Die Herzogin von Valentinois war schon lange ins Schloß zurückgekehrt; die Nymphen und Bacchus hatten sich bei den ersten Anzeichen drohenden Unheils entfernt; die Soldaten im Boot, die augenscheinlich noch immer nichts Schlimmeres befürchteten als ein unplanmäßiges Feuerwerk, versuchten, sich mit ihren Rudern von der unbemannten Flotte zu lösen. Die Brigantinen, die bemalten Galeeren mit den Drachen am Bug schwankten, und aus Deck und Flanke der neunten schossen jetzt hohe Flammen. Dann plötzlich ein Geschenk des Himmels: Die Musik war endlich verstummt, die Musikanten gafften. Lymond, der bereits durch das flache Wasser watete, legte die Hände trichterförmig um den Mund. »*Schießpulver im Boot! Rudern Sie weg!*« Und sich flink umdrehend, fing er das Messer, das ihm jemand zuwarf.

Abernaci hielt auf halbem Wege zwischen dem Menagerie-Ufer und den Booten wassertretend inne. Schon war die treibende Flotte Lymond näher als ihm. Wieder hörte er Lymond etwas brüllen, diesmal auf gälisch, gerade als ihm selbst der Gedanke kam, den Elefanten einzusetzen.

Lymonds Anweisung hatte Abernaci gegolten, doch O'LiamRoe hörte sie und handelte sogleich, schrie nach dem Elefantenboy, befestigte neue Seile an Hughies Zaumzeug. Den Hanfstrick in der Hand, stand er am Rand des Sees und ließ ihn in gelbem Geschlängel in Abernacis nasse Hände fliegen, indes Lymond durch das grün-weiße Wasser auf die Boote zuglitt. Unter den jähen, kraftvollen Schlägen zweier Ruderpaare schoß das Boot der Königin auf ihn zu, und im Sog von Kielwasser und Feuer wippte die ganze Flottille hinterdrein.

Man hatte dem König den weißen Wappenrock abgenommen, die neue karmesinrote Robe angelegt und das Schwert gegürtet – alles ohne Zwischenfall. Der Erste Wappenherold Englands küßte Mantel und Hut. »*Accipe Clamidem hanc caelici coloris*... Nehmt diesen Mantel himmlischer Farbe, versehen mit dem Schild des Kreuzes Christi, dessen Kraft und Wirkung Euch stets schützen mögen...«
Die eben befestigten Quasten hingen reglos herab. Gleichmäßig schimmerten auf dem Blau der Hosenbandorden die Buchstaben silbrig-golden im hellen Licht. Heinrich langweilte sich zusehends. Jetzt nur noch die Ordenskette und der übliche Sermon, dann die Kapelle, dann das Bankett... Die Sache war die: Schottland hatte für Frankreich an Bedeutung verloren, da die Bedrohung durch England nun weitgehend ausgeschaltet war. Wenn die kleine Maria stürbe, wäre der Dauphin frei, sich anderweitig zu verheiraten. Zum Beispiel mit... Bei Gott, es war heiß. Einschlafen konnte man unter der schweren Robe bei dieser Hitze.

Im letzten Augenblick wollte der Elefantenboy nicht ins Wasser. Und so trug der große Elefantenbulle, der sich träge durch den See bewegte, O'LiamRoe auf dem Rücken – O'LiamRoe, der nicht schwimmen konnte, dem Wasser die Ohren vernebelte, der sich an den durchweichten Lederriemen über Hughies Stirn festklammerte und Abernaci beobachtete. Mit gleichmäßigen Zügen schwamm der Wärter weit voraus, den brennenden Booten entgegen.
Lymond erreichte sie zuerst. Margaret Erskine sah es. Hinter der klirrenden Barrikade hielt sie Maria locker in den Armen und ver-

suchte, James und die Kinder mit harmlosem Geplauder abzulenken. Sie mußte sich gegen das gewaltige Rucken der Ruder, mit dem
die vier Männer das Boot durch das Wasser trieben, mit aller Kraft
anstemmen. Der Rauch hinter ihnen hatte einen ätzenden Geruch.
»Was für ein Jammer«, sagte sie heiter. »Die ganzen schönen *feux de
joie* für heute nacht! Ich fürchte, chérie, du wirst gleich das kostspie-
ligste Feuerwerk erleben, das jemals bei hellichtem Tage abgebrannt
worden ist.«

»Monsieur Crawford wird dem sicher ein Ende machen«, antwortete das kleine Mädchen und steckte den zerzausten roten Kopf
durch das Waffengitter. Sie hatte Angst – Margaret spürte es –, doch
tapfer stimmte sie in das Märchen ein: Wie schade... die vielen
schönen Schwärmer, alle vergeudet...

Der blonde Schopf befand sich jetzt fast auf gleicher Höhe mit ihnen. Lymond mußte bereits auf halbem Weg klargeworden sein, daß
das um sich greifende Feuer jetzt nicht mehr zu löschen war. Immer
wieder hob er den Blick, um Entfernungen abzuschätzen und
O'LiamRoe und Abernaci im Auge zu behalten, die sich vom jenseitigen Ufer her näherten. Einmal, vielleicht weil er seinen Namen
hörte, wandte er den Kopf und hob in einem Regen sonnenheller
Tropfen rasch einen Arm, um seine Königin zu grüßen. Dann hatte
er das erste Boot hinter der Barke erreicht und zog sich naß wie ein
Seestern an seiner Flanke hinauf.

Es war eines der Prunkboote. So behutsam Lymond auch kletterte,
das Heck berührte den Bug der angetäuten Brigantine, und eine
leichte Erschütterung durchlief knarrend die Flottille. Die Boote
tanzten, und sekundenlang verstummte sogar das heisere Geschrei
der Musikanten, die sich an ihrem überspülten Floß festklammerten. Eine Funkenwolke stob von der brennenden Galeere im letzten
Drittel der schwankenden Flotte und sank leuchtend vor dem wallenden Rauch herab, der schwer war vom metallischen Geruch verbrannter Farbe. Sein Schatten überlagerte sie alle: das Chaos der
Boote, die Barke der Königin, die sich an der einen Seite mit aller
Kraft loszureißen suchte, und auf der anderen Seite Abernacis
braune Arme, die sich wirbelnd näherten, dahinter O'LiamRoe auf
dem Elefantenbullen, der eben noch Grund unter den Füßen hatte,

stehenblieb und von O'LiamRoe unter heftigem Gezerre und gälischem Gebelfer angetrieben wurde.

Vom gepflasterten Ufer her, wo ihnen das aufgerührte Wasser gegen die Füße platschte und spritzte, sahen die Soldaten, die zum See strömenden Arbeiter und die nach und nach aus dem Schloß herbeigeeilten Männer und Frauen die lautlos in den Rauch sinkenden Funken. Auf der geschnitzten Reling der neunten Galeere tummelten sich die Flammen. Jedes Detail zeichnete sich schwarz in dem aufblühenden Gold ab, und die in den blauen Himmel weisenden Wimpel wurden von den Flammen neu gehißt.

Mit einem Krachen explodierte das Feuerrad auf der letzten Barke zu blendendem Licht. Der bleiche, blonde Kopf des schottischen Herolds, der flink durch den Rauch schlüpfte, wurde von einem jähen Glorienschein farbigen Lichts erhellt. Das große Rad, ihm so nahe, daß er es hätte berühren können, begann sich mit wachsender Geschwindigkeit zu drehen, und knallend zündeten und kreisten die kleineren Ladungen in seinem Innern, sprühten im grauen Dunst, ließen Lymonds naß schimmernde Haut wie mit Juwelen besetzt aufblitzen, als er hindurchsprang.

Auf der Rah begann sich ein zweites Feuerrad zu drehen, und im Vorderschiff ein weiteres. Auf der brennenden Galeere hatten die Flammen das Deckhaus erreicht, und auch auf der kleinen Brigantine davor züngelten hier und da bereits kleine Flämmchen. Lymond wechselte mit einem samtweich federnden Sprung vom letzten Boot zum nächsten über, glitt von dort auf die Barke, bewegte sich mit unglaublicher Behendigkeit von Boot zu Boot und erreichte so die brennende Galeere, noch ehe die Feuerräder hinter ihm ihre volle Geschwindigkeit erreicht hatten.

Auf seinem Weg mußte er jedes Boot geprüft haben. Margaret Erskine, deren leichte Ärmel im Fahrtwind des schneller werdenden Bootes flatterten, erkannte dies, als sie ihn auf dem achten balancieren sah, vor sich die brennende Galeere. Er stand auf der Prunkbarke. Die Golddrapierung des Deckhauses hatte Feuer gefangen. Lymond riß sie im Vorübergehen herunter und schleuderte sie in den See, wo die Flammen verzischten. Die bemalten Fenster der Kabine loderten und glühten Auge in Auge mit den sprühenden *feux de joie* im Hintergrund. Dann sprang er auf das blasige Deck, und die lodernden Flammen von Bug und Backbordreling im Rücken, durchschnitt er das Tau, um alle Boote, die er kurz zuvor überquert hatte, freizusetzen.

Es gelang ihm, im Schutz des Deckhauses zum Vorderschiff vorzudringen. Einmal blieb er stehen, um einen Blick in den Kabinenraum zu werfen. Dann war er verschwunden, schoß ungeachtet aller Gefahr wie eine Libelle hinab, hinauf, vorwärts, überquerte drei Boote, Abernaci entgegen, der mit dem unerläßlichen Turban durch das Wasser schnellte und das Seil bereithielt.

Sein narbiges, nasses Gesicht war vom Licht glasiert, als sich der Mahaut im Wasser aufrichtete, einen sehnigen, kraftvollen Arm hob und das Hanfseil schleuderte. Lymond fing es auf. Er hatte bereits eine Stelle zum Festmachen gefunden, warf das Tau über den Bug des führenden Bootes, hob einen Arm, und als O'LiamRoe zurückgerissen wurde und Abernaci einen Befehl brüllte, sah er, wie sich das Seil unter dem Zug des achtunddreißig Zentner schweren Elefanten spannte. Das war alles, worauf er gewartet hatte. Während der verkleinerte Konvoi sich schwerfällig und schlingernd in Bewegung setzte, schwamm Lymond zum Feuer zurück.

O'LiamRoe blickte sich um. Unter den durchweichten Kleidern war seine Haut verschrumpelt wie eine Rosine, seine erstarrten Hände krallten sich in die hornigen grauen Lenden des Tiers, die stoßenden Beine waren von Wasser überspült. Er fühlte, wie sich der mächtige Elefantenbulle unter ihm stetig und verläßlich vorwärts bewegte, mit Stirn, Rüssel und Schultern das Wasser teilte und den sonderbaren Lauten der fernen Stimme seines Mahauts gehorchte.

Es war ein langer Weg bis zum Ufer, doch das Wasser war leer und das Gelände vor ihnen frei von Gebäuden, Menschen oder Tieren, die Schaden nehmen konnten. Das Floß der Musikanten, das der brennenden Galeere nie sehr nahe gewesen war, trieb nun weit entfernt. Zwischen den vier brennenden Booten, die der Elefant zog, und dem Rest der Flotte wurde der strudelnde, mit Trümmern bedeckte Abstand immer größer. Dahinter hatte sich das königliche Boot endlich frei gerudert, glitt aus dem Rauchschatten heraus in die Sonne, die die Helme der Ruderer aufleuchten ließ. Rot und blau wurden die Kleider der Kinder hinter den schützenden Armen der Frau sichtbar, darüber das Auf und Ab eines zerzausten, aufgeregten roten Schopfs... Wieviel Schießpulver sie wohl eingeschmuggelt haben mochten? Jesus... Gut, selbst wenn alle vier Boote bis oben hin voll waren, konnten die Kinder in wenigen Minuten in Sicherheit sein.

Abernaci, den Booten näher als O'LiamRoe, hatte gesehen, wie Lymond das führende Boot rasch untersucht hatte. Dann sah er aus dem zweiten etwas auf die Wasseroberfläche prallen und blubbernd versinken: Lymond hatte dort also Schießpulver gefunden. Während Abernaci dem Elefanten immer wieder Befehle zubrüllte, sah er auch, daß Lymond jetzt wieder auf das brennende Boot zurückgekehrt war und sein Messer benutzte, um unter die Segelleinwand zu gelangen, während der Fahrtwind über ihm jede Rah und jede Quaste mit Flammen säumte. Und er sah auch, daß die vier Boote unter der wachsenden Stoßkraft frei im Wasser zu schwimmen begannen, dem Zug des Seils munter gehorchten und schneller durch das Wasser glitten, als der Elefant zu ziehen vermochte. Die Schiffe holten ihren Lotsen ein.

O'LiamRoe drehte sich um und sah es auch. Er sah zwei Ballen aus der brennenden Galeere trudeln, denen Lymond folgte, der im Wasser rasch von Boot zu Boot glitt und etwas rief. Was er rief, konnte O'LiamRoe nicht verstehen, doch sah er, wie Francis Crawford das Messer hob, wie das gekräuselte Sonnenlicht auf der Klinge aufblitzte. Dann schleuderte er es genau und flink in Abernacis ausgestreckte Hand. Der Mahaut fing es und hieb das Seil durch.

Der an Hughies Zaumzeug befestigte Strick sank ins Wasser. Im selben Augenblick brüllte Abernacis Stimme auf gälisch »Festhalten!« und fügte hastig etwas in urdu hinzu. Der Elefant legte sich unter O'LiamRoes Knien zur Seite, tauchte und begann zu schwimmen.

Grünes Wasser legte sich wie ein Schal um Mund und Zähne des Fürsten von Barrow. Die verkrampften Finger fest ins Leder des Zaumzeugs krallend, harrte er aus, taub und geblendet. Ihm schien, daß jedes Gefäß, jede Ader seiner Eingeweide vom Wasser ausgedehnt und aufgebläht sei, so heftig war der Schmerz. Dann durchstieß er die Wasseroberfläche, schnappte einen großen, schäumenden Mundvoll Wasser und sah Lymond das vorderste Boot erreichen und tauchen. Er sah auch, wie Abernaci seinen drahtigen Körper ruckhaft durch das Wasser trieb, das abgeschnittene Seil fest in der Hand. Der Mahaut schwamm, bis er sah, daß die Boote abdrehten, unbehindert von O'LiamRoe, unbehindert von Hughie, und sich von Lymonds auftauchendem Kopf entfernten. Dann ließ Abernaci den Strick fallen, holte tief Luft und tauchte.

Ehe er untertauchte, stieß er einen gellenden Schrei aus. O'LiamRoe hörte ihn nur, doch Hughie verstand ihn. Er gab ein gutgelauntes Trompeten von sich, denn nach seinem Verständnis handelte es sich um einen schlichten Ulk, ließ sich auf die Seite fallen, versank und riß O'LiamRoe mit sich in eben dem Augenblick, als die vier Boote in die Luft flogen – Schwärmer, Salvenfeuer, Schießpulver und alles übrige.

»Nimm hin und trage um deinen Hals diese Kette mit dem Bildnis der glorreichen Sankt Georg, des Schutzheiligen dieses Ordens, auf daß du mit seiner Hilfe Glück und Unglück dieser Welt besser bestehest...«

Die Kette schimmerte um Heinrichs Schultern, die sechsundzwanzig Hosenbandorden mit den weißen und roten Rosen und dem Erhabenen Georg glänzten in Kniehöhe. Northampton, untadelig bis zum Schluß, hatte den Neuling im Namen König Eduards und aller Rittergefährten willkommen geheißen und ihm den schwarzen Samthut mit den blitzenden Diamanten am Fuß der Feder und das Statuten-Buch in rotem Samteinband überreicht... *»non temporariae modo militiae gloriam, sed et perennis victoriae palmam dinique valeas. Amen.«*

Amen. Die Trompetenklänge waren verebbt, ein jeder hatte sich verneigt, und es folgte die gedämpfte Unruhe einer Versammlung, die mit steifen Gliedern, durstig und zu warm angezogen vor dem Essen noch ein Hochamt überstehen muß.

Gott sei Dank schwang sich niemand mehr zu einer langen Rede auf. Lächelnd winkte der König Northampton und den Ersten Wappenherold an seine Seite und richtete liebenswürdig das Wort an sie; sogleich gesellten sich auch Mason und Pickering hinzu. Im Hinter-

grund hatte jemand die Türen geöffnet. Ein aufmerksames Rascheln
ging durch die Reihen der Bogenschützen, der Diener und der mit
Äxten bewehrten Leibgardisten. Der Konnetabel blinzelte mit einem Auge in die Sonne und stellte befriedigt fest, daß man den Zeit-
plan eingehalten hatte. Er fing d'Aubignys Blick auf, der dieselbe
Runde gemacht hatte, und empfand ein flüchtiges Unbehagen, verbunden mit einer Art trotzigen Gleichgültigkeit. Sollten sich doch
die Götter – klassisch, papistisch oder reformiert – drum kümmern.
Warwick war kein Narr. Warwick hatte Lennox und seine königliche Gattin in diese Mission einbezogen für den Fall, daß sich Unan-
genehmes ereignete, und er würde sich, falls es notwendig war, ihrer
ebenso rasch entledigen, wie Maria von Guise diesen Burschen hatte
fallen lassen.
Und seiner Meinung nach sollte Frankreich dasselbe tun. Irland war
für Frankreich uninteressant. Sollte England ruhig weiter sein Geld
in dieses Faß ohne Boden werfen. Und England sollte ruhig Frankreich für seinen verläßlichen Verbündeten halten ... Was konnte der
Kaiser gegen beide ausrichten?
Der König sprach ein bißchen zu lange. Pasque-Dieu, dieser Bursche d'Aubigny sah grün aus im Gesicht. Es war also irgend etwas
im Gange. Montmorency, der ihn mit zusammengekniffenen Augen
beobachtete, fing den klaren Blick des Herzogs von Guise auf und
hielt ihm wachsam einen langen Augenblick stand.
Mit einem fast melodischen, klingelnden Krachen zerbarsten plötzlich alle Fenster im Raum und flogen nach innen. Das mächtige
Dröhnen, das dem Krachen folgte, zersplitterte in eine Kette von
Detonationen, brüllte wie verbrüderte Kanonen, die eine Stadt be-
schießen. Um das krachende Zentrum des Donners stieg sein Echo
auf, eine mächtige, tönende Luftmauer, die sich durch das zertrümmerte Glas zu schieben und den überfüllten Raum zu sprengen
schien.
Wie die Köpfe von Marionetten ruckten alle federgeschmückten
Häupter herum. Und zwischen all den bedrängten, bestürzten Mie-
nen zeigte einzig das schöne Gesicht d'Aubignys gelassene Ruhe.
Der Konnetabel, der die Atmosphäre des Raums mit einem einzigen
raschen Blick in sich aufnahm, bemerkte es und seufzte. Dann brach

der Lärm los wie Geschnatter in einem Gänsestall. Und inmitten dieses Lärms vernahm der Konnetabel die Stimme des Königs.

Keineswegs mißvergnügt seufzte Montmorency ein zweites Mal tief auf.

Die Flotte war versenkt, Königin Maria von Schottland aller Wahrscheinlichkeit nach tot... Seine Frau hatte Kleider für ihre Puppen genäht. Ein hübsches Kind, die letzte ihres Geschlechts, in den Todestagen ihres königlichen Vaters geboren. Der Konnetabel liebte Kinder – der Konnetabel hatte selbst sieben Töchter, wenn auch natürlich inzwischen erwachsen.

Angestrengt nachdenkend näherte er sich dem König und nahm ihn beim Arm. »Gewiß irgendein Unfall, Sire, der unsere Freunde nicht inkommodieren darf. Mit Ihrer Erlaubnis werde ich die Ursache unverzüglich feststellen lassen, während wir uns wie vorgesehen in die Kapelle begeben.«

»John Stewart wird sich darum kümmern«, sagte der König. Nur eine Sekunde lang zögerte der Konnetabel. Er sah, wie sich die Augen des Herzogs von Guise wie die seinen verengten, und sagte: »Wie Sie wünschen, Sire.«

Die Welle der Erschütterung, die das aufgewühlte Wasser durchlief, rettete O'LiamRoe das Leben. Sie drehte sogar den mächtigen Elefanten zurück auf den Bauch und hob Phelim in die Höhe, ließ ihn wie einen Delphin in die Luft schnellen – eine Luft, die kaum weniger gefährlich war als das Wasser, denn Holz und brennende Leinwand fielen herab, gezündete Feuerwerkskörper, weiße und farbige Lichter zischten umher – und im Zentrum des Aufruhrs der zusammengebackene, weißglühende Rest der vier Schiffe, der wie ein geschmolzener Hammer tosend und zischend auf die ruckenden schwarzen Wellen schlug.

Weit entfernt davon erreichte ein unversehrtes Boot mit einem unversehrten königlichen Kopf im Bug das Ufer. Etwas näher wippte und hüpfte mit dem Wasser ein Floß voller bäuchlings hingestreckter Musikanten, die sich mit krampfhaft geschlossenen Augen unter Helmen von blasig gesprungenen Lauten und ausgeweideten Violen an ihrem Floß festklammerten.

Noch näher, durch das aufspritzende Wasser auf ihn zuhaltend, die Köpfe vom Licht der Feuersbrunst golden verbrämt, gewahrte der Fürst Lymond und Archie Abernethy, die in gleichem Rhythmus Seite an Seite schwammen. Hände packten ihn bei den Armen, eine nackte Schulter stemmte ihn in die Luft, und während Abernaci lächelnd an ihm vorbeiglitt und dem brausenden Wasserfall trompetender Wut namens Hughie Befehle zubrüllte, hielt Francis Crawford den Wasser speienden O'LiamRoe unter den Armen fest und machte sich auf den Weg zum Ufer. Mit kräftigen Zügen durchschnitt er das schmatzende Wasser, während die *feux de joie* unter der schwarzen Rauchschicht zwischen Wasser und Sonne rosa, blau und golden tanzten und funkelten – und summte dabei 'leise flüsternd O'LiamRoe etwas in die verstopften roten Ohren.

Und am Ende brauchte Lymond nicht einmal die ganze Strecke zu schwimmen. O'LiamRoe, der allmählich aus seiner Betäubung erwachte, sah sich zu einer kleine Ruderbarke geschleppt, eine von denen, die Lymond losgeschnitten hatte und die nun, mit zwei Paar Rudern sich selbst überlassen, sanft schaukelnd auf eine Ladung wartete. Einen Augenblick später saß er mittschiffs, seine weichen Hände umschlossen die Ruderschäfte, und er versuchte sich Lymonds instinktivem, geschultem Ruderschlag anzupassen. Das Boot schaufelte sich durch die ruhiger werdenden Wellen und hielt geradenwegs auf die Menagerie zu, die Abernaci und der Elefant schon halb erreicht hatten.

Lymond sang:

> » *Un myrte je dédierai*
> *Dessus les rives de Loire*
> *Et sur l'écorce écrirai*
> *Ces quatre vers à ta gloire...*«

Zum erstenmal seit Stunden, wie ihm schien, versuchte sich O'LiamRoe im Gebrauch der menschlichen Sprache. Doch seinem Mund entquoll nur ein Quaken und ein beträchtlicher Sturzbach. Er rülpste. Sein grünes Gesicht gewann allmählich eine Spur seiner rosa Tönung zurück.

»Ja, ja – das tückische hohe C«, ließ sich Lymonds Stimme fröhlich hinter seiner Schulter vernehmen. »Sind Ihnen Slieve Bloom und Ihre Eingeborenen nicht eben sehr teuer gewesen?«

Über die Schulter hinweg antwortete O'LiamRoe halb erstickt: »Heute nacht waren sie mir sehr teuer.«

Die heitere Stimme in seinem Rücken, die bis jetzt im Rhythmus des Ruderschlags gesprochen hatte, änderte unvermittelt das Timbre. »Ich habe geträumt«, sagte Lymond, »Cormac O'Connor wäre... allein.«

»Er ist es«, antwortete O'LiamRoe, und seine Augen blickten in die Lichterpracht. »Und die Frau... Oonagh ist auch allein.«

Eine Weile glitt das Boot still dahin. »Wir sind zwei Pedanten, Phelim«, sagte Lymond schließlich, »die unbedingt den Mond vor den Wölfen beschützen wollen. Aber das ist immer noch besser – glaube ich wenigstens –, als auf dem Mond zu leben oder zu den Wölfen zu gehören.«

Sie waren aus dem Rauch gerudert, und die Sonne umfing sie traulich wie eine alte Kinderfrau, umhüllte sie mit Wärme und Stille und träger Geborgenheit. Über ihnen leuchtete der Himmel endlos Blau in Blau.

»Was nun?« fragte O'LiamRoe plötzlich, von der Kraft und Heiterkeit, die das klare Licht über sie ausschüttete, und der Stimmung des hinter ihm sitzenden Mannes neu belebt. »Zur *ménagerie*?«

»Wohin sonst?« lachte Lymond. »Wo haben Sie Ihre Ohren? Zur Menagerie, wo Artus Cholet einem dicken Bildhauer aus Rouen zu entkommen versucht, seit Sie angefangen haben, den neuen See des Königs von Frankreich auszutrinken!«

SECHSTES KAPITEL

Skandale, leidenschaftliche Ausbrüche und gesetzeswidrige Narreteien waren die Tröstungen Michel Hérissons gichtiger Jahre.

Als die drei Pfeile in flammenden Bögen zur Mitte des Sees flogen und das Wasser mit krebsroten Palissy-Figuren bedeckten, als die Arbeiter, die Soldaten und all die gaffenden Zuschauer tatenlos

Lymonds zielstrebig durch das Wasser gleitenden Kopf beobachteten oder mit Helmen voller Wasser auf den brennenden Pavillon kletterten, humpelte und stolperte, hetzte Michel Hérisson, der schließlich sogar seine Gicht völlig vergaß, der untersetzten Gestalt des davoneilenden Artus Cholet hinterher.

Der Rotbart, dies zuvor, bemerkte ihn nicht. Der Rotbart flitzte vielmehr wie eine Eidechse auf der anderen Seite des Pavillons zu Boden und machte sich schleichend und Deckung suchend um das Ende des Sees davon, wo die für den abendlichen Festzug gelagerten Requisiten ungewöhnlichen Schutz boten. An den Wagen und Gipsgöttern vorbei führte der Weg zur Menagerie, und hinter der Menagerie lag der Waldrand – und die Freiheit.

Artus Cholet rannte mit gesenktem Kopf um die bekränzten Wagenräder herum, vorbei an den vergoldeten Fackeln für die Satyrn, in einen Hain grauer Gottheiten hinein und wieder hinaus. Ein Jupiter geriet ins Schwanken, und Hérisson, der seinen gichtigen Körper auf eine Wagendeichsel hievte, brüllte von diesem günstigen Angriffspunkt aus dem umsinkenden Jupiter zu: »Jawohl, du zusammengebackener Brei eines Pastetenbäckers, jetzt fährst du gen Himmel! Oder noch besser, du scherst dich ins Nymphäum zurück, denn bei Gott, deine Schienbeine sind eine Schande für jeden anständigen Sockel!«

Und als der gelästerte König des Himmels krachend umfiel und den Blick auf den schwarzen Schopf und den Rotbart Artus Cholets freigab, der mit hervorquellenden Augen in der Falle saß, gab der Bildhauer ein Gebrüll von sich, das alle Wärter aufscheuchte, und sprang vom Wagen. »Zu mir! Her zu mir!«

Ein Käfig voller Tauben brach zusammen, und ein verschreckter Vogel klammerte sich an Hérissons Brust. Er packte ihn mit beiden Händen. »Ein Zeichen! Noah, wir sind gerettet! Zu mir! Hierher!«

In der Ferne brüllte ein Löwe. »Ah, kleine Mieze«, stieß Hérisson hervor und hoppelte wie ein Hase weiter, als er vor sich das wilde Krachen hörte, mit dem Cholet sich befreite, und weiter weg die ersten fragenden Rufe von Tosh, Pellaquin und der ganzen gewitzten Mannschaft Abernacis ertönten. »Sing, Täubchen, sing wie einer von Heros Vögeln... Ich hab hier einen Bösewicht, Fleisch für den

Bratspieß!« Und wie ein Hanswurst über seinen eigenen Witz lachend, hastete der Bildhauer an den ersten Käfigen der Menagerie vorbei Artus Cholet hinterher.

Hérissons breiter Rücken war das erste, was O'LiamRoe erblickte, als er, von Sonne und körperlicher Anstrengung bereits halb getrocknet, mit Francis Crawford das Ufer erreichte. Er war auch das erste, was Abernaci erblickte, als er, aufrecht auf Hughies Rücken sitzend wie ein Lotus auf seinem schwimmenden Blatt, dem Elefanten befahl, sich vollzutrinken und alsdann mit seinem Rüssel Hérissons wolligen Schopf zu segnen.

Unterdessen war der Lärm ungeheuerlich geworden. Die Explosion hatte die ganze Menagerie, die bereits von den herumhetzenden Männern in wilden Aufruhr versetzt worden war, zum Schwanken gebracht. Zwischen den frei herumlaufenden Tieren hatte das kranke Kamel, eine Dame von widerborstigem Charakter, seine Troddeln abgeschüttelt und die gelben Zähne dreimal in wehrloses Fleisch gegraben. Der Zwergesel schrie sich heiser, und die Löwenbabies, Abernacis Augäpfel, waren mit gebuckelten, sandfarbenen Rücken davongewatschelt, um sich an der verschütteten Milch in der verwüsteten Tierküche gütlich zu tun.

Inmitten dieses Chaos flüchtete Cholet, nun nicht mehr der kaltblütige Meuchelmörder, der Meisterschütze, der in der vergangenen Nacht in Berthes warmem Bett geschnarcht hatte. Gefangen in einem Labyrinth von Zelten, Käfigen, Pavillons, unter den Füßen plötzlich hinderliche Fladen aus Tierfutter und Stroh, verirrt in einem Labyrinth von Durchgängen, die livrierte Männer mit Mistgabeln ausspien, schwarze Männer mit Pferdepeitschen, Bären, die man mit Reiswein und Rohrflöten berauscht und in die richtige Stimmung für die Arena versetzt hatte, verstört durch angekettete Leoparden, deren Sprünge nur eine Elle von seinem Gesicht entfernt endeten, von Steinen, die Affen aus ihren Käfigen zielsicher nach ihm schleuderten, von trompetenden Elefantenbullen und trampelnden, kreischenden Elefantendamen, von den schwarzen Rauchspiralen, den phantastischen Feuerblumen, Schwärmern, Feuerpfeilen und dröhnenden Bombarden, die immer noch in dem stillen See hinter ihm krachten und detonierten, begegnete Artus

Cholet der bizarrsten Anforderung an seine Talente: Plötzlich sah er sich Auge in Auge mit einem Löwen.

Es war ein sehr großer Löwe, glatt geschoren vom Schwanz bis zur Halskrause, so daß sein Fell wie lohfarbener Samt aussah. Die wilde Mähne, die einem Kardinal oder einem Kanzler wohl angestanden hätte, umrahmte ein stumpfes tulpenförmiges Maul, rissige Lippen und zwei fahl-goldene Augen. Das Maul öffnete sich und zeigte die rosa Ränder von Schlund und Gaumen: Der Löwe brüllte.

Dicht neben ihm befand sich ein Käfig. Mit feuchten Händen, die auf dem Metall rutschten, warf sich Cholet dagegen und begann hinaufzuhangeln. Während er sich in die Höhe kämpfte, sah er, daß die stinkenden Gassen zwischen Boxen und Käfigen in seiner unmittelbaren Umgebung leer waren. Weiter weg entdeckte er auch den Grund: Die ganze Menagerie war umstellt. Irgend jemand hatte Ordnung in diese Posse gebracht und die Freiwilligen um die Menagerie verteilt. Ein Ring von Männern – Wärter, Mahauts, Wasserknechte –, auf deren Waffen die Sonne spielte, bewegte sich rasch nach innen. Noch näher entdeckte er den weißhaarigen Kopf des stattlichen Mannes, der ihn gejagt hatte, und nicht weit von ihm entfernt den beturbanten Kopf des Wärters. Zwei andere, hellblond und honiggelb, folgten ihnen.

Michel Hérisson, der begierig die weitere Entwicklung verfolgte, wandte sich über die Schulter hinweg an Lymond: »*Ha!* Geschwommen sind Sie wie eine blaubäuchige Natter – aber haben Sie sich auch um Robin Stewart gekümmert?«

Lymond, mit strubbelig trocknendem Haar, in der Hand ein Kurzschwert, das ihm jemand gereicht hatte, reagierte gereizt. »Den lasse ich fünf Minuten seine eigenen Wege gehen... Himmel, Michel, meine Muße war schließlich in der letzten halben Stunde ein bißchen begrenzt. Was soll's? Cholet ist praktisch auf frischer Tat ertappt worden. D'Aubigny kann die Schuld jetzt nicht mehr auf Stewart abwälzen, kann gegen Becks und Cholets Aussage nichts ausrichten, ebensowenig wie gegen Piedar Doolys Bericht über das, was Stewart ihm erzählt hat. Lord d'Aubignys Schuld ist erwiesen.«

Michel Hérisson, der einen Speer in der schwieligen Hand trug, verhielt plötzlich den Schritt. »Aber Stewart weiß das nicht. Er hat

Sie zu sich gebeten, und Sie sind nicht gekommen. Wie ich Stewart kenne, bedeutet das für Sie ein Messer in den Rücken. Wenn Sie verhindern wollen, daß drei Königinnen ihren Liebling betrauern, gebe ich Ihnen den Rat, auf der Stelle zu ihm zu gehen.«

An seiner anderen Seite drehte sich unvermittelt O'LiamRoes feuchter Kopf zu ihm um. »Da ist etwas dran. Stewart ist ein sonderbarer, gewalttätiger Bursche, Francis, und im Augenblick ziemlich durcheinander. Und Sie sähen wie der Welt größter Narr aus, wenn Ihnen oder Ihrer kostbaren kleinen Königin ausgerechnet jetzt noch ein Unfall zustieße.«

»Schon gut, geben Sie mir eine Jacke«, sagte Lymond, »da Sie beide so verdammt beredt sind ... Ich wollte ohnehin zu ihm gehen, sobald wir Cholet haben – aber nicht nackt, mit Verlaub.«

Er schlüpfte gerade in Michels durchweichtes Taftwams, als der Löwe brüllte. In Abernacis sonnendunklem Gesicht öffnete sich der zahnstummelige Mund zu einem hinreißenden Lächeln reinen Frohlockens. »*Per Dinci*, das ist Betsy«, lachte er. »Betsy, mein Schatz! Betsy, mein Krauskopf! Hast du ihn erwischt, Betsy, mein Liebling?«

Artus Cholet, zu drei Vierteln den Schimpansenkäfig hinauf und dort anscheinend auf ewig von zwei haarigen Affenhänden festgehalten, die sich um seine Knöpfe krallten, sah die kleine Gestalt mit dem Turban in die Gasse tänzeln, sah den Löwen, der ihn verfolgte, den mächtigen Kopf wenden – sah den Wärter herankommen und die Bestie fröhlich unter dem Ohr kraulen. Der Löwe schnurrte. »Mein hübsches kleines Schätzchen«, gurrte Abernaci. »Gibst du deiner alten Mutter heut ein Küßchen?« Und Cholet vernahm das Geräusch einer furchterregenden Umarmung.

»Mein Gott!« stieß Lymond hervor, der mit Hérisson und O'LiamRoe stehenblieb. »Mutter und Tochter!«

»Eh, tiens – und da hängt Cholet wie eine Rinderseite am Käfig! Heda!« Frohlockend schwenkte Hérisson die Arme, um die Aufmerksamkeit seines Opfers auf sich zu lenken, während Abernaci auf einen Blick Lymonds seine Pfeife ertönen ließ. Von allen Seiten begannen die Treiber herbeizuströmen. Von dem Pfeifton erschreckt, ließ der Affe die Pfoten sinken. Cholet, dem vor Scham

und Erschöpfung schwindelte, blieb am Käfiggitter hängen, zögerte, riß sich dann doch zusammen und kletterte auf das Käfigdach. Zu
seinen Füßen spreizte sich genüßlich Hérisson. Mit verschränkten
Armen und zurückgelegtem Kopf ließ er seinen Blick über das ständig anwachsende Publikum schweifen und schließlich auf Lymonds
gelassenem Gesicht ruhen. Einen Augenblick runzelte sich die rötliche Stirn unter dem üppigen Haar des Bildhauers. »Mit den besten
Empfehlungen... von der Familie Hérisson«, sagte er.
Seine Freunde um ihn herum schwiegen. Über ihm, massig vor dem
schwindenden Rauch überm See, starrte Artus Cholet sprachlos
seinem Schicksal ins Gesicht. Es gab keinen Fluchtweg mehr, und
jeder weitere Fluchtversuch würde ihm nur Hohn und Spott eintra-
gen. Doch bar jeder Einsicht, drehte er sich dennoch unvermittelt
um und schickte sich an, zu rennen. Und lautlos im allgemeinen
Lärm kam ein graugefiederter Pfeil geflogen, der verkündete, daß
Artus Cholet niemals mehr irgendwo hinrennen würde.
Der Pfeil, jenseits der zusammengedrängten Köpfe von Wärtern
und Freunden abgeschossen, traf Cholet genau in die Kehle. Er
drehte sich einmal um sich selbst, krümmte sich wie eine Weiden-
gerte und fiel. Und während er fiel, griffen die Affen nach seinen
Knöpfen. Dann füllte sich der Raum zwischen den Käfigen wie ein
Stausee mit Weiß und Silber und gegürtetem Stahl. Ergoß sich zwischen Livreen, zwischen nasse und beturbante Köpfe, bahnte sich
seinen Weg zu der kleinen Gruppe um Cholets Leiche und schloß sie
ein. Dann fielen geübte Hände wie Hebel auf Lymonds feuchte
Arme, packten ihn bei Genick und Schulter und drehten ihn in festem Griff herum, auf daß er der herannahenden Flut ins Auge blik-
ke. Die Sonne glänzte auf weißen Federn, auf gezogenem Stahl, auf
den Mondsicheln aus vergoldetem Silber, den Emblemen der Königlichen Bogenschützen, die immer noch durch die Gassen herbei-
strömten, alle königlichen Bediensteten der Menagerie hinausdräng-
ten und nur so viel Raum ließen, daß ihr Leutnant hervortreten
konnte – und mit ihm ein Kammerherr der Königlichen Hofhaltung:
Stattlich, schön, in makelloser eleganter Uniform, mit schmalzigem
Gesichtsausdruck. »Im Namen des Königs«, verkündete John Stewart von Aubigny in gemessenem Ton und der Haltung eines Tem-

pelgottes, der sich zu einem verkommenen Abtrünnigen herabläßt. »Im Namen des Königs, dessen verachtenswerter Gefangener Sie sind... Kehren Sie in Ihre Zelle zurück und erwarten Sie sein gerechtes Urteil.«

Mit funkelnden Augen und klarer, fröhlicher Stimme rief Lymond dem Wärter zu: »Hier hast du ein Ehegespons für dein Kamel, Freund!«

Es war Michel Hérisson, der den Kopf verlor, denn in dieser Angelegenheit war er mit mehr als nur seinem Kopf engagiert. Während Lymond sprach, erriet Abernaci mit der Mühelosigkeit langer Erfahrung dessen Gedanken, trat einen Schritt vor und gab den Blick auf den Löwen frei. Der Löwe brüllte. Der Griff, mit dem Lymond festgehalten wurde, lockerte sich, und er hätte seine Chance nutzen können, wenn nicht Hérisson ebendiesen Augenblick wahrgenommen hätte, um seinem Nachbarn den Degen aus der Scheide zu reißen und ihn gegen Lord d'Aubignys Gesicht zu erheben.

»Du verhackstückter Butterklumpen! Hab ich diesen Cholet mit meinem Grips und meinem Mumm und meinen gichtigen Beinen gestellt, damit du ihn abschlachtest wie ein Schwein? Den Schädel werd ich dir spalten! Den hübschen Schnabel hack ich dir ab wie einen Tassenhenkel, und wenn ich dafür auf der Stelle in einem Kessel gesotten werde!« Und mit wild rudernden Ellbogen stürzte er sich blind vor Wut auf Seine Lordschaft.

Die Wachen ließen ihren Gefangenen los und stürzten vor, doch mit einem Satz war Lymond vor ihnen bei dem Bildhauer und entrang seiner zornigen Faust den Degen. »Um Gottes willen, Michel, nach dem Gesetz ist er im Recht! Er durfte ihn töten.«

Doch in einer Beziehung war er zu spät gekommen. Zwar wich Hérisson schäumend zurück, ohne Blut zu vergießen, doch d'Aubigny, bereit, um sein Leben zu kämpfen, war nicht gesonnen, ihn so leicht davonkommen zu lassen. Als Lymond ihm den Degen entrang, trat John Stewart in der ganzen rächenden Würde seiner Uniform vor und hieb mit seiner Klinge tief, hart und vorsätzlich nach den Beinen des Bildhauers.

Der Degen war immer noch in Lymonds Hand. Er ließ ihn zwischen den Bildhauer und die herabsausende Klinge fahren, so daß beide

Klingen flach gegeneinanderschlugen wie der Klöppel gegen die Glocke. Dann sprang er fintierend zurück, den Degen fest in der Hand – eine Drohung, die ebenso unmißverständlich aus seinen blauen Augen sprach. Lord d'Aubigny zögerte, hielt inne, und noch ehe seine Leute den Versuch machen konnten, Lymond zu entwaffnen, hob dieser den Degen und warf ihn von sich, so daß er klirrend zu Boden fiel. Hérisson stand keuchend an seiner Seite, O'LiamRoes Hand auf seinem Arm, doch es rührte ihn niemand an.

Dann fesselten sie Lymonds Arme, wie sie es schon einmal getan hatten. Der Seigneur von Aubigny blickte um sich. Die Menschenmenge vergrößerte sich. Bis jetzt war das, was sich innerhalb des dicht geschlossenen Kreises von Bogenschützen ereignet hatte, verborgen geblieben. Nur daß Cholet getötet worden war, hatten alle gesehen, und dies konnte d'Aubigny vor jedermann rechtfertigen, der nicht wußte, was er selbst sehr genau wußte: daß der Mann keine Chance mehr gehabt hatte, zu entkommen.

Ebenso konnte er jedermann davon überzeugen, daß man einen entflohenen Verbrecher – was immer auch er vollbracht hatte – wieder in Gewahrsam nehmen mußte, wo er den Willen des Königs abzuwarten hatte.

Trotzdem – der Bursche hatte eine verwegene Tat vollbracht, und so etwas bewunderten die Leute. »Du da«, sagte d'Aubigny zu Abernaci. »Gibt es hier ein Zelt, das wir benutzen können?«

Ein rissiges Grinsen breitete sich auf dem Walnußgesicht aus, und der Wärter antwortete mit einem Wortschwall auf urdu. Dann führte er Seine Lordschaft, die Bogenschützen Seiner Lordschaft und den Gefangenen in das große Zelt, wo die Elefanten standen.

»Gut. Wir werden hierbleiben, bis Menagerie und Seeufer geräumt sind. Dann, Crawford, wird man Sie zurück in Ihre Zelle bringen.«

»Spielen Sie Ihr Spiel ruhig zu Ende«, erwiderte Lymond mit geradem Blick und unbewegter Stimme. »Wir haben Beck. Dies hier spielt keine Rolle mehr.«

Hérisson war von den Wachen grob hinausgedrängt worden. Auch O'LiamRoe hatte man zum Gehen gezwungen, doch zuvor hatte er auf gälisch zu Lymond gesagt: »*Leig leis.* Lassen Sie sich nicht provozieren. Er braucht dringend einen Vorwand, um Sie zu töten. Ich werde Stewart suchen.«

Und dann war nur noch Abernaci da, der in einem frischen prächtigen Mantel mit gekreuzten Beinen schnitzend in einer Ecke des Zeltes kauerte. Lord d'Aubigny ließ Lymond absichtlich stehen, nahm selbst auf einem eigens herbeigeschafften Stuhl Platz und spielte mit seinen Fingern, während seine persönliche Leibwache geduldig im Hintergrund wartete, die sonnenheiße Zeltleinwand im Rücken.

Und mit der Besessenheit eines Mannes, der ineinandergeschachtelte Kästchen eines nach dem anderen öffnet und genau weiß, daß das letzte unwiderruflich leer sein wird, begann d'Aubigny den vor ihm stehenden Mann zu schmähen und zu provozieren: weil er ihn getäuscht hatte, weil er ihn betrogen hatte – und weil er ein Mann war. Und auch weil er ihn, wie O'LiamRoe ganz richtig erraten hatte, töten wollte, wenn er ihm nur einen einzigen billigen Vorwand lieferte.

Das Ergebnis dieser neuen Wendung der Dinge hing also vorerst von Lymond selbst ab. Das Problem Robin Stewart hingegen hatte O'LiamRoe auf seine eigenen Schultern geladen. Und da er sich keine Methode vorstellen konnte, wie er in dieser brodelnden Stadt einen unberechenbaren Mann aufspüren sollte, der Böses im Schilde führte, kam O'LiamRoe zu dem Schluß, daß seine einzige Hoffnung auf Erfolg darin bestand, sich zunächst zu der Hütte zu begeben, in der Stewart tags zuvor Piedar Dooly empfangen hatte, um von dort aus nach ihm zu fahnden.

Die Anweisungen, die O'LiamRoe seinem Diener schließlich abgerungen hatte, waren präzise und überdies auf einer Handvoll zerrissenen Papiers niedergeschrieben. Piedar Dooly war am Ende fast ohnmächtig gewesen, denn weder Tosh noch Abernaci waren sanft mit ihm umgegangen. Und auch der Fürst hatte ihn, bis die ganze Wahrheit aus ihm heraus war – und danach – geprügelt, bis der Stock zerbrach. Bei der Erinnerung daran krampfte sich sein Magen zusammen.

O'LiamRoe war müde, er konnte sich nicht erinnern, jemals in seinem Leben so müde gewesen zu sein. Sogar Lymonds trainierter Körper mußte nach dem Schwimmen, der hastigen Arbeit an den Booten, dem anstrengenden Rudern bis auf die Knochen erschöpft sein.

Sein Pferd aufzutreiben, die gutgemeinten Ratschläge von Hérisson und Tosh abzuwehren, in leichtem Galopp durch den Park in die Stadt zu holpern, dann jenseits der Stadt über den Waldweg – das war eher ein Triumph blinden Instinkts über den gelassenen ironischen Geist, der sich in Slieve Bloom des öfteren mit einigem Witz über eben derlei dramatische Unternehmungen verbreitet hatte.

Eine Stunde nach Mittag, als in Châteaubriant der französische Hof und die englische Gesandtschaft – beide Parteien schwer gewandet, beide lächelnd, beide insgeheim über die Vorgänge informiert und beide offiziell keine Notiz davon nehmend – ihr Bankett beendeten, ritt O'LiamRoe durch die sich lichtenden Bäume und sah vor sich die Hütte liegen.

Er saß ab, band sein Pferd an einen Baum und zögerte. Immerhin – er war unbewaffnet, und Stewart war ihm nicht eben freundlich gesonnen. Wenn er sich nicht schon in Châteaubriant aufhielt und dort sein Messer wetzte, um Lymond die Kehle durchzuschneiden, konnte Stewart sehr wohl noch hier sein, berstend vor begreiflicher Wut, die er bei der ersten sich bietenden Gelegenheit abreagieren würde.

Vorsichtig schritt O'LiamRoe über das buckelige Gras. Unter seinen Stiefeln raschelte das Eichenlaub vom vergangenen Jahr, knirschten Kieselsteine, knackte Reisig. Die Fenster der elenden Hütte, blank und schimmernd wie Pechkohle, blieben schwarz. Aus dem Kamin stieg ein wenig verwehte graue Asche. O'LiamRoe trat zu einem Fenster und blickte hinein. Er wollte schon die Augen mit den Händen beschatten, um wie ein kleiner Junge zu spionieren, als er sich unvermittelt anders besann und sich entschlossen zur Tür wandte.

Sie stand ein wenig offen. »Stewart?« fragte er und klopfte zugleich gegen das Holz.

Er war ausgegangen. Oder schlief. Oder stand mit einem Degen hinter der Tür.

»Nun gut«, sagte O'LiamRoe laut, und wortlos segnete er sich selbst, Stewart und den Augenblick, der vielleicht alles entscheiden würde. »Gott schütze uns alle«, murmelte er, stieß die Tür vollends auf und trat ein.

Stewart hatte lange gewartet in seiner gefegten, spiegelblanken Hütte, wo er das Essen auf dem Tisch angerichtet hatte, so gut er es vermochte; hatte mit seinem neuen Leben und seinen neuen Entschlüssen, die so schmerzlich errungen und so schmerzlich dargeboten worden waren, auf seine letzte umworbene Hoffnung gewartet – auf seinen letzten Freund.

Er hatte lange gewartet. Die Stunden waren vergangen, die Vögel stumm geblieben. Das Feuer, immer wieder geschürt, war langsam in Asche gesunken, langsam war das frische Brot hart, der Wein im Krug ölig warm geworden.

Als von fern die Explosion ertönte und die Vögel verstummten, dann in einer lärmenden Wolke von Angst die Bäume verließen, hatte er die Gewißheit seines letzten Versagens empfangen. Da hatte Robin Stewart in der Tat sein Messer hervorgeholt und es in der Faust emporgereckt – doch nicht, um es gegen Lymond zu wenden. Sondern um es konsequent, verbissen und unbeirrbar gegen den Mann zu wenden, dem auch ein Crawford von Lymond nicht seine Freundschaft gewähren konnte. Robin Stewart hatte sich umgebracht.

»Ma mie...« sagte die Königinwitwe. Es ziemte sich nicht für sie, zu rennen, selbst wenn es um das Leben ihres Kindes ging. Unauffällig hatte sie sich mit ihren Damen zum See begeben, als die ersten Feuerwerkskörper explodierten. Erst später, als der Lärm losbrach und dann die Explosion, waren die Leute aus dem Schloß, die gerade dienstfrei hatten, viele Stadtbewohner und ihre eigenen schottischen Lords wie sie zum Ufer geeilt.

Als das lange Boot mit ihrer Tochter ans Ufer gerudert wurde, bemerkte die Königinwitwe neben sich Lady Lennox und Sir George Douglas, ihren Onkel. Lady Lennox: Eine halbe Tudor, Halbschwester von Maria von Guises verstorbenem Gatten König Jakob, katholisch, gefährlich. Ohne sich zu rühren, nahm die Königinwitwe ihre Anwesenheit zur Kenntnis.

Doch Margaret Lennox beobachtete die brennenden Boote, nicht den roten Schopf, der seiner Rettung entgegenflatterte. Ihr Blick war auf die Boote und den Mann gerichtet, der wie ein Seevogel untertauchte, Sekunden bevor die gewaltige, weiß rauchende Explosion losbrach. »Ma mie…« Und die Königinwitwe hatte sich herabgebeugt, um dem Kind einen tröstenden Kuß auf die heiße, benetzte Wange zu drücken. Maria knickste und stürzte fort zu Janet Sinclair, die grimmig im Hintergrund wartete. »Hast du es gesehen? Hast du es gesehen? Auf den Booten hat es geknallt, und alle Feuerpfeile sind hin!« Und jäh brach sich die unterdrückte Aufregung Bahn, mischte sich mit Erschöpfung und Schrecken und ergoß sich in einem Sturzbach von Tränen über Janets breite Brust.

»Ma'am…« Es gab nichts zu sagen. Margaret Erskine blickte die Königinwitwe an und knickste, gewahrte in dem breitknochigen, blassen Gesicht eine Anspannung, die mindestens so stark war wie ihre eigene – wenn auch aus anderen Gründen. Hinter ihr wurde Maria, fest in die Arme ihrer Kinderfrau geschmiegt, fortgebracht. Margaret Erskine hatte ihre beiden kleinen Schwestern an der Hand. An ihrer anderen Seite stand James mit vor Aufregung leuchtenden Augen.

»Sie haben Ihre Sache vortrefflich gemacht, Madame Erskine«, sagte die Königinwitwe. »Und wie es scheint, ist auch der Mörder gefaßt.«

»Wenn nicht, wird er es bald sein«, mischte sich Sir George mit liebenswürdiger Stimme ein. »Lord d'Aubigny ist vor einer Weile mit einer halben Kompanie Bogenschützen vorbeigekommen.«

Einen Augenblick war es still. »In der Tat«, sagte die Königinwitwe schließlich. »In diesem Fall lohnt es sich wohl, den Lauf der Ereignisse zu beobachten. Wir werden warten. Margaret, Sie dürfen die Kinder wegbringen.«

Was fürchtete die Königinwitwe? Als Margaret Erskine knicksend Mary und Agnes bei der Hand nahm und zu James hinüberführte, registrierte sie überrascht, daß jemand sie ansprach.

»Sie sind Margaret Fleming, auch unter den Namen Graham und Erskine bekannt? Ist das richtig?« Die Frau, die sie vor allen anderen verabscheute, versperrte ihr lächelnd den Weg.

»Ja. Ich bin Margaret Fleming«, sagte sie.

Die gelbbraunen Augen, die sie in der vergangenen Nacht gemustert hatten, begutachteten sie wieder, diesmal beinahe unverschämt. »Jennys Tochter. Wer hätte das für möglich gehalten ... Ich habe mich gefragt«, meinte die andere Margaret, »aber nein, Sie sind sichtlich eine vernünftige Frau.«

Die klaren, unauffälligen Augen blickten direkt in die ihren. »Wir können nicht alle nur an uns selbst denken«, erwiderte Margaret Erskine unmißverständlich, deutete einen Knicks an und wandte sich ab.

Eine vernünftige Frau. Ja. Und ein Glück, ein Glück für den Mann, den du dort eben so intensiv beobachtet hast, daß ich vernünftig bin«, sagte Margaret Erskine zu sich selbst, Tränen des Zorns in den Augen, während sie zwischen ihren Schwestern und James zum Château Neuf marschierte. »Sonst wären weder er noch das Kind Maria jetzt noch am Leben.«

Die am See Zurückgebliebenen brauchten nicht lange zu warten. Die Nachricht verbreitete sich schneller, als Lord d'Aubigny lieb sein konnte, wie eine ansteckende Krankheit aus dem leeren blauen Himmel.

»Der Mörder –«

»Er ist gefaßt?«

»Er ist tot.«

Auch die Musikanten hatten unterdessen das Ufer erreicht. Die frei treibenden Boote – schuppig und geschwärzt vom Funkenregen – wurden gesammelt und am Ufer festgemacht. In der Mitte des Sees stieg aus den ausgebrannten, schief liegenden, halb gesunkenen Galeeren, die sich schwarz vom seidigen Blau abhoben, immer noch Rauch zur Sonne auf. Und am jenseitigen Ufer drangen aus der Menagerie, aus dem Gedränge zahlloser Gestalten, dem Glitzern von Piken, der lärmenden Menschenmenge knappe, scharfe Befehle. Dann wieder Neuigkeiten.

Sir George sammelte sie und überbrachte sie in Begleitung seiner Nichte der Königinmutter, die mit ihren Damen in dem golden ausgeschlagenen Pavillon Platz genommen hatte. Um sie herum machten sich die Arbeiter bereits sägend, drapierend, malend, reparierend zu schaffen, um die Spuren des Feuers zu beseitigen. Es lag nicht an ihnen, zu entscheiden, ob die Majestäten nach all dem noch kommen würden, um die leeren Boote anzustarren. Die Arme der

Königinwitwe ruhten auf den feinen Polstern, als sie Sir George Douglas entgegenblickte. »Nun, Sir?«

»Mein Neffe hat glücklicherweise den Mörder gestellt, es unglücklicherweise jedoch für richtig befunden, ihn zu töten.« Er machte eine Pause. »Er hat es überdies für richtig befunden, Mr. Crawford wieder in Gewahrsam zu nehmen. Seine Freunde sind törichterweise sogar um seine Sicherheit besorgt.«

Margaret Lennox ergriff das Wort. »Wer immer um Mr. Crawfords Sicherheit besorgt ist, ist ein Narr.«

»Ich habe ferner gehört«, fuhr Sir George zögernd fort, »daß bestimmte Beweise aufgetaucht sein sollen, die meinen Neffen d'Aubigny mit den Anschlägen auf Ihre Gnaden die Königin in Verbindung bringen. Wenn dies zutrifft, dann ist Mr. Crawford in der Tat unschuldig und könnte sich sehr wohl in Gefahr befinden.«

»Wenn er in Gefahr ist, wird sich der König darum kümmern«, entgegnete Lady Lennox, die sehr genau spürte, daß diese Herausforderung ihr galt. Die Königinwitwe verstand und wartete ihren Augenblick ab.

»Der König ist beschäftigt. Es muß sofort gehandelt werden«, drängte Sir George.

»Aber wer«, fragte Maria von Guise und hob ratlos die Hände, »wer kann Seiner Lordschaft von Aubigny befehlen? Ich habe keinerlei Befugnisse.«

»Sein Bruder«, erwiderte Sir George, und in der langen Pause, die darauf folgte, drückte er Lady Lennox onkelhaft den Arm. »Meine Liebe, ich weiß, wie sehr du dich darum bemüht hast, Lord Warwick von der Überzeugung abzubringen, Protektor Somerset besäße deine uneingeschränkte Loyalität. Er kennt deine Liebe zu Maria Tudor und zu deiner Kirche. Seit der Bogenschütze Stewart in London geschwatzt hat, muß er sich gefragt haben – natürlich ist das Unsinn, aber er muß sich dennoch gefragt haben –, ob nicht zufällig Matthew in die Angelegenheit verwickelt ist... Wie unangenehm, wenn gerade jetzt, in diesem Augenblick, da bei einem üppigen Kapaun die Freundschaft zwischen England und Frankreich besiegelt wird, wenn an eben dem Tag, da eine englische Gesandtschaft um die Hand Marias – oder Elisabeths? – anhalten soll, ruchbar würde, daß Lord Lennox' Bruder für den Mordanschlag verantwortlich und Lord Lennox selbst an der Tat nicht ganz unbeteiligt ist.«

Schweigen. Die Königinmutter beobachtete die beiden und sagte nichts. Nach einer Weile ließ sich Sir Georges verbindliche Stimme noch einmal vernehmen. »Ihr müßt euch von d'Aubigny lossagen, rasch, öffentlich, sofort. Oder deine Hoffnungen... deine sehr berechtigten Hoffnungen... werden zu Staub.«

Er kannte diese Augen. Er hatte sie oft auf sich gerichtet gesehen: die herrlichen, furchterregenden Augen Heinrichs von England. Margaret wartete, um seinen Blick niederzuzwingen. Erst als es ihr gelungen war, wandte sie sich an die Königinwitwe. »Mr. Crawford hat uns allen einen Dienst erwiesen«, sagte sie ohne Umschweife. »Mylord von Northampton wird ihm gewiß gratulieren wollen. Ich werde meinen Gatten ersuchen, Lord d'Aubigny von seinem... Irrtum abzubringen.«

»Sehr freundlich.« Mit den Augen der Königinwitwe, von kaltem Lothringischen Blau, konnte es selbst der Blick einer Douglas nicht aufnehmen. »Aber es besteht nicht der geringste Anlaß, meine Liebe, daß Sie sich entfernen. Wie es sich trifft, habe ich bereits vor geraumer Zeit nach Lord Lennox geschickt und ihn zu mir bitten lassen... Da ist er ja.«

Es stimmte, daß er übermüdet war, doch sogar im Stehen konnte man bis zu einem gewissen Grade ausruhen, wenn man nur gelernt hatte, wie. So ließen sich auch die zusätzliche Anspannung und der Modergeruch ertragen.

Ein für Schönheit empfängliches Gemüt gleicht einer Schatzkammer mit vielen Räumen. Worte, Klänge, Strukturen, alle edleren Neigungen der Sinne hinterlassen ein Bild, dessen man sich in der Not bedienen kann.

Doch werden dort auch die grausamen Bilder bewahrt, Gesehenes, Gerüche, Verletzungen, wirkliche und eingebildete, die das empfängliche Gemüt erleidet und tief in sich vergräbt.

All dies, die Widerwärtigkeiten, die andere Menschen gemeinhin vergessen, wartete hinter der verbotenen Tür, die Lord d'Aubigny aufstieß. Und über Lymond, der entblößt vor den Bogenschützen, den Elefantenboys und dem in seiner Ecke kauernden Abernaci stand, ergossen sie sich in einem reißenden Strom von Beschimpfungen, Hohn und Obszönität, durchsetzt mit bitterer Wahrheit, harter Wirklichkeit und dem Schlamm aller ungeheuerlichen und abstoßenden Gerüchte, die je über Lymonds Gewohnheiten und Taten in Umlauf gewesen waren.

Tatsachen überspülten ihn, Tatsachen, die er als halb wahr wiedererkannte, zusammengesetzt aus der Legende, die andere über ihn ersonnen hatten, Tatsachen, die zu dementieren er sich nie die Mühe gemacht hatte. Mutmaßungen mischten sich darunter, und in ihnen war verzerrt das ursprüngliche Bild, die ursprüngliche Form, der sie entstammten, zu erkennen. Reglos stand er da, als er in Gegenwart anderer Männer eine Flut von Schmähungen über sich ergehen lassen mußte, die auf Sybilla, seine eigene Mutter, gemünzt waren, Ausdrücke, die er vor langer Zeit auf den Galeeren gelernt und seither nicht mehr gehört hatte.

Und noch immer gelang es ihm, sich zu beherrschen. Er konnte sich nicht wehren – das wäre Selbstmord gewesen. Er konnte nur reden und hoffen, so den Schmutz einzudämmen. Er wartete, bis der schöne Lord d'Aubigny, dessen Gesicht gelb vor Abscheu war und auf dessen feingeschnittenen Lippen sich Speichel zeigte, innehielt, um Atem zu schöpfen. »Sie sind noch längst nicht fertig«, sagte Lymond liebenswürdig. »Sie müssen sich noch meinen Vater, meinen Bruder, meine verstorbene Schwester und meine ganze Tantenschar vornehmen. Tantchen May eignet sich für den Anfang ganz vortrefflich. Zwei Zentner schwer, und jeden Frühling wird sie brütig. Dann finden wir sie im Hühnerhof auf einem Nest voller geplatzter Eier – nur in dem einen Jahr nicht, in dem Mutter ihr zuvorkam und die Eier hart kochte.«

Alles hielt den Atem an, und nur in Abernacis gesenktem maskenhaftem Gesicht zuckte etwas.

»Dann sind sie in diesem Hurenhaus also auch noch verrückt?« zischte Lord d'Aubigny. »Und wie viele verrückte Bälger haben Sie gezeugt?«

»Fragen Sie doch Ihre Schwägerin«, gab Lymond zurück. »Sollten die Lennox jemals England regieren, können Sie stolz sein auf...«

Doch noch ehe er zu Ende gesprochen hatte, spürte er, wie sich das Schweigen änderte, und wandte sich um. Im Zelteingang stand Matthew Stewart, Graf von Lennox, Lord d'Aubignys teurer älterer Bruder, blanken Haß im Gesicht. Hinter ihm, nur Schatten außerhalb des Zeltes, warteten seine Männer. Langsam, die weißen Hände voneinander lösend, erhob sich Lord d'Aubigny.

Als Knaben waren die Brüder in dem langen französischen Exil gemeinsam erzogen worden. Matthews wegen hatte John drei Jahre seines Lebens in der Bastille verbracht. Vor neun Jahren hatte John sich entschlossen, als Erbe seines Großonkels in Frankreich zu bleiben, während Matthew gegangen war – um Frankreich und Schottland zu verraten und um England zu erheiraten in seiner Gier nach einer Krone... einer Krone, die zum Greifen nahe schien, wäre dieses eine schwache Kind nicht gewesen. Eine Krone, an der sein jüngerer Bruder hätte teilhaben können...

»Ich bin gekommen«, sagte Lord Lennox, ohne Lymond zu beachten, und starrte in das glänzende, fleischige Gesicht seines Bruders, »um diesem Mann Geleit zu geben, damit ihm jeder gute Untertan – ob Franzose, Schotte oder Engländer – Lob und Dank sagen kann. Es ist klar, daß du niemandem einen Dienst erweist, wenn du ihn in Gewahrsam hältst, und es ist meine Pflicht, ihn zu entlassen.«

»Der König hat dich geschickt?« Die sonst so kultivierte Stimme d'Aubignys klang rauh.

»Niemand hat mich geschickt. Das Bankett ist noch im Gange. Wachtmeister, binden Sie ihn los.«

Flink trotz seiner Größe, furchteinflößend trotz seiner eleganten Uniform, war John Stewart mit wenigen langen Schritten bei seinem Gefangenen und baute sich zwischen ihm und den Soldaten auf. »Matthew, bist du wahnsinnig? Niemand hat dich geschickt? Dann, bei Gott, wirst du Gewalt anwenden müssen. Du hast kein Recht, dich dieses Mannes zu bemächtigen!«

»Ich bemächtige mich seiner«, erwiderte Lennox kalt, »auf Grund der Zweifel, die über dein Verhalten in jüngster Zeit aufgekommen sind, und auf Grund meines Urteils als Bürger, daß du untauglich bist, dein Amt noch länger auszuüben... *Um Gottes willen, fesseln Sie ihn, oder binden Sie ihn los?*«

Der Wachtmeister, der d'Aubigny einfach seitlich ausgewichen war, um Lennox' Befehl auszuführen, trat zurück, das Seil in der Hand. »Er ist frei, Sir!«

Und frei war er. Entblößt, schmutzig, vor Erschöpfung schwankend blickte Lymond unter hochgezogenen Augenbrauen von einem Bruder zum anderen, während er sich die Arme massierte. Dann wanderte sein Blick in die halbdunkle Ecke zu Abernaci, und er gestattete einem seiner schweren Augenlider, sich zu senken. Wie erstarrt verharrte d'Aubigny an der Stelle, wo er stand. In seinem Kopf wirbelten die Folgerungen aus den Ereignissen. Er war mit seiner Leibwache Matthew und seinen Leuten zahlenmäßig unterlegen. Und überhaupt – jeder Widerstand war sinnlos. Vor ihm stand Matthew, der ihn fallen ließ, der ihn seiner Zukunft beraubte, all seine Hoffnungen wie verwehte Blasen zerplatzen ließ. Es gab kein Ziel mehr – außer Rache. Rauh sagte er: »Laß ihn hier. Verdammt, laß ihn hier! Der König wird dich dafür zur Rechenschaft ziehen.«

Schweigen.

»Er weiß mit Ausländern umzugehen, die seinen Gesetzen zuwiderhandeln«, drohte d'Aubigny. »Du landest *selbst* in der Bastille – und zwar bald. Und was wird Warwick dann mit dir anstellen?«

Wieder Schweigen.

»Habe ich Ihnen eigentlich erzählt«, ließ sich Lymond vernehmen und zögerte seinen nachträglichen witzigen Einfall noch ein wenig hinaus, während er sich dem Zeltvorhang zuwandte, »daß diese besagte Tante von mir einmal sogar ein Ei ausgebrütet hat?«

Tief in Gedanken versunken hielt er inne und schritt dann langsam zum Ausgang, ehe er sich noch einmal umdrehte. Seine Lordschaft von Aubigny, der seinem entschwindenden Bruder nachstarrte, empfing Lymonds strahlendstes Lächeln.

»Es war ein Kuckucksei«, sagte Francis Crawford trocken und folgte Lennox hinaus.

In geborgten Kleidern ritt Lymond an der Seite des Grafen bis zur Stadt, damit er und Lennox gesehen würden und das Rettungswerk nicht etwa umsonst getan sei, wie Lymond mit einiger Ironie darlegte. Einen Augenblick, vor dem Zelt, hatte es so ausgesehen, als ob Lord Lennox gewalttätig werden würde... doch Lymonds heitere blaue Augen und die Besinnung auf das, was er jetzt durchstehen mußte, hatten ihn innehalten lassen – und er hatte sich beherrscht.

Außerhalb der Parks trennten sie sich auf Lymonds Wunsch, und Lord Lennox trabte mit zusammengepreßten Lippen zu seiner königlichen Gemahlin zurück: Das Schicksal hatte die Lennox diesmal recht grob angefaßt.

Lymond ritt weiter, um sich ohne Hast auf sein verspätetes Treffen mit Robin Stewart vorzubereiten.

Phelim O'LiamRoe sah ihn kommen, sah zuvor, wie sich die Zweige der Bäume am Weg um das vorübertrabende Pferd hoben und senkten. Niemand begleitete ihn.

Er hatte sich, wie O'LiamRoe bemerkte, Zeit zum Waschen und Umkleiden genommen, hatte vermutlich Michel Hérisson aufgesucht und erfahren, daß O'LiamRoe noch nicht zurückgekehrt war, hatte sich den Weg zu Stewarts Hütte beschreiben lassen und war aufgebrochen – sorgfältig gekleidet, auf einem schönen Pferd, in der Gewißheit, daß seine Angelegenheiten nun endlich geregelt waren. Wie er d'Aubignys eiferndem Griff entkommen war, vermochte sich O'LiamRoe nicht vorzustellen, und im Augenblick interessierte ihn dies auch nicht.

Lymond bemerkte den Fürsten, saß lächelnd ab und schlenderte über das buckelige Gras. »Hallo. Sie hätten nicht zu warten brauchen. Der Bursche wird sich wahrscheinlich ziellos in Château-briant herumtreiben und Flüche vor sich hinmurmeln. Um ehrlich zu sein«, sagte Lymond und ließ sich in voller Länge in das duftende Gras fallen, rollte sich auf den Rücken und blickte in das grüne Licht, »in gewisser Weise habe ich für heute mehr als genug von den Stewarts.«

Es folgte eine Pause. »Ich glaube«, ließ sich O'LiamRoe schließlich grimmig vernehmen, »es gibt einen Stewart, der genauso empfindet.«

Lymonds Augen waren geschlossen. Eine Weile blieben sie noch geschlossen, dann öffnete er sie sehr langsam und richtete den blauen Blick schwer und fest auf O'LiamRoe. »Nun?«

Reglos, unbeugsam stand O'LiamRoe vor ihm auf der kleinen Lichtung. Der hämmernde Schlag seines Herzens schien ihm die Rippen aus der Brust zu treiben. Schließlich wandte er den Kopf zu den leeren, blanken Fensterscheiben der Hütte. »Robin Stewart ist dort drinnen«, sagte er.

Lymond schnellte so jäh in die Höhe, daß O'LiamRoe der Bewegungsablauf völlig entging. Er sah ihn nur leichtfüßig über das Gras rennen, so schnell, wie er heute morgen von seinem Kerker zum Seeufer gelaufen war. Er hastete zu der geschlossenen Tür, wo er kurz haltmachte und stumm die Hände gegen die Türpfosten legte. Er hob einen Finger, um zu klopfen, ließ ihn jedoch wieder sinken. Statt dessen drückte er behutsam die Klinke nieder, wie etwas Lebendiges, das unter seiner Hand zerbrechen könnte, öffnete Robin Stewarts Tür und ging hinein.

Mäuse waren auf dem Tisch gewesen. Der frische Käse, das harte Brot waren halb aufgefressen, Krümel und Mäusedreck über den gescheuerten Tisch verstreut. Das Feuer war erloschen, doch alles übrige im Raum genauso, wie Robin Stewart es hinterlassen hatte: der reparierte Stuhl und der saubere Fußboden, die sorgfältig gepackte Tasche und der blitzende Degen, die Spuren seines Planens, seiner Entschlossenheit und seiner rührend pedantischen Anstrengungen. »Wie ein Gentleman dem anderen«, hatte auf der säuberlich niedergeschriebenen Mitteilung gestanden, die O'LiamRoe in der elenden Zeit des Wartens zusammengesetzt hatte, »biete ich Ihnen mit meinem Brot meine Entschuldigung an.«

Er lag vor der Feuerstelle, der Urheber all dessen, die geschrubbten Hände still am Boden, daneben der herabgefallene Dolch, auf dessen Klinge das Blut geronnen war. So wie er dort am Boden lag, schlaksig hingestreckt, war er ganz und gar Robin Stewart, dem nicht zu helfen war, am Ende seiner letzten verzweifelten Selbstbeherrschung. Doch vom gebürsteten, glänzenden Haar, das er so sorgsam geschnitten hatte, bis zur ordentlichen Kniehose und den polierten Stiefeln war er auch Lymond: Lymond in seinem letzten ungestümen Versuch, seinem Schicksal zu trotzen, Lymond auch in der Einsamkeit seines Versagens.

Das hatte in den zwei Stunden des Wartens auch O'LiamRoe erkannt, der sich nun, da er Francis Crawford durch die Tür hineingehen sah, schwer ins Gras fallen ließ, durchdrungen von einer heftigen Gefühlserregung, die fast so etwas wie Freude war.

Mors sine morte, finis sine fine... Durch das Netz von Vogelgezwitscher war undeutlich das Nonenläuten zu vernehmen. Die Glocke verstummte. Kein Geräusch drang aus der Hütte. Was tat er dort?

In Châteaubriant mußte unterdessen die Konferenz in vollem Gange sein. Bald war sie zu Ende, und man würde Lymond, den Helden des Tages, vermissen...

Was tat er dort drinnen? Was immer er empfinden mochte – Verachtung, Zorn –, welche Entschuldigung er sich auch zurechtlegen würde: O'LiamRoe hatte erwartet, daß er sich umdrehen und herauskommen und ihn zu seinem ersten Publikum machen würde. Aber er kam nicht heraus.

Als sich sein eigener Zorn endlich gelegt hatte und ihm sein Herzschlag nicht mehr die Kehle verengte, erhob sich O'LiamRoe mit kalten Händen und ging hinein.

Nichts hatte sich verändert. Stewart lag noch genauso da, wie er sterbend hingesunken war. Der Mann, auf den er so inständig gewartet hatte, konnte ihn nun nicht mehr bewegen. Der sorgsam gedeckte Tisch war noch derselbe, ebenso das Gepäck. Dann sah O'LiamRoe Lymond reglos am tiefen Seitenfenster stehen, die Hände vor sich auf der Fensterbank gefaltet. Auf dem leicht abgewandten Gesicht zeigten sich nicht die dramatischen Spuren von Zorn oder Reue, die O'LiamRoe erwartet hatte. Wie er da stand und hinab auf seine verschränkten Hände starrte, hätte man ihn für einen Mann halten können, der nur über ein lästiges Problem nachdenkt – wäre da nicht Stewarts Blut auf seinem Hemd gewesen und die gelblich-weiße Verfärbung von Knöcheln und Fingernägeln, die sich auf dem kühlen, gekalkten Sims zusammenkrampften. Er rührte sich nicht, obwohl er gewiß wahrgenommen hatte, daß O'LiamRoe in die Hütte getreten war. Der Fürst von Barrow fühlte sich plötzlich hilflos und zögerte. Unvermittelt hatte er das Gefühl, sein kräftiger Körper sei eine zu enge Hülle für sein Herz und seine Lunge.

Früher hätte er in einer solchen Situation seine Philosophie hervorgekramt, seine Ironie so gut wie möglich verpackt und die Sache selbstsicher angegangen. Doch wie die Dinge lagen... Welch einer

Philosophie Lymond huldigte, wußte er nicht. An Ironie übertraf ihn Lymond, doch sein Einfühlungsvermögen ging, wie O'LiamRoe vermutete, ebenso tief wie das seine.

Was blieb noch zu sagen? Nimm ihn bei der Schulter, sagte der O'LiamRoe von vor einem Jahr, diese kleine papierene Gestalt, selbstzufrieden in ihrer Zweidimensionalität, und sag freundlich, aber bestimmt zu ihm: »Als Sie seine Botschaft erhielten, war es bereits zu spät. Er hatte ohnehin nichts mehr zu erwarten, außer Verbannung und Tod. Er war es auch gar nicht wert, gerettet zu werden. Er war schließlich ein Mörder. Er war ein Mann, der nur an sich selbst dachte, der zu seinem eigenen Nutzen bedenkenlos alles aus dem Weg geräumt hätte – auch ein Kind... auch seine Freunde... auch Sie.«

Es war der neue O'LiamRoe, der grimmig darauf antwortete. »Der Punkt ist ein ganz anderer. Der springende Punkt ist, daß Francis Crawford darauf aus war, die Seele dieses Mannes zu gewinnen, und nachdem er sich ihrer bedient hatte, ließ er sie fallen wie eine seiner Huren. Auch wenn er die Nachricht rechtzeitig bekommen hätte, wäre er höchstwahrscheinlich darüber hinweggegangen. Zu sagen, er habe nicht erkannt, wie sehr sich Stewart ihm verschrieben hatte, ist keine Rechtfertigung. Er hätte es sich angelegen sein lassen müssen, dies in Erfahrung zu bringen...« *Nous devons à la Mort et nous et nos ouvrages.* Diesen französischen Satz, dachte O'LiamRoe trübe, hatte er zumindest verstehen gelernt.

»Tief in Gedanken versunken, Phelim?« fragte Lymond plötzlich und drehte sich zu ihm um. »›Sehet her! sagte der König, und ihr werdet sehen, daß ich ohne Schuld bin‹... Fällt Ihnen keine einzige Entschuldigung ein, die Sie für mich vorbringen können?« Sein Gesicht war übermenschlich beherrscht, die weit geöffneten Augen schienen nichts zu sehen.

»Sie lernen«, hörte O'LiamRoe seine Stimme wie von selbst leise sagen.

»*Ich lerne nicht*«, antwortete Lymond tonlos, den Blick auf die mageren, ungelenken Schultern am Boden gerichtet. Nach einer Weile fuhr er fort: »Ich scheine wie ein antiker Streitwagen mit Sicheln ausgerüstet zu sein – mit unsichtbaren Sicheln, die die Menschen in meiner Nähe vernichten. Mit jedem Atemzug scheine ich einen harmlosen Planeten von seiner Bahn abzulenken.« Er hielt inne. »Sie haben recht, Phelim: Man sollte sich in eine Zelle, in einen Turm oder in ein Moor zurückziehen. Um über die Welt der Menschen zu philosophieren und über sie zu lachen, vielleicht auch, um für sie zu beten. Nur einmischen sollte man sich nicht.«

O'LiamRoe straffte seine müden Glieder. »Warten Sie auf ein mitfühlendes Stöhnen der Zustimmung«, sagte er. »Von Will Scott zumindest. Vom Schatten Christian Stewarts. Von Oonagh O'Dwyer. Und ganz sicher von dem Mann zu Ihren Füßen.« Und in dem leeren Schweigen, das seinen Worten folgte, fügte er hart hinzu: »Vielleicht ist es Ihnen entgangen, aber das Argument, das Sie eben benutzt haben, war einmal das meine. Auch ich habe Ihre Schule erfolgreich absolviert. Sie sollten wenigstens soviel Anstand haben, vor meinen kleinen, frisch gewachsenen Sicheln zurückzuschrecken.«

Lymond, der immer noch mit dem Rücken am Fenster lehnte, hob plötzlich ohne jeden erkennbaren Anlaß die Hand und ließ sie wieder sinken. Beherrscht fragte er: »Woher wissen Sie von diesen Leuten?«

»Von Margaret Erskine«, antwortete O'LiamRoe trocken. »Sie hat hin und wieder dafür gesorgt, daß ich genau über den Mann im Bilde war, den ich zur Hölle wünschte... Gott allein weiß, warum ich Ihr Gewissen beschwichtigen soll, aber als letzte Einmischung könnte ich mit einem Rat aufwarten, den mir diese gescheite Frau in bezug auf Sie gegeben hat.«

»Verschonen Sie mich«, sagte Lymond. Er hatte gegen seinen Willen bereits mehr gesagt, als er hatte preisgeben wollen. Niemand außer ihm selbst brauchte sich wegen seines weisen Entschlusses zu quälen, Stewart nicht mehr mit Samthandschuhen anzufassen, damit er endlich zu sich selbst fände. *Ich wollte, du wärest vor fünf Jahren zu mir gekommen. Du hättest mich zwar gehaßt, so wie jetzt, aber die Stewarts hätten eines Tages vielleicht doch noch einen Mann in der Familie gehabt*... O Gott...

Dann fiel ihm ein, daß er O'LiamRoe eine Erklärung schuldete, und er sagte: »Ich hätte ihn in der vergangenen Woche dazu zwingen können, mir alles zu sagen, was er wußte, aber – lieber Gott, wie aufgeblasen kann man sein! – ich dachte, dann würde er sich selbst zu sehr verabscheuen... Er sollte es mir von selbst sagen, sein Gewissen und seine Überzeugung sollten ihn dazu bringen, nicht seine...«

»...Liebe zu Francis Crawford«, ergänzte O'LiamRoe leise.

»Es war nicht Liebe«, erwiderte Lymond mit sonderbarer, beinahe verzweifelter Stimme. »Es war eine Art von... o Gott, ich weiß es nicht. Heldenverehrung, glaube ich. Mir scheint, das ist das einzige überschwengliche Gefühl, das ich zu erwecken imstande bin. Aber es bringt nichts als Unglück.«

»Trotzdem – wenn es nicht so wäre«, sagte O'LiamRoe, seine Worte sorgfältig abwägend, »wäre Stewart noch am Leben, und nichts von alledem wäre geschehen. Dann wäre ich bereits wieder in Slieve Bloom, ohne Vergangenheit und ohne Aufgabe für die Zukunft. Und Oonagh O'Dwyer wäre immer noch bei O'Connor. *Sie sehen, Sie haben recht getan.*«

Er hielt inne. Lymond atmete flach und schnell, hob plötzlich das Kinn, sagte jedoch nichts. »Sie waren über Margaret Lennox erbost«, fuhr O'LiamRoe fort, »als sie sich in London über meine ersten unsicheren Schritte auf dem Weg menschlicher Verantwortung lustig machte. Eine Stunde später hielten Sie es für notwendig, mir ein Bild Ihrer Pflicht zu malen, wie Sie sie verstanden, und glaubten, es würde mir jedes Wort im Munde vergiften. Ich sage Ihnen jetzt, daß Sie mit Robin Stewart richtig verfahren sind. Ich sage Ihnen aber auch, daß Sie versagt haben, später, als Sie seiner Bitte keine Beachtung schenkten. Da war es bereits zu spät, ich weiß. Aber er hätte Ihnen gegenwärtig sein müssen. Er war Ihr Mann. Sicher, Sie hatten ihm die Krücke weggenommen, sie seinem Anblick entzogen – aber Sie hätten sie weiterhin für ihn zur Hand haben müssen. Denn Sie sind ein Führer, wissen Sie das nicht? Oder muß ich Ihnen das sagen? Und Führerschaft bedeutet: Die Schwachen stark machen mit Güte und Härte. Sie bedeutet, Wankelmut ertragen, bis aufrichtige Zuneigung herangereift ist. Führerschaft bedeutet, daß Sie auf Ihr Eigenleben, auf Ihre Launen und Ihre Muße verzichten müssen. Sie bedeutet, daß Sie nichts und niemand zu sehr lieben dürfen – sonst sind Sie kein Führender mehr, sondern ein Geführter.«

»Und das, meinen Sie, soll ich leicht finden?« sagte Lymond, und auch ihm selbst klang seine Stimme sonderbar in den Ohren. Es war kalt. O'LiamRoe sagte etwas, und erst in diesem Augenblick begriff Lymond, daß etwas mit ihm geschah, daß er nicht wußte, ob seine Augen offen oder geschlossen waren, ob er sich bewegte oder nicht. Es war das letzte, elende, kleinmütige Aufbegehren.

Als O'LiamRoe auf ihn zutrat, fuhr Lymond zum Fenster herum und trieb mit einer Heftigkeit, die seine Haare auf der Stirn schwingen ließ, eine Faust mitten durch das Glas. Die milde, nach Kräutern duftende Waldluft quoll durch das Loch in der Scheibe. O'LiamRoe hielt inne.

Einen langen Augenblick rührte sich keiner von beiden. Dann wirkte die frische Luft oder der Schmerz. Lymond öffnete die Augen, straffte sich und ging nach einer Sekunde des Zögerns an O'LiamRoe vorbei zum Tisch. Die verletzte Hand mit der anderen festhaltend, setzte er sich, während sich auf seinem Ärmel sein Blut mit dem Stewarts mischte.

»Sie benehmen sich wie ein Kind«, sagte O'LiamRoe und öffnete Stewarts sorgsam gepackte Tasche, um nach Verbandszeug zu suchen. Nach einer Weile erhob er sich von Stewarts am Boden verstreuten Habseligkeiten und trat zum Tisch. »Hier.« Lymond, der mit starren Augen auf die verletzte Hand blickte, hatte sich nicht gerührt.

Fliegen schwammen in dem warmen Wein. Mit den Fingerspitzen tupfte O'LiamRoe sie heraus und stieß den Krug zurück auf den Tisch. »Da er ihn für Sie besorgt hat, sollten Sie auch davon trinken. Geben Sie mir Ihre Hand.«

Der schmal gewordene Mund verhärtete sich. Dann ließ Francis Crawford sein Handgelenk los und schob den unberührten Krug von sich. In seinem normalen Tonfall sagte er: »Ja, natürlich. Ein reines Melodrama. Mein Bruder würde Ihnen voll und ganz zustimmen.« Und fügte nach einer Weile hinzu: »Danke, Phelim. Es war alles gut gemeint, ich weiß... und sehr wahrscheinlich auch wahr.«

Zwei der Schnittwunden waren tief, die Sehnen jedoch unverletzt geblieben, da das alte Fensterblei um das dicke Glas nachgegeben hatte. Als O'LiamRoe mit seiner Arbeit fertig war, hatte Lymond sich wieder völlig in der Gewalt und musterte ihn mit einer Art trokkenen Höflichkeit. »Was nun?« fragte O'LiamRoe.

»Das Begräbnis«, antwortete Lymond mit ausdrucksloser Stimme und erhob sich.

Der Waldboden war weich. Sie gruben auf der kleinen Lichtung – mit Steinen, mit den bloßen Händen und schließlich mit einer Schaufel, die O'LiamRoe in einer alten Müllgrube aufgestöbert hatte. In Stewarts Gepäck fanden sie den wappenverzierten Mantel des Bogenschützen und hüllten ihn darin ein. Aus dem fruchtbaren, dunklen Erdreich schimmerten die verschlungenen Mondsicheln König Heinrichs und seiner Geliebten zu ihnen herauf.

Lymond warf einen letzten Blick hinab, und wie O'LiamRoe grüßte er den Toten, diesen pedantischen Schatten seiner selbst. Dann bückten sie sich beide, um ihn für immer auszulöschen.

Es war ein freundliches Grab, freundlicher als der Galgen oder der Schindanger oder der kahle Hof irgendeines lieblosen Verwandten. Sie begruben sein Gepäck mit ihm und legten seine Hände auf seinen Degen. Am Ende deckten sie das, was einmal Robin Stewart gewesen war, mit einem lebenden Mosaik von Grassoden zu.

»Machen wir in Gottes Namen reinen Tisch«, sagte Lymond. Er näherte sich O'LiamRoe, der sich ins Gras geworfen hatte, nachdem diese letzte Pflicht getan war. Leicht schwankend stand er vor ihm. Alle Gefühlserregung war aus seinem Gesicht geschwunden, und auf dem schmutzigen Verband um seine Hand trocknete das Blut.

»Was also hat Ihnen Margaret Erskine gesagt? Wenn überhaupt, scheint mir jetzt am ehesten der Augenblick dafür zu sein, daß Sie mir davon erzählen.«

O'LiamRoe blickte auf. Schweiß sammelte sich in der sanften Mulde seiner Kehle.

»Ah, *dhia* ... Habe ich Sie nicht schon genug attackiert? Es war nur ein Ratschlag, der ebenso auf mich gemünzt war, glaube ich. Für Leute mit einer beredten Zunge, sagte sie. Vergessen Sie ihn nicht, denn manche entdecken diese Wahrheit ihr ganzes Leben lang nicht:

nämlich daß die edelste und schrecklichste Macht, die wir besitzen, jeder von uns, die Macht über den Menschen ist, dem wir zufällig begegnen, über den Fremden, der unser Leben streift. Sprechen Sie, sagte sie, wie Sie schreiben würden: als ob Ihre Worte Lettern aus Blei wären, festgehalten für alle Zeit, deren Folgen Sie tragen müssen. *Und tragen Sie die Folgen.*«

Lymond löste den Blick vom stillen Goldgrün der Bäume und schwieg lange. Dann wandte er sich O'LiamRoe voll zu, um ihm in die blauen Augen zu sehen, und in den seinen zeigte sich eine vage, vertraute Ironie. »Nun, dazu scheine ich zumindest imstande zu sein«, sagte er trocken, ließ sich neben dem Fürsten von Barrow ins Gras fallen, rollte sich wie ein erschöpftes Tier zusammen und rührte sich nicht mehr.

Nun, da die Geräusche ihrer Arbeit verstummt waren, war der Wald wieder voller Vogelsang. Man konnte sie auch sehen, hoch oben: eine Taube, ein Finkenpaar, eine Meise in schaukelndem Flug. Das Licht in den Bäumen war verwandelt und gereift – es mußte bereits hoher Nachmittag sein. Die Pferde, einverstanden mit dem Schatten und dem hohen Gras, kauten zufrieden, die losgeschnallten Kandaren läuteten wie Sanktusglocken. Ansonsten war die Stille vollkommen, die Ruhe schwer wie Wein.

Durch den warmen, wogenden Schleier erquickender Farben hindurch wurde O'LiamRoe plötzlich bewußt, daß Lymonds Atem neben ihm nicht das geringste Geräusch machte. Mit einem Stöhnen zwang er sich, die übermüdeten Augen zu öffnen, rollte sich auf einen Ellbogen und sah Lymond an.

Er hätte sich nicht zu ängstigen brauchen. Francis Crawford und Thady Boy Ballagh schliefen beide geräuschlos: reglos ruhten die talentierten Hände, der zerzauste, ins Gras geschmiegte Kopf, und sein Gesicht war so still wie das andere, das sie gerade zur Ruhe gebettet hatten. »Ich brauche Ihre Hilfe«, hatte O'LiamRoe einst in jenes Gesicht gesagt, »um einen herzlosen Teufel zurechtzustutzen, bis ich in seiner Seele eine menschliche Stelle finde, die Barmherzigkeit verdient.«

Dem lebenden Robin Stewart war es nicht gelungen. Der tote aber, dachte O'LiamRoe, während er sich wieder zurücksinken ließ und sein Blick über das grüne Gras und die Hütte mit dem rauchlosen Kamin wanderte – der tote Robin Stewart würde es vielleicht eines Tages vollbringen.

»Lord d'Aubigny«, sagte Heinrich von Frankreich, »wird dieses Königreich nicht verlassen. Habe ich mich hinreichend deutlich ausgedrückt?«

Anne de Montmorency, Marschall, Großmeister und Konnetabel von Frankreich, vermied es, die Königin anzusehen. Durch einen glücklichen Zufall war Madame de Valentinois bei diesem Gespräch nicht zugegen.

Die Konferenz war vorüber. Sie wußten nun, woran sie waren, wenn sich auch die Verhandlungen über Termine und Mitgiften noch lange hinziehen würden. Souverän, männlich, offen hatte der Marquis von Northampton im Namen seines Königs Eduard um die Hand der Königin von Schottland angehalten, nachdem er das Thema mit einer kurzen Predigt von der Art eingeleitet hatte, wie sie Diplomaten im Ausland allenthalben zu halten pflegen.

Seine Majestät erweise sich Tag für Tag als der vielversprechendste Herrscher, den England je als König gehabt habe. Das Königreich sei in gutem Zustand und ruhig. An den Grenzen Schottlands hätten die Abgesandten des Königs, wie bereits bekannt sei, mit den Schotten Frieden geschlossen. Irland wachse allmählich in eine solide Politik hinein: Recht und Gesetz habe man in Teilen des Landes, wo sie vorher unbekannt waren, in vertrauenswürdige Hände gelegt; das wertlose Geld sei eingezogen, der Handelsaustausch reformiert worden. Nun, sagte der Marquis und blickte König und Konnetabel gerade in die Augen, sei es an der Zeit, das uralte Versprechen zwischen seinem Volk und den Schotten einzulösen und ihre beiden Herrscher in der Ehe miteinander zu verbinden.

»Nein«, erwiderte der französische Monarch höflich. Die Königin von Schottland sei, wie bereits jedermann wisse, mit dem Dauphin verlobt. »Wir haben uns sehr um sie bemüht und zu viele Menschenleben für sie hingegeben«, erklärte der französische König.

Und damit war dieser Punkt erledigt. Northampton zog seinen von vornherein aussichtslosen Antrag zurück und bat für seinen minderjährigen König um die Hand der Prinzessin Elisabeth, der sechsjährigen Tochter Heinrichs. Dieser Antrag wurde angenommen – unter der Voraussetzung natürlich, daß man sich über eine angemessene Mitgift einigen könne.

Das Thema war endlich erledigt, der wechselseitige Bündnis- und Verteidigungsvertrag faktisch besiegelt. Und nun legte der Konnetabel hier, in der Ungestörtheit des königlichen Privatkabinetts, dem König einen Beweis nach dem anderen für die Schuld d'Aubignys vor und verlangte seine Verhaftung.

Die Beschuldigung entsprach der Wahrheit. Sogar der in spanischen Kerkern gedemütigte Knabe in König Heinrich sah das ein. Doch gerade die Unabweisbarkeit dieser zum Himmel schreienden Wahrheit machte ihn blind vor Zorn. So sehr sich der Konnetabel auch bemühte, ihn zu besänftigen, so ruhig Katharina auch argumentierte, aus dem König sprach einzig verletzter Stolz. John Stewart liebte ihn... hatte ihn geliebt, einst...

»Sie haben heute Schottland für Ihren Sohn in Besitz genommen«, sagte der Konnetabel, seine Worte sorgfältig abwägend. »Wenn Sie den Mörder Marias weiterhin an Ihrer Seite belassen, wäre dies eine Beleidigung, die keine Nation hinnehmen würde.«

»Soll sie doch abreisen, die Königinwitwe, wenn ihr das mißfällt. Soll sie doch mit ihrem bettelnden Gefolge nach Schottland zurückkehren.«

»Ihr Volk beleidigen?« fragte der Konnetabel.

»Ihre Familie beleidigen?« fragte Katharina.

»Dann«, sagte der Konnetabel nachdenklich, »wäre da auch noch der charmante Monsieur Thady. Er wird Genugtuung verlangen und zweifellos eine Belohnung erwarten. Meine Leute erfahren Tag für Tag neue interessante Einzelheiten über Monsieur Crawford von Lymònd. Sie wissen, daß ihm das Landgut Sevigny gehört?«

»Er steht in den Diensten der Königinwitwe, meiner teuren Schwester«, gab Heinrich zu bedenken.

Mit den kleinen, kostbar beringten Händen glättete Katharina ihr elegantes Kleid und spitzte die breiten Lippen. »Ich glaube – noch nicht«, bemerkte sie.

Sie schwiegen einen Augenblick. »Dann werden wir Sevigny zu einer Grafschaft machen«, sagte der König, und Katharina spielte lächelnd mit ihren Juwelenringen. »Ich denke auch daran, Seiner Lordschaft und seinen Lanzenträgern Arbeit zu geben – an den Grenzen.«

Die ältliche Gestalt des Konnetabel bewegte sich ein wenig. »Ja. Doch es muß gezeigt werden, daß er… Monseigneur, es muß öffentlich klargestellt werden, daß…«

»Wie Sie wissen«, unterbrach ihn Heinrich unvermittelt, »haben wir Duelle in diesem Königreich mit einem Verbot belegt. Ein Verbot, das nicht so uneingeschränkt befolgt wird, wie ich es wünschen würde… Es gilt natürlich nicht für den sportlichen Kampf mit stumpfer Klinge auf dem Turnierplatz. Wir hatten eine Darbietung dieser Art vor dem Nachtmahl geplant. Wir werden sie statt des Wasserschauspiels abhalten. Teilen Sie Lord d'Aubigny und Monsieur Crawford… Monsieur de Sevigny mit, daß man ihnen gestattet, etwaigen zwischen ihnen vorhandenen Groll auf diese Weise auszutragen… und daß Lord d'Aubigny, da er, wie ich höre, heute nachmittag den ersten Hieb hinnehmen mußte, als Herausforderer gilt.«

Schweigend wandte sich das graubärtige Gesicht des Konnetabels der Königin zu, und schweigend, ohne die Augen von ihrem Schoß zu heben, bedachte ihn Caterina Maria Romula de Medici mit einem Lächeln der Anerkennung.

Der Konnetabel würde Francis Crawford, Comte de Sevigny, die Nachricht überbringen, der Konnetabel – nicht Diana, nicht die Guisen – würde die Weisheit und Gnade des Königs verkünden. Ein neuer Stern wurde geboren. Nicht ein Stern aus dem Hause Lothringen, Stewart oder Douglas, und sie und der Konnetabel waren seine Paten. Katharina richtete den Blick auf den schwarzhaarigen Kopf ihres Gatten, und aus ihren vorstehenden Augen sprach Liebe.

Der heiße, funkelnde Tag neigte sich seinem Ende zu. In Châteaubriant leuchteten hier und da Lichter auf, klein und matt; in den Schlössern, dem alten wie dem neuen, waren es mehr, und eine Kette von Lampen säumte die Wege. In den Gärten schimmerte der See wie eine Ablagerung des Abendhimmels, getupft mit überflüssigen Booten, die reglos, Schwarz in Schwarz, auf dem Wasser lasteten. Der große Pavillon am Ufer war dunkel und still, starrte leer auf die wandernden Lichter in der Menagerie, wo die leisen Dschungellaute, das Rasseln von Ketten und die knappen Befehle der Wärter in der abendlichen Luft verklangen.

Doch zwischen See und Schlössern fiel eine Arena ins Auge. Der Turnierplatz, vierzig Schritt lang und vierundzwanzig breit, war mit Lichtgirlanden gesäumt. Ohne das große Rechteck selbst zu erhellen, kränzten sie fahl wie die ersten Sterne am Abendhimmel die langen, blumenüberladenen Tribünen für den Hof, die Zelte für die Kämpfer zur Rechten und Linken, die gestreifte Seide, die man wie Krinolinen gerafft hatte, um die vergoldeten Stühle hervorzuheben, und die vergoldeten Türme an den vier Ecken für die Waffenherolde.

Rosig und zinnfarben unter dem weiten, verblassenden Abendhimmel, schemenhaft wie Marionetten, gestikulierten, stießen und drängten sich unter den dunklen Dächern die Zuschauer, deren Farbenpracht zu vielfach schattiertem Grau verblichen war. Stumpf glänzten die Helme im toten Licht, die silbernen, grau bewimpelten Trompeten schimmerten wie graues Wasser. Das fahle, durchsichtige Licht, das alles gleich aussehen ließ wie Asche, legte sich auf den Reichtum von Flor und Edelsteinen, auf den Silberbrokat der die Tribünen säumenden Bogenschützen, auf das Gold der Baldachine, das Goldtuch auf dem Waffentisch, die gepanzerten Ritter in den Schranken.

Dann verhauchte der lange Tag sein letztes Licht, und blaue, klare Nacht fiel ein. Die Lichtertrauben leuchteten golden wie Früchte, die Diamanten flammten. Das Feuer eines jeden Lichts erweckte die Farben zu neuem glühendem und pulsierendem Leben, die erwärmten Gesichter nickten und lachten, die Trommeln dröhnten und wirbelten. Die liebliche Nacht war hereingebrochen, das Turnier eröffnet.

Es begann prunkvoll, so heiter, wie dies in Frankreich nur möglich war. Lachend kamen und gingen die Mannschaften in Helmzier und glänzender Rüstung unter farbigen Röcken: die Partei der Jungen trat gegen die Partei der Reichen an, die Mannschaften der Bretonen gegen die des Loire-Tals. Im Schein der lodernden Fackeln schossen sie auf Zielscheiben, und die Höflinge in ihren Ballroben stachen nach dem Ring. Der König sah lächelnd von seinem Richterstuhl in der Mitte der Tribüne zu, die englische Gesandtschaft saß zu seiner Rechten.

Seit Lymond unmittelbar nach ihrer gemeinsamen Rückkehr der königliche Befehl überbracht worden war, hatte O'LiamRoe ihn nicht mehr zu Gesicht bekommen. Die Geschichte, die er hörte, war dieselbe, die am ganzen Hof verbreitet wurde: daß nach einer bedauerlichen Verletzung der Form Lord d'Aubigny und Mr. Crawford ihre Differenzen formell auf dem Turnierplatz austragen würden, als sportliche Kurzweil für den König. Die Beschuldigungen des Diebstahls und Verrats waren fallengelassen worden.

Wenn dies zutraf, schien es eine sonderbare Art, den verwegenen und umsichtigen Schwimmer von heute morgen zu ehren. Vielleicht aber hatte man diese Entscheidung als eine Art letzten zynischen Hieb gegen die Erinnerung an Thady Boy zu deuten, dachte O'LiamRoe, während er wachsam auf dem ihm zugewiesenen Platz saß, der prächtigen Sondermission beunruhigend nahe. Zur Linken des Königs zog Königin Katharina mit einem Flattern ihres Fächers O'LiamRoes schweifenden blauen Blick auf sich und lächelte ihm zu. Verblüfft produzierte der Fürst von Barrow so etwas wie eine Verbeugung. Er zumindest, so schien es, war in den Feenreigen aufgenommen.

Den förmlichen Dank der Königinwitwe hatte er – bereits zum zweitenmal – entgegengenommen. Meiner Treu, dachte O'LiamRoe, und keines von diesen sittsamen Geschöpfen hat daran gedacht, zu sagen, daß dazu nur ein kräftiger, solider Männerhintern gehört, der es mit einem Elefantenrücken aufnehmen kann.

Lennox saß steif auf seinem Stuhl. Sein Gesicht mit den schlaffen, jetzt gespitzten Lippen war unverwandt geradeaus gerichtet und blickte weder zu Northampton, diesem Hampelmann Warwicks, noch zu den schottischen Plätzen, wo sich Sir Georges glattes Gesicht augenscheinlich an irgendwelchen heiklen Schwierigkeiten weidete.

Die Stimme, die Lennox in den Ohren klang, war nicht die seines

Bruders, sondern die Robin Stewarts, eines ihm unbekannten Bogenschützen, der Warwick in London etwas vorgeblökt hatte – und der jetzt, wie er zu Gott hoffte, tot war. Der Warwick erzählt hatte, daß England sich mühelos Schottlands bemächtigen könne, da man Lennox an der Hand habe, der nach der Königin dem Thron am nächsten stand...

Doch Warwick hatte auf eine Allianz mit Frankreich gesetzt. Und er und Margaret hatten ihre Köpfe gerettet – *wenn* sie sie überhaupt gerettet hatten – auf Kosten seines Bruders John. Er haßte sie beide: John Stewart, der ihn in dieses alberne Dilemma gebracht hatte – und Lymond, natürlich Lymond. Aber wenn es heute vormittag zu einem echten Kampf gekommen wäre, hätte er an erster Stelle seinem Bruder den Tod gewünscht.

Der Tjost mit spitzen Lanzen war zu Ende. Zu Ende waren auch die Treffen zu Fuß mit offenen Visieren, stumpfen Lanzen und stumpfen Schwertern. Pagen rannten, Pferde trotteten mit schwingenden Troddeln davon, abgehauene Helmzierden wurde erneuert, aufgewühlte Sandflächen geglättet.

Musik ersetzte in der Pause das Trompetengeschmetter, Zwerge schossen Purzelbäume, unter ihnen auch Brusquet, der freilich ziemlich zurückhaltend und nicht mehr so unbekümmert witzig war wie einst.

»Nun, meine Liebe«, sagte Sir George Douglas zu der neben ihm sitzenden Margaret Erskine, »mir scheint, dies ist eine der Gelegenheiten, bei der in St. Denis gewöhnlich die heiligen Reliquien hervorgeholt und von allen Frommen den bösen Geistern und Schreckgespenstern – und Ihrem Freund Crawford entgegengehalten werden. Wie ich höre, sind die schriftlichen Herausforderungen zum Zweikampf von den Herolden ausgetauscht worden. Doch hat Seine Allerchristlichste Majestät in seinem Wunsch, alle Probleme auf einmal zu lösen, das Wichtigste von allem vergessen, nämlich...«

»*Was?*« In zusätzliche Spannung hineingestoßen, zornig und besorgt, so wie sie acht Monate lang zornig und besorgt gewesen war über ihren ungezügelten, unberechenbaren Schützling, inmitten ihrer überwältigenden Erleichterung darüber, daß Maria endlich außer Gefahr war, verspürte Margaret Erskine vor allem anderen das dringende Bedürfnis, Frankreich zu verlassen, in ihre kühle, grüne Heimat, zu ihrem kleinen Sohn und der verläßlichen Güte Toms zurückzukehren.

Sie hatte am Herdfeuer gewacht, wie sie es versprochen hatte, doch das andere Versprechen, das sie Lymond einst gegeben hatte – seine Freunde zu beschützen –, hatte sie niemals zu halten beabsichtigt. Lymond fürchtete sich vor seiner Macht, und er mußte lernen, mit ihren Auswirkungen zu leben. Drei Menschen vor allem hatten unter seiner Anwesenheit in Frankreich leiden müssen, und sie hatte nichts getan, um ihnen oder ihm zu helfen – denn einzig die Kraft, eine solche Bürde zu tragen, machte einen Mann zum Führer, und diese Kraft mußte er erwerben.

Von O'LiamRoe hatte sie erfahren, wie Lymond dazu gezwungen worden war, diesem Problem ins Gesicht zu sehen. Sie wußte auch, daß andere Hindernisse gefallen waren. Endlich war er frei von aller Befangenheit ihr gegenüber, frei auch von Sybilla, seiner Mutter, die einen ebenso scharfen Verstand besaß wie er und deren Gesellschaft er so Hals über Kopf entflohen war, eben weil sie ihm so geistesverwandt war und ihm soviel Sicherheit bot. Heute nachmittag, als ihr etwas in den Sinn kam, was O'LiamRoe einmal gesagt hatte, hatte sie Francis Crawford gefragt: »Und jetzt werden Sie heiraten?«

Er hatte sie zuerst verblüfft, dann belustigt angesehen. »Wen schlagen Sie mir vor?«

»Gibt es denn niemand?« hatte sie zurückgefragt.

»Irgendwann ist einmal ein Name zur Debatte gestellt worden«, hatte er geantwortet und noch belustigter dreingeblickt. »Wenn ich mich nur entsinnen könnte, welcher es war.«

Sie wußte nicht, worauf er anspielte, begriff jedoch, daß ihn das Thema nicht interessierte. Ihr Gesichtsausdruck ließ ihn in lautes Gelächter ausbrechen. »Lieber gepeitscht als unterworfen, lieber vernichtet als festgehalten... Es war eine Frau, die mir das gesagt hat. Ich lebe in einer Welt von Männern, meine Liebe«, hatte Lymond hinzugefügt. »Ich liebe euch alle, aber ich werde euch niemals heiraten.«

So aus ihren Gedanken auffahrend, blickte sie zu Sir George auf und fragte verständnislos: »Er hat *was* vergessen?«

»Meine Liebe, unterschätzen Sie niemals einen Stewart. Der König hat vergessen, daß unser lieber Lord d'Aubigny als Herausforderer das Recht hat, die Wahl der Waffen vorzuschreiben. Als Verteidiger muß Lymond jedes Stück Rüstung, jede Waffe, jeden Posten Pferdefleisch stellen, die Seine Lordschaft für den Kampf zu wählen beliebt. Und wie ich d'Aubigny kenne, werden seine Forderungen so ungeheuerlich, so extravagant und so unmäßig kostspielig sein, daß Lymond nichts anderes übrigbleibt, als unrühmlich zurückzutreten. Traurig«, meinte Sir George fröhlich, »doch wie einst Periander und auch Ihr Freund Crawford sagten: Voraussicht in allen Dingen...«

»*Wann* kommt er?« fragte Maria, Königin von Schottland. »Und wird er wieder schwarze Haare haben?«
»Woher weißt... Nein«, sagte Maria von Guise ein wenig hilflos. »Monsieur Crawford hat diesmal kein schwarzes Haar. Du mußt jetzt aber zusehen.«
Die Zwerge waren vom Turnierfeld verschwunden. »Werden sie einander töten?« fragte Maria.
»Nein. Natürlich nicht. Es ist nur ein Schaukampf, mein Kind. Sei jetzt still«, fügte ihre Mutter mahnend hinzu.
Ein kurzes Schweigen folgte. Dann – »Kämpfen sie um eine Frau?« fragte Maria.
Maria von Guise hielt die ungeduldige Antwort zurück. Sie zögerte und blickte hinab auf das Turnierfeld. »Nein, wahrhaftig nicht. Aber wenn du es möchtest, könnte einer von ihnen dein Zeichen tragen. Möchtest du das?«
»Oh, mon dieu, ja!« sprudelte es aus Maria hervor, lauter als sie beabsichtigt hatte. Die Haselnußaugen waren riesig. »Einen Schal! Maman, ich habe keinen –«
»*Tais-toi.* Dein Handschuh. Madame Erskine, besorgen Sie mir eine große Nadel«, sagte die Königinwitwe von Schottland. »Den Mann, der im Ernstfall mit einer Nadel umgehen kann, muß ich freilich erst noch kennenlernen.«

Zuerst wurden die Paniere der Kämpfer hereingetragen, während die Trompeter unten an den Schranken der königlichen Tribüne ihren Einzug ankündigten: Stewart von Aubigny und Crawford von Lymond, die man niemals zuvor Seite an Seite gesehen hatte.

Und hinter ihnen die doppelte Reihe ihrer Gefolgsleute: die gleichmäßig marschierenden Lanzenträger d'Aubignys in der Stewart-Livree, deren korrekt abgewinkelte Hellebarden im strahlenden Licht blitzten; Lymonds Gefolge in neuen Farben, in Livreen, die Margaret Erskine vage bekannt vorkamen und die Lord Northamptons flüchtige Bewunderung erregten. Die beiden Reihen erreichten den Tisch und teilten sich, so daß der Blick auf die beiden Protagonisten frei wurde, die gleichmäßigen Schritts auf den König zugingen.

John Stewart von Aubigny wußte sehr wohl, daß er zur Bewährung vor seinen Feinden angetreten war, glaubte jedoch, noch immer die Unterstützung seines Königs zu haben, dem er sich nun in all seinen ererbten und erworbenen Reichtümern präsentierte. Das Hemd unter seinem Rock war über und über mit Gold, der Seidenrock zolldick mit Austernperlen bestickt, und Diamantenfeuer loderte von seinen Schuhen.

Lymond an seiner Seite hatte jenen unglücklichen Ausdruck im Gesicht, den mehr Zuschauer, als er ahnte, als mühsam unterdrücktes Lachbedürfnis wiedererkannten. Mit d'Aubignys überwältigendem Pomp zu konkurrieren war ihm entweder gar nicht eingefallen, oder er hatte zumindest alle Versuche, ihn dazu zu überreden, mit schallendem Gelächter abgewehrt.

Er hatte derlei Pomp nicht nötig. Lymond trug schwarze Seide, von der sich die Ränder seines Hemdes an Hals und Handgelenken schneeweiß abhoben. An seiner Schulter war mit einem Zehntausend-Dukaten-Diamanten der Handschuh eines kleinen Mädchens befestigt. Und auf dem Handschuh funkelte, deutlich sichtbar im blendenden Licht, die gestickte goldene Krone Schottlands. Die beiden Männer verneigten sich vor dem König, die Waffenherolde traten mit dem Turniermeister vor, und die Zeremonie begann.

Lymond hob den Blick. Überall auf der Tribüne sah er Gesichter, die er kannte: Die Königinwitwe und ihre Lords, die ihn bei Candé so hofiert hatten; das Kind – er lächelte, legte mit einer anmutigen

Bewegung die Hand aufs Herz und verneigte sich; Margaret Erskine, die ruhige, starke Frau, schon jetzt reifer, als ihre Mutter je sein würde; George Douglas, den Frankreich so freundlich behandelt hatte und der bei seiner Rückkehr Schottland vielleicht nicht ganz so freundlich finden würde.

Die Lennox, Margaret, bleich im hellen Licht, starrte ihn an – auch in ihre Richtung verneigte er sich leicht. Diana, die Feindin des Konnetabels und Jenny Flemings, die nicht nachgegeben hatte. Die Guisen, die ihn befreit hatten – wie behutsam die Königinwitwe diesen Punkt hervorgehoben hatte! –, die jedoch am Ende die diplomatischen Fäden an eine andere Partei hatten abgeben müssen.

Die Verbündeten und treuen Gefährten: O'LiamRoe mit einem sardonischen Grinsen und dem nachwachsenden Bart, der golden im Fackellicht schimmerte; Michel Hérisson, in eine Ecke gedrückt, der irgend etwas rief und von einer Wache zum Schweigen gebracht wurde; und zwischen Akteuren, Bannern, Zelten und Waffenständern immer wieder das seltsame, verbogene Lächeln Abernacis und der unverschämte Blick Toshs.

Unüberhörbar in der kräftigen, geschulten Stimme des Turniermeisters sein neuer Titel: Francis Crawford von Lymond, Comte de Sevigny. Nicht mehr Junker von Culter, der er immer gewesen war... Nun, das war eine alte Geschichte. Auch Maria von Guise hatte ihn gehört. Von Heinrich hatte er einen Adelstitel angenommen, den er von ihr nicht hatte haben wollen – und das nur seinem Bruder zuliebe, wie sie vermutete. Seine Loyalität – wenn er Loyalität überhaupt besaß – gehörte Schottland, nicht der Krone. Er werde sich nicht unter die Trabanten der göttlichen Macht einreihen, hatte er höflich und bestimmt erklärt – nicht einmal um der geliebten kleinen Maria willen.

Lymond hatte an diesem Nachmittag noch einiges mehr gesagt – ebenso wie Maria von Guise. Sie war ihrer Sache so sicher gewesen. Es stimmte, sie hatte – damals, als sie Erskine beauftragte, Lymond nach Frankreich zu schicken – einzig auf seine Findigkeit und seine Courage gebaut. Und sie hatte ihm, aus Sorge um ihre eigene Position und ihre eigene diffizile Politik, den Einsatz seiner politischen Fähigkeiten verweigert.

Vor dreizehn Jahren war sie hier an der Loire, in Châteaudun, in einer Ferntrauung mit dem König von Schottland verheiratet worden, und seit dreizehn Jahren lebte sie in Schottland. Châteaudun hatte sich nicht verändert, doch als sie zurückkehrte, seit langem verwitwet, nach Truppen, Geld und Macht dürstend, um den schottischen Thron zu sichern, von dem aus eines Tages ihr Enkelsohn Schottland, Frankreich und Irland regieren sollte, hatte sie feststellen müssen, daß Frankreich sich in diesen dreizehn Jahren sehr verändert hatte.

Frankreich, das den begehrlichen Blick erneut auf die Reichtümer Italiens richtete und dessen alter Feind England geschwächt und in innere Machtkämpfe verstrickt war, hatte nicht mehr soviel Mitgefühl für Irland und Schottland wie einst. Frankreich hätte es lieber gesehen, wenn die Königinwitwe ihr selbstgewähltes rauhes Exil aufgegeben hätte und bei ihrem Kind in Frankreich geblieben wäre, während an ihrer Stelle in Edinburgh ein Franzose regierte und französische Truppen ohne großen Kostenaufwand in die wichtigsten schottischen Forts gelegt wurden – ohne daß, wie sie es tat, den schottischen Lords die Ergebenheit für die Königin ständig mit Geld und Versprechungen abgekauft werden mußte.

Ihre Brüder hatten sich diesen Plänen widersetzt, doch die Macht der Guisen, wenn auch groß, war nicht unbegrenzt. Der König selbst war ein eigensinniger Mann: Es gab Zeiten, da weder der Herzog noch der Konnetabel, nicht einmal Diana etwas bei ihm auszurichten vermochten. Maria von Guise hatte recht daran getan, insgeheim ihre eigenen Maßnahmen zu treffen, um ihre Tochter zu schützen: Es gab in diesem Land, ihrer Heimat, niemanden, dem sie ihr Vertrauen uneingeschränkt schenken konnte.

Und auch in Schottland nur wenige: die aufrechten, ehrlichen und unbestechlichen Erskines – niemand brauchte der Königinwitwe zu sagen, was sie ihrem Ersten Geheimen Rat und Sonderbotschafter verdankte. Vor zehn Tagen hatte ihr vielgeliebter Thomas, Junker von Erskine, in England in der Kirche von Norham zusammen mit Lord Maxwell, dem Bischof von Orkney und dem französischen Emissär de Lansac den Friedensvertrag zwischen Schottland und England (das vom Bischof von Norwich und Sir Robert Bowes vertreten wurde) abgeschlossen. England verpflichtete sich darin, die südlichen Festungen und seine Fischplätze am Tweed aufzugeben; garantierte, daß das umstrittene Gebiet der Westmarken zwischen den beiden Nationen wieder neutral werden sollte wie zuvor; und hatte eingewilligt, die Geiseln, die seit der schicksalhaften Schlacht von Solway Moss vor beinahe zehn Jahren in englischen Kerkern lagen, ohne Lösegeld freizulassen. Erskine hatte in seinem vorsichtig abgefaßten Brief die englische Präambel zitiert: »Obwohl England auf Grund seines Sieges gerechterweise auf eine Erweiterung seiner Grenzen Anspruch hätte, stimmt der König einer wohlwollenden und unparteiischen Prüfung der Grenzen zu, und diese sollen dieselben sein wie vor den letzten Kriegen.« So schwach also war England innerhalb von vier Jahren geworden.

Doch unterdessen war England die Zufluchtsstätte der neuen Religion und für ihre eigenen wankelmütigen Lords eine noch größere Versuchung geworden – für Intriganten wie Balnaves, der lange Zeit selbst Gefangener in Rouen gewesen war; für Kirkcaldy von Grange, von dem sie wußte, daß er sich in Frankreich aufhielt und von England bezahlte wurde. George Douglas war Maria von Guise ergeben, zumindest einstweilen. Maxwell stand im Augenblick auf ihrer Seite, wenn auch unfreiwillig. Der treu katholische Lordkanzler Huntly bewies der Königinwitwe zwar gegenwärtig seine Loyalität, hatte jedoch beträchtliche Ambitionen. Der Statthalter Arran war mit einem Herzogtum und einem Posten für seinen jungen Erben in Frankreich getröstet worden, aber es würde – das wußte Maria von Guise – nach wie vor einige Mühe kosten, ihn dazu zu bewegen, daß er die Regentschaft an sie abtrat.

Die Grafen von Glencairn und Drumlanrig waren beide von zweifelhafter Loyalität – und beide mit ihrem Aufenthalt in Frankreich unzufrieden. Auch Cassilliss war mit seinen Belohnungen nicht glücklich, doch würde er, ebenso wie Maxwell, Huntly und die beiden Douglas, nach seiner Heimkehr mit seinen alten Fehden in Schottland hinreichend beschäftigt sein. Livingstone, der treu ergebene Hüter ihrer Tochter, war in Frankreich gestorben. Lord Erskine, ihr zweiter Hüter, war krank. Und die unehelichen Söhne ihres verstorbenen Gatten wuchsen heran und wurden bereits unru-

hig... Wenn Eduard von England starb, würde die Katholikin Maria Tudor ihm auf den Thron folgen, und auf ihre Sympathie konnten die schottischen Adligen nicht rechnen. Andererseits hatte Maria Tudor die Unterstützung des Kaisers, und England konnte von
ihm sehr wohl gezwungen werden, seine neue Freundschaft mit
Frankreich zu brechen und Schottland erneut zu bedrängen. Und
die Lennox – katholisch, königlicher Abstammung und potentielle
Usurpatoren – waren Maria Tudors teure Freunde...
So war Maria von Guise zu der Erkenntnis gekommen, daß sie Hilfe
brauchte. »Wenn er für die Dauer meines Besuches in Frankreich
ist, bin ich zufrieden«, hatte sie damals über Lymond gesagt, ohne
vorzugeben, daß sie sich damit auch begnügen würde. »Ich wünsche, daß innerhalb eines Jahres seine Loyalität einzig mir gehört«,
hatte sie später hinzugefügt – und jedes Wort ernst gemeint.
Das Bild, das sie sich von ihm gemacht hatte, war das eines pittores-
ken Abenteurers gewesen, und eben dieser Einschätzung hatte er ihr
gegenüber von Anfang bis Ende entsprochen. Nur in London,
nachdem O'LiamRoes Botschaft eingetroffen und sie zum Handeln
gezwungen worden war, hatte er die politische Rolle, die ihm
schließlich zugefallen war, bedenkenlos angenommen und brillant
gespielt. Und danach, nachdem diese Mission erledigt war, hatte er
sich wieder seiner begrenzten Aufgabe zugewandt...
Seine Aufgabe war es, Maria zu retten, und das hatte er getan. Welchen Geheimnissen er daneben an der liebenden Schulter Frankreichs gelauscht hatte, wußte die Königinwitwe nicht. Und wohin
ihn die Aufmerksamkeiten des Konnetabels und der Königin, ja sogar das wachsende Interesse des Königs führen mochten, konnte sie
nur ahnen.
Sie hatte Lymond – vorsichtig taktierend und sich nie der Gefahr
aussetzend, durch ihn bloßgestellt zu werden – für sich zu gewinnen
versucht. Doch als sie die Abwehr in seinen Augen gelesen hatte,
war ihr klargeworden, daß sie sich geirrt hatte. Sie hatte sich geirrt –
und sie hatte ihn verloren. Er hatte Maria gerettet, und er hatte die
eben aufblühende Freundschaft zwischen Frankreich und England
behütet. Er hatte die Lennox in Mißkredit gebracht und die Aufmerksamkeit des französischen Kronrats gewonnen. Er besaß Ge-

orge Douglas' Bewunderung, so zweifelhaft sie auch sein mochte. Wäre Lymond früher nach Frankreich gekommen, hätte er sogar Jenny Flemings Eskapade verhindern können. Inwieweit er sich in O'LiamRoes und Irlands Angelegenheiten eingemischt hatte, konnte sie nur vermuten... Lymond brauchte sich nur ein bißchen zu bemühen, um in Schottland eine ergebene Anhängerschaft um sich zu scharen. Oder er könnte in Frankreich bleiben, um ihr die Ergebenheit der in Frankreich lebenden Schotten zu sichern...

In dieser sonderbaren nachmittäglichen Audienz hatte die Königinwitwe von alldem nichts erwähnt. Statt dessen hatte sie, nicht ohne Emphase, von seinen Taten gesprochen, wobei sie auf seine Leistungen und die Gefahren nur angespielt, dafür die politische Bedeutung, die politischen Folgen um so stärker hervorgehoben hatte, war in ihrem Verhalten demütiger Rührung so nahe gekommen, wie dies eine Königin und Lothringische Prinzessin angesichts der Beschränkungen und Zwänge ihrer Stellung unbeschadet tun konnte. Und untergründig begriff sie bei alldem, daß er nicht ihr zuliebe geschwiegen hatte, als sie ihn verleugnete, sondern um ihrer zweiten Heimat, um Schottlands willen.

Sie hatte dann von ihren Plänen gesprochen. Bald würde sie heimkehren. Nur befand sich gegenwärtig ihr Sohn, der Herzog von Longueville, nicht wohl. Auch wartete sie mit Sorge darauf, was der Marschall von St. André aus England mitteilen würde, wo er ihre Tochter zum Tausch gegen die englischen Besitzungen in Frankreich angeboten hatte.

Lymond hatte davon gewußt. Es bestürzte sie immer wieder, zu entdecken, wieviel er wußte. »Die Engländer werden Calais niemals auf Grund eines so vagen Versprechens aufgeben«, hatte er gesagt. »Sie brauchen sich nicht zu sorgen.«

Und dann hatte sie ihn gebeten, in Frankreich zu bleiben. »Eine Führergestalt ohne Gefolgschaft, Monsieur Crawford, ist wie ein fliegender Meteor, der im blinden Aufprall seine sengende Kraft entfaltet, bis er verglüht ist. Eine unbedeutende Gestalt groß zu machen – das ist Ihre Begabung. Ich biete Ihnen ein Kind an, damit Sie es zu einem Menschen formen, der Ihres Landes würdig ist.«

Sie hatte noch vieles mehr hinzugefügt. Die Ritterwürde hatte sie ihm in Aussicht gestellt. Seine Besitzung Lymond sollte vergrößert werden: Französische Architekten würden sein Haus umbauen, die Schatzkammern eines dankbaren Staates die seinen sein. Und wenn er eines Tages endgültig nach Schottland zurückkehre, dann könne er dort die Schönheit und den Glanz Frankreichs neu erschaffen.

Nicht einmal ihre Damen waren bei dieser Unterredung zugegen. Sie hatte sich mit Sorgfalt angekleidet, hatte ihm die Hand gereicht und ihm erlaubt, sich zu setzen. Und sie, die daran gewöhnt war, ihren Verstand an männlichen Köpfen zu messen, ohne sich ihres eigenen Geschlechts bewußt zu sein, hatte mit Gereiztheit feststellen müssen, daß dieser reglos dasitzende, reserviert und präzise antwortende junge Mann sich längst eine Meinung über ihren Verstand und ihre Fähigkeiten gebildet hatte und einzig auf dieses fertige Bild reagierte – so als ob er es mit einem begabten Ochsenfrosch zu tun hätte, der zufällig Königin von Schottland war.

»Ich biete Ihnen ein Kind an, damit Sie es zu einem Menschen formen...« hatte sie gesagt, und als er antwortete, war sein Tonfall so gelassen und verbindlich wie zuvor. »Dann müssen Sie es nach Schottland schicken – denn dort werde ich sein.«

Nach einer langen Pause hatte sie gedehnt gesagt: »Ich glaube, Sie begreifen nicht, was ich Ihnen anbiete.«

Und er hatte geantwortet und sich dabei erhoben, als sie sich erhob. Klar blickten die Augen unter der glatten Stirn, die seine Jugend verriet: die Jugend, die sie mit beiden Fäusten packen und festhalten wollte, die Jugend, nach der sie so grimmig verlangte, um sie dem jaulenden Haufen wilder Tiere entgegenzuwerfen – den Douglas, den Stewarts, den Hamiltons, den ehrgeizigen Söhnen ihrer Lords wie den königlichen Bastarden und all den Jungen – den Jungen, die eines Tages nach ihrem leeren Thron schnappen würden.

Und in seiner ganzen beneidenswerten Jugend hatte er vor ihr gestanden und gesagt: »Ich habe begriffen, und ich habe abgelehnt. Wenn Sie wünschen, daß ich in Schottland eine Truppe von Männern aufbaue und anführe, eine Truppe von Männern, von denen es jeder einzelne mit jedem Kämpfer der Welt aufnehmen kann, werde ich es tun. Und zwölf Monate lang werden sie und ich in Schottland sein. Wenn Sie mich brauchen, schicken Sie nach mir... Aber ich werde nicht immer kommen.«

»Nicht einmal des Kindes wegen?« hatte sie gefragt.

»Nicht einmal des Kindes wegen.« Und aus seinen Augen hatte sekundenlang das Feuer geleuchtet, von dessen Existenz sie überzeugt war, ohne zu wissen, wie sie es für sich gewinnen konnte. »Auch wir haben einst den Glanz und die Schönheit Frankreichs besessen, und mehr als das, vor vierzig Jahren. Mit Flodden war alles verloren, und wir können es uns nicht neu anstecken wie eine welkende Rose. Neues muß in Frieden heranwachsen... Es war eine fröhliche Zeit«, sagte Francis Crawford, »aber die Zeit der Narreteien ist vorbei.«

Jetzt wartete er gelassen auf dem Turnierfeld, und der Handschuh des Kindes leuchtete an seiner Schulter. D'Aubigny ließ den Turniermeister nicht aus den Augen, der nun ein Papier zur Hand nahm, seine Brille zurechtrückte, ohne die er zu seinem Leidwesen nicht auskam, den Text überflog und dann laut verlas:
»Messire Jean Stewart, Chevalier, Seigneur d'Aubigny, la Verrerie et le Crolet, fiel die Wahl der Waffen zu, die in diesem Kampf benutzt werden sollen und die auf Verlangen des besagten Herrn ungeschmälert zur Verfügung gestellt werden müssen, sofern der Kampf nicht als verloren gelten soll...«
Der Turniermeister fuhr sich mit der Zunge über die Lippen und las die Liste der Waffen, aus der Lord d'Aubigny zu wählen wünschte, von Anfang bis Ende vor.
Und Douglas' scharfer Verstand hatte richtig geraten. Diese List, die gemeinhin nur aus Heimtücke, gelegentlich auch zum Spaß oder einer Wette wegen angewendet wurde, war die unfairste und vernichtendste im gesamten Waffenspiel. Die beleidigte, herausfordernde Partei hatte das Recht, den Gegner zu zwingen, eine angemessene Waffenauswahl bereitzustellen, die eines Edelmannes würdig war. Ihr stand das Recht zu, Schwert für Schwert, Panzerplatte für Panzerplatte, jede Waffenart, jede Rüstung und jede Pferderasse zu fordern, aus denen sie auszuwählen wünschte.
Und genau das hatte Lord d'Aubigny getan. Als sich die Stimme des Turniermeisters erhob, sich aufschwang und einen Satz nach dem anderen hervordröhnte, wurden zunächst Ausrufe, dann zunehmendes Gelächter auf den Tribünen laut.

»Item. Ein Paar türkische Stuten, geschirrt, mit gestutzten Ohren und Schwänzen, ausgerüstet mit Kampfsätteln; ein Paar Roussins mit geflochtenem Panzer; ein Paar Spanische Ponies mit Ledersätteln und gestutzten Schwänzen. Zwei Esel in Samtschabracken und *têtières* aus Messing.
Item. Zwei Partisans, in Gold damasziert. Zwei Hellebarden mit Seidenquasten. Zwei Piken. Ein Paar neue italienische Pistolen. Zwei Handarkebusen, mit Kugeln geladen. Zwei Jagdmesser mit doppelten Schneiden und dem Heiligen Hubertus auf dem Griff, zwei einschneidige mit stumpfer Spitze. Zwei Rapiere, zwei Schweizer Degen mit glatten Kreuzen, zweischneidig.
Item. Zwei Harnische aus gekräuseltem Leder, darüber Kettenpanzer. Zwei ziselierte Harnische aus damasziertem Gold und Silber. Zwei Paar Armschienen aus mailändischem, zwei aus deutschem Stahl. Zwei Rundschilde mit Silberbeschlägen und Lederschlaufen. Zwei Paar Panzerhandschuhe. Zwei Morionen mit Helmzier und...«
Lange bevor die Aufzählung beendet war, erstarb das Gelächter. Diese Verhöhnung des Gegners schien nicht besonders witzig, und sie alle hatten zumindest erwartet, Zeugen eines Kampfes zu werden. Es war still, als der Turniermeister zum Ende der Liste kam und das Papier zusammenfaltete. Mit riesigen triumphierenden Augen blickte d'Aubigny zunächst Lymond an, dann wandte sich Seine Lordschaft hoch erhobenen Hauptes lächelnd dem König zu. Die Trompeten schmetterten.
»Stellen Sie diese Waffen bereit, Monsieur le Comte?« begehrte der Turniermeister von Lymond zu wissen.
Und – »Ja«, antwortete Francis Crawford mit der Klarheit, der Hingabe, der Glückseligkeit eines königlichen Bräutigams vor dem Altar, und jedermann auf den Tribünen hörte den Laut, der aus dem Fackelschein emporstieg. Und durch die Schranken schritten paarweise die Männer seines kleinen Gefolges in ihren schönen Livreen, die man, wie sich plötzlich jeder erinnerte, noch vor zwei oder drei Tagen an den Pagen und Dienern des Königs gesehen hatte. Andere Diener folgten ihnen. Paarweise schritten sie zu dem Tisch mit der goldenen Decke und legten darauf die kostbarste Rüstung Europas nieder.

Gamber hatte die Rüstung angefertigt, die Heinrich in Blois getragen hatte. Die goldenen Harnische waren mit Löwen verziert, die Morionen mit Widderhörnern, Straußenfedern und Diamantschnallen. Jedes Schwert steckte in einer kostbaren Scheide: Rubine auf Samt, Perlen auf Seide. Die Pistolen waren in Lederkästen gebettet, daneben lagen einzeln die Arkebusen mit damaszierten Rohren und die Kugeln. Dann wurden die Pferde hereingeführt, die in dem sonderbar gedämpften Lärm ein wenig scheuten. Golden funkelten die Schabracken, die polierten Sättel glänzten.

Die englische Gesandtschaft beugte sich vor, gab kurze, unterdrückte Laute der Bewunderung von sich. Doch jeder Franzose in der Nähe des Königs verhielt sich tunlichst still. Denn sie alle erkannten die Rüstung, die Waffen, die Pferde als die Heinrichs, des Königs von Frankreich.

Es war die größte Abfuhr, die John Stewart von Aubigny in seinem Leben je empfangen hatte, und die größte, die er je empfangen würde, bis er nach ruhmlosem Dienst fern vom Hofe seine Tage in unrühmlicher Vergessenheit beschließen würde. Und für jeden Höfling war sie so öffentlich wie eine Proklamation. Der Tod wäre für Lord d'Aubigny weniger grausam gewesen.

Er stand da, sah den König lange an, gönnte den Waffen nur einen flüchtigen Blick und Lymond gar keinen. Schließlich sagte er mit etwas hoher Stimme: »Ich bin zufriedengestellt.«

Und der Turniermeister, der vergeblich auf einen Wink des Königs, des Konnetabels oder Lymonds wartete, sagte verzweifelt: »Dann treffen Sie Ihre Wahl.«

Immerhin war d'Aubigny Hauptmann der Lanzenträger, und so suchte er am Ende die Fetzen seines Stolzes zusammenzuraffen. Das schöne Gesicht ignorierte den Turniermeister, wandte sich über das Goldtuch, über die gehämmerten *Fleurs de lis* hinweg der königlichen Tribüne zu, deren Wappenzier dieselbe war, die er einst auf Brust und Rücken getragen hatte. Lord d'Aubigny heftete den Blick auf den König und sagte: »Ich übergehe die mir widerfahrene Kränkung und ziehe meine Herausforderung zurück.«

Über ihm hatte sich Heinrichs beherrschtes Gesicht nicht verändert. »Bitte, enttäuschen Sie uns nicht«, sagte er. »Wir und unsere Freunde hatten uns auf einen sportlichen Kampf gefreut.«

»Der Sport ist aus«, erwiderte John Stewart mit klangloser Stimme – und der König gestattete ihm, sich zu entfernen.

Festen Schrittes ging er in der Mitte seines Gefolges unter hoch erhobenem Panier, und die glänzende Prozession, die sich über den unberührten Sand schlängelte, wurde weder mit Beifall noch mit Pfiffen bedacht, als sie unter den Blicken der Zuschauer in der Weite der Nacht verblaßte und verschwand. Der Sturz eines Günstlings wird bei Hofe unter diskreter Musikbegleitung zelebriert.

In der Arena legte der Vitzdom Lymond die Hand auf die Schulter, tätschelte sie leicht und forderte ihn zum Kampf auf. Die Mitglieder der englischen Delegation rührten sich ein wenig auf ihren Plätzen, wobei sie sich hüteten, einander in die Augen zu sehen. Northampton lächelte erneut.

Sie kämpften auf Spanischen Ponies, einen Schaukampf nur, der schön anzusehen war. Der Vitzdom, dem das Werben mit dem Dolch nicht fremd war, redete die ganze Zeit.

Francis Crawford kämpfte elegant, doch mechanisch, in sich gekehrt, und gewann. Am Ende, geküßt, beglückwünscht und bekränzt, ritt er, nach wie vor abwesend, sein Pony an den mit Kissen belegten Tribünengeländern vorbei zum schottischen Hof. Dort zügelte er sein Pferd, das sogleich reglos zwischen seinen Schenkeln verharrte, und löste den Handschuh von seiner Schulter.

Dann blickte er empor. Das Licht ließ sein Haar golden aufleuchten, spielte auf den gewölbten Flächen von Stirn, Wangenknochen und Nase, während er dem Kind ins Gesicht sah.

Maria stand auf und setzte sich sogleich böse wieder hin, und eine Strähne roten Haars legte sich über den Logensims. »Sie haben nicht gegen d'Aubigny gekämpft!«

»Nein ... Der König, Ihr Vater, hat das getan«, erwiderte Francis Crawford.

Ihre Augen weiteten sich. »Ich habe ihn nicht gesehen.«

»Es geschah auf andere Weise. Aber ich habe doch mit jemandem gekämpft. Genügt er Ihnen nicht?«

»Monsieur le Vidame?« fragte sie mit der Geringschätzung derer, die ihres Besitzes sicher sind. »Er schenkt mir Katzen!«

»Oh, wirklich?« sagte Lymond interessiert. »Katzen hat er mir noch nie geschenkt. Wie schwierig das alles ist... Wenn er Ihnen nicht genügt, werde ich Ihren Handschuh wohl behalten müssen, bis ich jemanden finde, der in Frage kommt. Was halten Sie davon?«

»Aber ja, vortrefflich. Behalten Sie ihn, Monsieur Crawford. Für jemand, der wirklich gefährlich ist. Jemand wie die Irin vielleicht, die mir irgend etwas Böses wünschte?«

»Nein. Wir haben uns geirrt, Sie und ich. Die Dame ist eine Freundin.« Lymond, der ohne Zweifel das geschärfte Interesse der Königinwitwe spürte, wechselte das Thema. »Ich muß gehen, Euer Gnaden. Es heißt, O'LiamRoe soll dem Hof zeigen, wie man Hurling spielt, und da werden ein paar nüchterne Männer und ein Arzt und ein Priester gebraucht, ehe das Spiel vorbei ist... Aber wenn ich Ihren Handschuh behalten soll, muß ich Ihnen zumindest ein Andenken hinterlassen.« Und er langte hinauf und legte der kleinen Königin etwas in die ausgestreckte Handfläche.

Es war der riesige Diamant. »Ma mie, nein! Monsieur Crawford, das kann sie nicht annehmen! Das ist zuviel!«

»Er gehört dem König«, entgegnete Lymond fröhlich. »Wie ich höre, erwartet er nicht, daß ich ihn zurückgebe wie all diese Turnierzutaten.« Unter seinem Fechthandschuh sah der Rand eines Verbandes hervor. Die Königinmutter verstand ihn nur zu gut: Keine Pflichten, keine Bindungen, keine Verantwortungen – außer sich selbst gegenüber. Und doch – er hatte den Handschuh behalten.

»Geben Sie mir ein Rätsel auf«, verlangte die kleine Königin.

Das Pony wurde unruhig – er hatte sich lange genug aufgehalten. »Dazu müßten wir ungestörter sein«, antwortete Lymond. »Ihr Diener, Mylady.« Und lächelnd straffte er den Zügel.

»Dann singen Sie mir ein Lied!« drängte sie. Er gehörte ihr, er hatte ihr Zeichen getragen, und alle sollten sehen, wie gut sie einander verstanden. Doch er lächelte nur noch einmal und entfernte sich. Beifall prasselte die Tribünen hinab, die königlichen Stallmeister schlossen sich ihm an, hoch flatterte das Banner über seinem Kopf. Halb verärgert, halb hingerissen blickte Maria ihm nach und begann zu singen. In dem Lärm und der allgemeinen Unruhe war ihre Stimme kaum zu hören, wie Margaret Erskine dankbar feststellte.

Doch dann brach sie in lauten Gesang aus, sang das Lied, das sie und Lymond gemeinsam gesungen hatten, übernahm beide Parts des Wechselgesangs, und ihre kindliche Stimme schwang sich zu einer treffenden Imitation der berühmten Stimme auf: der Stimme, die einen langen Winter hindurch für den König und die Höflinge von Frankreich gesungen und mit seinen Königinnen gespielt hatte.

> »Königspaar von Cantelon
> Wie viele Meilen nach Babylon?
> *Acht und acht und noch mal acht.*
> Erreich ich es in einer Nacht?
> *Wenn gut dein Pferd und hell dein Sporn.*
> Wie viele Männer dienen dir?
> *...Mair nor ye daur – zähl sie hier.*«

August 1961 – Oktober 1962
Edinburgh und Isle of Skye

Kalkutta 1850:
Die Geschichte einer leidenschaftlichen, verbotenen Liebe

REBECCA RYMAN
WER LIEBE VERSPRICHT

Roman. 816 Seiten. Gebunden.

Der Roman führt in das Indien zur Zeit der englischen
Kolonialherrschaft. Es ist die Geschichte einer grenzen-
losen, aber verbotenen Liebe, eines faszinierenden
Fremden und einer jungen Frau, deren Leidenschaft und
Willenskraft Liebe säen, aber Verrat und Zerstörung
ernten.

1848 kommt die Amerikanerin Olivia auf Einladung
ihrer Tante nach Kalkutta. Hier trifft Olivia auf einen
mysteriösen Fremden, Jai Raventhorne. Wie Olivia ist Jai
ein Außenseiter in jener vorurteilsvollen und selbst-
gerechten Welt der britischen Kolonie. Er erobert Olivia
im Sturm.

Olivia, obgleich gewarnt, daß Jai sie zerstören könnte,
hält an ihrer Hingabe fest – bis Verlust und Verrat ihre
bedingungslose Liebe in unerbittlichen Haß
verwandeln...

»Der Wälzer ist tatsächlich keine Seite zu lang.
Vorsicht: Suchtgefahr!« *Brigitte*

WOLFGANG KRÜGER VERLAG

fi 1905/1